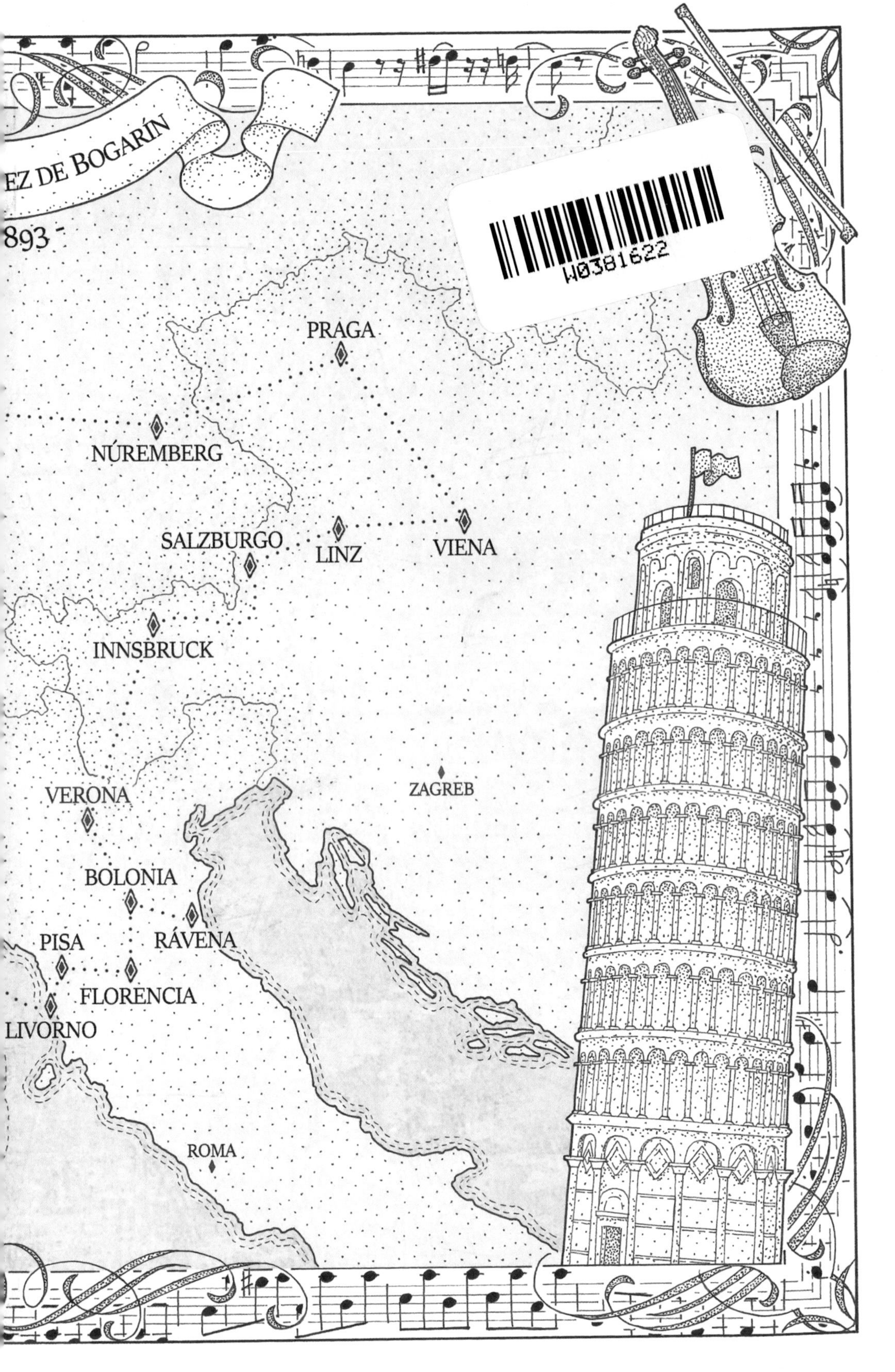
EZ DE BOGARÍN
893 -
PRAGA
NÚREMBERG
SALZBURGO
LINZ
VIENA
INNSBRUCK
VERONA
ZAGREB
BOLONIA
RÁVENA
PISA
FLORENCIA
LIVORNO
ROMA

Sonó un violín en París

María Reig

Sonó un violín en París

ESPASA

Espasa, sello editorial de Editorial Planeta, S.A.
Avda. Diagonal, 662-664
08034 Barcelona

Primera edición: enero de 2025

Preimpresión: MT Color & Diseño, S. L.

Depósito legal: B. 22.246-2024
ISBN: 978-84-670-7578-6

Espasa, en su deseo de mejorar sus publicaciones, agradecerá cualquier sugerencia que los lectores hagan al departamento editorial por correo electrónico: sugerencias@espasa.es

www.espasa.com
www.planetadelibros.com

Impresión: Rodesa
Impreso en España-*Printed in Spain*

PEFC Certificado
Este libro procede de bosques gestionados de forma sostenible
PEFC
PEFC/14-38-00305
www.pefc.es

A todas aquellas personas que no dejan de levantarse con cada tropiezo en este gran viaje.

1
La velada

Sonata n.º 9 para violín y piano, op. 47, «Kreuzer».
Adagio sostenuto-presto
Ludwig van Beethoven

Sonó un violín en París el día en que la conoció. El cielo lloraba sobre su paraguas mientras, en un alto en el camino, Jacobo admiraba las caprichosas formas orientales del palacio del Trocadero. El rumor de la fiesta que se celebraba en el interior fluía hacia arriba por los dos imponentes minaretes y hacia abajo por la majestuosa cascada de escalones lamidos por agua fresca. La estatua de la fama que coronaba la cúpula parecía estar a punto de alzar el vuelo en busca de un edificio más alto sobre el que posarse. A su espalda, ella, siempre ella, recuerdo amargo de los días más oscuros. Aquel montón de hierro del señor don Gustave Eiffel se las ingeniaba para asomarse entre los tejados allá donde fuera en París, como si su único cometido fuese agriar el ánimo del bueno de Jacobo Figueroa.

Sin valor para darse la vuelta, rendido ante aquella construcción que gobernaba esa meseta junto al río Sena, prosiguió. Era el 23 de septiembre de 1893. Tomó la avenida de Iéna hasta la rue Bassano, cruzó los Campos Elíseos y el boulevard

Haussmann —plagados de columnas Morris de chillones anuncios y al este de los cuales se adivinaba el trazo neoclásico del Arco del Triunfo—, y continuó por la rue Monceau hasta el parque homónimo. Al adentrarse en aquel rincón verde por las bellas puertas de forja, la lluvia amainó, así que cerró el paraguas y dejó que la humedad de la noche impregnara el abrigo y el sombrero de copa azabache. Desde el extremo opuesto del parque, en el boulevard de Courcelles —la duda haciéndole cosquillas en la nuca—, se giró. Y ahí estaba de nuevo la maldita torre, indiscreta entre tejas de pizarra y nubes de humo y vapor. Jacobo resopló angustiado y recorrió el tramo final de su paseo admirando las volutas de las ménsulas de los balcones de la rue Prony, los materiales de construcción amontonados en la esquina con la rue de Chazelles y esa puerta que se abría y cerraba en el número 41, dejando paso a los invitados de aquella velada en casa del señor don Guillermo Bogarín.

—No me mires así —dijo don Guillermo, contemplándola con ternura—. Todo irá bien. —Le dio un beso en la frente y salió del gabinete.

Al bajar las escaleras y llegar al vestíbulo, el señor Bogarín, artífice de la *soirée* y propietario del palacete, advirtió la silueta del recién llegado Jacobo Figueroa, que ya había entregado el abrigo y el sombrero a una doncella y se disponía a entrar en el gran salón. Don Guillermo, destacado escritor y mejor anfitrión, lo saludó con afecto.

—Don Jacobo, qué alegría que ya esté aquí. Con usted, estamos todos salvo la señora Leroy y su sobrino, a quienes no les ha sido posible asistir, y el señor Álvarez-Caballero, que se unirá más tarde.

A Jacobo se le iluminó la mirada, pero logró disimular ante el entusiasmado don Guillermo. Como promotor del viaje que estaban a punto de emprender por Europa, el señor Bogarín había tenido el acierto de organizar aquella velada para una primera toma de contacto antes de subirse al tren. Y es que, aunque algunos se conocían, otros hacía tiempo que no coincidían o jamás se habían visto en persona. La vibración de una cuerda afinada en «la» interrumpió la atropellada conversación de bienvenida de aquellos dos hombres y apremió su entrada en el salón, donde una audiencia vestida con sus mejores galas miraba con atención al rincón junto a uno de los ventanales, donde dos mujeres, una al piano, la otra blandiendo un violín, se preparaban para iniciar su recital.

Si Jacobo no hubiera conocido de antemano la lista de viajeros de aquella aventura que comenzarían en un par de días, podría haber pensado que se trataba de dos intérpretes al azar, contratadas para amenizar esa noche lluviosa de finales de septiembre. Pero la conocía. Así que cuando la señorita doña Clara Balaguer apoyó la quijada en el violín con decisión, frunció el ceño y empezó a mover el arco sobre las cuerdas metálicas, Jacobo no pudo más que admirar la increíble posibilidad que aquel viaje le brindaba: la de poder conocer a aquella célebre violinista. A medida que la interpretación de la sonata de Beethoven avanzaba, se fue convenciendo del inmenso talento y virtuosismo de aquella mujer. Los ojos de la reunión de elegantes vestidos de franela, exquisitos tocados y fracs no podían apartarse de ella, de la firmeza de sus movimientos, de los gestos de su rostro: recorrido profundo por estadios semiconscientes del ser humano. La certeza del ritmo, la caricia en los oídos, en el alma, si es que existe. El vaivén de aquellas ondas de cabello castaño claro, al servicio de la honestidad triste con la que el violín despedía notas perfectamente ejecutadas, acompañado por un piano certero, hipnotizó a los presentes. La mirada de la violinista, entregada al instrumento, como si pudieran susurrarse el camino mutuo. El brazo derecho, encargado del arco, se movía ágil, casi flotando. La mano sobre el diapasón parecía temblar debido a la rapidez con la que los dedos pisaban las cuerdas. De pronto, una parte que parecía una nana. De golpe, la velocidad en el tempo aumentaba, creando sensación de angustia. La intensidad incrementaba y disminuía al servicio de la historia que, en un respetuoso diálogo, contaban piano y violín. Los dedos pálidos entregados al *pizzicato;* y, sin tiempo para parpadear, la última parte, cada vez más intensa, más grande, los dos instrumentos hermanados en aquella efusiva despedida tras la aparente calma.

Un aplauso inundó la sala. Las dos intérpretes saludaron, agradecidas. Jacobo contempló la débil sonrisa de la señorita Balaguer, cuyos ojos parecían hundirse en la nada, único horizonte que parecían apreciar en ese palacete burgués. Una dama de cabello claro y vestido azul oscuro se acercó a la violinista y le susurró algo al oído. Acto seguido, uno de tantos admiradores quiso felicitarla y la mujer de azul se hizo a un lado. Jacobo fue testigo entonces de cómo, en apenas un segundo, Clara construía, ladrillo a ladrillo, una nueva sonrisa que pesaba, que no quería nacer de sus labios. Le apetecía unirse a los halagos, pero vio cómo la figura de la señorita Balaguer quedaba engullida por sentidos seguidores y aduladores de postín, así que abandonó la idea.

—Buenas noches, querido amigo.

—Buenas noches, Juan —contestó Jacobo—. ¿Las has escuchado? —dijo señalando al rincón donde las dos intérpretes habían tocado minutos antes.

—Solo el final. La señorita Balaguer es buena. Qué lástima que no haya hecho carrera en España —comentó.

Juan Álvarez-Caballero era, sin lugar a duda, el mejor amigo de Jacobo y principal responsable de que se hubiera unido a ese viaje y, por lo tanto, de que estuviera allí aquella noche. Se habían conocido hacía dieciséis años en Madrid mientras Jacobo se buscaba a sí mismo en su país natal, tras terminar su formación en la École des Beaux-Arts de París, y Juan cursaba sus estudios en la Escuela de Comercio. Pese a que cada uno había seguido un camino distinto —Jacobo regresó a París, donde se había hecho un nombre como arquitecto, y Juan se quedó en Madrid, ciudad en la que se había convertido en un afamado empresario dedicado a la exportación de mercancías a América—, podía decirse que su amistad era de las genuinas, de las que no se agrietan ni enmohecen con el paso de los años. Jacobo había animado a Juan a expandir su red clientelar a la que era una de las capitales financieras del mundo y así hizo desde 1886, cuando abrió oficina en la rue Scribe. En 1888 adquirió un bonito apartamento en el boulevard Saint-Michel, donde residía, por lo general, la mitad del año, si no más. En sus visitas semanales al Café de Madrid para almorzar, cobijo de intelectuales y periodistas franceses y de refugiados republicanos españoles del círculo de don Manuel Ruiz Zorrilla —proscritos desde la vuelta de los Borbones al trono en 1874—, había conocido, en 1890, al escritor franco-español don Guillermo Bogarín. La patria lejana común, pese a que Bogarín, a esas alturas, se sentía más francés que otra cosa, y la simpatía que despertaron en el otro convirtió su almuerzo semanal en una tradición compartida cada jueves, en la que parloteaban sobre los titulares franceses y españoles.

Fue en uno de esos almuerzos cuando Bogarín le habló a Juan del viaje por Europa que estaba preparando con ayuda de la agencia Cook. «Solo se lo estoy diciendo a personas de mi máxima confianza, que me inspiran admiración y simpatía. Mi idea es conformar un grupo selecto para vivir una experiencia única de descubrimiento, aprendizaje y, quizá, de inspiración —le había dicho antes de mojar su espeso bigote en la taza de café—. Será un viaje largo, tenga en cuenta que deberá posponer sus compromisos unas semanas, pero estoy convencido de que de él pueden salir grandes ideas para el futuro», había añadido. Al principio Juan, a punto de sacar su empresa a bolsa, había rehusado sumarse al viaje, pero, al contárselo a Jacobo, al hablarle de la ruta y de los acompañantes, este no solo lo instó a que reconsiderara su negativa, sino que le pidió que convenciera a Bogarín, a quien también conocía de alguna ocasión, de que lo incluyera a él. Después de mucho pensar, y tras contemplar cómo su entrada en el mercado de valores se había efectuado con éxito, accedió y, gracias a la familiaridad y afecto que Jacobo solía despertar en los demás, Bogarín hizo extensiva su invitación al arquitecto.

—Caballeros, permítanme presentarles a dos de los integrantes más ilustres de nuestra pequeña gran expedición por el continente. —Se acercó Bogarín a ellos, copa de champán en mano—. Son la condesa Karimova y el señor don Ferdinand Mercier.

Jacobo y Juan saludaron, caballerosos, a la condesa, una anciana mujer que vestía luto y que sostenía parte de su agotada osamenta en un bastón rematado en marfil y zafiros. Aunque sus modales eran exquisitos, la frialdad y la rigidez dirigían sus movimientos; sus labios arrugados en una mueca sin significado aparente, quizá cansada de saludos, quizá educada en otros usos en la distante Rusia. Como contrapunto, la figura esbelta del señor Mercier, uno de aquellos pintores impresionistas que, tras una profunda incomprensión y mofa hacia su arte, había conseguido aburguesarse. Con una pizca de arrogancia, achacada por muchos al inmanejable ego del artista, correspondió al saludo de aquel par de amigos españoles sin interesarse en demasía por sus ocupaciones. El señor Bogarín, animal social por excelencia, además de promotor del encuentro, se lanzó entonces a contar, ya en francés, idioma compartido por todos los viajeros a pesar de la diversidad de orígenes del grupo, cómo había conocido a cada uno. Después, el señor Mercier no perdió la ocasión de relatar el modo en que había nacido su amistad con la condesa Karimova.

—Compró uno de mis cuadros en mi exposición de 1887 en la galería de Georges Petit. La condesa es una gran coleccionista con un gusto exquisito —dijo, simulando un sentido cumplido que, en realidad, era un aplauso para sí.

—No podría llevarle la contraria, señor Mercier —respondió ella.

Los demás sonrieron y asintieron con amabilidad sin tener muy claro qué más añadir. Pasaron el resto de la velada charlando con unos y con otros. Entre los asistentes, además del grupo del viaje, había otras tantas personas de gran interés. Estaba la pintora Louise Catherine Breslau y su pareja, la también artista Madeleine Zillhardt; el pintor y empresario Pedro Gil Moreno de Mora, quien le había presentado al señor Bogarín al pintor valenciano don Joaquín Sorolla, dispuesto a hacerse un hueco en París desde hacía unos cinco años; el compositor Ernest Chausson, el historiador y crítico de arte Louis de Boussès de Fourcaud, el escritor español don Benito Pérez Galdós —de visita en París y con el que Bogarín se llevaba bien a ratos—, e incluso el recientemente nombrado prefecto del Sena, el señor don Louis Lépine.

En aquel París sumido en la *belle époque* parecía haber lugar para todos. Convertida en la capital cultural del mundo, cuna de vanguardias, atraía a artistas y aspirantes de cualquier rincón del globo dispuestos a cincelar en piedra el fruto de su talento. El rediseño de las calles puesto en marcha desde mediados del siglo XIX, la mayoría iluminadas con lámparas de gas a la espera de la generalización de la electricidad, había dado como resultado una urbe de saneadas avenidas, grandiosos monumentos, adictivos escaparates y abarrotados teatros y cafés; una ciudad en la que se miraba el resto de las ciudades hasta el punto de que todas anhelaban ser París. Bohemios y obreros se amontonaban en barrios de la periferia como Belleville y Montmartre, hacinados a la espera de que el destino de Europa comenzara a pintarse con colores más favorables para su torturada o tortuosa existencia. En el centro, entre *matinées*, restaurantes a la carta y quioscos de prensa y flores, los parisinos más acaudalados vivían al margen de las tensiones que, como tumores, se estaban enquistando en el alma francesa. El silente odio a Alemania, que los había derrotado en la guerra de 1870, se entremezclaba con la sensación de inestabilidad y corrupción en la que vivía sumida la Tercera República, nacida oficialmente un año después del fracaso en la guerra franco-prusiana, y con las últimas secuelas de la crisis económica que había asolado el continente durante dos décadas. La recesión, no obstante, ya había empezado a revertir, llenando a muchos de un optimismo necesario en medio de esa edad de la *décadence* en la que todo parecía estar a punto de desintegrarse en espurias cenizas. En aquel tiempo, todo ocurría en París: los más apasionantes sueños y las más siniestras pesadillas. Todo cabía en París.

Tras la cena, y conforme la bebida fue incorporándose al ánimo de los asistentes y perfiles como el de la condesa Karimova se fueron retirando, se relajaron las formas. Así, una pareja de actores del Théâtre des Variétés tomó el piano que horas antes había tocado la señorita Marie Junot y animó la fiesta al ritmo de *Qui qu'a vu Coco?* Las risotadas y los bailes se escapaban por los cuatro ventanales del salón que algún empleado había acertado en abrir para favorecer la ventilación. Jacobo observó cómo, en cierto momento, la señorita

Balaguer, acompañada de la señorita Junot y de la mujer del vestido azul, salía del salón. No había tenido ocasión de dirigirse a ella y felicitarla. Se preguntó si tendría momento en aquel viaje o si sería de ese tipo de estrellas tan brillantes que su resplandor no permite que nadie se aproxime.

Al rato, cuando el piano estaba en manos de algún invitado de gran entusiasmo, pero nulo oído, Juan hizo a Jacobo la señal de retirada. Se despidieron del señor Bogarín, que les recordó que debían estar el lunes, a las ocho de la mañana, en la Gare de Lyon. Se lo había repetido varias veces durante la velada; también lo de que no era recomendable llevar mucho equipaje. «No más de dos bultos y no muy pesados. Con un traje, el de repuesto y un frac o esmoquin para las cenas debería bastar», había señalado. Juan y Jacobo asintieron una y otra vez hasta que salieron al frescor de la noche, las iracundas gotas impactando de nuevo contra los paraguas. Antes de continuar, ambos se dieron la vuelta y contemplaron la fachada de caliza y ladrillo y el tejado de pizarra del palacete del señor Bogarín.

—Pues ya está —musitó Jacobo.

—¿Estás seguro de que quieres hacerlo? —se aseguró Juan.

El otro lo miró y asintió con la cabeza, decidido. Juan asintió también.

2
La Gare de Lyon

Carmen, «Les toreadors»
George Bizet

Es bien sabido que una ciudad como París es un entramado inabarcable de gente yendo de aquí para allá. Peatones, tranvías, ómnibuses, taxis, barcos de vapor, berlinas, carretas, furgones y, de forma creciente, bicicletas inundaban las calles, los fabulosos bulevares proyectados en tiempos del Segundo Imperio por el barón Haussmann, las amplias plazas, los parques y el río Sena. Gracias a ello era relativamente sencillo encontrar la forma de llegar a casi cualquier rincón de la urbe, pero precisamente por ese mismo motivo uno debía salir con tiempo por lo que pudiera pasar.

El señor Bogarín había repetido incansablemente la necesidad de ser puntual aquel lunes día 25 de septiembre, así que, mientras Clara miraba el reloj que descansaba sobre el aparador del salón, se preguntaba cuánto tardaría la señora Dupont en pasar a buscarla. Preparada con la chaqueta del traje sastre, los guantes y el canotier, lanzaba vistazos por la ventana para comprobar si alguien había entrado al patio dispuesto a comunicarle que ya podía bajar. Tuvo que aguardar diez minutos hasta que, por fin, el cochero de los Dupont subió a ayudarla con el equipaje. Se despidió de su criada, se colocó la pequeña cartera de cuero marrón, cogió el paraguas, la funda del violín y bajó. En la berlina, la señora doña Geneviève se pellizcaba coqueta las mejillas. Mientras se subía al vehículo, Clara juzgó en silencio el parco caso que la señora Dupont había hecho al señor Bogarín en lo relativo al número de maletas y baúles que debían llevar por persona. El cochero, que no encontró hueco para el único baúl de Clara en la baranda de la parte superior, tuvo que ubicarlo en el pescante. Agradeció llevar el violín con ella cuando los caballos empezaron a andar bruscamente y temió por la supervivencia de su escaso equipaje.

—El señor Dupont te envía saludos.

—Ajá —se limitó a responder Clara, ya acomodada en el asiento.

—Le he prometido que le escribiré contándole los progresos de nuestro viaje. Y tú también podrías escribirle unas líneas de vez en cuando, ¿no crees? Le gustará.

—Sí, por supuesto.

—Va a ser un gran viaje. Debemos ser certeras, aprovechar el tiempo. Pero estoy segura de que, si ponemos de nuestra parte, saldrá todo a pedir de boca.

Clara volvió a asentir, esta vez sin palabras. Optó por mirar por la ventanilla y dejarse embriagar por la monumentalidad de la iglesia de la Madeleine, en la que había disfrutado de uno de los mejores conciertos de órgano de su vida. La berlina no tardó en internarse en el tráfico de la moderna rue de Rivoli. Clara fue contemplando las escenas enmarcadas en los soportales, entre deliciosas tiendas y exquisitos hoteles, hasta que todo aquello desapareció para dar paso a la rue Saint-Antoine, a la columna de Julio que se alzaba en medio de la place de la Bastille y, finalmente, a la rue de Lyon, que llevaba hasta la estación del mismo nombre. Al apearse de la berlina, una cohorte de mozos de equipajes se acercó, deseosa de que aquellas dos damas contrataran sus servicios por unos pocos *sous*. Tras la indicación de la señora Dupont, el cochero gestionó la ayuda de dos. Clara, con el violín aferrado al pecho, caminó hacia la entrada junto con doña Geneviève, quien avanzaba ignorante de las lesiones que, muy posiblemente, ocasionaría su equipaje al desgraciado maletero. Alrededor, pasajeros esperando su turno en las oficinas de aduana y equipajes; otros en dirección a la salida, dispuestos a reservar un taxi; algunos que llegaban apurados o relajados; una fila delante de la taquilla, en la que un empleado no dejaba de recaudar dinero a cambio de tiques de cartón de bellas letras impresas y, como telón de fondo, el trajín de quioscos, librerías y bufés dentro de la *gare*. A sabiendas de que las estaciones eran el lugar preferido de ladrones y estafadores, las dos mujeres, vigilantes, lanzaron vistazos a los lados hasta que, al fin, la señora Dupont reconoció al señor Bogarín y su bigote entre la multitud.

—Magnífico. Dos más —celebró don Guillermo tras saludarlas, mientras tachaba sus nombres en un pequeño cuaderno de piel con un lápiz retráctil—. Solo falta mi querida señora Leroy y su sobrino que, al parecer, han decidido poner mis nervios al límite.

Al tiempo que el señor Bogarín se ponía de puntillas para ver mejor entre bombines y capotas, el resto de los presentes se saludó cortésmente. Aunque habían decidido llevar más de un recambio, Juan y Jacobo habían sido bastante estrictos con la norma del equipaje. El señor Mercier se había relajado algo más, pero nada preocupante. La condesa Karimova, al margen de aquella recomendación por rango y edad, llevaba no solo su guardarropa a cuestas, sino que la acompañaba una doncella. Sin embargo, la llegada de la señora doña Jeanne Leroy y sus cinco baúles —más tres sombrereras y una maleta de tocador— empequeñeció toda osadía preexistente. Cuatro pasos por detrás, su sobrino Henri admiraba embobado el trajín de viajeros a su alrededor.

—Pero señora Leroy..., le dije que solo dos bultos por persona —la saludó don Guillermo, entre cariñoso y desesperado.

—Sí, sí, lo sé, señor Bogarín. Pero no se preocupe, que yo me apaño. Entienda usted que no podía venir a un viaje tan especial sin los mejores atuendos. Prometo que no supondrá ningún problema —dijo risueña—. Buenos días a todos. Es un placer formar parte de esta expedición con ustedes —añadió desde el centro del círculo que se había formado.

—Estupendo —confirmó el señor Bogarín, que tachó los dos últimos nombres de su lista—. Estupendo, sí, perfecto. Habrá tiempo de sobra para charlar tranquilamente, pero ahora debemos coger un tren —indicó, al tiempo que repartía los billetes.

La señora Leroy chistó a su colección de mozos de equipaje y todo el grupo siguió a don Guillermo, cada vez más apresurado por llegar al andén. El olor a carbón y el humo espeso escapándose hacia los extremos luminosos de la estación, donde se perdía el trazado de las vías, en las que descansaban locomotoras y vagones, abrazaba el avance de los viajeros que salían de la sala de espera o aguardaban en el apeadero de turno. La rugiente y chispeante locomotora negra del tren a Lyon, obra metalúrgica que quitaba el hipo y en la que resplandecían las brillantes letras del taller de PLM, ya se encontraba en la vía. El señor Bogarín ayudó a los viajeros a gestionar la entrega del equipaje más voluminoso para que el personal lo subiera al vagón de las maletas. A cambio de sus pertenencias, recibieron otro tique de cartón que certificaba la propiedad y, gracias al cual, podrían recuperarlo todo en la estación de destino.

El ferrocarril era un expreso y, por lo tanto, uno de los modelos más modernos y rápidos. A los de mayor edad y más viajados del grupo les tranquilizó comprobar que los tiempos en que los vagones eran casi coches de carruaje sobre raíles habían pasado. Y es que, en los trenes antiguos, la ausencia de pasillo y de fuelles de intercomunicación entre vagones obligaba al pasajero a confinarse en el compartimento y no salir en todo el trayecto. Tampoco disponían de aseo ni de vagón restaurante, así que las paradas de bufé suponían una auténtica odisea, con una marabunta de viajeros agolpada en los retretes de las estaciones o en los bufés, siempre con el miedo de perder el tren. El señor Bogarín había pedido a la agencia Cook que, con objeto de hacer la experiencia lo más placentera posible, reservara siempre en primera clase, donde los compartimentos eran más espaciosos y acogedores, revestidos de madera, los ocho asientos más suaves, tapizados en terciopelo, y las ventanas tenían decorativas cortinas. Además, existían aseos cada dos vagones y contaban con acceso al coche restaurante y al coche salón, decorado con lujo.

Eran nueve viajeros en total: cinco hombres y cuatro mujeres. Los caballeros, el literato y organizador don Guillermo Bogarín, el pintor don Ferdinand Mercier, el empresario don Juan Álvarez-Caballero, el arquitecto don Jacobo Figueroa y el joven sobrino de la señora Leroy, Henri Collet. Las damas, la señorita doña Clara Balaguer, la señora doña Geneviève Dupont, la condesa Karimova y la señora doña Jeanne Leroy. Gracias al mencionado y moderno pasillo lateral, elemento que hacía que las compañías perdieran plazas pero ganaran en seguridad y confort, pudieron recorrer distintos compartimentos hasta hallar uno con la puerta abierta, señal de que había asiento. La alta ocupación del transporte y el retraso con el que habían llegado al tren los había obligado a separarse. Las señoras solo lograron sitio por parejas en dos de los compartimentos reservados para mujeres. Y es que, aunque lo habitual era que hombres y mujeres viajaran en el mismo compartimento si iban juntos, la composición del grupo, en la que no todos se conocían y en la que no existían lazos de parentesco ni matrimonio, hizo pertinente, según el correctísimo señor Bogarín, que las mujeres fueran juntas en los reservados. La condesa Karimova lamentó en silencio, mientras se sacudía la carbonilla de las mangas de crespón del vestido, no poder disfrutar de la soledad en el trayecto, sobre todo, porque la señora Leroy le había parecido bastante parlanchina. Por su parte, Clara y la señora Dupont pudieron disponer de cierta intimidad para que la segunda chismorreara sobre sus acompañantes.

—Es una suerte que el señor Mercier forme parte del grupo. Tiene un gran talento y su compañía es de lo más interesante. Además, parece que la condesa lo tiene en gran estima, seguro que mejora su ánimo. ¿Sabes que perdió a su hijo preferido hace solo unos meses? Dicen que está desolada. —Hizo una pausa—. ¿Y qué me dices de los dos apuestos caballeros españoles? No solo son atractivos, ambos gozan de gran prestigio en sus áreas. El señor Figueroa trabajó con Bouvard en la construcción de la cúpula central y el pórtico de entrada de la Exposición Universal de París de hace cuatro años, ¿sabes? Otro gran elemento del grupo. Y, bueno, qué decir de la señora Leroy... La fotografía que imagino en mi mente es pura poesía.

Clara dejó que la señora Dupont continuara opinando sobre todo el mundo. Iba a pasar las próximas semanas acompañada de aquellas personas, así que supuso que, más allá de la malsana curiosidad, le interesaba conocer algunos datos de antemano.

El señor Bogarín abrió el ejemplar de *Le Petit Journal*. Había tenido el acierto de comprarlo en la estación mientras aguardaba a su pequeño batallón. Al ojearlo, y para su sorpresa —o no tanto—, se topó con una pequeña nota en la sección «Échos de partout», en la segunda columna de la primera hoja, que compartía la noticia de su inminente aventura por Europa. Cierto era que no había escatimado en comentarios sobre su selecto viaje en los últimos meses y que ese periódico tenía hueco casi para cualquier tema, pero le congratulaba profundamente que su proyecto hubiera llegado hasta las tintas de aquella cabecera que, como rezaba ese ejemplar del 25 de septiembre de 1893, ya había superado el millón de ejemplares de tirada.

—Fantástico. —Se lo mostró al señor Mercier, sentado al lado, quien asintió y, sin pestañear, señaló una errata de impresión.

—Ya no se sabe ni escribir. La decadencia lo ha permeado todo.

Don Guillermo sonrió y dejó el periódico sobre las piernas, con las noticias sobre la presencia amistosa de marinos rusos en Toulon mirando al techo. En aquellos tiempos, Europa estaba plagada de militares, como si un conflicto congelado pudiera derretirse al calor de las armas en cualquier instante. De una maleta extensible marrón, único equipaje que después subió al guardaequipajes de forja dorada que había sobre los asientos, sacó la Guía de Ferrocarriles y la Baedecker. Aquellos dos documentos, que el escritor había adquirido en la librería Ollendorf de París, dejaban patente que, a pesar de la recesión económica y de la tensión política mundial que algunos llamaban *Weltpolitik*, viajar se había popularizado entre las clases pudientes, lo que explicaba que ese tren estuviera repleto de pasajeros. La generalización del ferrocarril, el desarrollo de la industria turística y el aumento de poder adquisitivo de una parte de la población con la consolidación del mercado mundial en sus diversas esferas había alumbrado el concepto de vacaciones para los rentistas, propietarios e intelectuales —o, en definitiva, para todo aquel que pudiera costearlo y ausentarse unas semanas de su lugar de trabajo—. Se había vuelto habitual ir a tomar las aguas, retirarse a preciosos reductos montañosos o lanzarse a explorar Europa, herencia de los jóvenes aristócratas que habían realizado el *Grand Tour* desde el siglo XVII como parte de su formación intelectual. No había duda de que Europa deseaba ser visitada por esos pocos afortunados que tenían la opción. Así, entre los renglones de la rutina en pueblitos y ciudades, habían comenzado a aparecer reducidos grupos o parejas, como manchas de acuarela, como ojos nuevos ante los restos de la historia y la naturaleza que, por siglos, habían dado forma al continente.

En el proceso, habían proliferado guías, hoteles, restaurantes, balnearios y agencias de viajes, siendo pionera la fundada por el recientemente fallecido señor don Thomas Cook en 1851. Aunque en sus inicios se había hecho famosa por la organización de viajes multitudinarios, la agencia Cook llevaba un tiempo dirigiéndose a clientes selectos. El señor Bogarín había optado por contratar sus servicios —la oficina parisina estaba en el número 1 de la place de l'Opéra— para gestionar el aspecto logístico y beneficiarse así de la nutrida red de contactos en el continente del experimentado turoperador. Por tanto, aun con el bigote de don Guillermo pegado al cogote del empleado de turno, una vez se confirmó la lista de viajeros y la ruta definitiva, y previo pago de una reserva a cuenta del literato, habían procedido a comprar todos los billetes de tren y a realizar todas las reservas de los alojamientos.

El viernes día 22, tres días antes, el señor Bogarín, tras recaudar el dinero de todos los participantes, había acudido a la oficina y a cambio le habían entregado un sobre con los billetes de tren y los cupones que debían entregar en cada uno de los hoteles, y que incluían no solo la pernoctación, sino también el servicio de comidas y el de ómnibus desde o hasta la estación, si es que existía. De este modo, no estaban previstos pagos de grandes sumas si no se salían del itinerario establecido. Solo el abono del servicio de transportes menores como taxis, tranvías u ómnibuses que no perteneciesen a un hotel, el consumo en restaurantes o cafés fuera de los alojamientos, las entradas a museos, las compras o la asistencia a espectáculos. Aun así, el señor Bogarín, previsor, llevaba un sobre con efectivo y también un colchón para eventualidades en forma de pagarés y notas de crédito administrados por su banco de confianza de París. Así mismo, había recomendado a los integrantes del grupo que hicieran lo propio en la carta que les había enviado, un mes atrás, con las recomendaciones para el viaje. El efectivo podía estar en francos, pues eran admitidos en ciertas zonas de Europa y era posible cambiar la cantidad deseada a la divisa local en los bancos de las grandes ciudades.

Don Guillermo palpó los tres sobres a modo de confirmación —ya lo había hecho cinco veces esa mañana— y repasó los detalles de los próximos dos días en el cuaderno de cuero mientras movía su bigote de lado a lado, deje nervioso del que ni se percataba. El señor Mercier se colocó el bombín sobre la cara, dispuesto a dormir un rato.

Desde su asiento en el compartimento de al lado, Jacobo atendió con cierta ternura al tímido ensimismamiento del jovencísimo sobrino de la señora Leroy, sentado enfrente, junto a la ventana. Henri Collet, de dieciséis años, no disfrutaba conversando con extraños, por muy interesantes que le pudieran parecer, así que, mientras la torre Eiffel y el arco del Triunfo iban empequeñeciendo en el cristal, se escondió en las páginas de *Los hijos del capitán Grant*, novela de Julio Verne que había metido en su saco de mano. El arquitecto no pudo evitar que le recordara de algún modo a su hijo Camille. Aunque Camille tenía solo diez años, lo imaginaba así en un futuro no tan lejano como le gustaría. Las chicas eran más extrovertidas, pizpiretas como su madre, pero Camille tenía un mundo interior tan profundo y complejo que, en ocasiones, parecía bastarle. Supo entonces que los echaría en falta esas semanas, que los abrazos con los que se había despedido de ellos por la mañana no habían sido lo bastante largos.

—Parece que el señor Bogarín ya se ha relajado un poco —observó Juan, divertido.

—No debe de ser fácil organizar un viaje así. Pero espero que no nos trate como si fuéramos a la vanguardia de una expedición militar todo el tiempo o terminaremos desquiciados.

—Te apuesto tres francos a que no se va a relajar —continuó chistoso el empresario.

Jacobo se rio negando con la cabeza.

—La cara que ha puesto cuando ha llegado la señora Leroy con la casa a cuestas —recordó Juan, casi desternillado—. Y la condesa... Aunque la señora Dupont no se queda atrás.

—A propósito, ¿qué es la señora Dupont de la señorita Balaguer? ¿Una suerte de asistente?

—Según tengo entendido, el señor Dupont descubrió a la señorita Balaguer en un recital privado en Barcelona cuando ella era pequeña. Él fue quien financió su formación y lanzó su carrera. Digamos que son sus mecenas, si es que esa palabra todavía está en uso, y sus agentes para todo lo que tiene que ver con contrataciones. Deben de tener una relación casi como padres e hija. Prácticamente se crio con ellos. Por eso van a todas partes juntas.

—¿Son los Dupont de la editorial Dupont?

—Los mismos.

Jacobo asintió, agradecido de poder identificar la única pieza suelta en aquel rompecabezas de grupo. La mujer del vestido azul de la *soirée* en el palacete del señor Bogarín era la esposa de uno de los editores más importantes de París. Aunque también editaban literatura y, de hecho, la publicación de un poemario de Bogarín en 1882 había sido el inicio de la amistad del matrimonio con el escritor, la casa Dupont era puntera en la edición musical, compitiendo directamente con la casa Richault. Aunque Juan le había contado quiénes iban al viaje, Jacobo no había prestado la misma atención a todos los nombres y se le había escapado la posibilidad de que la señora Balaguer y la señora Dupont estuvieran relacionadas de algún modo. A fin de cuentas, después de saber que iba a viajar con la violinista de la que se declaraba admiradora la exreina Isabel II —exiliada en París desde la revolución de 1868, la Gloriosa—, la identidad de la señora Dupont se le antojó irrelevante.

—¿Quiere, condesa? —dijo Jeanne Leroy al tiempo que le tendía un paquete de papel marrón en el que había envuelto un cruasán.

—No, muchas gracias — respondió la aristócrata.

—Qué maravilla de viaje, ¿no le parece? —comentó retirando el paquete—. Don Guillermo es un gran hombre. He tenido la suerte de compartir amistad con él desde hace..., déjeme que piense: lo conocí cuando me casé, así que... ¡treinta y tres años! ¡Válgame Dios! Qué vieja soy. —Se rio sin captar el gesto absorto de la condesa, evidentemente mayor que ella—. Pero he de decir que me casé muy joven. Y apenas disfruté de doce años de matrimonio con el pobre señor Étienne.

Pero, en fin, la vida es un misterio. —Mordió el hojaldre. Cuando tragó, continuó—: ¿Ha leído al señor Bogarín, condesa?

—No, no he tenido la fortuna todavía. Padezco de la vista, así que no puedo leer todo lo que me gustaría, señora —dijo tratando de no mirar la miga que se había quedado adosada al redondeado moflete de la señora Leroy.

—Le recomiendo comenzar por su última novela, *Nubes negras sobre Belleville*. —Suspiró—. Fantástica. La psicología del protagonista, cómo ahonda en el subconsciente. Simplemente hipnótica. Le he sugerido que, en unos años, deberíamos convertirla en una obra dramática. Yo estaría dispuesta a estrenarla en mi teatro de París.

—Seguro que sería maravillosa —contestaron los modales de la condesa, poco o nada interesada en las divagaciones de aquella empresaria teatral cuya educación en las bernardas de Esquernes se había adormecido, si no disipado, en sus años de residencia en Estados Unidos como viuda y heredera del imperio teatral del fallecido Étienne Leroy.

La señora Dupont sacó un portapapeles de cartón, desanudó el lazo y empezó a leer por encima los recortes de periódico que había guardados en él. Acto seguido miró a Clara, que disfrutaba del paisaje del valle del Yonne ofrecido por la ventanilla, salpicado de señales de ferrocarril que se iban quedando atrás.

—He estado recopilando información de nuestros acompañantes para estar a la altura en toda conversación: críticas de los libros del señor Bogarín, de los cuadros de Mercier, de las últimas obras estrenadas en Le Manhattan, el teatro de la señora Leroy, menciones sobre las apariciones en sociedad de la condesa, las últimas noticias personales y profesionales del señor Álvarez-Caballero y una fotografía de uno de los edificios de viviendas firmados por el señor Figueroa. Deberías echarles un vistazo ahora que no tenemos compañía.

—Me preocupa que creas que la obra de un artista puede comprenderse, apreciarse o siquiera conocerse a través de las líneas de esos analistas a sueldo de los periódicos. Espero que los demás no hayan hecho lo mismo conmigo —dijo Clara sin despegar la vista del cristal.

—El artista vive por y para la crítica, querida. Que no te guste no quiere decir que no sea importante y que no tome el pulso de qué se opina de un determinado artista en París. La gente no tiene tiempo de leer todos los libros, asistir a todas las obras, analizar todas las exposiciones. Y no por ello debe quedarse al margen.

—Ese es el problema.

—Bueno, no tengo tiempo para hacer filosofía. Léelo todo —concluyó la señora Dupont pasándole a Clara la carpeta. Esta la tomó con desgana—. Recuerda que estamos haciendo esto por ti, solo por ti. Intenta agradecérnoslo con una pizca de entusiasmo. Tu gesto mohíno termina siendo molesto —añadió. Acto seguido, sonrió y, tal y como mandaban las normas sociales, le dio conversación al resto de las damas del compartimento, desconocidas de clase alta.

Clara tragó saliva y, sin soltar el portapapeles, dedicó un último vistazo al paisaje. Un pájaro batía sus alas con energía, como si quisiera mantener la velocidad del tren. Seguía y seguía, sin rendirse, pero ella veía cómo cada vez se quedaba más atrás. No pudo evitar sentirse así, como aquel mirlo. Corría, corría sin llegar. No sabía si estaba triste o enfadada. Debía averiguarlo. Pero lo que sí tenía por seguro era que estaba agotada. Y aquel viaje no mejoraba su estado de ánimo; al contrario, una angustia se estaba apoderando de ella impidiendo que respirara con normalidad. Antes de rendirse, una vez más, y leer todos aquellos recortes, contempló cómo el mirlo se resistía durante un segundo para después desaparecer en el pasado. Sus ojos, ligeramente húmedos, lo despidieron con un parpadeo que, por un momento, fundió todo a negro; a paz.

3
TABLE D'HOTE

Vals romantique
Claude Debussy

La señora doña Aliona Sergéevichna Karimova o condesa Karimova, como se la conocía en París, revisó en el espejo de la habitación que todo en su atuendo estuviera impoluto una última vez. Le indicó a su doncella que deshiciera solo el baúl de rayas para aquella noche. La empleada asintió diligente. La condesa cogió su bastón y, casi como si estuvieran coordinados, el señor Mercier llamó a su puerta para acompañarla al restaurante del hotel. La señora destilaba elegancia y distinción, eso era evidente a simple vista, por mucho que los lutos se le estuvieran acumulando. Pero la experiencia de su piel pálida se veía bella en el negro, casi celestial. Como había supuesto la señora Dupont, la condesa tenía la mejor de las opiniones sobre el señor Mercier y disfrutaba mucho con su enriquecedora compañía. Sus comentarios ácidos e inteligentes le devolvían la fe en una sociedad que ella notaba más perdida conforme se acercaba el cambio de siglo.

Mientras bajaban las escaleras, comentaban el pésimo servicio de ómnibuses ofrecido por el hotel en la estación de Lyon-Perrache, a la que había llegado el tren a las dos de la tarde. Habían sido muy lentos con el equipaje. Y es que, aunque la prestación, al ser del hotel, estaba incluida en el cupón de la agencia y comprendía una maleta o baúl por persona, el pago por cada bulto extraordinario iba aparte, así que se debía entregar el dinero correspondiente, cargarlo todo en el ómnibus y, en caso de no haber espacio suficiente, como había sido el caso, contratar los servicios de un *valet de place* o mensajero. El bigote del señor Bogarín se había tensado al gestionarlo, pero, tras algunos dimes y diretes, el carruaje azabache y cerrado, de ocho plazas interiores y una exterior, en la parte delantera del techo, y tirado por dos caballos blancos había arrancado hacia el Grand Hôtel de Lyon. El alojamiento, con cerca de ochenta habitaciones, era un edificio de fachada neoclásica muy al estilo parisino, con toldos como pespuntes en el faldón y oscuros tejados de pizarra en lo alto. El grupo de viajeros acumulaba ya más de quinientos kilómetros a la espalda. Durante la primera jornada habían ido de París a Dijon, donde habían pernoctado. En la segunda, ya en su crepúsculo, de Dijon a Lyon.

—¿Seremos los primeros, señor Mercier? —dijo la condesa al descender los dos últimos escalones y no ver a nadie en la puerta del comedor.

—Creo que algunos han dedicado la tarde a pasear por la ciudad, así que me figuro que sí, condesa. Pero podemos pedir alguna bebida a modo de aperitivo mientras esperamos, si le parece.

—Bien —asintió la condesa Karimova, que detestaba ser tanto la primera en llegar como la última en irse.

Sin embargo, para su sorpresa —o quizá no—, el señor Bogarín ya se encontraba en el restaurante. Hablaba con un camarero sobre la posición de las sillas con respecto a la ventana. Los demás, en efecto, todavía no se habían presentado. Pero aún quedaban más de diez minutos de margen. Juan y

Jacobo se estaban poniendo el esmoquin después de haber recorrido el centro de Lyon y haberse tomado un coñac en el café de Londres, situado en la bonita rue de la Republique, la misma en la que estaba el hotel. Habían admirado la estatua ecuestre de Luis XIV en la place Bellecour y, animados, habían decidido subir hasta la basílica de Notre-Dame de Fourvière, en lo alto de la colina. Desde allí habían disfrutado de una bonita vista sobre la ciudad de la seda, con los puentes sobre el Saona y la catedral como indiscutibles protagonistas de ese rúbeo atardecer. Aunque se apresuraron en el cambio de atuendo, fueron los últimos en sentarse a aquella mesa de mantel de hilo blanco. Tal fue la premura con la que se acomodaron que Jacobo no se dio cuenta de que la señorita Balaguer estaba ubicada a su lado hasta que no la escuchó saludarlo en español, excepción en ese grupo en el que la lengua vehicular era el francés. Desprevenido, sin saber gestionar por un momento lo mucho que le imponía esa mujer, se puso algo nervioso. Aun así, logró responder con amabilidad y, tras el primer sorbo de vino, se decidió a decir algo más.

—¿Ha tenido la oportunidad de ver la ciudad, señorita Balaguer?

—Solo un poco. La señora Dupont, la señora Leroy y yo hemos dado un pequeño paseo hasta la place de la Comédie, pero la señora Leroy se ha sentido algo indispuesta por el cansancio y nos hemos vuelto al hotel enseguida. ¿Ustedes? —se interesó, lanzando un vistazo a Juan.

—Sí, bueno, tampoco hemos visto todo lo que nos gustaría, pero hemos logrado subir la colina de Fourvière.

—Y, para colmo de males, ¡están construyendo ahí arriba una torre Eiffel! Jacobo odia esa torre, pero, al parecer, no son suficientes quinientos kilómetros para olvidarse de ella —añadió Juan, cómico y encantador, como acostumbraba.

La señorita se rio. Jacobo también. Y devolvieron la mirada a sus respectivos platos, donde les esperaba un puré de guisantes. La señora Dupont, que casi se había aprendido los recortes de prensa de memoria, aprovechó un instante de silencio para felicitar al señor Álvarez-Caballero por su reciente compromiso con la señorita Lorette Girard, la hija de un industrial del acero. Juan, que no se esperaba aquel momento de protagonismo, sonrió tenso y alzó la copa por su prometida, gesto al que se unió el resto de la mesa.

—He coincidido en varias ocasiones con la excelente familia Girard. Veo que está en buenas manos —comentó la señora Dupont.

Clara se preguntó si aquello lo decía de verdad o si, por el contrario, habría leído sobre ellos en alguno de sus papeles. Juan asintió mientras tragaba una cucharada de puré.

—En las mejores, señora Dupont. De hecho, el señor Girard es uno de mis principales clientes en París.

—Todo queda en casa entonces —observó la otra.

—Así es.

—Pues es una lástima que vaya a casarse, querido. Un soltero rico y apuesto menos en París —bromeó la señora Leroy, ya recuperada.

—Más mujeres para los que quedamos, señora Leroy —comentó el señor Mercier en tono jocoso.

Jeanne Leroy guiñó un ojo al pintor, divertida por el comentario. Se fijó en que Ferdinand Mercier tenía una de esas narices con tantos ángulos y perfiles que es difícil encontrarles forma, pero que, aun así, podían resultar atractivas para el ojo adecuado. Cuando sirvieron el segundo, pollo con hierbas y setas, todo regado con un vino blanco de Borgoña, las lenguas ya se habían destensado y la conversación fluía alegre entre los viajeros. Era uno de los primeros momentos de tranquilidad que compartían, la cena en Dijon había sido más informal. La señora Leroy, una de las más habladoras del grupo, se animó a relatar cómo se habían conocido el señor Bogarín y su difunto marido. Cuando su pluma era todavía incomprendida y privada, el escritor había tenido numerosos empleos para pagar un cuartucho en el barrio Latino, junto a la iglesia de Saint-Séverin. Entre ellos, había sido el chico de los recados del señor Leroy, ya entonces propietario de un teatro en París, que había vendido antes de marcharse a las Américas.

—Mis padres me enviaban cartas implorándome que volviera a España, que me sacara una plaza en la Administración, que fuera cesante y me dejara de prosas y versos. Pero el señor Étienne siempre confió en que lo acabaría logrando. Me siguió pagando el sueldo hasta que me casé —contó el señor Bogarín.

—Tenía un gran corazón. Yo siempre digo que por eso se le paró antes de tiempo —añadió la señora Leroy y se rio.

En la mesa, el comentario chistoso tuvo reacciones diversas: algunos se rieron acompañando a la señora Leroy, pero a otros, como a la condesa, la señora Dupont y el señor Mercier les pareció de mal gusto y prefirieron meterse el tenedor en la boca o beber un sorbo de la copa. El señor Bogarín, que notó enseguida que el grupo había naufragado en los difuminados umbrales del humor, lo sacó a flote con otro tema, a costa del joven Henri Collet, a quien sí le había hecho gracia el comentario de su tía y no esperaba ser interpelado. El escritor se interesó por los planes de futuro del muchacho. Este, retraído, tragó y, sin extenderse en demasía, contó que, tras haber fracasado en el primer intento, estaba estudiando para volver a presentarse a los exámenes de acceso de l'École Central d'Arts et Manufactures. El padre de Henri había heredado la empresa textil de su suegro, el padre de la señora Leroy, y el plan era que el chico se formara para ocupar su lugar cuando llegara el momento. Con objeto de garantizar la mejor formación, Henri se había marchado de Lille y se había ido a vivir con su tía a París, donde había cursado los estudios secundarios en el prestigioso Lyceé Charlemagne. Pero el muchacho no era ninguna lumbrera, así que su acceso a la escuela, de la que salían los principales directores de empresas industriales de Francia, se había complicado un poco. Jeanne, no obstante, confiaba en la capacidad de su sobrino para aprobar el examen, así que había convencido a su hermana y a su cuñado para que le dieran un respiro con ese viaje, con el compromiso de que, a la vuelta, solo existirían los libros. Por si fuera poco notar cómo los ojos de todas aquellas relevantes personas se fijaban en él y en su insípida existencia, el señor Bogarín acabó de rematar el ánimo de Henri con un comentario.

—Bueno, y también deberás estar preparado para que te llamen a realizar el servicio militar en los próximos años, ¿no? ¿Tienes ganas, chico?

—Yo, eh..., prefiero no pensar en ello —balbuceó, detestando su vida por un instante.

En medio del baile de los camareros trayendo y retirando platos de las mesas, ocupadas por elegantes comensales, se oían las anécdotas de la señora Dupont, que parecía conocer a todo el mundo en París; las risotadas de la señora Leroy, cada vez más sonrosada por el vino; y las diatribas del señor Mercier sobre el nuevo arte. Este, que había quedado horrorizado con el cuadro de la *Grande Jatte* de Seurat en la última exposición impresionista, con la organizada por Gauguin en el Café Volpini durante la Exposición del 89 y, en definitiva, con esa corriente simbolista que estaba desintegrando lo que él consideraba arte, se mostraba intransigente con cualquier comentario positivo hacia el porvenir de la pintura. Por su lado, Jacobo defendía la necesidad de que cada generación encontrase su voz, tal y como estaba ocurriendo en arquitectura con las nuevas formas y materiales. Clara, atenta al debate, aunque mirando a la señora Leroy, se preguntó por qué, entonces, el señor Figueroa odiaba la torre Eiffel.

—Jamás una generación ha sido tan destructiva, señor Figueroa. Eso me lo tiene que conceder.

—Pero ¿qué está destruyendo, señor Mercier? El tiempo de los paradigmas se ha terminado. No podemos quedarnos anquilosados en sistemas del pasado. Veo cómo se repiten fórmulas hasta la saciedad, cómo incluso el trabajo en la Ópera del señor Garnier ha sido vilipendiado por muchos por salirse de los esquemas. El arte necesita oxígeno, reinventarse. Si solo imita, en mi opinión, deja de ser necesario.

—Al señor Garnier se le criticó por motivos menos artísticos, señor Figueroa.

Un empleado uniformado rellenó las copas.

—El caso es, señor Mercier, que usted mismo y el resto de los impresionistas también fueron rechazados. ¿No le sugiere nada?

—Sí, precisamente como alguien que vive del arte desde hace casi veinte años, que se formó en el taller de Charles Gleyre, que ha compartido sala con la obra de Renoir o Pissarro, me sugiere que en la sociedad decadente en que vivimos se considera vanguardia cualquier cosa y que se nos utiliza a los impresionistas, agentes de un cambio constructivo, para justificar cualquier barrabasada.

Juan sonrió ante la cerrazón del pintor.

—En fin, señor Mercier: no hay más ciego que el que no quiere ver —sentenció Jacobo y bebió.

El otro arqueó las cejas y negó con la cabeza, irritado por que alguien le llevara la contraria con tanta insistencia. La condesa se dirigió entonces a Clara, a la que aplaudió por la vez en que la había escuchado tocar en la sala Pleyel hacía un par de años. La señorita Balaguer se ruborizó, agradeciendo el cumplido y deseando que la atención no se centrara en ella por una vez. Sin embargo, tener de compañía a la señora Dupont significaba que cualquier momento era bueno para la publicidad. Así, se aseguró de contar a los presentes la importante cita que Clara tenía a principios de febrero del año siguiente en la sala Érard. Iba a dar un concierto. En concreto, iba a repetir su repertorio estrella: el segundo concierto para violín de Paganini. La actuación de 1879 había salido en todos los periódicos y con ese programa había girado por Europa en varias ocasiones. El concierto de febrero en París sería la celebración de sus quince años como intérprete y esperaban un impacto igual o mayor que el de esa interpretación de 1879. Clara asintió ante los halagos de todos, que admiraban su capacidad para interpretar con soltura una pieza del mismísimo Paganini, el virtuoso del violín por excelencia. Pero es que Clara era también una virtuosa, una «Paganini», como la crítica se había referido a ella en numerosas ocasiones. El violín era una parte más de su cuerpo, había ganado el primer premio del Conservatorio Nacional de París y se había formado con el maestro don Lambert Massart. No recordaba su vida antes de tocar el violín. Mientras todos seguían hablando de las grandes interpretaciones de músicos que habían disfrutado en su vida y un postre a base de frutas daba color a la mesa con cada plato servido, Clara empezó a escuchar ese violín lejano que repiqueteaba sus sienes desde hacía un tiempo, esa quinta aguda y mal afinada. Un rubor más grande que el que le generaba la vergüenza o el decoro le subió desde el pecho hasta la cabeza. Sintió cómo las mejillas se encendían de pronto y un sudor desagradable abrillantaba su rostro. Con las palpitaciones retumbando en los oídos, susurró una excusa a la señora Dupont y se disculpó con los demás para retirarse a la habitación.

—¿A qué hora debemos tomar el tren mañana, señor Bogarín? —preguntó la señora Leroy al tiempo que apuraba el último trozo de manzana.

—No tan temprano como hoy. A las diez y media —le indicó, haciendo esperar a la cucharilla de plata, colmada, paciente.

Tras aquella pregunta de rigor, comentaron las distintas experiencias que habían tenido aquellos dos primeros días de viaje en el tren. La señora Leroy contó que, en los Estados Unidos, los trenes no tenían compartimentos como en Europa ni tampoco división por clases, sino que todos los vagones eran espacios abiertos con un pasillo central. Los demás reaccionaron con cierto asombro. La condesa, habitada por serias dudas acerca de si viajar en tren y alcanzar los cincuenta kilómetros por hora era saludable para el cuerpo humano, murmuró que aquello suponía el triunfo definitivo de convertirlos a todos en «tercera clase». Sin más demora, y cuando fue evidente que la sucesión de platos del menú había llegado a término, las faldas de los vestidos se replegaron dando inicio a la retirada de las tres mujeres. La señora Dupont, a quien le había contrariado la marcha de Clara, disimuló con una sonrisa y, abanico en mano, se despidió cortés y cautivadora de los caballeros. La señora Leroy hizo una señal a su sobrino para que diera las buenas noches y ambos se dirigieron escaleras arriba. Jeanne, que se había dejado embrujar por la refrescante acidez del vino, tuvo que posar una de sus enguantadas manos en el hombro de Henri para ser capaz de subir los escalones sin accidentes. La condesa, considerada, rehusó agradecida el ofrecimiento del señor Mercier de acompañarla a su habitación y se valió del bastón y de un empleado del hotel para llegar hasta su mullida cama, ahuecada por su doncella. Los caballeros disfrutaron de una última bebida en compañía, aderezada por el aroma que emanaba de la pipa de hueso y madera del señor Bogarín. Después imitaron a las damas y se fueron a descansar. En aquel viaje no se podían dar por sentadas las horas de sueño.

—¿Qué crees que le habrá ocurrido a la señorita Balaguer? —le dijo Juan a Jacobo mientras descontaban peldaños hasta su cuarto.

—No tengo ni la menor idea —admitió Jacobo—. Pero hay algo en esa mujer que parece no estar bien.

—Sí... —musitó Juan, pensativo.

El señor Bogarín dio una última calada a la pipa y se quitó la chaqueta. Inspirado por el caldo y la charla, se sentó al escritorio del que disponía su habitación, dejó la pipa y encendió la lámpara de gas que reposaba sobre él. De su maleta extensible de cuero marrón extrajo tintero y pluma de viaje. También el papel de carta que había guardado cuidadosamente en uno de los bolsillos, renunciando a objetos quizá más necesarios, pero menos útiles para un adicto a las palabras como él. Titubeó un momento y, después, se lanzó a escribir unas líneas dirigidas a su esposa.

Justo en el piso superior, Juan Álvarez-Caballero cerró la puerta. Miró un momento la colcha tornasolada que recubría la cama y resopló. Aquella cena le había dado dolor de cabeza. Se dirigió al juego de aguamanil y se enjugó la cara, deseando que la inflamación se redujera con la sensación de frescor. Al secarse con el paño que había junto a la jofaina, se miró en el espejo que había colgado en la pared. Sabía que la jaqueca no era solo por el vino. Era ese miedo que había surgido de pronto, con todos sentados a la mesa, de que alguien pudiera conocer sus más reservados secretos. Se desabrochó la corbata al tiempo que se decía a sí mismo que se pegaría un tiro en la sien antes de que alguien supiera el motivo real que, más allá de las insistencias de Jacobo, lo había llevado a unirse a aquel viaje.

4
Aix

Lakmé, «Dueto de las flores»
Léo Delibes

Las primeras lluvias del otoño habían refrescado las verdes laderas del Mont du Chat, que morían, ora sinuosas, ora abruptas, en la orilla occidental del apacible lago Bourget. La abadía de Hautecombe vigilaba, casi besando las mansas aguas azul brillante, a los barcos de vapor y veleros que alteraban la simulada paz de aquel rincón de Saboya. En la ribera podía distinguirse a las lugareñas frotando camisas y enaguas, y a pastores remojando a sus rebaños; breve pausa concedida a la desidia. El cielo, limpio de nubes y amenazas de aguacero, era un reflejo del lago. Solo el horizonte serrano rompía el artificio de ese piélago, mitad telúrico, mitad astral. El pitido del tren provocaba desbandadas de aves a su paso. Los ejes, a punto de perder velocidad, danzaban coordinados sobre el trazado de la vía, que recorría la margen oriental. En unos minutos llegarían a destino. Lo sabían el cuaderno y las guías de Bogarín, ya guardados en la maleta, las ojeras de Clara y las tripas rugientes de la señora Leroy.

—Próxima estación, Aix-les-Bains. Aix-les-Bains. Próxima estación, Aix-les-Bains —repetía el revisor mientras paseaba por los vagones y daba toques en las puertas de los compartimentos en busca de viajeros a punto de apearse.

El clima suave y el boca a boca habían convertido aquella ciudad termal en el lugar predilecto de las fortunas más superlativas de Europa. Incluso la reina Victoria de Inglaterra había ido a tomar las aguas en los últimos años. La señora Dupont se aseguró de remarcar ese dato cuatro veces durante el trayecto desde Lyon, a lo que las demás damas respondieron con sonrisas que se fueron apagando con cada innecesaria reiteración. Pero es que Geneviève Dupont era alérgica al silencio, por mucho que este fuera anhelado y disfrutado por sus acompañantes. Al salir del penúltimo túnel, ningún comentario pudo competir con las vistas del lago. Y así permanecieron hasta que bajaron al andén de la estación, donde debieron presentar el billete al revisor —típico en las estaciones pequeñas— y pudieron recuperar, tras dar aviso a uno de los mozos, el equipaje que viajaba en el coche maletero. Después, se reagruparon. A la salida, en el boulevard de la Gare, tres taxis de cuatro plazas que el señor Bogarín había gestionado vía telégrafo antes de salir de Lyon esperaban diligentes a los pasajeros. Los bártulos de las personas que menos habían escatimado en equipaje tuvieron que abonarse aparte de las carreras y ser repartidos en esas tres berlinas oscuras de cuatro ruedas y dos caballos marrones, y en cuyo pescante aguardaba, como en París, un conductor con sombrero de copa y su inseparable taxímetro rematado por un pequeño cartel que indicaba, en ese momento, que estaba «ocupado». Aun así, hubo dos baúles que, de nuevo, tuvieron que enviarse por medio de un recadero contratado en la misma estación.

Los cascos de los caballos levantaban polvaredas a medida que recorrían las calles en dirección al camino de Mouxy. Los ocupantes resistían el suave balanceo del traqueteo de los coches en los que se habían repartido de tres en tres, ansiosos por pasar dos días fuera de un tren. Bajo el agradable sol de mediodía, las tres berlinas subieron por la rue Georges I y accedieron a las instalaciones del hotel Le Splendide, ubicado en la colina, a espaldas del monte Revard y oteando de frente ese lago de hipnótica quietud. Se trataba de un edificio imponente de muros claros y balconcitos que, a vuelapluma, parecían líneas negras horizontales entre ventanales. El ojo entrenado podía percibir cómo se erigían esculturas sobre la balaustrada que coronaba la cuarta y última planta, reduciendo la distancia que existía entre aquel moderno y distinguido alojamiento y un auténtico palacio. La ilusión óptica la rompía el letrero que, centrado, rezaba el nombre de ese hotel rodeado por un amplio jardín. Al detenerse en el acceso principal, uno a uno fueron bajando de los vehículos y cruzando las puertas del distinguido alojamiento. Clara se quedó un instante al margen, admirando el paisaje, mientras su guante apretaba el asa de la funda del violín. Jacobo se percató de que se había quedado rezagada y, tras dudar si avisarla, creyó oportuno concederle esos segundos a solas. La asignación de habitaciones fue rápida, previa presentación del oportuno bono; el servicio era excelente. Tal y como habían acordado en el desayuno, esa tarde cada uno la dedicaría a lo que gustase y se verían para cenar. Al día siguiente había programada una excursión por el lago.

Clara extrajo del baúl los tres conjuntos que había llevado consigo, además del beis que llevaba puesto: un traje sastre marrón y dos vestidos para las cenas, uno dorado y otro granate. También las dos blusas, los dos pares de medias, una combinación, un corsé, unas enaguas, el vestido para dormir de seda rosa y la caja con el tocado y los complementos de noche. Separó una de las blusas para pedir que la lavaran y, agotada, se sentó en la cama. Se quitó el canotier, dejando ver su cabello ondulado castaño, que caía en una larga trenza por la espalda. Liberó las manos de los guantes y alcanzó la cartera de cuero en la que llevaba sus más valiosas pertenencias. Rebuscó con mimo hasta que encontró el sobre abierto de la última carta de Yves. Se tumbó en la cama y la releyó. Al terminar, cerró lo ojos, queriendo imaginarlo allí mismo, junto a ella, besando los hoyuelos de sus mejillas mientras se reía, desabrochando su blusa. Pero ni siquiera aquello consiguió animarla o tranquilizarla. Se incorporó frustrada y fijó la vista en la funda del violín. Resopló. Debía practicar.

La señora Leroy se deleitó con un almuerzo ligero y después se retiró a descansar a la habitación antes de prepararse para pasar la tarde en el Casino Grand Cercle en compañía de una vieja amistad que también se encontraba en Aix pasando una temporada. La señora Dupont trató de unirse a tan apetecible divertimento, pero, al no ser invitada, fingió tener muchas postales y cartas que escribir en su cuarto, en especial, a su marido, atento a los progresos del viaje. Por su parte, Juan, el señor Bogarín y el señor Mercier optaron por visitar las termas y beneficiarse de las bondades de las azufrosas aguas. Jacobo marchó con ellos hasta los baños y después continuó hasta la rue des Écoles, donde se encontraba la posta y la oficina de telégrafos, dispuesto a enviar un par de mensajes a París y una bella postal en la que se veía el lago. Extasiado con la rueda de la estación telegráfica, en parte debido al cansancio, se percató de que ya habían pasado dos días y medio desde el inicio del viaje. Aquello lo preocupó un momento, pues no tenía tiempo que perder, no podía permitirse que llegara a su fin sin haber cumplido su objetivo. Después reflexionó sobre todos los días que quedaban por delante y se llenó de optimismo. De vuelta al hotel, camino en pendiente que exigía cierta agilidad física, observó la curiosa mezcolanza de aquella villa termal. Los elegantes bañistas, montados en sus calesas y faetones, pavoneándose entre abanicos de pluma de avestruz y sombreros de copa, compartían escena con parroquianos tirando de carretas y acémilas despistadas que pastaban en las entradas de los edificios más selectos. A Jacobo le gustó el contraste. Como arquitecto, siempre imaginaba las estampas de las que formarían parte sus creaciones una vez que él se hubiera despedido de ellas, una vez que el trabajo estuviera concluido. Aquella imagen le hablaba de las de otros y nutría así la infinidad de posibilidades que el periodo cambiante en el que le había tocado vivir brindaba a cualquier obra arquitectónica.

Al cruzar el umbral del hotel y acceder al vestíbulo, ostentosamente decorado con plantas, cuadros y esculturas, observó cómo la condesa Karimova aguardaba sentada a que le sirvieran un té. Aunque dudó un momento, pues prefería dejar los papeles en la habitación y no andar cargado, optó por acercarse a ella. Los ojos azules de la señora repararon enseguida en Jacobo cuando la saludó y, educada, lo invitó a acompañarla. El arquitecto guardó los papeles en la chaqueta y se acomodó en otro de los silloncitos que rodeaban una mesa baja de tablero de mármol. Cuando el camarero dejó la bandeja con el té de la condesa, se interesó en saber si el señor también deseaba tomar algo. Jacobo se limitó a pedir un poco del agua de mesa de Aix y así exponerse a sus poderes curativos, ya que no se había unido al baño con el resto de los caballeros. La condesa arqueó las cejas con disimulo y procedió a mojar su arrugado labio superior en la infusión. Una mueca de disgusto acompañó la vuelta de la taza al platillo de porcelana a juego.

—Me empeño en seguir tomando té cuando en Francia no saben cómo hacerlo —refunfuñó.

Jacobo sonrió.

—Imagino que echará de menos su tierra, señora condesa —comentó.

—Solo a veces, señor Figueroa. Sobre todo, cuando bebo el agua sucia que sirven por aquí —respondió y dio otro sorbo, resignada.

El empleado dejó el agua de Jacobo sobre la mesita.

—Gracias —dijo él.

—¿De verdad no quiere nada más fuerte? —se interesó la condesa.

Jacobo volvió a sonreír.

—Quizá después, en la cena, señora condesa. Pero, por el momento, prefiero catar el famoso líquido de Aix.

—Dios no quiera que le siente mal.

El arquitecto dudó mientras bebía.

—¿No se ha animado a ir a las termas, condesa?

—No, no... A mi edad los males no se curan con baños, señor Figueroa. ¿Usted viene de allí?

—Oh, no. He ido a la oficina de telégrafos. Quería dejar enviados algunos mensajes a París antes de cruzar la frontera. —La condesa asintió discreta—. Quizá es soberbio por mi parte pensar que mi familia me echa tanto de menos como yo a ella, pero, en fin, no he podido evitarlo —admitió divertido y tomó un poco más de agua.

—La familia siempre es un misterio. ¿Tiene muchos hijos?

—Tengo tres, señora. Augustine, Camille y Rosalie. ¿Usted?

—Me quedan menos de los que me gustaría... Pero tengo catorce nietos y diez bisnietos. Aunque a los últimos cinco no los conozco más que por cartas y retratos.

—¿Hace mucho tiempo que se vino a París?

—Hace... Ah, ocho años. Vine por una temporada. Al conde Karimov y a mí nos embelesó la ciudad cuando la visitamos por primera vez en 1833, justo después de contraer matrimonio. Cuando él murió, París apareció ante mí como el lugar en el que deseaba vivir una parte de mi vejez y de mi soledad. Aguardé veinte años, y cuando supe que mi familia ya no me necesitaba, decidí instalarme en la ciudad por un tiempo. Pero mi querido hijo Nikolai, que siempre me ha conocido mejor que yo misma, me regaló el palacete en el que resido y me quedé en Francia.

—A pesar del té.

—A pesar del té —reconoció la condesa, emocionada por los recuerdos y agradecida por la compañía.

Jacobo y la condesa continuaron conversando un rato más sobre el trabajo de él, sobre los edificios que había diseñado y su decisión de especializarse en viviendas privadas. A la condesa Karimova le divirtió descubrir que algunos de los palacetes de sus amistades habían contado con la mano de Jacobo en su edificación o reforma. Así, tomó buena nota por si alguna vez precisaba de sus servicios. Ella le habló de su palacio de San Petersburgo, cuyos detalles permanecían inalterados en su enmarañada memoria. Tal fue la grata impresión que causó Jacobo en la condesa que esta, habiendo olvidado el sabor amargo del té y del pasado, le transmitió al arquitecto lo mucho que le gustaría invitarlos a él y a su esposa a cenar cuando volvieran a París. A Jacobo se le heló la nuca por un instante, pero antes de ser capaz de contestar, la señora Dupont apareció en el recibidor del hotel. Al parecer, ya había terminado de escribir su arsenal de misivas a personajes que solo ella conocía, así que se sentó en otro de los silloncitos. Elegante y atractiva como acostumbraba, ataviada con un chal sobre el vestido, se rio coqueta con cada aportación de Jacobo a la charla. Geneviève no podía evitarlo. El perfil griego del arquitecto, de cabello y ojos oscuros, y esa afección por la que su sonrisa solo se trazaba en uno de los lados de la boca le conferían un aspecto de lo más interesante para su gusto. La condesa se escandalizó en silencio por el descaro de la señora Dupont, adicta a acaparar el centro de atención, a cualquier precio, en cada círculo en el que se posaba.

Cuando el reloj de pared que tenían a la vista marcó las cinco, la condesa se excusó para retirarse a la habitación y prepararse para la cena. Jacobo se levantó educado y tendió su mano a la señora para que se incorporara y alcanzara su bastón. Acto seguido, él mismo comunicó a la señora Dupont su intención de refrescarse antes de la cena, con lo que Geneviève se quedó sola. Su fastidio y vergüenza se acrecentaron cuando uno de los empleados que gestionaban la recepción se acercó a ella con un mensaje procedente de la habitación de Clara: no iba a bajar a cenar. La señora Dupont, como alma que lleva el diablo, se cogió la falda del vestido para ser más certera en sus pasos y se dirigió a las escaleras principales para pedir explicaciones a su protegida.

Aunque Geneviève consiguió salirse con la suya y que Clara bajara a cenar con los demás, esta optó por no conversar con nadie, por pasar desapercibida y retirarse cuando los caballeros se fueron a fumar. De nuevo a solas, en la mente de Clara retumbaban las afiladas palabras de la señora Dupont. No lloraba, solo intentaba tragarse esa angustia, ese dolor. Frases como «No estás en disposición de morder la mano que te da de comer», «Nuestra paciencia es finita» o «Nos debes demasiados favores, solo nosotros conocemos tus secretos» se habían enquistado en su garganta impidiendo que emitiera sonido alguno. Pero es que últimamente se sentía muda, incapaz de pelear con palabras lo que le dictaban las tripas. Todavía sentada en la cama, vestida con el conjunto dorado, se preguntó si habría sucumbido a la neurastenia de la que todo el mundo hablaba en aquel extraño *fin de siècle*. En el fondo, lo único que deseaba era huir. Así, embriagada por esa congoja a la que no sabía poner nombre, cogió el violín y salió de la habitación.

Avanzó por el pasillo de la segunda planta y bajó las escaleras con ilógica premura. Al llegar a la planta baja, desaceleró. Se asomó para confirmar que nadie la veía. Los empleados de recepción parloteaban en el dialecto local, quizá sobre los huéspedes más impertinentes. Clara decidió continuar, atravesar el vestíbulo y alcanzar la puerta. Justo cuando sus pasos temerosos sorteaban las mesitas y silloncitos del recibidor, se topó con la inconfundible coronilla sin pelo del señor Bogarín. Se quedó quieta un momento hasta que identificó el suave ronquido del escritor, que se había quedado dormido leyendo a Maupassant, pipa en boca. La enajenación la obligó a seguir. Ignoró los bellos lienzos, el techo artesonado y los jarrones. Esquivó muebles y miradas y bajó los escalones del porche columnado que enmarcaba el acceso al hotel. Clara caminó durante diez minutos, colina abajo, aferrada al violín. La quinta desafinada que hacía tambalear su juicio la torturaba. Pero, entonces, a punto de romper a llorar, miró alrededor. La soledad se cernía sobre ella como el manto negro de aquella noche de septiembre. ¿A dónde ir? ¿Con quién? Tenía treinta y tres años y no era capaz de responder a esas dos preguntas. Miró la funda del violín y estalló en llanto. Pesaba demasiado. De pronto, tenía ganas de lanzarlo, de olvidarse de él. Pero la señora Dupont tenía razón. No estaba en disposición de pedir más favores. Ellos le habían dado todo, se habían convertido en su familia y debía ser agradecida. Si no, ¿qué sería de ella?, ¿quién la querría? Era eso o nada. Era eso o tirar por la borda su pasión. Clara pensó entonces que había algo en los sueños que se pudría cuando se cumplían, que la niña de seis años que robaba el violín a su hermano para tocar en secreto no había calculado todos los sacrificios que el amor por la música le iba a obligar a hacer. Con las pestañas y las mejillas empapadas de frustración, respiró hondo una última vez y dio media vuelta.

5
La excursión

El carnaval de los animales, R. 125, «El cisne»
Camille Saint-Saëns

El señor Bogarín amaba la rutina. Así, aun de viaje, tenía sus pequeñas manías. Cada mañana se despertaba con la salida del sol, hacía unos leves estiramientos, usaba el retrete portátil, se lavaba, se recortaba el bigote, se peinaba y se enfundaba el atuendo de día. Este se componía de camisa de lino y traje de chaqueta y pantalón de estameña azul. Se ataba los cordones de los zapatos marrones, dejando los lazos exactamente iguales, costase los intentos que costase, y bajaba a desayunar. Normalmente, solo el señor Mercier y la condesa Karimova lo acompañaban en el primer turno, los demás se unían poco después.

Aquella mañana, tras terminarse las tostadas con mantequilla y el café y leer el periódico, el señor Bogarín marchó a la posta a realizar algunas gestiones y dejar enviadas unas cartas. Tal y como había vuelto a señalar el señor Figueroa en la cena, era mejor mandar el correo antes de cruzar la frontera, pues los precios se encarecían en el extranjero. A la vuelta se percató de que el trajín del hotel ya estaba en todo su esplendor, envuelto en el aroma a café, sopa y perfume. Huéspedes recién llegados, otros que partían seguidos de mozos cargados de sacos, baúles y maletas de tocador, observados por las columnas jónicas que daban un aire clásico y sofisticado al vestíbulo del distinguido alojamiento. Personas que abandonaban el comedor, ya almorzadas, y hambrientos o aburridos en busca de esa segunda comida del día. Don Guillermo, confiado en que habría alguien disponible en el mostrador de recepción, se colocó allí para ser atendido. Sin embargo, esperó y esperó sin éxito durante más de diez minutos. Justo cuando, resoplando, se disponía a recorrer la planta baja en busca de alguien del personal de Le Splendide, una joven se acercó y, con dulce cautela, le indicó que había un timbre para llamar sobre la repisa, parcialmente oculto por un marco en el que resplandecía una fotografía del monte Revard. El señor Bogarín le dio las gracias y se rio de su torpeza. La joven asintió cordial y dio un paso atrás. A los dos segundos un empleado apareció para atenderlo.

—No, no es eso a lo que me refiero. Lo que quiero saber es cómo llegar al embarcadero del que sale el barco de la una. En la guía pone que hay un ómnibus, pero no dice dónde se toma ni qué embarcadero es.

—No hay ómnibus, señor. No para el barco de la una. Hay para el de las tres, pero no para el de la una. Ha habido un problema con los caballos.

—¿Y no hay transporte alternativo para el de la una?

—Al estar en los días finales de la temporada, tendría que consultarlo, señor. Si aguarda un instante...

El señor Bogarín asintió y resopló, contrariado por la opacidad en la información y los contratiempos.

—Señor, disculpe el entrometimiento. Pero mi hermano y yo llevamos ya unas semanas aquí y sabemos cómo ir al embarcadero del que salen los vapores sin necesidad de ómnibus —dijo una voz con marcado acento foráneo.

Don Guillermo contempló a la joven. Era de una belleza delicada, casi frágil. Su esbelta delgadez quedaba parcialmente oculta por el vestido de crespón amarillo que le cubría hasta el cuello. El cabello rubio de suaves ondas recogido en un moño, los ojos curiosos azul grisáceo, la tez marmórea y las manos enguantadas sobre una sombrilla a juego.

—Oh, muchísimas gracias, señorita. ¿Sería entonces tan amable de indicarme?

—Por supuesto. La mejor forma es dando un paseo a pie. Aunque se tarda una media hora, es una buena forma de disfrutar del paisaje y del aire saneado de Aix. No tiene gran dificultad y es agradable. De hecho, hoy mismo nos disponíamos a dar el paseo en el barco de vapor de la una. No he podido evitar escuchar que es el que a usted le interesa. Si quiere, puede venir con nosotros, así no se perderá.

—Se lo agradezco mucho, señorita. Aunque viajo en grupo; no sé si es inconveniente para ustedes. Somos nueve personas y una de ellas va con bastón y camina despacio...

—No importa. Iremos todos juntos.

El señor Bogarín asintió alegre.

—Avisaré a mi hermano, que está en la terraza. ¿Le parece bien vernos en la puerta del hotel a las doce y cuarto?

—Estupendo, sí. Avisaré a mis acompañantes —dijo satisfecho—. Disculpe, señorita, no nos hemos presentado. Soy don Guillermo Bogarín.

El escritor tendió la mano y la señorita colocó la suya encima.

—Soy la señorita Theresia Pichler, señor Bogarín. Pero puede llamarme Thesi —respondió encantadora, al tiempo que el literato le besaba la mano en un gesto cortés.

Tras esto, cada uno se marchó a cumplir su cometido, y para cuando el empleado regresó con la información sobre el transporte, no había ni rastro del huésped preguntón ni de la arrebatadora dama.

Tal y como habían acordado, después de dar la indicación a los demás, se reunieron todos en la puerta de Le Splendide tras el almuerzo. El señor Bogarín presentó a Thesi al grupo y esta hizo lo propio con su hermano Gustav, que no hablaba ni pizca de francés. Bajo sombrillas y sombreros, los viajeros avanzaron por las callecitas de la villa termal, en plena modernización, guiados por los hermanos Pichler. De constitución parecida a la de Thesi y ojos de idéntico gris, Gustav tenía el cabello oscuro y espeso, despeinado con gracia bajo el bombín. Ambos gozaban de un atractivo natural que, en el caso de Thesi, se veía acrecentado cuando se reía o parloteaba. En el camino hacia el embarcadero, le contó al señor Bogarín el motivo de su estancia en Aix-les-Bains. Gustav y Thesi, oriundos de Cracovia, eran hijos de uno de los latifundistas más poderosos de la provincia austríaca de Galitzia, de origen alemán. Tras la devastadora y trágica muerte de su madre en un accidente montando a caballo, el señor Pichler había animado a sus hijos a realizar un viaje por Europa para distraerse. Los hermanos habían recorrido el norte de Alemania, Suiza y parte Francia, y se disponían a continuar hacia el sur.

—Pero, como podrá imaginar, el dolor no ha desaparecido todavía —dijo la joven con ojos vidriosos—. Aunque sé que el tiempo lo terminará curando.

Al señor Bogarín le enterneció el optimismo de la joven. Su hermano Gustav se limitó a sonreír al no dominar el idioma. El aire cargado del olor a estiércol que emanaban vacas, caballos y mulas, y que casi podía masticarse, acompañó al grupo por la rue de Gèneve en dirección al lago.

—La verdad es que hay que reconocer al señor Bogarín su capacidad para buscar soluciones a cualquier inconveniente —bromeó Juan, que caminaba junto a Jacobo, quien sonrió por el comentario, pero lanzó una mirada a Clara, que avanzaba dos pasos por delante de la señora Dupont y la señora Leroy con la cabeza gacha.

Geneviève, aunque atendiendo a las anécdotas que la señora Leroy le contaba sobre su tarde de juego en el casino, no podía dejar de analizar a Thesi, cuya juventud la contrariaba tanto o más que la de Clara. Pasó todo el rato atusándose los mechones que se escapaban del moño y pellizcándose las mejillas para simular rubor y vitalidad. La condesa Karimova, cogida al recio brazo del señor Mercier, criticaba que el señor Bogarín hubiera aceptado aquel ofrecimiento de dos extraños. El pintor defendió, comedido, a su amigo, y le indicó a la condesa que aquello era normal cuando se estaba de viaje. Él mismo, en su primer periplo europeo en el año 83, había conocido a infinidad de personajes de gran interés que incluso se habían convertido en buenos amigos suyos. «Tengo intención de avisar a uno de ellos cuando estemos en Praga. Trabaja en la universidad. Le gustará conocerlo, señora condesa, estoy seguro». Con estas palabras la convenció, solo en parte, de la pertinencia de abrazar ciertas serendipias. Cerrando la procesión, Henri Collet, que daba patadas a las piedras y los palos que iba encontrando en el camino por el paseo ribereño del Gigot, donde habían desembocado.

Los hermanos Pichler demostraron tener palabra. Como había prometido Thesi, llegaron sin problemas al vapor de la una y tuvieron tiempo de acomodarse antes de que zarpara. La condesa, agotada, se sentó a cubierto. También Clara y la señora Dupont, deseando protegerse del sol. Los hermanos Pichler, Bogarín, Juan y Jacobo pasearon por la proa, el mejor sitio para las vistas. Henri se sentó en uno de los bancos a leer. Y el señor Mercier y la señora Leroy se apoyaron en la barandilla de babor y admiraron las montañas que surcaban las barderas, restos de la débil niebla matutina, tratando de adivinar los picos alpinos.

—¿Está disfrutando, señor Mercier? —se interesó, amable, la señora Leroy.

—Mucho, señora Leroy.

—Parece mentira que haga tres días que salimos de París.

—Bueno, mi tío siempre decía que los viajes, como la vida, comienzan a terminarse en el instante en que empiezan.

—Eso es cierto —le concedió—. Aunque todavía estamos en el principio... del viaje, no de la vida. —Se rio—. A saber qué nos depara... —añadió.

—Estoy ansioso por verlo. Sobre todo, por la naturaleza de este viaje en concreto. Un grupo así no se reúne todos los días.

—¿A qué se refiere? —se interesó la señora Leroy, sin entender.

—Vamos, estará de acuerdo conmigo en que nadie emprende un viaje como este sin un motivo más o menos egoísta guardado bajo el brazo. La cuestión es: ¿qué ha traído a cada uno? Supongo que el tiempo lo dirá. —Silencio—. O quizá la astucia gane la partida —concluyó y se marchó a estribor.

Jeanne Leroy, algo menos paranoica, sacudió ligeramente la cabeza, como si deseara desquitarse de las sospechas del pintor, y se fue adentro con las demás mujeres. Si algo la había llevado hasta allí era su interés por conocer Europa de una vez por todas. Al haberse marchado tan joven a los Estados Unidos y haber residido allí durante dieciséis años, sumado a las exigencias de su poderoso imperio en el mundo del espectáculo, le había resultado imposible recorrer el continente que la había visto nacer. La propuesta de su buen amigo don Guillermo Bogarín había llegado en el momento oportuno. Su teatro del boulevard Poissonière, Le Manhattan, era todo un éxito. También L'Oiseaux, sito en Bruselas, especializado, igual que el de París, en operetas cómicas, vodeviles y farsas. Además, y aunque había delegado la gestión, era propietaria de otros tres rentabilísimos teatros en América: uno en Nueva York, otro en Boston y otro en Nueva Orleans. Se había iniciado con buenos resultados en el negocio de la producción teatral y era toda una celebridad en París y Nueva York, aunque la temprana viudedad y la peculiar independencia y responsabilidad que había asumido a la muerte de su marido la habían convertido en una mujer un tanto excéntrica y excesiva, detalle que chocaba con las damas de educación y trayectoria más tradicionales. Lejos quedaba su Lille natal para aquella empresaria de fortuna que, después de muchos años, había decidido darse unas semanas de respiro en ese otoño de 1893.

El vapor siguió su curso hacia el norte del lago, esquivando las primeras bandadas de aves que planeaban sobre las aguas en busca de refugio para el invierno. Martinetes y milanos merodeaban por al aire, mientras fochas, patos y cisnes flotaban, altaneros, a la caza de algas y tallos ignorados por la creciente competencia. Como una mancha de carboncillo sobre un lienzo, el humo salía de la chimenea e imprimía huella del paso de la embarcación. Conforme se fueron acercando a la abadía de Hautecombe, Aix se desdibujó a popa y los tejados y el faro de ese monasterio encaramado al lago sobre un peñasco cobraron protagonismo a proa. Al apearse en el muelle les indicaron que en una hora saldría el barco de vuelta. El señor Bogarín, encargado del sinfín de relevantes menudencias que componían cada día, asintió y comprobó el reloj de bolsillo. De nuevo con la situación bajo control, animó a sus compañeros de viaje, incluidos los hermanos Pichler, a que lo siguieran hasta la puerta de la capilla, lo único visitable en la abadía bernardina. Allí los recibió un religioso, a quien el escritor dio, a voluntad, algunos *sous* que acababa de recolectar. Cruzaron el umbral, abrazando la ceguera momentánea del paso de la luz a la oscuridad. Jacobo se quedó un momento atrás y observó con calma la tracería de la fachada, que terminaba en un pináculo no muy alargado, rastros de arquitectura gótica. Celebró la mano de los restauradores que, cincuenta años atrás, habían reconstruido la abadía, destruida en tiempos de la Revolución. Entró.

El religioso contó al grupo, sin apenas dejar que se detuvieran a admirar las más de trescientas esculturas de mármol y las pinturas, que aquella capilla había funcionado como panteón real de la Casa Saboya desde el siglo XI al XVIII. Jacobo alzó la vista y contempló las bóvedas de crucería, decoradas profusamente, como todo. Atrás quedaba el pasado cisterciense, también las ruinas que había descrito Balzac. Ahora la ostentación servía al recuerdo de un reino perdido, pues aquellas tierras pertenecían a Francia desde 1860, como parte del acuerdo entre Cavour y Napoleón III en el proceso de unificación italiana. El señor Bogarín, que atendía a las atropelladas explicaciones del guía, reflexionó sobre lo mucho que había cambiado el mapa de Europa desde su nacimiento, allá por 1831. Especialmente, a partir de la creación de Italia y Alemania como estados. El religioso les mostró las sepulturas regias, deteniéndose un segundo en las del rey don Carlos Félix, bajo cuyo reinado se había rehabilitado el cenobio, y su esposa, la reina doña María Cristina de Nápoles. A escasos quince minutos ya estaban de vuelta en la puerta y el monje, de dientes destartalados y nariz rojiza, los despidió con impostada afabilidad.

—Menudas prisas. Me pregunto a dónde tendrá que ir ese buen hombre —comentó la señora Leroy con cierta ironía—. Si además no hay nadie esperando.

—Tendrá una cita inaplazable con Dios, señora —bromeó Juan.

El señor Bogarín les indicó que a pocos minutos había un café restaurante donde podían tomar un refrigerio hasta que saliera el barco de vuelta. Todos asintieron de buena gana y lo siguieron. Jacobo contempló una vez más la portada, observado por Gustav Pichler que, al principio, no entendió por qué no se unía al grupo. El arquitecto le hizo una seña para indicarle que era solo un momento. Thesi, por su parte, charlaba con Juan, con quien había hecho muy buenas migas en el vapor. Sentados a la fresca, tomaron sodas y cafés disfrutando de las motas blancas sobre fondo azul que decoraban agua y cielo. Clara, que había conseguido pasar el día entregada a recuperarse de su última jaqueca a base de monosílabos, sintió cómo la brisa acariciaba su piel. Sus ojos se posaron momentáneamente en Jacobo, que hablaba con Thesi, el señor Bogarín, Juan y la señora Leroy. Por un instante sus miradas se cruzaron, pero ella disimuló, temiendo parecer una entrometida.

—Como ve, somos un grupo de lo más variado, señorita.

—Por supuesto. Escritores, empresarios, pintores... Papá se morirá de envidia cuando le escriba contándole el maravilloso día que hemos pasado Gustav y yo.

—Bueno, y músicos. Aunque no esté hoy muy dicharachera, la señorita Balaguer es una de las violinistas más famosas de Francia —señaló el señor Bogarín.

—¡No me diga! Me encantaría escucharla tocar —exclamó Thesi, emocionada, dirigiéndose a Clara.

Esta sonrió, queriendo corresponder amable, pero la señora Dupont fue más rápida y aseguró que Clara solo tocaba por contrato o como favor expreso a un amigo cercano. La señorita Pichler asintió comprensiva. Después continuó riendo y conversando con los caballeros para disgusto de Geneviève Dupont. Y así fue durante todo el camino de vuelta a Aix. Thesi parecía estar hecha a la medida de los comentarios jocosos de Juan Álvarez-Caballero, algo que él aprovechó. En la zona cubierta del barco, sentada junto a Clara y el señor

Mercier, la señora Leroy trató de lanzar un comentario agradable a la señorita Balaguer, consciente de que llevaba ensimismada todo el día. Así, le dijo que a ella también le encantaría escucharla tocar cuando fuera el momento. Buscando alargar la conversación, se interesó por si el señor Mercier la había oído alguna vez.

—Sí, hace algún tiempo y también el otro día, en casa del señor Bogarín.

—Es usted afortunado entonces —dijo la señora Leroy buscando ser complaciente y guiñó un ojo a Clara.

—Gracias, señora Leroy —agradeció.

—Sí, lo cierto es que tengo que admitir que, para ser mujer, la señorita Balaguer es una gran violinista.

De forma inmediata, a Clara le cambió el gesto. Por muchas veces que hubiera escuchado ese comentario en tertulias o lo hubiera leído en la prensa, tanto generalista como especializada, continuaba siendo una punzada directa a la garganta. Pero, como en cada ocasión, sus labios empalidecidos dibujaban una mueca aquiescente y se limitaba a dar las gracias por otro envenenado cumplido. La señora Leroy, que no reparó en las implicaciones del comentario, pasó a hablar de Sarah Bernhardt, la actriz del momento, quien, por aquellos años, se encontraba conquistando Estados Unidos y había actuado en los teatros de Jeanne Leroy. Clara optó por intervenir en la charla, a sabiendas de que sería descortés mantenerse al margen. También porque su orgullo le impedía mostrarse ofendida frente a aquel pintor al que conocía, desde hacía años, de veladas y citas culturales y quien en todo ese tiempo solo le había regalado su más ferviente condescendencia. Como tantos otros, como casi siempre.

A menudo, Clara había notado cómo la infantilizaban en exceso, cómo, durante más años de los aceptables, la habían tratado como una niña. También cómo había personas, simples oyentes, que se habían atrevido incluso a aconsejarle sobre la intensidad con la que tocaba o las caras que ponía. ¿Acaso hubieran sido tan valientes delante de un caballero? No lo creía. Pero aquel era su sino por haberse decidido a tocar un instrumento que, hasta hacía unos años, estaba reservado a los varones. Un instrumento al que ciertos ojos habían visto curvas femeninas y que, por lo tanto, solo manos masculinas podían domar. Por suerte, y gracias a referentes como la señorita Camila Urso o la señorita Wilhelmina Neruda, en la generación de Clara había varias violinistas, algunas de las cuales se habían hecho con el primer premio de violín del Conservatorio Nacional de París. Pero que ella fuera una de las más brillantes la convertía en diana de recelos y críticas, pues una mujer podía ser violinista, sí, pero alguien debía recordarle que nunca estaría al mismo nivel que un hombre.

Cuando llegaron a Aix, el grupo volvió a dispersarse hasta la cena. Thesi y Gustav se unieron al señor Bogarín y a Juan y fueron a visitar el museo de Lepic en el ayuntamiento. Mientras observaban los restos arqueológicos que había expuestos, Thesi le decía emocionada a don Guillermo que hablaría con su padre para que buscara un editor en Cracovia que tradujera la obra del escritor. El señor Bogarín se entusiasmó con la idea. Por su parte, Gustav correspondió a la calidez de aquellos caballeros con alguna palabra suelta en francés, a lo que los otros dos respondieron enseñándole alguna que otra en español. Jacobo aprovechó para visitar las termas, así que, cuando se sentaron a la mesa del restaurante del hotel para cenar, se sentía renovado. Todos dieron buena cuenta de las salchichas y la polenta, acompañadas con un vino blanco de la región. A la señora Leroy volvieron a salirle esas ronchas en los mofletes con la segunda copa, especialmente graciosas con las escandalosas risotadas y ácidos chascarrillos que la caracterizaban. La señora Dupont, que se había esmerado con más detalle —si cabe— en arreglarse, se mostró, de golpe, de lo más amigable con la señorita Pichler, en cuya tez blancuzca se adivinaban diminutas pecas, recuerdo de aquellas vacaciones en Aix.

—No saben cuánto les agradezco que hayan contado con nosotros para pasar este día —dijo Thesi, ya en los postres—. Mi hermano no habla demasiado y ha sido muy agradable practicar mi francés y no sentirme tan sola. Están siendo momentos difíciles.

El señor Bogarín se quedó pensativo un momento. La ternura que le generaba aquella joven tratando de superar un duelo lo empujó a saltarse las normas que regían su vida constantemente.

—Señorita Pichler, para nosotros también ha sido un placer conocerlos. Creo que todos nos hemos sentido cómodos con ustedes dos. Así que, como promotor y organizador de este viaje, me gustaría decirle que, si lo desean, su hermano y usted pueden unirse a nosotros. Vamos en la misma dirección, hacia Italia, y quizá así se sienta más acompañada. Yo podría hablar con la agencia, gestionar que traten de acomodarles con nosotros. Podrían beneficiarse del precio que nos han hecho como grupo y abonar la cantidad correspondiente vía giro postal.

—Oh, señor Bogarín. Eso sería..., sería... No, no podríamos incomodarlos así. Nosotros no querríamos... Yo... no sé qué decir.

La mesa se quedó en silencio, cada cual dibujó o borró un gesto distinto en el rostro: sorpresa, emoción, incredulidad, espanto. Thesi analizó la escena un instante.

—Háblelo con su hermano. Saldremos hacia la estación a las ocho de la mañana. Si finalmente se deciden, será un placer que nos acompañen, de verdad. Siempre es bienvenida la gente joven de mundo. ¿A que sí, damas y caballeros? —insistió el señor Bogarín.

6
Superba!

Nabucco, «Va pensiero»
Giuseppe Verdi

Cruzaron la frontera el día 29 de septiembre, el quinto de viaje. Tuvieron que cambiar de tren en Mondane, donde aprovecharon para comer. El señor Bogarín adelantó cuarenta y siete minutos su reloj de bolsillo para adecuarlo a la hora de Roma, la que les interesaba a partir de ese momento. Tal y como le habían indicado, en la aduana fueron benévolos y no pidieron el pasaporte a nadie. Resultaba paradójico, en aquellos tiempos, el escaso control que existía de la circulación de personas por el continente europeo en comparación con la tensión creciente entre los distintos países.

Aunque, en general, los trenes en Europa incluían en los billetes de los pasajeros los artículos de mano y hasta unos veinte o treinta kilos de forma gratuita, todo lo que excediera debía ser abonado aparte con un tique específico —de ahí la recomendación de don Guillermo de llevar, como máximo, dos bultos por persona y no muy pesados—. Existía la posibilidad de enviarlo en otro tren de mercancías o en diligencia, siempre con las llaves junto a él, pero el señor Bogarín había leído que, especialmente en los trayectos en los que se cruzaba una frontera, era recomendable que el bagaje extra viajara en el mismo ferrocarril, en los correspondientes coches para maletas, con objeto de que el propietario pudiera estar presente en las revisiones aduaneras. Esto, sin duda, generaba retrasos y molestias en los trasbordos, especialmente en los internacionales, aspecto que don Guillermo había intentado evitar sin éxito. Pero, por suerte, en la frontera italiana tampoco se habían puesto quisquillosos en lo referente a la revisión de maletas. Los viajeros agradecieron la ausencia de formalidades pues, entre otras cuestiones, supuso más tiempo para disfrutar del bufé de la estación.

En aquellos días, visitar Italia suponía descubrir un país que como Estado solo tenía treinta años. Sin embargo, entre los diversos estados que habían conformado la realidad italiana durante siglos había existido un sustrato cultural compartido, base sobre la que se había edificado la identidad política en esa segunda mitad del siglo XIX, en que los nacionalismos eran ambrosía en la incertidumbre. Tras el fin de la ocupación de Napoleón Bonaparte en 1815, la península itálica y las islas adyacentes habían recuperado, con puntuales modificaciones, el conglomerado de Estados que existía antes de la irrupción del corso: el Reino de las Dos Sicilias, los Estados Pontificios, el Gran Ducado de Toscana, el Ducado de Parma, el Ducado de Módena, el Véneto, la Lombardía y el Reino de Cerdeña. Sin embargo, el Véneto o la Lombardía se habían integrado en el nuevo Imperio austríaco, una de las potencias que, tras la desaparición del Sacro Imperio Romano Germánico, había salido más reforzada en la Restauración orquestada en el Congreso de Viena. Los ducados estaban controlados por ramificaciones de la familia Habsburgo y el sur, por los Borbones. El más independiente y combativo era el Reino de Cerdeña y, en concreto, la región del Piamonte. Así, tras las fallidas revoluciones de 1848, y gracias al impulso de la industrialización, se puso encima de la mesa el proyecto para la unificación de Italia. Aunque no fue el único en plantearlo —el señor don Giuseppe Mazzini fue otro de los defensores en la vertiente más radical —, el hombre que hizo de ella la causa de su carrera fue el conde Camillo Benso de Cavour, primer ministro del Piamonte en 1852. Cavour logró convencer al rey de Cerdeña, Víctor Manuel II, de unirse a tan ambicioso proyecto, que para muchos tenía más que ver con una intención de agrandar el Piamonte que de crear un estado italiano unificado.

La debilitación progresiva de Austria en la política europea, la alianza con la Francia de Napoleón III —que se había erigido como emperador en 1852 y que gobernó, desde entonces y hasta el advenimiento de la Tercera República en 1871, de forma autoritaria—, así como la acción de personajes comprometidos con la causa italiana como el general Giuseppe Garibaldi posibilitaron el cumplimiento de los planes de Cavour. Estos terminaron por cristalizar a principios de la década de 1860. Aunque Cavour murió solo unos meses después del mítico abrazo de Teano, con el que se selló el destino común de Italia, el Piamonte continuó teniendo un peso específico en las decisiones políticas que se tomaron desde ese momento. Así, se trasladó su modelo de administración —su rey, Víctor Manuel II, su estatuto y su parlamento— al resto de los territorios anexionados y se apostó por la centralización. Y aquello no contentó a todos. ¿De pronto eran todos italianos... o piamonteses? En esa cuita se había desarrollado la política italiana en las tres décadas que habían pasado desde su constitución y en las dos que habían transcurrido desde que se había conseguido anexionar Roma, capital desde 1870. Con la Iglesia en contra tras la reducción de sus tierras, la necesidad de legitimarse como Estado unificado, la corrupción y el inmovilismo parlamentario, sumados a la crisis económica y la débil industrialización del sur, Italia, en la que ahora reinaba

Humberto I, peleaba por alcanzar el siglo XX con los jirones de su toga remendados.

El señor Bogarín reflexionaba sobre todo esto cuando llegaron a Turín a media tarde, la capital del Piamonte y también de Italia hasta 1865. Allí, hospedados en el Hotel d'Europe, un alojamiento de escasas habitaciones y gran renombre, ubicado en la esquina entre la piazza Castello y la via Roma, pasaron el resto del viernes y el sábado. Así, aprovecharon para visitar el Palacio Real, el palacio Madama, la Real Armería, la via di Po y la catedral, custodia de la Sábana Santa. Allí, además, habían aprovechado para cambiar una pequeña cantidad de efectivo a liras en una oficina bancaria; no demasiado, pues la circulación de francos estaba ampliamente aceptada en el norte de Italia. Los hermanos Pichler, quienes habían decidido aceptar la oferta del señor Bogarín, se habían tenido que acomodar en otro hotel ante la ausencia de alcobas libres en el que había escogido don Guillermo de la exquisita selección presentada por la agencia Cook. El escritor les prometió que aquello no ocurriría en el resto de los destinos, tal y como le habían asegurado, vía telegrama, desde París. La agencia había aceptado su propuesta de añadir dos nuevos viajeros con la misma tarifa, avalada por la probada seriedad en los trámites del escritor, y le había indicado que enviaría un sobre con los billetes y cupones de los dos nuevos viajeros al hotel De Ville de Génova. El señor Bogarín les había asegurado que, en los siguientes días, recibirían el giro postal con el pago de los hermanos Pichler.

Thesi y Gustav, que no podían estar más agradecidos, quitaron hierro al hecho de tener que dormir separados del grupo y la señorita celebró que, al menos, hubieran tenido suerte en las taquillas de las estaciones al adquirir los billetes de tren para seguir al grupo hasta Italia. Su incorporación al viaje había generado reacciones encontradas. Por un lado, Jacobo, Juan y la señora Leroy se habían mostrado encantados. Por otro, a la condesa Karimova, al señor Mercier, a la señora Dupont y a Clara les pareció una decisión impulsiva e innecesaria. Y luego estaba Henri Collet, a quien, con sinceridad, le daba lo mismo. La condesa y la señora Dupont tuvieron ocasión de comentarlo en uno de los desayunos y, tras saberse cómplices, no dejaron de repetir lo inapropiado que había sido el gesto del complaciente señor Bogarín. Los murmullos a favor y en contra fueron cargando las tintas. Así, cuando al atardecer del domingo el tren pasó por Busalla, el ambiente entre ellos no podía ser más tenso.

Jacobo era consciente de ello. Lo sentía mientras observaba, aburrido, los naipes con los que Juan jugaba al solitario sobre la maleta a su lado. Pero tenía muy claro que no había ido a ese viaje a discutir, así que renunció a cualquier conversación que tuviera que ver con la espontánea decisión del literato. Este, que estaba sentado justo enfrente de él, se percató de pronto de que la inercia y la confusión por el idioma lo habían llevado a reservar, vía telegrama desde Turín, transporte insuficiente de la estación al hotel, ante la inexistencia de servicio de ómnibuses privado en el alojamiento. Al llegar los estarían esperando tres berlinas de tres plazas, con lo que no habría espacio suficiente para los hermanos Pichler, recién llegados con los que se le había olvidado contar. Con guías, planos y su cuaderno sobre las piernas, hizo amago de levantarse para gestionarlo en Bolzaneto, la siguiente parada. Pero Jacobo, que necesitaba estirarse, se ofreció. Don Guillermo asintió agradecido y le tendió una nota con las señas necesarias. Cuando el tren se detuvo, el arquitecto se bajó y se dirigió a las oficinas de la estación, donde podría solicitar que enviasen el cable. La acumulación de peticiones y la cuestionable velocidad con la que el jefe de estación despachaba a los viajeros pusieron su paciencia contra las cuerdas. Su corazón se aceleró cuando escuchó el anuncio de la salida del tren y el bufido de la locomotora. Fue lanzando vistazos al ferrocarril, asegurándose de que no se moviera del sitio. Cuando por fin logró realizar la gestión, corrió hacia uno de los estribos y subió sin pensar. A escasos dos segundos, el convoy empezó a moverse.

Notando unas discretas gotas de sudor a causa del pánico en la frente, intentó ubicarse. Estaba en segunda clase. Empezó a recorrer vagones hasta llegar al suyo. Los pasos crujientes anunciaban su presencia. En el tercero, donde estaban los compartimentos para las damas, adivinó una silueta en el corredor, mirando por la ventana. Se fijó mejor, sin dejar de andar, y reconoció a Clara. Cuando llegó a su altura, la saludó y trató de pedir paso con cortesía. Ella bajó la mirada y se apartó, apoyando la espalda en la puerta del compartimento. Jacobo pasó pegado a la ventana, haciendo todo lo posible por no rozarla ni importunarla. Justo cuando se encontraban frente a frente, en el instante más violento, cruzaron una mirada. Clara enseguida dirigió la suya al suelo. Jacobo continuó avanzando, algo confuso, incluso ruborizado. Cuando entró en el compartimento en el que viajaban los caballeros, el señor Bogarín exhaló un suspiro de alivio. «¡Qué susto! Qué bien que esté aquí, pensaba que lo habían dejado en tierra, señor Figueroa», le dijo. El tren paró de nuevo en Rivarolo y después pasó por un puente desde donde se podían otear restos de fortificaciones sobre las colinas. La oscuridad de un túnel hizo desaparecer el color entre las cortinillas, pero, a cambio, al salir, Génova se dibujó en los cristales.

Aquella misma noche, ya en el hotel, la condesa Karimova pidió al señor Bogarín una reunión privada. El servicio del hotel De Ville, donde se quedarían tres noches, tuvo el acierto de cederles un gabinete en la planta baja. Cuando don

Guillermo entró, el gesto de la señora lo decía todo y no tardó en abordar el asunto. Según apuntó, tal como había podido averiguar, la mayoría del grupo no estaba conforme con la idea de que los hermanos Pichler se hubieran unido a un viaje que llevaba meses organizado. Ella misma solo había accedido a sumarse porque el señor Bogarín le había prometido que todos los integrantes del grupo eran gente de bien, personas de confianza. Aunque, después de una semana de viaje, la condesa tenía serias dudas sobre la distinción de más de uno. Don Guillermo puso en duda lo de «la mayoría», pues conocía de primera mano la opinión de algunos. Pero ¿quién decía la verdad?, ¿quién mentía?, ¿quién cambiaba su discurso en función de los oídos receptores? El señor Bogarín, que aborrecía a los camaleones incapaces de ceñirse a su brújula moral, o incluso a sus apetencias personales, mandó llamar a todos menos a los hermanos Pichler. Uno a uno, ataviados con la indumentaria para la cena, fueron entrando en la estancia de mobiliario barroco.

—Aunque no lo comparto, la condesa me ha hecho saber que la mayoría de ustedes, y remarco «la mayoría», han comentado que no desean que la señorita Thesi y el señorito Gustav nos acompañen en este viaje. La verdad es que no los entiendo. Lo único que esos jóvenes piden de nosotros es nuestra compañía y conversación en un momento dramático. Somos hombres y mujeres de altura, gentes intelectuales, con mundo a nuestras espaldas. ¿Tan difícil les resulta aceptar a dos integrantes más? —expuso ofuscado.

—Señor Bogarín, como le he dicho, no es nada personal contra ellos, pero entienda que tomó la decisión sin consultarnos en privado. Este viaje se ideó de una determinada forma. Y no vaya a decirme usted, con lo que le gusta seguir planes y normas, que ve lógico este giro en los acontecimientos —le discutió la condesa.

—Si lo he hecho es porque, más allá de mi gusto por el orden, soy un ser tremendamente empático, señora condesa. Pero le concedo que la forma de plantearlo quizá no fue la mejor. Así que les pregunto a ustedes: ¿desean que vaya a hablar con ellos y decirles que, finalmente, no queremos que se unan?

De pronto un enjambre de voces respondió a esa pregunta a la vez, para después entrelazarse en comentarios cruzados que se tornaron en puro ruido. La condesa se sentó escandalizada por el barullo. El señor Bogarín pidió silencio.

—Así no vamos a solucionar nada. Solo tienen que responderme: ¿los abandonamos aquí o no?

—Podría buscar un planteamiento menos capcioso, señor Bogarín —se quejó la condesa.

El revoltijo de valoraciones regresó tan rápido como se había ido. Entonces, el que pidió silencio fue Juan.

—Señor Bogarín, ha hablado de «mayoría», ¿no es así? —El escritor asintió—. Bien, tanto usted como yo somos fervientes demócratas y republicanos. Así que estará conmigo en que la mejor manera de solventar este asunto es realizando una votación a mano alzada.

—¿Y por qué no secreta? —propuso la señora Dupont—. Puestos a ser democráticos...

—¿Les parece bien a los dos? —se interesó el empresario. Ambos asintieron—. Está bien. Iré a pedir papel y algo para escribir —se ofreció Juan, deseoso de que aquella reyerta se terminase para poder disfrutar de la cena.

—No puedo creer que vaya a apoyar una votación —farfulló la condesa quien, a su edad, no dejaba de sorprenderse.

Todos y cada uno pasaron por el rincón en el que Juan colocó el material. Escribieron «sí», si deseaban que los hermanos se quedasen, y «no», si preferían que el viaje continuase como estaba previsto. Al final Juan, encargado de recopilar los votos, hizo el recuento en voz alta. El veredicto fue de seis a tres a que los hermanos se quedaban. Se miraron unos a otros, anhelando leer la verdad en los rostros de los demás. Pero, en un grupo como ese, en un viaje como aquel, con tanto en juego, enseñar las cartas demasiado pronto era una absoluta temeridad.

—Y con esto doy por zanjado el asunto. Vaya por delante que, ante todo, agradezco su sinceridad, condesa, pero verá que este acto caritativo es la mejor decisión —sentenció el señor Bogarín y abandonó la sala por la *porta triumphalis*.

El escritor celebró el resultado y agradeció no tener que marear a los empleados de la agencia Cook con otro cambio de planes. Sobre todo, porque había logrado que hicieran una excepción, e incluso se habían puesto en contacto con el hotel de Génova para que dieran dos habitaciones a los hermanos con el compromiso de que el cupón llegaría en esos días. Un trato exquisito que deseaba valorar. Por su parte, la condesa Karimova, elegante hasta en la derrota, se preparó para la bandera blanca. Sin embargo, por mucho que el señor Bogarín quisiera convencerla de lo contrario, y por mucho que ella lo hubiera negado, había algo en aquellos dos hermanos que le generaba una inexplicable desconfianza. ¿Prejuicios de la vieja aristocracia? No lo sabía.

A la mañana siguiente, en el desayuno, el tono se había relajado en parte. La condesa intentó apartar de su cabeza la perniciosa idea de que el señor Álvarez-Caballero había amañado la votación, a juzgar por las risas que compartía con Thesi. Lo cierto era que hacían una pareja de lo más atractiva. Ella con su fina nariz y sus labios rosados; él con su porte atlético y su dentadura perfecta. Alguno que otro se preguntó si el pícaro de Juan se acordaba de su querida prometida. Cuando terminaron, dieron un agradable paseo desde el muelle viejo hasta el muelle nuevo. A la altura de la piazza

Caricamento, fueron testigos de la acumulación de carretas tiradas por caballos o parroquianos a la espera de cargar mercancía. Algunas partían repletas de sacos y barriles, observadas por la fila de arcos y toldos que remataban la planta baja de los edificios que daban a la via Carlo Alberto.

Dos tipos, con el sombrero de ala corta ladeado y la camisa remendada medio abierta, se pasaban una botella de vino barato a medio beber. El sol impactaba contra su atezada piel un día más. Las manos, endurecidas por el trabajo, eran grandes y parecían soportar mucho más que esa pócima para la evasión. Entre los dientes picados, un cigarro a punto de consumirse por completo. Por delante de ellos pasó un capellán en dirección a la iglesia de San Pancrazio, que fue ignorado por el militar que se dedicaba, brazos a la espalda, a controlar que la carga y descarga se produjera sin sobresaltos. Un perro perdido ladró a un joven que tiraba de un burro, lo que pilló por sorpresa a un elegante matrimonio que pasaba por ahí como parte de su paseo matutino. En medio del trajín se pudo oír una voz que gritaba algo al grupo de turistas. Al principio, la señora Dupont solo alcanzó a identificar la sílaba *ba*. Finalmente se percató de que decían «Superba!». Ella, con falsa modestia, fingió sonrojarse.

—Había escuchado hablar sobre lo zalameros que eran por aquí los hombres, pero debo admitir que me ha pillado desprevenida. Aunque es comprensible. En nuestro pequeño grupo, la belleza de la mayor parte de las damas está fuera de discusión

—¿Y a quién se supone que deja usted fuera, señora Dupont? —dijo divertida la señora Leroy.

—¿Disculpe?

—No, como ha dicho «la mayor parte»...

—Oh, no, no. No deseaba dejar a nadie fuera, faltaría más, señora Leroy.

Clara, ajena a aquella merecida tortura, continuó atendiendo a las exclamaciones que provenían de una de las carretas. El vecino decía algo más. Dispuesta a no quedarse con la incógnita, se acercó y pidió que se lo repitieran despacio para poder comprenderlo, pues no hablaba el idioma. El tipo, que sí era capaz de juntar cuatro palabras en francés, le contó que les daba la bienvenida a «Genoa, la Superba!». Es decir, «a Génova, la Magnífica», como se la conocía desde tiempos pretéritos. La señorita Balaguer disfrutó sacando del error a su mecenas. Después volvió a ese silencio que le hacía sentirse a salvo y a entregarse a la observación del entorno. Mástiles de velas recogidas despuntaban en la bahía, alternados con los nimbos de las chimeneas en funcionamiento. Los remos de las barcas más pequeñas producían un sonido relajante entre el vocerío, el seco arrastre de redes y sacos y los resoplidos de las reses. Las quillas, conquistadas por barbas verdosas y espuma de sal, contribuían a ese olor sulfúrico marino que se enquistaba en toda nariz. Aquel puerto podía presumir de ser el principal centro comercial de Italia, al que llegaban embarcaciones repletas de productos procedentes de las islas británicas, Francia y Norteamérica. Juan lo conocía bien. De hecho, era la décima vez que estaba en Génova, aunque la primera en la que no pretendía hacer negocios, pese a que su disimulado estado de nerviosismo no hiciera justicia a ese aparentemente despreocupado planteamiento. Así, animó al grupo a extender su paseo hasta el faro del puerto nuevo, desde donde se podía disfrutar de las mejores vistas.

Tras subir los más de trescientos escalones —aventura a la que la condesa y la señora Leroy rehusaron sumarse—, se deleitaron con la panorámica del puerto, custodiado por colinas verdes sobre las que la ciudad se extendía en altura. Entre el caserío se asomaban los campanarios y las torres de los palacios. Abajo, las personas parecían hormigas y, a lo lejos, el ignoto horizonte, hogar del marinero. Thesi se apoyó en la baranda y suspiró. A su lado, el joven Henri la miró de soslayo.

—Bonito, ¿verdad? —valoró ella.

—Sí, mucho —respondió el chico, tímido, consciente del atractivo de la señorita Pichler.

—Oye, Henri... ¿Puedo llamarte Henri? —El estudiante asintió, francamente agradecido por que se supiera su nombre—. ¿Ocurrió algo ayer antes de la cena? Gustav vio que salíais todos de la misma sala.

El muchacho tragó saliva.

—Eeh..., pues...

—Puedes confiar en mí. No voy a decir nada. Es mero interés bienintencionado.

El joven Collet meditó un momento, intentando resistir al embrujo del rutilante oleaje del mar de Liguria inmiscuyéndose en el golfo.

—Hicieron una votación para decidir si usted y su hermano continuaban con nosotros el viaje. A algunos no les pareció bien que el señor Bogarín los invitara.

—Hum... —se limitó a decir Thesi sin saber cómo preguntar por el veredicto.

—La mayoría decidió que podían quedarse, no se preocupe. Yo voté a favor de ustedes —se enorgulleció Henri.

—Hum... Bien, gracias, Henri. —Y se marchó confundida.

De vuelta en el muelle, el disgusto de la señorita Pichler quedó paliado en parte por las atenciones de la señora Dupont quien, ante la imposibilidad de mantener conversaciones largas con Clara, había decidido hacerse su amiga. Geneviève le aseguró a la joven que tenía belleza de musa de artista torturado, con lo que Thesi se rio, sin tener claro si debía sentirse halagada. Después la invitó a acompañarla a visitar las tiendas de la Galería Mazzini. Clara, como casi cada día, tuvo que retirarse a su habitación para practicar. Su padre, profesor de música en Barcelona, la había aleccionado bien al prepararla para la prueba del conservatorio parisino. El violín era lo más importante. Nada ni nadie podía superarlo. Y eso debía tenerlo claro con cada amanecer. «Recuerda siempre que de tu acto de mayor egoísmo brotará tu acto de mayor generosidad», solía decirle sentado en la banqueta del piano, donde casi siempre estaba. Así, un día más, se quitó el canotier, los guantes y la chaqueta y abrió la funda del violín.

Después de que el señor Bogarín recogiera el sobre con los billetes y cupones de los hermanos Pichler en la recepción del hotel, el señor Mercier y él aprovecharon la tarde para visitar el café Roma, recomendado por otro huésped. Ubicado junto al teatro Carlo Felice, en la esquina con la via Roma, ofrecía una nada desdeñable selección de bebidas y helados. Los caballeros pidieron dos *espressos* y se relajaron en sus asientos. El señor Mercier pidió papel y pluma para escribir una carta a Goupil, la galería que gestionaba la venta de sus obras. Por algún motivo que a Jacobo se le escapaba, y quizá a cualquiera, Ferdinand Mercier había ignorado la recomendación general de dejar enviada la primera tanda de correo antes de pasar a Italia. ¿Era una demostración de estatus, era orgullo o simple estupidez? No se sabía. Mientras tanto, el señor Bogarín, deseoso de mantenerse bien informado, fue a buscar un periódico. Por suerte, en los principales cafés italianos se ofrecían casi todas las cabeceras parisinas, así que no era difícil seguir la actualidad, incluso estando tan lejos de casa. Alcanzó un ejemplar de *Le Petit Journal* y otro de *Le Temps*. Moviendo el bigote de lado a lado, se entregó a los artículos, al negro sobre blanco de la realidad de esos días, tan relevante como caduca: que si la escalada militar europea, que si la política de coaliciones para repartirse el mapa del mundo, que si el amistoso avance de los marinos rusos en Francia y los programas festivos para darles la bienvenida, que si el problema del transporte de manzanas, que si la revolución en Brasil, que si una explosión con dinamita en Extremadura, que si actos conmemorativos en los que había participado el emperador Francisco José de Austria-Hungría... Entonces, las pobladas y encanecidas cejas se levantaron al unísono. Después miró a los lados esperando toparse con una presencia que quizá le había pasado desapercibida hasta ese instante.

—Ferdinand, mira. —Le mostró el periódico.

El señor Mercier despegó la nariz del papel sobre el que escribía y, aprovechando para dar un sorbo al café, siguió la dirección del dedo de su amigo. El pintor leyó.

—Otra errata. Dudo que ese apellido se escriba así.

Don Guillermo le dio la razón y después sonrió.

—Es increíble que estén dedicando espacio a nuestro modesto viaje, ¿no crees? Quizá no estemos tan acabados como pensábamos; quizá, después de tantos años de trabajo, París todavía tenga interés en nuestros nombres —se ilusionó el señor Bogarín.

—Sí, y lo cierto es que están bien informados.

—Bueno, la gente habla, Ferdinand. No somos cualquier grupo de turistas. Somos gente destacada.

—Lo sé. De hecho, lo raro sería que no hubieran publicado nada. Que tu agotamiento y edad no te engañen, Guillermo. Seguimos siendo importantes.

—Sí, sí. Tienes toda la razón, estimado amigo. Magnífico. Se lo contaremos a los demás en la cena.

Al despejar la mesa del café, tras pagar por lo consumido bajo la fórmula «Il conto!» y revisar la cuenta —como se indicaba en la guía de don Guillermo—, dejaron el ejemplar de *Le*

Petit Journal abierto por la primera página, en la que, en ese caleidoscopio de noticias y chismes diversos titulado «Échos de partout», se informaba de la incorporación de los hermanos «Pislern», de la alta sociedad de Galitzia, a la expedición europea de aquellos prohombres e intelectuales.

7
El instrumento del diablo

«Movimiento final del concierto para violín nº 2, Op. 7»
Niccolò Paganini

Para la mañana del segundo día en Génova, el señor Bogarín había preparado una ruta dedicada a las principales iglesias y palacios. Para ello había contratado por carta desde París los servicios de un guía local recomendado por la agencia Cook, el señor Palumbo, un tipo serio y alto —lo que facilitaba no perderse— y que hablaba un francés aceptable. Sin embargo, la velocidad a la que escupía datos hacía complicado seguir las explicaciones. El paseo comenzó en la iglesia de Santa Anunziata, de interior suntuoso, con una bella nave con bóveda de cañón soportada por imponentes columnas corintias, y fachada de ladrillo sin terminar. Después avanzaron por la via Balbi hasta la piazza Acquaverde, la de la estación de tren, donde contemplaron el monumento a uno de los genoveses más conocidos, don Cristóbal Colón. Por la via di Prè, volvieron a internarse en las callejas hasta llegar a la piazza Cattaneo. En el palacio homónimo pudieron disfrutar de una selección de ocho cuadros del artista flamenco Anton van Dyck. El señor Mercier aprovechó el momento para discutir al mal pagado guía los apuntes que les había dado sobre una de las obras. Los demás se abanicaron o fingieron mantenerse atentos al innecesario debate. A la salida, pararon a almorzar.

Tras el preciso receso, visitaron la catedral de San Lorenzo, mezcolanza de estilos. A la señora Leroy le llamó la atención el exterior, que jugaba con filas de sillares bicolores, sello del románico italiano. Después llegaron las explicaciones del Palacio Ducal y del teatro Carlo Felice. Al pasar por delante del café Roma, y mientras recorrían la via Carlo Felice, alguno que otro, ajeno a las atropelladas anotaciones del guía, reflexionaba sobre lo que había contado el señor Bogarín en la cena del día anterior. No a todos les venía bien que la prensa estuviera atenta a los progresos del viaje, pues ciertos asuntos precisaban de intimidad, e incluso de clandestinidad. Ignorando la multiplicidad de estados de ánimo de sus oyentes, el señor Palumbo prosiguió con la ruta por la mencionada calle y por la recientemente rebautizada via Garibaldi, ambas hogar de los más destacados palacios, la mayoría de época renacentista. Así, fue deteniéndose delante de cada fachada relevante. En algunos casos, como en el palacio Spinola o en el Adorno, pudieron entrar a conocer las colecciones privadas de arte y los frescos que todavía decoraban las vetustas paredes.

A pocos pasos del palacio Serra se erigía la enorme fachada de órdenes superpuestos del palacio del Municipio, del siglo XVI, donde, según les indicó el señor Palumbo, «había objetos de gran interés para ver». El grupo, curioso, cruzó el umbral del otrora llamado palacio Doria Tursi. Jacobo enseguida se quedó embelesado por el juego de arquerías y escaleras que se disponía de forma armónica en el patio. Dio una vuelta sobre sí para ser capaz de captar, sin retrasar al grupo, toda la información de un solo vistazo. Sus ojos oscuros quedaron presos de bóvedas de crucería, columnas dóricas y jónicas y pétreas balaustradas. El guía intercambió algunas palabras con un empleado uniformado y animó a todos a seguirlo a la segunda planta. A su paso, esculturas de mármol que, altaneras, miraban al inexpugnable vacío. Recorrieron silenciosas salas, en las que pudieron disfrutar de dos retratos en mosaico de don Cristóbal Colón y Marco Polo, dos cartas del primero y algunas pinturas de la escuela flamenca. Finalmente, en la segunda de las cámaras visitadas, el señor Palumbo, orgulloso, se aproximó a una vitrina y presentó lo que, en su opinión, era la verdadera joya del palacio. El grupo se acercó con cuidado al cristal y admiró el objeto.

Clara, al contemplarlo, no precisó de ninguna explicación a mayores y comenzó a notar cómo regresaba el sudor frío que la torturaba últimamente. Dio un paso al frente. Sentía que los ojos danzaban de la vitrina a ella, de ella a la vitrina, en un bucle sin fin. Entonces, las paredes empezaron a moverse, la habitación se hacía cada vez más pequeña. Los latidos se aceleraban, no podía hinchar los pulmones. Los muros la acechaban como si quisieran engullirla, como si desearan confinarla en una jaula de cristal como la que contenía ese violín: el del maestro Niccolò Paganini. Lo habían llamado, en vida de su legítimo propietario, «el instrumento del diablo», pues del virtuoso del violín habían dicho que parecía poseído por fuerzas malignas cuando interpretaba sus partituras. Justo sus partituras habían formado parte esencial de la vida de Clara, de lo que se consideraba el mayor hito de su carrera, de los descoloridos recuerdos que guardaba de su padre. La quinta desafinada creció en intensidad hasta tornarse ensordecedora. Clara se puso las manos en las orejas, agachó la cabeza y gritó «¡basta!». En ese momento, sí que acaparó toda la atención. Sin embargo, dominada por un incontrolable pánico, dio media vuelta y corrió hacia la salida. Bajó las escaleras de doble vuelo que tanto habían fascinado a Jacobo, atravesó el patio ante la extrañada mirada del empleado de uniforme y dos visitantes, y se lanzó a la calle. Corrió y corrió por la via Cairoli y no paró hasta llegar al hotel, al que se entraba por un pórtico de arcos apuntados. Sin mediar palabra con nadie, subió a la habitación, donde se encerró.

Clara se quitó con violencia los guantes, el canotier y la chaqueta. Sin ser dueña de sí, buscó un rincón, se sentó en el suelo y apoyó la espalda en la pared. Se abrazó las piernas, cubiertas por la falda marrón, y se balanceó adelante y atrás, ansiando recuperar el control. El rostro, inflamado, brillaba de sudor. Seguía sin poder respirar con normalidad y el bombeo de sangre en la sien hacía todavía más insoportable esa maldita quinta desafinada. Estaba paralizada. Un sinfín de pensamientos catastróficos sobre eventos terribles se agolpó en su mente aumentando la angustia. Notaba las piernas adormecidas, pero continuaba meciéndose, como si buscara impulso para ser capaz de respirar. No podía, no podía, no podía. ¿Por qué? No tenía fuerza ni para llorar. La siniestra silueta de la parca se dibujaba en su mente cada vez que cerraba los ojos, lo que la obligaba a abrirlos y darse de bruces con la desdibujada y confusa realidad de esa habitación extraña. No podía, no podía, no podía. ¿Por qué no podía? Más de un centenar de veces por segundo quiso chillar, pedir ayuda. Pero sabía que no había nadie. Solo los minutos y ese balanceo fueron capaces de apagar la percusión en la cabeza y lograron que el violín disonante se perdiera a lo lejos. Clara se concentró en la respiración, en conseguir llenar los pulmones con calma. Sin ser consciente de cuánto tiempo había pasado, cuando volvió a sentir las piernas, las estiró y echó la cabeza para atrás, los mechones húmedos pegados a la frente, su cuerpo, agotado.

El pacto de buenos modales o el puro juego de las apariencias hizo que los demás fingieran que no había pasado nada. La señora Dupont, quien parecía haber visto un fantasma, se excusó en nombre de su protegida arguyendo que era una artista muy emocional. Después de respirar hondo y dominar el gesto de aversión, se fue en busca de Clara. El señor Palumbo, tras dar un par de minutos más para que todos se recuperaran de la escena, prosiguió con el trabajo por el que le habían pagado. Al salir del palacio del Municipio, visitaron la fantástica biblioteca del palacio Rosso y después se deleitaron dando un paseo por los jardines de la Villetta Di Negro, donde, además, había un museo de historia natural. En este punto el guía, agotado de los resoplidos de la condesa, de las vacuas preguntas de la señora Leroy, de las críticas del señor Mercier y de la sospechada indiferencia de más de uno, dio por concluidos sus servicios. El señor Bogarín, considerado, le dedicó unos minutos de alabanza y agradecimiento antes de despedirse. La condesa Karimova anunció que se retiraba a descansar hasta la cena. Jacobo y Juan, que también necesitaban ir al hotel, se ofrecieron a acompañarla. El señor Mercier, que añoraba la soledad, partió sin mayor aclaración. La señora Leroy arrastró a su sobrino a realizar algunas compras ante la advertencia de don Guillermo, que le recordó que su equipaje ya excedía las proporciones recomendadas. El escritor, a quien invadió el ansia de no dejarse ningún rincón por ver, propuso a los hermanos Pichler un paseo por el parque Acqua Sola.

Al tiempo que deambulaban por los caminitos en torno a la fuente central, acompañados por el arrullo de las olas a lo lejos, teñidas dc dorado por el avance del atardecer, Thesi y el señor Bogarín charlaban sobre la obra del literato. La joven deseaba leer alguna de sus novelas y se interesó por saber cuál era la preferida del autor. Este le respondió que *Miseria del polvo*, la tercera publicada, aunque la más incomprendida por el público general.

—¿Y cómo logró convertirse en escritor? —indagó, abanico en mano.

Gustav, un paso por detrás, intentaba seguir la conversación.

—Pues fue un largo viaje, señorita Pichler. Muchos años de trabajar realizando traducciones y de publicar unas pocas palabrejas en periódicos que nadie leía hasta que, con el esfuerzo y los contactos a mis espaldas, conseguí que *Le Siècle* me contratara una novela por entregas. Ahí todavía no tenía estilo propio, era una suerte de folletín costumbrista que jamás he vuelto a leer. A los años, *La Revista de España* me contrató otra historia, más atinada, si me pregunta a mí. —Se rio—. Y, finalmente, en 1872, gracias a un tipógrafo al que había conocido en mis andanzas entre matutinos y vespertinos y que me puso en contacto con ellos, la editorial Hachette publicó mi novela *Calles mojadas*. Cinco años después, la editorial española Fernando Fe la lanzó traducida al español. Y así ha sido, a partir de entonces, con el resto de mis trabajos. Además de cinco novelas, también he publicado un poemario con la editorial de los señores Dupont y algunos ensayos. Soy un escritor atípico por mi bilingüismo. Francia y España comparten tanto mi obra como mi corazón.

—¿Y es usted muy célebre en ambos países? Disculpe mi ignorancia, a Cracovia no han llegado sus, a buen seguro, maravillosos textos.

—No se preocupe, señorita Thesi. Mi vanidad no ciega mis limitaciones —contestó divertido—. Pues, verá, lo cierto es que tengo la satisfacción de haberme hecho un nombre en ambos países, pero la verdad es que mentiría si dijera que mi repercusión no es mayor en París. La crítica española me valora por tener un estilo naturalista de clara influencia francesa, pero justo por ese motivo no formo parte de la primera línea de la generación de autores realistas, junto a buenos amigos como mi querida doña Emilia Pardo Bazán o el señor don Leopoldo Alas. Estoy, por así decirlo, en tierra de nadie. Pero, por lo menos, en esa baldía tierra resuena mi nombre con eco.

—Ahora tengo más ganas, si cabe, de leer su obra. Aunque me resulte difícil leer en francés, le pondré empeño. Así podré ser más convincente cuando regrese a Cracovia y me reúna con papá para pedirle que le busque un editor.

El bigote del señor Bogarín se expandió ilusionado. Las palabras de la señorita Pichler eran pura tentación para su pundonor, pues imaginar sus historias en las librerías de la vasta Austria-Hungría henchía su pecho y le devolvía, en parte, las marchitas ganas de continuar escribiendo ese ensayo en el que llevaba atascado un año.

Casi llegando al hotel, Juan, a quien algo rondaba la cabeza, se disculpó para adelantarse. Jacobo y la condesa asintieron y continuaron con la conversación. La señora había descubierto lo enriquecedor que podía ser viajar por Europa con un arquitecto, así que no escatimaba en preguntas sobre los edificios que nadie le había respondido antes o que, quizá, nunca se había planteado. Al señor Figueroa esto lo entretenía. Estaba acostumbrado a contar a sus hijos aspectos curiosos de las edificaciones en sus paseos por París. Cuando terminó de contestar a la última duda de la condesa, y antes de despedirse en el vestíbulo, aprovechó para aclarar un malentendido que se había producido en su conversación en Aix.

—Señora, quería agradecerle sinceramente su invitación para cenar a nuestro regreso a París, pero, al usted referirse a mi esposa... Yo quizá me expliqué mal en algún momento y le pido perdón. Mi amada esposa falleció hace unos años.

A la condesa le entristeció de pronto que un hombre tan joven hubiera enviudado. Entonces fue ella la que se disculpó, ofreciendo toda su comprensión ante la pérdida, espinoso camino que ella misma estaba recorriendo.

—No debe pedir disculpas. A mí también me cuesta hablar de las personas a las que he perdido. El último, mi hijo Nikolai. El error ha sido mío al imaginar su vida más sencilla, menos dolorosa.

—No se preocupe, señora condesa. Algo me dice que entre dos personas azotadas por la peor de las desdichas no hace falta más explicación. —Y sonrió—. Si sigue en pie, me gustaría mucho disfrutar de esa velada en su palacete de París.

—Por supuesto, señor Figueroa. Mantengo la invitación.

Ambos asintieron y se despidieron hasta la cena.

Clara arañaba la almohada en busca de fuerzas, enterrada bajo las sábanas. Continuaba extenuada y preocupada por lo que había sentido. El recuerdo de las paredes aproximándose a ella le secaba la boca. Tampoco ayudaban las palabras que la señora Dupont le había dedicado al darse cuenta de que estaba metida en la habitación y no pensaba abrir la puerta.

—Ahora no puedo. Déjame un momento. Saldré luego.

—Clara, ábreme ahora mismo. ¡Exijo una explicación a tu inexcusable conducta! ¡Cla-ra!

—Ahora no puedo —susurró Clara.

—Como lo fastidies todo, como fastidies lo que hemos venido a hacer en este viaje, te juro que lo pagarás —le espetó furiosa.

Clara oyó cómo los pasos de Geneviève se alejaban por el corredor. Escondida en la cama, se preguntaba cómo hacer entender a la señora Dupont que no tenía la menor intención de fastidiar nada, cómo contarle que aquel estado no era buscado, que ella misma no comprendía por qué se ponía a temblar cada vez que cogía el violín, cada vez que se imaginaba tocando en la sala Érard. Clara reflexionó sobre esas sensaciones, deseando descifrar el enigma de su cuerpo y mente. Pensó que quedarse a solas con su sueño era de lo más aterrador que existía. Pues podía fallarle. O él podía fallarle a ella. Y, entonces, ¿qué le quedaría? De pronto una idea vaga restalló en medio de la espiral de imágenes y sonidos que nutrían su jaqueca. Tardó unos minutos en verse con fuerzas, pero algo en ella fue más poderoso que el miedo. Los pies descalzos se posaron en la alfombra y, con embrujadora calma, se acercaron al silloncito sobre el que había dejado su cartera de cuero.

El señor Bogarín se fue a dormir aquella noche de lo más optimista. Tal era su dicha por aquel agradable día y por lo bien que estaba yendo todo en el viaje que se decidió a escribir, de nuevo, unas líneas a su Albertine. En ellas describía desde las luces y sombras del puerto de Génova hasta las vetas de los mármoles de los *palazzos* y de las *loggias*. Al recordar la visita al palacio del Municipio, pensó en la señorita Balaguer. En la cena se había disculpado y les contó que había sufrido un repentino e insoportable dolor de cabeza. De ahí su reacción y su partida inmediata. Todos habían asentido, algunos más convencidos que otros. Don Guillermo movió el bigote. En su boca permanecía el sabor del guiso de bacalao, así como las notas afrutadas del vino. Cuando terminó la misiva, la metió en un sobre y se preparó para descansar. Como el caballero aseado y moderno que se consideraba, se lavó los dientes en el mueble lavabo y se vistió con el pijama de lana a rayas. Aunque la primera parte del día siguiente sería tranquila, por la tarde volvían a partir de viaje, así que era aconsejable disfrutar de la quietud y dejarse atrapar por la dulce oscuridad del sueño.

En otro de los pasillos del hotel, Thesi ojeaba, en la cama, el libro de Maupassant que el señor Bogarín le había prestado — el mismo con el que se había quedado dormido en el vestíbulo de Le Splendide en Aix — para que fuera practicando la lectura en francés. Los cabellos rubios caían destartalados sobre la clavícula, enmarcada en el bordado del vestido de noche. La llama titilante de la lámpara de gas confería un tono melocotón a su piel. Aunque intentó concentrarse, no podía dejar de pensar en lo descortés que había sido Juan esa tarde. Por la mañana le había prometido que la llevaría a la Circonvallazione, un camino en lo alto de las colinas que ofrecía las mejores vistas de la ciudad. Sin embargo, al término de la visita guiada, se había ido sin más, junto a la condesa y el señor Figueroa. Y en la cena no se había disculpado ni ofrecido argumento alguno. Thesi se enroscó un mechón en el dedo, preguntándose el motivo por el que el apuesto señor Álvarez-Caballero había renunciado a aquel paseo. Con el libro abierto sobre el pecho y ninguna intención de leerlo, decidió averiguarlo al día siguiente.

8
DUERMEVELA

Cavalleria rusticana, «Intermezzo»
Pietro Mascagni

Botas y zapatos impactaban contra la húmeda superficie del muelle y se dirigían al vapor guiados por un funcionario. Las últimas luces de la tarde se reflejaban sobre un mar reposado que solo producía tímidas ondas que morían acariciando los cascos de las embarcaciones. La última en subir al barco fue la condesa Karimova, acompañada de su buen amigo el señor Mercier y de su abnegada doncella. La idea de dormir mientras navegaban no era del agrado de la aristócrata pero, como en tantas otras cuestiones relativas a ese viaje, se había dejado convencer por el señor Bogarín. El escritor contaba que un buen amigo parisino le había sugerido realizar por mar ese trayecto para descansar de las dinámicas del ferrocarril y deleitarse con las vistas de la costa de Liguria en el crepúsculo y al alba. En el extremo opuesto del entusiasmo, el joven Henri Collet se agarraba con excitación a la baranda estribor. Las historias de piratas que habitaban en su mente parecían cobrar vida al mirar más allá de la bahía. Se preguntó si tendrían la suerte de ser asaltados y así añadir una emocionante anécdota a aquel periplo burgués.

El grupo se reunió en la cubierta del navío, en el que la humeante chimenea convivía con mástiles y velas, dispuesto a disfrutar de los débiles rayos de sol que le quedaban al día. Por la mañana cada cual se había dedicado a sus gestiones. El señor Bogarín, a quien le costaba delegar, se había encargado de recordar a todos y cada uno de los viajeros que debían ir sin falta a las oficinas de la Società Rubatino, sitas en el puerto, a recoger el pasaje en persona, pues ese trayecto estaba fuera de la red de servicios de la agencia y lo había gestionado por libre el escritor. También había ayudado a tramitar la contratación del traslado de los equipajes más voluminosos, al margen de lo cubierto por el billete individual. El tiempo que le había quedado libre lo había empleado en visitar una librería que había descubierto a su paso por la via Roma. El resto se había dispersado por aquí y por allá. Algunos habían almorzado con calma, otros habían rematado las compras. La señorita Pichler había descubierto, aliviada, que Juan había recordado su promesa esa mañana. Así, habían realizado el acordado paseo por la Circonvallazione después del desayuno, acompañados por Gustav y Jacobo.

En el barco, Thesi señalaba entusiasmada los peces que veía ante la afectuosa sonrisa del señor Álvarez-Caballero. Atareado con su cuaderno de notas, el señor Bogarín se acercó a ellos.

—Disculpen que los moleste. Solo quería saber si su contacto está debidamente informado de la dirección de nuestro alojamiento.

—Sí, en efecto. Tiene todos los datos —contestó Juan.

—Magnífico —dijo en español y tachó.

Cuando el aire fresco convirtió en algo incómodo seguir acodados a la barandilla, la pareja buscó refugio en unos asientos ubicados en la parte techada de la cubierta, a modo de porche. En ellos, la señora Dupont charlaba animada con el señor Mercier. Unas sillas más allá, Clara, envuelta en un chal de cachemira, anotaba algo en una hoja oculta en un portapapeles. La señorita Pichler la observó un momento, pero entonces, en su campo de visión apareció Gustav, que le hizo señas para que fuera con él. Thesi se disculpó y abandonó al bonachón de Juan a merced de la conversación con la señora doña Geneviève Dupont y el señor don Ferdinand Mercier. Después de escuchar todo sobre la vez en la que el pintor se había intoxicado con una ostra, los dos empresarios se quedaron solos. El ambiente cada vez era más húmedo y frío.

—No he tenido ocasión de preguntarle por su marido, señora Dupont. Tengo un excelente recuerdo de las contadas veces en las que hemos coincidido en París.

Ella sonrió orgullosa.

—Me alegra que así sea, señor Álvarez-Caballero. Me consta que él también lo tiene en buena consideración. Todavía espero sus cartas pero, hasta dónde sé, está bien. Mi marido suele estar bien. Su obsesión por el trabajo ahuyenta los miasmas —bromeó.

Se rieron. Juan miró alrededor.

—Es curioso este viaje, ¿verdad? Tantos artistas... Me siento de otro mundo.

—Lo entiendo. Aunque mi vida también transcurre entre bambalinas de salas de concierto y teatros, no procedo de este ambiente. Lo conocí por mi esposo, él fue quien me lo mostró cuando nos casamos.

—¿Su familia no tenía contactos con el espectáculo?

—En absoluto. —Se rio y se recolocó el chal—. Mi familia se dedica al sector alimentario, a la producción de sopa enlatada y conservas. Nuestra realidad es la de la empresa industrial. Pero al contraer matrimonio con el heredero de la editorial Dupont, con un melómano, descubrí un horizonte que, para mí, era mero artificio.

—¿Gestionan muchas más carreras, además de la de la señorita Balaguer?

—Otras cuatro. Pero Clara siempre será especial para nosotros. Fue la primera —afirmó, mirando de reojo a su protegida, concentrada en el papel.

Juan asintió. Los ojos verdosos de Geneviève se entregaron a la puesta de sol que se cernía sobre el Mediterráneo. En los labios, el suave beso de la sal.

—Hermoso —valoró.

—Mucho —confirmó Juan.

—Y pensar que, al otro lado de este mar, se encuentra África...

El empresario dudaba que el continente se hallara en la dirección a la que miraba la señora Dupont, pero aprovechó el comentario con rapidez.

—Ya que menciona África, señora Dupont, me gustaría comentarle una propuesta acerca de un nuevo proyecto que tengo entre manos. Quizá les interese a su marido y a usted.

A Geneviève Dupont, educada en ese amor a los negocios que había condicionado hasta su matrimonio, se le iluminó la cara.

El negror de la noche inundó cada resquicio de la embarcación. Solo la luna menguante y unas cuantas estrellas sobresalían entre las tinieblas. El arrullo de la mar acunaba y aterraba. Las tripas de la embarcación rugían y chirriaban. Aunque alguno que otro logró dormir profundamente, el movimiento del barco agrió el descanso de la mayoría. Clara, con el frío incrustado en los huesos, luchaba por olvidar su ataque frente al violín de Paganini. ¿Sería eso la histeria?, se preguntó. Y rezó por que no se repitiera más.

Juan, con demasiados asuntos en la cabeza, tampoco consiguió conciliar el sueño. Jacobo sí logró pegar ojo, pero se levantó antes de que clareara. Dio vueltas en el camarote hasta que se decidió a subir, confiado en que se cruzaría con alguien de la tripulación. Y así fue. Uno de los marinos le tendió un vaso de vino para entrar en calor. Con el abrigo cruzado sobre el torso y el cabello despeinado, dio un sorbo y sintió cómo la acidez le arañaba la garganta mientras contemplaba el argénteo amanecer sobre el puerto de Livorno.

Al apearse, en fila de a uno en la dársena del Puerto Viejo, las ojeras daban buena cuenta del irritante duermevela que había acompañado a la mayoría de los pasajeros. El señor Bogarín, que no bajaba la guardia ni un segundo, pidió al grupo que lo siguiera. Al ver que solía haber disponibilidad, había optado por no reservar más taxis con anticipación, pues le resultaba engorroso y algo rígido si había retrasos en los trenes. Así, tomaron varias de esas berlinas con conductor de alquiler sobre el pescante hasta la estación, donde tuvieron tiempo de tomar un refrigerio. Don Guillermo les indicó a sus acompañantes que había decidido no detenerse en Livorno y continuar camino hacia otras joyas de la Toscana. Pero los animó a regresar si tenían ocasión. El señor Mercier, que andaba hacia el andén del brazo de la condesa, le comentó en confidencia que no tenía ninguna intención de regresar a una ciudad que, como se sabía, «estaba infestada de judíos». La condesa le dio la razón. La señora Leroy, que iba justo detrás con su sobrino y que alcanzó a escuchar la conversación, puso una mueca de asco al descubrir la opinión de sus dos compañeros de viaje.

El primer tramo del trayecto en tren fue breve, apenas media hora, lo cual se agradeció, pues el ferrocarril era de esos antiguos en los que uno se convertía en prisionero del compartimento, sin posibilidad de salir. Se bajaron en Pisa, en cuya estación hicieron uso de los aseos y dejaron todo el equipaje en consigna para así ser libres de pasear sin ataduras. Al gestionar el taxi para la condesa Karimova, la señora Leroy y la señora Dupont, un enjambre de vecinos trató de venderles sus servicios como guías, pero don Guillermo, bien informado, los rechazó. La visita a Pisa sería corta y no era necesario complicarla. El objetivo era pasear y conocer la piazza del Duomo, con esa torre inclinada de la que todos hablaban. Al cruzar el Arno por el Ponte Solferino, empezó a lloviznar. Los paraguas florecieron de golpe. Continuaron por la calle del mismo nombre, rematada por casas bajas de blancos muros y tejas tostadas. Cuando desembocaron en la mencionada plaza, se quedaron sin habla. La composición de catedral, campanario, baptisterio y camposanto parecía un museo al aire libre. La jugosa hierba contrastaba con la claridad del mármol. Obnubilados con la desviación del famoso *campanile*, buscaron justificación en los conocimientos de Jacobo, para disgusto del señor Mercier, ducho en todo, todo el rato.

—Lo cierto es que no hay acuerdo sobre el origen de su oblicuidad. Quizá tenga que ver con el terreno o puede que fuera una decisión premeditada. Se sabe que su construcción se produjo entre los siglos XII y XIV y que Galileo, que nació aquí dos siglos después de la finalización de las obras, aprovechó la inclinación para algunos de sus experimentos —contó mientras contemplaba la armónica sucesión de arcos en los ocho pisos que componían la estructura.

A continuación, y habiendo pagado la tarifa oportuna al custodio, algunos decidieron subir los casi trescientos escalones que separaban el suelo y el mirador para disfrutar de las vistas. Lamentablemente, las nubes ocultaban mar y montaña, ofreciendo una postal menos espectacular de lo esperado.

Tras esto, visitaron el interior de la catedral, cuya hermosa fachada de mármol, justo en el lado contrario al campanario exento, era todo un ejemplar del románico toscano. De planta basilical, algo en ella parecía ideado para rememorar la basílica paleocristiana que, en los albores de la cristiandad, había ocupado ese espacio. Aunque Jacobo ya había estado allí en el viaje por Italia que había realizado antes de volver a París y después de descubrir que su lugar no estaba en Madrid —por mucho cariño que hubiera cogido a Juan y otros amigos del Ateneo—, la marmórea belleza del pasado siempre lo embrujaba. El señor Mercier quedó prendado, en silencio, por los mosaicos de Cimabue de la cúpula. Y ambos se concedieron un minuto para analizar los deliciosos relieves del famoso púlpito octogonal del escultor Niccolò Pisano, en el centro del baptisterio. De este modo, y aunque cada uno lo sintió de forma distinta, ambos notaron cómo los maestros góticos y renacentistas que custodiaban las puertas del paraíso de las artes les daban la bienvenida a su hogar. Sin buscarlo, se sonrieron cómplices.

Ya en el exterior, las pupilas de Jacobo recorrieron las filas de arcos que poblaban catedral, campanario y baptisterio. Era un sello de conjunto, un lazo que unía a las tres majestuosas obras a través del tiempo y más allá de las manos ejecutoras, simples siervas de la propaganda divina. Avanzaron hacia la última de las construcciones de la plaza, el camposanto. Por el camino se toparon con un parroquiano tirando de una carretilla y regañando a un niño por haberse ensuciado de barro hasta la cintura. También se cruzaron a tres turistas como ellos, que circulaban en sentido inverso del sendero terroso y que los saludaron en inglés. La señorita Pichler, que iba junto a la condesa Karimova y la señora Leroy, miró por encima de su hombro y vio que Clara estaba sola, unos pasos por detrás. Resuelta, se quedó rezagada y dejó que la violinista la alcanzase.

—¿Le importa si caminamos juntas? —dijo educada.

Clara alzó la vista.

—Oh, por supuesto, sí, será un placer —mintió cortés.

Silencio.

—No he podido evitar fijarme en que no es usted muy amiga de la compañía —le comentó Thesi.

La señorita Balaguer se puso alerta de golpe ante la observación de esa desconocida.

—No debería sacar conclusiones precipitadas.

—Eso es verdad. Me gustaría tener la oportunidad de conocerla mejor. Apenas me ha dirigido la palabra desde que me uní al viaje.

—Señorita Pichler, lo siento mucho, de verdad, pero no cometa el error de creer que mi ensimismamiento es algo personal contra usted.

—No, no se ofenda. No me lo tomo como algo personal. Pero es una lástima que una mujer de su nivel de fama sea tan altiva y distante —respondió la otra.

Clara arqueó las cejas sin entender el ataque. Observó cómo la señorita Pichler se alejaba y se unía a Juan, cómo soltaba una encantadora carcajada y lo tomaba del brazo para no tropezar. ¿Desde cuándo eran tan cercanos aquellos dos?, se preguntó. Definitivamente, sus demonios estaban acaparando el viaje. Era cierto que no había hablado con la señorita Thesi. De hecho, no se acordaba de haber mantenido una conversación extensa con ninguno. Y, aun así, se sentía agotada de compañías. ¿De veras parecía altiva? Ella no era así... Sin darse cuenta, o puede que sí, sus ojos volvieron a reparar en la figura de Jacobo, que señalaba la *Madonna* de Giovanni Pisano que coronaba una de las entradas del camposanto y daba contexto a Henri Collet. Él, sabiéndose observado, se resistió un instante, pero terminó por naufragar en el magnético enigma que se escondía tras la mirada de la señorita Balaguer.

Ella se frotó las manos, cubiertas con guantes de piel. Eran su herramienta y, como era habitual, estaban congeladas.

De vuelta en el tren, esta vez moderno, Clara preguntó a la señora Dupont si había novedades de su marido. Esta le respondió que no. Le habían escrito desde Aix. Y de eso hacía una semana. Clara no pudo evitar recordar los tiempos en los que el señor Dupont la había acompañado en giras y compromisos. También las veces en las que, eufórico ante o tras una actuación importante, y poco o nada previsor con sus decisiones futuras, le había confesado que solo viajaba por razones de gran importancia, como ella. «Los asuntos menores son cosa de Geneviève, pero lo que es relevante pasa por mí. Como tú, Clara. No mereces menos atención». Clara sonrió triste para sí. Se había convertido en un asunto menor. Y lo peor de todo era que no había hecho nada en concreto para merecer esa degradación. Pensó en lo mucho que, a veces, cambiaba la vida; tanto que, en ocasiones, era difícil reconocerla. Después se sintió culpable por lo desagradecida que era. Miró a la señora Dupont, ávida de reposo con los ojos cerrados, y recordó que el motivo del viaje era ella misma, únicamente ella. Un atisbo de esperanza, conferido en parte por el contenido de su cartera de cuero, relampagueó en su ánimo. Lograría estar bien, solo necesitaba contarle a Geneviève lo que había estado rumiando.

El ferrocarril, que había salido algunos minutos tarde, recorrió el valle del Arno, impasible ante el agravamiento de las lluvias de esa tarde de principios de octubre. Dejó atrás Navacchio, La Rotta, Empoli, el río Pesa, las torres de Villa Ambrogiana o Montelupo. Penetró sigiloso por la garganta de la Gonfolina, sobre la que se narraban leyendas de su origen mítico. Custodiada por las coníferas en lo alto, la locomotora expulsaba el humo espeso que dejaba constancia de su paso. Y el río, abajo, espectro de un mundo que desaparecía a la sombra de esa industrialización de hierro, acero y carbón. Deslizándose por la vía, el tren cruzó el río Ombrone y pasó por Signa. Henri Collet, pegado al cristal, se percató de cómo el número de villas se multiplicaba en los collados. Poco a poco, el entramado urbano fue ganando densidad hasta que el transporte se adentró en la bella e inconfundible Florencia.

9
El fotógrafo

Manon Lescaut, «Donna non vidi mai»
Giacomo Puccini

La cortina anaranjada dejaba que pasaran tenues rayos a la habitación y que acariciaran la espalda desnuda de Jacobo. Abrazado a la almohada, se peleaba con la idea de quedarse allí todo el día. El aroma a alcanfor impregnaba aire y tejidos. Al oír movimiento en el pasillo, sintió la obligación de desperezarse. Se liberó de las sábanas y de una holgazanería que no les permitía a ninguno de sus hijos, y caminó hasta el juego de aguamanil. Vertió el agua en la jofaina y se lavó sin prisas. Se vistió con ese traje gris que se había convertido en uniforme y, con el estilo que acostumbraba, se colocó el cuello y los puños de la camisa valiéndose de un espejo que había colgado en ese cuarto prestado. Se contempló en él un momento. Pese a que no era un tema que le preocupara, consideró que su apariencia no estaba mal para sus treinta y cinco años. De hecho, no habían sido pocas las amistades que lo habían animado a buscar nueva esposa, pero jamás se había sentido con fuerzas. ¿Habría espacio para eso en su vida una vez más? Se quedó pensativo un momento. Después se pasó la mano por la mejilla, ahuyentando toda reflexión. Al día siguiente se rasuraría.

Al salir al corredor se topó de frente con la señora Dupont, que dormía en la alcoba frente a la suya. Se saludaron amablemente con un leve movimiento de cabeza y se dirigieron al comedor, donde ya estaba servido el desayuno. Para su estancia en Florencia, más prolongada que en otros destinos por la relevancia artística de la ciudad, el señor Bogarín, aconsejado por la agencia Cook, había alquilado un *palazzeto* amueblado en la via delle Terme. El día anterior, tras arribar a la estación y tomar los oportunos taxis, un empleado de la Agenzie di Locazione los había esperado ante el portón de madera de la vivienda. Juntos habían pasado al *cortile*, con suelo de baldosa de barro cocido, y subido varios tramos de escaleras de piedra hasta el segundo piso, el arrendado. Según les había contado el diligente trabajador, en la planta baja, donde se encontraba la antigua entrada de carruajes, había un par de negocios y caballerizas. En la primera, las cocinas y la lavandería. Y en la última, los alojamientos del servicio, incluido en el contrato firmado, al que se sumó la criada de la condesa Karimova.

No había sido sencillo encontrar un *palazzeto* que reuniera las condiciones idóneas para ese selecto y pintoresco grupo. Pero, finalmente, y gracias a la flexibilidad en el presupuesto, habían hallado esa residencia del siglo XV. Compuesta por nueve alcobas, se habían tenido que acondicionar dos gabinetes en el último momento para adaptarse al aumento de viajeros. Aun con eso, Henri Collet se había horrorizado al descubrir que tenía que compartir cuarto con su tía. Aunque amplio y con dos ambientes separados por dos muros salientes y un biombo, le parecía un insulto y una tortura. Sobre todo, porque, después de años de convivencia con ella, sabía que sus ronquidos eran insoportables. Así, se decidió a pisar la habitación solo para dormir. Por suerte, la vivienda tenía, además de los dormitorios, un luminoso y espacioso salón y un coqueto comedor. La decoración era sencilla. Mobiliario de madera oscura, tapizados en tonos tierra y coral, cortinas azafranadas y papel de pared blanco, beis o verde. Sobre consolas estratégicamente colocadas a lo largo de los extensos pasillos, en las zonas distribuidoras y en las comunes, esculturas de mármol y jarrones de loza con flores frescas. Los muros, además, estaban ornamentados con una más que decente colección de cuadros de factura historicista, muy al estilo de Stefano Ussi, y que el señor Mercier detestaba.

—Me niego a creer que no había a disposición de los propietarios ningún cuadro de los *macchiaioli* —comentó, taza de café en mano, mientras observaba uno de los que adornaban las paredes color crema del comedor.

Jacobo entró después de la señora Dupont, a la que sostuvo la puerta con caballerosidad. Sentados a la gran mesa rectangular de roble, cubierta con un límpido mantel, se encontraban ya el señor Bogarín, la condesa Karimova, la señora Leroy y su sobrino Henri. Una doncella enseguida se encargó de servir café en dos tazas más. Y luego en otra cuando Clara entró en el comedor. Una selección de panes y dulces recién hechos aguardaba, humeante, en el centro. Aunque la estancia en hoteles había sido espléndida hasta el momento, todos agradecieron pasar unos días en una casa tan acogedora. Tres ventanales daban a la via delle Terme, a la que solo llegaba el rumor distante de la actividad matutina de las calles y plazas más concurridas. Don Guillermo se sacudió el bigote de restos de azúcar y pasó a comentar a los presentes el orden del día. Por la mañana, y dado que la jornada previa había sido agotadora, cada cual se dedicaría a lo que gustase. Pero a la hora del almuerzo debían reunirse en el *palazzeto*.

—Por cierto, ha llegado el correo. Al parecer, la mayor parte de nuestros seres queridos ha tenido el acierto de escribir directamente a esta dirección en lugar de arriesgarse a tardanzas o extravíos en otros destinos más efímeros. Me han comentado desde el servicio que lo han dejado sobre una de las mesas de salón. Han ido llegando cartas desde hace dos días —anunció don Guillermo cuando ya estaban todos y antes de abandonar la estancia.

De golpe, la señora Dupont, Jacobo y Juan se levantaron de la silla y, en orden, pasaron al salón, donde, sin pestañear, se hicieron con los sobres que rezaban su nombre. Thesi, algo más lenta, se asomó a continuación y comprobó que ya no quedaban más misivas. Volvió a su silla y terminó de desayunar. Gustav, al lado, dio un último sorbo al café. Después se levantó, puso la mano en el hombro de su hermana y también salió del comedor. En su cuarto, el último del pasillo a mano derecha, se puso el abrigo, los guantes y el bombín. Guardó un sobre que descansaba sobre la cama revuelta en el bolsillo interno del *top-frock* y se dirigió a la salida. Cerró el portón de madera del *palazzeto* tras de sí y caminó hacia el este por la via delle Terme. Antes de girar, volvió la cabeza para cerciorarse de que nadie lo seguía. Confiado, se integró en el tránsito de la via Tornabuoni, compuesto por berlinas, peatones, calesas y algún que otro furgón. Esquivó a un elegante caballero que iba en bicicleta y, pasado el palacio Strozzi, volvió a girar. Miró atrás una vez más antes de entrar en una zapatería. Salió cinco minutos después con una llave en la mano con la que abrió la capilla de enfrente. Estuvo dentro otros quince minutos y salió. Cerró y volvió a entrar en la zapatería. Una vez que hubo terminado, se dedicó a deambular por las vías aledañas, para terminar desembocando en el mercado central.

Lejos de inmiscuirse en el trajín del interior, donde mercaderes despachaban a clientes sin descanso, Gustav prefirió acercarse a uno de los puestos que freían pescado al aire libre. En medio del vocerío y del intenso olor a aceite caliente y a pedazos de comida requemada, se compró un grasiento cucurucho de papel del que dio buena cuenta enseguida. Mientras tragaba, Thesi apareció, tal y como habían acordado.

—¿Por qué comes eso? ¿No te das cuenta de que es una vulgaridad? —lo reprobó ella.

—Tranquila, hermanita. Está bueno y es barato. No se le puede pedir más a una comida.

Thesi puso los ojos en blanco.

—¿El apuesto señor Álvarez-Caballero va a enseñarte la ciudad? —bromeó él.

—No. Se ha encerrado en la habitación al terminar de desayunar. He estado esperando en el salón pero, cuando ha salido, se ha marchado sin despedirse. Así que tengo toda la mañana para ti. —Gustav se rio con los carrillos llenos de pescado—. Y tú, ¿a dónde tenías que ir que me has hecho venir hasta aquí? —dijo, visiblemente incómoda.

—No te metas en mis asuntos, Thesi.

—Como lo eches a perder... —se ofuscó ella.

—Para eso estás tú —sentenció él, y tiró el papel aceitoso al suelo antes de echar a andar.

Aunque Clara había pedido a la señora Dupont que buscaran un rato para conversar tranquilamente, la carta del señor Dupont trastocó todos los planes de esa mañana. Geneviève la devoró ansiosa en voz alta en su alcoba, con Clara al lado. En ella su esposo les contaba los últimos avances en la prometedora carrera del joven pianista Gérard Robichaud, su gran apuesta del momento. Al parecer, su concierto en la sala del Trocadero del viernes anterior había sido todo un éxito. Se había llenado e, incluso, algunas personas se habían quedado a escucharlo desde fuera. La señora Dupont, exultante, hizo una pausa en la lectura para comentar «Casi como tú,

¿verdad, Clara?» en tono sarcástico. La violinista no fue capaz de concentrarse y atender al resto de la misiva, en la que le pareció que el señor Dupont hacía preguntas sobre los progresos del viaje. Geneviève, ajena a toda ofensa, se dispuso a responder la carta de su marido de forma inmediata, con lo que Clara decidió retirarse a su cuarto, que estaba justo al lado.

Sentada en una de las butaquitas tapizadas en color coral que acompañaban una mesa redonda de pequeñas dimensiones, cayó en la cuenta de que jamás había conseguido llenar la sala del Trocadero. Era una violinista célebre, sí, pero de salas más pequeñas. Y dudaba que alguien, alguna vez, se hubiera quedado escuchándola tras la pared. Parte de lo que la prensa vendía de sus conciertos y recitales era a ella misma, es decir, la posibilidad de ver a una mujer tocando el violín con gran destreza. Amenazada por la creciente popularidad del nuevo niño bonito de los señores Dupont, se levantó y alcanzó el violín. Ensayó y ensayó sin parar. Se dejó llevar por la magia de las notas. Resistió el amargo látigo de la zozobra que, en los últimos tiempos, la acompañaba al tocar. Los dedos se movían con frenesí sobre las cuerdas en el diapasón, subyugados por el embrujo de la melodía; los espasmos del torso y la cabeza, al servicio del instrumento, de la música, de su ser. Con cada corchea y semicorchea, el sudor aumentaba en la frente, las lágrimas en los ojos. El universo entero se desenfocaba. En aquel sendero que solo se dibujaba si era certera, lo único que importaba era la siguiente nota, el próximo acorde, el adecuado matiz.

Clara continuó practicando hasta que los callos de los dedos y el cuello se inflamaron. Cuando terminó, sintió que salía de un profundo trance, como siempre. No tenía conocimiento de cuánto tiempo había transcurrido, así que se lavó la cara, se peinó y decidió salir de la habitación para cerciorarse de que no llegaba tarde al almuerzo.

Al avanzar por el pasillo, la vivienda parecía desierta. Luminosa gracias a los patios interiores de los que disponía, parecía un oasis de paz en medio de la locura exterior. Clara continuó hasta el salón. Al abrir una de las dos puertas y asomarse, identificó una silueta masculina mirando por uno de los ventanales, vestidos con espeso cortinaje anaranjado. El caballero se giró en cuanto oyó movimiento a su espalda.

—Buen día. Disculpe, ¿busca a alguien? —se interesó Clara, deseando que aquel hombre hablara francés.

—Buen día —respondió en la lengua de Diderot—. Oh, no, no. Espero al señor Bogarín, ha ido un momento a su cuarto a buscar algunos papeles.

—Oh... —se sorprendió ella.

El tipo se acercó y le tendió la mano con amabilidad.

—Soy el señor don Maurizio Conte. Usted debe de ser la señorita doña Clara Balaguer. Don Guillermo me ha dicho que estaba usted ensayando.

Clara arqueó las cejas, pero correspondió al gesto con su mano. En ese instante, don Guillermo apareció cargado con las guías y el cuaderno.

—Señorita Balaguer. Veo que ya ha conocido al señor Conte. Vamos a poner en común algunas cuestiones antes de que lleguen los demás —le indicó al tiempo que buscaba acomodo en uno de los sillones.

El señor Conte lo siguió y, abrumado por todos los documentos que el escritor había colocado en la mesa de café, miró a Clara e hizo un gesto de cómica preocupación. Ella se rio discreta y se sentó en otro de los sillones, sin entrometerse en las gestiones de los caballeros. Con cautela, analizó al señor Conte. Era un tipo alto, esbelto, con cabello oscuro repeinado y unos ojos verdes que transmitían calma. Aunque su atuendo no parecía caro, sus maneras no podían ser más elegantes.

En los siguientes veinte minutos, los distintos viajeros fueron entrando al salón. El señor Bogarín aguardó a que estuvieran todos sentados a la mesa del comedor y el almuerzo servido para presentar formalmente al señor Conte a quien, a juzgar por la familiaridad del saludo, Juan conocía.

—Bien, damas y caballeros, hoy nos acompaña el señor don Maurizio Conte, vecino de Florencia y reputado fotógrafo, que, gracias a la intermediación del señor don Juan Álvarez-Caballero, será nuestro anfitrión. Él nos mostrará la ciudad y nos acompañará el resto de nuestra etapa italiana. Cuando el señor Álvarez-Caballero me comentó, hace unos meses, que tenía un contacto en Italia, no pude resistirme a solicitar su compañía y conocimiento del país, pues considero que no existe mejor forma de descubrir un lugar que a través de los ojos de sus gentes.

—Bienvenido, señor Conte. Será un auténtico placer que nos muestre su ciudad —dijo la señora Leroy, sonriente.

Un coro agradecido se sumó a las palabras de la empresaria teatral.

—El placer es mío. Como ya le comenté al señor Álvarez-Caballero en su momento, me parece un grupo y un viaje de lo más interesante. Y he de decir que me confieso admirador de más de uno de ustedes —afirmó y lanzó una mirada al señor Bogarín, que sonrió orgulloso—. Estoy a su disposición para todo lo que deseen saber sobre Florencia.

Unos y otros asintieron. El señor Conte no tardó en meterse en el bolsillo a aquella cuadrilla. Era locuaz y respetuoso; atento y gracioso. El único que parecía resistirse a sus evidentes encantos era el señor Mercier, que aborrecía la fotografía y todo lo que la rodeaba. Juan contó que había conocido al señor Conte en la Exposición Universal de París de 1889 y que desde entonces habían mantenido una grata y fructífera correspondencia que, esperaba, cristalizase en negocios más pronto que tarde. Aunque intuía su buena disposición, Juan había dudado de si el señor Conte aceptaría la oferta del señor Bogarín, pero, para su asombro, el fotógrafo se había mostrado entusiasmado con la idea. En parte por lo mucho que le interesaba conocer al escritor, a quien había leído de forma incondicional desde que lo había descubierto en una librería de París. Todos aplaudieron el satisfactorio desenlace de aquellas conversaciones y, tras relamerse de los sabores salados de la sopa de arroz y la *frittata*, marcharon a prepararse para el paseo.

Agrupados en el *cortile*, fueron saliendo a la via delle Terme, por la que vieron avanzar a una mujer con una cesta, agotada. Por una calleja salieron a la via Pelliceria, cortada en su nacimiento por la via Porta Rossa. El señor Conte les contó que el nombre de la mentada calle derivaba de los muchos talleres de peleteros que habían existido en ella tiempo atrás. Alguno que otro inspiró, ansiando cazar las notas rancias que, a buen seguro, habrían emanado las extintas curtidurías. Caminaron bajo el imponente pórtico custodiados por una fila de arcos de medio punto a mano derecha. El fotógrafo aprovechó para indicar que esa arquería, rematada con una enorme puerta en el centro y que daba acceso a la piazza Vittorio Emanuele desde la via degli Strozzi, tenía muchos detractores entre los florentinos. Acto seguido, solicitó al grupo que lo acompañara hasta la estatua ecuestre, monumento en honor a ese primer rey de Italia que daba nombre a aquel rincón de la ciudad. La condesa miró alrededor, admirada por los bellos y modernos palacios que cerraban la plaza por los cuatro puntos cardinales. En los bajos, cafés, cervecerías y comercios que tragaban y escupían moradores más y menos alegres. Una hilera de calesas con la capota plegada, señal de buen tiempo, aguardaba a pasajeros sin nombre, ignorando el movimiento nervioso de las patas de los caballos y el fétido olor que destilaban sus deposiciones. En las fachadas, rótulos que anunciaban el uso del edificio: PENSION, ASSIGURACIONE... La condesa Karimova aborrecía el modo en que la propaganda había inundado las ciudades. En París sentía que las columnas, los hombres anuncio o los quioscos le gritaban al paso con esos coloridos carteles de chillones reclamos sobre cabarés, grandes almacenes o jabones.

—Bien, he querido empezar por aquí porque en este punto es donde se encontraba el antiguo centro de Florencia. En estos metros que nos rodean se celebraba el mercado, de ahí las calles con nombres referentes a oficios destinados al comercio, como carniceros, peleteros o calceteros. De hecho, una columna, llamada la Colonna di Mercato, y que estaba más o menos por allí... —dijo señalando hacia la via degli Speziali, la contraria a la arquería, donde se apreciaba la entrada del café cantante Trianon—, marcaba el centro exacto de la ciudad en el siglo XV. En las calles circundantes al Foro del Re, que era como se conocía esta plaza, estuvieron los palacios de las grandes familias florentinas. Era el centro neurálgico. Hacia el norte, entre la plaza y la via dei Buoni, estaba el gueto judío, a cuyos residentes Cosme I obligó a llevar un trozo de tela amarilla en el brazo o en el sombrero para poder distinguirlos, entre otros requerimientos y prohibiciones. Ahora, como imaginarán, nada de eso existe.

—Conozco a más de uno que desearía que eso no fuera así —murmuró la señora Leroy.

—Permítanme ahora avanzar en el tiempo. A mediados de nuestro siglo, esta zona se había convertido en un nido de enfermedad y problemas. La gota que colmó el vaso fue un brote de cólera que se cobró la mayor parte de sus víctimas en este barrio. Las autoridades plantearon una profunda renovación. Se demolieron las viviendas, se agrandó la plaza y se construyeron edificios saneados y modernos que fueron ocupados por destacadas fortunas. Y, como está ocurriendo en todas las ciudades, los vecinos humildes que tenían aquí su hogar debieron buscarlo en otra parte, en nombre del urbanismo, de la Florencia moderna que, desde 1860, es parte del siempre imprevisible Reino de Italia —anotó con regusto crítico.

Continuaron entonces hacia el norte, por la via Calimara, que los llevó hasta la piazza del Duomo. Con el palacio arzobispal a la izquierda, en proceso de restauración, se dieron de frente con la vista del baptisterio, superado en altura, al fondo, por la catedral y esa fabulosa cúpula con la que se había inaugurado el Renacimiento arquitectónico en Florencia. Rodearon la construcción octogonal por su cara sur. Jacobo se reencontró con las escenas de la vida de san Juan Bautista que Andrea Pisano había esculpido con maestría simpar en las puertas de la entrada meridional, la principal. Rememoró la primera vez que las había visto, quince años atrás. Lanzó un vistazo al colorido campanario, iniciado por el gran Giotto, y después se entregó a la contemplación de la fachada de la catedral. Inaugurada en 1887, no había tenido oportunidad de verla. Los ojos castaños recorrieron cada resquicio de la portada, en mármol blanco, verde y rojo; se extasiaron con los bajorrelieves y las restantes esculturas, cancerberas de ese templo que se había empezado a construir en tiempos del esplendor gótico y aún inconcluso. Jacobo pensó que ya no se harían edificios así, en los que se superponían los estratos de siglos, de generaciones de arquitectos.

—Para decidir el diseño final de la fachada, se realizó una votación entre los florentinos —decía el señor Conte—. Aunque hubo escépticos, puede decirse que, por lo general, ha gustado en todo el país. Y menos mal, porque se ha tardado cuatrocientos años en reconstruirla después de que se destruyera la original.

Al entrar en la catedral de Santa Maria dei Fiore por la puerta de la nave central, a todos los invadió una sensación de éxtasis momentáneo. El señor Conte les indicaba, aquí y allá, obras de esos artistas mayúsculos de los que tantas veces habían oído hablar y que, de algún modo, parecían sacados de la obra de Ovidio y no del mundo real. La inconclusa *Piedad* de Miguel Ángel, vidrieras de Donatello y Ghiberti, los bajorrelieves de Della Robbia, las bóvedas de Brunelleschi, la pila bautismal atribuida a Giotto: todo daba forma al templo. Thesi dio una vuelta sobre sí misma, obnubilada por los frescos del juicio final que decoraban la cúpula. De pronto, algo en la figura nimbada de Jesucristo la asustó. Como si, desde allí arriba, fuera capaz de verla, de juzgarla. Reparó en las siluetas de los caídos, incordiados por un esqueleto viviente, y tuvo que mirar a otro lado. Necesitada de cobijo, buscó el siempre cálido brazo de Juan.

El grupo dio la vuelta a toda la plaza. El señor Conte los llevó hasta las puertas del café l'Elvetichino, centro de reunión del movimiento de liberación florentino, situado entre la via dei Martelli y la via Ricasoli. Les indicó que los edificios de la zona septentrional estaban ocupados por la Opera del Duomo, es decir, por la institución encargada de todo lo relativo a la construcción de la catedral. En el flanco sur, pasaron por delante del cuartel de la Misericordia, responsable del transporte de difuntos, y siguieron con el paseo por la via Calzaioli. El fotógrafo les explicó, a propósito de la nomenclatura, que las calzas de Florencia habían sido muy populares en el siglo XVI. También les señaló donde decían que estaba el antiguo taller de Donatello y los espacios ocupados por palacios y logias de los más célebres apellidos del pasado. Pero si algo era esa calle, era una arteria comercial, plagada de apetecibles tiendas, confiterías y restaurantes. Así, la señora Leroy no dudó en entrar en una de las coquetas pastelerías para olisquear los dulces de cerca. A lo lejos, la melodía de un músico ambulante amenizaba el trasiego de turistas y locales.

Cenaron todos juntos en el *palazetto*. Mientras remataban un plato hecho a base de hígado de ternera, aderezado con dos botellas de Brunello di Montalcino, el señor Conte les sugería que, si de verdad deseaban degustar la cocina tradicional toscana, debían visitar alguno de los muchos restaurantes con los que contaba la ciudad o probar las delicias de las charcuterías. El señor Bogarín aceptó la propuesta, pero a la condesa y a la señora Dupont no les provocó el mismo entusiasmo. En medio del baile de cucharillas, entre postre y boca, don Guillermo quiso indagar sobre el ambiente político en Italia, aprovechando que el señor Conte se había mostrado abierto a tocar ese tema en sus explicaciones. Sin perder su gracia natural, el fotógrafo respondió:

—Si me pregunta a mí, le diré que la situación del país es un absoluto despropósito. —Los presentes interrumpieron sus charlas, atraídos por la irritante y seductora política, reina de corazones de ese *fin de siècle*— El transformismo parlamentario, la corrupción sistemática, incluso en la banca, y la crisis económica son solo la punta del iceberg. Miles de personas se están yendo a América porque aquí no hay futuro. Y nadie parece querer hacer nada por evitarlo. Tampoco ayuda la guerra arancelaria con Francia...

—Ja, no querrá echarnos a nosotros la culpa, ¿verdad? —intervino el señor Mercier.

—No, solo digo que tienen parte de responsabilidad.

—Y también su tendencia, al igual que le ocurre a España, al paternalismo y la incapacidad para evolucionar hacia una economía industrial —dijo el señor Mercier, olvidando que el proteccionismo también tenía algo que ver.

—No se lo niego.

—¿Y qué opinión le merece el señor don Francesco Crispi? He leído que hay voces que reclaman su vuelta —comentó el señor Bogarín.

—El señor Crispi tiene grandes ideas y todas ellas inútiles para los problemas que tiene Italia —le espetó divertido el fotógrafo—. Pero le valoro las buenas intenciones. Aunque no me fío de ellas.

El señor don Francesco Crispi había ocupado el cargo de primer ministro entre 1887 y 1891. Seguidor del señor don Giuseppe Mazzini y compañero de batalla del señor don Giuseppe Garibaldi en su juventud, era firme partidario de las reformas y del fin de esa dinámica parlamentaria llamada «transformismo», basada en los sobornos, las decisiones en bloque y la priorización de los intereses de las élites regionales frente a los intereses nacionales. Estaba convencido de que solo la guerra serviría de aglutinante en esa Italia que todavía luchaba por consolidar su unidad y legitimarla. Así, sus proclamas, a menudo beligerantes, solían estar enfocadas a la política exterior que, en esos años de *Weltpolitik*, miraba hacia África. Mas precisamente esa belicosidad había tenido un efecto negativo en la economía, pues había desincentivado las inversiones extranjeras, duro golpe en medio de las vacas flacas. Sin embargo, el señor Crispi era, para muchos, el adalid de la unión, el antídoto ante la corrupción y la debilidad. Sobre todo, después de que se destaparan los trapos sucios de Gobierno y banca que, entre otros delitos, incluían la emisión de moneda y la aprobación de préstamos a políticos de forma ilícita a cambio de prebendas.

—¿Y quién puede fiarse de los políticos hoy en día, querido? Mire los escándalos que acumula nuestro gobierno. La trama de corrupción de las condecoraciones del señor don Jules Grévy, ¡el escándalo del canal de Panamá! —intervino la señora Leroy.

Los vicios y las ilegalidades carcomían, como termitas, a varios gobiernos en Europa a inicios de la década de 1890. Si la confianza de la población en el liberalismo no parecía levantar cabeza tras el azote de la crisis de 1873 —prueba fehaciente de que esa fórmula vendida como la panacea a principios de la centuria no evitaba el hambre y la miseria—, la democracia implantada en monarquías y repúblicas había empezado a mostrar las enfermedades de las que adolecía. Así, en la Francia de la Tercera República había saltado a la prensa, un año atrás, la noticia de que la compañía del canal de Panamá había sobornado y colaborado con más de un centenar de políticos antes de hundirse en 1889 y llevar a la ruina a numerosos pequeños inversores.

—Todavía no me explico cómo continúa en el poder esa colección de papanatas republicanos descafeinados o izquierdosos —expuso la condesa en referencia a la consecución de gobiernos alejados de la tendencia conservadora o realista que a ella le gustaba—. Por menos, hace cien años, se cortaron cabezas en esa terrible revolución.

—¡Amén! —la apoyó el señor Mercier—. Será cuestión de tiempo que la Tercera República sea gobernada por personajes de altura, comprometidos con el progreso y con la vuelta a primera plana de la escena internacional de nuestra gran nación.

—Dios quiera que no —susurró la señora Leroy.

—Hombre, señor Mercier, debe ser justo. No todo lo cosechado desde 1871 por hombres como Mac-Mahon, Simon, Grévy, Gambetta o Ferry ha sido negativo. Si no, no habrían ganado los republicanos del señor don Jean Casimir-Perier en las elecciones legislativas del pasado mes ni la unión de izquierdas del señor don Sadi Carnot en las presidenciales del 87 ni los republicanos las senatoriales de hace dos años. Francia quiere republicanos reformistas en todas las instituciones. Por algo será. Lo animo a echar la vista atrás. Por lo que me han contado, el panorama con Napoleón III no era del todo boyante en cuanto a derechos y libertades. Y, además, perdió la guerra contra los prusianos... —comentó Jacobo.

—No crea todo lo que le cuentan, señor Figueroa. Y no me hable de la guerra: yo mismo viví el espanto de la Comuna. En Francia no se sabe votar. En tiempos del Segundo Imperio, Francia era grande, París se reinventó. Hicimos historia. Incluso la de este país en el que nos encontramos y cuya unificación en los años sesenta se produjo, en gran medida, gracias a la intermediación francesa. Desde 1871 somos una página arrugada que nadie lee, que todos se saltan. Las miradas están en esa monstruosa Alemania que nos vigila al este.

—Querido amigo, precisamente por el desgaste de la política del Segundo Imperio es por lo que Francia ha sido aislada en estos últimos años —le corrigió el señor Bogarín—. Aunque mis preferencias por la lista del señor don Georges Clemenceau son conocidas, yo creo que hay que dar un voto de confianza al nuevo Parlamento. Además, a mí me gusta el señor Sadi Carnot como presidente.

El barullo de opiniones estalló.

—La cuestión aquí es: ¿funciona el sistema? —planteó el señor Conte—. Ni su país ni el mío están en calma. Quizá deberíamos reflexionar todos sobre la deriva de la democracia ahora que sabemos que el liberalismo ha muerto.

De nuevo, una explosión de acusaciones cruzadas.

—¿Su alternativa es la anarquía? —le preguntó el señor Mercier.

—Tal vez. —Y bebió divertido de su copa.

El debate se acaloró por momentos. Cada cual con su opinión y ninguna era perfectamente coincidente. Habían tardado varios días en hablar de política. Era una carta que no habían deseado jugar hasta que el señor Conte y las horas compartidas habían precipitado la conversación. Y es que aquella reina de corazones, en ocasiones, se comportaba más como un as de tréboles, dictador de fortuna en lo que cada uno tenía entre manos. Al terminar, se fueron retirando: primero las mujeres, después los caballeros. Por los pasillos y en las alcobas, se oyeron las últimas diatribas y murmullos. La señora Leroy, con las mejillas sonrojadas de nuevo, llamó «intransigente» y «antisemita» al señor Mercier mientras se adentraba en la habitación, escoltada por Henri Collet, a quien le había encantado el tono encendido de la charla después de días de impostada simpatía. El señor Mercier acusó en silencio a Jacobo de «engreído indocumentado», a la señora Leroy de «vulgar charlatana» y al señor Conte de «peligroso anarquista». Jacobo comentó con Juan lo mucho que le preocupaba la excitación con la que se abordaban los asuntos políticos en los últimos tiempos y este le respondió que «era problema de los nacionalistas como Mercier y de las reliquias del pasado como la condesa Karimova». El arquitecto añadió que tampoco ayudaban «los provocadores como el señor Conte». El señor Bogarín aplaudió la diversidad del grupo y, con los labios abrazando la pipa, reconoció la necesidad de evitar la política en las conversaciones por el bien de la convivencia. La señora Dupont, cuya opinión era la de su marido, intentó memorizar todos y cada uno de los alegatos para plasmarlos en su siguiente misiva y así obtener una valoración que ella tomaría prestada.

Clara reflexionó en la cama sobre la latente tensión que parecía recubrirlo todo en los últimos tiempos, como si solo hiciera falta tirar de una sábana para descubrir una realidad ignorada en virtud de aquello que llamaban civilización. Aunque la política no le interesaba demasiado, aspecto compartido por la mayoría de las mujeres que conocía ante la imposibilidad de participar en ella, sentía cierta afinidad con las ideas que defendía el señor don Jules Guesdes, fundador del Partido Obrero Francés. Sobre todo, porque, aunque aislada en el mundo de las salas de música, había oído hablar de la cuestión social, del pauperismo obrero y, por la compasión cristiana en la que la habían educado, sentía la necesidad de que aquello se solventara más pronto que tarde. Aun así, era consciente de que muchas de las proclamas que le habían llegado del hombre que había fundado el partido eran una utopía. Quizá por eso mismo le gustaban. Porque eran ideas que no parecían pertenecer al mundo que ella conocía. Además, ¿qué más daba? Ni siquiera importaba lo que ella opinara. De pronto se preguntó qué estaría haciendo Yves. Se arropó, agradecida por no haber sufrido ninguna crisis durante dos días, y cerró los ojos. Ya lo había decidido: al día siguiente, le comunicaría su decisión a la señora Dupont.

10
Medusa

Norma, «Casta Diva»
Vincenzo Bellini

Grotescos caracoles guiaban hasta la barbilla, inicio de un rostro dormido. Los labios silenciados medio abiertos. La nariz aguileña al final de la cual se dibujaba el tenso rigor del ceño. Los ojos, ya inocuos. Y donde debían crecer mechones de cabello, un nido de serpientes ansiosas, agarradas por la triunfante mano de Perseo. La tez verdosa cubría el musculoso cuerpo desnudo del héroe invicto. Sus pies alados reposaban sobre el seccionado cadáver de ese monstruo mitológico. Un toque en el hombro avisó a Clara de que debía volver a la realidad y seguir al grupo, que continuó alterando la inerte paz de las esculturas de la Loggia dei Lanzi. La señorita Balaguer apartó los ojos de la obra de Cellini. Observados por los orbes sin pupila de las sacerdotisas y de los leones, atendieron a las explicaciones que el señor Conte dio sobre el *Rapto de la Sabina* de Giambologna. La señora Leroy se extasió con el gesto de horror que se erigía en lo alto de aquella sucesión de cuerpos desesperados, privados de ánima y pudor.

El bisbiseo que tomaba forma entre esa fabulosa colección de estatuas contrastaba con el estridente ajetreo del resto de la piazza della Signoria. Solo cuatro arcos separaban el Olimpo del vocerío, los avisos y los relinchos en torno a los ómnibuses y tranvías —de sangre y vapor— que iniciaban recorrido hacia las distintas partes de la ciudad. A esa hora de la mañana, las tiendas, las oficinas y las tabernas ya funcionaban a pleno rendimiento en el que era uno de los espacios más bellos e importantes de Florencia. Y es que, tal y como se encargó de señalar el señor Conte, si la ahora piazza Vittorio Emanuele había sido el centro mercantil, la piazza della Signoria había sido escenario, sin parangón, del devenir político de la urbe a lo largo de su historia. El grupo bajó los seis escalones que devolvían, desde ese vergel escultórico, a la polvorienta cotidianeidad del hombre de a pie y se fue deteniendo, con permiso de los paseantes más apurados y de los molestos vendedores de cerillas, en los principales rincones de la plaza. Admiraron así la estatua ecuestre de Cosme I, también de Giambologna, la fuente de Neptuno, la esplendorosa fachada del palacio Uguccioni y la embaucadora irregularidad del Palazzo Vecchio.

Entre datos compartidos con los demás, Jacobo y el señor Conte disfrutaron comentando algunas de las características más curiosas de aquel edificio desde el que se había anunciado la anexión de la Toscana al Reino de Italia tras el plebiscito de 1860, y que fue sede del Gobierno italiano entre 1865 y 1870, periodo en que Florencia fue nombrada capital.

—Yo todavía no vivía en Florencia, nací y crecí cerca de Pistoia, pero me consta que fue una época de lo más entretenida —le contó el fotógrafo.

Así, hablaron de la evidente asimetría del *palazzo*, más acusada, si cabe, por efecto de la torre, la más alta de toda la ciudad.

—Solo compite con el *campanile* de la catedral. El poder de la Iglesia y el del gobierno de la ciudad se miran de frente, en su eterno duelo.

—Siempre he dicho que en las estructuras más elevadas de cualquier ciudad se puede leer quien ostenta el control —compartió Jacobo.

—Toda la razón. E imagino que ahora, a juzgar por los rascacielos que están construyendo en Chicago, es el tiempo del gobierno del capital.

Jacobo asintió sonriendo. El señor Conte volvió a dirigirse al resto y, sin cambiar de tema, los animó a que se fijaran en la combinación de almenas güelfas y gibelinas del edificio. Una llamada a la unidad entre esas dos facciones que se habían enfrentado durante siglos en relación con la pugna por el poder terrenal entre la Iglesia y el Sacro Imperio Romano Germánico. También les narró cómo, tras la conspiración de la familia Pazzi contra la familia Médici por el gobierno, los responsables fueron colgados de las ventanas del último piso.

—Hoy día es un edificio gubernamental y en él, entre otras cosas, se celebran los matrimonios civiles —concluyó.

Thesi, que se protegía del sol con la sombrilla amarilla que siempre la acompañaba, aprovechó el momento para colocarse junto a Juan. Emocionada por todo lo que estaba contemplando, buscó sacarle una sonrisa con un comentario encantador. Y, aunque funcionó, el empresario estaba concentrado en atender, así que obvió el intento de Thesi de buscar su compañía en lo que restaba de paseo. El fotógrafo pidió que lo siguieran hacia la Galeria degli Uffizi. Antes de pasar al museo, recorrieron la calle porticada en la que se encontraba el acceso y apreciaron los pilares en los que tomaban forma las figuras y rostros de los más ilustres personajes. Con la boca entreabierta, Clara, Henri Collet y la señora Leroy observaron el imponente porte de Niccolò Pisano, Giotto, Leonardo da Vinci, Miguel Ángel, Dante, Petrarca, Maquiavelo, Américo Vespucio o Galileo.

—Siempre he pensado que no hay nada mejor para la vanidad sin límites de un hombre que inmortalizarla en piedra —espetó la señora Leroy.

Clara y ella se miraron cómplices y se rieron con disimulo. Henri Collet quiso unirse, pero lo cierto es que no terminó de entender el comentario de su tía. Dieron toda la vuelta, esquivando un puesto callejero de libros, y después accedieron al museo por la puerta vigilada por las dos últimas esculturas: las de Cosme I y Lorenzo de Médici. La ubicación de estas tenía todo el sentido, pues la poderosa familia, mecenas durante generaciones, había sido la propietaria de esa importante colección que estaban a punto de disfrutar hasta la muerte del último gran duque a mediados del siglo XVIII. Legada a la ciudad de Florencia, estuvo a punto de ser trasladada a París en tiempos de Napoleón y, de hecho, existían obras que todavía debían ser devueltas, detalle que, con sorna, Maurizio Conte recordó a los visitantes. El señor Mercier puso los ojos en blanco, farfulló un argumento para sí y se dispuso a subir la escalera, decorada en el primer piso por una bella estatua de Marte en basalto. El señor Bogarín, con ayuda del señor Conte, gestionó el pago de las entradas después de recaudar una lira por persona.

El señor Conte enterró el hacha de guerra momentáneamente, en parte por pura practicidad, y brindó al señor Mercier la posibilidad de ser él quién diera las explicaciones oportunas al grupo. El pintor no pudo más que aceptar.

—Sería grotesco que un fotógrafo diera lecciones de pintura en un sitio como este —le susurró a la condesa Karimova.

Los ojos curiosos de aquel conjunto de intelectuales pasaron por las sucesivas salas que contenían una de las compilaciones de arte más importantes de Europa. Comenzaron por la escuela toscana, entre cuyos trabajos expuestos se encontraban *La adoración de los Magos* de Leonardo da Vinci, el *San*

Sebastián de Giovanni Bazzi Sodoma o *La muerte de la Virgen* de Fra Angélico. En la sala de la tribuna caminaron en torno a la estatua de la *Venus de Médici*, colocada en el centro. Pasaron entonces a las salas de la escuela italiana, donde se detuvieron en varias obras. Sin embargo, en la quinta sala, Clara quedó embelesada por una en la que el señor Mercier ni siquiera reparó. Era un óleo sobre una pieza circular, un escudo. En medio, un rostro. Bajo la barbilla, un reguero de sangre. Y en lugar de cabello, aquellas mismas serpientes. El gesto chillaba dolor e incredulidad, la boca abierta de espanto y los ojos... poderosos, parecían capaces de cambiar el rumbo de la mirada y atraparte, fulminarte, por última vez.

—Es la *Medusa* de Caravaggio —dijo el señor Conte quien, al percatarse de que la señorita Balaguer se había quedado rezagada, había decidido esperarla e intentar aportarle algún dato sobre la obra que estudiaba con tanta concentración.

Clara continuó observandola.

—Tiene algo de hechizante —comentó ella.

—Y de aterrador, diría yo. Pero creo que es justo eso lo que deseaba Caravaggio.

Silencio.

—¿Conoce el mito de Perseo y Medusa?

Clara negó con la cabeza.

—Cuenta la leyenda que existían tres Gorgonas, terribles monstruos de serpientes como cabello, afilados colmillos de bestia y grandes ojos capaces de matar. Eran las hermanas Esteno, Medusa y Euríale. Un día, el joven héroe Perseo, hijo de Zeus, prometió al rey de la isla de Sérifos, donde había crecido tras haber sido salvado de morir ahogado junto a su madre, que, con motivo de sus nupcias y agradecido por la hospitalidad de la isla, le entregaría en bandeja la cabeza de la única de las tres Gorgonas que era mortal, Medusa. Voló y voló con sus sandalias aladas hasta que las encontró al oeste, en los confines del mundo, más allá de donde se pone el sol. Se enfrentó a ellas valeroso y, astuto, utilizó su escudo de bronce para engañar a la Gorgona y hacer que ella misma se contemplara en su reflejo. Medusa quedó petrificada y Perseo aprovechó para decapitarla y así cumplir la palabra dada al rey de Sérifos.

—Caravaggio pintó el momento justo de la muerte de Medusa como si se hubiera quedado, para siempre, reflejado en el escudo de Perseo. El instante en que se está dando cuenta de que el final ha llegado... —comentó Clara.

—Sí, Caravaggio tenía ese punto tenebroso. Y algunos dicen que es un autorretrato, que quiso representar la fealdad de la Gorgona con su poco bien parecido rostro.

—Qué criatura más terrible.

—¿Caravaggio o Medusa?

—¡Medusa! —Clara se rio.

—Bueno, en el Mediterráneo, las Gorgonas también tienen su lado positivo. Son símbolos de protección. Han coronado templos y han figurado en escudos. Como en el de los Médici.

—Nada es bueno o malo *per se* —reflexionó ella.

—Exceptuando ciertas cosas, como el recalcitrante orgullo del señor Mercier —apostilló él y se rieron.

Sin ganas de que el pintor los reprendiera por la tardanza, se unieron a los demás con premura. Pasaron diez minutos escuchando un soliloquio sobre *El nacimiento de Venus* de Botticelli. Cuando terminaron con las salas de los Uffizi, cruzaron, a través del pasadizo del Ponte Vecchio, a la Galeria Pitti, incluida en la entrada. En las dieciséis salas que la componían perdieron la noción del tiempo. Algunos por aburrimiento, otros por excitación. Algunos se evadieron entre las pinceladas cálidas de *El regreso de los campesinos del campo*, de Rubens; otros se sintieron intimidados por la apacible pero directa mirada de *La Bella* de Tiziano y, en ciertos casos, ahítos de óleos y de las intrincadas exposiciones del señor Mercier, ignoraron el *Cristo y los cuatro evangelistas* de Fra Bartolommeo, testigos impasibles de la falta de interés de los visitantes, ansiosos por volver a ver la luz del sol.

De vuelta en la calle, el señor Conte recuperó el control, con permiso del señor Bogarín, y, tal y como había compartido con él a primera hora, los llevó a una charcutería para que, quien quisiera, probara una de las especialidades locales, los *panini gravidi*, panecillos rellenos de jamón, salchichas o carne asada. Según les dijo, en Florencia no estaba mal visto comer en la calle los productos de esas tiendas de comestibles. Sobre todo, si uno era turista y deseaba saborear la ciudad. Como solía ocurrir, hubo reacciones de todo tipo. Las mujeres, nada convencidas con los apuntes de Maurizio Conte, rehusaron sumarse a la cata. Con ellas se quedó el señor Mercier, siempre dispuesto a desconfiar de una bienintencionada recomendación emitida por alguien a quien había decidido detestar. Así, mientras el batallón de exploradores se hacía con su comida en aquella charcutería, el resto abrazó la convención y se fue a almorzar a Gilli et Letta, un restaurante ubicado en la misma piazza della Signoria. Al terminar de disfrutar de ese manjar callejero, Jacobo visitó la oficina central de correos, sita en la Loggia degli Uffizi, para enviar a sus hijos una bonita postal con una vista general de Florencia. Le gustaba imaginarlos leyéndolas antes de dormir, acompañados de la institutriz, Adelaide Hauregard, parte del servicio de la familia, de máxima confianza, que cuidaba de ellos en su ausencia en la casa donde vivían, en el número 42 de la rue Cortambert.

De vuelta en el *palazzeto* y con el portapapeles sobre la falda marrón, Clara esperaba impaciente. La señora Dupont le había pedido media hora para descansar y refrescarse antes de la reunión que le había solicitado, implorado y, finalmente, exigido. Justo cuando empezaba a notar cómo ese sudor angustioso regresaba a la frente, una criada llamó a la puerta y le comunicó que ya podía ir. La señorita Balaguer asintió y se dirigió al cuarto de al lado. No sabía el nombre de la doncella y apenas había reparado en su existencia hasta ese momento. Se sintió culpable y la parte más rastrera de su ser le recordó lo que la señorita Pichler le había dicho en Pisa: que era altiva y distante.

—Siéntate, he pedido que nos traigan un poco de agua con limón.

Clara asintió y se acomodó en la butaca libre de la mesita redonda que, como en cada alcoba, creaba un espacio de encuentro, lectura o escritura. La empleada sirvió el agua en dos vasos de cristal y dejó la jarra sobre la bandeja de plata. Confirmó que no necesitaban nada más y se retiró.

—Soy todo oídos. ¿Qué deseas compartir conmigo?

—He tomado una decisión con respecto a mi concierto en Érard.

—¿Decisión? —Levantó una ceja.

—Como he compartido con el señor Dupont y contigo en innumerables ocasiones, mi auténtica pasión en la música es componer, interpretar mis propias obras, aunque las combine con las de otros. Así que no voy a repetir el concierto de Paganini en la sala Érard. Quiero interpretar este. Todavía no lo he terminado, pero estará listo.

La señorita Balaguer mostró a su mecenas las partituras que había guardado con tanto celo. Había retocado algunos detalles de una pieza compuesta en París y, después de su crisis nerviosa en Génova, había hallado una ilusión que creía perdida en la perspectiva de trabajarla como concierto para violín y estrenarla en la sala Érard.

La mirada verdosa de Geneviève revisó las hojas manuscritas. Tragó saliva y miró a Clara.

—Clara, entiendo que ahora digas que la composición es tan relevante para ti, de verdad. Pero lo que realmente debes preguntarte es si a alguien le interesa escuchar tus composiciones. No solo por el hecho de que las mujeres ejecutan la música, no la crean, sino porque lo que la gente busca de ti, de Clara Balaguer, es tu maestría con el violín. Desean revivir lo que sintieron al descubrir a esa niña Paganini o experimentar por vez primera lo que todos dicen cuando te ven y te escuchan interpretar tu fantástico repertorio. Y no puedes arrebatárselo sin más.

—No quiero hacer lo mismo una y otra vez, Geneviève. No lo soporto. Eso no es arte —contestó Clara con ojos vidriosos—. No puedo pasarme el resto de mi vida recreando una actuación que realicé con dieciocho años, interpretando el mismo repertorio con el que empecé. No quiero cumplir cuarenta, cincuenta ni sesenta y medirme por lo que hice antes de los veinte. Me resulta descorazonador e insoportable.

—Variaremos un poco tu repertorio si estás cansada. Lo hablaremos con el señor Dupont a la vuelta, de cara a las actuaciones que vengan tras tu concierto en la sala Érard. Pero lo de tocar tu propia música no es una opción, está fuera de todo debate. Una cita tan importante, con todo lo que está en juego ahora mismo y en este viaje, no puede condicionarse por un capricho así.

—No es un capricho. Sabes que compongo desde los doce años, que siempre ha sido importante. Pero, por algún motivo, siempre que os lo he intentado transmitir, lo obviáis. Como aquella vez en la que os toqué en privado una sonata compuesta por mí y os pedí que la publicarais. No volvisteis a sacar el tema... —Silencio—. Esto es importante para mí, Geneviève. Si sigo interpretando las mismas partituras, una y otra vez, si no aporto algo genuino que realmente me defina como violinista y como música, terminaré perdiéndome en el camino. No lo voy a aguantar, sé que no.

—No seas melodramática. Tienes que admitir que, últimamente, tus nervios no te dejan actuar con sensatez y que estoy teniendo mucha paciencia contigo. —Bebió agua—. Mira, Clara, como una de las dos personas que te descubrieron y te dieron la oportunidad de ser alguien en el mundo de la música, solo deseo el bien de tu carrera. Porque tu carrera es también mía. Así que debo ser honesta contigo. Esa sonata que nos tocaste... cualquiera la podría haber compuesto, cualquiera la podría tocar. La realidad, Clara, es que a nadie le interesan las mujeres compositoras. No en el mundo en que vivimos. Dices que te gustaría seguir tocando a los cuarenta, cincuenta o sesenta... Bien, pues si te arriesgas, si te empeñas en renunciar al repertorio que te ha dado la gloria, quizá no llegues a esa edad dedicándote a la música. Y creo que ni tú ni yo queremos que eso ocurra, ¿verdad? —A Clara se le partió el corazón, pero mantuvo la compostura mientras recogía las partituras y las volvía a guardar—. Recuerda lo que siempre dice el señor Dupont: vales lo que valió tu mejor actuación. No más. Solo menos desde entonces. Porque te haces mayor, se hace poderoso el olvido. En la sala Érard debes recordar a todo París de lo que eres capaz con el violín.

Derrotada, regresó a su habitación y dejó el portapapeles sobre la colcha. Sin habla, observó la palidez de su rostro reflejada en el espejo. Cada palabra emitida por el señor o la señora Dupont pesaba más que la de cualquier otra persona. Ellos le habían dado todo. Eran los únicos que se habían preocupado por ella, por su sueño. Así que todo aquello tenía que ser verdad, por fuerza. Sintió una mezcla de rubor y rabia. Recordó la leyenda de Medusa que el señor Conte le había contado en los Uffizi y, desolada, se miró de frente en el espejo, ansiando que sus ojos también fueran mortíferos para acabar con esa parte de sí misma que había osado salirse del pentagrama. Al ver que no, las lágrimas empezaron a caer por las mejillas. Guiada por el desconsuelo, cogió el portapapeles y salió de la habitación. Corrió por el pasillo y, sin abrigo ni guantes ni sombrero, se dirigió a las escaleras. Por las puertas abiertas del salón, Jacobo, que ojeaba la novela de Maupassant que le había recomendado el señor Bogarín —la misma que días antes había prestado a Thesi sin éxito—, la vio pasar como alma que lleva el diablo. Preocupado, decidió seguirla.

La trenza de Clara, serpenteante al viento, giró a la derecha al final de la via delle Terme. Corrió y corrió sin detenerse, sin pensar, hasta salir al Lung'Arno. Derrotada, se encaramó al muro de piedra que separaba el paseo del río y dejó que la brisa del atardecer se llevara las partituras. Jacobo, desde atrás, contempló cómo varias hojas blancas echaban el vuelo, como palomas, sobre las aguas del Arno. Aceleró el paso hasta Clara y trató de cazar los papeles que todavía no se habían precipitado sobre el poyete.

—Pero ¿qué está haciendo, señorita? —se horrorizó.

Los ojos brillantes de Clara se despidieron de esas composiciones que a nadie importaban, salvo a ella. Ella, que las había lanzado al río y ahora se sentía impotente ante la terrible perspectiva de perder lo más preciado que tenía. Jacobo siguió recogiendo todas las partituras que pudo. La señorita Balaguer rompió a llorar. El arquitecto dejó de preocuparse por los papeles. La miró y vio una mujer destruida. Sin saber muy bien cómo comportarse, dio un paso hacia ella y le preguntó si podía abrazarla. Clara asintió. Las lágrimas humedecieron la pechera de ese atento desconocido, al tiempo que sus brazos permitían que no siguiera cayendo. Al fondo, el Ponte Vecchio bajo un cielo de azafrán y una luna de tul era testigo de cómo las aguas del Arno emborronaban las claves, las plicas, las ligaduras, las fermatas..., y de cómo, de algún modo, se hacía el silencio.

11
Camino a la perdición

La traviata, «Libiamo ne'lieti calici»
Giuseppe Verdi

El señor don Maurizio Conte vivía y trabajaba en la segunda planta de un edificio de contraventanas verdosas en la via Marsilio Ficino. Dos años atrás se lo había arrendado a la viuda de un diplomático. Aunque todavía era una zona en construcción, uno de esos barrios saneados que se estaban creando más allá de los grandes *viali*, había tardado poco en decidirse. Lo que más le gustó fue que, en esas manzanas, se hallaban numerosos talleres de artistas florentinos, por lo que se le antojó el mejor de los vecindarios para ubicar su estudio fotográfico. El salón de la vivienda, en lugar de un salón al uso, estaba preparado con telas colgantes y muebles desparejados que servían para la composición de los fondos y los espacios de los retratos, su principal fuente de ingresos. Aunque la criada externa que tenía contratada intentaba organizarlo cada mañana, el fluir de las jornadas de trabajo daba como resultado una sala de lo más ecléctica y sin sentido. Pero a Maurizio le daba igual. Lo más importante de esa casa-estudio era su cámara, que no dejaba tocar a nadie.

Apasionado de su trabajo, había descubierto la fotografía al trabajar como recadero en la editorial Alinari. Tal había sido su interés que, en solo tres años, se había convertido en fotógrafo asalariado de la editorial. Con una trayectoria interrumpida por el servicio militar de tres años que se había impuesto en la nueva Italia en 1887, había optado por dejar Alinari y lanzarse a trabajar por su cuenta con otras editoriales y publicaciones periódicas. Precisamente un encargo de una editorial de Roma fue lo que lo había llevado a la Exposición Universal de París en 1889. Cansado de la inestabilidad de los proyectos puntuales, se había decidido a abrir su propio estudio en su domicilio en 1891 y a crear una línea de negocio centrada en los retratos. En su colección, no obstante, los trabajos que más lo satisfacían eran las imágenes que inmortalizaban los problemas sociales de su tiempo. Pero era difícil venderlas. Así, soñaba con ser capaz de exponerlas algún día. Entre tanto, dejaba los principios colgados en el perchero del vestíbulo y se centraba en complacer los deseos de las familias pudientes que habían sustituido los retratos de pincel por los de luz en su pugna por el estatus.

Esa mañana contempló la instantánea que había tomado, meses atrás, de las chozas en las que vivían los campesinos de la Campania y, entregándose a la resignación, la dejó sobre el escritorio de la oficina, se puso el canotier, los guantes y el abrigo y marchó a reunirse con el grupo. Habían acordado encontrarse frente a la iglesia de Santa Maria Novella, situada junto a la estación de ferrocarril. Mientras esperaba, dejó que el sol que decoraba el tímpano del frontón triangular lo sedujera con sus rayos ondulantes. Siempre le había resultado curioso cómo, aun con el fluir de los siglos y el cambio en la espiritualidad y las costumbres, el disco solar había permanecido como el más elevado poder para el simple mortal. El astro rey, junto al azote de las lluvias, como máxima expresión de la indómita e imprevisible naturaleza, condicionaban la vida de los seres humanos desde que el mundo era mundo y, más todavía, desde que el sustento se obtenía en campos cultivados por la soberbia, pero temerosa, mano del hombre. Se hallaba inmerso en esta divagación cuando vio al señor Bogarín y compañía entrar en la plaza desde la via di Sole.

La condesa Karimova parloteaba maravillada con Jacobo, quien le había contado, al girar desde la via delle Terme a la via Tornabuoni, que existía un palacio en la rue Montmartre de París idéntico al edificio del hotel Du Nord, que ocupaba esa esquina, y que pertenecía al llamado estilo romano, muy criticado en Florencia durante un tiempo. Aquello los había llevado a cómo en París existían estructuras creadas a imagen y semejanza de otras preexistentes, algo que había sido muy habitual en el Neoclasicismo desarrollado en tiempos de Napoleón Bonaparte. Así, el arco del Triunfo de la place du Carrousel se había creado pensando en el de Septimio Severo; la columna Vendôme, en la columna del Foro de Trajano; la iglesia de La Madeleine, en los primeros templos romanos, y el Panteón tenía claras influencias del Panteón de Agripa.

—Al fin y al cabo, Napoleón Bonaparte no era más que un emperador ansiando construir su propia Roma, su ciudad eterna. No fue el primero ni ha sido o será el último en buscar la legitimidad en la magnificencia y la perdurabilidad de la piedra.

Clara observaba, desde atrás, la calidez con la que Jacobo contaba curiosidades a aquella exhausta pero inquieta anciana. La señora Dupont y ella apenas se habían dirigido la palabra desde la discusión del día anterior, pero la otra se comportaba como si Clara se hubiera convertido en una molestia con su errática actitud. No la culpaba. Pero lo cierto era que agradecía la comprensión con la que el señor Figueroa la había consolado y la discreción con la que la había acompañado de vuelta al *palazetto*, sin escarbar, sin exigir. No había dicho una sola palabra a nadie. Y la había saludado con normalidad en el desayuno. Ese detalle la había calmado, preocupada por que sus incesantes cambios de humor terminaran con su reputación.

Una vez se reunieron con el señor Conte, entraron en la iglesia, una de las pocas que mantenía la fachada original del siglo XV, pese a que, siendo estrictos, no estuviera terminada. Al salir, el fotógrafo los llevó a la antigua farmacia del convento, una joya del siglo XVII que todavía seguía produciendo perfumes y fórmulas con las recetas de los frailes dominicos y los ingredientes cultivados, durante generaciones, en su jardín. Un empleado les mostró amablemente vetustos alambiques utilizados para destilar el agua. Mientras admiraban los frescos de la bóveda, en los que tomaban forma alegórica los cuatro continentes, y la colección de frascos en las vitrinas y estanterías de madera, también les habló de los productos más reconocidos de la histórica botica: el Acqua Antistérica, el licor Alkermes y la tónica de la casa. La señora Leroy, que había amanecido con el estómago revuelto, adquirió un par de botellas de tónica y se bebió una antes de seguir con la ruta, rezando por que la quina hiciera efecto. Por su parte, el resto de las damas aprovecharon para adquirir agua de rosas, de lavanda o la de la Reina, uno de los preparados estrella. Dejando atrás la Loggia di San Paolo, cruzaron de nuevo la *piazza* y giraron por la via dei Banchi para continuar por la via de' Cerretani. A la altura de Santa Maria Maggiore, el señor Conte los animó a que buscaran un elemento extraño en el muro del templo.

—¡Ahí! ¡Lo veo! —exclamó Henri Collet, el que mejor vista tenía por edad—. Es... Parece una cabeza.

—Correcto, señor Collet. Les presento a «la Berta».

La condesa sacó los anteojos de la funda de seda que portaba en el ridículo negro que colgaba de su muñeca. Gracias a ellos pudo intuir la silueta de ese busto clavado en la piedra.

—¿Y quién es, señor Conte? —se interesó.

—No se sabe bien. Hay quien dice que fue una vecina que dejó dinero a esta iglesia al morir. Cuando paso por aquí, me gusta mirarla e inventarme una historia.

—Espero que no haga eso con todos los monumentos que nos está enseñando —apuntó el señor Mercier.

—Jamás osaría atentar de ese modo contra su omnipresente intelecto, señor Mercier —le respondió el fotógrafo y continuó la marcha.

En la via della Forca les señaló el número dos, casa en la que había vivido la poetisa Maria Maddalena Morelli en el siglo XVIII. Y también el señor Wolfgang Amadeus Mozart. Al escuchar el nombre del músico, Clara notó cómo algunas miradas se posaban en ella. Pero decidió no sucumbir al pánico que le producía recordar la escena frente al violín de Paganini. Salieron a la piazza Madonna y, de ahí, continuaron hasta la basílica de San Lorenzo, con objeto de visitar la biblioteca Laurenciana, cuya cúpula sobresalía por detrás. Antes de entrar, la señora Leroy pidió disculpas al grupo y anunció que debía retirarse tras notar un retortijón que no escapó a la atención de la señora Dupont y la señorita Pichler, que charlaban animadas junto a ella y se quedaron calladas de golpe. Henri Collet, liberado de la, en ocasiones, asfixiante presencia de su tía, escogió al silencioso Gustav Pichler como compañía para el resto del paseo.

Los ojos azul grisáceo de Thesi, por su parte, contemplaban a Juan subir los siete escalones que llevaban a la puerta central de ese sobrio templo de estructura basilical. Se preguntaba si habría hecho algo malo en los últimos días. Geneviève Dupont, que adoraba un chismorreo ajeno, se interesó por el pesar de aquella joven a la que había escogido como aliada para tenerla controlada de cerca y eclipsarla a placer. Respetando solo en parte el silencio exigido dentro de la iglesia, la señorita Pichler, desesperada e irritada por la ignorancia con que la estaba obsequiando Juan después de la simpatía de los primeros días, le hizo saber a la señora Dupont la grata impresión que el empresario español había causado en ella y lo confusa que estaba por su comportamiento. La señora Dupont, casi disfrutando del momento, la sonrió enternecida y le contó que el señor Álvarez-Caballero acababa de prometerse con la hija de uno de sus clientes.

—¿Cómo?

—Sí, querida. Siento mucho que se haya comportado de un modo confuso. Si le sirve de consuelo, yo misma aprecié ese acercamiento con usted. Y no creo ser la única. Pero sepa que solo es una transitoria y voluble amabilidad... A lo mejor su belleza lo aturdió... Pero, deje que le diga que, aunque todavía no lo conozco bien, puedo asegurarle que, quizá, el señor Álvarez-Caballero sea de ese tipo de hombre que pone en riesgo un matrimonio, pero no es, en absoluto, del tipo que hace peligrar un acuerdo comercial.

Las mejillas de Thesi Pichler se encendieron y, abrumada por la noticia, se excusó y marchó afuera a tomar el aire con ayuda del abanico. Los demás continuaron la visita.

Por el pasillo izquierdo, salieron al claustro y subieron dos tramos de escaleras hasta llegar a la biblioteca. En el vestíbulo, de aire clásico y proyección vertical, los recibió un servicial bibliotecario que, tras intercambiar algunas palabras con el señor Conte, los guio por las imponentes escaleras de *pietra serena* a la larga sala de lectura, diseñada por el gran Miguel Ángel. Sobre una de las mesas de madera que se extendían, con bancos a juego, por toda la sala, empezó a colocar algunos de los manuscritos contenidos en los armarios de los pupitres, cerrados con cadenas. En ese momento, dos elegantes matrimonios entraron también en la biblioteca, así que los invitó a que se unieran. El señor Conte fue traduciendo al francés las explicaciones del bibliotecario. Así, iluminados por la tenue luz multicolor que entraba por las exquisitas vidrieras, vieron con sus propios ojos una de las primeras biblias impresas, un *Decamerón* del siglo XIV, un códice único de las tragedias de Sófocles y Esquilo, una preciada edición de los *Comentarios* de Julio César, obras de Dante, de Virgilio y una delicada selección de partituras de quince compositores florentinos. Todo ello y más, hasta llegar a diez mil manuscritos, contenía esa biblioteca comenzada por Cosme el Viejo y ampliada notablemente por su nieto, Lorenzo el Magnífico. Una vez más, los Médici como guardianes del pasado artístico europeo.

Jacobo miró de reojo a Clara cuando vio que se detenía frente a las partituras, quizá en un diálogo consigo misma. Optó por ser respetuoso e ignorar su gesto compungido. Por más que le daba vueltas, no lograba entender a esa mujer. ¿Cómo había podido tirar su trabajo al río?, ¿qué le había podido empujar a ello? El señor Bogarín, con las manos a la espalda, examinó con admiración la selección de obras. Los ojos marrones, a juego con su característico bigote, brillaban embriagados por esos manuscritos que habían sobrevivido a las contingencias y lides de las centurias. Sintió el abrazo de los maestros del pasado que, como él, se habían peleado con las palabras y los puntos finales. La arrogancia que habitaba en su alma, domada por su gusto por la corrección y la complacencia, lo llevó a pensar, en la intimidad de una mente a la que nadie tenía acceso, si también su obra saborearía las mieles de la posteridad. Un comentario del señor Mercier sobre la belleza de una miniatura lo sacó de aquel viaje a lomos de la sensual ambición.

A continuación, y tras despedirse del bibliotecario y darle una propina, regresaron al claustro, salieron y rodearon la iglesia. En la piazza Madonna, por la que habían pasado con anterioridad, accedieron a la nueva sacristía y la capilla de los Médici. Al ser domingo, no tuvieron que pagar entrada. Subieron unos escalones que arrancaban en el lado izquierdo del vestíbulo y giraron a la izquierda, donde se encontraba la sacristía. Jacobo, aunque ya había estado años atrás, volvió a conmoverse por la que se decía que era la obra maestra de Miguel Ángel en arquitectura. Aunque, exiliado, no pudo terminarla, su mano se notaba en cada rincón. Allí estaban las sepulturas de los hermanos Lorenzo el Magnífico y Juliano de Médici, este último asesinado durante la conjura de los Pazzi. Era especialmente bello el monumento de la tumba del primero, en la que tomaban forma humana el alba y el ocaso. Después pasaron a la capilla de los Médici, una sala octogonal y ostentosa. Tal y como le gustaba hacer, Jacobo dio una vuelta sobre sí. Las paredes combinaban los mosaicos de piedras preciosas en lugar de teselas y el mármol de distintos colores. Cada lado del octógono daba cobijo a los restos de un miembro de esa importante familia. La cúpula, cielo luminoso en el que aspiraban reposar los pecadores allí enterrados, estaba decorada con frescos relativamente recientes en los que se habían plasmado escenas de los testamentos.

La condesa Karimova, sobrecogida por la belleza y riqueza que contemplaba, se emocionó un instante. La conmoción continuó largo rato, pues, tras un almuerzo ligero en el restaurante Bonciani de la via Panzani, el señor Maurizio Conte los llevó a la Accademia delle Belle Arti, también de acceso gratuito por ser domingo. Allí, el señor Mercier volvió a llevar la voz cantante, en parte para criticar el academicismo. Jacobo ignoró sus peroratas, convencido de que tenían más que ver con las inseguridades del pintor por su falta de formación académica que con un ataque personal. El señor Mercier alabó la *Coronación de la Virgen* y *La primavera* de Sandro Botticelli, colocadas en la primera sala. En la tercera se despachó a gusto con la falta de originalidad de *La expulsión del duque de Atenas de Florencia*, de Stefano Ussi.

—La falta de genio siempre lleva a repetir fórmulas ya manidas. Es la lacra de nuestro siglo, junto a la tendencia actual a la destrucción de los preceptos más básicos y lógicos para llamarse vanguardista —apuntó.

Después pudieron disfrutar, en silencio, del *David* de Miguel Ángel, situado en el salón de la cúpula. Henri Collet, con la boina en las manos, repasaba los nervios y músculos de la escultura. Gustav Pichler hacía lo mismo a su lado. Entretanto, lanzaba vistazos a su hermana Thesi, con gesto serio junto a él. Juan, Maurizio y el señor Bogarín paseaban alrededor de la figura y comentaban si existía proporción perfecta o no. El señor Mercier regalaba datos a la señora Dupont y a la condesa Karimova, que, ya cansada, buscó un sitio para sentarse. Jacobo se preguntaba en silencio cómo había podido convertirse un bloque de mármol en algo tan bello.

—Es impresionante, ¿verdad? —comentó Clara, que se colocó a su lado.

Jacobo la miró, sorprendido por su acercamiento.

—Sí, mucho. No creo que haya muchas obras así, que generen este impacto.

—Bueno, para ver una obra hay que saber mirarla.

Ambos se fijaron en cómo la impresión inicial se había deshecho en parte de los presentes y cómo algunos visitantes jugueteaban con paraguas y bastones, lanzando vistazos al suelo, a la espera de que sus acompañantes terminaran de congratularse e irse.

—Toda la razón.

Sonrieron.

—Quería pedirle disculpas por lo de ayer. Lamento que me viera en ese estado. Y, bueno, también agradecerle su reserva —le confesó ella.

—No debe pedir perdón, señorita Balaguer. Está todo bien.

Clara asintió con ojos llorosos. El señor Conte hizo la señal de retirada, así que empezaron a caminar juntos hacia la salida.

—No soy inestable.

—No creo que lo sea —contestó Jacobo—. Creo que sufre.

—Sí... —admitió.

—Mi esposa era una gran admiradora suya.

—¿Era?

—Falleció...

—Oh, lo siento muchísimo, señor Figueroa.

—Muchas gracias, señorita. —Se aclaró la voz—. Asistimos a su famoso concierto de 1879, a un recital en 1886 y a uno de sus conciertos en París en 1888. Ella siempre decía que usted le hacía sentir la música como nadie. Y tengo que decir que en eso siempre estuvimos de acuerdo. Incluso creo que le escribió una carta estando enferma. Si guarda misivas pasadas, busque a la vuelta la de la señora Figueroa. Estoy seguro de que no la decepcionará. Mi esposa lograba ser de lo más resuelta y divertida. —Sonrió al rememorar.

Clara sonrió también.

—Lo haré —asintió emocionada—. Hábleme de ella. ¿O le resulta doloroso?

—No, no, no hay problema. Si pudiera enterarse, no me perdonaría no hacerlo.

Así, y tras respirar hondo para volverse invencible ante recuerdos dolorosos, Jacobo le contó a Clara cómo había conocido a su esposa durante un paseo en el Bois de Boulogne, cómo se había enamorado de su genuina risa, de su desparpajo y nobleza, cómo le había pedido matrimonio solo tres meses después, sin el beneplácito familiar, y cómo se habían convertido en compañeros de viaje durante casi diez años y tres maravillosos hijos en común. A ella le conmovió la bonita forma en que Jacobo la recordaba, el delicado retrato que hacía de ella, con anécdotas y escenas que, cada día, estaban más difuminadas. Continuaron hablando mientras visitaban la iglesia del convento de San Marco, donde había vivido el rebelde monje dominico Girolamo Savonarola, que se había enfrentado a los Médici. En cierto modo, se permitieron ignorar una nueva exposición del señor Mercier con motivo de *La anunciación* de Fra Angélico y mantuvieron vivo el diálogo, que pasó a centrarse en chascarrillos sobre españoles residentes en París, hasta que llegaron de vuelta al *palazetto*.

Aquella tarde, cuando Clara se reencontró con el violín, se sintió algo reconfortada. Pensó que le habría gustado mucho haber tenido la oportunidad de conocer a la señora Figueroa. En un momento dado, le pareció escuchar un gemido lastimero procedente de la habitación de la señora Leroy, dos cuartos más allá. Jeanne daba vueltas en la cama, agobiada por la pesadez de estómago y fastidiada por sentirse enferma en un viaje tan especial. Incluso había tenido que cancelar su visita a la señora Fisher, una estadounidense casada con un conde italiano, amiga de amigos. Henri solo había pasado a coger la novela de Verne para seguir leyéndola en el salón y, aunque su tía había esperado una pizca de atención, el joven Collet no estaba para convalecencias ni quejas. Bastante tenía con compartir habitación con ella. Esperaba que no lo contagiara. El señor Bogarín y el señor Mercier comentaron que tenían la intención de dar un paseo en carruaje por los *viali*, pero el cansancio retrasó la gestión. De algún modo, cada cual se buscó un pasatiempo en el *palazetto* hasta la hora de la cena. Pero en una vivienda con tantas personas, aunque parezcan ocupadas en sus quehaceres y preocupaciones, uno nunca está libre de ojos curiosos, ojos capaces de captar hasta los más ínfimos gestos. Así, el sentido roce de manos entre el señor Maurizio Conte y Juan al abandonar el salón y dirigirse a la salida para dar un paseo, no le pasó inadvertido a uno de los residentes.

Se habían conocido en la Exposición Universal de París de 1889...

Esa noche, Thesi Pichler no podía dormir. El compromiso de Juan era un absoluto contratiempo para los castillos que había construido en un aire que ahora era pesado, azufroso. Se sentía estúpida, desvalida. Cuando se hartó de los gritos de su cabeza, se destapó y se incorporó. A tientas, caminó por la habitación a oscuras hasta la puerta. La abrió con cuidado de no despertar a la condesa Karimova, cuyo cuarto estaba justo al lado del suyo, en la zona oeste de la casa. Aquella mujer le imponía, no le gustaba cómo la miraba y no deseaba encontrarse con su ceño fruncido en la penumbra. Así, extremó las precauciones para mantener vivo el silencio y avanzó por el pasillo, pasó de largo la puerta del comedor y llegó al salón. Para su asombro, una luz anaranjada brillaba tras las rendijas. Curiosa, abrió con cautela. Asomó la cabeza, los cabellos rubios recogidos en un moño medio deshecho, y vio al señor Mercier garabateando en un pequeño cuaderno. Este, que enseguida se supo observado, levantó la vista y saludó a la señorita Pichler. Thesi dudó un momento, pero después entró. Como un espectro flotante, se dirigió al otro sillón vacío del conjunto de tresillo, butacas y mesita en el que estaba el pintor.

—¿Usted tampoco puede dormir? —inquirió la joven, intentando averiguar qué estaba haciendo el señor Mercier.

—No, no suelo dormir mucho. Es una pérdida de tiempo dedicar más de cinco horas al sueño.

—¿Y se pasa las noches aquí solo?

—Solo algunas veces.

—Hum...

—¿Y usted? ¿Qué la trae por aquí a horas tan indecentes?

—Los pensamientos. Son ruidosos en la oscuridad.

—El peor de todos los sonidos.

Se sonrieron mutuamente, cómplices en las sombras.

—¿Y qué hace? ¿Bocetos?

El señor Mercier cerró el cuaderno de golpe.

—Atrapar fantasmas —aseguró en tono misterioso y sonrió.

—Me encantaría ser capaz de hacerlo.

—Bueno, señorita Pichler, uno no es artista por gusto, lo es por necesidad. Es una forma de entenderse con el mundo.

—En ese caso, me encantaría tener la necesidad de hacerlo —se corrigió, mirando fijamente al pintor.

—Así mejor.

Ferdinand Mercier no pudo evitar recorrer el ribete de encaje del vestido de noche de la señorita, que caía en pico desde el cuello. La magnética mirada de Thesi aguardó hasta que el pintor se resistió a seguir contemplando sus encantos.

—Y también me gustaría que, algún día, usted tenga la necesidad de mostrarme el contenido de ese cuaderno que guarda con tanto celo.

—La ambición es peligrosa.

—No tanto como la ausencia de ella.

El pintor sonrió y se levantó.

—Ojalá los pensamientos le den tregua esta noche, señorita Pichler. Hasta mañana.

—Hasta mañana, señor Mercier —dijo ella, satisfecha de haber dejado sin réplica a aquel sabio caballero.

El artista echó un último vistazo a Thesi antes de abandonar el salón. Ella, de pronto sin sonrisa, entregó su atención a la llama de la lámpara que había sobre la mesita.

12

El ojo del silencio

Missa solemnis en re menor, «X. Sanctus»
Luigi Cherubini

Los exquisitos modales del señor Bogarín estuvieron al límite esa mañana por culpa de una vendedora de flores que, como si de un moscardón se tratara, no dejaba de revolotear en torno a la mesita en la que estaba disfrutando de un merecido café a solas. Había acordado con el señor Conte que se encontrarían en el pequeño café Panone antes de iniciar la jornada para concretar con precisión lo que visitarían en su último día en Florencia. Según le había dicho el fotógrafo, era el más antiguo de la ciudad y, años ha, había sido lugar de encuentro entre masones. Luchando por no perder los nervios con la quinta negativa a la florista, se sacó la pipa de la boca, dio un sorbo al *caffè latte* y movió el bigote. En el fondo, no todo era responsabilidad de la insistente mujer. Y es que, la visita a la biblioteca Vieusseux, sita en el palacio Ferroni, a pocos minutos andando desde el *palazzeto,* no había ido como esperaba. «Para nada», se dijo a sí mismo, reflexivo.

En el cuaderno de notas había apuntado que esa colección era de las más amplias y relevantes de Florencia y que, a principios del siglo XIX, había constituido una importante sede liberal e intelectual. Gracias a una gestión del atento señor Conte, había obtenido permiso para visitarla ese día ante la falta de interés de los demás. Así, se había levantado pronto, había seguido su irrenunciable rutina y, a la hora indicada, había cruzado la puerta del *cortile*. Todo se había desarrollado con normalidad hasta que el empleado le había mostrado, orgulloso, la extensa variedad de periódicos internacionales de los que disponía la institución. Don Guillermo buscó las cabeceras que siempre leía. El guía le mostró las más recientes. Motivado por la curiosidad o la costumbre, alcanzó los números de *Le Petit Journal* de cuatro y dos días atrás. Revisó las páginas y, *voilà*, en el del sábado siete de octubre, nuevas líneas en la sección «Échos de partout» sobre el viaje que había organizado. Al principio, hinchó el pecho cual pavo real, pero después tuvo el acierto de leer el texto con detenimiento. Una vez más, la reacción fue mirar alrededor.

—¿C-c-cómo? —preguntó.

El empleado no entendió.

Con la pipa de nuevo en los labios, siguió divagando sobre las posibilidades que existían de que alguien los estuviera siguiendo y/o espiando. El artículo no solo anunciaba su llegada a Florencia, sino que daba detalles de los medios de transporte empleados, la ubicación del *palazzeto* y la presencia del señor don Maurizio Conte. Entrecerró los ojos, deseando concentrarse y hallar una respuesta escrita en el humo blanquecino que emanaba de la nariz mientras aguardaba la aparición del fotógrafo.

El señor Conte, por su parte, no podía estar de mejor humor mientras caminaba por el Borgo degli Albizzi, con esa retahíla de palacios que habían pertenecido a la familia Albizzi, muy poderosa antes del esplendor de los Médici. Tener cerca a Juan ponía todo en su sitio. Atrás quedaban los meses de espera, las cartas y los telegramas declarándose su amor en códigos que solo ellos conocían. Despertarse abrazado a su espalda era como seguir soñando. No estaba siendo fácil escabullirse. Cada noche, Juan simulaba entrar en la habitación que le habían asignado en el *palazetto* y, cuando todo estaba en silencio y penumbra, se reunía con Maurizio en el *cortile* y partían hacia su vivienda. Cada amanecer, Juan se iba después de tomar un café. No estaba siendo fácil, pero el señor Conte se dijo que lo habían conseguido. En París, la dinámica era más sencilla. Desde que se conocieron, Juan había insistido en pagarle a Maurizio estancias en los mejores hoteles, como el Continental o el Saint-Sulpice, muy cerca de su apartamento, donde se encontraban sin testigos. Era su modo de compensar el hecho de que siempre fuese el fotógrafo quien se desplazaba. Salvo en aquella ocasión. Cuando Juan le contó lo del viaje del señor Bogarín, al principio no vio claro cómo aprovechar el momento para estar juntos. Pero, después de varias misivas y cables, se había convencido. «Debemos ser cautos», le había dicho. Maurizio apenas había tenido noticias de Juan desde entonces, solo contadas y frías notas de carácter logístico e informativo. De hecho, el último año había sido extraño, apenas se habían visto, la comunicación se había ralentizado. Eso le había preocupado. Pero al verlo de nuevo en su casa la noche en la que llegaron a Florencia, pudo comprobar que nada había cambiado entre ellos. En esos días, Juan le había contado todo sobre la exitosa salida a bolsa de la empresa, pero se había dejado un tema en el tintero del que prefería hablar con calma. «¿Habrá decidido comprar una casa en Italia?», se preguntaba Maurizio esa mañana.

Al salir de la iglesia della Santa Croce, primera parada del itinerario finalmente acordado por el señor Conte y el señor Bogarín en el café Panone, la condesa Karimova compartió que aquellos días en Florencia le estaban haciendo sentir de un modo especial. Al parecer, estaba notando un encogimiento del pecho y cierta tendencia a la lágrima, cosa no muy propia en una dama versada en reprimir emociones como ella. La señora Dupont se unió a los síntomas y añadió algo más de teatralidad apoyándose en el brazo de Jacobo. Clara puso los ojos en blanco y deseó que la señora Leroy no siguiera en cama para disfrutar con alguno de sus jocosos comentarios. Henri Collet y Gustav Pichler, de forma admirable, se habían convertido en compañeros inseparables gracias a que ninguno hablaba al otro, detalle que el señor Bogarín no alcanzaba a entender. Uno con gorra y otro con bombín, miraban en silencio la extraña estatua de Dante situada en el medio de la plaza. Junto a ellos, dos niños jugaban a asustar a las palomas. Atrás, centinela de correteos, recados y charlas, la geométrica portada de mármol blanco y verde de la *chiesa*, cuya limpieza y brillo con respecto al resto del edificio delataba su reciente factura. El señor Conte, siempre dispuesto a aportar algo de descontrol al grupo, se salió de la ruta acordada y pidió que lo siguieran por la via de' Malcontenti. Don Guillermo, ofuscado, se sinceró entre murmullos con el señor Mercier, aludiendo al poco respeto que demostraba el fotógrafo con su tiempo y dedicación. El pintor le dio la razón y añadió que quizá era momento de admitir que había sido un error fiarse de él.

—¿A dónde nos lleva? —se interesó Clara, que caminaba junto al señor Conte.

—A ver la otra Florencia. No todo van a ser palacios e iglesias.

—Magnífica idea —opinó ella.

—Mire, es ese edificio que ve al final de la calle, la Casa di Lavoro.

—¿Casa de Pobres? —adivinó Clara.

—Sí. —Y sonrió.

El señor Conte llevó al grupo hasta la puerta y les contó que la institución de beneficencia que se hallaba tras la enlucida fachada daba asilo a ancianos, niños abandonados e incapacitados para trabajar. Era una de las más importantes de las muchas que existían en Florencia, lo que no solo hablaba de la red de asistencia pública de la ciudad, sino de la problemática social y el incremento de la mendicidad que existía entre las obras de arte, sobre todo tras el azote de la crisis de 1873, que no parecía terminar nunca. Había sido en tiempos de Napoleón Bonaparte cuando los dos conventos que ocupaban ese solar se habían suprimido y se había creado la primera casa de acogida para pobres. Estos debían trabajar en la zapatería, la herrería, la carpintería o la hilandería para garantizar su permanencia. Con el fin de la ocupación, su función se había mantenido y se había bautizado como Pia Casa di Lavoro. El advenimiento del Reino de Italia no había hecho más que confirmar la necesidad de su presencia en la ciudad. Por real decreto, se había concretado, entre otros puntos, que ese instituto de caridad daría asilo a indigentes de ambos sexos, que dependería del municipio de Florencia, que el director sería nombrado por el ayuntamiento, que se mantendría con las aportaciones del municipio, las rentas del trabajo de los acogidos y el pago de cuotas de los hospitalizados, y que tendría, como principal objetivo, combatir la mendicidad en las calles. Maurizio conocía todos los detalles por uno de esos reportajes de fotografía social que hacía en los ratos libres que le dejaban los retratos a niños regordetes, damas de frívola mirada —que le exigían que retocara sus cinturas para que parecieran mínimas—, y caballeros de monóculo y sombrero de copa. A alguno que otro le molestó tener que darse de bruces con la realidad, pero, en general, agradecieron el dato. Incluso el terco, pero justo, señor Bogarín. Dieron media vuelta para seguir con la ruta, pero, cuando habían dado solo unos pocos pasos, Clara se detuvo. Empezó a escuchar una melodía. Y no era esa quinta desafinada de su mente.

—¿Lo oye usted también? —se cercioró con el señor Conte.

—Sí.

Inquieta, quiso identificar de dónde venía.

—¿Qué es este edificio? —preguntó señalando con la mano enguantada el inmueble que estaba a la derecha.

—El orfanato de San Filippo, señorita. También pertenece al complejo de la Casa di Lavoro —contestó el señor Conte.

Ante la extrañeza de los demás, Clara se dirigió al edificio. Jacobo y Thesi, que iban justo detrás, se detuvieron, pero el señor Conte les indicó que continuaran hacia el Lung'Arno y que él acompañaría a la señorita Balaguer. Clara llamó a la puerta con la aldaba y, solo cuando abrieron, recordó que estaba en Italia y que no hablaba ni italiano ni el dialecto local. Por suerte, Maurizio apareció por detrás y preguntó a la empleada por la música que se oía en la calle. Después le indicó que la señorita Balaguer era una violinista famosa y que deseaba hacer una rápida visita. La mujer le dijo que era el pequeño coro del orfanato: estaban ensayando. Tras titubear un instante, añadió que, si querían, podían pasar a verlo. Estaba segura de que animaría a las criaturas. Pasaron a un amplio vestíbulo de austeras paredes blancas y, conducidos por la funcionaria, entraron en una de las salas que daban a la via dei Malcontenti, donde aquella pequeña coral continuaba con su interpretación de una variación simplificada del *Sanctus* de Cherubini. Al anunciar que las visitaba una importante y célebre violinista, quisieron volver a empezar, entusiasmadas. Clara, quien, aun con el traje sastre beis y el canotier transmitía cierto aire de grandeza y distinción, atendió con ternura a aquel conjunto de niñas de ojos perdidos. Las vocecillas no terminaban de empastar bien y alguna que otra solo movía la boca sin cantar, pero no sonaban del todo mal. Entonces se fijó en que había una apartada, sentada en una silla, mirando por la ventana enrejada.

—¿Qué le ocurre? ¿Ella no participa? —se interesó.

El señor Conte se lo tradujo a la maestra. Esta, una mujer de rizos azabache en un moño alto y anteojos, le indicó que aquella niña era sorda.

—No hay personal suficiente para atenderla a ella sola en las actividades en las que no puede participar, así que la sentamos ahí y dejamos que se entretenga mirando a las personas que pasan por la calle.

Clara contempló cómo aquella chiquilla seguía con su pasatiempo sin percatarse de la presencia de dos adultos desconocidos. Movía las piernas, que colgaban del asiento sin llegar al suelo, al son de su imaginación. La violinista se acercó con parsimonia, no deseaba asustarla. El coro continuaba cantando. Cuando llegó junto a la silla, se colocó en su campo de visión para que la viera y, con cuidado, se arrodilló. La niña le sonrió sin entender. Clara le devolvió la sonrisa y la saludó con la mano. Miró al resto de huérfanas, concentradas en sus voces. Sin pensar, se quitó los guantes, los dejó en el suelo junto a la sombrilla y, tras pedirle permiso con un gesto dulce, puso las manos en las orejas de la niña. Cerró los ojos y, con ayuda de sus conocimientos musicales, fue marcando el ritmo a base de delicados toquecitos con dedos. Maurizio Conte, emocionado, vio cómo la chiquilla cerraba los ojos también. Así estuvieron hasta que las demás dejaron de cantar. Cuando volvieron a abrir los ojos, ambas se miraron y sonrieron conmovidas. La niña se levantó y abrazó a Clara.

Se reagruparon junto a la estatua de la primavera del Ponte della Trinità. El señor Bogarín aprovechó la llegada del señor Conte para averiguar por qué había varias personas haciendo fila fuera de una de las tiendas del Lung'Arno degli Acciaiuoli. El fotógrafo comentó que ese local era famoso por su *schiacciata unta*, un típico pastel de carne hecho a base de harina y manteca.

—Ya le dije que Florencia es una ciudad para saborear en sus calles.

—Sí, sí, ya veo.

—¿Ha pensado ya si desean que los lleve esta noche a la *trattoria* de mi amigo Tomasso?

—Hum, no he tenido tiempo de compartirlo con los demás. Recuerde que esta mañana he desayunado antes por mi visita a la biblioteca. —El señor Bogarín se tensó de golpe al recordar los periódicos—. Lo comentaré en el almuerzo.

—De acuerdo.

—¿Todo bien con la señorita Balaguer? —quiso saber el escritor.

—Sí, sí. —Conte sonrió y lanzó un vistazo a Clara, que parecía sumida en una profunda reflexión tras la visita al orfanato.

Al cruzar el puente, dedicaron unos minutos a contemplar la maravillosa estampa conferida por el Ponte Vecchio y la colección de casas amontonadas a ambos lados del Arno. Cuando llegaron al otro lado del río, el señor Mercier señaló al señor Conte una placa de mármol que estaba cerca de la estatua del otoño, tiempo de recolección de la uva. En ella se contaba la proeza de un valiente francés que había saltado al agua para salvar a un hombre en riesgo de morir ahogado en 1824.

—Para que usted vea. Tanto que nos detesta —apostilló.

El señor Conte evitó responder. A cambio, se rio desesperado por la patológica necesidad de elogios de aquel caballero y lo dejó pasar. Dedicaron el resto del día a deambular por la orilla meridional, con parada especial en la piazza Pitti y ese espectacular palacio construido con el ánimo de competir con el de los Médici, así como en los jardines de Bóboli, pulmón vegetal que daba tregua entre tanta piedra y ladrillo.

Tal y como había prometido, el señor Bogarín planteó la posibilidad de cenar en una auténtica *trattoria* esa última noche. La condesa y la señora Dupont enseguida se negaron, lo que dejó poca opción a las más jóvenes. Los varones se mostraron encantados con la posibilidad, incluido el joven Henri. Al regresar al *palazzeto* y comunicárselo a su tía, todavía algo convaleciente, esta se mostró disconforme.

—No soy un crío, tía Jeanne. Deje de tratarme como si lo fuera —se quejó y abandonó el cuarto.

La señora Leroy no daba crédito a la grosería de su sobrino, pero aquel día estaba demasiado débil, así que dio un trago a la infusión y volvió a cerrar los ojos. El servicio del *palazzetto* preparó una sopa y un asado que las damas comieron mientras mantenían una diplomática conversación en la que Clara y la señora Dupont ocultaron la incomodidad de la una con la otra; Thesi, el rechazo que le producía la condesa y esta, el hartazgo que le generaban todas a excepción de aquella melancólica violinista.

La *trattoria* de Tomasso estaba en el bajo de una de las casas de la via Guelfa. A su llegada a Florencia, Maurizio había vivido en una de las habitaciones que se alquilaban en la planta superior, así que habían sido numerosas las cenas que había disfrutado en el negocio de Tomasso y su familia. A los fuegos estaban la madre y la esposa. Él se encargaba de atender las mesas y de dar palique a los concurrentes. La decoración era rústica, casi todo en madera, con manteles almidonados nada sofisticados y un olor a ajo frito que revivía a un muerto.

Los caballeros colgaron abrigos y sombreros en un perchero de pared y se acomodaron en una mesa pegada a una de las dos ventanas de cortinas bermellón oscuro. Hundieron sus posaderas en la silla de madera y enea y observaron cómo Tomasso, de camisa remangada y gesto simpático, colocaba una botella grande de chianti sobre la mesa. Acto seguido, se puso a hablar de forma amistosa con el señor Conte. Cuando terminaron, Maurizio obvió traducir toda la conversación y se limitó a contarles que había pedido los platos del día para todos. El señor Bogarín, que se había propuesto dejarse llevar y disfrutar de la falta de control, sintió un ligero espasmo en el bigote que ocultó lanzándose a servir vino a todos. Jacobo, admirado por la autenticidad del local, echó un vistazo a la mesa de al lado, donde dos comerciantes se reían a carcajadas, vaso en mano, la botella casi vacía. En la de la esquina, dos mujeres y un hombre joven, de apariencia modesta, devoraban los manjares del plato. Aquí y allá, la estridente voz de Tomasso, entre bromas y comandas.

Con la *ribollita* casi terminada, sopa de verduras toscana que habían servido en cuencos de barro como primer plato, el señor Mercier y el señor Conte se emplearon a fondo en un debate interminable relativo al valor de sus respectivas disciplinas.

—Desde que aparecieron ustedes los fotógrafos y empezaron a multiplicarse como las termitas, los pintores han pasado a dedicarse a la metafísica. Una majadería —le espetó el señor Mercier.

—Es absurdo que se resista al avance de los tiempos, señor Mercier. Los pinceles deben experimentar, explorar otras dimensiones. No pueden competir con la fotografía en la tarea de inmortalizar la realidad.

—En ese caso, la posteridad jamás tendrá la visión de un ser humano de lo que una vez fue. Tendrá la de una máquina. Mi pregunta es: ¿qué importa la visión de algo que no tiene ojos?

—Mucho, señor Mercier, porque no puede manipularla. Se entrega de forma pura al futuro, sin interpretaciones.

—El impresionismo no interpreta, humaniza la experiencia de la contemplación del mundo. Ninguna imagen está exenta de ello. El mundo no es en sí, es por cómo lo percibimos.

—Bueno, señor Conte, siento contradecirle, pero, en realidad, incluso la fotografía ejercita la interpretación. ¿Por qué una escena y no otra? ¿Por qué una perspectiva y no la contraria? —intervino Jacobo.

—Absolutamente de acuerdo con usted, señor Figueroa, pero es un ejercicio honesto que todo el mundo puede captar. Es evidente que si, por ejemplo, hago una fotografía a la mesa vacía de allí, estoy contando una verdad a medias.

—Está mintiendo, señor Conte. Porque el local está lleno —apostilló el señor Mercier.

—Pero esa mesa está vacía, señor Mercier. Eso sigue siendo verdad. No la verdad completa, pero es cierto que nadie la ocupa en estos momentos. Sin embargo, un pincel podría colocar allí al mismísimo Giorgio Vasari si quisiera.

—Si así lo sueña el artista, si con ello plantea un anhelo, un miedo, una encrucijada o un recuerdo lejano, ¿por qué es menos sincero que el triste retrato en blanco y negro de una mesa vacía que haría su cámara fotográfica?

Juan, harto del pozo filosófico en el que se habían metido, aligeró la charla con uno de sus comentarios graciosos: «Caballeros, les sirvo un poco más de este maravilloso vino toscano con la firme esperanza de que, a la segunda botella, sean capaces de mantener una conversación amistosa». Lo cierto es que la nula compatibilidad entre Conte y Mercier no se difuminó con el caldo: al contrario. Después de rematar un plato hecho a base de pasta fresca y un sabroso guiso de liebre y de felicitar a Maurizio por la fabulosa idea de llevarlos a esa *trattoria*, el tema político resurgió y, con ello, se agudizaron las asperezas.

—Solo digo que el ser humano necesita ser domado para civilizarse. Las instituciones son las que permiten que esto se produzca. Si no, viviríamos en la barbarie. No hay más que escuchar lo que cuentan de las lejanas comunidades primitivas de América, Asia o África.

—Me sorprende que, después de lo que pasó en Aigües-Mortes hace solo dos meses, defienda que su estimadísima Francia, con su aparato institucional republicano, es el emblema de la civilización —respondió el fotógrafo.

Henri Collet, deseando no perder detalle de la charla, emocionado por tener acceso a un debate entre destacados intelectuales y por los vasos de chianti, le preguntó a Jacobo qué había pasado en Aigües-Mortes. El arquitecto le susurró que se había producido una matanza de italianos por parte de los franceses en medio de la campaña de trabajo en las salinas de esa localidad. La rivalidad entre locales y foráneos, acuciada en esos tiempos de crisis económica, había ido en aumento hasta que se produjo el ataque.

—Todo comenzó por culpa de los trabajadores italianos, señor Conte. Ellos fueron los primeros en agredir a un francés. Debería saberlo.

—Bueno, lo importante no es tanto quién empieza, sino quién cruza la línea más grave —señaló el señor Bogarín.

—Exactamente. Y la actitud del gobierno de la ciudad fue más que penosa con esa disculpa pública a los asesinos. Supongo que en su paraíso institucional también es el sistema el que dictamina qué es crimen y qué no —contraatacó el señor Conte.

—Hombre, existen unas garantías... De ello se han ocupado los políticos en los últimos decenios, es lo que se puso sobre la mesa en la Revolución, es uno de los axiomas del parlamentarismo inglés, del constitucionalismo, incluso de lo que ya decía John Locke, qué se yo —intervino Jacobo—. De eso se trata todo, de alumbrar instituciones fiables y sólidas, capaces de arbitrar la vida en sociedad basándose en la igualdad y la libertad.

—Sí, pero los casos de corrupción evidencian que el poder corrompe. Un Estado sano y justo es una utopía. ¿De veras ven igualdad y libertad en este mundo, caballeros?

—Espero que no proponga, como me pareció entenderle el otro día, una fórmula extrema, señor Conte. Sería una absoluta decepción. Por más defectos que tenga nuestra república o su monarquía, las personas instruidas y propietarias han recuperado ese poder que se perdió con Atenas. Y pueden ejercerlo de forma ordenada gracias a que existe un marco de control. No quiero ni imaginar la alternativa... Sobre todo, con lo que estamos viviendo en París últimamente —comentó el señor Bogarín.

El joven Collet no necesitó comentario a esto, pues él mismo había vivido con temor los últimos meses. París estaba sumida en una suerte de pánico colectivo que se activaba con cada atentado anarquista.

—Reducirlo todo a la dinamita es un error inducido por el propio anarquismo, así que no puedo culparlos. Pero mis creencias no se sustentan en bombas o intentos de magnicidio. De veras creo que el Estado que se ha diseñado en este siglo solo es heredero de la sofisticada red de coacción, destrucción, explotación y castigo que ya existía antes, cuando los Luises reinaban en su querida Francia, los Habsburgo y los primeros Borbones en España y cuando existía el Gran Ducado de Toscana. ¡Quítale la corona! ¡Construye un parlamento! Da igual, es lo mismo. Y hasta que no terminemos con ese problema, estamos condenados a la mayor de las desolaciones.

El señor Mercier dio un golpe en la mesa.

—¡Palabrería! Defender las proclamas de aquellos que han decidido hacerlas valer a base de ataques es ser cómplice del terror. Y eso no tiene perdón.

—Deje de ser hipócrita, señor Mercier. Si por usted fuera, terminaría con la vida de más de uno. Lo que pasa es que a los de su cuerda les gusta más sistematizar el asesinato y silenciarlo, mientras que otros lo gritan a los cuatro vientos, desgarrados por la injusticia de su tiempo.

El chirrido de la silla de Mercier alertó a Conte, que también se puso de pie. Se acercaron, buscando continuar la conversación cogiendo al otro por el cuello de la camisa. Enseguida, Jacobo se incorporó para detener a Maurizio, Juan se unió y el señor Bogarín pidió calma desde el asiento. Finalmente, fue Tomasso, acostumbrado a reyertas más y menos necesarias, quien separó a los dos caballeros y evitó una escena deplorable. Como si fueran moscas, los espantó con ayuda del paño que portaba siempre sobre el hombro y les pidió que se relajaran. Entretanto, Henri Collet, con las mejillas sonrosadas, contemplaba la escena boquiabierto mientras el siempre callado Gustav Pichler se reía entusiasmado.

El regreso al *palazetto* fue silencioso para los dos caballeros enfrentados. Los demás, en especial el señor Bogarín, intentaron mantener una conversación entretenida y exenta de temas espinosos para olvidar la trifulca. El único consuelo que tenía el señor Conte, mientras avanzaba con la cabeza gacha, eran las palabras de Tomasso, que le había dicho que la culpa era suya por invitar a un *stronzo*. Aquel insulto dicho frente al señor Mercier sin que este se percatara era lo más cerca que iba a estar esa noche de saborear la victoria, así que lo rememoró hasta que, ya en la via delle Terme, se despidió del grupo y se dispuso a retirarse a su guarida. Juan cruzó una eléctrica mirada con él y siguió al resto al *cortile*. Maurizio miró al cielo estrellado y resopló. No quería esperar demasiado esa velada, estaba agotado. Por suerte, todos sentían lo mismo, así que cada cual se encerró en su cuarto, a excepción del señor Mercier, que marchó al salón. Juan tuvo el camino despejado en apenas quince minutos, que aprovechó para dejar preparado casi todo el equipaje. Después, bajó las escaleras y encontró al fotógrafo allí, con esa sonrisa que solo desaparecía cuando la plática política le hacía recordar los fantasmas de su siglo. Iniciaron camino en dirección a la piazza della Signoria, donde siempre tomaban el taxi. Sin embargo, antes de abandonar la calle del *palazzeto*, Juan le cogió de la mano y lo guio a uno de los callejones perpendiculares. Tras asegurarse de que nadie se escondía en las sombras, lo besó.

—Una parte de mí ha deseado que alcanzaras a darle un puñetazo. —Se rio Juan.

—Ya habrá otra ocasión —aseguró Maurizio, y le devolvió el beso antes de continuar hacia la *piazza*.

Ferdinand Mercier, con el ceño fruncido y el labio mordisqueado, deploraba en silencio haberse cruzado con el señor Conte en ese viaje. Se preguntó cuántos días más quedaban para perderlo de vista. Su actitud hacia los franceses, hacia todo lo que él consideraba vital para una sociedad desarrollada, le resultaba ofensiva y hasta humillante. La forma en la que se dirigía a él era inadmisible. No lo volvería a tolerar, estaba seguro. De hecho, comunicaría al señor Bogarín, al día siguiente, su resolución de no dirigir la palabra al italiano en lo que restaba de viaje. ¿Qué habrían pensado los demás de la abominable escena a la que se había visto arrastrado? Aquello lo puso en alerta, así que arrugó más la frente. No obstante, por el rabillo del ojo vio cómo la puerta del salón se abría. Alzó la vista y allí estaba la señorita Thesi.

—Espero no molestar. Hoy tampoco puedo dormir.

El señor Mercier quien, por un segundo, casi cayó rendido al embrujo de la delicada hermosura de la joven, ataviada con ese traje de noche algo holgado, asintió y le señaló uno de los sillones libres. Como la noche anterior, cerró el cuaderno en el que había estado dibujando, a solas con sus pensamientos e inseguridades.

—¿Han disfrutado de la cena?

—No todo lo que me hubiera gustado —respondió él.

—¿Algún contratiempo?

—Solo las infames ideas del señor Conte.

—¿Han discutido?

—Algo así.

—Seguro que usted ha ganado el debate. No conozco a nadie que combine tan bien la brillantez y la vehemencia —lo halagó.

El señor Mercier la miró y sonrió.

—¿Qué puede hacer que una señorita despreocupada y pizpireta como usted no concilie el sueño dos noches seguidas?

Thesi tragó saliva.

—Las malas noticias. —Silencio—. Y el recuerdo de mi madre.

—¿Y por qué no revolotea hacia el señor Álvarez-Caballero? Ya he visto que se llevan la mar de bien.

La señorita Pichler se ofendió. Pero después optó por usar el comentario a su favor.

—El señor Álvarez-Caballero es una grata distracción, pero nada más. Prefiero los hombres más experimentados y decididos.

—Hum...

—Es recomendación de mi padre, no crea. Él siempre dice que casarse con un hombre inmaduro o demasiado complaciente es como caer en un nido de víboras. Su ineptitud te devora y no puedes escapar.

—Me gusta cómo piensa su padre.

—Le caería bien —reflexionó, al tiempo que se pasaba el dedo por la clavícula—. En fin, señor Mercier, no le incordio más. Me voy a revolotear a mi cama y a desear no estar tan sola. Que descanse.

El pintor se quedó allí sentado unos minutos, en ese salón vacío en el que reinaba la madera y el color coral, tapiz de los dos conjuntos de sillones y mesa de café con los que estaba amueblado. La luz de la lámpara mantuvo a raya sus más oscuras elucubraciones hasta que, cansado de la censura del día, decidió apagarla y entregarse a las tinieblas.

En ese momento, otra que no podía dormir era Clara. El viaje no estaba siendo todo lo reparador que le hubiera gustado. Luchaba por mantenerse a flote, pero el buen ánimo era inasible. Sobre todo, después de la conversación con la señora Dupont, cuyas afirmaciones la atormentaban a placer. A sabiendas de que, un día más, las ojeras decorarían su rostro, se esforzó en relajarse y controlar el lejano violín que se colaba en sus vigilias. Esa noche, no obstante, hubo una diferencia. A la mente le vino el recuerdo de la niña del orfanato, el abrazo, la mirada de agradecimiento. Se sintió afortunada por poder disfrutar de la música, por haber entregado su vida a ella sin más complicaciones que las halladas en el camino. Aunque ser consciente del silencio en el que vivía esa chiquilla no eliminó sus preocupaciones ni empequeñeció sus males, sí que le proporcionó una mínima perspectiva en la oscuridad. También lo lograba la amabilidad y simpatía del señor Conte, la encantadora prudencia del señor Figueroa y el conocimiento de la admiración que sentía su difunta esposa por ella. Con las cálidas sensaciones que todo ello le producía, por unos minutos, se intentó convencer de que, aunque en ese instante, entre las sábanas, se sintiera diminuta y perdida, algún día todo estaría bien.

13
Decisiones

Guillermo Tell, obertura
Gioachino Rossini

Cuando el señor Bogarín, por fin, se sentó en el tren, suspiró aliviado. En ese trayecto, el señor Conte sería su compañero de compartimento, lo que le aseguraba una buena conversación, ninguna queja o exigencia y, esperaba, tampoco sobresaltos. Desde que había despuntado el alba, había atendido peticiones por aquí y por allá en el *palazetto*, había ayudado a gestionar el envío a París de las obras de arte adquiridas, había zanjado todo cabo suelto con la Agenzie di Locazione y había visitado la oficina de telégrafos, en la via del Proconsolo, para coordinar asuntos concernientes a los próximos días de viaje. Allí, además, había recibido un cable que no le había gustado y que, sumado al asunto de *Le Petit Journal*, había terminado de agriarle el ánimo. En la intimidad de su mente se dijo a sí mismo que era la última vez que organizaba un viaje así. Para más inri, a medida que se alejaba, tenía la ingrata sensación de que se había dejado múltiples rincones por ver en Florencia.

—Mire, ¿ve ese grupo de casas de allá? Ahí fue dónde nací —le indicó el fotógrafo señalando una mancha en el paisaje enmarcado en el cristal.

—¿Eso de al lado es Pistoia?

—La misma. —Sonrió el señor Conte.

—Hubiera sido un placer poder conocer mejor su tierra. Pero, por más que uno planifique, el tiempo es escurridizo.

—No se mortifique, señor Bogarín. En otra ocasión.

—Sí... —respondió el escritor, sin saber si aquella profecía se cumpliría.

Tal y como había previsto, en las primeras horas de viaje, el señor Conte lo agració con una amena charla sobre los avances de una tecnología con la que ya se estaba experimentando y que iba a permitir captar imágenes en movimiento. El señor Bogarín no podía creer lo que escuchaba. Menos reacio a las innovaciones que su amigo Mercier, sentía una profunda curiosidad por el horizonte que se hallaba tras la posibilidad de captar la vida como era, sin esa congelación a la que la condenaban, por lo pronto, los lienzos y las placas. Sin embargo, aquello también lo sumía en ese vértigo que solo proporciona la caída libre hacia lo desconocido. Contempló las frescas llanuras del valle del Ombrone y pensó, de pronto, en todas las historias que se podrían contar si aquello que le decía el señor Conte era cierto. También que, quizá, él no llegaría a verlo. Y de algún modo sintió paz. Pensó entonces que había algo trágico y hermoso en mirar hacia un futuro ajeno, del que no iba a formar parte y del que, por lo tanto, no debía preocuparse.

En el compartimento en el que habían podido acomodarse todas las mujeres, la señorita Pichler miraba por la ventana con ese aire suyo entre sagaz y angelical. Clara, con la funda del violín sobre la falda, intentaba descansar e ignorar las muecas de la señora Dupont, que aguardaba una disculpa de rodillas de su protegida por su conducta en ese viaje y por aquella propuesta sin sentido sobre el concierto en la sala Érard. Por su parte, la señora Leroy ya estaba recuperada y emanaba energía por los cuatro costados, especialmente en relación con la incapacidad para mantenerse callada y el volumen de sus risotadas. La condesa Karimova, que era enemiga de la falta de educación y del exceso de ostentación, rebuscaba en su ánimo una pizca de paciencia para soportar a esa ruidosa y despilfarradora empresaria.

—Ni siquiera he mirado el precio. Pero, como he estado convaleciente estos días, no había mucha opción. Si cuando vuelva a ver las esculturas y los cuadros que he adquirido a través de mi contacto, no me gustan, los ubicaré en el rincón más oscuro de una de mis viviendas y me olvidaré de que existen. —Se desternilló—. Y usted, condesa, ¿ha comprado algo al final?

—Sí, un cuadro del señor don Giuseppe Cassioli, un joven y prometedor pintor. Visité su estudio el sábado y quedé maravillada. Acostumbro a adquirir las obras de mi colección en persona. El arte es algo muy serio que no debe delegarse ni minusvalorarse.

—Oh, por supuesto. Yo también. Pero no en esta ocasión. Habría sido de lo más desagradable. —Y volvió a reírse—. ¿Quieren? —preguntó, ofreciendo un paquete de papel en el que descansaban ocho *cantuccini*, unas galletas alargadas de almendra típicas de la Toscana que había comprado antes de subir al tren en la pastelería Cornelio Paolo, muy cerca de la estación.

—No, no, gracias —contestó la condesa, harta de que esa mujer siempre le ofreciera dulces.

—¿Será bueno para su estómago, señora Leroy? Recuerde que ha estado en cama dos días —le recordó, considerada, la señora Dupont.

—Sí, no se preocupe. Ya me encuentro bien. ¿De verdad no quieren?

—Cogeré uno, sí. Seguro que están deliciosos. Tiene usted muy buen gusto para la repostería, señora Leroy. Me he dado cuenta en estos días —comentó la señora Dupont.

—¿Señorita Pichler? —insistió la señora Leroy, ignorando el elogio de Geneviève.

Thesi observó el paquete y negó con la cabeza, ocultando un mohín de disgusto.

Con el transcurso de las horas y las paradas, algunas anunciadas como «de bufé» para aquellos pasajeros sin acceso o sin ganas de hacer uso del vagón restaurante, las llanuras toscanas dieron lugar a los abruptos parajes de los montes Apeninos, visibles en el lado derecho. Los viaductos y los túneles se hicieron constantes, alumbrando y apagando los compartimentos, repletos de viajeros pensativos, parlanchines o aburridos. El tren se adentró en el bello y escarpado valle del Reno. Juan se afanó de nuevo en ese juego al solitario con la baraja que había tenido el acierto de meter en la maleta mientras masticaba los miedos que le rondaban, como si toda su existencia estuviera custodiada por Caribdis y Escila. Las picas centelleaban cada vez que salían de un túnel, tanto o más que sus remordimientos por no haber sido sincero con Maurizio todavía, por haberle ocultado su compromiso con la señorita Girard. El runrún de la culpa no le hacía buen jugador, tampoco el mejor observador. De lo contrario, se habría percatado de que Gustav Pichler, que viajaba en el mismo compartimento que él, se apeaba durante la parada en Marzabotto, ya en la región de la Emilia. Cuidadoso de que nadie lo viera, entregó algo a un caballero que esperaba en el andén y, sin despeinarse, volvió a subir al tren y fingió leer la novela de Maupassant que el señor Bogarín le había prestado — Jacobo se la había devuelto rápido, no tenía concentración para leer en esos días — con la esperanza de que aprendiera algo de francés.

El señor Conte, que había tratado de mantener al señor Bogarín de buen humor durante el trayecto, consideró, al oír el anuncio de Casalecchio, una de las últimas paradas, que era momento de plantearle la propuesta que había hablado con Juan y Jacobo.

—¿Ir a Rávena en un día? ¿Está loco?

—Son tres horas de viaje, señor Bogarín. Será ajetreado, pero no es ninguna necedad. Además, el señor Figueroa y el señor Álvarez-Caballero ya conocen Bolonia y no tienen demasiado interés en explorarla de nuevo. Ustedes pueden emplear mañana el día para visitar la ciudad y nosotros haremos esa pequeña excursión.

—Pero esto no estaba previsto, señor Conte. Llevo mucho tiempo planificando cada detalle, cada jornada. Es crucial que se siga el programa porque, si no, corremos el riesgo de no gestionar bien la energía o la cadencia óptima en las actividades. No, señor Conte, no me parece bien. De hecho, me ofende la poca consideración hacia mis esfuerzos.

—Señor Bogarín, es admirable lo que ha hecho con este viaje. Pero, al ser una experiencia única, es importante que deje que se produzcan ciertas eventualidades. Si no, le aseguro que más de un integrante del grupo terminará deseando regresar a casa antes de tiempo. No es bueno asfixiar a las personas con planes rígidos.

—Bah... —le espetó el escritor, enfurecido. Había errado al no esperar sobresaltos del espontáneo señor Conte. Oh, cómo detestaba la espontaneidad...

No volvió a decir palabra. Cuando llegaron a la estación de Bolonia, cogió los bártulos del guardaequipajes sobre su asiento y salió del compartimento sin esperar al fotógrafo, que negó con la cabeza, entre divertido y desesperado. Una vez fuera de la estación de ferrocarril, que se hallaba al norte de la ciudad, más allá de la Porta Galliera, el escritor se centró en la designación de los taxis que el señor Conte iba contratando de palabra respetando la hilera y en el control de los equipajes más voluminosos. Solo cuando se hubo subido en la berlina de turno, acompañado por el señor Mercier y la señora Dupont, se desahogó. Comenzó resoplando hasta que el pintor se interesó por su pena. Mientras los caballos, al paso, se internaban en el tránsito de aquella villa de tonos terrosos por la via Galliera, el señor Bogarín les habló de la idea del señor Conte. Enseguida ambos se pusieron del lado del literato. El fotógrafo era un desconsiderado, también los dos cómplices. Geneviève Dupont fue más allá y afirmó que a ella jamás se le ocurriría cuestionar ningún aspecto del viaje ni proponer una organización alternativa «por respeto y justicia». Comentaron que aquello era una falta grave de decencia y un acto de traición a la persona que había hecho posible esa aventura con sudor y noches en vela. Cuando se bajó del vehículo en la via Ugo Bassi y ayudó a la señora Dupont, sintió su autoestima renovada. No obstante, no calculó que todos habían realizado el mismo trayecto, ergo habían tenido tiempo de charlar.

—Señor Bogarín, antes de que se me olvide por si tiene que realizar algún trámite, Henri y yo también iremos mañana a Rávena. El señor Conte y el señor Figueroa me han estado hablando de las maravillas tardoantiguas que hay allí y, como entenderá, no voy a perdérmelo. Especialmente después de haberme dejado Florencia a medias por mi indisposición —le informó la señora Leroy mientras cruzaban el umbral del alojamiento y avanzaban por el hermoso zaguán abovedado.

Las orejas del escritor pasaron al carmesí en un segundo. A Geneviève Dupont le dio un vuelco el corazón, pero fingió preocuparse por sus baúles y por la forma en la que el mozo del hotel los trasladaba al patio. Aunque tuvo ganas de tirar las guías y el cuaderno a la cara de más de uno, don Guillermo sentía extremo apego por la corrección, así que, en su lugar, se fue a hablar con el encargado para anunciarle la llegada del grupo y entregarle los cupones pertinentes.

El Grand Hôtel Brun, con su imponente fachada de color terracota, era el alojamiento más destacado de Bolonia. Así se lo habían asegurado desde la agencia Cook, orgullosa de tenerlo en su lista de colaboradores, y lo cierto era que, a juzgar por el delicioso patio interior con arquerías de medio punto, decorado con exóticas plantas, y la galería del primer piso, repleta de cuadros de gran valor histórico y bustos romanos, todo apuntaba a que tenían razón. El señor don Giacomo Melchiore Brun, un suizo afincado en Bolonia, había inaugurado en 1828 la entonces llamada pensión Suiza en ese palacio renacentista. Por sus apartamentos y habitaciones habían pasado las más destacadas personalidades del siglo XIX, entre las que se encontraban desde Richard Wagner hasta Giuseppe Garibaldi, quien había salido a saludar al entusiasmado pueblo desde el balcón en 1848, el año de las revoluciones. A mediados de la centuria, sin embargo, había cambiado de dueños y los Brun habían pasado el testigo a la familia Franck. Con ellos, la reputación del hotel se había consolidado gracias al repertorio de comodidades ofrecidas a los huéspedes —entre las que se encontraban la calefacción, el agua corriente y la presencia de baño privado en algunas de las más de cien habitaciones—, así como a la buena fama de la cocina de su restaurante.

Clara agradeció disponer de un cuarto tan acogedor. Dejó la funda del violín sobre la cama, se quitó el canotier y se descalzó. Antes de ser capaz de decidir cuál sería su entretenimiento hasta la cena, llamaron a la puerta. Extrañada, se acercó y abrió. La señora Dupont pasó sin preguntar.

—¿Qué ocurre?

—Comunica al señor Bogarín que mañana tú también vas a Rávena.

—¿Por qué? Yo quiero conocer Bolonia. Ve tú.

—Clara, yo no puedo ir porque..., porque debo atender asuntos aquí. Pero la señora Leroy va. Y ya sabes lo relevante que es su simpatía para nuestro objetivo. Entre sus días de reposo y este ritmo frenético que nos ha endosado el señor Bogarín, está siendo complicado compartir momentos de calma con ella para acercar posturas. Así que debes ir y asegurarte de que se lleva una excepcional opinión de ti. Ya has tenido tiempo de lamentos y disparates. Ahora debes centrarte en el plan, ayudarme, ayudarnos a las dos. El señor Dupont no admitirá el fracaso. Así que ve a decírselo al señor Bogarín a la mayor brevedad. Me lo debes después de tu comportamiento de estos días atrás... —La miró a los ojos—. Te veré en la cena. —La señora Dupont se dirigió a la puerta—. Y ya que mañana no tendrás ocasión, sería estupendo que aprovecharas este rato para ensayar. Cada vez queda menos para el concierto y esa pieza de Paganini no es para confiarse. —Y se fue.

Clara, rabiosa, cogió una de las botas y la lanzó a la puerta. Un día más, el sudor, la angustiosa sensación de esa quinta aguda que no se afinaba, la presión en la sien.

Si hubo una protagonista en la cena de ese día fue la diplomacia. El señor Bogarín, que quiso dejar patente su enfado, estuvo más callado de lo normal y solo conversó puntualmente con el señor Mercier, la señora Dupont, la condesa Karimova y la señorita Pichler. El señor Conte estaba convencido de que era una ofensa momentánea y que pronto terminaría perdonando a aquellos versos sueltos. Se alegró de que Clara también fuera a acompañarlos a Rávena. Con ella estuvo parloteando animado hasta que la voz de Thesi se abrió paso entre los diálogos y se clavó en su pecho como un puñal oxidado.

—Por cierto, señor Álvarez-Caballero, no he tenido la oportunidad de felicitarlo por la buena nueva de su compromiso. La señora Dupont me lo compartió el otro día y desde entonces no he recordado congraciarme. Les deseo la mayor de las fortunas a su futura esposa y a usted —dijo levantando la copa de vino.

Como en la otra ocasión, todos alzaron las copas y transmitieron sus parabienes a la futura pareja. Juan, sin embargo, se limitó a asentir. En el fondo sabía que merecía aquella *vendetta* de parte de la joven. No se sentía orgulloso de haber fomentado la amistad con ella en los días previos a la llegada a Florencia para desviar la atención y presentarse como un donjuán. Era cuestión de tiempo que la señorita Pichler se supiera utilizada y se mostrase dolida. Lo único que no esperaba era que fuese a hacerlo así, con todos a la mesa, testigos y jueces. Aunque se sintió incapaz de mirar, supo que los ojos de Maurizio se habían clavado en él durante unos segundos.

Con el avance del menú, la tensión se fue haciendo más y más palpable. El señor Bogarín no dejaba de pensar en el asunto del periódico, en el telegrama que había recibido esa mañana, en la ofensa de Rávena. Al señor Mercier le disgustaba tanto la presencia del señor Conte, el señor Álvarez-Caballero y el señor Figueroa como le fascinaba la sinvergonzonería de la señorita Pichler, capaz de airear su desengaño con tal de asestar una estocada mortal. Esta, por su parte, sentía la reprobación en los ojos de Gustav. La señora Leroy estaba deseando librarse durante un día del gesto altivo y acusatorio de la condesa y pasar tiempo con Henri, con el que tenía intención de charlar de su desafortunada reacción del día anterior. El estudiante ansiaba justo lo contrario y detestaba que su tía tomara decisiones sin consultarle, como si fuera un complemento más de su atuendo, junto a los vestidos de crespón de colores oscuros, los sombreros con plumas, los guantes bordados, el ridículo, el abanico pintado a mano y el largo abrigo con cuello de visón que siempre portaba. A la señora Dupont le seguía irritando la errática actitud de Clara. Jacobo se sentía culpable por estar distraído de su objetivo principal. Clara todavía estaba intentando calmarse y reconciliarse con la idea de volver a dirigir la palabra a la señora Dupont. La condesa Karimova estaba cada vez más cansada de compartir mesa con personas que aborrecía. Y Juan..., Juan solo deseaba salir de allí.

Aquella noche cada uno se enfrentó a la cruda soledad de la alcoba sin vanas conversaciones tras las que esconderse. El señor Bogarín execró en silencio la volubilidad del señor Conte y los demás. Aquella manera de ser, impulsiva y desenfadada, le recordaba a la de su padre. Un hombre que, según él, era débil de espíritu, veleidoso, imprevisible. La ligereza de sus erráticas decisiones lo había llevado a aprender el oficio de zapatero al quedar exiliado en Francia tras ser llevado allí como prisionero en esa contienda de 1823 que había puesto fin al Trienio Liberal en España. También a casarse precipitadamente con la hija de un panadero de Marsella. Y a volver a España con la amnistía de 1832, simplemente por nostalgia. Y a no medrar en absoluto como se habría esperado del hijo de un profesor. A don Guillermo no podían irritarle más las determinaciones sin brújula ni argumento. Eran la tierra yerma del país de los incautos, de los mediocres. Como su padre. Acongojado por la rabia, decidió desahogarse escribiendo unas líneas a su Albertine.

Juan sabía que debía hablar con Maurizio, así que, tras aguardar unos minutos y cerciorarse de que el pasillo estaba vacío, se dirigió a su habitación. El fotógrafo abrió desganado y permitió que pasara.

—Tienes que dejar que te lo explique.

—¿Hay una explicación? Estupendo, soy todo oídos.

—Maurizio, sabes que estoy en una posición muy delicada. La empresa salió a bolsa en mayo. Y desde hace tiempo han sido muchos los clientes y potenciales socios que me han recomendado buscar esposa para generar mayor credibilidad y confianza. Un cabeza de familia, un matrimonio exitoso y, quizá, descendencia... Son factores que atraen a las mejores fortunas, que dan solidez a largo plazo al flujo de inversiones. —Maurizio no podía creer lo que estaba escuchando—. Al principio, quise negarme. Pero no dejaban de hablar, de aconsejar, de recomendar... y llegué a pensar que tal vez alguien sospechaba. No, no podía permitirlo. Entiéndelo.

—¿Y cuándo pensabas decírmelo? ¿A tu vuelta? ¿Por telegrama desde París?

—No, no, este era el plan desde el principio. Venir y poder explicártelo personalmente. Todo iba bien, pero la señorita Pichler...

—Prefiero no saber por qué lo ha comentado hoy con ese tono. Centrémonos en una sola cosa. Quiero seguir respetándote cuando salgas de esta habitación. —Juan agachó la cabeza avergonzado y se sentó en la cama—. Antes de tu carta diciéndome que venías, del plan y de los cables para convencerme de ser guía del grupo, estuviste cinco meses sin escribir. Ni una respuesta a mis propuestas de vernos en París. No sabía dónde estabas ni si estabas bien. Quise pensar que el trabajo te tenía atrapado entre viajes y compromisos. Me convencí de que escribir unas líneas o enviar un cable llevaba un tiempo que no tenías. Pero la realidad es que has estado evitándome porque has decidido construir una vida de mentira por el bien de tu empresa. Eres la viva imagen de la degeneración por la propiedad y el poder.

—No estoy para política, Maurizio. Esto no va de poder, va de supervivencia. Si construyo una mentira es porque este mundo putrefacto en el que vivimos no acepta nuestra verdad más allá de la bohemia de unos pocos. Solo he tenido dos amores reales en esta vida: mi negocio y tú. Y no quiero ni puedo perderos.

—No sé si tomarme eso como un halago o como un insulto. Sobre todo, teniendo en cuenta que has elegido a tu empresa por encima de mí.

—Maurizio —dijo levantándose y yendo junto a él—. Nada tiene que cambiar entre nosotros. Como has dicho, mi compromiso con la señorita Lorette es una pantomima. Averiguaremos la manera de vernos. No podrá ser en París, pero encontraremos otra forma. Quizá en Suiza. Cada mes. —Le tomó el rostro. El fotógrafo resopló enfadado—. Cada dos semanas.

—Juan, no quiero eso. ¿No lo entiendes? No me puedes pedir que transija. No puedo verte casado, no quiero verte con hijos, no voy a ser tu amante ni tus vacaciones cada dos semanas. No. Te quiero, te quiero más de lo que esa tal Lorette podrá llegar a quererte jamás y esto nunca fue lo que hablamos hace cuatro años.

—¡Maldita sea! No lo hagas más complicado. —Se apartó.

—¡No, Juan! Tú lo haces complicado. Has creído a esos consejeros, has tomado tus decisiones sin preguntar mi opinión. Han tenido más que decir sobre esta relación extraños a los que no pongo nombre ni cara que yo —gritó Maurizio furioso.

—Porque son importantes, porque ellos saben que me juego todo por lo que he trabajado los últimos trece años. No puedo vivir como tú, despreocupado, soñando con un mundo que no existe. He tenido que construir mi fortuna para tener alguna posibilidad de ser quién soy, aunque sea solo dos veces al mes, sin peligro de que me quiten todo e, incluso, de que me detengan.

—Sabes perfectamente que si vivieras aquí en Italia eso no pasaría. Desde el código Zanardelli del 89, solo está penado lo que hagas en la vía pública. Podríamos vivir juntos, tener un hogar en el que permitirnos ser nosotros mismos sin horarios ni cuchicheos. No es ninguna panacea, pero es mejor que vivir temiendo que la ambigüedad legislativa francesa te condene por culpa de un chivatazo de una vieja piadosa o por un policía o un funcionario malhumorado.

—¡Hablarían igual, Maurizio! ¿No lo entiendes? Italia no es un reducto aislado. El mercado es cada vez más mundial, es el tiempo de los grandes imperios coloniales. El mercado que tanto detestas es mi fuente de sustento. Y el mercado tiene oídos en todas partes. El Código Zanardelli solo es una treta para mantenernos en la sombra, no te engañes. Las quimeras están bien para un rato, pero no es bueno creérselas porque te matan en vida.

—No, Juan. Rendirse es lo que pudre esto —lo corrigió, dándole con el dedo índice en el pecho—. Haz el favor de irte de aquí. No tengo nada más que escuchar.

—Maurizio... —intentó Juan una última vez, pero el brazo del fotógrafo se le escapó de la mano.

—*Vaffanculo!* —voceó, señalando la puerta.

14
Ida y vuelta

La Gioconda, «Danza de las horas»
Amilcare Ponchielli

Acostumbrados al gesto risueño del señor Conte, Jacobo, Clara, la señora Leroy e, incluso, Henri Collet se sorprendieron del lánguido mohín con que los recibió al inicio de esa jornada. Las pupilas de unos y otros danzaban en el tranvía deseando captar el origen del desasosiego del fotógrafo, pero no tuvieron éxito. Jacobo le hizo una seña a Juan, más hábil en el juego de las apariencias y el disimulo, pero este solo encogió los hombros y fingió indiferencia. De buena gana se habría quedado en Bolonia, pero la clandestinidad de su relación los condenaba a no tener ni un respiro frente a los demás. Sobre todo, después de comprobar que Maurizio no estaba dispuesto a llevar la procesión por dentro. La señora Leroy, que continuaba igual de enérgica que el día anterior, manifestó su entusiasmo por trasladarse en tranvía hasta la estación de tren. El señor Conte, que no daba puntada sin hilo, ni siquiera en horas bajas, había optado por un medio de transporte más modesto que la colección de taxis que el señor Bogarín siempre coordinaba como si se tratara de un director de orquesta. En su opinión, viajar en cajas de cristal y diamantes no era viajar. A cambio, emplear uno de esos transportes a vapor, compuestos por un vagón en el que la gente se apretaba y que, junto a los ómnibuses públicos, constituían la base del transporte público de las nuevas ciudades era, según su punto de vista, más enriquecedor.

Después de adquirir seis billetes de ida y vuelta en las taquillas, se subieron al tren de Rávena que, como era costumbre por aquellos lares, salió diez minutos tarde al aviso de *partenza*. Vigilado a lo lejos por los montes Apeninos, el ferrocarril siguió el antiguo trazado de la via Emilia y fue dejando atrás villas y ruinas de otras épocas. Llegaron a destino casi a las doce. El señor Conte, que para entonces ya había conseguido ocultar el disgusto que se le había adosado a los huesos, les pidió que se reagruparan en el andén para salir juntos a la calle. Tal y como habían acordado, puesto que no tenían más que unas horas, la ruta se limitaría a las obras más relevantes. Así, el fotógrafo los condujo, a paso ligero, hacia el mausoleo de Teodorico o Rotonda, ubicado fuera de las murallas hacia el norte, en línea con la estación. Al pasar junto a la dársena, inicio del canal que llevaba al mar, el señor Conte les indicó: «Aunque hoy el mar Adriático está a varios kilómetros de la ciudad, en la Antigüedad era una plaza costera con cierto tráfico. Sin embargo, no logró relevancia hasta tiempos del imperio, cuando se convirtió en un importante puerto militar. En el siglo v, es decir, cuando el Imperio de Occidente se hallaba sumido en sus últimos estertores, el emperador Honorio trasladó la capitalidad aquí, suponiendo que resistiría mejor los ataques de los enemigos del norte. Pero se equivocó, porque antes del fin de ese siglo, el rey germánico Odoacro se hizo con la ciudad y con la cuna del imperio occidental, propiciando su desaparición tal y como se había conocido hasta entonces».

Cuando se situaron, a la sombra de un álamo, frente al monumento fúnebre, una mole poliédrica de piedra, se inició la dinámica que se mantuvo el resto de la jornada: Maurizio proporcionaba los datos históricos; Jacobo, los arquitectónicos y artísticos. El fotógrafo les habló de esa época en la que, habiendo caído el Imperio romano de Occidente, los ostrogodos, pueblos germánicos aliados de Roma, se hicieron con el control de la península itálica, al igual que los visigodos habían hecho lo propio en la ibérica para defenderla de otros enemigos del norte. Así, animado por el Imperio romano de Oriente, el rey ostrogodo Teodorico el Grande había logrado derrocar a Odoacro, líder de un contingente de pueblos no aliados con Roma, y establecerse en Rávena con la venia del emperador. Aunque mantuvo la dignidad durante unos cuarenta años, este arreglo terminó por hacer aguas.

—Esto que ven es, precisamente, el mausoleo de ese gran rey ostrogodo, Teodorico.

Todos asintieron, admirando la austeridad y las proporciones de la obra.

—Lo más interesante del mausoleo de Teodorico es el juego de las caras del decágono, que no coinciden en el plano superior y el inferior. También la pieza que lo cubre, un bloque único de piedra de la península de Istria que pesa más de trescientas toneladas. Aunque está muy castigado por el paso del tiempo, en parte porque la zona de abajo se pasó mucho tiempo cubierta de agua, los restos de la columnata en la parte superior y los arcos ciegos de la inferior, así como la propia planta centralizada del edificio, dejan patente que los godos continuaron rindiendo honores a sus muertos con un lenguaje arquitectónico muy similar al del arte clásico. A fin de cuentas, aunque se desintegró políticamente, la cultura de Roma no se esfumó, fue abrazada y adoptada por los godos, que se romanizaron —analizó Jacobo.

El grupo subió por las escaleras de mármol a la parte superior, que pudieron visitar gracias a la llave que les dio el vigilante.

—Los ostrogodos eran arrianos, es decir, cristianos pero no católicos... Entre otras cuestiones, decían que Cristo había sido creado. Así que, cuando Rávena volvió a manos católicas, se trasladó la tumba de Teodorico, considerado un hereje, y esta edificación se convirtió en una iglesia, la de Santa Maria della Rotonda —matizó Maurizio mientras contemplaba la cruz que había en el centro de la cúpula sin percatarse de que Juan lo miraba a él.

De camino a la siguiente parada, la señora Leroy comentó con Clara la suerte que tenían de ir acompañadas por dos caballeros tan leídos. Ella, en lo personal, solo leía novelas, las columnas de crímenes de los periódicos, así como las historias de supuestos casos de espionaje, uno de sus entretenimientos predilectos que, no obstante, la convertía en carne de cañón de conspiraciones. La señorita Balaguer, que sobre todo sabía de música y que adoraba aprender otras disciplinas, no pudo más que darle la razón. Tras cruzar las vías del tren, entraron en la ciudad por la Porta Serrata y marcharon directos a la pequeña iglesia de ladrillo de Santa Maria in Cosmedin, antiguo baptisterio arriano, en la que se deleitaron con el bello mosaico de la cúpula, que representaba el bautismo de Jesucristo. Aquella obra llevaba el sello de Bizancio, la parte sobreviviente del imperio tras el siglo V, la oriental, que había decidido recuperar Rávena de manos de los ostrogodos en el siglo VI dentro de un ambicioso proyecto de reconquista de ese desaparecido Imperio de Occidente, quizá cansados de lidiar con monarquías germánicas «amigas». Así, Rávena pasó a manos bizantinas durante doscientos años.

Sin perder tiempo, se dirigieron entonces por las callejas, plagadas de casas y *palazzos* de dos alturas en piedra enlucida o ladrillo, a la iglesia de San Vitale, que enseguida los sorprendió por su extraña estructura.

—En San Vitale se ve a la perfección el cambio en la mano constructora que ocasionó la recuperación de Rávena por parte del Imperio de Oriente. La empezaron los ostrogodos y la terminaron los bizantinos. De hecho, la estructura que presenta, de planta centralizada con ocho lados y rematada en lo alto con una cúpula de tambor, fue habitual en las grandes ciudades del Imperio bizantino. Era una fórmula que se desmarcaba de la línea clásica romana en busca de una identidad propia. De hecho, muchos ven vinculaciones entre esta iglesia y Santa Sofía de Constantinopla. También con la de Aix-la-Chapelle, de época carolingia, cuatrocientos años posterior, pero que supuso uno de los principales emblemas de ese renacimiento o reconstrucción de la parte occidental como imperio, legitimada por la Iglesia de Roma, que se miraba de frente con el imbatible baluarte de Oriente.

Jacobo les señaló cómo el nártex estaba desplazado del eje; también, después de que el custodio les abriera la puerta, hizo que se fijaran en el resto de mármol original en la parte inferior de los pilares del interior, en el truco de las exedras, las columnas y los arcos, que lograban desorientar al despistado. Y, finalmente, todos se asombraron con la riqueza de los mosaicos que decoraban cada paño del coro. Con el cordero de Dios vigilando desde un medallón en lo alto, Jacobo presentó a todos los personajes reconocibles de aquel festín propagandístico bizantino a todo color. El emperador Justiniano y su mujer Teodora, que jamás pisaron Rávena, en sendos cortejos reales que dejaban constancia de su presencia aun en la distancia. Como no podía ser de otro modo, en lo alto del arco y en los lados superiores, la confirmación de que el poder celestial estaba de su lado de manos de Jesús, los apóstoles y las escenas del Antiguo y el Nuevo Testamento.

Y, cómo no, un lugar privilegiado, en el ábside, para un Cristo imberbe, acompañado de los arcángeles, de san Vital —el mártir local al que se decidió consagrar el templo— y del obispo Ecclesius, principal promotor.

El mismo custodio les dio la llave para pasar a la iglesia dei Santi Nazario e Celso, o mausoleo de la emperatriz Gala Placidia, sita a escasos metros de San Vitale. Con sus mosaicos paleocristianos de fondo azul, retrocedieron en el tiempo a la época previa a la invasión ostrogoda, cuando la autoridad de Roma seguía vigente y ya había abrazado el cristianismo como religión oficial.

—La historia de Gala Placidia es muy interesante. Fue hija del emperador Teodosio I, pero durante el saqueo de Roma en 410 por parte de los godos, fue secuestrada. La obligaron a casarse con el rey de los visigodos, Ataulfo, pero logró escapar a la muerte del godo. A su regreso a Roma, se volvió a casar, esta vez con Constancio III. A los pocos meses del inicio de su reinado como emperador, también murió y todos comenzaron a ver en ella a una traidora. Tuvo que huir a Constantinopla, donde logró que Teodosio II, cabeza del Imperio de Oriente, asegurara la corona de Occidente en la cabeza del hijo de Gala Placidia y Constancio III, Valentiniano III. Ella reinó hasta que el muchacho alcanzó la mayoría de edad. No se sabe muy bien si este es su mausoleo, pero se cree que ella lo mandó construir. A fin de cuentas, vivió en la corte de Rávena durante unos años y se sabe que era una gran devota.

Después de aquel legendario cuento, marcharon al baptisterio de los ortodoxos, donde disfrutaron de los mosaicos más antiguos de toda la ciudad. Antes de continuar, hicieron una pausa para almorzar. La señora Leroy, que seguía agradecida, pero algo agotada, se interesó por cuántas iglesias más verían antes de volver a Bolonia. En silencio, Henri Collet deseó que ninguna. El señor Conte respondió que solo dos. Cuando reanudaron el paseo, Clara optó por caminar junto a Maurizio.

—Es admirable toda la información que tiene usted en la cabeza, señor Conte —lo aduló con sinceridad—. Bueno, usted y el señor Figueroa.

—Muchas gracias, señorita Balaguer. Aunque, a diferencia del señor Figueroa, yo soy un mero aficionado. Mi estudio oficial de historia terminó con el Istituto Tecnici. Todo lo demás lo he aprendido leyendo.

—¿No fue a la universidad? —se sorprendió ella.

—No, no. —Se rio—. Verá, la relación con mi padre nunca fue muy halagüeña. A los dieciocho años, tuvimos la discusión definitiva y me fui de casa. Llegué a Florencia sin dinero ni objetivos, pero, por suerte, encontré trabajo en la editorial Alinari y, de pronto, la fotografía dio sentido a todo.

—Tuvo que ser duro.

—Sí..., pero tengo la mala costumbre de no aceptar medias tintas en la vida, de no conformarme con menos de lo que creo que merezco. Quizá en unos años sea el orgulloso más solitario del mundo, pero, por lo pronto, no me arrepiento de nada. No quiero ni pensar en lo que me habría deparado el destino si me hubiera quedado con mi familia.

—¿Muy estrictos?

—Más que eso: intransigentes, sordos, ciegos. El advenimiento de la gran Italia convirtió a mi padre en *carabinieri* y se erigió como el más duro censor y sancionador en todos los ámbitos de su vida. Creo que tanto él como mi detestable experiencia en el servicio militar fueron los motivos por los que empecé a leer a Bakunin y Kropotkin. —Y se rio.

Clara también sonrió. La señora Leroy, que había aprovechado para hacer un sinfín de preguntas a Jacobo por el camino, se acercó a Henri mientras Maurizio gestionaba la visita a la basílica de Sant'Apollinare Nuovo. El estudiante, que no veía la hora de volver a estar sentado en el tren con su novela, reaccionó extrañado al acercamiento de su tía. Esta se interesó por su ánimo, por si estaba disfrutando del día y, tras dos monosílabos como respuesta, le recordó el comentario que le había espetado en el *palazzeto*. Henri Collet se reafirmó en lo de que era cierto que lo trataba como un crío, al igual que sus padres. Tenía dieciséis años, no ocho. Con la rigidez y la frialdad que lo caracterizaban desde niño, aseguró a Jeanne que terminaría aborreciéndola si no dejaban de ir juntos a todas partes. La señora Leroy, entre asombrada y dolida, aceptó la opinión del chico y se comprometió a preguntar por sus apetencias en próximas ocasiones. En el fondo no tenía alternativa. Con todas sus amistades y riquezas, Jeanne a menudo se sentía sola. Por ese motivo había vuelto a Francia desde los Estados Unidos, por esa razón había mostrado ante su hermana una disposición total a ayudar con la educación de su único hijo. Sobre todo, después de haberla dejado sola en el luto por la muerte de sus padres y al frente de la responsabilidad del negocio familiar, del que Jeanne se había desentendido al casarse. La culpa era mala compañera, pero la señora Leroy había aprendido a vivir con ella. Sobre todo, si Henri parecía contento.

Al entrar en la basílica, las conversaciones se disolvieron en el imponente silencio. La luz del mediodía se filtraba por las ventanas en lo alto de la nave central y aumentaba el brillo dorado de los mosaicos que decoraban los muros sobre las arquerías.

—La nave de esta basílica es un ejemplo original de arte paleocristiano y bizantino. Igual que ocurrió con San Vitale, el cambio de poder en Rávena afectó al destino del templo. Se inició como iglesia arriana, quizá capilla palatina por la cercanía a los restos del palacio, en tiempos de Teodorico el Grande, el del primer mausoleo que hemos visitado. Pero, años después, cuando Bizancio expulsó a los ostrogodos, se convirtió en templo católico. Según tengo entendido, en los mosaicos es posible ver cómo se eliminaron elementos para añadir otros más adecuados con la doctrina de Roma —contó Jacobo.

Clara se sujetó el canotier para alzar la vista y repasar las dos procesiones que, a sendos lados de la nave, tomaban forma gracias a centenares de teselas de vivos colores. Una era de hombres santos y terminaba en un Cristo sedente, acompañado de arcángeles. La otra, de mujeres vírgenes lideradas por los Reyes Magos, que marchaban hacia la Virgen María con el Niño, también acompañada por criaturas celestiales. Las figuras flotaban en ese fondo dorado que, según había explicado Jacobo, era típico de los mosaicos bizantinos. La violinista, al ver que el arquitecto se colocaba a su lado, aprovechó para preguntarle por las imágenes que había sobre las ventanas.

—No lo veo bien, pero apostaría a que son escenas de la vida de Cristo o de la Virgen. Suelen ser eso. Al final, la iconografía de las iglesias, aun en épocas tan tempranas, se repite en gran medida. Era una forma de fijar la doctrina en un momento de grandes debates teológicos.

—El pasado siempre encuentra resortes por los que colarse —bromeó ella.

—Demasiados. —Y sonrió.

Juntos recorrieron la basílica, escuchando el repiqueteo de los pasos propios y ajenos. Un olor intenso a vela derretida y a incienso inundaba el espacio. Un grupo de seis viajeros pasó junto a ellos. Cuando estuvieron lo bastante lejos, Jacobo observó:

—¿No le da la sensación de que los ingleses están en todas partes?

Clara se rio y asintió.

—He pensado lo mismo varias veces. En cada hotel, en cada café, en cada monumento... Aunque también hay bastantes estadounidenses, ¿no cree?

—Sí, sí, creo que entre los dos ocupan casi el noventa por ciento de los alojamientos de Italia.

—Temo el día en que descubran España.

—No quiera verlo.

Y se rieron tratando de no hacer ruido.

—¿Va mucho? A España... —tanteó Clara.

—Hum..., no. No demasiado. ¿Usted?

—Apenas. Mi última visita a Barcelona fue en 1887.

—¿Ha visto entonces el progreso de las obras de la Sagrada Familia? —preguntó, entusiasmado por la obra del arquitecto español del momento, el señor don Antoni Gaudí, que había iniciado la construcción de la basílica once años atrás.

—Sí, pero apenas identifiqué un montón de andamios y lo que me parecieron arcos apuntados. No tengo los ojos tan adiestrados como usted.

—Bueno, tiene los oídos. —Sonrió Jacobo—. Me encantaría conocer al señor Gaudí en algún momento.

—Debe de ser un hombre interesante... Y, dígame, ¿usted es de Madrid?

—Sí, bueno, nací en San Sebastián. Pero mi padre, que era ingeniero e inversor de la Compañía de los Caminos de Hierro del Norte de España, se metió de lleno en el desarrollo del ferrocarril y nos mudamos a Madrid cuando yo tenía cinco años.

—¿Y qué lo llevó a París? ¿La señora Figueroa?

—Oh, no, no. En 1868, cuando tenía diez años, mi padre decidió exiliarse por voluntad propia. Era un borbónico convencido y la expulsión de Isabel II contravino todos sus planes e ideales. Él se había formado en el Conservatorio de las Artes de Madrid y había estudiado pensionado en París durante un año, así que tenía contactos en Francia. Nos mudamos a Toulouse. Cuando terminé la escuela secundaria, logré ingresar en la École des Beaux Arts de París. Mi madre murió, pero el resto de la familia regresó a Madrid cuando Alfonso XII ocupó el trono en 1874. Mi padre volvió a centrarse en proyectos vinculados con el ferrocarril. Yo intenté darle una oportunidad cuando terminé mis estudios, pasé allí un año, el año en que conocí al señor Álvarez-Caballero, pero me di cuenta de que no era mi sitio. Después de mi viaje por Italia, me instalé definitivamente en París en 1878.

Salieron de la basílica dejando atrás su cilíndrico *campanile* de ladrillo y se dirigieron a la última visita del día. El sol de primera hora de la tarde había obligado a las damas a abrir sus sombrillas mientras avanzaban, más allá de la Porta Nuova, por el camino a Classe, al sur. El señor Conte les había avisado de que tardarían alrededor de una hora, pero había gestionado la vuelta en un carruaje que los dejaría en la estación, a punto para tomar el tren de regreso a Bolonia. Las aguas terrosas de los dos ríos confluyentes discurrían por debajo de un puente. Prados verdes se extendían a ambas márgenes del sendero.

—¿Y usted?

—Llegué a París con diez años. El señor Dupont me vio tocar en una velada en el palacete de un empresario textil, allí en Barcelona. Solía hacerlo de vez en cuando. Mi padre me llevaba a cafés, teatros y *soirées* de gente pudiente. Allí conocí al señor don Isaac Albéniz: también era un niño músico como yo, aunque tocaba el piano. A mí me gustaba, adoraba que me permitiesen tocar el violín y encima ayudaba a mi familia a vivir de forma más holgada. Mi padre trabajaba como profesor de piano y violín y ganaba lo justo para alimentarnos a mi madre, a mis tres hermanos y a mí. Mi madre fue soprano hasta que se casó... El señor Dupont quedó fascinado conmigo y le hizo una propuesta a mi padre: si conseguía entrar en el Conservatorio Nacional de París, se convertirían en mis protectores y mecenas de por vida. Me llevarían a lo más alto a cambio de una parte razonable de mis beneficios futuros. Mi padre aceptó. Me preparó para las pruebas; me convertí en su alumna más aventajada durante dos años. Al final, me aceptaron en París y me mudé con los señores Dupont. Y mis padres fueron desapareciendo, lentamente, de mi vida. Apenas recuerdo los tiempos en los que eran más que una misiva cada dos meses.

—Entiendo que lo hicieron por su bien, pero debió de ser duro separarse de su familia tan pronto. Mi hijo Camille tiene diez años... —Se quedó pensativo—. Aunque quizá gracias a ese sacrificio ha logrado convertirse en la violinista que es.

—Quién sabe... Puede que hubiese habido un hueco para mí y mi violín en Barcelona. Jamás lo sabremos.

—Por lo que me ha contado, tuvo que empezar muy joven a tocar.

—Con seis años le empecé a robar el violín a mi hermano mayor. Él era el gran proyecto de mi padre, pero enseguida se percató de que el músico era otro en la familia. Mi padre fue quién me enseñó a tocar. Sus lecciones siguen grabadas en mi cabeza aún hoy.

—Seguro que está orgulloso.

—Nunca me lo ha dicho. Pero quiero pensar que sí. —Y sonrió, lanzando una mirada al arquitecto. Este se la devolvió mientras reflexionaba por qué esa mujer conseguía quitarle el aliento.

Unos metros más adelante, Juan alcanzó a Maurizio después de parlotear con la señora Leroy. Henri Collet caminaba distraído.

—¿Vas a volver a hablarme?

—Ahora no, por favor —le pidió el fotógrafo.

—Esto es absurdo.

—No, no lo es. —Silencio. El sol había abandonado su cenit. Las pisadas crujientes se hicieron protagonistas—. Mañana me vuelvo a casa, Juan. No voy a continuar el resto del viaje hasta la frontera. —Y aceleró el paso para distanciarse de aquel hombre que había logrado desgajar su alma en dos.

El grupo que se había quedado en Bolonia había aprovechado para visitar las principales iglesias y admirar las torres inclinadas, llamadas Degli Asinelli y Garisenda. También habían visitado la fantástica piazza Vittorio Emanuele y la casa del célebre compositor Gioachino Rossini. El señor Bogarín puso especial interés en remarcar los elementos interesantes de esa coqueta ciudad para convencer a todos de que la opción de Rávena había sido un error. Por la tarde tuvieron tiempo para descansar antes de la cena. El escritor pasó una hora en la sala de lectura del hotel, de muros plagados de grandes cuadros y candelabros, y revisó que no hubiera nuevas informaciones en el periódico. Después se decidió a afrontar el asunto del telegrama que había recibido el día anterior antes de partir de Florencia. Era un tema que lo incomodaba, pero era preciso hallar una explicación. Así, aprovechó que vio pasar a la señorita Pichler por delante de la puerta de la sala para apremiarse y alcanzarla. Lo logró en las escaleras. Con la intención de ser respetuoso, le pidió que buscaran un rincón en la galería del primer piso, entre aquella colección artística sin parangón, iluminada gracias a las frágiles líneas de luz que se colaban por el patio.

—Señorita Thesi, siento muchísimo importunarla y estoy seguro de que se trata de alguna equivocación que tendrá una más que comprensible razón de ser, pero la agencia Cook me ha informado de que no han recibido el pago correspondiente a su hermano y usted.

15
Colomba d'Oro

El elixir de amor, «Una furtiva lagrima»
Gaetano Donizetti

Las gotas de lluvia impactaban contra el cristal de la ventanilla del tren de regreso a Florencia. La vida había asaltado a Maurizio Conte, lo había desvalijado. Lo había dejado sin su perspicacia y encanto natural. Esa mañana no tenía ganas de hablar con nadie. Ni siquiera habría aceptado discutir con el señor Mercier si lo hubiera tenido delante. Pero era poco probable, pues el pintor había cumplido su palabra y no había vuelto a hablarle desde el acalorado debate en la *trattoria* de Tomasso. Las nubes enroscadas en un repertorio de tonos grises, semejantes a las exhalaciones de las chimeneas de las fábricas, eran presagio de días de lluvia en la Toscana, también de horas taciturnas en el ánimo de Maurizio. Había vendido una despedida digna de Juan, en la intimidad de una habitación a solas, por salvaguardar su preciada honra. Lo había hecho en el zoco de las decisiones vitales, que siempre había imaginado en el centro de una ciudad desierta y polvorienta, en la que los ojos acusadores de los habitantes sin nombre se agazapaban tras puertas y ventanas sombrías. Una parte de él lo lamentaba, pero la experiencia le había enseñado que merecía la pena el dolor punzante de la pérdida por mantener a flote el respeto que sentía por sí mismo.

En otro tren distinto, Juan se tragaba el enfado, la rabia, la incomprensión. No lograba entender cómo Maurizio había llegado al extremo de renunciar a dos días juntos, de decir adiós con prisas, sin aguardar a que el grupo terminara de desayunar, de negarle un último beso. Había descartado toda negociación, una conversación pausada que permitiera enumerarle de nuevo las razones para haberse comprometido con la señorita Lorette Girard: la empresa, los inversores, su cliente, las habladurías... Si le hubiera dado una última oportunidad para explicarse, quizá lo hubiera entendido. Pero no tuvo ocasión y los kilómetros habían empezado a interponerse entre ambos una vez más. Un ardiente fuego que nacía del estómago odiaba la vanidad de aquel hombre del que se había permitido enamorarse. Mientras reprimía una lágrima no admitida, como tantas otras cosas en su vida, condenaba a Conte y lo exhortaba, en silencio, a retractarse..., a volver. No podía ser el final. La lágrima, díscola, se liberó de las asfixiantes normas del imperio de la razón y cayó en la solapa de la chaqueta.

Clara lamentó profundamente la noticia de que el señor Conte debía regresar a Florencia de forma urgente. Le había cogido cariño y no imaginó que tendría que despedirse de sopetón. Creyó que todavía les quedarían conversaciones, que el fotógrafo los agasajaría con sus comentarios sarcásticos un par de días más. Por suerte, Maurizio, que había sentido una simpatía semejante por la violinista, le había entregado una esquela con sus señas para que pudieran seguir en contacto por carta. La señorita Balaguer le prometió que, a su vuelta, le contaría el resto del viaje de forma pormenorizada si le perdonaba no ser una gran narradora. El señor Conte supo que así sería y había asentido sonriente antes de dirigirse, maleta en mano, a la salida del Grand Hôtel Brun. La imagen del fotógrafo desapareciendo, algo cabizbajo, había preocupado a Clara. Sin embargo, cuando se sentaron en el último tren del día, la señora Dupont no dio tregua a la pesadumbre. Aprovechando que estaban solas en el compartimento, rodeadas de damas italianas que no hablaban francés, instó a Clara a que le contase, con pelos y señales, cómo había ido la excursión a Rávena.

—Regresasteis muy tarde.

—Sí, fue un día agotador.

—¿Hablaste con ella?

—Sí, hablé con ella. Fuimos juntas en el tren. Charlamos de la poca transigencia del señor Bogarín con los cambios de planes. También me pidió que le contara qué habíamos visto en Florencia durante su convalecencia... y parloteamos sobre la comida italiana, la francesa, y sobre música y teatro. Creo que eso fue todo.

—¿Y? ¿La invitaste al concierto?

—No, no lo consideré oportuno —respondió Clara.

—¿Ni al hablar de música?

—No, porque no hablamos de mí. Fue una charla general, sobre gustos y, ah, también hablamos sobre crítica. Ella también aborrece el estilo irónico del señor don Ernest Reyer de *Le Journal des Débats*.

—¿Y por qué no hablasteis de ti?

—Porque no surgió en la conversación. Y detesto incrustar comentarios que no vienen al caso por pura estrategia, es vanidoso.

—Clara, tienes que colaborar con más ahínco en esto. Yo sola no lo puedo hacer todo.

—Hazme caso, no era el momento. Pero sé que me tiene en buen concepto, lo noto. Cuando exista una conversación más propicia, la invitaré.

Geneviève puso los ojos en blanco y se pellizcó las mejillas, a sabiendas de que la última parada estaba cerca.

—Está bien. Lo haremos a tu modo. Más te vale tener razón.

Clara notaba cómo su paciencia se iba apagando. Pero a los segundos de haber deseado ser impertinente con la señora Dupont siempre le asaltaba la culpa, un hormigueo en la boca del estómago. Sabía que todos esos desvelos eran por el bien de su carrera. Y, aunque continuaba dolida por las palabras que le había dedicado en Florencia, no olvidaba el esfuerzo de años por convertirla en la célebre violinista que era. Quizá erraba al querer aspirar a más que eso. Quizá la señora Dupont solo ansiaba protegerla de sí misma y del mundo, hostil, cruel, implacable. Buscando enterrar el hacha de guerra, temerosa de quedarse sola —sobre todo en ese estado de angustia en el que estaba sumida—, puso la mano encima de la de la señora Dupont. Esta alzó la vista y ambas sonrieron.

Geneviève agradeció el gesto de Clara. La responsabilidad de que el viaje saliera bien pesaba demasiado. En la última de sus misivas, el señor Dupont había empleado mucha tinta en contarle los avances con el joven Robichaud. También los de las que les gustaba llamar «las dos nuevas Claras», niñas de doce y quince años con las que estaban repitiendo la misma fórmula que con la señorita Balaguer. Incluso las invitaban a aprenderse su repertorio y a copiar movimientos y aspectos de estilo. Si había funcionado una vez, ¿por qué no otras dos? Eran un buen seguro para cuando Clara dejase de ser interesante. El quinto de sus artistas era otro varón, hijo de unos buenos amigos. Para el señor Dupont, en los últimos tiempos el talento podía fácilmente ser sustituido por la simpatía o el interés personal. Además, los hombres habían resultado ser más rentables: tenían carreras más largas, podían tocar en orquestas y surtir a la editorial de partituras nuevas. Geneviève sentía pavor de enfrentarse a un papel en blanco, sin novedades que narrar. Su marido había confiado en ella para esa empresa y no podía fallarle. Temía que se diera cuenta de que no era capaz de tomar tan buenas decisiones sin ayuda. Estaba hecha para asistir, no para dirigir. El señor Dupont estaba tan seguro de sí: parecía que la duda no existía en su mundo. Pero Geneviève se sentía vulnerable sin su guía, sin su opinión. La única cómplice que tenía era Clara y parecía cada día más desnortada.

—Stazione Porta Nuova di Verona, stazione Porta Nuova di Verona.

En el taxi, Jacobo sintió el rugido de una tormenta invisible. Los truenos sonaban a lo lejos, entremezclados con la percusión de los cascos de los caballos, pero algunos rayos de sol todavía alegraban las calles. Se apearon en la via Colomba, en la que estaba el hotel Colomba d'Oro, el elegido para hospedarse. Tras la entrega de los cupones por parte del señor Bogarín, todos se acomodaron en sus respectivas habitaciones y, antes de la caída del sol, volvieron a reunirse en la puerta para dar un pequeño paseo por las cercanías. La piazza Vittorio Emanuele, antigua piazza Brà, estaba a escasos metros, así que, animados por la música que se oía, se dirigieron allí sin más rodeos.

La condesa Karimova, del brazo de Jacobo, con cuya conversación cada vez disfrutaba más, observó el reiterado uso del nombre de ese rey para alguna plaza en toda ciudad italiana, así como el de «place de la Republique» en las francesas. El arquitecto le dio la razón y añadió que seguir ese mismo criterio en el callejero de España era asunto peliagudo por la gran cantidad de cambios políticos que se habían producido desde que él tenía consciencia. Y es que, aunque en esas fechas, en España funcionaba desde hacía casi veinte años el sistema canovista dentro del marco de la Restauración borbónica, el joven rey Alfonso XII, personificación de la vuelta al orden después del atropellado Sexenio Democrático con el que España había dado la bienvenida a un rey extranjero y a la República, había muerto por tuberculosis a los diez años de reinado. Por suerte había dejado esposa, la entonces regente María Cristina de Habsburgo, y heredero, el futuro Alfonso XIII, de apenas siete años, que ascendería al trono al cumplir la mayoría de edad. Así, en sus poco más de tres décadas de existencia, en su país habían existido tres constituciones, tres reyes, dos regentes, tres formas políticas y una infinidad de presidentes y ministros de los que era imposible acordarse. Y eso sin contar la última de las tres guerras carlistas a la que, por fin, se había dado carpetazo en el año 1876.

La condesa, por su parte, le contó que en Rusia, aunque cuna de algunos de los más destacados revolucionarios de la centuria, todo seguía más o menos como siempre. El asesinato del zar Alejandro II a manos de la organización Narodnaja Volja en 1881 había terminado con las reformas. La condesa, que estaba en contra de estas y también del magnicidio, explicó a Jacobo lo inoportuno que había sido para su familia el asunto de la abolición de la servidumbre y la reforma campesina de 1860. Según decía, había llevado al inicio del fin de la vida tal y como la había conocido y había terminado por convencer al conde Karimov de vender parte de sus tierras aprovechando la subida de precio por el aumento de la demanda.

—Pero la nobleza se mide por sus tierras, por lo que posee. Y, aunque mi difunto esposo no quería verlo, aquello fue una declaración de intenciones sobre la pervivencia de los poderes legítimos y heredados de nuestra clase. Hoy todo el mundo los cuestiona y escribe documentos constituyendo gobiernos, parlamentos y sistemas de votación para determinar cómo regir un territorio. ¿Hay algo más puro, genuino, justo y lícito que el poder que emana de la herencia de generaciones y que se remonta a tiempos pretéritos?

Jacobo no quiso llevarle la contraria, pese a estar en desacuerdo. Simpatizante de la corriente republicana oportunista de Jules Ferry, se consideraba reformista más que moderado y, quizá en algunos aspectos, incluso conservador. Sin embargo, ni era monárquico como su difunto padre ni añoraba los tiempos en los que la aristocracia había sido la única merecedora de prebendas, voz y también jurisdicción. Creía en la República, también en la democracia. Rechazaba el nacionalismo, así como el socialismo y el anarquismo. Consideraba que el *juste milieu* era la única vía para la convivencia en una sociedad cada vez más polarizada y disgregada.

El itinerario del grupo se dibujó en torno a la hermosa y vetusta arena que se erigía al oeste de la plaza, provista de jardines y una sencilla fuente de basa circular que escupía agua hacia el cielo. Mientras caminaban, unos y otros lanzaban vistazos a la cadenciosa sucesión de arcos en dos alturas que daban forma al anfiteatro, construido en el siglo I, en los albores del Imperio romano. Parecía mentira que esos bloques de piedra, todavía testigos del ir y venir de los veroneses, hubieran sobrevivido desde entonces. En el lado contrario a la zona ajardinada yacían amontonados los restos de material de algún espectáculo pirotécnico ya pasado. Las damas se alejaron temiendo un traspié con la falda. La luz natural se fue apagando paulatinamente y las lámparas de gas tomaron el testigo, coloreando los sillares de caliza del tinte de la lumbre. La banda militar que había amenizado las charlas, paseos y refrigerios de los presentes recogió los instrumentos y se retiró hasta el día siguiente. Aun cuando ya habían desaparecido de las inmediaciones del concurrido café Vittorio Emanuele, el animado timbre del viento y la percusión permanecía en el ambiente, recuerdo y anuncio. Se escuchó una trompeta a lo lejos, a la que contestaron unos platillos y varias carcajadas. Al respirar podía apreciarse un suave aroma a tierra mojada que se perdía con el paso de los coches de caballos o de las damas perfumadas con agua de bergamota.

El señor Bogarín, que había logrado recuperarse del estupor y posterior disgusto por la noticia del señor Conte, espontáneo hasta para partir de forma definitiva y no cumplir su palabra, apostaba animado con la señora Dupont, la señora Leroy y la señorita Balaguer a que la altura de la arena era de cuarenta metros. No llevaba encima la guía, así que se comprometió a confirmarlo cuando volvieran al hotel. Clara, que se había prometido controlar sus cambios de humor, se mostró atenta y cariñosa con la señora Leroy, que parecía disfrutar de la compañía de la violinista. Esta se interesó por su recuperación, detalle que Jeanne agradeció. La señora Dupont deseaba fiarse del instinto de Clara en la gestión de ese delicado asunto, pero no entendía cómo dejaba pasar tantas oportunidades para convidarla al concierto en la sala Érard.

El señor Bogarín se quedó meditabundo un instante al mirar más adelante, donde parloteaban animados la señorita Thesi y el señor Mercier. Al contemplar la risa coqueta de la joven, que parecía encantada con la compañía del pintor, don Guillermo se forzó a creer las palabras que le había dicho el día anterior. Angustiada y avergonzada, le había prometido que habían realizado la gestión del giro postal desde Turín. No entendía cómo no había llegado el dinero ni qué había podido suceder. Marchó enseguida a buscar a su hermano. Antes de la cena, la señorita Pichler le indicó al señor Bogarín que Gustav iba a encargarse de todo, aunque lo más probable era que, debido al error, tardase más en llegar el dinero a París. Solicitó a don Guillermo el contacto de la agencia Cook para comunicárselo, pero el escritor, enternecido por la evidente incomodidad de Thesi, se ofreció a hacerlo él mismo con la condición de que lo mantuviera informado de cualquier avance. Ella asintió y, aliviada, abrazó al señor Bogarín.

La señorita Thesi, deleitada con el fresco ambiente de la plaza y con la perturbadora vista de esa arena pétrea, reina entre el bajo caserío y los siempre prominentes *campaniles*, atendía a la acuarela verbal que el señor Mercier hacía de cada detalle que cazaban sus ojos marrones: que si pretenciosos con sombrero de copa y bastón, que si desesperadas revestidas con plumas, que si torpes camareros de atuendo negro y blanco, que si militares despistados, que si vecinos insensibles e incapacitados para valorar la mayúscula obra arquitectónica que decoraba su insípida rutina... Todo ello dicho del modo más atrayente y cautivador, como solo el señor Mercier sabía hacer. Y es que, aunque tenía fama de pertinaz y arrogante en los círculos de París —sobre todo, desde aquella vez en la que la mismísima Berthe Morisot se lo había dicho a la cara en la tertulia que celebraba en su casa—, nadie podía negar la labia, el talento y la retorcida, selecta y exquisita gentileza con la que obsequiaba a los dignos. La señorita Pichler sentía que ella había sido nombrada entre ellos y aquello, por algún motivo, le hacía sentir inmensa, poderosa. Tanto era así que apenas miró un par de veces a Juan, que paseaba solo, apagado.

El empresario detestaba cada minuto de ese amargo día. Solo ansiaba que llegara su fin para dejar que el grito que llevaba guardado en el pecho fuera absorbido por la almohada. Ignoró así el anfiteatro en torno al que daban vueltas, el correteo de los gritones chiquillos con boina y chaquetilla de lana, el salto de un gato curioso por la cornisa de una de las casas de tejas de barro que daban a la plaza, los cuchicheos de viajeros o paseantes locales, el traqueteo de las ruedas de las carretillas y furgones o las risotadas que salían de la Birraria Bauer. Valoró si, a la luz de las circunstancias, ese viaje seguía teniendo sentido para él. Después recordó lo que había comunicado a la familia Girard y a sus socios: era un viaje en el que iba a cerrar un negocio de lo más provechoso con los señores Dupont. No podía regresar con las manos vacías. Si no, sospecharían, harían preguntas y él no podría responderlas. Así, recordó que apenas había escrito a la señorita Girard en esas semanas. Aquello lo puso nervioso. Debía enviarle unas líneas sin más tardanza. Esa misma noche las escribiría. No podía permitir un paso en falso. Sobre todo, después de lo que había ocurrido con Maurizio, de su brusco e impetuoso regreso a Florencia. Sin que nadie lo viera, se aflojó la corbata.

Después de cinco vueltas a la plaza, el grupo volvió al hotel para prepararse para la cena. Los últimos en llegar a la puerta del Colomba d'Oro fueron Gustav y Henri, sumidos en su habitual silencio. Cuando lo hicieron, y antes de entrar, el primero chistó al segundo y le ofreció un cigarro con la mano. Henri Collet no había fumado antes, pero aceptó de buen grado. El estudiante notó el picor en la garganta y los ojos cuando dio la primera calada. Gustav Pichler se rio y le dio palmadas en la espalda para ayudarlo a aclimatarse y recuperar el control. Apoyados en la pared, fumaron sin hablar. De vez en cuando, tos. Henri analizó el aspecto aseado y a la vez escuálido del señorito Pichler. Los ojos grises siempre parecían denotar una mezcla entre ironía y risa. Como si no se tomara realmente en serio nada de que lo que se cruzaba en su camino. El joven Collet, por su parte, era un muchacho de mofletes carnosos y gesto angelical. Tenía los ojos pequeños y azules, como su madre y su tía Jeanne, y el cabello castaño como su padre. No era especialmente alto; de hecho, Gustav le sacaba media cabeza; tampoco grueso o delgado, pero, al lado del señorito Pichler, parecía haber heredado la robusta silueta de su tía. Cuando las llamas consumieron sendos cigarros y el aroma a hoja de tabaco quemada echó el vuelo,

Gustav indicó a Henri cómo apagarlo y sin mediar palabra entraron al hotel. Los jóvenes disfrutaban de la compañía mutua, de no sentir la necesidad de nutrir el espacio con vanas charlas sobre temas intrascendentes, o peor, con asuntos de gran relevancia existencial. Se caían bien por el respeto a la codiciada soledad del otro. Sin embargo, de haber sido capaces de leerse la mente, de escuchar los pensamientos que los habían acompañado entre calada y calada, a buen seguro ninguno de los dos habría creído lo que oía.

16
La tormenta

Concierto n.º 4 en fa menor, op. 8: «L'inverno».
Allegro non molto
Antonio Vivaldi

Por el Ponte delle Navi cruzaron el Adigio y regresaron a la orilla en la que se encontraban el hotel y la arena. El señor Bogarín, guía en mano, hizo lo que pudo para paliar la ausencia del señor Conte en esa última ciudad italiana. En cada parada leía algunas líneas de información y después dejaba que Jacobo añadiese algún dato sobre la arquitectura. Sin embargo, don Guillermo, a quien le gustaba tener las situaciones bajo control, se sintió algo aturdido durante esa jornada. A ello se le sumó la tensión que le ocasionaba comprobar si había nuevos artículos sobre el viaje en *Le Petit Journal*. Todavía no había podido consultar los periódicos desde la llegada a Verona, pero esperaba tener ocasión esa tarde antes de cenar. Según le habían confirmado en el hotel, los principales cafés de la ciudad también contaban con una selección de publicaciones internacionales y, en especial, parisinas. Como en el resto de las ciudades italianas visitadas. No era de extrañar esa preferencia. A fin de cuentas, París era la capital de la prensa en ese intenso *fin de siècle*.

El grupo dejó atrás la iglesia de San Fermo Maggiore y avanzó por la via Leoni, llamada así por los restos de una puerta de la muralla romana, el arco dei Leoni. A la condesa Karimova le gustó descubrir algunas de las portadas de las casas decoradas con bellas pinturas. Pasaron por delante de la iglesia San Sebastiano, que cambiaba el nombre a la calle; de la Biblioteca Comunale y de lo que, decían, era la casa de los padres de Julieta, protagonista de la obra del señor don William Shakespeare. En este punto, Jacobo manifestó sus reparos en considerar esa información como relevante. A fin de cuentas, Shakespeare jamás pisó Verona y Julieta solo era un personaje de ficción. El señor Bogarín le discutió que, aunque fuera producto de la imaginación, aquello no lo hacía menos importante. Además, se creía que, en cierto modo, la historia podía tener base real y haber ocurrido en tiempos del *podestà* Bartolomeo della Scala, allá por el siglo XIV. Era parte de la cultura, así como los edificios o las calles que recorrían. Al final, la mayoría se mostró a favor de detenerse delante de la casa y parlotear sobre la obra del bardo. La Colonna di San Marco se veía borrosa al fondo, punto de fuga del distraído.

Cuando terminaron, siguieron por esa misma calle hasta la pintoresca piazza delle Erbe, donde se extendían numerosos puestos de frutas y verduras. Se entretuvieron mirando el género ofrecido por los comerciantes quienes, de vez en cuando, atraían la atención de los paseantes voceando sobre la excelente calidad de los vegetales. Lo cierto era que el olor a las cebollas, a coles, a tubérculos terrosos y a manzanas resultaba refrescante. Jacobo se compró una manzana, que se fue comiendo mientras esquivaban cestas medio llenas y correteos de chiquillos traviesos. Alrededor, como testigos, las fachadas del palacio Trezza, de la casa dei Mercanti y de la casa Mazzanti, cuya alta torre de ladrillo con reloj acaparaba todo el protagonismo. A lo lejos, de nuevo, el estruendo de una lluvia que no llegaba.

Continuaron entonces hacia el norte para visitar la catedral, que combinaba los estilos románico y gótico. Se asomaron al Ponte Pietra y disfrutaron de las vistas plateadas de Verona, arropada por las colinas circundantes. Después, marcharon a ver las iglesias de Santa Anastasia y de Santa Maria Antica, de origen lombardo, donde se encontraban las tumbas de la familia Scaligeri o della Scala, quienes, tras las disputas entre güelfos y gibelinos y antes de que esta pasase a pertenecer a Venecia, habían ocupado el gobierno de la ciudad durante cerca de cien años. Como comentó la señora Leroy en una burda simplificación, «habían sido los Médici de Verona». Admiraron así los pináculos de los baldaquinos funerarios que se pavoneaban altivos, dejándose ver desde la calle. Desde allí cruzaron un arco de ladrillo y desembocaron a la piazza dei Signori, un coqueto rincón adoquinado y rodeado de edificios tan hermosos como imponentes, con pórticos en las faldas. Tal y como leyó el señor Bogarín, algunos de ellos, como el del tribunal o la prefectura, habían sido mandados erigir por los Scaligeri. Todos se congratularon al reconocer las almenas gibelinas del palacio del Podestà y, por un momento, recordaron las ricas explicaciones del señor Conte, al que muchos extrañaban. Jacobo no dejó pasar la oportunidad de indicar que la mano ejecutora de los portales era Michelle Sanmicheli, el arquitecto más importante de Verona. Después de estas anotaciones, el grupo se dispersó por la plaza.

Jacobo, que de pronto soñó con hacer ese viaje algún día con sus hijos, se quedó mirando la estatua de mármol de carrara de Dante que vigilaba la *piazza* desde el centro, pensativo, juicioso. Al reanudar su paseo, la señorita Balaguer se unió a él y con gesto simpático le señaló cuántos ingleses había contado en esos metros limitados por arcos de entrada. Jacobo se rio.

—Así que es usted un escéptico y no cree que la historia de Romeo y Julieta sea verídica.

—Bueno, más que escéptico, yo lo llamaría ser realista. —Una gotita cayó en el canotier de Clara—. Es que no le veo el valor a elucubrar sobre una casa que se ha designado como hogar de un personaje de cuento para atraer a los turistas.

—Tiene razón. Pero, de algún modo, cuando se viaja, se hace por todo. No solo por lo más tangible o científico. Mire, si no, las peregrinaciones.

Otra gota sobre la manga del abrigo de Jacobo.

—Yo prefiero dedicar mi tiempo a obras con algún tipo de conexión con la realidad. Viajo para entender mejor el mundo, no la mente del señor Shakespeare.

Clara sonrió. Otra impactó contra el adoquín. Una más se perdió en la espalda de la violinista.

—El otro día pensé que los viajes tienen algo de despedida..., porque dices adiós a lo que fuiste antes de ver lo que viste, aprender lo que aprendiste, saborear lo que saboreaste, oler lo que oliste... Aunque también tienen algo de epifanía.

—Sí, es cierto —correspondió convencido.

Las gotas aumentaron en frecuencia y tamaño en unos segundos. De pronto, los truenos resonaban por todas partes, anticipados por silentes rayos. La tormenta espantó a los paseantes de la plaza, que corrieron a resguardarse en los pórticos o bajo los arcos de acceso. El grupo se había separado y algunos habían regresado a la vecina piazza delle Erbe. Clara y Jacobo, apenas sin tiempo de abrir un paraguas por la violencia del aguacero, se cobijaron, ya empapados, en la Loggia dei Consiglio. En lugar de enfurecerse, se echaron a reír. Y más cuando se percataron de que la otra pareja que los acompañaba hablaba en inglés.

—Pues tendremos que esperar aquí hasta que amaine —concluyó Jacobo mientras se asomaba, con cuidado, por uno de los arcos—. Siento que vaya a tener que soportar mi compañía durante este rato.

—No importa. Me gusta su compañía —dijo Clara con una apacible sonrisa en los labios.

Jacobo se dio cuenta de que, al sonreír, aparecían dos hoyuelos en las mejillas de la señorita Balaguer. No la había visto calmada y alegre en lo que llevaban de viaje, así que era la primera vez que se fijaba en ese encantador detalle.

—Es mutuo —contestó él—. Y también agradezco hablar español con alguien más que con el señor Álvarez-Caballero y el señor Bogarín. Aunque desde hace años ya sueño en francés.

—¿Habla a sus hijos en francés?

—Sí, la mayor parte del tiempo. Mi esposa les hablaba en francés y, bueno... Pero también saben algo de español. Espero que mejoren. Será beneficioso para ellos.

—Yo tengo la sensación de que mi español y mi francés son igual de deficientes. Como si no hubiera llegado a ser una hablante digna en ninguno de los dos idiomas.

—Si me permite la opinión, habla mejor español —le indicó Jacobo.

—¿Lo dice para que no le hable en francés?

—Por supuesto.

Y se rieron.

—Señor Figueroa, ¿puedo hacerle una pregunta? Espero no resultarle entrometida. No me conteste si no quiere.

—Sí, por supuesto.

La cortina de agua arrullaba aquella conversación. Clara, con los mechones de cabello mojado bajo el canotier y el rostro abrillantado por la lluvia, tragó saliva.

—¿Por qué odia tanto la torre Eiffel?

Jacobo arqueó las cejas. No se esperaba esa pregunta, tampoco que la señorita Balaguer tuviera tanta memoria.

—Su construcción coincidió con la enfermedad y la muerte de mi esposa. Antes de que estuviera ahí, mi vida era dichosa, colorida. Desde que la veo al salir de casa, todo ha cambiado. Es un recordatorio del antes y el después. Algo absolutamente irracional, pero que puede con mi ánimo en los días más grises.

—Le gustarán entonces los días con niebla en París... En esos días, no se ve. Se la tragan las nubes bajas.

—Exacto. Esos son los mejores días.

Sonrieron. Clara miró a la otra pareja. La dama se secaba, angustiada, las mejillas y se peleaba con el vestido, que se le quedaba pegado a las piernas. El caballero trataba de eliminar las gotitas del abrigo y del sombrero de copa. Parecían incómodos.

—¿Puedo hacerle ahora yo una pregunta a usted? —Clara volvió a la conversación y asintió—. ¿Por qué tiró las partituras al río?

Por algún motivo que desconocía, el interés del señor Figueroa, en lugar de sentirlo como un ataque a su preciada intimidad, fue como una caricia en medio de la tempestad. El agua continuaba cayendo, repiqueteando en los cristales de las ventanas, formando cataratas en los canalones. Por los adoquines corrían riachuelos furiosos. Un caballero trató de atravesar la plaza bajo el paraguas, pero este fue enseguida vencido por la furia de la lluvia y tuvo que unirse a los que estaban bajo el arco que llevaba hacia el Corso di Santa Anastasia.

—Porque los señores Dupont no quieren que las interprete. Ese día discutí con ella porque quería tocarlas en mi concierto en la sala Érard en lugar de repetir, por enésima vez, el concierto de Paganini. Pero me dijo que eso está fuera de todo debate y que a nadie le interesa lo que yo pueda componer. Estaba muy enfadada y pensé que, si no podía interpretarlas, prefería que no existieran, para que no fuera tan duro asumir que debían ser solo silencio.

—¿Y no puede rebelarse? No creo que no interesen sus composiciones. A mí me encantaría oírlas.

—No, no puedo. No me perdonaría decepcionar a los señores Dupont, que pensaran que no les agradezco todo lo que han hecho por mí. Yo... les debo mucho —afirmó Clara. Una parte de su mente viajó al pasado, a las urnas cerradas con llave en las que guardaba los secretos.

—Entonces, ¿va a tocar el concierto de Paganini en febrero?

—Si consigo ser capaz de ensayarlo sin volverme loca, sí.

—¿Y si no?

—No quiero ni pensarlo.

Jacobo asintió. Comprendía que era un asunto delicado, el motivo de las angustias de la señorita Balaguer. Ella agradeció una vez más la cautela del arquitecto. Al mirarlo a los ojos, una melodía se dibujó en su cabeza y supo que necesitaría tocarla al regresar al hotel, junto a ese violín que era pasión y tormento.

La casualidad, que suele nutrirse de las intenciones e intereses del individuo en cuestión, quiso que la lluvia sorprendiera al señor Bogarín a punto de pasar de largo el café Dante, ubicado en la plaza. Se había quedado solo leyendo la guía y confirmando que los detalles se correspondían con los edificios que iba descubriendo alrededor. La señora Leroy y la señora Dupont se habían metido en el portal del palacio Domus Nova, pero no las vio. La condesa Karimova, la señorita Pichler y el señor Mercier habían cruzado el segundo arco que llevaba a la piazza delle Erbe hacía unos minutos. El señor Álvarez-Caballero se había resguardado bajo el primero y, con la espalda apoyada en el estribo de piedra, miraba al cielo rugiente y se preguntaba si Maurizio habría llegado bien a Florencia. Henri Collet y Gustav se cobijaban en los soportales de la plaza del mercado de vegetales, donde los puestos eran ya un recuerdo. Así, don Guillermo opinó que, dado que cada cual había buscado su propia suerte, no tenía nada de malo tomarse un café mientras el tiempo mejoraba. Recordó entonces que debía consultar el periódico. Solicitó a uno de los camareros, que le hizo un comentario amable sobre la lluvia que no supo entender y al que respondió con una sonrisa confusa mientras dejaba la guía en una mesita, que le trajeran todos los números que tuvieran de *Le Petit Journal*. Asintió y se los llevó, junto al *caffè latte* y una pastita de mantequilla y canela.

Don Guillermo dio un sorbo y un mordisco, se sacudió las migas del bigote y fue abriendo los ejemplares. El optimismo que lo acompañó al ojear el del lunes y el del martes, en los que no había ni rastro del viaje, se disolvió en el del miércoles 11 de octubre. En la cuarta y última página, justo encima del mogollón de anuncios, la información meteorológica y los datos bursátiles, todo desagradablemente apiñado, se podía leer una columna al estilo de un folletín cuyo título permanente era: «Los diez de Bogarín. Un viaje por Europa».

> Aunque sus días en Florencia están siendo de gran interés cultural y han aprovechado para visitar las joyas de esta magnífica ciudad, no pueden pasarse por alto las complicaciones de las que peca cualquier experiencia viajera. Así, la señora doña Jeanne Leroy se ha ausentado de algunas de las visitas por problemas de salud. Asimismo, la falta de simpatía mutua entre el señor don Ferdinand Mercier y el señor don Maurizio Conte es más que evidente y, de hecho, han protagonizado una disputa pública en una trattoria. [...] De

cualquier modo, un grupo así no carece, en absoluto, de interés, pues son muchas las curiosidades que esperamos poder ir revelando en esta columna semanal.

El señor Bogarín soltó el ejemplar sobre la mesa como si el papel le estuviera abrasando las manos. Negó con la cabeza. Aquello era el peor de los presagios. París estaba lleno de ratas burguesas aburridas, más dispuestas a despellejar las vidas ajenas que a cuidar de sus propios fantasmas. *Le Petit Journal* los quería ofrecer como carroña para los buitres. ¿Cómo era posible?, ¿dónde se escondían esos periodistas que los seguían?, ¿acaso había sido un necio al compartir el proyecto en los círculos intelectuales parisinos?, ¿quién había alcanzado a escuchar, quién a tramar en su contra? Ese periódico tiraba más de un millón de ejemplares diarios. ¿Quién estaría leyendo la columna?, ¿cuántos? Por lo que parecía, era la primera vez que se escribía esa columna. Anunciaban que era semanal, así que saldría cada miércoles. Confirmó en el resto de los números que ya no aparecía nada en la sección «Échos de partout». Era la única buena noticia.

Ansioso, cruzó una pierna sobre la otra y, con tembleque de muñeca, cargó la pipa de tabaco. El local estaba lleno de personas almorzando y de abrigos y sombreros mojados colgados de los percheros. El *petrichor* se colaba por la puerta. Pensó en hacer memoria por si alguno de los presentes en la *trattoria* de Tomasso podía ser uno de los malditos redactores que estaba torturando sus nervios. Recordó a dos tipos bebiendo, a lo que le pareció una familia, a un caballero solitario que llegó entre la *ribollita* y el guiso de liebre. Pero no sabía con claridad, había estado más preocupado en atender a la conversación y controlar las más que palpables tensiones. Dudó si comunicar el contratiempo a los demás pero, tras meditarlo, pipa en boca, se dijo que no podía permitir que el viaje se estropease por los chismes de unos plumillas en busca de fama. Bastante había sido lidiar con las originalidades y contratiempos del señor Conte, a las que se habían visto arrastrados algunos desleales, asunto que todavía le escocía en el gaznate. Trataría de gestionarlo por su cuenta y así conceder al grupo esa calma que ansiaban en una experiencia como aquella, y poner a salvo el desarrollo del viaje que llevaba tantos meses planeando. Al fin y al cabo, tal y como indicaba la columna, eran «Los diez de Bogarín», así que él debía solventarlo. Aunque no sabía cómo. Mas el primer paso fue arrancar la última página con disimulo y devolver los periódicos al camarero fingiendo una normalidad que jamás había sido tan lejana.

La lluvia se suavizó durante media hora, lo que permitió que unos y otros salieran de sus escondites y se encaminaran hacia el hotel. Algunos tomaron el Corso Cavour, la principal arteria de la ciudad, en la que se podía apreciar la Porta Borsari, antiguo acceso de la muralla romana; otros, la via Nuova, más directa. En cualquier caso, don Guillermo tuvo que aceptar el golpe definitivo a su buen humor y asumir que aquella tarde no podrían salir del alojamiento. Desde el vestíbulo vio cómo las cascadas besaban las ventanas. De vez en cuando, los truenos avisaban del vigor del temporal y desaconsejaban salir a la calle. El hotel encendió las lámparas desde el almuerzo, con lo que se fue cargando el ambiente del dulce olor del gas. Clara hizo lo que había estado deseando desde esa mañana: en la soledad de la habitación, sacó el violín del estuche de madera y, después de comprobar la afinación, empezó a tocar. No era Paganini, era una melodía específica que tenía que oír. Siempre había pensado que la música era libre, que era lo que uno sentía que era. Nada más y nada menos.

Estaba en contra de explicarla con programas, pues era la forma artística más pura que conocía, capaz de trascender la razón. Por eso cuando alguien le recordaba a una pieza en concreto, no se hacía preguntas, solo la interpretaba y se dejaba llevar por arco, cuerdas y diapasón en una danza invisible que nadie, nunca, podría capturar.

A eso de las cinco y media de la tarde, poco antes de cenar, la señorita Pichler acumulaba varias tediosas horas. Gustav había desaparecido; el señor Figueroa y el señor Álvarez-Caballero se habían puesto a jugar a las cartas, observados de reojo por el señor Bogarín, que revisaba su cuaderno en soledad, las damas descansaban y Henri Collet leía su novela, encantado por no tener que socializar ni salir. Después del quinto paseo por el vestíbulo del hotel y del noveno comentario a los jugadores sobre lo entretenidos y concentrados que parecían, se decidió a volver a su cuarto. Sin embargo, antes de abrir la puerta, tuvo una idea. Era arriesgada pero emocionante. Avanzó hacia la zona del pasillo en la que se encontraban las habitaciones de los varones y, después de recolocarse el vestido y el cabello, llamó. En el otro lado apareció el señor Mercier, que se extrañó.

—¿Puedo ayudarla en algo, señorita?

—¿Podría combatir mi hastío? Prometo que no lo molestaré. Solo quiero compañía, un rato. Como en Florencia —propuso.

El pintor entrecerró los ojos: duda momentánea. Luego permitió que entrara. La señorita Pichler, a sabiendas de lo incorrecto que era aquello, confirmó que no había testigos en el pasillo antes de adentrarse en la alcoba. El señor Mercier la invitó a sentarse en uno de los silloncitos. Estaba escribiendo unas cartas. Thesi observó el ceño fruncido del artista en silencio. Aunque no tenía la juventud ni el porte de Juan, era un tipo bien dispuesto. Su gesto era tan irritante como sugerente. Tenía las manos gráciles y cogía la pluma como si fuera un pincel. La señorita imaginó que las letras serían para él como las líneas de un boceto. La luz de la lámpara alumbraba un papel repleto con una primorosa caligrafía. El pintor disfrutó un rato de saberse observado y, fingiendo no haberse percatado hasta ese instante, levantó la vista y la fijó en la joven.

—¿Lo estoy incordiando? Si es así, me iré. Seguro que tiene importantes asuntos que atender.

—Si quiere, puede irse. Si no, puede quedarse.

—Me quedaré entonces.

—Bien.

El señor Mercier continuó escribiendo. La señorita se levantó y se acercó a la ventana. Verona se vislumbraba tras un velo de agua. Se oyó el repiqueteo de unos zapatos corriendo a cubierto y un «¡ea!» de un conductor agobiado, acompañado por el soporífero rumor del chaparrón.

—Detesto la lluvia —afirmó ella.

El pintor se dio cuenta de que no iba a ser capaz de terminar la misiva, así que capituló. Guardó la pluma y el tintero de viaje con forma de funda de gafas y se dirigió al silloncito en el que había estado sentada la señorita. En cuanto Thesi reparó en ello, se sintió satisfecha. Consciente de sus encantos, paseó por el cuarto opinando sobre la decoración barroquizante de colchas, paredes, aguamanil, juego de café, escritorio y cortinas. El señor Mercier atendió a los comentarios de la joven, a la que corrigió en algunas de sus impresiones sobre esa corriente artística. Cuando hubo repasado cada detalle, optó por volver al sillón y acomodarse junto a él.

—Juguemos a un juego. Mirarnos sin reírnos.

—Señorita, ¿qué quiere de mí? —dijo derrotado.

—Jugar a un juego. Mirarnos sin reírnos —repitió Thesi, cautivadora.

El señor Mercier accedió. Al mirarla fijamente, comprendió todavía menos lo que estaba ocurriendo. Esos ojos grises de largas y curvadas pestañas lo hipnotizaban. Las facciones delicadas, entre gentiles y quebradizas. El cabello lacio y rubio, que parecía seda. En cada intento, Thesi reía a los pocos segundos, aumentando más si cabe el embrujo. De pronto, se puso seria.

—Como usted tiene ventaja y me está ganando todo el rato, me acabo de inventar una norma nueva. Puedo ponerle pruebas para hacérselo más difícil y jugar en igualdad de condiciones.

Había dejado de hablar con tono normal y empezado a susurrar. Thesi lo contempló con calma, como si estuviera memorizando cada detalle del rostro de Mercier. Después se fue acercando, poco a poco. Se quedó a escasos cinco centímetros de él. Sin dejar de mirarlo, buscó esas manos, célebres en un mundo que en ese momento parecía insignificante. Las acarició con pausa y, guiada por una euforia descontrolada, las colocó sobre sus mejillas. El artista sostuvo el rostro de la joven un momento sin dejar de mirarla. Rozó con la yema de los dedos su piel, nívea y suave, desde las orejas hasta los labios. En el momento en que el índice y el anular tocaron el labio inferior y lo llevaron hacia abajo con fineza, Thesi, con las palpitaciones revolucionadas, lamió los dedos decidida.

17
Voz interior

Adagio en sol menor
Tomaso Albinoni

Hacía cuarenta y cinco minutos que habían salido de la localidad de Ala, donde se encontraban las oficinas aduaneras italianas y austríacas. Habían dispuesto de media hora para gestionar el envío de los equipajes a partir de ese punto y tomar un refrigerio en el restaurante de la estación. Las autoridades austríacas también habían sido benévolas con los pasajeros y lo máximo que habían confiscado eran algunos paquetes de tabaco. La baraja de cartas de Juan tampoco les había gustado, pero, tras titubear, se la habían devuelto. La señora Leroy había tenido que pagar algunas tasas por las múltiples compras que ya llenaban un sexto baúl de la firma Moynat que había adquirido esa misma mañana. Nadie les había pedido el pasaporte. Así, inmersos en el valle del Adigio, en dirección norte, se hallaban oficialmente en tierras del Imperio austrohúngaro.

Acompañada por las armoniosas hileras de viñedos tras los cristales, a la condesa Karimova le temblaba el labio de desesperación. El derroche de la señora Leroy le resultaba vulgar y una absoluta molestia. Los caballeros, e incluso su propia doncella, habían tenido que ayudar para que el trámite de envío de baúles no le impidiera a todo el grupo tomar el tren. La condesa reconocía que ella tampoco iba ligera de equipaje, pero estaba convencida de que eran casos diferentes. Ella representaba a una familia, era una condesa, hija y nieta de príncipes, y el título exigía un protocolo específico. No la movían las apariencias, pues ya solo vestía de luto, sino el decoro ligado a su apellido. Ni su hijo Ilya, cabeza de familia desde la muerte de Nikolai, ni sus ancestros le hubieran perdonado no poner en valor la sangre aristocrática, única e inmaculada, que corría por sus venas y los hacía merecedores de inalienables privilegios de cuna. Comportarse o vestirse como una cualquiera solo mandaría un mensaje: que no era especial. Y aquello era algo que no se planteaba, pues sería una atroz mentira.

Después de casi tres semanas de viaje, sin embargo, se había dado cuenta de que la sociedad presente estaba próxima a la putrefacción. Eran contados los casos en los que, de verdad, sentía que la trataban con la deferencia debida: su adorado señor Mercier y el señor Figueroa, un grato descubrimiento. Tampoco podía quejarse del señor Bogarín, pero en los últimos días le estaban cansando sus murmuradas quejas acerca de los contratiempos del viaje. La condesa detestaba las lamentaciones. Más, si cabe, en un hombre adulto como el escritor. Era signo de debilidad. Y aquello era inadmisible. Aun así, el principal rechazo se lo generaban las mujeres del grupo. La señora Leroy y la señora Dupont eran dos pavos reales en busca de atención constante, lo que se traducía en un interés desmedido por acaparar conversaciones o por comportarse de un modo estridente y desagradable. Las compras, las anécdotas, las carcajadas y los complementos de moda, así como los litros de perfume que ambas se vaciaban encima, le resultaban repulsivos a la condesa Karimova, amante de la elegancia basada en la discreción. A su modo de ver, la señorita Pichler no se quedaba atrás. Siempre colgada del brazo de alguno de los caballeros, veía en sus ojos la necesidad de que reconocieran su belleza y encanto. La condesa la observó un instante, estaba sentada justo delante de ella en el compartimento. Miraba por la ventana. Sí, era una paloma desvalida, demasiado ansiosa por encontrar un marido que la pasease y la colmase de regalos. Aquello también le resultaba tosco, ordinario. Por no hablar de ese hermano que tenía. La condesa continuaba desconfiando del gesto, entre burlón y ambiguo, del joven. Cierto era que no solía fiarse de casi nadie, pero ese tipo le daba mala espina.

En el compartimento contiguo, la señora Leroy, ignorante del grado de desazón que le ocasionaba a la condesa Karimova, intentaba mover los dedos de los pies para combatir la hinchazón a la que la condenaban los largos viajes en tren. Por suerte, un empleado había colocado varios caloríferos en el suelo, así que, poco a poco, estaban entrando en calor. Echó de menos los masajes de Benoît. Aunque los de Pierre tampoco estaban nada mal. Ni los de Jules o los de Richard, allá en Nueva York. Extrañó entonces los brazos de un hombre. En esas semanas todavía no había catado varón y su cuerpo lo estaba reclamando. Tendría a Benoît a la vuelta, siempre disponible a golpe de telegrama o de recadero, pero reconocía que una parte de ella se había aburrido de él. Deseaba vivir experiencias nuevas, quizá con alguien un poquito más joven. Meditó si los caballeros austríacos serían apuestos. A buen seguro, a juzgar por la multiculturalidad del imperio, habría variedad. Eso le gustó. Después, por un breve instante, se preguntó si esa tendencia suya de ir de flor en flor, de coleccionar amantes, duraría muchos años más. De pronto, la perspectiva del futuro la entristeció. Pero luego recordó todos los objetos hermosos con los que había llenado el sexto baúl, fantaseó con las tiendas que le quedaban por descubrir en ese viaje y se le pasó. Pocas sensaciones eran más agradables que la de poseer algo bello. No importaba si no lo tenía a la vista en el día a día, pues solo con saber que existía y que era suyo le bastaba. Así le ocurría con los amantes desde antes de la muerte del señor Étienne y con los teatros de los que era propietaria. Decidió que era preciso enviar un cable a cada uno de ellos para confirmar que todo seguía en orden. También cayó en la cuenta de que no había escrito a su hermana desde la primera semana de viaje. Lo haría en el siguiente destino y, con cuidado de no ofender su recién estrenada y susceptible adultez, plantearía a Henri la pertinencia de que se uniera con unas líneas de su puño y letra. Pasado Trento, el tren cruzó el Adigio. El paisaje era cada vez más montañoso. La señora Leroy volvió a mover los dedos de los pies mientras oteaba las ruinas de monasterios y castillos en lo alto de los riscos. Tenía que comprarse unos zapatos nuevos.

Geneviève se daba golpecitos con el abanico de carey en la muñeca mientras divagaba sobre la pertinencia de hacer algunas compras en los próximos destinos. Aunque el señor Dupont le había advertido que no debía ser derrochona, no deseaba que nadie pensara que eran unos muertos de hambre, o peor, unos advenedizos. Ser testigo de cómo el equipaje de la señora Leroy no dejaba de aumentar había puesto en evidencia la parquedad del suyo. Solo tres baúles. ¿Qué pensarían los demás? Quizá, a sus espaldas, la llamaban tacaña o pordiosera. No podía admitirlo. Continuó dando golpecitos, nerviosa de pronto. Miró a la señora Leroy. Por lo menos ella era más hermosa. Aunque ya no era una niña, se sentía feliz por lo bien que se había conservado su atractivo a través de los años. Tal vez no era una erudita pero era, sin duda, la más bonita de las mujeres del grupo. A Clara le fallaba la actitud y la señorita Thesi era una fruta verde. Pero ella se veía como un albaricoque terso y maduro. La señorita Thesi... Debía admitir que, después de los primeros días, había dejado de interesarle conversar con ella. Había perdido el fulgor de la novedad. Y tenía la sensación de que todos sentían lo mismo, así que ya no buscaba su amistad. Hasta el señor Álvarez-Caballero se había distanciado de la joven. No le extrañaba. Aunque, en su opinión, los hombres del grupo tenían gustos más que discutibles. Ninguno estaba a la altura de su querido Antoine Dupont. Eso era otra cosa que ella tenía y la señora Leroy no. La volvió a mirar. Estaba sentada junto a la ventana, en diagonal con ella. Se le estaban cerrando los ojos y se le escapó un ronquido al dejar caer la cabeza hacia delante. Geneviève puso cara de asco. Lo cierto es que esa mujer era un despropósito en muchos sentidos. Seguro que por eso Antoine la había enviado a ella a encargarse del asunto. Continuó dando golpecitos pero Clara, que estaba justo al lado, puso la mano sobre el abanico y le pidió que parase. La señora Dupont la observó y asintió. En el fondo el mayor de sus problemas era ella. Ella y su inestabilidad. Por algún motivo que se le escapaba, parecía haber trabado amistad con el señor Figueroa. ¿De qué hablarían? Eso no le gustaba. Clara debía centrarse. Se había fiado de ella en relación con la invitación al concierto, pero pasaban las horas y no hacía nada por lograrlo. Si fallaba, si el señor Dupont se enteraba, si destruía su matrimonio, si la abandonaba por ese error..., jamás podría perdonárselo. Antoine no toleraba la decepción. Se lo había repetido muchas veces. Volvió a dar golpecitos con el abanico para desespero de la violinista.

Aunque se había prometido ser paciente con la señora Dupont, el soniquete del carey contra los botones dorados de las mangas del vestido esmeralda era muy molesto. Durante buena parte del trayecto, Clara intentó mantener la mente en blanco para ser capaz de relajarse y aquello no ayudaba. Probó a poner atención en los detalles del ambiente. Se fijó en que, desde hacía algunas paradas, los anuncios de los nombres se hacían en italiano y en alemán. Así, habían dicho Neumarkt y Egna, Branzoll y Bronzollo o Botzen y Bolzano. Antes de llegar a esta última, siguió con la mirada las agrupaciones de casitas en las pendientes que quedaban a la izquierda. El Adigio se fue estrechando y estrechando hasta perderse para el ojo humano. Como si el curso del río fuera su templanza, pasado Bolzano, la mente se empezó a llenar de ideas. Pensó en lo que le había dicho Jacobo sobre rebelarse y lo tildó de incauto. Después se sintió mal por haber compartido con él una idea tan absurda. ¿Qué habría pensado? Ninguna violinista, ninguna música tocaba composiciones propias. Sabía de algunas que lo habían intentado: la señora doña Clara Schumann o la señora doña Amanda Röntgen-Maier. Pero ¿quién se acordaba? Ambas habían languidecido a la sombra de sus respectivos maridos y, como le había indicado Geneviève, a nadie habían importado sus partituras. La vergüenza por su audacia fue tan intensa que notó cómo las mejillas se le sonrojaban.

Miró de reojo a la señora Dupont, que ahora ojeaba el número de *L'Art et la Mode* que se había comprado para el viaje. Agradeció tenerla al lado, beneficiarse de su sensatez cuando a ella le faltaba. Había estado a punto de mandarlo todo al traste, el trabajo de todos esos años, por una impetuosidad de cría. Ya le había pasado en otras ocasiones. Si echaba la vista atrás, coleccionaba demasiados errores. Era evidente que necesitaba una guía, que sin los señores no sería nada, no sería nadie. Era una gran violinista, sí. De eso estaba segura casi siempre, salvo en los peores días. Pero no era buena tomando decisiones, ni siendo estratégica, ni pragmática. Era un milagro que los Dupont no se hubieran hartado de ella a esas alturas. A fin de cuentas, aunque no recibía las atenciones pasadas, estaban brindando oportunidades a gente más joven, lo cual era justo. Era un ser detestable por no entenderlo a veces, por ansiar ser la única, por querer tener todo a su alcance. Quizá cuando Jacobo descubriera cómo era de verdad, toda la admiración que le profesaba se desintegraría. E incluso iría a la tumba de su esposa a suplicarle que, allá dónde estuviera, la despreciara. La quinta aguda y desafinada empezó a sonar, sudor en las manos, una arcada. Intentó distraerse repasando los bordados de las cortinas, el latón y el cristal de la lámpara de aceite, todavía apagada, analizando los trajes sastre de pana y las chaquetas de paño del resto de mujeres del compartimento, echando un vistazo a los redingotes y las capas de los figurines de la página en la que se había detenido la señora Dupont. La tensión siempre la terminaba alcanzando y estaba agotada. El tren se metió en un túnel.

A diferencia de los compartimentos de mujeres, en los de hombres, salvo en los específicos de no fumadores, flotaban nubes de humo e impregnaban del aroma a tabaco las cortinas y el terciopelo de los asientos. Aunque el señor Mercier no encontraba placer en los cigarros ni en las pipas, sí había desarrollado una estrecha amistad con el láudano desde la juventud. Sin embargo, desde hacía un tiempo, había logrado controlar el consumo. Lo reservaba para grandes y puntuales ocasiones, a menudo después de una intensa jornada de trabajo frente al caballete, abrazado por el aroma, ora dulce, ora terroso del óleo. Amante de los paisajes urbanos, gracias a los que se había hecho un nombre, ignoró completamente la panorámica de más cultivos de vid que le ofrecía la ventanilla. Estaba ocupado con ese bosquejo a carboncillo en su pequeño cuaderno. El señor Bogarín, al lado, se había quedado dormido leyendo una de sus guías, que reposaba, abierta, sobre el chaleco azul y subía o bajaba al ritmo de la respiración del literato.

Ese día Mercier estaba inspirado. Y no podía negar que, en parte, la responsabilidad era de la señorita Pichler. La forma en la que se había rendido ante él el día anterior era mejor que cualquier droga. Aunque había sido inesperado, en el fondo, no le extrañaba. Era lógico que aquella señorita hubiera quedado fascinada por su éxito e intelecto tras tantear a los galanes más evidentes. No negaba que el señor Álvarez-Caballero pudiera resultar atractivo a simple vista, pero, nada más escucharlo hablar, toda mujer debía reconocer que era un mentecato, un necio, un inútil. A fin de cuentas, cualquiera podía crear una empresa de transporte de mercancías, pero solo para algunos estaba reservada la posteridad del artista. Era preciso tener genio, un don. La señorita Pichler se había dado cuenta a tiempo. Estaba convencido de que había hecho que disfrutara. Sí, había gozado. Por supuesto. ¿O no? Esa alternativa era inadmisible, vergonzosa. Imaginó a la señorita Thesi regresando a los brazos del señor Álvarez-Caballero en busca de aquello que él no había sabido proporcionarle. No podía ser. Ese tipo era un simple. Lo detestaba profundamente. Y también a su amigo el arquitecto. Eran un auténtico dolor de cabeza, dos tipos de opiniones deleznables. ¡Abominables! Cerró el cuaderno de golpe. El carboncillo se cayó al suelo.

Al inclinarse para cogerlo golpeó la pierna de don Guillermo, que se despertó. El señor Mercier se disculpó y echó la culpa al maldito y estúpido carboncillo. El escritor asintió. Sacó el reloj del bolsillo de la chaqueta de estameña. Eran las cuatro y veinticinco de la tarde. Apreció cómo las manecillas avanzaban con dificultad, como si ansiaran retener minutos y segundos. Albertine le había dicho un millar de veces que ese reloj era una antigualla y que terminaría fallándole en el momento menos oportuno, pero él se resistía a comprarse otro. Se lo había regalado su abuelo, el hombre al que más había admirado en su vida, el que primero había leído sus escritos, el que lo había animado a buscar fortuna en París. El señor Bogarín sentía bastante apego por los objetos y le resultaba desagradable desprenderse del pasado. Por eso alargaba el uso hasta la rotura. Eso sí, sin llegar a la impudicia. Un caballero debía cuidar las apariencias.

Así, el traje que llevaba, cada una de las prendas, tenía cerca de quince años. Aunque su sastre de confianza le había hecho algunos arreglos. Su maleta extensible de cuero marrón tenía diez. El juego de aseo de viaje, con robustos mangos de hueso, ocho. Se sentía orgulloso del mantenimiento que realizaba de sus pertenencias. Y es que no disfrutaba, en absoluto, de comprar. Por eso no llegaba a entender a la señora Leroy. Era una querida amiga, pero, en ese viaje, había descubierto que le ponía de los nervios, máxime desde su acto de deslealtad con la excursión a Rávena. Esa facilidad para gastar era demencial. A él le producía una mayor satisfacción producir o saberse con ahorros. No podía decir que disfrutara con ello, era más una sensación de sosiego. De hecho, a veces se preguntaba si era capaz de disfrutar con algo. Le estaba ocurriendo con ese viaje. Siempre angustiado, de aquí para allá. Pasaban los días y solo veía contrariedades. Y encima aquel grupo que con tanto celo había seleccionado había resultado ser una panda de ingratos. Nadie hacía caso a sus recomendaciones, pero todos buscaban su ayuda para las gestiones más tediosas. Y además estaba el asunto del periódico. «Todo lo tengo que hacer yo —se dijo—. Y ¿para qué?, ¿para que pisoteen mis planes y me ninguneen?, ¿para que nadie me dé las gracias como merezco?», se compadeció.

El ferrocarril cruzó en varias ocasiones el río Eisak. A los lados, acantilados de pórfido y pueblitos salpicando las verdes llanuras. Dos empleados entraron en los compartimentos de primera clase para confirmar que estaban a buena temperatura gracias a los caloríferos y para encender las lámparas. Juan, que celebró que no le hubieran quitado los naipes, jugaba a uno de esos solitarios con los que mataba las horas de tren en otro compartimento. Mientras recogía las cartas de la última derrota a sí mismo, las peores de todas, reflexionaba sobre lo impulsivo que era, a veces, en la toma de decisiones. Se había comprometido por miedo a que se descubriera que le gustaban los hombres. Había accedido a realizar el viaje por miedo a perder a Maurizio. Dado que creía que había acabado ocurriendo, podía concluir que el viaje había sido una mala idea. No estaba siendo agradable. Y encima estaba perdiendo horas de trabajo. En los últimos años, su realidad era trabajar y trabajar. Desde la salida del sol hasta el crepúsculo. Le encantaba. Sobre todo cuando obtenía grandes beneficios, cuando cerraba una negociación que parecía imposible. Tenía una suerte de adicción. Por eso era tan complicado para él verse allí, en medio de Europa, con tantas dudas y tan pocos resultados. Esa mañana se levantó y, de repente, decidió ir a Florencia. Inventarse una excusa y solucionar todo con Maurizio. Quizá sí había una posibilidad de vivir allí y envejecer juntos. A Juan la horrorizaba la perspectiva de envejecer. No, aquello no era para él, había pensado solo cinco minutos después. Regresaría a París con el acuerdo con los señores Dupont bajo el brazo y todos le aplaudirían. Aunque a lo mejor era recomendable escribir a Maurizio...

Pese a que era bueno disfrazando sentimientos, el delicado estado de ánimo de Juan no le pasó inadvertido a Jacobo, ducho en captar matices. Sobre todo en lo que respectaba a su familia o a sus amigos. Estaba preocupado por él. Desde Bolonia apenas bromeaba y parecía distraído. Al principio lo había achacado al cansancio del viaje o a lo desagradable que había sido tratar con el señor Bogarín tras todo el asunto de Rávena. Pero no, era algo más. Quizá estaba teniendo dudas sobre el compromiso con la señorita Girard o había recibido una mala noticia vinculada a los negocios. No sabía. Pero, por experiencia, estaba convencido de que no diría nada y que un día, de sopetón, volvería a ser el de siempre. Otra que le preocupaba era la señorita Balaguer. La rendición más absoluta se había dibujado en su rostro mojado bajo la Loggia dei Consiglio. No llegaba a comprender cómo había accedido a creer que lo que había compuesto no importaba. Sí, quizá no era relevante para el gran público. Era cierto que no conocía casos de mujeres compositoras. Pero a él le parecía que una pieza salida de una mente que vivía la música como Clara no podía quedarse en un cajón sin ser interpretada. Debía oírse, disfrutarse. O, por lo menos, debía existir. Al pasar Brixen, los castaños y las vides desaparecieron. Nada quedaba de la vegetación meridional. Jacobo frunció el ceño y se obligó a dejar de dispersarse en problemas ajenos. Se había embarcado en ese viaje con una meta muy concreta. Era lo más importante y no podía permitirse un paso en falso. El señor Bogarín apareció entonces por el pasillo, abrió la puerta del compartimento y les indicó que se disponían a tomar algo de cena en el vagón restaurante. Jacobo asintió y avisó a Juan, que se había extasiado con el dos de corazones. Henri Collet y Gustav, enfrente, también se unieron. Las mujeres ya estaban allí.

Cuando el joven Collet regresó al asiento, el de la ventanilla, experimentó un gran regocijo. Después de un rato socializando, era placentero volver a la novela, a la soledad. Gustav se sentó a su lado y jugueteó con una caja de cerillas de plata con hermosos grabados florales. Henri se dejó cautivar por el paisaje, más salvaje y abrupto a medida que se internaban en la inconmensurable belleza del corazón de los Alpes. La cena del tren no había estado mal, pero había disfrutado mucho más la *pastissada de caval* que había tomado en el restaurante del hotel de Verona. O los *fritole* que había catado en el desayuno. Al pasar Sterzing, las formas del terreno se hicieron caprichosas. Y más todavía cuando llegaron al paso del Brennero. En una obra de ingeniería que quitaba el hipo, la vía bajaba y subía pendientes de gran inclinación, se internaba en túneles y discurría sobre puentes. Espesos bosques de coníferas se alternaban con las aldeas de madera en esas praderas inclinadas de lozana hierba a las que la despedida del sol confería un tono verde cobalto. Poco a poco, las ventanas de las viviendas empezaron a centellear en el anochecer. En la lejanía, picos que, como si se tratara de cíclopes petrificados, vigilaban faldas y valles con aterradora calma. La imaginación de Henri inventó monstruos y brujas, hadas y magos agazapados en granjas aisladas, de las que solo se apreciaba el humo saliente de las chimeneas y el débil fulgor de la lumbre, hogar de pócimas y hechizos. Al adentrarse en el profundo cañón del río Sill soñó despierto, envuelto en la luz anaranjada y el olor a carbón, aceite, madera y cuero del compartimento, con héroes despeñados y criaturas demoníacas capaces de trepar por las paredes rocosas del desfiladero. El farol de la locomotora surcaba la oscuridad; los guardagujas, ocultos en la noche, como cerberos del destino.

Al pasar por Patsch, el señor Bogarín se asomó para avisarles de que su parada estaba próxima. A Henri le molestó especialmente tener que despedirse de ese momento de fantasía. Asintió. A los diez minutos, el señor Figueroa les recordó que tenían que irse preparando para bajar. Al estudiante le irritaba la paternal amabilidad de aquellos dos tipos. Sentía que lo infantilizaban, que no lo trataban como a un igual, sino como a un sobrino o un hijo. Eso lo irritaba. También su constante simpatía. Nadie podía ser tan simpático. De hecho, sabía que no lo eran. Don Guillermo siempre se había mostrado atento con Henri, pero después lo había condenado a dormir con su tía en Florencia. «Espero que no haya más sorpresas en lo que queda de viaje», pensó mientras se incorporaba, echándose el saco de mano a la espalda. Aquello había sido un auténtico bochorno. Y no iba a admitir más. Cuando el tren perdió velocidad, Henri siguió a los otros tres hacia la salida del compartimento. Uno a uno bajaron los estribos que llevaban al andén. Gustav dio ligeras patadas al aire con las piernas para desentumecerlas. A pesar de que había paseado por el corredor cada cierto tiempo, se le habían agarrotado. En el apeadero de la estación se reagruparon todos. Don Guillermo, con un tono que dejaba patente que no estaba de buen humor, instó al grupo a que lo siguiera a la oficina de equipajes, donde los empleados de la estación estaban dejando los baúles que viajaban en el coche de las maletas. Hicieron caso, pertrechados con esos tiques de cartón que rezaban qué bulto era de quién. Thesi observó cómo su hermano pasaba junto a ella airado, sin mirarla. Todavía seguía enfadado. Ella también. Habían discutido esa mañana y no se hablaban desde entonces.

—Bienvenidos a Innsbruck —les dijo en alemán un empleado de la estación.

18
Gesucht

Marcha Radetzky, op. 228
Johann Strauss I

Asomarse a la ventana y que la vista lo obsequiase con los picos nevados de los Alpes le llenó los pulmones de optimismo. Abrió, se aproximó a la balaustrada, acariciada por los primeros rayos de luz de la mañana, y respiró hondo para beneficiarse de ese aire frío e incorrupto. Juan se sentía perdido, en medio de la nada, como una mota en la vastedad de ese heterogéneo imperio. Pero durante unos minutos no le importó. Descamisado y todavía somnoliento, se fijó en que una señora que pasaba por la amplia plaza, pertrechada con un sombrero de plumas, un abrigo largo, una estola de piel y un chiquillo cogido del brazo, lo miraba escandalizada, bajaba la vista y aceleraba el paso, azuzando al niño. Tímido, se retiró de la ventana y continuó disfrutando de la estampa en privado. Desde la habitación se veía la estación a la que habían llegado la noche anterior. No era muy alta. De hecho, Juan podía apreciar la humosa locomotora del tren que acababa de parar. La plaza era diáfana y la ocupaban algunos árboles que ya habían empezado a perder las hojas, bancos de madera, farolas de forja y una fuente no muy grande en el centro. Los edificios que la cerraban, además de la estación y el hotel, eran recios y señoriales, de muros claros y tejados oscuros. Juan era capaz de ver a otro viajero en una de las ventanas del hotel de l'Europe que, junto al Tirolerhof, en el que se hospedaban, formaban el flanco norte de la plaza de la estación. Pero, sin duda, lo que más le hipnotizaba era la forma en que esa pequeña ciudad parecía engullida por el relieve simpar del Tirol, injerencia humana en mitad del delicioso fluir de la naturaleza.

Austria-Hungría había sufrido una gran transformación en los últimos veinticinco años. En realidad, como casi toda Europa, como casi todo el mundo. En 1867 se había firmado el Compromiso por el cual el Imperio austríaco, configurado tras la disolución del histórico Sacro Imperio Romano Germánico en 1805 y ratificado en el orden europeo diseñado en el Congreso de Viena de 1815, había pasado a ser Austria-Hungría, paraguas de una doble monarquía, la austríaca y la húngara. Este pacto también había transformado el tradicional sistema absolutista, recuperado tras la derrota de Napoleón a principios del siglo XIX y consolidado en los primeros años de reinado del emperador Francisco José I, en uno más cercano al estado liberal de derecho. Se había dado la bienvenida al parlamentarismo en ambos reinos, inmortalizado en piedra con los dos sensacionales parlamentos de Viena y Budapest, aunque, dos décadas después, su funcionamiento dejaba mucho que desear. En común solo quedaron tres ministerios: defensa, asuntos extranjeros y hacienda. Un cambio de tal magnitud no se había producido porque sí. Y es que las unificaciones de los dos nuevos países europeos —Alemania e Italia— en la década de 1860 habían cristalizado, en parte, a costa del Imperio austríaco, que había acumulado derrotas por doquier con la consecuente pérdida de territorios. Además, tras su incomprendida neutralidad en la guerra de Crimea, entre 1853 y 1856, Austria, que había sido árbitro de la política europea desde el Congreso de Viena, había quedado aislada. Las cuentas tampoco iban bien y se habían empezado a oír voces de que el mismísimo Otto von Bismarck, artífice de la unificación alemana desde Prusia, estaba dispuesto a apoyar a la nobleza magiar en su lucha por la autonomía total, reforzada por la corriente romántica nacionalista. Así, el emperador Francisco José I, contra las cuerdas, había cedido soberanía para garantizar la supervivencia del imperio del que, no obstante, continuó siendo líder como emperador y como rey de Hungría. A fin de cuentas, era la fidelidad a la casa Habsburgo lo que unía el crisol de las más de una decena de nacionalidades distintas que habitaban desde el Tirol hasta Galitzia o los Balcanes.

No obstante, además de la quiebra de la bolsa de Viena con la crisis de 1873, el imparable ascenso de la burguesía en el escalafón social, la disfuncionalidad de los parlamentos o las aspiraciones nacionalistas en el seno de la doble monarquía, una de las protagonistas indiscutibles de esa época era la esposa del emperador, la emperatriz Isabel, también llamada Sisi. Oriunda de Baviera, era conocida por los muchos viajes que acumulaba a las espaldas y por los numerosos rumores en torno al matrimonio.

—Sería una suerte coincidir con ella. He leído que la familia imperial tiene una casa en Bad Ischl que está en esta zona del imperio —comentó la señora Dupont.

—Siento sacarla de su error, señora Dupont, pero Bad Ischl está a cierta distancia de aquí. Es poco probable que, de estar pasando una temporada en el palacio que poseen allí, tengamos la fortuna de coincidir —le indicó el señor Bogarín.

Paseaban por el Hofgarten, elegante vergel en medio de la urbe, tras haber almorzado en el restaurante que allí se encontraba. Por la mañana habían cambiado algo de efectivo a florines en una oficina bancaria y habían visitado la Hofkirche y ese monumento al emperador Maximiliano I que ocupaba el centro de la nave. Las mujeres, con las sombrillas de seda abiertas, estrenaban la ropa de abrigo más cálida del arsenal de baúles. La señora Dupont portaba un abrigo largo de cibelina azul; la señora Leroy, una capa de velur con cuello Médici rematado en piel. El señor Bogarín, aunque no se apreciara a simple vista, se había vestido con ropa interior de lana y camisa de franela para combatir la bajada de temperaturas apreciable en la región alpina.

—Sí, además, la emperatriz siempre anda de aquí para allá. Con gran probabilidad, Austria-Hungría es el último sitio en el que podríamos verla —apostilló la señora Leroy—. Hablando de la familia imperial, lo que es realmente misterioso es la muerte del heredero, el príncipe Rodolfo. ¿Qué pudo pasar por su mente para asesinar a su amante y después pegarse un tiro? ¡Era el siguiente en la línea de sucesión!

—No puedo ni imaginarlo, señora Leroy. Pero esa familia parece estar marcada por la tragedia y el escándalo —opinó la señora Dupont—. Miren, si no, lo que pasó también con el primo de la emperatriz, al que llamaban el rey loco de Baviera.

—Ese fue el que se ahogó en un lago junto a su médico hace unos años, ¿verdad? —se interesó la señora Leroy.

—El mismo. Solo tres años antes del suicidio del heredero de Austria-Hungría... Una auténtica lástima —comentó la otra.

—Bueno, quizá es interesante reflexionar sobre la tendencia a la enfermedad de esa familia. Al final, todas las grandes casas han ido cayendo por el deterioro de la descendencia. Eso no pasa en las repúblicas —apostilló el señor Bogarín.

—Cierto es —confirmó la señora Leroy y, sin más, volvió al rey Luis II de Baviera—. Dicen que el rey loco construyó fabulosos castillos en las montañas del sur de Alemania. Me han comentado que son de cuento. ¿Pasa nuestra ruta por allí, señor Bogarín? Me encantaría verlos. Hablan de salas que parecen grutas mágicas y de muros decorados con pinturas basadas en la obra del señor don Richard Wagner, del que el rey era ferviente admirador.

—No, no pasa, señora Leroy. Tendrá que ir en otro viaje —dijo Bogarín tajante, negándose a valorar más modificaciones en el itinerario original.

El grupo pasó de largo el teatro y los edificios de la universidad y se detuvo frente a la imponente fachada barroca del Hofburg o Palacio Imperial. Jacobo dio algunos datos sobre la construcción y continuaron. Por un arco que habían ignorado al salir de la Hofkirche antes del almuerzo, se internaron en la coqueta Hofgasse, calle que los llevó hasta el famoso tejadillo dorado, el Goldenes Dachl. La luz de ese fresco día de otoño se reflejaba en las curiosas tejas de cobre que remataban ese mirador de principios del siglo XVI. Los detalles de los frescos y de los relieves en las barandas y columnas de arenisca lo convertían en una valiosa obra de transición entre el Gótico y el Renacimiento. Lo había mandado construir el archiduque de Austria, y emperador del Sacro Imperio Romano Germánico, Maximiliano I —el abuelo del muy célebre Carlos I de España— que, a finales del siglo XV, se había hecho con el control del Tirol.

Los ojos de Clara, que se había puesto un abrigo largo marrón sobre el traje sastre, brillaron al contemplar el tejadillo y escuchar la historia que habían tejido el señor Bogarín y el señor Figueroa. Cuando prosiguieron, la violinista preguntó al arquitecto por el edificio que hacía esquina con Herzog-Friedrich-Strasse. Era la casa Helbling, de fachada rococó, extraño contrapunto en esa vía con viviendas de apariencia medieval o renacentista. Avanzaron por la mencionada calle con parsimonia, disfrutando del aspecto pintoresco de esa villa, oteada por escarpadas cimas y sinuosas laderas por los cuatro puntos cardinales. En un momento dado, el señor Bogarín solicitó ayuda al señor Figueroa para interpretar el plano de la guía y Clara se quedó sola. La señora Dupont, avispada, no desaprovechó la oportunidad para alcanzarla y, con fingida indiferencia, hacerle un comentario sobre lo interesante que era el señor Figueroa.

—Ya he visto que parecéis tener mucho en común.

—Bueno, ya sabes, somos españoles lejos de casa. Y es un hombre encantador.

—Y apuesto —añadió la señora Dupont.

Clara levantó una ceja y la miró.

—Sí, eso también.

—Hum... —asintió—. Espero que no te lleves a engaño con nada de lo que él pueda decirte. Los viajes son maravillosos —dijo y aspiró—. Sí, son una maravilla. Pero son también una suerte de ficción. Y este más todavía. A pesar de lo exasperante que resulta a veces, el señor Bogarín ha conseguido crear una situación en la que las personas que no hablarían, hablan; las que no se conocerían, se conocen; y las que no confiarían, confían. Por eso mismo una debe pensar con la cabeza en todo momento y dar solo los pasos que tienen sentido en París. París es la realidad, no esto.

Clara asintió.

—Lo sé. Pero no entiendo por qué me lo dices...

—Lo digo porque, por muy inteligente y amable que pueda ser el señor Figueroa, no conocemos sus antecedentes, tampoco sus intenciones. No me gustaría nada que te fiaras de él y pasara lo mismo que con el señor don Yves Duhamel. Una mujer tiene que aprender de los errores para no repetirlos. Y te adelanto, querida, que tú, en concreto, no puedes repetirlos.

La señorita Balaguer bajó la vista sin querer, avergonzada. Continuó caminando. Por suerte, la condesa Karimova y el señor Mercier se unieron a ellas y pudo retirarse de la conversación. La señora Dupont tenía razón. ¡Cuánta razón tenía, sí! Pero qué injusto que hubiera sacado una precipitada conclusión de su floreciente amistad con el señor Figueroa. Esperaba que nadie más pensara que ella era una boba ilusa. ¡Esperaba que Jacobo no hubiera interpretado así su simpatía! En lo más profundo de su ser, detestó que hubiera personas capaces de introducir en las venas la ponzoña de la desconfianza y estropearlo todo. Pero ojalá hubiera sido así con Yves. ¿Pensaría en ella? Se sacudió las elucubraciones con un leve movimiento de cabeza y puso interés en volver a la charla, salvavidas en ese torbellino que la absorbía hacia el fondo de un mar tenebroso.

Por su parte, el señor Mercier lanzaba vistazos a Thesi, que caminaba junto a Juan. Este, más animado, como había predicho Jacobo, había visitado la oficina de correos esa mañana y, en ese paseo por el centro de Innsbruck, estaba aprovechando para limar asperezas con la señorita Pichler. El pintor, sin embargo, desconocedor del cariz de la conversación que mantenían, sintió cómo los celos se le aferraban a las tripas y cómo se le agriaba el ánimo. El señor Bogarín, tras la asistencia del arquitecto, indicó al grupo que siguieran de frente por Maria-Theresien-Strasse hacia el Landhaus. Toldos y letreros decoraban los inmuebles de ambas márgenes de la vía. El tráfico de primera hora de la tarde tenía cierto nervio, pero no alcanzaba los niveles de las grandes ciudades. Una colección de ventanas de marco blanco controlaba el ritmo parsimonioso de los peatones y los contados carruajes que pasaban por allí. Caballeros con bastón, sombrero de copa, canotier o bombín. Damas cuchicheando. La calma rota por la irrupción de una carreta descontrolada y un ómnibus que anunciaba parada.

Los viajeros rodearon la fabulosa Annasäule, una columna de mármol dedicada a santa Ana. Antes de llegar al Landhaus y la oficina de correos, giraron hacia Margarethenplatz.

Gustav y Henri continuaban con esa costumbre suya de permanecer en silencio. Empleaban la mínima energía para controlar que seguían caminando juntos y que no se perdían del grupo, pero poco más. Por ese motivo, el joven Collet apenas percibió el gesto de preocupación que se dibujó en el rostro del señorito Pichler cuando pasaron al lado de una de esas columnas concebidas para pegar carteles y anuncios. Gustav lanzó una mirada cargada de resignación a Thesi, que continuaba parloteando con Juan, entre afable y digna. Supo enseguida que debía encargarse solo de ese asunto, así que cuando el grupo regresó al hotel y la ciudad se sumió en la oscuridad, regresó. Se dirigió a la columna con decisión y, tras comprobar que nadie lo veía, arrancó uno de los carteles y después el que estaba debajo, parcialmente visible. Decidió recorrer la ciudad en busca de más. No podía arriesgarse. Solo encontró otro en una de las columnas del Rennweg y otro más junto a la oficina de correos. Estaban descoloridos y tapados con advertencias más recientes. Eso era buena señal. Pero, aún así, no debía quedar ni rastro. Cuando terminó, se dirigió a una cervecería que estaba en Maria-Theresien-Strasse. Echaba de menos el sabor suave y amargo de una buena *helles*. Aunque el dueño hablaba su idioma, Gustav era parco en palabras en cualquier lengua, así que solo intercambió el par de chascarrillos necesarios para convencerlo de que le dejara a deber la comanda hasta la mañana siguiente.

En el pasillo del hotel volvió a confirmar que no tenía compañía y dio dos toques a la puerta de la habitación de su hermana. Thesi abrió extrañada, parecía que se disponía a salir.

—¿Dónde estabas? Has faltado a la cena. El señor Bogarín se ha ofendido.

—Al cuerno con el señor Bogarín —dijo entrando sin permiso.

Gustav sacó del bolsillo de la chaqueta los tres carteles y los puso de mala gana sobre la cama.

—Te lo dije, hermanita. Te lo dije y no me hiciste caso.

—¿Qué ocurre?

Thesi, que había cerrado la puerta, se acercó a los papeles. Los ojos grises se abrieron al contemplar esos mensajes en los que se alertaba de su existencia. Era otro apellido con el que los buscaban, pero algún indeseable había detallado las facciones de los hermanos a un dibujante que había realizado dos retratos que, si bien no eran perfectos, sí que se daban un aire.

—Te advertí que volver era peligroso. Pero tú te empeñaste. ¡Como con todo en este viaje! ¡Maldito viaje! —exclamó dando una patada a la cama.

—Estuviste de acuerdo cuando lo planeamos al principio, Gustav. Sabíamos que había una posibilidad de que fuera arriesgado. Pero este es nuestro golpe definitivo. Eso dijimos.

—No, no, hermanita. Se suponía que tú debías conseguir que el empresario español se quedase contigo en Italia.

—¡Y qué culpa tengo yo de que ese cretino esté prometido! Pensé que sería una opción viable, era lo que parecía al principio.

—Si fueras lo bastante buena, habrías conseguido deshacer ese compromiso.

Los hermanos se miraron fijamente, desafiantes.

—Ya lo he arreglado. Tengo al pintor comiendo de la palma de mi mano. Ahora mismo me disponía a hacerle una visita.

Gustav se sentó en la cama y sacó la caja de cerillas de plata. Empezó a juguetear con ella.

—Para el plan que tenemos no nos interesa que piensen que eres una fulana, Thesi. Deberías saberlo.

—Quizá para que alguien como el señor Álvarez-Caballero me vea como una posible esposa no, pero el señor Mercier es distinto. Es un artista. Y los artistas se obsesionan. Sobre todo, si una se convierte en su musa, en la fuente de inspiración de su más arraigada pasión. Si el señor Mercier me necesita, no habrá nada ni nadie que me impida convertirme en su mujer. Con todo lo que ello conlleva. El señor Mercier es ilustre y tiene dinero. ¿Qué más podríamos pedir?

Gustav se levantó y se dirigió al juego de aguamanil. Cogió el bacín, metió los papeles y lo puso en el suelo. Sacó una cerilla de la caja y la encendió. Prendió los carteles.

—¿Qué haces? ¿Por qué lo quemas aquí? El olor... —protestó Thesi, que se acercó. Él la detuvo con el brazo.

—Chisss, calla.

Los hermanos Pichler contemplaron cómo el fuego consumía el mensaje que advertía de los timadores y ladrones hermanos Wilk y que alertaba de que estaban en busca y captura en todo el imperio. La parte en la que contaba, con tipografía gótica, que llevaban «más de veinte estafas conocidas a caballeros respetables» se carbonizó para el alivio de ambos, como si la desintegración de los carteles supusiera la exculpación de los delitos que acumulaban desde que eran niños.

—¿Te ha vuelto a preguntar el señor Bogarín por el pago? —se interesó Gustav sin dejar de mirar la pequeña fogata.

—No.

El joven se giró entonces hacia su hermana y se acercó a ella. Airado, la tomó de la mandíbula con brutalidad. Apretó.

—Ya puede salir bien lo del pintor. Ya puedes conseguir que, al llegar a París, se encargue él de todas nuestras deudas.

El cálido aliento a cerveza rozó la cara de Thesi.

—Saldrá todo bien. Te lo prometo —alcanzó a decir.

Gustav la miró fijamente sin dejar de constreñirle las mejillas. De pronto, sonrió y la soltó.

—Más te vale. Que vaya muy bien esa visita al catre del pintor. El éxito en las sábanas te precede, así que confío en que esta no sea la excepción, mi dulce y ambiciosa meretriz.

Sin añadir nada más, se fue del cuarto. Thesi comprobó que ya no quedaban restos de los carteles en el bacín y echó el agua de la jarra para terminar de apagar el fuego y no tener problemas. Antes de cumplir su palabra y visitar al señor Mercier, se miró en el espejo de marco dorado rococó que había colgado en la zona de lavado. Se pasó la mano por el rostro dolorido por cómo su hermano se lo había agarrado con brusquedad. Después, sin darle mayor importancia, se recolocó el cabello en el moño *chignon*.

Era cierto que los hombres se le daban bien. Lo había descubierto pronto, demasiado pronto. Pero, gracias a su atractivo, Gustav y ella habían hallado una forma de ganarse la vida: timando a caballeros pudientes que se encaprichaban de la joven y comenzaban a colmarla de regalos, a hacerle favores. Por preferencia, durante esos años, los habían escogido casados. La clandestinidad potenciaba las decisiones emocionales y los frenaba a la hora de poner denuncias cuando se sabían timados. Y eso venía muy bien a esos dos hermanos que, en los últimos diez años, habían tenido tantas identidades que ni siquiera ellos las recordaban. Sin embargo, después de huir de Austria-Hungría y de llevar a cabo varios golpes menores en Francia, habían decidido aspirar al engaño definitivo, el que los alejaría de esa vida criminal que cada vez se hacía más peligrosa.

Por ese motivo habían ido a Aix-les-Bains, donde habían sabido que se retiraban las grandes fortunas a tomar las aguas. Allí esperaban encontrar un soltero ricachón que terminara casándose con Thesi, supuesta hija de un terrateniente de Galitzia. Después de diez días analizando perfiles, para lo que se colaban en los vestíbulos de los más destacados hoteles, Thesi había descubierto al nervioso y amable señor Bogarín. Aunque, por un momento, su objetivo fue él, pronto reconoció que el escritor le mostraba una ternura paternal. No obstante, la noticia de que viajaba con un grupo de célebres personalidades fue el combustible necesario para ese golpe maestro. Thesi apreció enseguida el interés de Juan por conversar con ella y ganarse su simpatía, lo que fue motivo suficiente para aceptar unirse a un viaje que no podían permitirse. El acuerdo entre los hermanos había sido que Thesi se las ingeniaría para manipular al empresario y quedarse en Italia por su cuenta. También para librarse de pagar un solo franco. En Turín, al contrario de lo que imaginaban todos, se habían hospedado en una pensión infestada de pulgas. No tenían dinero para más. El equipaje que llevaban lo habían robado en la estación de Marsella. El efectivo con el que habían pagado los trenes hasta Génova y el alojamiento de Turín, así como con el que estaban costeando los pagos menores, como las entradas a museos, los taxis o los almuerzos fuera del régimen de *table d'hote* eran todos los ahorros que los hermanos Pichler habían amasado gracias a sus últimos delitos. Unos ahorros que no dejaban de mermar para pánico de ambos... Pero Thesi había confiado en que lo lograría, todo se solucionaría y ya no tendrían que preocuparse por ahorrar. Sin embargo, desde Florencia todo había empezado a torcerse. Al ser consciente de que, muy probablemente, tendrían que cruzar la frontera austríaca, Gustav había comenzado a pensar que había sido un error salirse de la idea inicial. Así que Thesi había tenido que buscar alternativas sin dilación. Odiaba cuando Gustav se enfadaba. Por esa razón no había podido dejar pasar la oportunidad del señor Mercier y su lasciva mirada en el salón del *palazetto*. Pero su hermano se impacientaba y la perspectiva de volver a Austria-Hungría había provocado una fuerte disputa entre ellos antes de salir de Verona. Y el hallazgo de los carteles lo había empeorado todo.

La joven se mordió el labio para enrojecerlo y, tras confirmar que no tenía marcas rojas en los pómulos, recuerdo de la agresividad de Gustav, salió de la habitación.

19
Lo pretérito

Sueño de amor, nocturno n.º 3,
«O lieb, so lang du lieben kannst»
Franz Liszt

Clara miraba extasiada las gotas que, siguiendo la dirección del vello, le recubrían el brazo cada vez que lo sacaba del agua templada del baño. La señora Dupont, la señora Leroy y ella habían aprovechado para visitar, durante el horario de mujeres, el establecimiento de baños que se encontraba en Adamgasse, a pocos pasos del hotel. La camisa de lino se le había pegado a la piel. En la intimidad de su mente, paseó de puntillas por los recuerdos que la señora Dupont había despertado con sus advertencias del día anterior. Pronunciar en voz alta el nombre de alguien que solía ignorarse tenía algo hechizante. Eso había ocurrido al decir el de Yves Duhamel. Los labios de Clara lo repitieron sin sonido. Los caracoles castaños adheridos a la frente y las mejillas a causa de la humedad. Sí, Yves jamás desaparecía por completo. Eso se lo habían enseñado los años.

La primera vez que lo vio fue en los pasillos del conservatorio. Apenas habían coincidido. Él estudiaba piano; ella, violín. Pero cuando se cruzaban, Clara no podía evitar perderse en la pícara mirada de Yves Duhamel. En los conciertos del conservatorio, el corazón se le aceleraba cuando lo veía tocar con esa decisión, ese aplomo que lo caracterizaba en cada movimiento. Después de graduarse en 1875, habían perdido el escaso contacto que les proporcionaban los eventos educativos. Clara había encadenado recitales menores en París hasta su gran actuación de 1879. Después había venido una gira europea y un par de años de formación en Leipzig, en los que había acumulado conciertos privados, recitales y veladas ante la crema y nata de toda Europa. Al volver a París en 1884, se habían reencontrado, por casualidad, mientras ambos revisitaban, azotados por la nostalgia, la colección de instrumentos musicales que se encontraba en el segundo patio del edificio del conservatorio. Para sorpresa de Clara, había sido él quien se había acercado y quien no había dudado en expresar entusiasmo por volver a verla. Ella, que creía que el señorito Duhamel apenas había reparado en su presencia en los años de formación, descubrió que no solo conocía su nombre, sino que, además, decía admirar su talento como violinista. La ristra de halagos intercambiados fue el preámbulo de varios encuentros en parques y cafés.

De pronto, Clara empezó a sentir que había algo que le proporcionaba la misma felicidad que la música. Mejor dicho, alguien. Las conversaciones y las risas con Yves eran preferibles a las interminables horas de ensayo. Al despedirse solo podía pensar en volver a verlo. Tal era su estado de enajenación, ocasionado por un primer amor apasionado que, cuando el señorito Duhamel la invitó a subir a su apartamento de la rue de Condé al final de un paseo en círculos en el que las manos no habían dejado de rozarse, no lo dudó. Clara todavía se estremecía al recordar las tardes que había pasado con él, absolutamente embriagada por los besos, el tacto de su piel, el ardor que no tenía fin. No podía negar que, de vez en cuando, arropada con las suaves sábanas, el único hogar que conocía en esos días, se había preguntado a qué estaba esperando Yves para pedir su mano. Pero, en cada ocasión, se convencía de que debía ser paciente para no estropearlo todo. Yves era todo lo que siempre había soñado: talentoso, atractivo, ocurrente, despreocupado y sociable. Entre sus encuentros y los ratos a solas con el violín, se imaginaba como la señora Duhamel en una casa en Auteuil, ofreciendo veladas musicales cada tarde, siendo privilegiado testigo de las horas frente al piano de Yves. En ese tiempo había compuesto numerosas melodías, aunque todas le parecían escasas para expresar el torbellino de emociones que sentía.

Como era de esperar, el estado de Clara terminó siendo problemático para los señores Dupont, quienes, por vez primera, la notaron distraída. Por las tardes salía despavorida del apartamento en el que vivían en el boulevard Haussmann y desaparecía durante horas. Al ser interpelada por sus ocupaciones, Clara respondía con vaguedades, lo que alertó a los mecenas. Un día la siguieron hasta la rue de Condé y observaron, espeluznados, que la muchacha accedía a uno de los pisos. El señor Dupont sobornó a uno de los vecinos que ocupaban la buhardilla y averiguó que allí vivía el señorito don Yves Duhamel y que era su casa la que visitaba la joven, día sí, día también. No obstante, fue su investigación en los círculos más selectos de París lo que le proporcionó el dato definitivo. El señorito Duhamel tenía una novia a la que ya había presentado en sociedad, la hija de un notario, y con la que, al parecer, planeaba casarse ese mismo año. El señor don Antoine Dupont sintió una mezcla entre satisfacción y lástima cuando hizo pasar a Clara su despacho del boulevard Haussmann para comunicarle la buena nueva. Ella, estupefacta, rehusó creer aquel cuento de terror. Negó con la cabeza, señaló a su mentor que quizá estaba mal informado. Con las palpitaciones retumbando en la cabeza, cogió la capota, los guantes y el redingote y se marchó corriendo.

Cuando Yves le abrió la puerta esa noche, no comprendió el gesto desencajado de Clara. Pero, en cuanto entró, la joven lo enfrentó, le pidió explicaciones a los rumores que corrían por París. En el mismo cuarto que los había visto amarse en infinidad de ocasiones, la violinista tuvo que escuchar que los chismes eran ciertos.

—Jamás te degradaría a verte como mi esposa, Clara. Tú eres mucho más —le había dicho—. Estando casados, nos habríamos comparado, me habría mortificado la duda de pensar que podías eclipsarme. Habría sido capaz de pedirte que dejaras de tocar el violín, algo que jamás podría perdonarme. Así, de este modo, sin que nadie lo sepa, esto es solo nuestro. Nadie ni nada puede torturarnos: ni los críticos, ni el público, ni los egos. —Le había apartado los mechones ondulados del rostro y la había besado.

Clara, que no tenía fuerzas para retirarse, le indicó que los señores Dupont habían descubierto su romance y que no podrían verse más. No si no era oficial. Yves le sugirió, mientras le acariciaba el cuello, que tratara de escabullirse, que buscaran un modo. Por aquella noche, y dado que ya se había escapado, Clara optó por sucumbir una vez más. La atracción que sentía por Yves era más poderosa que cualquier otra sensación, que cualquier pensamiento. Sin embargo, a la mañana siguiente tuvo una reunión con los señores Dupont, quienes la acusaron de inconsciente. Enumeraron la lista de inconvenientes de que alguien supiera lo que había pasado, el riesgo para su carrera, la mancha que suponía para su reputación. También para la de los señores. La obligaron a cortar todo tipo de comunicación con él. A cambio, ellos se ocuparon de borrar cualquier rastro y respiraron hondo cuando, con el paso de los meses, confirmaron que no se había quedado embarazada. Con el fin de que abandonara París y no regresara hasta después de la boda del señor Duhamel, le organizaron una segunda gira por Europa de la que trascendió su espectacular actuación en Praga. El corazón roto le había conferido una delicadeza especial a la interpretación del repertorio.

Al volver a París en 1886, momento en que empezó a saborear las mieles del estrellato, los señores Dupont accedieron a que adquiriera un apartamento para ella. La ayudaron a encontrar uno en la rue d'Anjou, no muy lejos de la vivienda de los señores. Aquellos años, compuso y compuso. Era el único modo en que lograba cierto alivio a la amargura del desamor. Fue entonces cuando mostró su sonata a los Dupont. Se centró en su carrera y en la actividad frenética de veladas y conciertos que sobrevino. Realizó otra gira europea. Y, sin embargo, cuando Yves la escribió en febrero de 1889, no pudo evitar responderle. Tampoco acudir a la cita en el café d'Orléans que le propuso tras varias esquelas y misivas, ni acceder a que subiera a su apartamento y volver a caer en sus brazos una y otra vez, aun estando casado. Clara se odiaba a sí misma cuando pensaba en que se había convertido en la amante de Yves Duhamel desde hacía cuatro años. En que quizá era motivo de tormento para su esposa y sus dos hijos. Pero se repugnaba todavía más cuando se percataba de que no podía evitarlo. Lo había intentado en varias ocasiones, pero, de algún modo, Yves siempre volvía. Clara pensaba que la edad le había hecho conformarse, acomodarse. En ciertos momentos, incluso se creía que su posición era mucho mejor que la de la mujer de Yves y que su estatus de querida era un auténtico regalo, un acto de generosidad que le había permitido conservar su carrera sin renunciar a los besos del que había sido su único amor de carne y hueso. En esos instantes de flaqueza, lo imaginaba tocando el piano, con ese garbo y delicadeza con los que también le hacía el amor, y todo su ser se deshacía por la mera posibilidad de complacerlo.

Cuando las tres damas regresaron al Tirolerhof, hallaron a Juan, Jacobo y el señor Bogarín sentados a una de las mesas del vestíbulo, custodiados por dos solemnes columnas jónicas y alumbrados por los rayos de sol que se colaban por los muchos ventanales de la estancia. Aquellos tres caballeros habían hecho las paces por pura practicidad. Después de dos días sin contratiempos, don Guillermo había decidido dar tregua a los desleales de Rávena por el bien de la armonía grupal. Además, una vocecilla interna lo advertía de que no era cauto ganarse enemigos en ese viaje. Juan y Jacobo, por su parte, habían doblado la apuesta que habían hecho en el tren a Lyon. El primero afirmaba que el escritor iba a seguir sin relajarse y que volvería a perder los nervios con algún asunto. Jacobo confiaba en que ya se habían amansado las aguas y que el señor Bogarín había entendido que no podía controlarlo todo. El envite iba por los seis francos.

—¿Saben qué? Nos acabamos de enterar de que, hace unos meses, se hospedó aquí el escritor estadounidense Mark Twain. ¿No es formidable? —les contó el señor Bogarín mientras absorbía el humo de la pipa.

—¡No me diga! Tuve el gusto de conocerlo hace unos años —apuntó la señora Leroy.

—Qué cantidad de personas interesantes trata usted, señora Leroy —la aduló la señora Dupont, para horror de Clara.

La señora Leroy se limitó a sonreír.

—¿Cuál es la actividad de hoy, querido don Guillermo? —se interesó la empresaria teatral que, por su parte, también había decidido dar un respiro a su estimado amigo.

—Subir al Berg-Isel, señora Leroy. —El literato se dejó la pipa en la boca y consultó el reloj de bolsillo. Lo guardó, tomó la pipa de nuevo y añadió—. De hecho, deberíamos ponernos en marcha ya. Notificaré en la recepción que avisen a los demás.

El señor Bogarín se incorporó. La señora Leroy y la señora Dupont le indicaron que debían subir a la habitación para cambiarse, pero que regresarían en diez minutos. Don Guillermo resopló para sí.

—Espero que hoy tengan más cuidado con la cantidad de perfume o van a matar a las plantas que nos encontremos por el camino —señaló Juan, que había recuperado su sentido del humor.

Clara y Jacobo celebraron el comentario.

—¿Cuál de estas postales le gusta más, señorita Balaguer? —le preguntó Jacobo, que las sostenía en la mano.

Ella, que había permanecido de pie todo ese rato por gusto, se acercó a la silla de Jacobo y tomó las postales. Las analizó y escogió una en la que se apreciaba la arena de Verona.

—Sí, estoy de acuerdo.

—¿Las está coleccionando? —se interesó ella.

—No, bueno, son para mis hijos. Intento enviarles una de cada destino. Quiero que vean una pizca de lo que yo estoy viendo. Lamentablemente, padezco de indecisión. Así que compro varias y después no sé cuál mandar.

Clara se rio.

—¿No le saldrían más baratos sus titubeos si se limitara a dudar en la tienda?

—No le pida usted tanto al señor Figueroa, señorita Balaguer. Es un gran arquitecto, pero un nefasto contable y un todavía peor lógico —intervino Juan, divertido, y ambos se rieron.

Media hora más tarde, el grupo cruzó la puerta triunfal erigida en Maria-Theresien-Strasse y se dirigió al sur, dejando atrás el centro histórico de la urbe. Por la pendiente del terreno y el agotamiento acumulado de la condesa Karimova, esta se había excusado para quedarse en el hotel. Su doncella le iba a preparar unas cataplasmas para combatir el molesto dolor de espalda que aquejaba a la aristócrata desde hacía un par de días. Según señaló el señor Bogarín, guía en mano, el arco del Triunfo lo había mandado construir María Teresa de Austria, archiduquesa de Austria y emperatriz consorte del Sacro Imperio Romano Germánico, que daba nombre a la calle —referente del despotismo ilustrado y madre de la malograda reina María Antonieta—, para conmemorar las nupcias de su hijo, el archiduque Leopoldo. Aunque de evidente estilo barroco —en boga en las fechas en las que se había inaugurado—, el material empleado, la piedra autóctona Höttinger Brekzie, se decía que procedía de la puerta medieval que había existido con anterioridad.

—Para que luego hablen de hierros y ese invento del cemento armado. Una buena piedra es lo que perdura. Si no, que se lo digan a los romanos —espetó el señor Mercier.

—Su amor por el pasado es una maravilla, señor Mercier. Cualquier día lo veo trasladándose a una caverna —le contestó Jacobo.

—No todo lo pretérito es igualmente admirable, señor Figueroa. El criterio es ejercitable. Le invito a que le dedique un par de horas al día —contraatacó el pintor.

El arquitecto se rio para sí. No tenía intención de seguir la disputa. Don Guillermo, a quien había molestado la interrupción, prosiguió con las explicaciones tras mover el bigote. Les contó que esa puerta tenía una curiosidad. Como si de una moneda se tratara, tenía dos caras: una festiva, por la boda mencionada, y otra lúgubre, pues el esposo de la emperatriz había fallecido en esos mismos días.

—Una auténtica metáfora de la vida —apostilló y cerró la guía, invitando a los viajeros a proseguir con el paseo.

El tramo desde la puerta triunfal hasta la abadía premonstratense de Wilten fue relativamente sencillo y agradable. Gracias a ello, y en previsión, Juan aprovechó para caminar junto a la señora Dupont e interesarse por si había tenido ocasión de comentar con el señor Dupont la propuesta que le había hecho en el barco de Génova a Livorno. Geneviève, que adoraba sentirse interpelada, se hizo la interesante e indicó al empresario español que, aunque se lo había comunicado, su esposo había solicitado un informe más detallado del proyecto.

—Le gustaría que usted mismo le escribiera con las principales especificaciones. Tras leerlas, si es de su interés, él mismo se pondrá en contacto con usted para reunirse en París —le contó.

—Está bien. Me parece justo. Dígale en su próxima misiva que trabajaré en ese informe en estos días y que se lo haré llegar tan pronto como sea posible.

Geneviève asintió, orgullosa. Esa combinación era perfecta. A los Dupont les encantaba hacerse de rogar. A Juan, una negociación complicada. Si volvía a París con una cita con el señor Dupont, palpable muestra de su predisposición a hacer tratos con él, podía darse con un canto en los dientes. Nadie sospecharía. Esa mañana, además, había recibido una carta de su prometida. En las líneas que le había escrito en Verona le había indicado que enviara su respuesta a Innsbruck. Así, Juan había disfrutado de la total ausencia de cariño y naturalidad que siempre plagaba la prosa de la señorita Girard. Internamente, y de un modo un tanto retorcido, esperaba que la joven tuviera a alguien en las sombras a quien dedicase su faceta más apasionada. La perspectiva de un acuerdo exitoso con los señores Dupont lo animó. A lo lejos, como un rumor, las dudas sobre si Maurizio contestaría a la carta que le había enviado el día anterior.

Después de asomarse a la capilla de la abadía, ricamente decorada en dorado y estuco, continuaron hacia la colina por el camino del Brennero. Los tonos canela y pajizos habían empezado a teñir las copas de los árboles de hoja caduca. En el suelo, hojas marchitas, entre crujientes y deshechas, engrudo de lodo. Las coníferas permanecían impasibles ante el avance del otoño, representantes de lo imperturbable, de lo que no muta a simple vista. El térreo sendero fue manchando de polvo las botas de los paseantes. Las mujeres se sostenían la falda con gracia, acostumbradas a convivir con esa prenda. A ratos, incluso lograban también sujetarse el sombrero. La señora Leroy, sin embargo, tras algunos pasos por ese empinado camino, capituló. Pidió mil disculpas al señor Bogarín y aseguró que los esperaría a los pies del Berg-Isel, junto a la placa que indicaba la dirección hacia el Kaiserjäger o la zona de práctica de tiro de los fusileros del Tirol. El escritor asintió y le comunicó que, según sus cálculos, no tardarían mucho. El grupo continuó subiendo. Thesi, menos diestra en remangarse la falda con finura, tuvo ciertas complicaciones en el trecho final. Gustav fue rápido y consiguió frenar el canotier, que se le había caído en un descuido. El joven se lo colocó a su hermana en la cabeza.

—Menos mal que tenías al pintor comiendo de tu mano, hermanita —comentó con malicia.

Ambos miraron al señor Mercier, que parloteaba con el señor Bogarín sin prestar la menor atención a la señorita Pichler.

—Eres un idiota —murmuró ella, molesta por toda la escena.

Al llegar al mirador, ubicado en una zona de meseta arreglada como parque, y después de que el señor Bogarín gestionara el pago por el acceso, Henri Collet se quitó la boina sin pensar y se entregó a las fabulosas vistas. Respiró los aromas dulzones y herbáceos de la savia, la resina y el barro del bosque que poblaba esa montaña. Oteó el hermoso valle del Inn, el río que pasaba por la ciudad y que le daba nombre. En el fondo de la vaguada, los tejados cobrizos y negros del caserío contrastaban con la hierba de las praderas, verde lima. Los campanarios, siempre altivos, se veían insignificantes al contemplar la cadena montañosa que cerraba la hondonada al norte. Las cumbres nevadas estaban parcialmente engullidas por una acumulación de nubes densas que no parecían tener intención de moverse de allí en todo el día. Una canción de cuna, compuesta por el arrullo del río Sill, al oeste de la colina, y el canto de los petirrojos y reyezuelos acompañaba el planeo de un águila a lo lejos. El joven Collet había leído historias terribles sobre un tipo de ave que se encontraba en los Alpes, el quebrantahuesos. Imaginó que aparecía por la espalda, sin avisar, para reducirlo a un despojo. Luego se inventó que atacaba al señor Bogarín y le pareció más divertido.

—Si miran hacia allá... —dijo el literato señalando al norte—, verán las montañas Brandjoch, Frau Hitt, Seegrube Spitzen, Hafelekar y Rumerjoch. Todas ellas de piedra caliza.

Unos y otros asintieron. Aunque el señor Bogarín leyó algún dato más con pésima pronunciación de los nombres en alemán, pocos le hicieron caso. Aquella estampa no precisaba de anotaciones. Era embriagadora sin necesidad de más. Cuando hasta el escritor se hubo rendido cinco minutos ante la panorámica, pasaron a observar los dos obeliscos y la pirámide que rememoraban las batallas en las que había participado el Tirol, así como los retratos de algunos héroes locales como el señor Andreas Hofer, conocido por liderar la resistencia tirolesa contra el ejército de Napoleón Bonaparte a principios de esa centuria. En silencio, el señor Mercier agradeció haberse despedido para siempre del señor Conte y de sus comentarios antifranceses. A buen seguro habría soltado alguno al leer los grabados de los monumentos.

Cuando el grupo se reunió con la señora Leroy, esta se peleaba con una mosca, a la que trataba de espantar con ayuda del abanico. Juntos marcharon hacia el oeste. Cruzaron primero un canal y después el río Sill. Desde ahí, por un camino que se dibujaba en la falda de las montañas, se dirigieron al palacio de Ambras, un castillo del siglo XIII, aunque restaurado en el siglo XVIII. Como era lunes, encontraron cerrado el museo que se había instalado en su interior, pero no perdieron ocasión de almorzar en el restaurante que había en las inmediaciones. Disfrutaron del plato del día, la sopa de cebada, llamada *Ulmer Gerstlsuppe*. Era un caldo trabado en el que se entremezclaban los trozos de carne ahumada con la cebada y los pedacitos de zanahoria y patata. Aquel manjar fue del todo reconstituyente, así que, después de que remataran las cervezas, continuaron con el paseo. Regresaron por el camino de Pradl, bastante más corto que el que habían empleado a la ida. Pasaron la fábrica de gas y cruzaron el Sill. En pocos minutos estaban de vuelta en el hotel. El señor Bogarín, mientras andaba junto a la señorita Pichler y la señora Leroy, comentó que la gastronomía del Tirol le estaba sorprendiendo gratamente. Algunas amistades le habían comentado que la comida de origen alemán pecaba de insípida. Pero, a juzgar por las salchichas, el guiso de venado con setas, los embutidos y los quesos que ya había catado, no podía estar más en desacuerdo.

La condesa Karimova, sentada en una silla junto a la ventana de su habitación, alcanzó a ver cómo sus compañeros de viaje volvían al hotel. Aquellas horas a solas habían sido cicuta para su ánimo. Era como si los huesos estuvieran chillando de rabia ante la perspectiva de no volver a ver a Nikolai. ¡Ay, Nikolai, qué pronto se había marchado, qué injusto! Sin embargo, ojalá su pérdida hubiera sido la única de las penas de la condesa. Aquella aristócrata de impertérrita apariencia guardaba dentro de sí más de un latigazo del destino. Mas, desde pequeña, había aprendido a esconder todas las infamias en un relicario cerrado con llave. «La familia siempre es un misterio», le había dicho a Jacobo en Aix. Y tanto que sí. En ella, la condesa había hallado el objeto del más puro orgullo y los motivos de las más mordaces humillaciones. Exhausta de memorias amargas, pidió a su doncella que le trajera un té. Los ojos azules, que el paso del tiempo había opacado y empequeñecido, lanzaron un último vistazo a Bahnhofstrasse. El humo destilado por las fábricas ascendía hacia ese cielo que, hasta hacía poco, había sido paraíso.

Al entrar en el vestíbulo del Tirolerhof, Jacobo, que iba charlando con Clara, le propuso que lo acompañara a la tienda de fotografías que había en Rudolfstrasse, muy cerca del hotel, para ayudarlo en la elección de la postal de Innsbruck. La violinista tenía que ensayar, pero, tras valorarlo un instante, aceptó.

La señora Dupont la miró con desaprobación cuando se lo comunicó.

—No iréis los dos solos, ¿verdad? —musitó Geneviève.

—No, no. El señor Álvarez-Caballero viene también —mintió.

La señora Dupont entrecerró los ojos y, sin ganas de aguantar más peculiaridades de Clara, se retiró a descansar hasta la cena.

Una vez solos en la calle, Clara se sintió desprotegida por un momento. Pero la simpatía de Jacobo enseguida le hizo sentirse cómoda. Después de responder dos dudas que ella tenía sobre la arquitectura del castillo que habían visitado, le dijo:

—Aunque, como podrá intuir, me pasaría horas hablando de construcciones, ya está bien por hoy. Hábleme usted de música. ¿Cuál es su compositor favorito?

A Clara le gustó ese sincero interés.

—Difícil escoger solo a uno, señor Figueroa. Adoro el trabajo del señor don Gabriel Fauré, también el de César Franck. Y el de mi viejo amigo Isaac Albéniz. Pero siento absoluta debilidad por Beethoven. Como casi todo el mundo, creo yo. Con Beethoven, con su música, puedes oír lo que siente. Es un gran referente para mí. Y es todo un mérito que no haya pasado de moda después de casi cien años. Aunque muchos ya lo tildan de repetitivo... Creo que nos hemos excedido, entre todos, al incluirlo en la mayoría de los repertorios. Pero apuesto a que la grandeza de su obra superará esta leve crisis.

—Estoy de acuerdo con usted. A mí me resulta muy interesante lo que está haciendo el señor don Claude Debussy.

—Sí, está experimentando. No sé a dónde lo llevará, pero creo que obtendrá resultados de lo más interesantes.

—¿Y cuáles son sus referentes como violinista?

—Admiro profundamente al señor don Pablo Sarasate, paisano nuestro y a quien he tenido el honor de conocer en persona y tratar en varias ocasiones. Y también a la señora doña Thérèse Castellan. De ella he recibido varias lecciones últimamente. Es una inspiración. También la señora doña Marie Tayau, que hizo mucho por las mujeres intérpretes.

—¿Y es usted wagneriana? —dijo divertido, consciente de que aquella etiqueta generaba gran debate en la cultura francesa desde hacía unos años.

Clara sonrió.

—Por supuesto, señor Figueroa. Me ofende que lo dude —contestó jovial—. Asistí a la representación de *Lohengrin* en París hace un par de años.

—Yo también —celebró Jacobo. En realidad, él la había visto salir de uno de los palcos, pero le dio vergüenza reconocerlo. Ante esa mujer, se sentía ridículamente pequeño. No le importaba, pero no deseaba que ella lo viera así.

—¡No me diga! La verdad es que era un auténtico genio. Me hubiera encantado conocerlo. Pocos han logrado aunar, como él, la poesía, la escenografía y la música. La obra de arte total. Y solo por plantear la idea de que el público permanezca a oscuras y solo esté iluminada la escena merece todo mi respeto. Detesto cuando la audiencia está más preocupada en chismorrear que en atender.

—Sí..., pero como toda gran figura, tiene a la crítica dividida.

—La crítica... Yo estoy harta de que dediquen las pocas líneas que me conceden a describir mi atuendo y subrayar mi delicadeza o mi dulzura. No los considero interlocutores a la altura. Y muchos de ellos solo odian a Wagner porque es alemán. Nada más.

—Sí, por eso es mejor que no saquemos este tema delante del señor Mercier. Con la transigencia que lo caracteriza, seguro que nos condenaría a la guillotina.

Ambos se rieron y entraron en la tienda. Analizaron la colección de fotografías, comentando detalles sobre la perspectiva y la luz. Al final, por insistencia de Clara, Jacobo adquirió una postal en la que se veía el Goldenes Dachl, el tejadillo dorado. Mientras el propietario le devolvía el cambio, Clara lo contempló un instante. Por algún motivo que todavía desconocía, había algo en ese arquitecto español que le producía una paz que jamás había experimentado. La conversación con él atenuaba la inflamación de su afligido espíritu. Sentía que no era necesario medir las palabras ni los gestos, que no había juicio en su mirada. Aliviada por esa reflexión, le sonrió. Él correspondió, dejando ver su sonrisa, incompleta pero suficiente.

20
CONTRATIEMPOS

La trucha, op. 32 / D 550
Franz Schubert

Después de dejar atrás pueblitos a la ribera del Inn, ruinas de castillos y abadías sobre las colinas y anónimos talleres de fundición, pasado Wörgl, el tren se adentró en la garganta del Brixenthaler Ache. Minutos después, cruzó el río, ignorando la bella cascada que se formaba en ese punto, y la vía empezó a inclinarse para salvar el desnivel. Algún que otro viajero no podía despegar la nariz de la ventanilla. Otros tantos optaron por no mirar y, así, dar tregua al vértigo. Por todas partes, esas montañas de picos nevados y verdes piedemontes, amenazantes vigías. Antes de llegar a Kitzbühel, y después de pasar varios túneles, el tren empezó a perder velocidad sin anuncio de parada. Las señales que informaban sobre la pendiente del terreno ganaron nitidez. Lentamente, se detuvo a la altura del Schwarzsee. El señor Bogarín, enfrascado en sus notas, solo se percató de que el ferrocarril no se movía cuando ya llevaban cinco minutos parados. Desorientado, miró hacia la ventanilla, también alrededor. Se asomó al pasillo, donde vio a varios pasajeros murmurando. Alarmado, volvió a su asiento y dio dos golpecitos en el hombro al señor Mercier, que dormía a su lado con el bombín en la cara. Las noches del pintor eran cortas.

—Algo ocurre —le anunció.

El señor Mercier se desperezó abriendo los ojos lo más que pudo y recolocándose el sombrero. Los dos españoles, enfrente, estaban como si nada. Gustav y Henri, en los asientos de ventanilla, dormían. En un momento dado, pareció que el tren reanudaba la marcha, pero volvió a parar. Así, don Guillermo aprovechó el paso de un empleado para salir del compartimento y preguntarle, en su más que deficiente alemán, qué estaba pasando. Este le pidió un segundo, pues informarían tan pronto como fuera posible. El escritor se mordió las uñas en lo que duró ese lapso. Finalmente, el ferrocarril volvió a andar. Llegaron a Kitzbühel y, después de parar, lo dejaron atrás. Todo parecía solucionado, el señor Bogarín volvía a estar absorbido por ese cuaderno que lo acompañaba a todas partes. El señor Mercier analizaba escéptico la novela de Maupassant que le había recomendado su buen amigo; Gustav apenas la había ojeado. Sin embargo, minutos después, volvieron a perder velocidad. Sonó un estruendo y el tren se detuvo. Un trabajador pasó corriendo por el pasillo y casi se llevó consigo la dura cabeza del señor Mercier, asomado por la puertecilla. Entonces, el jefe del tren entró en ese coche de primera clase y con pesar anunció a los selectos viajeros de cada uno de los cuatro compartimentos que se había producido una avería. No era algo común; de hecho, los ferrocarriles alemanes y austrohúngaros tenían notable fama por su infalibilidad y modernidad. Pero los contratiempos eran plausibles en todas partes, más allá de las preferencias del planificador de Bogarín.

Durante la siguiente hora, haciendo alarde de una encomiable eficiencia, el tren fue desalojado. Por medio de carruajes privados de vecinos y de diligencias, se llevó a los pasajeros a Kitzbühel, a Sankt Johann in Tirol o a las aldeas aledañas. Mientras rebotaba en el asiento del cupé con la maleta extensible de cuero marrón sobre las piernas, don Guillermo se hacía cruces por la fragilidad del destino cuando uno viajaba. Al llegar a la estación de tren de Sankt Johann in Tirol, les contaron que el próximo ferrocarril no pasaría hasta el día siguiente, así que debían pernoctar allí. El escritor priorizó entonces acomodar a la condesa Karimova en uno de los hoteles que había junto al apeadero. Lo logró en el Post. También consiguieron habitación el resto de las damas y sobró un cuarto que, por evitar dolores de cabeza, se quedó el señor Mercier. Por suerte, en la estación los ayudaron a encontrar alojamientos alternativos. Así, a pesar de tener que esperar dos largas horas de incertidumbre y de diálogos incomprensibles en alemán, Gustav y Henri pudieron ubicarse en una pensión en Oberndorf in Tirol, mientras que Juan, Jacobo y el señor Bogarín fueron acogidos por un matrimonio que vivía en una granja a dos kilómetros del pueblo.

Después de instalarse y de practicar con el violín, aprovechando el tiempo libre ofrecido por el cambio de planes, Clara bajó al restaurante del hotel. Allí encontró a la señora Dupont, la señora Leroy y la condesa, quienes, acompañadas de un chocolate, comentaban los errores y los aciertos del incidente de esa mañana. La señorita Balaguer se unió a la plática y remarcó que, en su opinión, se había resuelto todo de forma ejemplar. La señora Dupont, molesta por la contrariedad, señaló que hubiera preferido que la avería se hubiera producido en las cercanías de una ciudad importante.

—Nos ha dicho la señora Dupont que estaba usted ensayando para su gran concierto en Érard. Es admirable la constancia que tiene hasta en los días más disparatados —la valoró la señora Leroy.

Clara enseguida entendió el movimiento de Geneviève. Dio un sorbo a la taza que le acababa de traer un empleado uniformado.

—Muchas gracias, señora Leroy. Lo cierto es que tocar el violín a diario forma parte de mi vida desde que alcanzo a recordar. Especialmente en días como hoy es cuando más falta me hace. Logra equilibrarme —mintió, a sabiendas de que, en ese círculo, no estaba admitido confesar que las horas de ensayo se habían convertido en una tortura lenta—. A propósito del concierto, me gustaría mucho invitarlas a las dos. Sería un honor tenerlas en el público.

Aunque lo de convidar a la condesa no estaba planeado, la señora Dupont sonrió internamente. Ambas señoras reaccionaron de forma positiva al ofrecimiento de Clara y se comprometieron a hacer todo lo posible por asistir.

—Magnífico. Recibirán una invitación cuando regresemos a París —añadió la señora Dupont, mano burocrática en el asunto.

—Estupendo. Muchísimas gracias a las dos —respondió la señora Leroy, gesto al que se sumó la condesa—. ¿Alguna me acompaña a dar un paseo por el pueblo? Le he oído decir a una dama en la estación que hay hermosas fachadas pintadas al fresco.

Breve silencio.

—Yo iré con usted, señora Leroy —se lanzó la señora Dupont, encargada de estrechar lazos con la empresaria y, por ende, de mantenerla atendida.

Clara y la condesa se quedaron solas. La señorita Balaguer, de pronto angustiada por el paso que había dado, suspiró. La aristócrata pidió un té a uno de los camareros y contempló a la violinista. La pose distinguida y el semblante serio de la condesa Karimova insuflaban respeto a Clara. Era una de esas personas en torno a las que parecía dibujarse un laberinto en el que cualquier paso en falso daba a un callejón sin salida. Aun así, por deferencia, la señorita Balaguer inició la conversación con un comentario baladí sobre lo ajetreada que había resultado ser esa jornada. A continuación, charlaron sobre una pastelería en París que a ambas les gustaba, Julien Frères. La condesa, apasionada del arte en todas sus formas, se interesó por las mejores tiendas de instrumentos de la ciudad, a lo que Clara contestó que sus preferidas eran Collin y Thibouville. Le contó que sus violines siempre habían sido franceses. El anterior, un Michel Couturieux. El actual, un Emile Mennesson. Entonces, la condesa le narró cómo, en su palacio de San Petersburgo, eran habituales las veladas literarias y los conciertos privados. Los Karimov habían sido grandes mecenas de las artes y coleccionistas, algo que la condesa había querido conservar, a pequeña escala, en su hotelito del *faubourg* Saint-Germain.

—Llegamos a entablar una estrecha amistad con el maestro Mijaíl Glinka. También, ya en mi última etapa en Rusia, pude conocer al señor León Tolstói y a su mujer, la señora doña Sofia, que es quien le transcribe las obras.

La señorita Balaguer imaginó aquel desfile de personalidades en un palacio inventado en tierras lejanas y le encantó. Salvando las distancias, le recordó al papel que tenía la familia Güell en Barcelona. Así, pasaron a hablar del lugar de procedencia de Clara, puerta de acceso a Europa desde la Península y al que parecía haber arribado esa nueva corriente llamada modernismo. La condesa, bien informada, conocía a los dos jóvenes músicos más destacados de la escuela barcelonesa, con fuerte influencia europea: Enrique Granados e Isaac Albéniz. La señorita Balaguer le contó que mantenía contacto, desde hacía años, con el segundo. Después hablaron de lo mucho que había cambiado el universo cultural en el último siglo. Nunca el artista había sido tan libre y, a su vez, había estado tan preso. Ya no era un cortesano al servicio de los requerimientos de reyes y aristócratas, era un ciudadano más, un burgués. Y, de hecho, gozaba de buen estatus en esa sociedad burguesa cultivada tan propia del siglo XIX. Se le podía llegar a considerar un erudito, un genio. Mas ahora dependía del favor de un público, cada vez más amplio, que no sabía lo que quería. La profesión se había mimetizado con un mercado atravesado por tantas variables que era imposible controlarlo. La esperanza de vida de una obra estaba supeditada al rédito económico generado a través de las ventas de libros o de entradas para espectáculos públicos, siempre recubiertas por la más ácida incertidumbre. Y, en esa democratización cultural, la alta cultura parecía al borde de la extinción.

—La música, como el resto de las artes, se está adaptando a este nuevo mundo del mercado. Mi pregunta es: ¿a qué precio? ¿Terminará decidiendo la masa analfabeta con sus risotadas molestas y sus aplausos? ¿Se ignorarán obras maestras por no ser rentables? ¡Es una barrabasada!

—Bueno, señora condesa, toda esta situación es un absoluto reto para el artista. Lo único que salvará una obra será la capacidad de incidir, de algún modo, en el receptor: venga de donde venga, sea como sea. Para mí, una buena forma es llegar a emocionar. Lograr que el que está al otro lado empatice con lo que estás contando.

—Pues, en ese caso, le deseo toda la suerte del mundo, señorita Balaguer.

—No creo en la suerte, señora condesa. Así que tendrá que ser mi tesón el que juegue la partida —respondió Clara y sonrió amable.

A la condesa le gustó aquella determinación.

—Confiaré entonces en su tesón. Aunque tenga por seguro que quien habla solo el idioma de los beneficios, alabado y encumbrado en este nuevo mundo, no va a entender ni se va a emocionar con nada más que con eso —dijo la aristócrata.

Clara asintió. Cuando se despidieron y se retiraron a sus respectivos cuartos hasta la cena, la violinista se quedó pensativa. Su tesón... Desde hacía un tiempo, tenía la sensación de que su vida ya estaba escrita y que solo debía seguir las cabriolas que formaban las letras de su destino. Ahí no había lugar para nada más: ni perseverancia, ni libre albedrío, ni emoción. Aquello la atormentaba. La quinta aguda y desafinada en ese violín imaginario volvió a entrar en escena, protagonista indiscutible de la tarde. Se imaginó en la sala Érard, repitiendo ese concierto de Paganini, la condesa y la señora Leroy entre ese público que la contemplaba en silencio, adormecido. Caballeros con una ceja alzada, cuestionando si merecía el lugar que ocupaba allá arriba en el escenario, o si era solo una farsa. La taquilla sin cerrar hasta el último momento, regalando pases para llenar los múltiples asientos vacíos. El sudor en la frente. Las palpitaciones, furibundas, retumbando en la cabeza. Clara se sentó en una esquina de la habitación, se abrazó las piernas y se balanceó sobre ellas buscando frenar ese nuevo ataque que la acechaba.

En la misma planta, cuatro habitaciones a la derecha, Thesi acariciaba el vello del pecho del señor Mercier. Desnudos en la cama, llevaban unos minutos callados. El moño desecho de la joven daba lugar a mechones rubios sobre la almohada y el hombro del pintor. Las mejillas sonrosadas, recuerdo de la excitación. Por mucho que hubiera forzado su interés por él por cuestiones prácticas, lo cierto era que estaba disfrutando mucho de sus encuentros. Los años de relaciones con amantes y prostitutas habían conferido al artista un conocimiento reseñable del cuerpo femenino. Sabía a la perfección qué rincones debía estimular y con qué intensidad. Thesi no había experimentado nada parecido. Sus relaciones con caballeros habían sido meros trámites sin demasiado placer. Pero esa vez era diferente. Le daba la sensación de que el señor Mercier había descodificado los misterios de su ser, de que, por algún motivo, ahora conocía su cuerpo mejor que ella misma. De alguna manera, lo poseía. Había despertado en ella una inexplorada fogosidad que solo él sabía calmar. Por su parte, el pintor había empezado a notarlo y eso lo fascinaba. Pocas cosas engrandecían más el orgullo de ese artista que la certeza de control sobre otro y, en especial, sobre una mujer que hacía que perdiera la cordura.

—No me ha contado todavía cómo conoció al señor Bogarín —dijo entonces ella.

—Fue hace más de diez años, en la tertulia del café Guerbois.

—¿Y eso qué es?

—Una tertulia de impresionistas y otras gentes intelectuales en un café de París.

—Hum... Debe de ser muy interesante asistir. ¿Me llevará?

—Las mujeres no pueden entrar. Además, usted se aburriría. La veo más en los grandes almacenes Le Bon Marché.

—También me sirve si me lleva usted —tanteó ella.

—Ya veremos —respondió él.

—Todavía no me creo que haya caído rendido a mis pies un hombre de su talla y talento —musitó y lo besó en el cuello.

—No se confunda, yo nunca estoy a los pies de nadie —mintió—. De hecho, diría que es usted la que se ha vuelto adicta a mis encantos.

Thesi se apartó, molesta. Frunció el ceño.

—No es cierto. Qué sabrá usted de mí. Quizá finjo para torturarlo.

—Lo veo en sus ojos.

La joven se incorporó y bajó la mirada hacia un lado, ocultando la verdad de sus delatadoras pupilas.

—Si tan cautiva me cree, ¿por qué me sigue buscando? ¿Por qué no se marcha con otra? ¿Por qué no me desprecia? —se interesó ella con rabia.

Él se incorporó también y la abrazó por detrás. Le acarició los senos.

—Porque me tiene embrujado —le susurró en la oreja y se la mordió, para satisfacción de ella, a quien se le escapó un gemido.

La mano de Mercier empezó a recorrer el suave torso de Thesi hacia abajo. Ella sabía lo que se proponía y, poseída por ese descontrol que gobernaba ciertos aspectos de su vida, por el que pasaba de la ira a la abnegación en un parpadeo y por el que experimentaba todo con polarizada intensidad, se entregó a él.

El matrimonio que había proporcionado alojamiento a Juan, Jacobo y el señor Bogarín resultó ser de lo más amable. Aunque ella era más tímida y no parecía del todo cómoda con la presencia de tres extraños en su casa, él estaba realmente entusiasmado por la circunstancia. Casi sin dejar que se acomodaran, los invitó a recorrer la propiedad. Don Guillermo, que creía tener mejor alemán del que tenía en realidad, apenas era capaz de traducir todas las explicaciones que el paisano les iba proporcionando acerca del ganado, la vegetación, la maquinaria, el almacén o el cobertizo del telar. Aun así, era imposible no deleitarse con el entorno, plagado de praderas salpicadas de casas de madera y rodeado de montañas. Un atardecer, degradado entre el naranja y el azul, pintaba el cielo, libre de nubes. Al regresar a la casa principal, la vivienda del matrimonio, también de madera, los olores de la cena recién hecha y de la crepitante lumbre les dieron la bienvenida. La mujer había preparado una mesa en la que ya reposaban humeantes sartenes, bandejas y ollas. Se sentaron salivando. El hombre, emocionado anfitrión, empezó a señalar y a nombrar los platos: *Kasspatzln, Tiroler Speckknödel, Kirchtagskrapfen, Tiroler Forelle.* Mientras la señora servía un poco de la primera especialidad a los forasteros, Juan recordó:

—Por cierto, señor Bogarín, al no haber vuelto a decir usted nada, imagino que no, pero ¿volvió a aparecer algo en los periódicos sobre nosotros?

—Hum, ya, no, sí. Es decir, no, señor Álvarez-Caballero. —El escritor aprovechó que la mujer le tendía el plato para cambiar al alemán y decir algo así como «qué buena tiene pinta».

Al tiempo que saboreaban los manjares, parloteaban con monosílabos, señas y mediocres traducciones con el matrimonio. Supieron así que eran un tipo de campesinos propietarios bastante habitual en el Tirol, donde reinaba el minifundismo, que lograba vivir con holgura gracias a la capacidad de introducir mejoras tecnológicas en sus haciendas y así hacerlas más competitivas. Nada que ver con la realidad latifundista del este del imperio. Juan enseguida intentó averiguar si producían una cantidad de excedentes compatible con el comercio a larga distancia. Jacobo escuchó atento, aunque sin captar el sentido completo de las frases, las anécdotas que el hombre compartía entre risas e invitaciones a rellenar sus vasos con más cerveza. Con el estómago lleno y algo pesado, pues la cena había sido copiosa y contundente, llegó el momento del *schnapps*. La mujer se afanó en recoger la mesa mientras el hombre colocaba tres botellas sobre el mantel bordado en hilo rojo y verde. Los viajeros aceptaron una primera ronda. A la segunda, el señor Bogarín, que continuaba incómodo y nervioso por el cambio de planes, afirmó que no podía retirarse tarde, pues por la mañana debía gestionar varias comunicaciones para coordinar las modificaciones del plan original. Ante ese comentario, y la consecuente negativa del anfitrión a dejar que se marchara a dormir, Juan susurró a Jacobo que subía la apuesta a siete francos. El otro se rio.

Al quinto trago ya ninguno se acordaba de envidadas ni de obligaciones. Hablaron de numerosos temas: de los altos impuestos que gravaban la luz eléctrica y que, por lo tanto, limitaban su expansión; de lo peligroso que era que la gente hubiera empezado a dudar de la ciencia y a entregarse a explicaciones esotéricas; de la vez en la que Juan había tenido la oportunidad de subirse, un año atrás, en ese nuevo invento llamado automóvil y de cómo, según le entendieron al propietario, la prensa austrohúngara estaba controlada por los bancos. Aunque, en ciertos momentos, cada uno tenía una opinión diferente y, en ocasiones, contraria, los efluvios del alcohol los adentraron en una suerte de camaradería mística por la que parecían rechazar las pulsiones que habían marcado los conflictos de su tiempo.

—Las ideologías corporativizan y sistematizan lo que debería ser lo más libre de todo: el pensamiento humano —clamó Jacobo—. En el fondo, nadie piensa de idéntico modo al tipo que tiene al lado aunque crea que sí.

—Exacto. A fin de cuentas, las barricadas y las guerras no entienden de grandes sistemas filosóficos. Entienden de pan e impuestos. A esto se reduce todo —respondió el señor Bogarín, en su elemento.

—Deberíamos escribir una larga carta al Gobierno para que entren en razón, de una vez, y se dejen de paparruchadas —añadió Juan.

—¡Eso! —contestaron todos al unísono.

—¡Al suyo también! —indicó Juan al caballero—. El señor Bogarín hará los honores —apostilló y empezó a desternillarse, seguido por Jacobo y, como un efecto dominó, también por los otros dos.

En torno al octavo trago, la intelectualidad ya no estaba presente de ninguna forma y solo los acompañaban las carcajadas y las ideas disparatadas. El propietario les enseñó una canción popular que se cantaba por la zona. Terminaron afuera, bailando sobre la hierba. A cambio, aquellos tres españoles, en un acto de inconsciencia, quisieron que el otro aprendiera *La marsellesa,* himno francés desde el inicio de esa Tercera República que, aun con dispares matices —pues Jacobo simpatizaba con la línea republicana moderada, mientras que Juan y don Guillermo estaban más cercanos al republicanismo radical—, todos apreciaban. Más tarde se tumbaron a contemplar las estrellas. La Osa Mayor brillaba, seguida por la Osa Menor. También relucían Andrómeda y Pegaso. No se oía nada, solo el cantar de los búhos, el rumor de las ramas recorridas por ardillas, los puntuales gruñidos de alguna res incómoda y el mudo susurro de las luces desapareciendo en la inmensa oscuridad.

—Por cierto, señor Álvarez-Caballero, ¿ha sabido usted algo del señor Conte? ¿Llegó bien a Florencia? —se interesó de pronto un desinhibido don Guillermo mientras movía el bigote.

—Hum, sí, eh, sí —contestó el otro, lo que extrañó a Jacobo—. Todo bien.

—Lo cierto es que, aunque consiguió sacarme de mis casillas en más de una ocasión y algunas de las ideas que defiende no son del todo de mi agrado, el señor Conte es un gran tipo, ¿verdad? Muy interesante. Solo hiriente en justa medida —confesó.

—Sí, lo es —musitó Juan, de pronto abrazado por una profunda tristeza.

El anfitrión vació lo que quedaba de la botella en los pequeños vasitos y los invitó a un último brindis. Se levantaron como pudieron y, bajo la luz de la luna, tragaron aquel elixir que asesinaba la pesada e incómoda realidad.

21
El sombrero

Las bodas de Fígaro, «Che soave zeffiretto»
Wolfgang Amadeus Mozart

La vaporosa luz matinal que se colaba a través de la cortina blanca del cuarto despertó al señor Bogarín. Le dolía todo el cuerpo. Y no sabía dónde estaba. Al mover brazos y piernas no notó sábanas. Tampoco la espalda reposaba sobre un colchón. Sentía la comisura de los labios húmeda. Y qué dolor de cabeza. Con temor por lo que pudiese hallar alrededor, se decidió a abrir los ojos. Una pared y una puerta de madera cerrada a cal y canto. La maleta a pocos centímetros del umbral sin deshacer. Todo en horizontal, lo cual carecía de sentido. Se fijó y se dio cuenta de que estaba recostado sobre una mesa, también de madera, y sentado en una silla. Al incorporarse, sintió como si las astillas de toda la casa se estuvieran clavando en cada resquicio de su esqueleto. En la frente se le quedó pegado un papel, que se llevó consigo en su viaje de vuelta al mundo material. Molesto, lo asió para saber de qué se trataba. En cuanto leyó los garabatos, lo supo. Era una extensa misiva a su Albertine. Se había quedado dormido escribiéndola. Así, lo que había empezado siendo una carta con letra irregular, pero decente, había terminado por convertirse en un puñado de renglones torcidos a punto de precipitarse por los márgenes de la hoja.

El escritor, despojado del brío con el que solía iniciar sus días, se pasó la mano por el rostro. Carraspeó. La boca seca, pegajosa, como si lengua y paladar estuvieran recubiertos de un sirope denso y con sabor a licor rancio. De pronto recordó que debían tomar un tren esa misma mañana. Palpó la chaqueta hasta dar con el reloj de bolsillo que, generoso, proporcionó hora al torbellino de malestar en el que se hallaba sumido. Eran las ocho de la mañana. Dos discretos golpecitos en la puerta lo hicieron saltar del asiento. Al abrir solo encontró una jarra llena de agua, un bacín y varios paños doblados. Se fijó en que otro juego igual aguardaba en la habitación de enfrente. Supuso que sería la de alguno de los otros dos caballeros. Sin dejar que pasara más tiempo, se apresuró a asearse replicando, en lo posible, su intocable rutina. No obstante, cuando se dispuso a abandonar ese cuarto de cama intacta, descubrió un detalle que lo irritó. Movió el bigote y, confuso, cogió la maleta y se dirigió a la planta baja. En ella, la mujer sacaba un bizcocho del horno. El aroma a leche hervida, a grasa requemada y a mantequilla caramelizada, mezclado con el de resina y barniz, acariciaba la acidez de la resaca. Don Guillermo, en su mediocre alemán, trató de contarle a la señora que no encontraba su sombrero por ninguna parte. A cambio, en el perchero de la alcoba, había hallado el que tenía en las manos, de estilo tirolés. Ella no entendió el problema y se limitó a decirle al escritor que su marido ya se había marchado a dar de comer al ganado y que no volvería hasta la tarde. Don Guillermo se horrorizó ante esa perspectiva, pero todavía más cuando Jacobo bajó a desayunar y le indicó que, según alcanzaba a recordar, él mismo había aceptado el trueque de sombreros la noche anterior. El señor Bogarín necesitó un momento a solas en el porche de la vivienda para blasfemar a gusto. Juan apareció justo en ese instante y, al descubrir el motivo de los aspavientos que se percibían tras las cortinas a cuadros de la cocina, no pudo evitar carcajearse.

Media hora y muchos agradecimientos después, los tres caballeros, aquejados de un molesto dolor de cabeza, emprendieron camino al pueblo. El literato, condenado a portar ese sombrero que la ebriedad contraída había aceptado de buena gana, prohibió a los otros dos hacer ningún tipo de comentario jocoso.

—Es un sombrero que emplean estas gentes, así que no es vergonzoso de ningún modo —señaló.

—Por supuesto, señor Bogarín. Estoy seguro de que, en un par de años, estará de moda hasta en París —respondió Juan con sorna y se rio con disimulo.

El señor Bogarín resopló para sí y se adelantó para ir en vanguardia, a solas. Los otros dos sonrieron cómplices.

—Menuda noche —comentó Juan—. No me acuerdo de nada.

—Sí, yo tampoco recuerdo algunos momentos... —contestó Jacobo—. Oye, no crees que ayer cometiese ninguna estupidez como contar, ya sabes..., el porqué de mi presencia en este viaje, ¿verdad? —añadió bajando el tono de voz.

—Como te he dicho, no tengo criterio para afirmarlo, pero, conociéndote, no te veo capaz de poner en peligro tu plan por unos cuantos *schnapps* —le dijo, controlando que don Guillermo no pudiera escucharlo—. Además, no creo que ninguno de los tres tengamos un recuerdo nítido de ninguna conversación de anoche.

—Sí, ya...

—A propósito de eso, ¿algún avance reseñable?

—No, no. Ya sabes que es una situación extremadamente delicada. Debo ser cauto.

—Sí, cauto sí. Pero no te excedas o perderás la oportunidad.

Jacobo asintió, a sabiendas de que su mejor amigo tenía razón.

Mientras tanto, el señor Bogarín batallaba contra el abrazo intenso de las emociones. Esa mañana, sentía todo de un modo más vivo. La culpa, la duda, el temor. La mente se le llenó de recortes de periódico. Si no erraba, era miércoles. Así que, con gran probabilidad, en esos momentos, los quioscos de París estarían vendiendo multitud de ejemplares de *Le Petit Journal* con la columna de «Los diez de Bogarín» incluida. Miró alrededor y solo vio montañas y prados. Pueblos de escasa extensión. Ganado pastando. Y ese cielo azul que lo envolvía todo, salpicado de contadas nubes enfrascadas en el apacible trayecto desde las cumbres al valle. Allí no tenía acceso a la prensa. ¿Y si se publicaba algo terrible? ¿Los espías que los seguían estarían también aislados allí, en medio del Tirol? Durante unos metros, respirar se hizo tarea complicada para el literato. No obstante, la indisposición que estaba asolando su ánimo tuvo un beneficio inesperado. De pronto se le ocurrió una idea: enviaría un cable a un buen contacto de confianza en París para conocer de primera mano el impacto que estaba teniendo esa serie de artículos sobre el viaje. Sí, era una gran idea. Asintió a la nada, satisfecho, antes de reprimir una náusea.

El grupo se reunió en la puerta del hotel Post. Al encontrarse, Jacobo sonrió a Clara, que agradeció la calidez del arquitecto después de una noche de insomnio. Se fijó en que él tampoco parecía haber descansado y, en silencio, se alegró de no ser la única. Después de que el señor Bogarín contara una fábula sobre cómo había intercambiado sombreros con el hombre que los había hospedado, todos comprendieron que era mejor no hacer observaciones al respecto. Sin perder más tiempo, marcharon a la estación de ferrocarril, desde donde don Guillermo envió varios telegramas para subsanar las consecuencias del cambio de planes. El personal gestionó con gran eficiencia la acumulación de pasajeros en el andén y los reubicó, sin mayores complicaciones, en el tren que pasaba a las once. De nuevo instalados en compartimentos, cada cual se dedicó a un pasatiempo. Clara intentó cerrar los ojos durante un rato, pero la incesante charla de la señora Dupont y la señora Leroy no se lo permitió. De tanto en tanto, Geneviève le daba discretos codazos para que interviniera con alguna anécdota encantadora. La condesa Karimova se limitó a escuchar y a mirar por la ventanilla. Thesi, que esa vez se había acomodado junto a su hermano, contaba mentalmente el dinero que les quedaba a Gustav y a ella. De los caballeros, solo uno permaneció despierto: Henri Collet, a bordo del Duncan en busca del capitán Grant.

El tren abandonó el Tirol a los cuarenta minutos de arrancar desde Sankt Johann. Ya sin contrariedades, recorrió la vía y llegó al paso de Giessen. Sin que la mayoría se percatara, cruzó el Saalach y pasó de largo Zell am See, apreciado destino estival. También el castillo Fischhorn, en lo alto, antes de que el valle se estrechara. Después llegaron los túneles, más ríos y castillos, cimas dentadas y nevadas a lo lejos. Pasado Hallein, se podía ver la gran cervecería de Kaltenhausen, el castillo y el monasterio de Elsbethen y el castillo de Anif. Y, finalmente, tras cuatro horas de trayecto, una última curva cerrada y el anuncio de la llegada a Salzburgo.

El Hotel D'Autriche u Osterreicherhof era un bello edificio con un emplazamiento exquisito a orillas del Salzach. Construido en la década de 1860, era uno de los hoteles más distinguidos de la ciudad, en el que se habían alojado destacadas personalidades de la corte austríaca y artistas de todo el mundo. Lo dirigía la señora doña Barbara Irresberger, viuda del fundador, el señor don Karl Irresberger. Constaba de un inmueble de cuatro plantas de limpias líneas neoclásicas y tejado a cuatro aguas que contaba con unas sesenta habitaciones, un anexo de dos alturas rematado por una terraza en el que estaba el restaurante y un jardín. La puerta principal y las sobrias letras que lo bautizaban ante los extraños daban a Schwarzstrasse, en el lado contrario a la ribera. En esa misma cara, en la planta baja del edificio del restaurante, una galería de columnas y tiestos con flores anticipaba las delicias servidas. Las contraventanas de madera blanca entreabiertas en la segunda planta, toleraban el paso de la delicada luz de la tarde a cambio de ventilación.

Más allá del jardín privado, hacia el final de la calle en dirección al Staatsbrücke, los últimos clientes del Haltestelle Bazar, como restos de ascuas tras una productiva jornada comercial. Y un tranvía de vapor que, tras engullir a un puñado de pasajeros ruidosos, arrancó justo en el momento en que los viajeros se apearon de los taxis, envolviendo en una humareda molesta a caballos, peatones y conductores. Una dama regañaba a sus tres hijos en la acera, a los que obligó a cogerse de la mano antes de cruzar la calle hacia la Makartplatz. En la plaza, dos amigas avanzaban risueñas cogidas del brazo y con pequeños ramilletes de caléndulas tras una tarde de tiendas. Un caballero miraba al cielo jugueteando con el bastón y apurando el cigarro, ansiando adivinar los designios de los nubarrones que se apreciaban a poniente.

Cuando Clara descubrió que había tenido la enorme dicha de que su cuarto diera al río, no pudo resistirse a abrir las ventanas y absorber una pizca de la templanza que irradiaba esa ciudad de cuento. El Salzach, cada vez más plateado, guardado en lo alto por el Kapuzinerberg y el Hohensalzburg, fortaleza de origen medieval. El verdor espolvoreado de azafrán que cubría las cinco montañas de la urbe hasta la orilla lograba arrobar hasta a los ojos más exigentes y los corazones más gélidos. Podía oír el barullo de los huéspedes en las terrazas o paseando en torno a la fuente del jardín. Sonrió. Estaba agotada, pero era como si aquel nimio detalle, esa panorámica, le hubiera proporcionado, por unos segundos, el respiro que necesitaba. No pudo evitar lanzar un vistazo dentro. Había dejado el violín sobre la cama. Decidió que ese día se lo daría de descanso. Se quitó los guantes y analizó sus manos. Tenían durezas, estaban ásperas de ensayos amargos. Como un adicto en busca de la droga con la que negocia los retos y los duelos, entró y se dirigió a la cartera de cuero. Sacó el portapapeles donde se marchitaban las partituras que Jacobo le había ayudado a rescatar de su imprudencia. Después se aferró a esa última carta de Yves. Se la había entregado en mano en su último encuentro, dos días antes de partir de viaje. Le había rogado que la leyera en algún lugar bonito de los muchos que iba a visitar, pero ella no le había hecho caso. La había devorado la mañana en la que comenzó esa aventura europea, un poco antes de desquiciarse por la espera de la señora Dupont. En ella le enumeraba los motivos por los que la iba a extrañar y las razones por las que no debía dudar en regresar a sus brazos una vez pusiera un pie en París. A Clara le había parecido romántico al principio. Pero ahora que la releía, había algo aciago en la tinta de sus palabras. A cambio, las corcheas emborronadas que sobresalían del portapapeles, perdidas en un pentagrama abandonado, le parecieron alas.

Juan no había tenido tanta suerte con la habitación. La suya daba al callejón que cerraba la manzana al oeste. Pero no le importó. Aprovechó el rato hasta la cena para seguir trabajando en el informe que debía presentar al señor Dupont. En él, más seguro que cauto, incluyó las informaciones que le habían proporcionado sobre la pertinencia de tener un pie en África para hacer negocios en cuanto la situación se calmara en el norte. Según le aseguraban varios contactos, la guerra que acababa de estallar entre España y Marruecos no iba durar. Así que era importante no dejarse confundir por el conflicto. El objetivo de Juan era abrir oficinas en Tánger y Casablanca. Y necesitaba socios franceses menos conservadores en los negocios que la mayoría de los que conocía en París. En un territorio compartido por Francia y España, no había riesgo si se aliaban. Comenzarían dedicándose al transporte de mercancías en barco, pero, si todo iba como él esperaba, en menos de diez años habría una red sólida de ferrocarril. El momento era ahora, antes de que otros buitres olisquearan la carroña. Intuía que un tipo como el señor Dupont, que invertía parte de los beneficios de su editorial en promocionar la carrera de músicos, era el perfil indicado para una empresa que exigía fe y paciencia. Como solía ocurrirle, Juan se entusiasmó mientras plasmaba los argumentos en el papel. Era fascinante el modo en que era capaz de convencerse sin necesidad de más. Al terminar, apoyó la espalda en la silla y dejó caer los brazos, inertes de energía por esa jornada, la camisa remangada. El zumbido de los efectos secundarios de la borrachera se había ido reduciendo a lo largo del día.

A Juan le encantaba caminar por arenas movedizas. Y la política mundial no era otra cosa en esos tiempos. La caída en desgracia del artífice de la unificación alemana, Otto von Bismarck, en 1890, había equilibrado las fuerzas en Europa. Por un lado, su destitución había permitido que cesaran las prácticas agresivas alemanas consistentes en generar problemas para fomentar alianzas. Por otro, Rusia se había alejado de la Triple Alianza entre Italia, Alemania y Austria-Hungría, nacida en 1882 y ratificada periódicamente, y se había acercado a Francia. Aquella amistad era visible en esos días, con el *tour* que las tropas rusas estaban haciendo por todo el país galo. Las simpatías estaban condicionadas, más allá de los sempiternos conflictos fronterizos e históricos en el continente, por las tensiones coloniales. Y es que, durante todo el siglo XIX, los estados europeos, encabezados por Gran Bretaña y Francia, habían expandido sus fronteras allende los mares y habían fundado imperios coloniales. Pero, como si de una enorme tarta se tratara, cada vez quedaban menos trozos y los comensales se habían multiplicado, pues, entre otros, la Alemania de Bismarck y la Italia de Crispi se habían unido diez años atrás a la carrera. El sumun de todo aquello había llegado en 1884 con la Conferencia de Berlín, solicitada por franceses y británicos, pero organizada por el canciller Bismarck, en la que se habían repartido los territorios de África con la participación de los países europeos, Estados Unidos y el Imperio otomano, usando la escuadra y el cartabón. En el caso de la querida patria de Juan, España, el papel en ese juego había sido poco más que anecdótico. El Imperio español parecía cosa del pasado y solo había accedido a una parte de Marruecos. Una parte que Juan pensaba aprovechar.

Thesi bajó con margen a la cena, dispuesta a demostrar al señor Mercier que no era una de esas desconsideradas tardonas de las que él hablaba. Clavada en medio del vestíbulo con ese vestido robado de satén azul claro y escote barco, atendió cómo las personas más estilosas que jamás había visto entraban en el alojamiento o salían del restaurante. De pronto, Gustav apareció. Al cruzar miradas, arqueó las cejas y se aproximó a ella. La caja de cerillas se movía entre sus dedos.

—Hermanita, qué puntual. ¿Intentas impresionar a alguien?

—Déjame en paz.

Como si planeara en torno a ella, la rodeó caminando con parsimonia.

—¿Quién nos iba a decir que viviríamos para dormir en un lugar así? —Silencio. Se detuvo junto a ella y ambos alzaron la vista hacia la preciosa lámpara que colgaba del techo—. Sobre todo a ti, que eres hija de un ladrillero —le espetó.

Thesi lo miró furiosa.

—Eres un idiota.

—Terminaré acordándome de quién es tu padre, no te enfades. Es solo que el pasado es un asunto confuso.

—No creas que sigo esperando. Hace tiempo que renuncié a esa información.

—Lo recordaré. Estoy convencido —añadió muy serio y, de golpe, sonrió.

La llegada del señor Bogarín, que se había comprado un canotier nuevo en el bazar nada más llegar a Salzburgo, interrumpió la tortura más veterana de Gustav. El padre de Thesi había sido un rico propietario, un músico ambulante, un herrero, un profesor, un jornalero, un farmacéutico, un obrero..., y así hasta la extenuación. Al pasar al salón y sentarse a una de las mesas, al disfrutar del coreografiado servicio y de la amena charla del resto de comensales, Thesi, algo ensimismada para variar, pensó en que quizá aquellos que la miraban veían a la sensible hija de un terrateniente de Galitzia. A una señorita de buena cuna, algo mimada por su «papá», instruida en conversación en francés, en algo de piano, danza y en asuntos como la literatura o la estética —considerados baladíes por muchos—, y ferviente defensora de ese culto mariano tan en boga entre las jovencitas de clase alta. Pero la realidad era muy diferente a la que había insinuado desde el principio, a la que había osado dibujar en el atractivo y poderoso lienzo de las apariencias.

Thesi había nacido, hacía unos veinticinco años, en un trigal cerca de Jelesnia, en Galitzia. O eso le había contado Gustav. Pero Gustav decía muchas cosas, la mitad mentira. Su madre había sido una desgraciada. Según les había contado cuando eran niños, procedía de la zona alemana de Austria-Hungría, pero ¿quién podía saberlo? La genealogía era cosa de ricos. Lo que era cierto es que se había dejado la espalda trabajando en el campo y que había tenido dos hijos. Según Gustav, de padres distintos. Cuando él apenas tenía siete años y Thesi cinco, habían echado a la madre de la hacienda en la que trabajaba por un problema de disciplina, así que se había llevado a los niños a Cracovia, donde habían empezado a acumularse los miserables a causa de la crisis de 1873, especialmente virulenta en el campo, y que había activado un imparable éxodo hacia las ciudades. Allí habían malvivido durante tres años, época en la que los chiquillos habían aprendido a robar en mercados y calles, animados por su madre, que se dedicaba a coser, entre otras actividades menos lícitas. Sifilítica y alcohólica, había sido una de esas personas que no pintan canas porque la vida se les escapa antes, entre migajas y piojos. Desde 1876 yacía en lo profundo de una de esas fosas comunes en las que terminaba la existencia de la mayoría invisible. Thesi siempre se había preguntado si acabaría en una igual.

—¿Más sopa, señorita? —se interesó, atento y diligente, el camarero.

Thesi, cuyos ojos grises habían naufragado momentáneamente en el brillo de la tristeza, regresó al presente y, con una cálida sonrisa, asintió.

22
Getreidegasse, 7

Verschwiegene Liebe
Hugo Wolf

El relajante sonido del agua que brotaba de la boca de los pétreos caballos y del tritón de la primorosa fuente de Residenzplatz era una atracción en sí mismo. Varios viajeros se habían detenido delante de ella para apreciar los detalles de esa obra en mármol del siglo XVII. Las sombrillas giraban como relojes sobre los hombros de las damas a la espera de reanudar el paseo. En torno a la fuente, pivotes de piedra que la protegían del paso de berlinas, carretas o furgones, y farolas durmientes. Un caballero pasó en bicicleta y sorteó a algún que otro transeúnte distraído y a dos colegiales con boina y cabás. Esa plaza, centro neurálgico de la zona más antigua de la ciudad, la que se extendía en la orilla izquierda del río, la contraria a la del hotel, podía jactarse de reunir algunos de los edificios más relevantes de Salzburgo. Así, la cerraba el palacio Residenz, en el que, curiosamente, residía Fernando IV, gran duque de la Toscana, exiliado tras los resultados del plebiscito que había apoyado la anexión al nuevo reino de Italia en 1860. También el paño norte de la catedral y el Neubau, un edificio del Gobierno. Junto a esa plaza se extendían otras tres: la Domplatz, a la que daba la portada de la seo, flanqueada por dos torres, la Kapitelplatz y la Mozartplatz, en la que se erigía una estatua del célebre compositor.

Cuando pasaron por delante de la silueta en bronce del músico, que se alzaba sobre un pedestal de piedra, Clara intentó no mirar y así evitar comentarios o miradas tan bienintencionados como angustiosos. Sin embargo, el señor Bogarín, que todavía notaba los estragos de la resaca en mente y cuerpo, no tardó en acercarse a ella e indicarle que estaba convencido de que la siguiente actividad iba a ser de su agrado. La violinista, que volvía a oír esa quinta desafinada a lo lejos, se fue quedando atrás estratégicamente. Así, se internaron por Judengasse, pasaron de largo las charlas que, como bisbiseos, se escapaban del café Wiesenberger, y marcharon por Getreidegasse. En el número 7, el escritor se detuvo y anunció a todos que se disponían a visitar el museo dedicado al señor don Wolfgang Amadeus Mozart, ubicado en la casa natal del músico. Aunque era cierto que Mozart no era el compositor más popular ni reconocido en Francia, sus obras aparecían, de tanto en tanto, en algunos recitales. No obstante, era indiscutible su notoriedad. Así que ese conjunto de intelectuales no podía obviar la oportunidad de conocer mejor su vida y de ver de cerca su famoso piano. Fueron pasando dentro para subir a la primera planta, que era donde se había instalado la exposición. Justo en el momento en que vio desaparecer a la señora Dupont, al señor Mercier y al señor Bogarín, Clara empezó a caminar hacia atrás y, sin dudar, se perdió entre el trasiego de esa coqueta rúa. La señora Leroy se giró para hacer un comentario a la señorita Balaguer y, al no encontrarla, llamó la atención de Juan y Jacobo. El arquitecto cazó el canotier de la violinista avanzando hacia el final de la calle, que moría al encuentro de la apuntada fachada de piedra gris de la Bürgerspitalkirche. Raudo, se ofreció a prescindir de la visita para comprobar si la señorita estaba bien. La señora Leroy se lo agradeció con sinceridad y lo animó a que no se quedara rezagado.

—Puede que necesite ayuda. Vaya, vaya, señor Figueroa.

Jacobo hizo ademán de empezar a andar, pero antes solicitó:

—No digan que se ha marchado sin más. Échenme la culpa a mí si hace falta.

Los otros dos asintieron sin tener muy claro el porqué de aquella petición, pero convencidos de alguna forma de que Jacobo tenía razón.

El señor Figueroa echó a correr. Esquivó murallas de viandantes cogidos de brazos infranqueables, un andamio en el que dos obreros discutían sobre el orden de las tareas, una carreta aparcada, sin carga ni dueño, y a una vendedora de flores aferrada a una enorme cesta. Alcanzó a la señorita Balaguer justo enfrente de aquella iglesia a los pies del Mönchsberg, cuyas rocosas paredes se alzaban junto a los muros del antiguo templo.

—Señorita, aguarde. Espere —dijo y paró a tomar aire con disimulo, también afectado por las últimas secuelas de la noche en Sankt Johann.

Clara se giró extrañada. Estaba pálida.

—Señor Figueroa, no...

—No se preocupe. He dejado a la señora Leroy y al señor Álvarez-Caballero encargados de elaborar un pretexto convincente a nuestra ausencia —la calmó—. ¿Está usted bien?

La violinista miró a los lados y se mordió el labio, peleando por retener las lágrimas.

—No puedo entrar ahí. No puedo. Lo he intentado, pero no puedo.

Jacobo asintió.

—Pues no entre. ¿Le apetece dar un paseo mientras lo visitan los demás?

—No quiero que usted se quede sin verlo. Vaya, yo..., yo me iré al hotel. Descansaré un rato.

—No me interesa tanto, créame. Además, resulta emocionante saltarse una actividad del programa del señor Bogarín. Desde que el señor Conte regresó a Florencia, le falta tensión a este viaje —bromeó.

Clara sonrió.

—Creo que por allí se va a la plaza de la Universidad. ¿Me acompaña? —Y le tendió el brazo.

La violinista lo miró un momento, aliviada y nerviosa de golpe. Y correspondió al gesto. Dieron algunos pasos en silencio. El trasiego de los vecinos y el soniquete del ascensor eléctrico que subía al Mönchberg de fondo. A medida que avanzaron, un enorme abrevadero de mármol con esculturas de domadores de caballos pasó a vigilarlos a la derecha, enmarcado en el escarpado acantilado. Era como si, en cuestión de centímetros, la salvaje e indómita naturaleza se convirtiese en lo que el ser humano, pretencioso artesano de efímero cincel, entendía como proporcionadamente celestial.

—Desde hace un tiempo me dan ataques —dijo Clara de pronto, ansiando sacarse la confesión del pecho—. Han empeorado desde que comenzó el viaje. Me cuesta respirar, tengo sudores fríos, me mareo, siento que me desvanezco. Y por las noches tardo en conciliar el sueño. Uno de los más graves que he experimentado fue en Génova, al ver el violín del maestro Paganini. Por eso me fui. Las paredes empezaron a acercarse a mí. Y escuchaba los latidos del corazón en la cabeza. Fue insoportable.

Jacobo frunció el ceño, preocupado.

—¿Está usted enferma? ¿La ha atendido algún médico? Puedo acompañarla si quiere. Seguro que aquí hay muchos y muy buenos.

—No, no, señor Figueroa. No se trata de eso. O eso me parece. Tiene que ver con estímulos muy específicos: ensayar, pensar en el concierto en la sala Érard, tomar contacto con los instrumentos y el legado de los grandes músicos...

—¿Y no confía en curarse?

—Lo único que espero es poder controlarlo y no terminar teniendo fama de histérica.

El arquitecto se quedó pensativo un momento. Rodearon Universitätsplatz y su rococó Kollegienkirche y, por Marktgasse, desembocaron en Franziskanergasse, desde la que se apreciaban los cuarteles de caballería, que dejaron atrás. Avanzaron hacia la Domplatz y pasaron a la Kapitelplatz. La imponente fortaleza se asomaba por encima de los tejados.

—Señorita Balaguer, es consciente de que esos estímulos que ha mencionado tienen un denominador común, ¿verdad? —Ella asintió—. ¿Ya no le hace feliz la música?

—Creo que no. O no de la manera en que la vivo. Tengo miedo de acabar odiándola. Es uno de mis mayores temores. Porque cuando detestas aquello que más te gustaba hacer... Dígame, ¿acaso se puede sobrevivir a eso?

Silencio, cruzaron miradas. Los ojos miel de Clara eran grandes, redondos y contenían una enorme pena y frustración. Alrededor, las sombras de los edificios, de los árboles, de los viandantes y de las farolas, como espectros de una realidad paralela.

—No puede permitir que eso ocurra, señorita Balaguer.

—Lo sé, pero ahora mismo me siento totalmente perdida.

—A veces es preciso darse tiempo. Al final encontrará el camino. Habrá alguna señal.

—Pero está el concierto en Érard. —Su voz se quebró.

—¿Ha vuelto a hablar con la señora Dupont sobre el cambio de repertorio?

—No, no. Es absurdo. No cederá. Y, encima, cada vez que lo pienso, que recuerdo lo que planteé, me siento ridícula y culpable. Y eso me enfurece.

—Discrepo de usted. Señorita Balaguer, ojalá pudiera verse con los ojos de las personas que la admiramos, contemplarse, aunque fuese una sola vez, con la claridad con que la observa la audiencia cuando se sube al escenario.

Clara sonrió. Los hoyuelos volvieron a formarse en las mejillas, sonrosadas tras el paseo y la conversación.

—Se lo agradezco, señor Figueroa, de verdad.

Se miraron con calidez. Clara sabía que era la mujer que Jacobo veía en el escenario, pero también la que, sin testigos, se dormía llorando. Era su mejor y su peor versión. O una versión que se hallaba entre medias de esas dos. Suspiró, tomando aire, fuerza, aplomo.

—Bueno, ya está bien de lamentaciones. ¿Qué puede contarme de esta preciosa ciudad en la que nos encontramos? Me he fijado en que la arquitectura es bastante regular.

Jacobo fue testigo de cómo esa mujer renacía como el ave fénix en apenas dos frases. Comprendiendo que necesitaba distraerse, recogió el guante de su propuesta.

—Tiene usted muy buen ojo, señorita Balaguer. La mayoría de los edificios de la ciudad son de los siglos XVII y XVIII, por lo que es posible identificar numerosas trazas barrocas en las líneas —dijo señalando la gran fuente-abrevadero de mármol que ocupaba parte de la plaza, a los pies del castillo—. Esto tiene sentido si tenemos en cuenta lo que nos ha contado antes el señor Bogarín sobre la época de esplendor de los príncipes-obispos de Salzburgo. A fin de cuentas, como siempre defiendo, las ciudades son libros de páginas abiertas al sol y la lluvia, en los que la historia no la escriben las plumas de los literatos, sino las piedras y medidas de los arquitectos, escultores e ingenieros.

—Vaya, señor Figueroa, es usted todo un poeta. —Se rio ella divertida.

—No infravalore nunca la petulancia de un arquitecto al que se le deja hablar de piedras.

Y se rieron ambos. Sin pararse a decidir, se dirigieron al bonito cementerio de Petersfriedhof, del que se decía que era el más antiguo de la ciudad. El emplazamiento a los pies de la colina y esa forma en la que forja, cipreses, sillares y hierba se entremezclaban lo convertían en un rincón mágico y sereno. Se asomaron a St. Margarethen Kapelle, en medio del reducido camposanto. A lo lejos se oía el ajetreo del Stiftskeller, restaurante en el que se servía un vino delicioso y que estaba situado en la entrada norte. Jacobo y Clara no se resistieron al fúnebre encanto de las capillas talladas en la roca y al sepulcral silencio, tan exento de vida. Regresaron a Kapitelplatz. Dudaron un momento si marchar ya al encuentro de los demás o continuar un rato más por su cuenta. Clara propuso alargar el paseo. Después de tantos días, era agradable poder perderse, para variar. Tomaron un camino que subía hacia el Hohensalzburg, la fortaleza medieval.

Tal y como había leído el señor Bogarín en la guía, Salzburgo, o la ciudad de la sal, a pesar de su limitada extensión, era famosa desde el siglo VIII por ser un importante emplazamiento en el que se aunaba el poder religioso católico y el secular. La había refundado el obispo Rupert en esos tiempos, época en que se creía que se había construido el castillo primitivo. Durante siglos, había funcionado como principado eclesiástico independiente dentro del Sacro Imperio Romano Germánico, una fórmula idiosincrática que le había permitido disfrutar de prebendas que competían con las del mismísimo Vaticano. Entre los siglos XVII y XVIII, había experimentado una edad dorada en la que incluso se había expulsado a los protestantes de la ciudad. Justo al final de esa era pertenecía el hijo predilecto de la villa, el compositor Wolfgang Amadeus Mozart. No obstante, la liquidación definitiva de ese imperio que hilvanaba las relaciones entre un sinfín de principados en el centro de Europa a causa de las guerras napoleónicas lo llevó a la secularización en 1802 y, por ende, al final de sus privilegiados días de esplendor. En los siguientes años pasó por varias manos: Francia, Baviera y, finalmente, el Imperio austríaco, Austria-Hungría desde 1867. Y, desde entonces, Salzburgo peleaba por hacerse un hueco en el presente, pese a que su callejero contuviese toda la nostalgia de un pasado de oropeles.

Los tonos cálidos habían invadido también la colina, el otoño no se había hecho esperar. Jacobo y Clara subieron por Festungsgasse y, al pasar por delante del Zur Katz, otro restaurante, optaron por sentarse y pedir un refrigerio para reponer fuerzas. Las vistas eran fabulosas. Clara sabía que las retendría en la memoria durante mucho tiempo y serían abrigo en los días más pesarosos de la rutina. Una brisa fresca hacía bailar las hojas de los árboles y los rizos que sobresalían por debajo del canotier de la violinista.

—Entonces, ¿quiere ser oficialmente francesa?

—Creo que es lo más coherente. Aunque no siento que pertenezca a ningún lugar, Francia ha sido mi hogar durante casi toda mi vida. Hasta 1889 pensé que no sería posible y tampoco lo medité en exceso. Pero con la nueva ley, el próximo año cumpliré el requisito de residencia ininterrumpida durante diez años. Lo habría conseguido antes, pero viví dos años en Leipzig.

—La echaremos de menos —bromeó Jacobo.

Clara se rio y negó con la cabeza.

—¿Y usted no se lo plantea?

—No, soy un romántico. La verdad es que sentiría como si estuviera eligiendo Francia en lugar de España. Si lo dejo como está, mi nacionalidad es una cuestión de azar. Que, por otro lado, es como debería entenderse. Últimamente, la gente le da más importancia a la patria que a las personas.

—Sí, yo tampoco lo soporto.

Un camarero les sirvió lo que habían pedido, dos tónicas, en unas coquetas copitas de cristal labrado. Clara cogió la suya con la mano enguantada y bebió un sorbo. Después disfrutó durante un instante de la vista sobre el Salzach, con su trazado sinuoso y los tres puentes, y el blanquinegro caserío, salpicado de contados tejados azulones en torres y cúpulas en los que parecía reflejarse el cielo. Demasiado soberbios para estar oxidados.

—¿Se imagina esto nevado? Debe de ser tremendamente bello.

—No creo que esta ciudad tenga una mala cara a lo largo del año. Dicen que en verano es fabulosa —contestó Jacobo.

—Tendremos que volver, entonces —observó ella animada y sonrió.

Jacobo asintió. No pudo sentirse más afortunado de estar allí en ese preciso instante. Clara lo analizó con sutileza. Aunque no lo reconocía, le resultaba terriblemente atractivo el modo en que el arquitecto sonreía solo con un lado de la boca debido a un problema congénito relacionado con los nervios de esa zona del rostro. También ese cabello moreno, ni muy corto ni muy largo, peinado hacia atrás. El vello facial que algunos días se intuía. Y la afabilidad de sus gestos, la pureza de su mirada castaña.

—Mi mujer siempre quiso viajar. Es una lástima que no tuviera la oportunidad de conocer estos parajes. Le hubieran gustado.

Clara lamentó aquello.

—¿Sabe? Desde que me habló de ella, estoy deseando regresar a París para buscar su carta. Detesto no haber podido conocerla. Seguro que fue una gran mujer.

—Lo fue. —Sonrió triste—. Muchas gracias, señorita Balaguer.

—¿Cuál era su nombre?

—Natalie.

—Es un nombre muy bonito.

Jacobo asintió.

—Si tiene paciencia y ganas, un día tendría que conocer a mi hija Augustine. Y le agradecería que le dijera que no toca tan bien el piano. Tiene atormentados al servicio, a sus hermanos y a mí.

—Pero ¿cómo le voy a decir eso? —Clara se rio—. Pobre Augustine. Seguro que es una incomprendida, una artista torturada como yo. Me encantará conocerla. Pero sepa que de mí solo obtendrá un enérgico apoyo a sus inquietudes musicales. No sé si quiere arriesgarse...

—Creo que correré el riesgo. Estoy seguro de que, cuando sea testigo de cómo tortura las teclas, se unirá a la causa.

Clara se volvió a reír. Se tapó la boca para ocultar la carcajada. Continuaron con la tónica y ese diálogo que derivó, cuando se levantaron y continuaron subiendo, en los trabajos más famosos de Jacobo. El arquitecto, interrogado por la inquieta señorita Balaguer, le narró que durante los años de formación en la École des Beaux-Arts había asistido al taller del arquitecto don Jean-Louis Pascal, donde había coincidido con otros de renombre como el señor don Charles Mewès, el señor don John James Burnet y el señor don Arthur Joseph Davis, también alumnos por entonces. Pero había sido un mero pasante. Al regresar a París tras la etapa en España y el viaje a Italia, trabajó con el señor don Julien Guadet, premio de Roma en 1864, en el diseño de la oficina central de Correos de París. Esto a Clara la fascinó. También, tal y como la señora Dupont le había adelantado a Clara en el tren el primer día de viaje, fue uno de los treinta y nueve asistentes del señor don Joseph-Antoine Bouvard en la construcción de la cúpula central y el pórtico de entrada de la célebre Exposición Universal de 1889 que había alumbrado la torre Eiffel.

—Unos años de mucho trabajo... —musitó Clara—. Imagino que no fue fácil si su esposa estaba enferma.

—No, no lo fue. —Jacobo agradeció la empatía—. Creo que siempre me castigaré por no haber estado todo lo presente que quizá ella esperaba. Lo intenté. Pero el trabajo... y tal vez mi rechazo a ver cómo la tuberculosis la consumía... No me siento orgulloso.

Desde lo alto de una de las torres admiraron el paisaje y señalaron edificios, intentando adivinar si alguno era de los que habían visto ya. Hicieron la visita a la fortaleza, de paredes claras y cañones salientes. Cuando terminaron, descendieron con calma, la charla seguía sin agotarse. A la altura del restaurante en el que habían tomado la tónica, identificaron un camino distinto que decidieron seguir. Desembocaron en el entramado de paseos del Mönchberg, esa colina que abrazaba la ciudad al sur. Las hojas caídas de las hayas y los tilos formaban una alfombra rojiza sobre la tierra oscura. En ese rato, parlotearon sobre la polémica construcción de la iglesia del Sacre-Cœur, todavía sin terminar, y que, al parecer, estaba costando más dinero del esperado. También entre los dos intentaron recordar quién tenía el turno de Gobierno en España. Llegaron a la conclusión de que eran los progresistas de don Práxedes Mateo Sagasta. Ambos se declararon admiradores de la prosa de don Leopoldo Alas y de la poesía de don Gustavo Adolfo Bécquer. Y de doña Rosalía de Castro. La lectura era el modo en que mantenían abrillantado el español, presentes sus raíces.

Al llegar, por fortuna, donde se encontraba el ascensor eléctrico, se lanzaron a probarlo para regresar a la zona baja de la ciudad. Tardaron solo dos minutos en descender. El vértigo asomó por un segundo. Desde Gstättengasse caminaron hacia la ribera y, aunque no les importó demasiado, recorrieron Franz-Josef-Quai, cruzaron el Franz-Karl-Gehbrücke y anduvieron por la orilla derecha. El itinerario pasó después por Mirabellplatz, con el fabuloso palacio y los jardines, y por el Stadtpark, con el Kurhaus presidiendo. Cuando se sintieron cansados, se dirigieron hacia el hotel. Sin preguntar por el resto del grupo, se acomodaron en una de las terrazas que daba al río. Allí, con el sol poniéndose, saborearon los últimos momentos de ese día de paz y libertad, ignorando el creciente frescor de la tarde.

—Ambos estamos al servicio del imperio de los sentidos. Usted engatusa al de la vista, yo al del oído. Pero todo es lo mismo. Todo es arte, ciencia y, a la vez, nada —decía Clara a colación de una plática sobre el fin de las artes en la que llevaban enfrascados una hora.

—Yo no diría que es nada, señorita Balaguer. Hay algo en el arte que permanece, que lo hace eterno.

—Y creo que es la peor de las pestes. Verá —dijo poniendo la espalda recta en la silla, como preparándose para el ataque—. El arte es temporal. Y creo que cada vez lo entendemos menos. La finalidad del arte, tal y como yo lo veo, es generar una emoción. El público ansía esa emoción, pero no sabe cómo conseguirla. Y por eso busca a los artistas. Los artistas somos necesarios porque tenemos la capacidad de detenernos en medio de la espiral de la vida y de observar, de sentir con una intensidad dolorosa y de recordar, a través de nuestras creaciones, lo verdaderamente importante, de intentar cazar lo sublime en cualquiera de sus formas. Las personas somos adictas a esos momentos de epifanía, a esas emociones finitas. Y si algo logra llevarnos a ese edén, deseamos que se repita una y otra vez. Pero por más veces que lo haga, jamás será lo mismo. Porque ya no somos los mismos. Nada es igual. Una catedral, un cuadro, una pieza, una representación son alguno único en sí mismos. No se pueden replicar. Tampoco la sensación que generan al descubrirlos por vez primera.

—Por eso el rechazo que siente ante el repertorio que la obligan a tocar y lo que desean de usted.

—Es antiartístico, señor Figueroa. Miguel de Cervantes solo podría haber escrito una vez el *Quijote*. Yo solo puedo ver la catedral de Notre-Dame por primera vez en una ocasión. Y por más que pidamos a los artistas que repliquen una magia que, en el fondo, no conocen, no lograremos estar más cerca de ese instante en el que todo fue ardiente, en el que todo tuvo sentido. —Clara tenía las mejillas calientes y carmesíes—. Desearía con toda mi alma crear una obra compleja, con calidad, que atrapase a la audiencia, que saliera de lo más hondo de mis alegrías y decepciones. Desearía tocarla, embrujarlos a todos. Y después desearía quemar las partituras. O algunas, volviéndola incompleta, forzando a que solo se pudiera oír de nuevo esa música en los recuerdos de aquellos que fueron testigos. Sería imposible repetirla, convertirla en repertorio, en exigencia o rutina. Y así el público entendería a lo que me refiero, experimentaría lo efímero del arte y tendría que hacer las paces con ello.

—Pero si hace eso, sería como borrarlo. Dentro de cien años nadie podría saber qué pasó, su obra se perdería.

—Estoy reconciliada con la idea de no pasar a la posteridad, señor Figueroa. A las sinfonías de las mujeres se las tragará el olvido pase lo que pase. Pero no me importa que me olviden. Me importa ser feliz.

Las pupilas de Clara centelleaban. Se miraron a los ojos durante unos segundos. Y por más que a Jacobo le horrorizase la idea que acababa de exponer la violinista, creyó entender a lo que se refería. Privados del hechizo que los había hecho valientes para contemplarse sin pudor, buscaron refugio en los rincones de la terraza o en la inmensidad del paisaje, a punto de apagarse bajo el influjo de la luna.

—¡Aquí podíais estar! —dijo Juan desde la puerta—. Cenamos en media hora. Por cierto, le he dicho al señor Bogarín que has tenido que volver al hotel por un dolor intenso en la espalda y que la señorita Balaguer se ha ofrecido a acompañarte porque ella se había olvidado los guantes y prefería dedicar el día a ensayar.

Los dos asintieron aliviados y le dieron las gracias. Supieron entonces que debían prepararse para la cena. Clara se levantó.

—Muchísimas gracias por todo, señor Figueroa. Ha sido un día magnífico.

—Gracias a usted, señorita Balaguer. Ha sido todo un placer.

Clara sonrió a Juan y entró. Jacobo notó cómo una imprudente sonrisa se quedaba fija en su rostro y, aunque quiso hacerla desaparecer enseguida, no pudo. Cuando Clara llegó a la habitación, se sentó en la cama y se quitó el canotier. Suspiró. ¿Podía una conversación curar una herida?, ¿podía una persona coser dos alas rotas? No lo sabía. Lo que sí sabía era que, aunque al día siguiente volviera a sentirse miserable —y así fue—, esa velada se sentía contenta y tranquila. Sonrió. No podía alegrarse más de haber propuesto seguir con el paseo a pesar de haber visto, a lo lejos, al señor Bogarín y al resto adentrarse en la Kaputzinerplatz. ¿Por qué lo había hecho?

23
De cinco a seis

Sinfonía n.º 4 en mi bemol mayor (WAB 104), «Romantica»,
movimiento final *Bewegt, doch nicht zu schnell*
Anton Bruckner

Era día 22 de octubre. Llevaban casi un mes de viaje. A las siete y media de la mañana salía el barco que los llevaría por el Danubio hasta su siguiente destino. El Erzherzog Carl Hotel les había confirmado que podían desayunar de cinco a seis en el salón del día anterior. El señor Bogarín les había recomendado a todos que bajaran a las cinco. Había que salir con margen hacia el embarcadero, por muy cerca que estuviera del alojamiento. Todos hicieron caso.

Habían llegado a Linz el viernes 20 de octubre, el día después de la jornada en Salzburgo en la que Clara y Jacobo habían hecho turismo por su cuenta. Habían pasado el sábado allí, tras lamentar el recorte de días en Salzburgo a causa de la avería en el tren que los había obligado a pernoctar en Sankt Johann in Tirol. Linz era la capital de la Alta Austria y, aunque menos coqueta que Salzburgo, a todos les causó una buena impresión. Estaba emplazada a orillas del Danubio. Como no era muy grande, les había bastado la mañana para dar un paseo completo por la urbe. Habían admirado la Franz-Josefs-Platz y su majestuosa columna de la Trinidad, habían recorrido el Promenade y la bulliciosa Landstrasse, donde habían parado a almorzar en el café Traxlmayer, y habían visitado la Catedral Vieja, la Stadtpfarrkirche y el monasterio carmelita. Por la tarde, cada cual se había dedicado a lo suyo. Se habían reunido para cenar y, de nuevo, para desayunar.

—¿Sería tan amable de pasarme la mantequilla, señora Dupont? —pidió el señor Mercier.

Geneviève reaccionó con presteza. Se había levantado de buen humor. El día anterior había enviado una carta al señor Dupont con todos los avances, incluida la noticia de que recibiría el informe del señor Álvarez-Caballero más pronto que tarde. Aunque era un pensamiento transitorio, creía que, por una vez, tenía todo bajo control. Clara alternaba el gesto de hastío y la sonrisa a placer, pero no lo consideraba relevante si no afectaba al ritmo de los ensayos. Aunque no había terminado de comprender la explicación de Juan en el museo de Mozart, le había congratulado descubrir que, de cualquier modo, Clara había empleado ese día en practicar para el concierto. Asimismo, sentía que tenía a la señora Leroy comiendo de su mano, por lo que, en cualquier momento, le presentaría la propuesta que el señor Dupont y ella habían estado diseñado con tanto celo.

—Por cierto, señor Bogarín, ¿a qué hora está prevista nuestra llegada? —dijo tras dejar ir el plato de la mantequilla.

—A las tres y media de la tarde, señora Dupont.

—¿Creen que hará frío en el barco? —dudó la señora Leroy.

—Lo más probable. Así que no escatimen en ropa de abrigo. Sobre todo si desean ir un rato en la cubierta para disfrutar de las vistas —contestó don Guillermo.

El clinclín de las cucharillas en las tazas y de los cubiertos en los platos amenizaba el desayuno. Gustav, que lucía una chaqueta nueva que había tomado «prestada» en la estación de Salzburgo, comía como si fuera a pasarse cuatro días sin probar bocado. Solía hacerlo en cada desayuno, comida o cena. La vida delictiva en la que se hallaba sumido desde la infancia le había enseñado a no dar por sentado un solo día de libertad. Cualquier momento era bueno para que alguien descubriese las faltas de los hermanos Pichler y los enviase al más putrefacto de los calabozos. Y eso que, desde que habían entrado en Austria-Hungría, se había esmerado en repasar todos y cada uno de los carteles para asegurarse de que nadie los reconociese. En Salzburgo había hallado dos. En Linz, tres. Pero acostumbraban a estar tapados por otros más recientes. A fin de cuentas, ya hacía dos años del gran golpe por el que habían decidido marcharse del imperio, conscientes de que habían timado a un caballero demasiado poderoso e influyente.

Thesi, por otro lado, no estaba disfrutando demasiado de la tostada. No tenía apetito. A cambio, sentía un ardor desconocido en la boca del estómago. Miraba de reojo al señor Mercier, que parloteaba con la condesa Karimova mientras daba sorbos al café. Con el paso de los días, una obsesión descontrolada había nacido en lo más profundo de su atormentado espíritu. Deseaba con toda su alma que el pintor le dijera que la necesitaba. Era un anhelo animal. No había razón en ello. Pero era lo que más quería en el mundo. Ni que la amara ni que la cuidara. Solo ansiaba que se volviera loco por ella, que perdiera el juicio y se lo confesara desesperado. Esa noche, al caer dormido, Thesi se había deslizado entre las sábanas y había rebuscado entre las pertenencias del artista hasta dar con el cuaderno en el que siempre andaba garabateando. Los ojos grises analizaron las hojas en las que había una colección de bocetos bastante dispar. Comenzaba con figuras y escenas de batallas. Cadáveres. Después, mujeres cargadas de erotismo. Sintió celos. Más adelante cambiaba el registro. Fachadas de edificios, letreros de cafés y tiendas, paseantes sin rostro en medio de un París fragmentado. Continuó avanzando, nada interesada en todo lo anterior y por fin llegó a los últimos dibujos. Thesi admiró orgullosa cómo el señor Mercier había inmortalizado distintas partes de su cuerpo a carboncillo. De pronto, una mano violenta le había quitado el cuaderno.

—¿Quién te crees que eres para hurgar entre mis cosas?

—Tu musa. Sé reconocerme aun en partes. Estás obsesionado conmigo —le dijo ella, como si buscase torturarlo.

Entonces, el pintor, sin pestañear, la había abofeteado. Thesi se extrañó un instante. Pero, acto seguido, procedió a devolverle el golpe. Justo cuando lo hacía, el señor Mercier le cogió la mano y la acercó a sí. Como dos bestias sin seso ni educación, empezaron a besarse con una pasión salvaje.

—Aunque está todo delicioso, echo de menos el pan de París —comentó la condesa Karimova.

—Sí, nada puede superar a una buena baguette de Ladurée —opinó el señor Mercier.

El pintor miró de reojo a Thesi y se regocijó en la aparente angustia de la joven. Cuanta más certeza tenía de que ella anhelaba escuchar lo obvio, que el deseo por ella lo consumía, más seguro estaba de no concederle esa satisfacción. Rechazaba cumplir las peticiones del orgullo de la señorita, demasiado acostumbrada a ser halagada. No, jamás lo admitiría. A cambio, ella sí debía mostrar sumisión, debía demostrarle lo mucho que lo necesitaba. Solo entonces decidiría si era merecedora de su compasión.

—Señor Álvarez-Caballero, ¿sigue en pie enseñarme a jugar al cinquillo? —musitó entonces la señorita Pichler. Las orejas del señor Mercier se encendieron.

—Oh, por supuesto, señorita. Será un placer —la correspondió Juan, que se había quedado hasta tarde puliendo el informe para el señor Dupont y preguntándose si Maurizio contestaría a su carta.

Jacobo y Clara hablaban de lo bonita que era la postal que el arquitecto había comprado el día anterior. Ella le aseguró que a sus hijos les encantaría. En Salzburgo, antes de partir, había visitado la oficina de correos de Residenzplatz. La de Linz la mandaría en los próximos días. En la última postal enviada, había dedicado una línea a presentar a la señorita Balaguer, la famosa violinista que tanto admiraba la madre de los niños. Jacobo indicó a sus hijos que Natalie había probado tener un ojo exquisito, pues la señorita Balaguer era todo lo que ella siempre había dicho: encantadora, talentosa y humilde. Más allá de esto, y aunque los dos españoles cada vez se llevaban mejor, ambos habían optado por contar sus interacciones para no generar bisbiseos en el grupo. Sobre todo después de que el señor Bogarín le susurrase a Jacobo, en la cena del día que había pasado con Clara en Salzburgo, que sabía lo que pasaba y que lo entendía. «Está todo bien, señor Figueroa. Es, sin duda, una gran mujer», y le había guiñado un ojo. Jacobo, falto de subterfugios, no había podido más que negar con la cabeza y sonreír.

—Henri, ¿no quieres un poco de *Linzer Torte*? —le preguntó su tía, señalando la bandeja de plata en la que reposaba la tarta.

El chico negó con la cabeza. Había terminado la novela de Verne y eso le agriaba el carácter.

—¿Y usted, señora condesa?

—No gracias, señora Leroy. Ya he acabado. De hecho, si me disculpan, me iré a mis dependencias para terminar de prepararme y supervisar si la señorita Eleonor ha organizado bien el equipaje —anunció mientras se incorporaba con ayuda de ese bastón incrustado de piedras preciosas.

La condesa Karimova estaba cansada. Notaba el paso de los días y el trajín del viaje. Le dolía la espalda y sentía hinchadas las piernas. A ratos dudaba si comunicar al señor Bogarín que deseaba regresar a París. Pero entonces pensaba en la soledad, tan peligrosa cuando uno llora una pérdida, tan maquiavélica cuando el pasado llama a la puerta. También en que, muy posiblemente, era la última oportunidad que tendría de viajar por Europa. Así que siempre terminaba llegando a la conclusión de que era pertinente aguantar un poco más.

El señor Bogarín comprobó la hora en el añejo reloj de bolsillo. Esa mañana, el nervio lo había vuelto a invadir. Aparte del asunto de llegar con tiempo al barco, estaba ese otro tema. La tarde anterior por fin había podido acudir a un café a solas para consultar los periódicos. Después de que todos se dispersaran, se había dirigido al café Steinböck, en la Franz-Josef-Platz. En compañía de un *melange*, se había zambullido en las páginas de *Le Petit Journal* del día 18. Así se había hecho eco de la muerte del mariscal Mac-Mahon, el segundo presidente de la Tercera República francesa, a causa de una enfermedad, y del exhaustivo programa de festejos en París por la llegada de las amigas tropas rusas. No obstante, aunque había soñado con librarse, en la última página, junto al resumen de los espectáculos que tenían lugar en los teatros de la ciudad ese día, se había topado con esa maldita columna de «Los diez de Bogarín». En ella se narraba el episodio de Rávena, el enfado del señor Bogarín, «un tipo de exigua paciencia y gusto por el control», la extraña partida del señor Conte, del que insinuaban peligrosas simpatías políticas, y la llegada a Innsbruck. El escritor se enjugó las gotas de sudor de la frente con el pañuelo que siempre portaba en la chaqueta.

—Yo también voy a subir a terminar de prepararme si me disculpan —dijo Clara.

El señor Bogarín le sonrió y asintió. En las líneas finales del artículo, el periodista en cuestión afirmaba que la señorita Balaguer presentaba una actitud preocupante, enfermiza, y que quizá era a causa de los recuerdos de un amor pasado, el reconocido pianista don Yves Duhamel.

24
Sendero al este

Vals *El Danubio azul,* op. 314
Johann Strauss II

El vapor zarpó a las siete y media de la mañana. Los viajeros, ayudados por varios recaderos que habían contratado con ayuda del personal del Erzherzog Carl Hotel, habían recorrido los escasos metros que separaban el alojamiento del embarcadero. El navío, alargado y especialmente puntiagudo a proa, contaba con dos zonas techadas sobre las que se erigían dos espacios exteriores cubiertos por un tejadillo. Las separaba la humeante chimenea. Aunque el transporte por el Danubio no pasaba, en esos años, por su mejor momento, una vez más, aquello había sido una recomendación de un conocido del señor Bogarín con objeto de dar un respiro a los días de ferrocarril y, por lo tanto, otro de esos trayectos que estaban fuera de las reservas de la agencia y que el escritor había gestionado por su cuenta, por carta, antes de salir de París. En general, todos estaban entusiasmados con la idea de navegar por ese río que atravesaba Europa desde la Selva Negra hasta el mar Negro. Sobre todo porque no iban a pernoctar en él, como sí había ocurrido en el barco a Livorno.

La condesa Karimova, consciente de la vulnerabilidad de su salud, se dirigió a uno de los asientos del salón interior junto a su doncella. El señor Mercier la siguió, dispuesto a dormir o bosquejar un rato. Juan buscó un asiento aislado y repasó, con máxima concentración, el informe «Casablanca», como lo había bautizado. Ya casi estaba listo para ser enviado. Gustav y Henri se acomodaron en el exterior, a popa. Mientras uno se encendía un cigarrillo que había sacado de quién sabe dónde, el otro abría el libro de Maupassant que el señor Bogarín le había prestado para paliar la angustia que sentía, ahora que había terminado la novela de Verne. Por su parte, don Guillermo, que también tenía la intención de hacer el trayecto dentro después de una primera media hora de vistas, observó cómo las damas se acomodaban en la parte superior, a proa, dispuestas a dejarse embelesar por el paisaje. En concreto, fijó la vista en la señorita Balaguer. Un profundo sentimiento de culpa le agarrotó la garganta y le secó la boca. Había querido mantener el asunto de los periódicos en secreto, pero ahora sabía que se estaban dando a conocer detalles de la vida privada de esos viajeros que habían depositado su confianza en él. Por un lado, sabía que lo correcto era dar aviso. Pero, por otro..., ¿y si aquello terminaba con el viaje con el que había soñado durante años? Así, se limitó a recomendar a la señora Dupont, a la señora Leroy, a Thesi y a Clara que no dejasen de mirar ambas orillas, pues en las dos había postales admirables, según había leído en la guía. Titubeó un instante y, al final, se la tendió a la señorita Thesi para que pudieran ir poniendo nombre a lo que veían. Después, ligeramente incómodo por el ataque indiscriminado de los remordimientos, marchó al interior y se sentó junto a Mercier, ya dormido.

Al cielo nuboso lo acariciaba una brisa suave y fría que hacía bailar las ramas de los árboles ribereños, algunos de pobladas copas, otros desnudos de abriles. A la espalda, Linz se iba quedando atrás. La silueta de la ciudad la recortaban las torres de la vieja catedral en lo alto y, abajo, el reflejo en las aguas mansas del río. Alrededor, llanuras verdes solo amenazadas por promontorios lejanos, todavía difuminados. Enseguida el vapor se fue encontrando con islas boscosas que, como paradojas, surgían en el serpenteante trazo de la madre. Los pasajeros pronto empezaron a distinguir castillos y ruinas en algunas. A buen seguro, más de uno ansió inmortalizarlas a golpe de cámara o pincel. A la hora de viaje, pasaron por Mauthausen, una pequeña ciudad en la que existía un pintoresco puente colgante. Solo unos minutos después, el río Enns desembocaba en el Danubio dejando un característico rastro verdoso. El barco pasó entonces por debajo de un puente ferroviario. A continuación, a derecha e izquierda, pueblos como Wallsee o Grein embellecían las colinas con ayuda de palacios e iglesias de las que solo se podían intuir sus lindezas. Lentamente, como si el Danubio se tomara sus tiempos para mostrar a los forasteros las profundidades de su espíritu, las orillas se tornaron más y más escarpadas, sobre todo la izquierda. Antes de alcanzar Struden, otro pueblo abrazado por el romántico hechizo de las ruinas, la isla de Wörth dividió el cauce en dos. El vapor sorteó con parsimonia los rápidos.

Justo cuando pasaban al lado de la iglesia de St. Nikolai, encaramada sobre las rocas, Jacobo se sentó junto al señor Mercier, ya despierto. El pintor ignoró la presencia del arquitecto durante unos minutos, pero Jacobo deseaba probar un acercamiento con él, así que no pudo escapar a la conversación.

—Estará disfrutando con las vistas, señor Mercier. Apuesto a que usted es capaz de ver los lienzos escondidos entre las fortalezas olvidadas.

—Lo soy. Pero no pinto bodegones. Ni de naturaleza viva ni muerta —respondió sin desatender el boceto en el que trabajaba en ese cuaderno suyo.

—¿Le parece que de estas vistas saldría un bodegón?

El señor Mercier cerró el cuaderno.

—No en el sentido técnico del término, pero sí en lo relativo al escaso interés que me producen. Si conoce un poco mi obra, sabrá que soy pintor de escenas urbanas e interiores, siempre con figuras humanas en primer y segundo plano. Y ahora estoy inmerso en la investigación de la naturaleza íntima. En las luces y las sombras de los momentos más breves y reservados. Y eso, de ningún modo, puede hallarse en paisajes de postal turística o de vana cartelería. Dios me libre de ser un Lautrec o un Chéret. O un Hodler hasta hace poco.

Jacobo se rio para sí por la gran cantidad de artistas y estilos que el pintor reprobaba. Con habilidad, recondujo la charla a placer. No deseaba discutir.

—Conozco su obra, sí. Asistí a la exposición que hizo en Goupil en 1882 después de descubrirlo con su cuadro *Café de la Paix* en la quinta exposición impresionista. Me parece una obra maestra: la luz y el color vibrante, la sensación de fugacidad, el vacío en los ojos del caballero reflejado en la ventana... Cotidiano y etéreo a la vez. Pero reconozco que sería un temerario si afirmase que la entiendo en modo alguno como su creador.

—Sí, lo sería.

—Y, como mero espectador, hablando de paisajes, ¿no le gusta el trabajo de Constable, Dauvigny o Monet?

—Señor Figueroa, yo no soy nunca, en ninguna circunstancia, un mero espectador. Dice mucho de usted que crea que un artista puede relacionarse con el arte que le es propio con otros ojos que no sean los suyos. Precisamente esa es la mayor desgracia de tener un don artístico. Lo descubres amando ese arte, pero cuando te entregas en cuerpo y alma, lo emponzoña todo. Y ya no puedes sentirlo sin estar presente.

Jacobo se quedó impresionado con la reflexión. Asintió y le dio la razón. Quizá sí ocurría. Aunque también era cierto que él sí tenía un gusto arquitectónico ajeno a lo que deseara diseñar con sus manos.

—¿Volverá a exponer pronto? —intentó retomar la charla.

—¿Quiere algo de mí, señor Figueroa?

Los dos caballeros se miraron fijamente.

—No, señor Mercier. Solo conversar.

—Bien —respondió el pintor, se levantó y se fue.

A la altura de Sarling, un tren pasó por su lado. La vía estaba muy próxima a la orilla. En lo alto, los restos de una abadía cisterciense que habían quemado los franceses en 1809. En ese punto, la señora Dupont y la señora Leroy, enfundadas en las pieles más primorosas de su guardarropa y con sombreros de paseo decorados con plumas y flores, decidieron irse al interior. Tenían frío. Las ayudó a bajar las escalerillas un señorito checo muy risueño con el que la señora Leroy se puso a hablar después de casi caerse encima al pisarse el bajo del vestido en el último peldaño. La señora Dupont obvió esperarla y se acomodó junto a Jacobo, coqueta como siempre. En la cubierta se quedaron Clara y Thesi, entretenidas con las explicaciones de la guía. Durante la siguiente media hora, el libro indicaba que varios de los pueblos que se alzaban en las márgenes del río aparecían en el *Cantar de los nibelungos*. Así, la leyenda tiñó el iris de las dos viajeras.

—Mi madre solía contarme la historia de Sigfrido y Krimilda. Pero estoy segura de que se inventaba la mayoría... Jamás tocó un libro —dijo Thesi y se rio. Clara arqueó las cejas, extrañada por la afirmación. La señorita Pichler se percató, así que apostilló—: Prefería montar a caballo y tocar el piano.

La violinista asintió.

—A mi madre le gustaba el cuento de Garbancito. Es una historia popular en mi país sobre un niño muy pequeño —recordó con ternura.

—Conozco ese cuento. Del orfana... —Se frenó—. De la escuela. Pero el nombre era algo así como «dedito pequeño».

—Supongo que su tierra y la mía no son tan distantes, señorita Pichler. —Sonrió Clara.

—Sí, supongo que no.

—Aunque yo apenas tengo recuerdos nítidos de la mía. Se han ido alejando y emborronando, como mi infancia —comentó Clara, dispuesta a cambiar la imagen de soberbia que la señorita Pichler se había llevado de ella.

—La entiendo. Yo... Mi familia se trasladó a Cracovia cuando era muy pequeña y después pasé un tiempo en un colegio, sola. Cuando vinieron a buscarme, ya nada era igual. Desde entonces, todo ha pasado muy deprisa. Los años, las calles... A veces siento que soy una sombra que deambula, sin origen ni destino.

—A mí me ocurre algo parecido. Me marché a vivir con los señores Dupont cuando era muy pequeña para cumplir mi sueño de convertirme en violinista. Desde entonces, la relación con mi familia se ha ido complicando y desvaneciendo. Y tengo esa extraña sensación de no tener una cuna a la que regresar.

—Es muy solitario, ¿verdad?

—Sí, lo es. Y más siendo una mujer soltera. La sociedad te hace sentir que vives en este mundo de prestado.

—¿No tiene pensado casarse? Seguro que una artista de su categoría tendrá pretendientes para elegir.

—No lo sé. He estado tan concentrada en la música que se me ha olvidado lo demás. Y tampoco ayuda el hecho de que todas las compañeras que conozco que se han casado han tenido que abandonar los escenarios. Creo que lo que me pregunto muchas veces no es si estoy preparada o quiero casarme, es, más bien, si estoy dispuesta a dejar de tocar el violín en público.

—Tendrá que buscar a un estúpido que le baile el agua —le espetó Thesi y se rio.

Clara también se rio, pero negó con la cabeza y señaló que no era tan sencillo.

—Yo estoy deseando tener a alguien que me proteja —añadió Thesi.

—Bueno, tiene a su hermano.

—Sí, y él me protege, siempre me ha protegido. Pero Gustav, ya sabe, Gustav... Él lo hace porque es mi hermano. Yo deseo que alguien lo haga por voluntad ciega.

—Entiendo lo que dice, pero quizá debería encontrar la forma de protegerse a sí misma. Por si acaso.

—No, yo no puedo protegerme. Ojalá pudiera, créame. Pero no puedo. El mundo es demasiado complicado.

—Lo es. Y aterrador. Pero lo es un poquito menos cuando una se sabe con las riendas.

Thesi se quedó mirando el horizonte, pensativa. El desfiladero de Wachau se dibujó en sus pupilas. Aunque no podía ser sincera con la señorita Balaguer, sí eran ciertas las conclusiones. De pequeña, no había estado en un colegio sola, sino en un orfanato. Al morir su madre y cazarlos delinquiendo solos los habían llevado, por separado, a casas de niños expósitos. Allí había pasado dos años, en los que había aprendido disciplina, a leer, a escribir, a saltar a la comba, a fregar suelos y a coser. Especialmente hábil en los idiomas, era donde se había iniciado en el conocimiento del francés, gracias a una maestra que había visto un gran potencial en ella. Lo había mejorado años después utilizando varios libros robados a estudiantes distraídos. Además, como era habitual en Austria-Hungría, incluso para aquellos menos instruidos, tanto Thesi como Gustav hablaban, desde niños, alemán y polaco. Al cumplir los doce años, Gustav había salido del orfanato y había ido a buscarla. Consiguió que se escapara, algo que siempre había utilizado para chantajearla. Así, Thesi había forjado ese ideal de protección a pesar de que, muchas noches, se preguntaba qué habría sido de ella de haber permanecido en el orfanato unos años más. Quizá tendría un empleo. Quizá, menos fantasmas.

—¿Sabe? De pequeña soñé con ser una de esas mujeres que se dedican a peinar a las actrices y bailarinas en el teatro. Alguien me contó que la peluquera de la emperatriz Sisi trabajaba de ello cuando la escogió para que se encargara de su famosa cabellera. Soñé primero con ser bailarina. Después, peluquera. Y, más tarde, mano derecha de la emperatriz. Todo el mismo día.

—¿Solo durante un día?

—Sí. Nunca se me ha dado bien eso de soñar.

—Es bello y doloroso a la vez.

—Es una trampa.

—Tal vez. Por eso hay que saber qué soñar.

Thesi se quedó pensativa de nuevo. ¿Quería decir aquello que existían sueños que se cumplían? Ella tenía uno muy claro desde hacía unos días. Le oprimía el pecho. Pero era lo que más deseaba.

—Señorita Pichler, quería disculparme si fui descortés con usted en los primeros días de viaje. No está siendo una época sencilla para mí y, en ningún caso, querría que pensara que tengo algo personal contra usted. Yo... me arrepiento de haber votado en contra de que su hermano y usted se unieran al viaje. A la vista está que les está haciendo muy bien en el complicado duelo en el que se hallan inmersos. Yo... lo hice porque no deseaba más espectadores de la angustia que siento últimamente.

Las cejas de Thesi se alzaron con ligereza. Así que la señorita Balaguer había sido uno de los tres votos en contra. ¿Quién serían los otros dos? Apostaba a que uno pertenecía a la condesa Karimova. ¿Y el otro?

—Oh, no se preocupe. —Silencio. Se rio de pronto—. Los ricos jamás dejarán de sorprenderme. Lo tienen todo y siempre quieren más. Nunca es suficiente. Y se creen con el derecho a preocuparse y angustiarse. Es increíble.

La señorita Pichler cerró la guía y se levantó. Todavía ensimismada con esa reflexión, y sin percatarse de lo imprudente que acababa de ser, se dirigió a las escalerillas para bajar a la zona interior. Clara se quedó allí quieta un momento. Observó cómo la señorita desaparecía. De golpe, un sinfín de piezas se colocaron sobre un tablero imaginario en su mente y se dio cuenta de que algunas no encajaban del todo. ¿Los ricos? ¿No era Thesi uno de ellos? La violinista se aferró al chal que se había echado sobre el abrigo. Aunque algo de todo aquello le olía mal, optó por no rebuscar en los secretos ajenos, convencida de que, así, nadie incordiaría a los suyos. Después se levantó y se marchó dentro. El frío húmedo del río ya le estaba calando los huesos. Al buscar asiento, se fijó en que la señora Leroy se reía a carcajadas, gracias a las ocurrencias de un tipo vestido con un abrigo negro Chesterfield, modelo que usaban casi todos los caballeros en esos años y un bombín a juego.

Juan, que hacía horas que se había dado por satisfecho con el informe, había dormido y comido el tentempié que les prepararon en el hotel para el trayecto, subió a la zona exterior y se sentó solo lo más adelante que pudo. Como si fuera el capitán de la embarcación, oteó el sendero acuoso que se extendía hacia el este del continente. Después de dejar atrás el castillo del príncipe de Liechtenstein, Greifenstein, y otro más, parcialmente oculto por el bosque, el curso del Danubio viró hacia el sur. Las márgenes se fueron llenando de vides, ya despojadas de fruto, y de fortalezas legendarias. La cúpula dorada de la abadía agustina de Klosterneuburg resplandecía entre ese cielo gris y el abanico de tonos verdosos y terrosos de la naturaleza circundante. Y otra iglesia, engullida por los viñedos. Juan llevaba varios días combinando la euforia y la tristeza. No sabía cuál de las dos ganaría la partida.

—Juan, estamos llegando a Nussdorf para cambiar de barco. —Se asomó Jacobo por la escalerilla.

El otro asintió. Echó un último vistazo y siguió a su buen amigo. El personal del vapor coordinó el traslado de viajeros y equipaje a otra embarcación más pequeña. Subidos en ella, se adentraron por el canal del Danubio que los llevó, en otros cuarenta minutos, hasta el embarcadero de Franz-Joseph-Quai. Estaban en la fabulosa y efervescente Viena.

25
El acertijo

Ocho nocturnos para piano, n.º 3 en la bemol mayor, op. 368
Carl Czerny

Varios taxis aguardaban a los pasajeros de los vapores en el muelle, donde se encontraban las oficinas de la compañía naviera del Danubio. El grupo, cada vez más ágil en los traslados, se distribuyó en varias berlinas. Unos y otros repararon en que, más o menos, ese tipo de vehículos era similar en todas las ciudades: berlinas oscuras de dos, tres o cuatro plazas, tiradas por uno o dos caballos, conductor en el pescante con taxímetro al lado y dos posibilidades de uso: por carrera o por tiempo. El señor Bogarín se ocupó de dar a los tres conductores y dos recaderos la dirección de su alojamiento en Viena: Windmühlgasse 16, en el barrio de Mariahilf. Era uno de los distritos exteriores al suroeste de la Ringstrasse, ubicado en la orilla izquierda del río Wien, que discurría por el lado este de la ciudad y moría en el canal del Danubio, frontera norte del centro neurálgico de la urbe. El tráfico de la tarde provocó que el avance fuera más pausado de lo esperado. No obstante, a la media hora llegaron a destino. A aquel día gris apenas le quedaba luz. El escritor aparcó durante un momento las preocupaciones que rondaban su cabeza y se dirigió, visiblemente entusiasmado, al portal de aquel bello inmueble de viviendas. La silueta azul oscura del literato contrastaba con la blanca fachada neoclásica. Llamó al timbre.

Bajó a recibirlos un caballero de cabello y bigote blancos que superaba el metro ochenta y cinco de altura. Vestía un moderno traje de chaqueta de solapa cruzada gris claro. Con un gesto tremendamente gentil, saludó al señor Bogarín con un sentido apretón de manos y se dirigió sonriente a los demás dándoles la bienvenida a su «humilde morada». Tal y como había ocurrido en Florencia, don Guillermo había gestionado para los días en Viena un alojamiento más cómodo y acogedor que un hotel. En esa ocasión, en lugar de contar con los servicios de una agencia de alquiler de viviendas amuebladas, había aceptado la generosa oferta de su buen amigo el señor don Franz Baumgartner, barón de Gleisdorf. Aunque ya se lo había explicado en una carta, mientras entraban en el portal y subían las escaleras, el anfitrión contó al grupo que era dueño de dos apartamentos en ese edificio. El de la primera planta era en el que residían él y su mujer, la señora doña Renate, durante el invierno. El de la segunda estaba pendiente de ser arrendado, pero lo había aplazado para que su querido señor Bogarín pudiera alojar a sus amigos en su visita a la ciudad. Don Guillermo, agradecido pero considerado, había negociado con él un precio razonable.

El señor Baumgartner, como prefería que lo llamaran, sin títulos ni etiquetas —una de sus muchas peculiaridades—, los llevó al segundo piso. Con una llave de bronce, abrió la gruesa puerta de madera oscura y dejó que los invitados pasaran al recibidor. Como si de una visita a un museo se tratara, los guio por las distintas estancias. A mano izquierda se encontraba la cocina, que contaba con un cuartito para la doncella de la condesa Karimova. Allí les indicó que el día siguiente era día de colada, así que podían dejar la ropa para lavar sobre las camas por la mañana. Junto a ella, un W. C. Frente a la puerta de entrada, otra daba acceso a una antesala que, a su vez, continuaba, tras otra puerta, en un alargado pasillo en forma de L. A la derecha, la primera puerta daba a un salón que conducía a un comedor, cuyas ventanas asomaban a Windmühlgasse. En el lado contrario, un gabinete convertido en dormitorio, en el que se terminó instalando la señora Leroy, con vistas a un jardín trasero. Continuando por el pasillo, tres habitaciones más hacia la izquierda para el señor Mercier, Jacobo y Juan, y dos a la derecha, en las que se acomodaron Thesi y Gustav y Henri, estos últimos compartiendo la que era doble. El corredor giraba entonces hacia la izquierda con dos dormitorios más: el que estaba a mano izquierda para la señora Dupont y el del fondo para Clara, ambos con vistas al jardín. La decoración era bastante recargada: paredes tapizadas con sedas de colores y plagadas de cuadros con marcos dorados, muebles de líneas redondeadas y remates en mármol, maderas oscuras y macizas, lámparas de araña, colchas y cortinas irisadas en naranja o azul, etcétera.

—La señora condesa y el señor Bogarín se hospedarán en nuestra casa —anunció, al ver que a muchos no les salían las cuentas—. Estos apartamentos son grandes, pero no tanto. Sobre todo con el aumento de viajeros de última hora. —Se rio—. Allí también se servirán todas las comidas. Será un honor poder compartir tiempo con todos ustedes. Seguro que ya se lo han dicho, pero son un grupo de lo más interesante. Les dejo que se acomoden y descansen. Me figuro que ha sido un día agotador. Les esperamos a las siete y media para cenar en el piso inferior —dijo divertido, como si aquello fuera un juego para él.

La condesa Karimova, satisfecha de que alguien la tratara con la deferencia merecida, aceptó el considerado brazo del señor Baumgartner, que la condujo a ella y al señor Bogarín a su residencia. El piso inferior tenía una distribución y decoración similar. La cocina a la izquierda, con cuarto para la criada interna y despensa, y un W. C. El dueño les indicó que habían realizado una moderna reforma solo un año atrás, lo que explicaba que las viviendas tuvieran las últimas comodidades. El formato de antesala y pasillo era el mismo. A la derecha, un salón con un imponente piano, un *fumoir* al fondo y el comedor en el lado contrario. En la parte izquierda, la del jardín, se sucedían un gabinete, un despacho, una sala de estar y la habitación en la que dormiría el señor Bogarín. En la derecha, la que daba a la calle, una biblioteca y el dormitorio preparado para la condesa. La zona final del pasillo, tras girar en L, estaba reservada para las dependencias del matrimonio: un espacioso dormitorio y un cuarto de baño. Para sorpresa de la condesa, el señor Baumgartner insistió en mostrárselo a sus invitados. Durante cinco minutos, se recreó en los acabados de aquella novedosa sala en la que la bañera era la reina.

Antes de la hora de la cena, y después de aclimatarse, descansar, refrescarse y cambiarse de atuendo, la condesa y el señor Bogarín tuvieron la oportunidad de conocer a la señora doña Renate, una mujer que sonreía con la boca, pero no con los ojos. Llevaba el cabello, oscuro e infiltrado de canas, recogido en un moño del que se escapaban algunos rizos en la parte delantera. Era delgada y las manos, de dedos huesudos y alargados, le temblaban de tanto en tanto. Llevaba un elegante vestido negro con detalles dorados de cuello alto y mangas ligeramente abullonadas. Cortés, convidó a la condesa a tomar un té en el gabinete mientras los caballeros se ponían al día después de tanto tiempo sin verse. El señor invitó a don Guillermo a seguirlo a la biblioteca, donde procedió a mostrarle un par de incunables que había adquirido en una subasta. En ese rato, además, el escritor pudo entregarle el dinero acordado: parte del sobre en el que llevaba el efectivo, y que había cambiado a florines en papel en una oficina bancaria de Linz, y que el señor Baumgartner se había negado, vía telégrafo, a aumentar por el añadido de los hermanos Pichler.

—Tendrás que decirme cuánto te debo de las actividades que has programado para estos días.

—Sí, sí, no te preocupes. Saldaremos deudas el último día.

El señor Bogarín conocía al señor Baumgartner de los años de bohemia de su juventud, antes de hacerse un nombre en las letras. El vienés había vivido una época en París en busca de inspiración para los poemas que soñaba con publicar de vuelta en casa. Entre 1849 y 1851 habían compartido el cuartucho en el barrio Latino, junto a Saint-Séverin. Pero Franz había regresado a Viena en 1852 ante la noticia de la muerte de su padre. De él había heredado una baronía, una riqueza y un patrimonio que le habían permitido vivir de rentas e inversiones. Y menos mal. Porque, hasta donde sabía, el señor Baumgartner era un gran amigo, un generoso mecenas, un marido y padre dedicado y un ciudadano ejemplar. Pero como poeta era entre mediocre y nefasto. Así, en los círculos vieneses del *fin de siècle* se le conocía por su dignidad aristocrática, por su implicación en la vida cultural como consumidor, por su filantropía, por considerarse un auténtico esteta, así como por una excentricidad basada en destinar dinero a cazar supuestos tesoros, inventos y vanguardias y, en definitiva, por ser socialmente imprevisible. Había contraído matrimonio con la señora doña Renate, hija de un general de caballería, en 1853. Un año después, había nacido su hijo Karl.

Los huéspedes empezaron a llegar a las siete y veinticinco. El servicio, que era en gran parte externo, les indicó que pasaran al salón, donde el señor, la condesa y el señor Bogarín disfrutaban ya de una copa de vino mientras la señora doña Renate tocaba un nocturno del señor don Carl Czerny al piano. Clara, con el vestido granate, disfrutó de la belleza con que la anfitriona interpretó la pieza, dejando a un lado los traspiés propios del aficionado. Cuando terminó, todos aplaudieron. Ella, simulando que no se había percatado del aumento en la audiencia, saludó con fingida timidez. Acto seguido, se lanzó a presentarse a cada uno de los invitados.

—Señorita Balaguer, disculpe por cualquier temeridad que me haya visto hacer. Soy una ciega admiradora y me atormentaría saber que la he disgustado con mi torpeza de *amateur*. La vi en Praga en el año 85. Sencillamente sensacional.

—Oh, no, no, señora Baumgartner. Toca usted de maravilla —mintió.

—Muchísimas gracias, es usted muy amable.

Don Guillermo, atento, se preocupó de presentar a Gustav Pichler a su buen amigo. Le comunicó que el joven no sabía hablar francés, por lo que seguro que agradecería una buena charla en alemán. El señor Baumgartner, deferente, se interesó por el nombre del padre del chico, a quien, quizá, podía conocer.

—Georg —se inventó Gustav.

—Georg Pichler... —meditó el otro—. Me suena, me suena familiar. Quizá sí hemos coincidido en alguna ocasión.

—Lo dudo, señor —le espetó. Franz alzó una ceja, extrañado—. Mi padre jamás ha pisado Viena. Y, además, conozco bien a sus amigos. Vienen a casa todo el tiempo. Ya sabe, partidas de cartas. Y a mí usted no me suena de nada.

—Bueno, bueno, joven, si está tan seguro, ni siquiera haré memoria. Me hace un favor porque, últimamente, no ando yo muy agudo con los recuerdos.

El señor Bogarín, neutralizado en conversaciones tan rápidas en alemán, se limitó a asentir sin saber y a añadir en francés:

—El señor Pichler tiene grandes contactos en el mundo editorial. Quizá pueda ayudarme a traer mi obra traducida aquí.

—Oh, fantástico. Escríbeme con cualquier novedad. Tengo algún que otro contacto en los periódicos —respondió el barón en francés. Después, cambió al alemán y se dirigió a Gustav—. Estoy seguro de que su padre y yo terminaremos conociéndonos. Parece un caballero de lo más interesante.

Gustav sonrió forzado y asintió.

—No me cabe la menor duda. —Y bebió un sorbo de la copa, ocultando una mueca llena de malicia.

Pasaron al comedor a las ocho menos diez. La cena consistió en un plato típico de ternera estofada llamado *Husarenbraten*, con guarnición de judías y coliflor. El señor Baumgartner aprovechó para contar a los huéspedes algunos de los planes de los próximos días. Al día siguiente, tal y como les había indicado el señor Bogarín, tenían entradas para el teatro. El señor anunció, orgulloso, que había logrado conseguir dos boletos más, a última hora, para los hermanos Pichler. El miércoles visitarían la colección de arte privada de un buen amigo y asistirían a la ópera, aunque ahí no había tenido tanta suerte con las entradas extra y estaba a la espera de que un contacto le confirmara que podía cederle dos. Para el sábado había reservado una sorpresa que ya les comunicaría.

Las charlas se dividieron poco a poco. Juan conversó con el señor Baumgartner acerca de la manifestación del 1 de mayo de tres años atrás en Viena, en la que una multitud con claveles rojos en los ojales de la chaqueta había recorrido la ciudad pidiendo la jornada de ocho horas. Era una de las grandes proclamas —si no la principal— de los partidos socialistas que se estaban creando por todo el continente, aunque, por lo pronto, esa lucha se resistía a dar fruto. En consecuencia, millones de personas continuaban atadas a las interminables jornadas de más de diez horas sin descanso semanal. Hablaron de cómo el primero de mayo se había convertido en una jornada de peticiones y de cierta tensión, pues no era extraño que las manifestaciones terminasen en trifulca o desgracia. Por suerte, no había sido así en la de Viena.

El origen del primero de mayo como día señalado para las reivindicaciones del proletariado se encontraba en las manifestaciones que habían atravesado los Estados Unidos el 1 de mayo de 1886. Estas, sofocadas con especial virulencia en Chicago, sentaron un precedente que no tardó en asimilarse en otros países. En España fue en 1890, mas la huelga estaba considerada delito, así que solía ser un día complicado. Juan le contó al barón que en su país se había creado el PSOE en 1879 —con gran influencia del socialismo francés del señor don Jules Guesde—, y la UGT en 1888, pero que su impacto en la política era muy reducido al no tener presencia en el Parlamento. Tras el Sexenio Democrático y el inicio de la Restauración y el sistema canovista, los movimientos obreros habían tendido a la desmovilización. Sin embargo, la rama del anarquismo que defendía la propaganda por el hecho estaba más activa que nunca, sobre todo en la industrializada Barcelona. Así, se había vuelto una constante la noticia de bombas en fábricas o en la vía pública. O, como había sabido por carta de su hermano, la de los intentos de asesinato, como el del general Martínez Campos, ocurrido en la ciudad condal el 24 de septiembre de ese mismo año. Un día antes de iniciar el viaje.

—Si me pregunta a mí, le diré que en España estamos asistiendo a la desmembración de todas las fuerzas políticas.

El propio anarquismo es un caos, pero eso es, en cierto modo, inherente a su definición. A su vez, los dos partidos que, en teoría, deben turnarse en el gobierno también tienen más facciones internas enfrentadas entre sí, lo que no augura un futuro próspero al sistema diseñado por el señor don Antonio Cánovas del Castillo.

—¿Porque no están de acuerdo con el líder? ¿Intereses dispares?

—Bueno, en realidad, es un asunto generacional. Al señor Cánovas del Castillo, del Partido Conservador, le ha salido competencia en el señor don Antonio Maura y, al señor don Práxedes Mateo Sagasta, del Partido Liberal, el que ahora está en el poder, en el señor don José Canalejas. Todo apunta a que son el relevo. Pero ¿mantendrán las reglas diseñadas por sus antecesores cuando les llegue la hora? No lo tengo claro. A menudo las segundas generaciones, y eso pasa también en mi mundo, el de la empresa, son principales beneficiarias de las bondades de las primeras, lo que les exige un menor esfuerzo y propicia el disfrute del final de una época de esplendor, pero también suelen ser testigos de la caída y desintegración de lo creado.

—Mal asunto. La veleidad política no es buena para los negocios.

—Y que lo diga. Por eso intento diversificar. Dejar mi dinero en manos de la Cámara de los Diputados sería una necedad. —Y se rieron—. Y luego está el asunto del proteccionismo. La industria cerealista y la textil están empeñadas en disponer de prebendas que las defiendan frente a las importaciones. Pero yo soy partidario del librecambismo, es a lo que me dedico. Y todos los impuestos al comercio internacional solo pueden resultar en un profundo atraso económico a largo plazo. El comercio se está mundializando. No podemos dar la espalda a eso.

—Bueno, señor Álvarez-Caballero, ya sabe que las medidas proteccionistas son asunto de toda Europa. Aquí también las han aplicado para paliar las consecuencias de la crisis del 73.

—Sí, lo sé. En Francia ocurre lo mismo. Es mi pan de cada día. Sobre todo, en la industria siderúrgica. ¿Qué es la torre Eiffel si no? —Volvieron a reírse.

—Y en Italia y Alemania. A mí me da la sensación de que, aunque nos neguemos a admitirlo en voz alta y clara, en Europa cada vez estamos más divididos. Nos preocupamos de lavar nuestras propias barbas mirando las del de al lado con enfermizo recelo. Todo esto de los aranceles no es más que otra forma de pelearnos entre nosotros antes de disparar los primeros cañones.

—¿Usted cree?

—Tiempo al tiempo, señor Álvarez-Caballero, tiempo al tiempo.

Cuando se sirvió el postre, una tarta templada de manzana y crema inglesa, el anfitrión quiso compartir con los presentes uno de sus célebres acertijos, entretenimiento con el que disfrutaba en cenas y bailes y que aligeraba el ambiente de charlas serias.

—Me tendrán que perdonar si no suena todo lo bien que debería, voy a traducirlo al francés y no tengo claro cómo va a salir —advirtió.

—Habla usted magníficamente francés, señor Baumgartner. Y usted también, señora Baumgartner —los aduló la señora Leroy.

Era cierto.

—Le agradezco el cumplido, señora Leroy. Veamos. El acertijo dice así: soy un orbe imperfecto, contengo el más preciado de los milagros, pero hago feliz al hombre tanto si se cumple como si no. Dependo del calor de una madre ruidosa. Y a mi muerte temprana me torno dorado.

Todos se quedaron callados, pensativos. La señora Dupont frunció el ceño, pero, en silencio, había renunciado a intentarlo. Detestaba los juegos de ingenio. No se le daban bien y siempre tenía la sensación de que los demás iban a creer que era boba. En realidad, más de uno pensaba así. Quizá solo los más optimistas o audaces se lanzaron a dar vueltas a la adivinanza sin garantías de ser capaces de resolverla.

—No hace falta que respondan ahora. El récord lo tiene el duque de Klagenfurt, que tardó veintisiete horas —comentó, orgulloso.

Don Guillermo sonrió divertido. Era curioso lo que la vida hacía con las personas: de joven poeta incomprendido a aristócrata renegado creador de acertijos. El señor Baumgartner, sin dar más espacio a las divagaciones, se disculpó un momento. Cuando regresó, lo hizo con una colección de sobres en las manos. Tenía los mofletes sonrosados.

—Ha ido llegando correo para ustedes desde hace unos días. Se las iré dando uno a uno —anunció mientras se fijaba en el nombre del primer sobre y procedía a entregárselo a la condesa Karimova.

La condesa leyó el remitente. Era una buena amiga suya que pasaba unos días en el balneario de Borines, en el norte de España. Acto seguido, el caballero se dirigió a Juan, a quien, al ver que era de Maurizio, se le aceleró el pulso y la guardó en el bolsillo interior de la chaqueta del esmoquin. A la señora Leroy le entregó tres, una de su hermana y dos de sus teatros. Otra fue a parar a las manos del señor Bogarín. Al confirmar que era el informe sobre el impacto que estaba teniendo la columna en París del contacto que tenía en *Le Matin*, al que había enviado un cable desde Salzburgo, se tensó. La última misiva era para la señora Dupont, de su marido.

En la mente del escritor solo existió la carta hasta que pudo retirarse al cuarto a devorarla, una hora más tarde. El periodista le contaba, para su horror, que la serie de artículos de su viaje era bastante popular en la ciudad, motivo por el que se escuchaban rumores de que planeaban aumentar la periodicidad de semanal a bisemanal. París necesitaba distraerse y aquella epopeya llena de ilustres personajes era un divertimento idóneo. «No puedo afirmar que todo el mundo hable de ello, pero sí que, al menos, una significativa cuarta parte de la ciudad es fiel lectora de la columna "Los diez de Bogarín"». Don Guillermo hizo cuentas. Si la población actual de París rondaba los dos millones y medio, una cuarta parte eran más de seiscientas mil personas. Movió el bigote, tragó saliva. «Al parecer, según me ha corroborado un compañero que trabaja en *Le Petit Journal*, están trabajando con una fuente externa al periódico, pero solo el redactor sabe de quién se trata», continuaba la misiva.

En la planta superior, sentada sobre la cama, la señora Dupont leía, consternada, las líneas de su esposo. Antoine estaba disgustado. Al parecer, había descubierto la columna de *Le Petit Journal* el día que escribía esa carta, el 18 de octubre, al recibir el aviso de que aparecía Clara. Se flageló en silencio por llevar algunos días creyendo que tenía todo bajo control. Era una ingenua. Apostaba a que Antoine opinaba que era una inepta. Con ojos llorosos, leyó: «Maldita sea, Geneviève, han publicado la relación que tuvo con el señor Duhamel. Até todos los cabos hace años, así que ha debido de ser responsabilidad vuestra. ¿Acaso habéis hablado con alguien? ¿Es una estrategia del señor Bogarín? ¿Cómo os habéis atrevido a desenterrar ese tema? Y lo peor de todo no es eso. Varios conocidos los han visto juntos. Corren rumores de que siguen relacionándose. Exijo explicaciones, Geneviève. Arréglalo. Nada puede estropear nuestro plan. Yo me ocuparé de contener la situación aquí».

26
Luz azul

Concierto para violonchelo y orquesta,
n.º 1 en do mayor, Hob. VII B1
Joseph Haydn

Henri Collet tenía el sueño bastante profundo, así que no se percató de nada aquella noche. La condesa Karimova, sin embargo, se despertaba con facilidad. Siempre había sido de sueño ligero, pero los años habían acentuado esa capacidad para reaccionar ante crujidos y bisbiseos. Así, no le pasó desapercibido el avance de alguien por el corredor, tampoco el chirrido de la puerta de entrada al cerrarse. Extrañada, pues todavía no había amanecido, se incorporó y se asomó a la ventana para confirmar de quién se trataba. Con su vista castigada, intuyó la silueta de la señora doña Renate subiendo a una berlina oscura en una sombreada Windmühlgasse. Se quedó preocupada, pero acabó por dormirse entre suposiciones. Al entrar en el comedor tres horas y media después, y ver a la señora, tranquila y sonriente, bebiendo un poco de café, se convenció de que lo había soñado.

El damasco amarillo claro de las paredes enmarcaba la escena, iluminada por la luz que entraba por el ventanal, vestido con cortinas a juego recogidas y visillos blancos. En esa misma pared y la de enfrente, dos aparadores de caoba tallada y tablero de mármol blanco y gris veteado. Y, en el centro, la mesa de caoba con sillas a juego, tapizadas en seda verdosa. Las patas doradas, hurtadas a una bestia ausente. Sobre el mantel blanco, el despliegue de porcelana pintada a mano, pan, huevos, cruasanes, compota de manzana, mantequilla y salchichas ahumadas. Una criada uniformada con un impoluto delantal se encargaba de rellenar las tazas con café o té y leche.

—Señor Bogarín, me gustaría que hablásemos a solas después del desayuno —le dijo la señora Dupont, sentada a su lado, en confidencia. Le tembló el labio.

—Por supuesto. Cuando guste, señora Dupont —respondió él, dio un sorbo al café y movió el bigote.

Juan y Jacobo parloteaban con el señor Baumgartner, con el que habían hecho muy buenas migas. Al parecer, poseía dos bicicletas que estaba dispuesto a prestarles para que dieran una vuelta por Viena. Jacobo percibió enseguida que Juan estaba más animado de lo normal. Eso le gustó, pese a desconocer los motivos por los que el ánimo de su amigo iba variando durante el viaje.

Una vez más, la intuición de Jacobo estaba en lo cierto. Juan se había dormido releyendo la carta de Maurizio. En ella le pedía disculpas por la impulsividad que lo había llevado a no cumplir su palabra y a acortar el tiempo juntos. Le repetía, no obstante, que continuaba dolido y que seguía opinando lo mismo del asunto del compromiso con la señorita Girard. Sin embargo, en los últimos renglones, le aseguraba que, tras meditarlo, estaba dispuesto a debatirlo en persona cuando regresara a París. Podía organizarse para visitarlo en diciembre. Juan, que era consciente de sus habilidades para la persuasión y para la seducción, dio por superado el último asalto. Si Maurizio había aparcado el orgullo y estaba abierto a conversar, no había opción de que no lo convenciera.

Justo en el momento en que la señora Dupont le hizo la señal al señor Bogarín para tener esa reunión privada, la señora Leroy anunció que esa jornada se ausentaría de las actividades programadas hasta la tarde.

—Los veré para ir al teatro. Mi estimado nuevo amigo, el señor Hrabě, me ha invitado a dar un paseo por la ciudad y a almorzar.

Esa amistad no era otro que el señorito que había conocido en el barco el día anterior, el del traspié. Orgullosa de que un caballero amable hubiera picado el anzuelo, se atusó los rizos del moño pelirrojo que siempre llevaba y se marchó a terminar de prepararse. El señor Bogarín sintió un espasmo en el ojo izquierdo, pero, confundido por la insistencia de la señora Dupont en que la siguiera, y recordando las palabras que circulaban por París sobre su intransigencia, optó por ceder ante los antojos de la señora Leroy.

Geneviève solicitó al señor Baumgartner una sala en la que charlar a solas un momento con el escritor. El anfitrión les cedió el gabinete. Nada más cerrar la puerta, el gesto de la señora cambió.

—Señor Bogarín, dígame que usted no tiene nada que ver con lo que se ha publicado en *Le Petit Journal* sobre la señorita Balaguer.

—Hum, eh, hum —balbuceó—. No, yo no...

La señora Dupont lo miró y advirtió cómo la vergüenza obligaba al literato a bajar la vista.

—Pero usted lo sabía —lo acusó, sorprendida y enfadada.

—Sí, lo vi el otro día, en Linz. Intento revisar los periódicos siempre que puedo para asegurarme de que no se filtra información sensible. Yo... iba a decírselo a la señorita Balaguer, se lo prometo. Es solo que no deseaba agriarles el viaje.

—Yo me encargaré de la señorita Balaguer. Pero, dígame, ¿cómo lo han sabido? ¿Cómo tienen acceso a este grupo?

—No lo sé, señora Dupont —dijo, derrotado, y se sentó en una de las butacas de tapizado floral—. Es terrible. Alguien nos sigue y nos espía. Han creado una columna semanal en *Le Petit Journal* y, al parecer, a la gente le encanta. Conocen detalles del viaje que no pueden saberse desde París. Tengo un contacto y... parece ser que es una fuente secreta, quizá un periodista que trabaja por libre, que surte a otro redactor que está en plantilla.

—Pero ¿cómo ha sabido lo del señor Duhamel? Eso no..., no es visible. No puede espiarse porque es un asunto silenciado.

—Lo habrán mencionado en algún momento, señora. Sé que tenemos un plumillas pegado al cogote, pero, por lo pronto, no ha demostrado ser adivino.

Entonces la que se sentó fue la señora Dupont. Sí habían hablado del señor Duhamel. En la calle, en Innsbruck. Pero... en ese caso, cualquiera las podría haber oído. O, por ser más específicos, cualquiera la podría haber oído a ella, que había sido la imprudente.

—Está bien. Dejemos esto como está. La señorita Balaguer está pasando una época un tanto inestable, así que yo me encargaré de comunicárselo cuando lo considere oportuno. Usted infórmeme de cualquier novedad o mención, ¿de acuerdo? ¿Cuándo se publica la columna?

—Los miércoles. Comprobaré la de esta semana en cuanto lleguen ejemplares a Viena.

—¿No puede pedirle a alguien que le confirme la información por cable el mismo día de la publicación? —sugirió, despierta, la señora Dupont.

—Hum, sí, sí, imagino que sí.

—De acuerdo. Cuénteme todo cuando lo sepa. Esperemos no tener más problemas...

El señor Bogarín asintió, arrepentido por no haber sabido gestionar el asunto, agobiado por lo que pudiera exigirse de él. La señora Dupont se marchó a su cuarto, donde escribió una extensa respuesta a su esposo en la que, por supuesto, no mencionó que, quizá, la culpa de todo la tenía ella. Le prometió que controlaría el asunto desde allí y le suplicó que la mantuviera informada de la repercusión en París.

Poco a poco, todos fueron desalojando el comedor. Henri Collet, amante del dulce como su tía, cogió un cruasán para el camino. Esa mañana iban a recorrer la famosa Ringstrasse. Sí, Henri Collet tenía el sueño bastante profundo, así que, al ponerse la boina, no sabía que en el cogote tenía un mechón un poco más corto. Un mechón que con cuidado le había cortado Gustav mientras dormía y que ahora este llevaba pegado a modo de bigote como parte del disfraz con el que se había acercado a la comisaría de Schottenring para confirmar que todo estaba en orden. Con mayor rotación de carteles, Viena fue, paradójicamente, donde encontró menos rastro de los delitos cometidos. Sabía que en esa comisaría central era donde se colgaban los principales avisos, así que, después de quedarse tranquilo, se fue a tomar una cerveza, que pagó con los kreuzers que había encontrado en la chaqueta extraída del saco de Henri. Thesi se encargó de justificar ante el grupo que su hermano estaba indispuesto y se uniría un poco más tarde al paseo. Estar en esa ciudad angustiaba a los hermanos Pichler.

Mientras avanzaban por Mariahilferstrasse, la señorita Pichler se preocupó de aferrarse al brazo del señor Mercier, como si su presencia fuera a protegerla de cualquier viejo conocido y de su dedo acusador. Sin embargo, al desembocar en el punto de unión de Burgring y Opernring, frente al Hofgarten, el señor Bogarín se acercó a la joven para interesarse por el estado de su hermano. Ella le aseguró que había sido un achaque leve y que estaba convencida de que se uniría a ellos en el almuerzo. El señor Mercier aprovechó la circunstancia para separarse y ensimismarse con la amplitud de la Ringstrasse.

—Hablando de su hermano, ¿ha habido novedades con respecto al pago a la agencia?

—Lamentablemente sí. Papá nos ha contado que hubo un problema con el giro postal que enviamos desde Turín y que ahora deben realizar varias gestiones con los bancos implicados, algo todavía más complicado teniendo en cuenta que es un asunto internacional y..., y... nos ha preguntado, con mucho pesar, si usted podría ayudarnos a retrasar el pago hasta que lleguemos a París. Allí podremos visitar las oficinas adecuadas para saber qué ha pasado con el dinero y realizaremos el pago en persona. Papá ya no se fía de más giros postales. Estamos consternados por este asunto.

El señor Bogarín, con la cabeza embotada por la discusión con la señora Dupont y por el cansancio acumulado, se perdió a mitad de la explicación. Solo entendió que necesitaban margen y ayuda. Una vez más, observó a Thesi y no pudo negarse. La desesperación bañaba esos ojos grises de largas pestañas.

—No se preocupe, señorita. Hablaré con la agencia para que puedan pagar en persona en París. Y si hay cualquier problema, yo mismo adelantaré el pago y podrán subsanar la deuda conmigo también allí —se ofreció.

—Muchísimas gracias, señor Bogarín. No sabe lo bueno que es usted. ¡Qué hombre más santo!

—No, no, señorita. Es solo... Usted y su hermano me recuerdan a mis hijos. Si ellos fueran ustedes, no desearía que un tipo como yo, teniendo opción, les negara ayuda o compasión.

Thesi comprendió de golpe el porqué de la generosidad del escritor con ella y con su hermano. Una parte de la joven, recóndita y diminuta, incluso se emocionó. Pero no le duró demasiado, pues al pasar por delante de las imponentes columnas dóricas del Burgthor, que daba acceso a los jardines del Palacio Imperial o Burg, continuó llenando de pájaros la vulnerable imaginación del escritor, convencido de que su obra llegaría a esa preciosa ciudad más pronto que tarde.

La Ringstrasse vienesa era una avenida que se había empezado a construir en 1858 en el lugar que ocupaban las antiguas murallas de la ciudad. Un ojo entrenado en las implicaciones de la arquitectura más allá de la piedra y el ladrillo, como el de Jacobo, era capaz de ver en ella la celebración del cambio de rumbo del imperio. Atrás quedaba la fisonomía típica de las urbes del Antiguo Régimen. Ahora, la ciudad imperial no se escondía tras muros fiscales o defensivos, sino que abrazaba, gracias a esa calle de trazado circular, los emblemas del estado liberal: el Parlamento, el ayuntamiento, el Palacio de Justicia, la comisaría de policía a la que había ido Gustav, los grandes museos, los parques públicos, la bolsa, la universidad y, por supuesto, los nuevos espacios de sociabilidad: la Ópera y el Teatro imperiales. Todo amplio, todo monumental. En concreto, la calle no formaba un círculo perfecto, era más bien un hexágono cuyo paño norte coincidía con el paseo ribereño del canal del Danubio, el Franz-Josef-Quai, donde habían desembarcado el día anterior. Así, cada tramo había sido bautizado de forma distinta: desde el canal, comenzaba Schottenring —donde estaban la comisaría y la bolsa—, después Franzensring —donde se encontraban el ayuntamiento, el Parlamento y la universidad—, Burgring —la parte del Palacio Imperial y los museos—, Opernring —donde se erigía la Ópera—, Kärnthnering, Kolowratring, Parkring —donde se extendía el gran Stadtpark— y, finalmente, Stubenring —donde se alzaban más museos—, antes de desembocar de nuevo en Franz-Josefs-Quai.

El señor Baumgartner, pertrechado con bombín, bastón y abrigo negro, era el encargado de ir señalando los puntos de mayor interés. La señora se había quedado en la casa. Tras contarles que los dos impresionantes edificios encarados en Maria-Theresien-Platz, en la que destacaba una imponente escultura de la emperatriz María Teresa, eran el Museo de Historia del Arte y el Museo de Historia Natural, les habló del complejo del Hofburg o Burg, la residencia de invierno de la familia imperial. La señora Dupont deseó que la emperatriz Sisi apareciera por allí para así tener una deliciosa anécdota que compartir con sus amistades en París.

—Aunque lo verán mejor cuando visitemos la ciudad interior, tengan en cuenta que ese vasto palacio lleva siendo el hogar de la realeza desde hace seiscientos años.

A mano izquierda quedó el Palacio de Justicia. A mano derecha, a continuación de los jardines del palacio, desde donde parecía surgir el trajín de albañilería, el Volksgarten, los jardines del pueblo. En ese punto, la Ringstrasse cambió de nombre a Franzensring y todos se quedaron sin habla al contemplar el sensacional edificio del Parlamento. A modo de templo clásico, un pórtico rematado por un frontón decorado con esculturas daba forma al acceso principal, al que llevaban dos rampas que parecían lenguas de lava. La construcción se desarrollaba en horizontal, hacia ambos lados, con hileras de columnas insertas en los muros, y finalizaba en otros dos pórticos menores casi réplicas del principal. Sobre estas alas laterales, más esculturas de mármol y cuatro cuadrigas de bronce. A continuación, el frondoso Rathauspark, desde el que podía empezar a intuirse la aguja neogótica de la torre del ayuntamiento o Rathaus. El contraste de estilos era de lo más interesante, pero en ambos casos se lograba un efecto cautivador. El ayuntamiento, construido entre 1872 y 1883, tenía el empaque de la arquitectura eclesiástica, de las más excelsas catedrales. Al llegar a la avenida del parque que enfilaba hacia la puerta principal del edificio, volvieron a detenerse para admirar cada detalle de esa obra en piedra y ladrillo.

—Lo diseñó el señor don Friedrich von Schmidt. ¿Le suena a usted? —se interesó el señor Baumgartner dirigiéndose a Jacobo.

—Sí, sí. Por supuesto. Murió hace poco, ¿no es así?

—Sí, en efecto. Aunque siempre he pensado que los hombres capaces de hacer edificios así no mueren nunca —comentó, acompañando su observación con el bastón danzarín.

El edificio del ayuntamiento de Viena, así como el resto de la Ringstrasse, era una clara representación del principal movimiento arquitectónico del siglo XIX. El gusto por la historia, acentuado por las grandes campañas arqueológicas, y la tendencia a pensar que todo lo bueno ya se había inventado propiciaron que, en lugar de plantear fórmulas novedosas, los artistas trataran de rebuscar en el pasado y replicarlo a su manera. De este modo, el prefijo *neo-* decoraba la mayoría de los estilos con los que se bautizaban los edificios, a menudo más eclécticos que otra cosa, que habían dado forma a las modernas y saneadas urbes decimonónicas: neoclásico, neogótico, neorrenacentista, neomudéjar, etcétera. A Jacobo le fascinaban esas creaciones, pero estaba un poco harto de la repetición de formas, de que todo fuera predecible. Así, cada vez se sentía más atraído por las propuestas de esos nuevos arquitectos de los Estados Unidos, como el señor don Louis Sullivan o el señor don Frank Lloyd Wright.

—¿Y ese edificio qué es, señor Baumgartner? —se interesó Juan en relación con el inmueble que se erigía en el lado contrario de Franzensring, más allá de las hileras de árboles y de la calzada.

Antecedida por dos filas de farolas de hierro, se alzaba una construcción que parecía un joyero, con una balaustrada embellecida con esculturas de Apolo y las Musas de la comedia y la tragedia al frente. La fachada sobre una sección circular, en la que se alternaban arcos y columnas, se convertía en dos alas laterales rectangulares. Todo en piedra clara.

—El Hofburgtheater, señor Álvarez-Caballero. O Teatro Imperial, si le resulta más esclarecedor. Es ahí donde iremos esta tarde.

—Los vieneses han erigido su parnaso —comentó Jacobo.

—Así es. Y nuestro olimpo. Nuestra Atenas, nuestra Roma, nuestro París. Todo en el *ring*.

El grupo pasó por delante del edificio de la universidad, al final del Rathauspark, y se adentró en el tramo llamado Schottering. En la acera opuesta, los primeros concurrentes de la jornada se dirigían a la cervecería Löwenbrau, de origen bávaro. Al pasar por delante de la comisaría, Thesi no pudo evitar tensarse, su rostro empalideció. No había rastro de Gustav y no sabía si aquello era una buena o una mala señal. A continuación, giraron por el Franz-Josef-Quai. Un parque poblado de árboles, en el que se encontraba la casa de baños Karlsbad, separaba el canal de la avenida en la primera parte. El tráfico era intenso. El tintineante tranvía, el clocloc de los caballos de berlinas, calesas y carretas, el clinclín de las campanitas en las puertas de las tiendas que se abrían y cerraban; el paso de una bicicleta, las risas de dos mujeres que paseaban bajo sombrillas; la discusión de tres tipos que parecían implicados en un incidente de tráfico; el ladrido de un perro y el sonido distante de la sirena de niebla de un barco. Pasado el Stefaniebrücke, estaba el Hôtel Métropole, uno de los mejores de la ciudad, donde pararon a tomar un refrigerio. Enfrente, el muelle en el que habían desembarcado al llegar desde Linz. Muy cerca se encontraba el mercado de pescado.

Regresaron al *ring* en la confluencia del canal con el río Wien, momento en que giraron hacia el sur por Stubenring, donde cobraban especial protagonismo los cuarteles a los que daba acceso la Franz-Josefs-Thor. Más adelante, el Museo de Arte e Industria y la Escuela de Arte Industrial, otros dos ejemplos más de esa arquitectura reciente que replicaba el pasado de forma monumental.

—El huevo —le dijo de pronto Clara al señor Baumgartner, aprovechando un momento en que caminaba solo.

Él la miró y sonrió.

—Ha superado usted al duque de Klagenfurt, señorita Balaguer. Magnífico.

—Espero que lo diga a partir de ahora. —Se rio ella.

—Por supuesto, que no le quepa duda. ¿Le gustan los acertijos?

—Sí, me resultan estimulantes. Y entretenidos. Sobre todo en las noches de insomnio.

—Estupendo. Pues sepa que tengo otro preparado para mañana.

—Será un placer tratar de resolverlo.

—¿Le ha parecido difícil?

—Bueno, tengo que admitir que la literatura me confundió al principio. Pero lo de la madre ruidosa me dio una buena pista.

—Ah, la gallina...

Y se rieron. El Stadtpark se extendía a mano izquierda, dando nombre a Parkring. En la breve Kolowratring, justo al pasar por delante de una bodega, la señora Dupont, que había atendido a cómo Jacobo y Clara compartían una parte del paseo con cháchara y risa, decidió acercarse con sigilo al arquitecto. La señora Balaguer continuaba conversando adelante con el señor Baumgartner. Se les acababa de unir el señor Bogarín. Thesi había vuelto al brazo del señor Mercier y

Juan escoltaba los comentarios y quejas de la condesa, cansada de andar. Henri Collet, por su parte, caminaba solo. Al final, decidió sumarse al trío de avanzadilla.

Después de lanzar varias observaciones sobre las fachadas que los rodeaban, la señora Dupont aprovechó para abordar el tema que le interesaba.

—Una gran mujer, ¿verdad? —dijo levantando la barbilla en dirección a Clara.

—Sin duda, señora Dupont.

—Habrá notado, sin embargo, que no pasa por su mejor momento. Estamos muy preocupados por ella. No sé si ha compartido con usted algo al respecto...

—No, bueno, sé que tiene preocupaciones, que desea realizar ciertos cambios en su carrera...

A Geneviève le ofendió que Clara le hubiera contado alguna de esas extrañas ideas que le rondaban por la cabeza últimamente. ¿Qué le había dicho? A la señora Dupont le horrorizaba no controlar las relaciones sociales de aquellos que consideraba bajo sus dominios. Tampoco le gustaba dejar al azar las amistades de sus amistades y, menos aún, las de sus protegidos. Era importante que ella estuviera en medio para sentirse tranquila, con todo en su sitio. Con Clara en ese estado de humor variable, no le interesaba, en absoluto, que se enriqueciese su amistad con el señor Figueroa. Sobre todo, si, como sospechaba, el caballero era lo bastante cortés como para dar alas a las elucubraciones de Clara, incluso si era por pura lástima.

—Sí, bueno, eso y también todo el asunto del señor Duhamel. —Jacobo alzó una ceja—. Se lo hemos advertido numerosas veces, pero ella no hace caso. Al final, ser la amante de un hombre casado y con cierta relevancia como el señor don Yves Duhamel le traerá graves problemas de reputación. Por no hablar de los sistemáticos cambios de humor por el despecho y la frustración... Pero si ya la conoce un poco, se habrá dado cuenta de que la señorita Balaguer es más terca que sensata.

El gesto del arquitecto dio a Geneviéve la información que necesitaba: no sabía nada y ese dato no le había resultado favorecedor. Quizá aquello sería suficiente para poner distancia entre ambos y reducir el número de confidencias. Ya lo había dicho Antoine. No podía torcerse su plan.

El paseo terminó ante la soberbia Ópera Imperial, un edificio algo más robusto que el del teatro, pero igualmente espectacular, pese a que no tenía buena prensa en Viena, ya que, tras largos años de obras, había resultado una decepción para muchos. Los tejados tostados, los caballos alados sobre pedestales, una armoniosa arcada que hacía las veces de galería exterior y esa inspiración renacentista que envolvía el primer vistazo. En los aledaños, coquetos cafés, el de la Ópera, el Bauer o el Bock, a máximo rendimiento. Tras dejar pasar un ómnibus cargado de pasajeros, cruzaron de vuelta hacia Mariahilf. A propósito del paso de una muchacha en una bicicleta hacia Getreidenmarkt, la señora Dupont y la condesa Karimova comentaron lo mucho que desaprobaban esa nueva moda de las prendas bifurcadas que había popularizado el uso de la bicicleta. Así, en Viena como en París, no era extraño ver a las jóvenes en falda pantalón o pantalón ancho. Tampoco a las mentes más conservadoras escandalizarse por que las damas buscaran prendas cómodas para utilizar ese nuevo medio de transporte que, cada vez, era más popular.

En la casa de los señores Baumgartner degustaron un delicioso almuerzo en el que probaron una sopa de arroz y coliflor llamada *minestra* al que, ya sí, se sumó Gustav. Thesi esperó a que todos se retiraran a descansar para reunirse con su hermano en el cuarto que le habían asignado.

—¿Y? ¿Has encontrado algo?

—Nada de nada, hermanita. Estamos a salvo. Quizá haya algún cartel en alguna columna o pared que se me ha escapado, pero seguro que está oculto. Pero lo mejor de todo no es eso.

—¿Qué ocurre?

—He ido a Wieninger, ya sabes que me gusta la cerveza que sirven, y ¿a que no sabes con quién me he encontrado?

—¿Con quién? —preguntó, desganada de las ocurrencias de Gustav.

—¡Con Max!

—No me lo puedo creer...

—Y me ha confirmado que quien tú y yo sabemos ya no vive en Viena. Se retiró a Estiria hace un año.

—Menos mal. Hoy me ha parecido verlo en diez ocasiones.

—Tus secretos están a salvo, hermanita. Así podrás seguir beneficiándote a tu pintor. Aunque me gustaría saber a dónde se supone que nos lleva todo esto, porque yo no veo que tenga intenciones de hacer pública vuestra profunda amistad —se burló y quiso acariciar el brazo de Thesi, pero esta le dio un manotazo.

—Eso es porque es un hombre complejo. Pero conseguiré que me pida matrimonio.

—Pues espabila, hermanita. Cada vez queda menos tiempo y dinero. Menos mal que yo me ocupo de lo segundo... Max me ha ofrecido un trabajillo para dentro de dos días.

—Gustav..., no te arriesgues. Aquí no. Lo echarás todo a perder.

Él la agarró del brazo con fuerza. Ella intentó zafarse, rabiosa.

—Mientras tú te comportas como la furcia que eres, alguien tiene que pensar en cómo sobrevivir mientras ese plan que tienes en tu estúpida cabecita se hace realidad. Si me ofrezco a esos trabajos, si me arriesgo, es por los dos. No olvides nunca quién te sacó del orfanato y quién lleva dándote cobijo desde entonces. Para mí hubiera sido más fácil montármelo por mi cuenta, como Max. Pero no, he ido cargando contigo.

—Gracias al fruto de mis encantos has pagado comidas y vicios. No te olvides de eso —mascullό furiosa.

Gustav le apretó más el brazo y la empujó. Thesi cayó al suelo. La elegancia que fingía, esa postura y ademanes que tanto había ensayado para que no la delataran sus orígenes se desmoronaron como un castillo de naipes. Él se arrodilló junto a ella.

—Teníamos otro hermano, pero murió. Me caía mejor que tú —le espetó. Después, sonrió y se fue jugueteando con la cajetilla de cerillas. Thesi lo siguió con la mirada hasta que desapareció. Odiaba tanto a su hermano que sentía que no podría vivir sin él.

Por la tarde, tal y como el anfitrión les había anunciado el día anterior, fueron a ese nuevo Teatro Imperial que se había inaugurado cinco años atrás. Asistieron a la representación de la obra *Ein Nachtlager Corvin's* que comenzó, puntual, a las siete. Aunque la mayoría no entendía ni pizca de alemán, el señor Baumgartner se aseguró de proporcionarles contexto. El señor Bogarín afirmó que él no necesitaba apuntes previos, mas, una vez allí, cambió de opinión en silencio. Distribuidos en los palcos de la segunda planta, los viajeros se deleitaron con la escena, pero, sobre todo, con el ambiente social que se respiraba, antes del inicio, en las dos mil localidades con las que contaba. Caballeros en sus mejores fracs y damas en sus más bellos satenes y tocados parloteaban en platea, algunos resistiéndose a tomar asiento. Al fondo, en el foso, los menos pudientes, dispuestos a permanecer de pie durante la representación, señalaban la delicada lámpara que colgaba del techo. Arriba del todo, un barullo molesto, procedente de la acumulación de charlatanes en la galería. Una dama se abanicaba apoyada en la baranda de un palco del primer piso, con los párpados caídos de aburrimiento y las mejillas sonrosadas con ayuda de algún tipo de cosmético. Abajo, dos parejas se saludaban con sonrisas que desaparecían una vez se perdían de vista, instante en que asomaban los cuchicheos. Tres jóvenes sentados revisaban el programa por encima de los cuellos almidonados y de los corbatines. Una señora escondía un ataque de tos tras el chal y los anteojos. Un hombre de muy avanzada edad escrutaba la escena con ayuda de unos binoculares, como si la auténtica función fuera la que tomaba forma más allá del telón, bajo el escenario.

Mientras los actores recitaban las líneas, Clara no pudo evitar mirar a Thesi, sentada dos asientos a la derecha. El modo angelical en que los mechones de cabello rubio rodeaban las orejas, de las que colgaban pendientes que bailaban sin necesidad de movimiento, la convertía en inocente de cualquier crimen. Pero la violinista sentía que esa chica no había sido sincera con el grupo. Algo en ella le decía que tenía que hablar con el señor Bogarín. Pero sabía que no lo iba a hacer. Solo alguien libre de pecado podía delatar a un culpable. Al terminar, una enérgica ovación celebró el talento de los artistas. Aunque los viajeros no pudieron disfrutar al máximo de la experiencia por el detalle del idioma, todos se deshicieron en elogios. Sobre todo, el señor Bogarín, quien continuaba sin aceptar en voz alta que su alemán era deficiente. Mientras bajaban la primorosa escalera hacia la salida, Clara se acercó a Jacobo.

—¿Se ha fijado? Aquí no hay ni un inglés. —Jacobo la miró, sonrió con tensión y asintió—. Es curioso el idioma oculto en el mundo de las artes. Este teatro ha probado una teoría que tengo desde hace un tiempo: antes de una gran ovación siempre hay un silencio.

—Sí..., tiene razón —contestó él con cortesía, pero sin la simpatía que siempre lo acompañaba—. Si me disculpa, debo preguntarle algo al señor Álvarez-Caballero —se excusó y se adelantó.

Clara terminó de bajar los escalones sin entender. Al salir de nuevo a Franzenring, con las farolas encendidas como estrellas en la oscuridad de la noche, observó el modo en que Jacobo comentaba algún asunto sin importancia con su amigo. ¿Qué había ocurrido? ¿Qué había dicho? ¿Acaso ya se había percatado de que no era merecedora de su amistad? Preocupada, confusa y derrotada vio cómo un tranvía de luz azul, el último del día de esa línea, pasaba por delante. Como si de una estrella fugaz se tratara, o como si fuera la representación de una oportunidad perdida, marchita, la siguió con los ojos hasta que desapareció más allá de Universitätstrasse.

27
Egeria

Orfeo y Eurídice, Wq. 30, «Melodie dell'Orfeo»
Christoph Willibald Gluck

—¿Fuiste una de las tres personas que votó en contra de que Gustav y yo nos uniéramos al viaje? —se interesó Thesi, que acariciaba el pecho de Mercier haciendo círculos con el dedo índice.

—¿Por qué quieres saberlo?

—Mero interés.

Silencio. Acababan de despertarse. La oscuridad había empezado a resquebrajarse.

—No, yo voté a favor.

A Thesi se le iluminó la cara.

—¿Ya entonces me deseabas?

—No. Lo cierto es que fue por lástima. Pero reconozco que, con el paso de los días, le he ido viendo más y más ventajas a tu incorporación al viaje.

—Hum... —asintió ella, parcialmente satisfecha—. ¿Y quién pudo ser el tercer voto en contra? La condesa, la señorita Balaguer y...

—La señora Dupont. No ocultó su desagrado en ningún momento —respondió despreocupado.

—¿La señora Dupont? Pero si siempre ha sido encantadora conmigo...

—La señora Dupont sería encantadora hasta con el diablo si cree que con ello va a ganar una de sus partidas imaginarias.

—Menuda rata despreciable —espetó la joven, furiosa de pronto.

Entonces, le invadió una euforia desmesurada al darse cuenta de que había contado con el apoyo del pintor desde el primer momento. Se colocó encima de él y empezó a besarlo.

Ferdinard Mercier no podía sentirse más ufano con el arreglo que tenía con la joven. Era muy placentero el modo en que ella parecía admirarlo, en que mantenía copados sus vicios y más retorcidas ensoñaciones. Su vida no siempre había sido sencilla. Su madre lo había abandonado a los días de nacer y lo había puesto en brazos de su hermano, un médico destacado de París. Ferdinand se había criado con su tío, el doctor don Sébastien Mercier. Aunque el doctor Mercier siempre presumió de exquisita reputación, a partir de 1859, su red de pacientes se había expandido considerablemente, en línea con el aumento de la importancia dada a la salud y la pérdida de peso de charlatanes y curanderos en las grandes ciudades. En consecuencia, con la agenda plagada de los apellidos de la altísima burguesía parisina, sus ingresos no habían dejado de multiplicarse. Así, la infancia de Ferdinand había sido fría, solitaria, rígida, pero desahogada. Su tío le había procurado una excelente educación con el fin de que heredara la consulta. Sin embargo, en las largas horas de los días de juventud, Mercier había descubierto la pasión por la pintura. Aunque siempre tratada como un mero pasatiempo de cara a su tío, la había compaginado con los estudios durante años. Así, al ingresar en la Escuela de Medicina en 1863, también comenzó a recibir clases de dibujo en el taller del señor don Charles Gleyre, con el que conectó enseguida debido a la similar historia familiar que tenían. Allí conoció al señor don Pierre-Auguste Renoir y al señor don Alfred Sisley. Ese año, además, asistió al Salon des Refusés, una exposición alternativa que organizaron algunos pintores que habían sido rechazados por el jurado oficial del Salón de París, la exposición anual de la Academie des Beaux-Arts. A Mercier aquello lo inspiró sobremanera, pues, aunque versado en medicina, sentía una profunda desventaja al no tener formación académica en pintura. Ese complejo jamás lo abandonó. Ese «contrasalón» hablaba de una corriente disruptiva que iba a poner en jaque el paradigma pictórico existente. El señor don Gustave Courbet ya lo había anticipado, pero figuras como el señor don Édouard Manet estaban a punto de dar el golpe en la mesa definitivo. Y Mercier no deseaba quedarse al margen.

Al morir su tío en 1868, Ferdinand heredó la consulta en el barrio de la Chausée d'Antin, así como la inmensa fortuna. Por suerte para el señor don Sébastien Mercier, la parca evitó que descubriera a tiempo que a Ferdinand lo habían expulsado de la Escuela de Medicina por llevar varios meses sin presentarse a las clases ni a los exámenes. Ferdinand estaba ocupado soñando. Así, decidió contravenir los deseos de su tío, ahora que ya no estaba para exigirle a gritos excelencia y compostura, vendió la consulta y se dedicó en cuerpo y alma a hacerse un nombre entre los artistas emergentes. Sin embargo, los días de cafés, fiestas, óleo y carboncillo quedaron parcialmente interrumpidos por el estallido de la guerra contra Prusia y el episodio de la Comuna de París, en el que participó como detractor de los comuneros. Las imágenes de su querido París en llamas y la debacle del Segundo Imperio lo dejaron casi catatónico, así que, en compañía del láudano, dibujó y pintó como forma de evasión. En la primavera de 1874, logró participar con dos obras en la primera exposición impresionista en los talleres Nadar, sitos en el número 35 del boulevard des Capucines, junto al señor don Zacharias Astruc, la señora doña Berthe Morisot, el señor don Paul Cézanne o el señor don Félix Bracquemond, entre otros. Aunque el crítico don Théodore Duret ya había empleado el término *impresionista* para referirse a Manet en 1870, y este había rechazado participar en aquella exposición por considerar que el verdadero escaparate era el Salón de París, a partir de 1874, el título de impresionistas quedó ligado a los pintores de la exposición de Nadar. Y no como un cumplido. La prensa lo empleaba como insulto, por lo que muchos de los pintores asociados a esa corriente prefirieron denominarse «pintores independientes». Otros, como Renoir, quisieron adoptar el epónimo desde el principio.

Ferdinand Mercier formó parte de la tercera exposición en 1877 y de la quinta en 1880. En esta última presentó su obra *Café de la Paix*, ubicada junto a *Melun*, del señor don Henri Rouart, con la que triunfó. Aunque también presentó obras en la sexta, la séptima y la última exposición impresionista, en 1886, Mercier siempre se sintió a la sombra de estrellas más luminosas. No le pasaba desapercibido que no era de los impresionistas más halagados, tampoco de los más talentosos. A menudo, se comparaba con compañeros y amigos, como el señor don Camille Pissarro o la señora doña Mary Cassat, y se percataba de que tenían algo de lo que él carecía. Y no sabía qué era exactamente. Ese profundo sentimiento de inferioridad no maridaba bien con la amargura del abandono de su madre, del rechazo de quien le había dado la vida. Tampoco con la intransigencia y dureza de su tío.

De pronto, se enfadó. Retiró a Thesi a un lado, expulsando la pasión de sus labios. Rígido, se levantó de la cama e instó a la joven a que se vistiera y volviera a su habitación. No deseaba que nadie la cazara a hurtadillas por el pasillo. Thesi lo observó extrañada. ¿Era algo que había dicho, algo que había hecho? A la joven se le escapaba la idea de que la mayor parte de las reacciones de los demás suelen ser por causas internas, por fantasmas propios. Pero ella no consideraba esa posibilidad y a Mercier le venía de perlas que así fuera. Porque, por algún motivo, cada vez que él la rechazaba de alguna manera, Thesi regresaba más dócil, soportando culpas que no eran suyas. Y eso le satisfacía.

El señor Baumgartner gestionó la contratación de tres taxis de dos caballos para ir a Schönbrunn. En total, el servicio salía a veinte florines, contando el pago de la espera y de la vuelta. El señor Bogarín, responsable de recaudar el dinero del grupo, pidió a cada cual la suma correspondiente. Cuando Henri Collet se llevó las manos a los bolsillos de la chaqueta, el corazón le dio un pequeño vuelco. Su tía le había dado algunos kreuzers para gastos de ese tipo cuando ella no estuviera presente, algo recurrente desde que habían llegado a Viena. Ese día también había quedado en reunirse con el señor Hrabě. La cuestión era que el estudiante no los encontraba por ningún lado. Se fue del salón a la habitación preocupado. Allí estaba Gustav, acabando de prepararse, con un cigarrillo en la boca, a la espera de ser encendido.

—¿Problema? —se interesó en su parco francés.

—Sí, he perdido el dinero que me dio mi tía. No está por ninguna parte y tengo que pagar al señor Bogarín.

Gustav quien, a pesar de no hablar el idioma, entendía casi todo, rebuscó en la chaqueta y, ni corto ni perezoso, tendió al muchacho dos kreuzers del montante que le había robado el día anterior. El estudiante, agradecido, lo cogió.

—Muchísimas gracias, señorito Pichler. Le pediré más dinero a mi tía y se lo devolveré.

El otro se limitó a asentir y, cuando Henri Collet abandonó el cuarto que compartían, a sonreír. El cigarrillo sostenido por esos dientes pequeños y milagrosamente alineados.

En el trayecto en taxi, la condesa Karimova no pudo resistirse a lanzar vistazos a la señora doña Renate, quien había decidido acompañar al grupo en la visita a Schönbrunn. Portaba un vestido de paseo en seda color caldera con remates en negro. El encaje del cuello de la camisa y de los puños sobresalía más allá de la chaqueta. Sobre el moño oscuro, un sombrero negro de ala media recubierto con plumas beis. Las manos huesudas y temblorosas ocultas por guantes de piel. Nada en ella hacía sospechar que no fuera la dama respetable que fingía ser. Sin embargo, esa madrugada, la había vuelto a ver, a través de la ventana, subiéndose a un vehículo, protegida por el anonimato de las sombras. Así, se había convencido de que no eran imaginaciones suyas. Volvió a mirarla hasta que el señor Baumgartner la incluyó en el diálogo que mantenían con el señor Bogarín sobre el Hermitage.

Al llegar ante el palacio de verano de la familia imperial, la fila de tres coches se detuvo de forma ordenada justo donde arrancaba el puente, vigilado por dos leones tumbados, por farolas y dos obeliscos en la orilla contraria. Aunque estaba nublado, las damas abrieron las sombrillas. El matrimonio invitó a los viajeros a cruzar el puente y seguirlos. Pese a que no se podía visitar el palacio, los jardines estaban abiertos al público y, según habían afirmado los señores durante el desayuno, eran una absoluta delicia. Así, el grupo se internó en el parterre, embellecido con flores y estatuas de mármol. Al fondo, en lo alto de la colina, la Gloriette, una espectacular construcción de jardín con dos alas de arquería y un águila imperial a punto de alzar el vuelo en el centro.

—Aunque data de mediados del siglo XVIII, casi como todo en este palacio, pues se construyó durante el reinado de la emperatriz María Teresa, muy popular en el imperio, se dice que los actuales emperador y emperatriz aman el salón que se encuentra en el interior de la Gloriette. Muchas veces se les sirve el desayuno o el almuerzo allí. Las vistas son sensacionales. Ya lo verán cuando subamos.

—Entonces, ¿este palacio no existía antes del siglo XVIII? —curioseó Jacobo.

—No, bueno, sí existía. Como pasa en la mayoría de las residencias imperiales sitas fuera de las ciudades, era un pabellón de caza. Pero lo que ve, en gran medida, es cosa del siglo pasado. Apreciará el festín barroco.

—Sí, por supuesto.

—Sin embargo, lo que da sentido y nombre a este lugar es el manantial de aguas que halló el emperador Matthias mientras cazaba, allá por el siglo XVII. En mi idioma, Schöner Brunnen quiere decir «fuente hermosa». Por eso Schönbrunn. Y la fuente es, precisamente, esa de allá. —Señaló con el bastón—. Acompáñenme todos.

Marcharon a la izquierda de la gran avenida del jardín y se detuvieron delante de una pequeña edificación de frontón triangular y un friso decorado con relieves de conchas. Por turnos, se asomaron para contemplar una de las esculturas más bellas del jardín, la de la ninfa Egeria. Sostenía un jarrón en las manos del que brotaba la preciada agua, que caía en una basa de bordes sinuosos. Tras ella, como fondo en ese pabellón abierto, la naturaleza dominada del jardín. Clara se detuvo a analizar los detalles. La mirada baja, el ombligo, el cucurucho con flores, las ondulaciones del cabello. Por el rabillo del ojo advirtió cómo Jacobo se asomaba y acortaba el vistazo al comprobar que era ella la que estaba dentro. Ofendida, se giró y vio cómo el arquitecto salía sin más y continuaba haciendo preguntas al señor Baumgartner. Resopló. Se unió a la señora Dupont, que se pellizcaba las mejillas con la mano que le dejaba libre la sombrilla. Vestía el conjunto burdeos. Se la veía hermosa entre rosas y camelias. Nada más tener a Clara al lado, prosiguió con la disertación que había interrumpido la mención a esa pequeña fuente.

—No me malinterpretes, tiene un don, pero es soberbio y orgulloso. Además, si me preguntas a mí, tampoco es que haya descubierto la rueda. Hace lo que otros ya han hecho. Lo hace bien, sí, pero no es un pionero. Solo es popular. Y lo peor es que la prometida esa que se ha buscado le mete pájaros en la cabeza. Creo que lo está intentando poner en nuestra contra. No le conviene, para nada. Ella no es que goce de buena fama en París. En mi opinión, lo mejor sería que rompiese el compromiso y se buscara a la hija de un músico relevante. Eso le daría mayor estatus. Pero, nada. Él está convencido de que es un ser de otro mundo y ella se lo refuerza. Y así es imposible negociar nada con él. Todo le parece mal —continuó desahogándose, en referencia a las complicaciones con el ego y las compañías del señorito don Gérard Robichaud.

Clara odiaba aquellas diatribas en las que los señores Dupont se despachaban a gusto con respecto a otros compañeros. Muchas noches, ella soñaba con gozar de la atención que ahora daban a Robichaud. También, con disponer de la juventud y frescura de las dos violinistas a las que también tenían bajo mecenazgo. Pero no sentía ningún tipo de satisfacción al escuchar cómo los señores Dupont los criticaban a sus espaldas. Sabía que había algo de estrategia en eso. Una fórmula para ir manipulándolos, temerosos de ser el siguiente en ser destripado entre bisbiseos. También para hacerles creer que tal vez el único que se salvaba de las envenenadas valoraciones era el que estaba oyendo las de los demás en ese preciso instante. Pero era una ratonera. Clara lo sabía. No siempre había sido consciente; hubo una época en la que caminó por la cuerda floja e inestable de la complacencia constante, haciendo malabares para librarse, para evitar toda descripción desfavorecedora, para encajar en el molde de la perfección. Mas, con todo el asunto de Yves, se había dado cuenta de que había perdido esa batalla para siempre, que los señores Dupont jamás la perdonarían y que les había regalado una bella historia para despellejarla en cualquier instante. No importaban todos los sacrificios, todos los esfuerzos por seguir la corriente creada y controlada por ellos. Un traspié era suficiente para ser condenada a la guillotina en esa asociación entre mecenas y artistas. De ese modo, cada vez que la señora Dupont empezaba con sus quejas y juicios, se limitaba a asentir en silencio y a preguntarse qué diantres andaría diciendo de ella cuando no podía escucharla.

El grupo continuó con el agradable paseo mientras escuchaba algunos datos sobre el palacio. Al parecer, según les narró el señor Baumgartner, Napoleón Bonaparte se había instalado allí entre 1805 y 1809. Visitaron entonces la casa de fieras y el jardín botánico, colecciones de la naturaleza exótica. Dejaron para el final el ascenso a la Gloriette. La condesa Karimova y la señora doña Renate se dirigieron al ascensor. Los demás marcharon a pie. Al llegar a lo alto del promontorio, se deleitaron con las vistas de ese jardín de estilo francés y del magnífico palacio, una construcción de tejados oscuros y balaustradas presididas por una colección de esculturas que, desde allí, no tenían ni nombre ni rostro. Clara miró de nuevo a Jacobo y sintió una rabia sin precedentes. El mundo, en ocasiones, carecía de sentido.

—Es un vergel, señor Baumgartner —opinó Juan.

—Lo es.

—Seguro que el señor Conte tomaría una fantástica fotografía aquí —dijo Jacobo en voz alta.

—Sí, es cierto —dijo Juan y sonrió.

—Vengan, almorzaremos en Hietzing. Está aquí al lado —anunció el anfitrión y todos lo siguieron. La comitiva la cerraban Henri Collet y los hermanos Pichler, callados, vigilantes. Thesi no podía dejar de lanzar vistazos cargados de resentimiento a la señora Dupont.

Esa tarde, aprovechando unas horas libres, Juan y Jacobo se dirigieron a la oficina de correos más próxima a la residencia de los señores Baumgartner, en el número 6 de Nibelungengasse. Jacobo se puso al día con las postales. Envió la de Linz y también una de Viena. En ellas incluyó unas líneas en las que narraba a sus hijos las principales aventuras vividas. Cada vez que podía, les reiteraba su intención de llevarlos a los lugares plasmados en las postales. Les había pedido que pensaran en cuál era su favorita para cuando regresara. Después de realizar la gestión y pagar los diez kreuzers, se quedó pensativo. Había una culpa que llevaba adosada en el pecho desde que había decidido embarcarse en ese viaje. Aunque sabía que era necesario y que no había sido una decisión por placer, lamentaba haberse separado de Augustine, Camille y Rosalie tanto tiempo. Aquello lo agobió. Era inconveniente sentirse así. Se preguntó entonces si sus hijos entenderían los porqués. Si, llegado el momento, sabrían que ellos eran la razón.

—Pues ya está. Informe enviado al señor Dupont. ¿Una cerveza para celebrarlo? —anunció Juan.

—¿Eh? Hum, sí, sí, claro —respondió el otro.

Juan se guardó para sí el hecho de que también había enviado una misiva a Florencia aceptando la propuesta de que se vieran en diciembre en París. Había pensado en que, para extremar las precauciones, llevaría a Maurizio a Chartres. Pero eso ya se lo diría cuando se reunieran cara a cara.

Después de tomarse un par de *krügel* en la cervecería Dreher, situada en el número 8 de Operngasse, a unos diez minutos andando de la oficina de correos, los dos españoles volvieron al 16 de Windmühlgasse para prepararse para la cena. El servicio, diligente, había colocado en cada una de las camas la ropa ya lavada y planchada, lo que satisfizo a los viajeros. La cena se sirvió a las ocho, en el comedor de damasco amarillo del piso de los señores. El menú de esa velada consistió en otra especialidad local, el *Jungfernbraten*, cerdo asado con bayas de enebro. Como guarnición, patatas y col. Para la ocasión, el señor mandó abrir dos botellas de vöslauer, considerado por muchos el mejor tinto de Austria. Asimismo, el servicio ofreció sifón a quien quisiera.

—Señor Baumgartner, he oído que el señor don Karl Lueger y su partido se están haciendo bastante populares aquí en Viena —indagó Juan, al tiempo que pinchaba un trozo de carne.

—Sí, bueno, ya sabe, hay opiniones de todo tipo. Tiene carisma, eso no se lo niego. Pero no comulgo con las tesis antisemitas ni con las federalistas. Y mucho menos con la demagogia.

—¿Quién es? No he escuchado hablar de él —intervino Jacobo.

—El fundador del Partido Socialcristiano. Aunque también fue diputado con anterioridad, ¿no es así?

—Sí, y miembro del consejo municipal de Viena con los liberales —apostilló el señor.

—Al parecer, es bastante vehemente en su crítica a los judíos.

—¿Acaso eso es un defecto, señor Álvarez-Caballero? —comentó el señor Mercier, copa de vino en mano.

—A mí sí me lo parece.

—¿Le gusta que le roben, que lo manipulen desde las altas esferas?

—No hace falta que sea desde las altas, querido. Aquí en Viena los pequeños comerciantes están hartos de que los vendedores ambulantes judíos les hagan la competencia con trampas —comentó la señora doña Renate, posicionándose en contra de la postura de su esposo.

—Bienvenidos al libre mercado. Si no les gusta que todo el mundo pueda participar de él con opciones de hacerlo mejor que ustedes, no lo llamen antisemitismo, llámenlo cobardía —les espetó Juan.

—Pero no es eso. Los judíos son usureros. Se sabe de siempre —intervino la condesa Karimova, con una mueca de profundo desagrado.

—Deberían leer el magnífico libro *La Francia judía* del periodista don Édouard Drumont, el fundador de *La Libre Parole*. Allí lo explica todo con detalle: cómo están adueñándose de Francia a través del capital, cómo se mueven sigilosos por los países, cómo los drenan y se apropian de sus riquezas, cómo están pudriendo Europa desde dentro —enunció el señor Mercier.

—Me resulta preocupante que un panfletucho así se haya vendido tanto y que se considere un libro —musitó la señora Leroy.

—Lo preocupante es que por la maldita Revolución los convirtiéramos en ciudadanos franceses de pleno derecho y permitiéramos que se integraran en nuestras instituciones, ¡incluso en el Ejército! Son como termitas. El Imperio romano también tuvo problemas con ellos. Jamás se adaptan, siempre desean ser mejores, vivir al margen del resto. Su soberbia no conoce límites. Y no son de fiar porque son una nación sin tierras, no les importan Francia ni Austria-Hungría ni Italia ni Alemania. Solo el reino del dinero, a costa de todo y de todos. Miren, si no, a los Rothschild. Por culpa de familias como esa estamos como estamos en Europa, intentando levantar cabeza y superar la crisis económica desde hace veinte años. Por eso la decadencia en todo —continuó Mercier.

—Bueno, señor Mercier, me parece que su planteamiento peca de reduccionista. Además de que la crisis se considera ya casi superada, los judíos aportan grandes virtudes a las naciones mencionadas en la economía, en las artes y en las ciencias. No tienen tierra, eso es verdad, y por eso creo que valoran más que nadie el tener un hogar, aunque no sea el suelo en que se hunden sus raíces —opinó el señor Baumgartner.

—Sí, querido, pero no podemos obviar que están acumulando propiedades. Nosotros mismos somos conscientes del problema que hay en Viena con los inmuebles. Los están comprando todos. Y después especulan —aportó la señora doña Renate.

—¿Y no lo hacen los cristianos? —se preguntó el señor Baumgartner.

—Y peor —respondió la señora Leroy.

—No si son cristianos auténticos. La usura no está bien vista, es pecado —dijo la condesa Karimova.

—Sí, y ahora me dirán todos que los cristianos cumplen a rajatabla los mandamientos. Venga ya. —Se rio Juan.

—Y no olvidemos que fueron los judíos los responsables de la muerte de Cristo. Eso no puede pasarse por alto. Un pueblo capaz de eso es un pueblo maldito —continuó la condesa.

—Esa es su opinión, condesa, no una verdad universal —apuntó Juan.

—A mí me da la sensación de que este odio a los judíos va y viene de vez en cuando. Hace cien años que se han incorporado a la ciudadanía. Dejémoslos en paz. Apliquemos las leyes a los delincuentes, sean de donde sean, profesen la religión que profesen, y, siguiendo ese mismo criterio, aplaudamos a los prohombres de cada generación. Pero señalar siempre al mismo culpable porque se parece demasiado a nosotros y resulta incómodo convivir con él y con el debate interno que nos genera su éxito es una necedad —defendió Jacobo.

—Necedad ninguna, señor Figueroa. Existen testimonios desde tiempos remotos en los que se señalan las prácticas siniestras de los judíos —contraatacó el señor Mercier—. Sacrificios rituales, avaricia desmedida...

—Vamos, hombre, no me diga usted que se cree los libelos de sangre de hace trescientos años —contestó Jacobo.

—¿Por qué no debería hacerlo? El día en que usted despierte de su ensoñación fantasiosa se percatará de lo urgente que es poner freno al avance de la amenaza judía. Aquí en Austria-Hungría son más que conscientes de ello, pues sufren una auténtica inundación de judíos. Por lo menos en Francia son una minoría irrisoria. Pero no solo el señor Lueger lo advierte, también el señor don Georg Ritter von Schönerer, del Partido Pangermanista.

—No es un buen ejemplo, amigo mío. Al señor Schönerer lo encarcelaron por asaltar la redacción de un periódico —dijo el señor Baumgartner, sonriente.

—Solo estoy dando nombres. Ni siquiera comparto la mayoría de las ideas del señor Schönerer ni del señor Lueger. Tampoco siento adoración por el señor Wagner y él también escribió sobre este tema antes de morir. Voces de todas partes están apuntando en una misma dirección. Solo los necios mirarían a otro lado.

—Y solo los bobos dejarían que tres caballeros engreídos les dijeran hacia dónde narices tienen que dirigir la vista —apostilló la señora Leroy—. Tengo grandes amigos judíos y me niego a escuchar una tontería más.

—Disfrute de ellos mientras pueda. Antes de que se les caiga la máscara o de que el mundo empiece a tener sentido.

Una lucha de miradas se libró entre el señor Mercier y la señora Leroy.

—Bueno, creo que es el momento idóneo para otro de mis acertijos. Hay tres personas que todavía no han resuelto el anterior. Mención especial a la señorita Balaguer, que ha superado el récord del duque de Klagenfurt —los interrumpió el señor Baumgartner y guiñó un ojo a Clara, que había atendido, absorta, al debate encarnizado—. Dice así: Tengo el cuello de un palmípedo y, de tierra o mar, me envuelvo en humo. Mi pólvora es inocua. Mas, debo advertir: freno palabras, creo silencios.

28
El Prater

Los hugonotes, «Et maintenat je dois offrir»
Giacomo Meyerbeer

La mejilla de Clara brillaba en la penumbra del palco. No estaba siendo un día fácil y, aunque lo intentaba, no lograba distraerse con la representación de *Los hugonotes* del maestro don Giacomo Meyerbeer. El señor Baumgartner había tenido el acierto de aprovechar que la obra estaba en el repertorio de la semana en la Ópera Imperial para llevar al grupo de viajeros. Así, al ser en francés, podrían disfrutar de la experiencia al completo. Todo esto se había gestionado con tiempo y con la bendición del señor Bogarín y de los demás, por supuesto. Sin embargo, finalmente, no todos habían asistido. Estaban casi al final del segundo acto. El dorado y el rojo eran protagonistas en el auditorio. Los palcos estaban rematados con medallones de ilustres miembros de la Ópera. El techo, decorado con alegorías que trataban de robar el protagonismo a la escena. Si bien el señor Baumgartner era bastante crítico con la apariencia exterior del edificio, a la entrada y en el primer entreacto se había mostrado orgulloso de cada nimio detalle, que no había dudado en señalar con ayuda del bastón: que si las esculturas en mármol de las artes en la escalera, que si los bustos de los compositores en el foyer o que si los frescos de *La flauta mágica* en la logia. Una vez más, como había ocurrido en el teatro, la elegancia, en forma de fracs y fabulosos vestidos de noche, se personó en cada uno de los asistentes. Por todas partes, un intenso aroma a aguas florales y tabaco.

Esa misma mañana habían visitado la zona norte de la ciudad interior. Habían comenzado por la catedral, después se habían dirigido hacia el Hohenmarkt, espacio donde se decía que había estado el foro romano, el Hof, la plaza más grande dentro de los límites marcados por la Ringstrasse y en la que una vez estuvo un castillo, hasta llegar a Renngasse, donde habían visitado la pinacoteca privada de un buen amigo del señor Baumgartner, en la que el señor Mercier había vuelto a hacer gala de su pedantería. Habían paseado entre plazuelas, callejas e iglesias un rato más hasta que se habían dividido. Algunos optaron por aceptar el ofrecimiento del anfitrión de realizar una visita rápida al Museo del Ejército. Otros prefirieron echar un vistazo a las tiendas y los cafés. Acordaron que se reunirían por la tarde en la residencia de los señores para ir a la ópera.

Aunque Clara sabía que debía emplear las horas libres en practicar, se unió brevemente a la señora Dupont y la señora Leroy, dispuestas a recorrer la comercial Kärnthnerstrasse y el Graben, con esa extraña Columna de la Trinidad en medio, en busca de adquisiciones. Entre visitas a joyerías, tiendas de ropa, boticas especializadas en granate de Bohemia o perfumería, la señora Leroy compartió con las otras dos damas lo entusiasmada que estaba por haber descubierto al señor Hrabě. Tenía una conversación fabulosa y era de lo más galante.

—¿Van a volver a verse? —se interesó Clara.

—Tristemente, ha partido esta mañana hacia Praga. Pero nos encontraremos allí en unos días.

—Qué ternura, señora Leroy. A su edad y con esa ilusión intacta —mascullò la señora Dupont, deseando sonar amable.

—Oh, no, no. Ilusión ninguna, señora Dupont. A mí me gusta llamarlo «practicidad» o «conveniencia». —Y se rio.

Después, chistó al encargado de la tienda de porcelanas en la que estaban, llamada Wahliss, y le indicó que deseaba comprar el león rugiente de gran tamaño que había justo al entrar. La señora Dupont dejó, de mala gana, el bibelot que sostenía con la mano enguantada en cuero marrón chocolate en la repisa de donde lo había cogido.

—No he conocido a nadie más escandaloso ni kitsch en mi vida —farfulló sin dejar de observarla.

—A mí me parece una mujer increíble —opinó Clara.

—Sí, bueno, es digna de admiración en muchos sentidos, pero aborrecible en tantos otros. —Bajó la voz—. No sé si sabes lo que se contó de ella hace años... Ahora ya nadie lo recuerda, pero llegaron noticias de que había regresado a París porque su último amante se había suicidado por su culpa. Yo de ella no iría jugando así con los caballeros. —Geneviéve seguía mirando cómo la empresaria gestionaba el pago de la enorme figura y el consiguiente envío a casa de los señores Baumgartner.

Clara contempló a su mecenas.

—¿Y por qué queréis asociaros con ella?

—Por ti, Clara, por ti. Ya te lo he dicho veinte veces. Y porque, aunque me desquicien sus formas, es una mujer poderosa. Y si tengo que elegir entre dignidad y poder, siempre voy a elegir poder.

—Ya...

La violinista asintió. En ese momento decidió retirarse a ensayar. Temía por la supervivencia de aquellas dos mujeres si se quedaban solas, pero entendía que, por puro interés, Geneviève se comportaría. Y lo hizo. Pero esa no fue la última vez que relató, entre cuchicheos, los chismes del pasado de la señora Leroy.

Por su parte, el resto del grupo, a excepción de la señora doña Renate y la condesa Karimova, se marchó al museo. Al llegar, no obstante, lo encontraron cerrado. El señor Baumgartner, que no deseaba dejar insatisfechos a sus invitados, pidió que esperaran un momento y se fue a confirmar si podía hablar con alguien. Mientras tanto, se entretuvieron admirando la colección de cañones que decoraba la entrada. El señor Bogarín, que llevaba distraído toda la mañana, simuló escuchar las disertaciones del señor Mercier. Thesi también atendía, cogida del brazo del pintor. Por su parte, Juan y Jacobo analizaban detalles de los cañones más antiguos y los imaginaban disparando a placer. Henri Collet, testigo de cómo las nubes ganaban espesor con el paso de las horas, se fijó en que Gustav apagaba un cigarrillo en uno de los cañones sin que nadie lo viera.

—¿Qué hace? —se escandalizó.

El señorito Pichler se limitó a sonreír. Al cabo de diez minutos, el señor Baumgartner volvió acompañado de un oficial.

—Acompáñenme, haremos una visita privada. Para estos casos no está nada mal ser el barón de Gleisdorf —dijo alegre.

A lo largo de ese itinerario por la historia militar del imperio, el señor Mercier aprovechó para comentar al señor Bogarín que había decidido no asistir esa noche a la ópera. En línea con la conversación del día anterior, se negaba a aplaudir la obra de un judío como el señor Meyerbeer. Thesi, dispuesta a ahorrarse un gasto si era posible, se unió a esa postura y señaló que ella tampoco iría. Don Guillermo, que no estaba de ánimo para esas estupideces, se limitó a poner los ojos en blanco y a devolver la atención a las explicaciones del oficial que hacía las veces de guía. Aunque la condesa Karimova se hubiera unido con gusto a ese boicot, en el fondo amaba demasiado la ópera como para renunciar a ver de nuevo una de las grandes obras maestras del siglo. Sobre todo teniendo en cuenta que su avanzada edad y la forma en la que estaban retirando a Meyerbeer, poco a poco, de los repertorios, disminuía las posibilidades de ser espectadora una última vez. Por otro lado, respetaba a los Baumgartner y no deseaba ser descortés ante la evidente molestia que el señor se había tomado para llevar a todo el grupo a la Ópera de Viena. Así, su mente no dedicó demasiado rato a divagar sobre el castigo que el señor Mercier le quería imponer a una persona por sus orígenes, nutrido por los rumores y los prejuicios. Más bien se centró en analizar a la señora doña Renate mientras tomaban té en el gabinete. Esa mañana había vuelto a partir temprano, a hurtadillas.

Cuando Clara llegó a la residencia de los señores Baumgartner, solo se encontraban las dos damas. Las saludó cortés y les anunció que se retiraba a ensayar. Ambas aplaudieron la constancia de la violinista. La condesa le aseguró que estaba deseando asistir al concierto de Érard, lo que obligó a Clara a hablarle a la señora doña Renate de este y a asegurarle que, si se encontraban en París en esas fechas, sería un honor para ella que los señores formaran parte del público. La señora Baumgartner, educada y cortés, agradeció el ofrecimiento y le confirmó que no pensaban viajar en los próximos meses. El repiqueteo de la taza sobre el plato acompañó el trémulo sorbo al té. Tras las frases protocolarias de fingido pesar, Clara por fin pudo subir al segundo piso y encerrarse en el cuarto. Abrió la funda del violín y lo tomó con cautela, temerosa de las sendas ocultas en la fragilidad de sus ondas.

Aprovechando las horas libres que habían acordado entre todos, al término de la visita al museo, el señor Bogarín optó por dar un paseo a solas. Aunque la soledad tendía a asustarlo, los últimos acontecimientos del viaje le habían producido una gran angustia y tristeza para las que la compañía estaba de más. A la incertidumbre ocasionada por la maldita columna en *Le Petit Journal*, que, a esas horas, ya estaría en manos de miles de parisinos, y a la tensión por la discusión con la señora Dupont, se sumaba otro tema... La amargura que envolvía los pasos de esos zapatos marrones de perfecta lazada lo llevó por el distrito exterior de Landstrasse hasta el Franzensbrücke, por el que cruzó a Leopoldstadt, al otro lado del canal del Danubio. Caminó por Unterre Donaustrasse hasta Ferdinandstrasse, donde se topó con un edificio de ladrillo de estilo historicista ubicado en la esquina con Tempelgasse. Curioso, rodeó una berlina que estaba aparcada enfrente y se dirigió al enorme acceso en forma de arco de medio punto. Subió las escaleras, entre intimidado y titubeante. Entró. El custodio le indicó con señas al literato que podía coger una kipá de la cesta. El señor Bogarín, avergonzado por la posible ofensa cometida por ignorancia, se quitó el canotier y se colocó una en la cabeza con cierta torpeza. Avanzó por el pasillo central con timidez, admirando las columnas jónicas que sostenían las dos hileras de galerías que finalizaban en el espacio en el que se encontraba el arca. Dos largas lámparas repletas de velas marchitas caían desde el techo abovedado. Se sentó en el quinto banco de la izquierda.

A don Guillermo le costó imaginar a cualquiera que frecuentara un lugar así planeando la conquista del mundo. Todos los judíos que había conocido le habían parecido inocuos, tipos normales y corrientes. Las palabras expresadas por algunos en la cena del día anterior se habían clavado en su costado como dagas. Aunque no era ajeno a la creciente polémica en la que estaba inmersa la comunidad judía y le habían llegado las noticias de pogromos en el Imperio ruso, esa charla y la actitud de su buen amigo Mercier le habían impactado. Se había quedado con la sensación de que era una cuestión que no pasaría sin más, de que una importante parte de la población había desarrollado un odio hacia los judíos que ya no tenía vuelta atrás. Como había indicado el señor Figueroa, el rechazo hacia los judíos en Europa existía desde tiempos remotos. Pero en esos años, y después de una etapa en la que parecía que por fin se habían integrado en las sociedades de los diversos países del continente con su asimilación como ciudadanos libres del estado liberal, se había empezado a poner sobre la mesa el aspecto racial, se habían desempolvado viejos mitos, se habían abrillantado sempiternos miedos. La crisis económica no había ayudado. Ya se sabía: en tiempos difíciles, hay que buscar a los culpables. Y mejor que sea más allá de nuestra casa, nuestra familia, nuestra clase, nuestro país, nuestra religión, más allá de nuestra única y absoluta verdad. De lo contrario, sería responsabilidad nuestra. O peor: de nadie en concreto. Él mismo reconocía que, a menudo, sentía cierto rechazo ante el diferente. No le gustaban los pobres ni los vendedores ambulantes ni las personas demasiado exóticas. Pero batallaba todos los días contra esa sensación y jamás la convertía en acto. Y eso, para su quebradiza conciencia católica, bastaba.

La comunidad judía, entre otras, cumplía esa función de enemigo, de causa de males. Pero a don Guillermo le daba la impresión, como a Jacobo, de que el desagrado hacia ella venía dado por lo mucho que podía llegar a parecerse a la cristiana. Eran los primos pretéritos. Los que habían decidido quedarse en la doctrina previa al año cero por siempre jamás. Y eso, de algún modo, resultaba inadmisible para muchos. Porque si compartían orígenes y Dios, pero sus caminos se separaban en el evento que era espina dorsal del cristianismo y ellos triunfaban más, ¿dónde dejaba eso los preceptos sobre los que se había asentado la civilización occidental? Y si podían mimetizarse y ganar, ¿dónde dejaba eso al cristianismo?, ¿dónde a la teoría que actuaba de bálsamo contra los terrores de la existencia humana? Así, el cisma parecía abrirse y abrirse sin vistas a cerrarse jamás. A don Guillermo aquello lo apenaba. No solo porque estaba dentro de esa corriente xenofóbica a la que daba de comer el nacionalismo reinante en todas partes en ese *fin de siècle*, la nueva religión tras las revoluciones de 1848, sino también porque él mismo tenía sangre judía corriendo por sus venas. Así se lo había contado su abuelo. Aunque, según el relato familiar, se habían convertido en el siglo XV, el señor Bogarín pensó que un mundo que no aceptase a los judíos era un mundo que no aceptaba una parte de él. De golpe le entraron escalofríos. El señor Bogarín movió el bigote y se obligó a desterrar los pensamientos en los que veía avecinarse lo peor. Estaba exagerando. No vivían en el Medievo, no era tiempo de cruzadas. Era la época de la expansión del parlamentarismo y la ciencia. En la cuestión judía, todo eran proclamas políticas, corrupción y votos. Se aclaró la garganta y se levantó. Con la kipá de vuelta en la cesta y el canotier sobre esa coronilla sin vello, salió. Había empezado a llover. Comprobó el reloj de bolsillo. Debía apresurarse o llegaría tarde a su cita con el telégrafo.

Clara se acariciaba los párpados con las manos, sentada en la cama de esa habitación decorada con sedas azules, madera de caoba labrada y demasiados detalles en pan de oro. Aunque lo había intentado, no conseguía concentrarse. Parecía una novata tocando. Las notas se le enredaban en las elucubraciones. Los dedos tropezaban con las dudas. El arco se encallaba entre los temores. Y las cuerdas parecían, de golpe, viejas amigas tornadas en desconocidas. La bota repiqueteaba nerviosa sobre la alfombra turca. Era tan poca la concentración de la que gozaba que hasta había resuelto el segundo acertijo: la pipa. Y aquello solo significaba que no estaba siendo un buen día para la música.

De fondo se oía cómo algunos de los miembros del grupo iban llegando a la residencia de los señores Baumgartner. Entonces, un diálogo cobró protagonismo. Clara se quitó las manos de la cara, se levantó con parsimonia y se dirigió a la ventana del cuarto. Apartó con cuidado la cortina y observó cómo el señor Baumgartner le mostraba a Jacobo dónde estaban las dos bicicletas que poseía. Después de comprobar que estaba todo en orden, se retiró para que el arquitecto escogiera una de las dos. Continuaron intercambiando pareceres unos minutos más. Parecía estar indicándole una dirección. Clara, que se había dado por vencida en lo relativo al ensayo, cogió el abrigo, los guantes y el canotier y salió de la habitación. Dispuesta a no perderlo de vista, bajó al jardín trasero y, sin pedir permiso, agarró la bicicleta restante. Al salir a Windmühlgasse e identificar a Jacobo girando a la derecha por Mariahilferstrasse, empezó a pedalear con garbo, cuidando de no acercarse demasiado a él y de no pillarse el bajo de la falda. En lo que duró el trayecto, Clara agradeció que la señorita doña Marie Junot le hubiera enseñado a montar con la bicicleta de su hermano. A los señores Dupont no les gustaba que utilizaran la bicicleta, ni siquiera en esos paseos inocentes por las Tullerías, pues temían que Clara se cayera y se lesionara. Y claro que se había caído alguna vez. Pero nunca había sido grave.

Jacobo tomó el *ring* hasta Aspernbrücke, esquivando ómnibuses, tranvías, berlinas, calesas y carretas repletas de paja; dejando atrás los letreros y escaparates de las retahílas de comercios que inundaban las plantas bajas de los más bellos edificios; atravesando nubes de olor a carbón y ganado. Nada más cruzar al distrito exterior de Leopoldstadt, donde había estado el señor Bogarín una hora antes, tomó Praterstrasse hasta llegar a Praterstern, una encrucijada de caminos en la que se alzaba una escultura de bronce sobre una columna de mármol, monumento en honor al almirante Wilhelm von Tegetthoff. Al ver que se disponía a entrar en el Augarten, un parque público de estilo francés en torno al palacio del mismo nombre en la zona conocida como Prater, Clara aceleró lo más que pudo y lo adelantó. Jacobo, al reconocerla, casi perdió el equilibrio. Frenó. Ella también. El arquitecto se bajó de la bicicleta y avanzó hacia la violinista a pie empujando el vehículo con las manos.

—Señorita Balaguer, pero ¿qué? ¿Usted?

—Sé que he hecho algo que lo ha ofendido. Y me gustaría tener la oportunidad de disculparme. Pero para eso tengo que saber qué es.

—Señorita...

—Mire, señor Figueroa, usted es de las pocas personas con las que me he podido sincerar en este viaje. —«Y en general», pensó para sí—. No suelo confiar con facilidad. Y si lo he hecho es porque usted me ha causado una magnífica impresión. Siempre ha sido amable conmigo, respetuoso, correcto, dulce. Pero desde hace un par de días me rehúye. ¿Cómo he podido ofenderlo? ¿Qué he hecho para que cambie su modo de tratarme?

—Señorita, de veras, no tengo el más mínimo derecho a exigirle disculpas por nada. Yo, solo... quiero dar un paseo. He venido aprovechando que ha dejado de llover. Vuelva a la casa. Está todo bien. Se lo prometo —dijo, y dejó caer la mirada a un lado. Acto seguido, empezó a andar.

Clara dejó que diera varios pasos. Estuvo a punto de rendirse. Pero no lo podía dejar así. Lo siguió, dispuesta a arrancar una razón de esa elegante corrección que tanto caracterizaba al señor Figueroa. Al comprobar que no había conseguido engañar a la señorita Balaguer, Jacobo se dirigió a un lado de la avenida y ambos dejaron las bicicletas apoyadas con sumo cuidado en uno de los muchos árboles que embellecían los aledaños del palacio del gran chambelán. Él rebuscó entre los modales cincelados en sus treinta y cinco primaveras para escoger las palabras adecuadas.

—El otro día, la señora Dupont compartió conmigo que usted mantiene una relación con un hombre casado, el señor don Yves Duhamel.

Por más que fuera buena con las adivinanzas, ni en un millón de años habría acertado que ese era el motivo de la frialdad de Jacobo.

—Disculpe... ¿Qué?

—Señorita, no quiero que piense que la juzgo, no es eso, de verdad. Yo... Todo esto me resulta bastante incómodo. Usted es una gran mujer, es solo..., es solo que no logro comprender el porqué.

Clara no entendía nada. La quinta desafinada en ese indómito violín empezó a sonar. El bombeo en las sienes. Un calor repentino.

—Hace bien en no juzgarme porque no es asunto suyo —le espetó furiosa, con los ojos conquistados por lágrimas.

—Pero podría tener a quien quisiera, ser la esposa de un caballero que la cuidase y le proporcionara apoyo. Es la señorita doña Clara Balaguer. Usted es un talento, es especial.

La lágrima cayó sobre el cuello del abrigo dejando un rastro brillante en la mejilla de Clara.

—Siento no cumplir con sus expectativas, señor Figueroa.

—No es a mis expectativas a las que ataca, señorita, es a mi moralidad. Es un hombre de familia, con esposa e hijos. ¿No le remueve la conciencia? ¿No desearía algo mejor para ellos y para usted?

Aunque Jacobo deseaba sonar benevolente, esas palabras abrasaron la templanza de Clara.

—Mi historia con el señor Duhamel es compleja, señor Figueroa. Y no es, en absoluto, de la incumbencia de nadie más que suya y mía. Lamento mucho que la señora Dupont le haya hecho partícipe. Pero sepa que sí, me remueve muchas veces la conciencia. Cientos de miles. Y, sin embargo, la vida siempre pone a Yves en mi camino. Y no tengo nunca la fuerza de negarme. Sepa que no soy la mujer cándida y perfecta que cree ver en mí.

—No es cierto, señorita. Por lo que he podido conocer de usted, es valiente, inteligente, considerada, buena, ambiciosa en el mejor sentido...

—¡Basta ya, señor Figueroa! Bájeme de ese pedestal al que me ha subido sin mi permiso. Bájeme ahora mismo, se lo ruego. No me conoce de verdad. Soy cobarde, egoísta, desagradecida y presuntuosa. Soy la amante del señor Duhamel desde hace tanto tiempo que si conociera todos los pecados que he cometido por él, no me volvería a dirigir la palabra. Correría lejos para no tener nada que ver conmigo.

Jacobo negó con la cabeza.

—¿Está enamorada de él?

Clara lo miró. El rostro mojado de rabia y culpa.

—No.

Ella no pudo ser más rápida contestando. Él no más certero juzgándola.

—Entonces sí que no entiendo nada... —concluyó y, derrotado, se dirigió hacia la bicicleta para proseguir con el paseo.

Sentada en el palco, el pecho de Clara se hinchaba con ligeros espasmos, peleándose por reprimir un llanto desconsolado. En el segundo entreacto optó por quedarse allí sentada y así recomponerse. Los demás se dirigieron al *foyer*. Jacobo se bebió de golpe una copa de vino para intentar olvidar la discusión con Clara, así como el rostro hundido en la angustia con el que la había visto aparecer, de vuelta en la residencia de los señores Baumgartner. Le hervía la sangre al pensar en lo mucho que esa mujer se odiaba a sí misma. También al percatarse de lo ruin que había sido la señora Dupont al compartir una información así con él. Eso mismo pensaba Clara, todavía absorta mientras mantenía la compostura en ese balcón de doradas barandas. Jacobo fantaseó con exponer a Geneviève allí mismo, rodeada del resto de compañeros de viaje y de lo más destacado de la aristocracia y de la alta burguesía vienesa. Pero no lo hizo. Él no hacía esas cosas. Tampoco acostumbraba a pedir explicaciones a otros adultos por tropiezos. ¿Por qué lo había hecho con la señorita Balaguer? ¿Con qué derecho se había creído?

—¿Les está gustando, caballeros? —se interesó el señor Baumgartner en referencia a Juan y Jacobo.

—Sí, es maravillosa. Un gran acierto —respondió Juan.

—Magnífico. ¿Les he hablado ya de las escenas que decoran este espacio? —añadió jugueteando con el bastón.

Los dos españoles dejaron que el anfitrión se explayase. El cabello y el bigote blancos combinaban a la perfección con el conjunto de frac que había escogido. La señora Leroy iba fabulosa con un vestido de encaje negro y un abanico de plumas de ganso. Se reía a carcajadas con un grupo de empresarios vieneses que le acababa de presentar el señor Baumgartner. Esto provocó que la señora Dupont repitiese el chisme que había compartido con Clara esa mañana. Esta vez, la condesa Karimova y la señora doña Renate fueron las receptoras. Henri Collet, repeinado y elegante, deambulaba por el *foyer* a la caza de una copa. Finalmente, ni el señor Mercier ni los hermanos Pichler se habían sumado a la actividad, lo cual había supuesto un respiro para el señor Baumgartner, que no había logrado boletos para dos buenas localidades más. El pintor, no obstante, se ofreció a pagar la entrada que iba a dejar sin uso, pero el señor Franz le indicó que tener una de sobra le iba a venir bien para devolver un favor pendiente. A Gustav le había venido como anillo al dedo eso de ser antisemita, pues así había podido desaparecer durante más horas de las previstas para encargarse del trabajillo que le había ofrecido su viejo amigo Max.

El señor Bogarín, que había decidido asomarse a la logia para tomar un poco de aire fresco, entró y buscó al grupo. Algo le decía que ese viaje iba a acabar con él. Fijó la vista en uno de esos viajeros a los que había convidado a la que debía ser la aventura del año. Los cables con París no habían ido bien. Y sabía por experiencia que no podía callar.

29
Rumores

Danza húngara nº 5 en fa sostenido menor (WoO 1). *Allegro*
Johannes Brahms

En ningún caso podría afirmarse que el señor Bogarín había pasado buena noche. Había dado vueltas por la cama, sintiéndose preso de las sábanas, y por la habitación, con la oscuridad como albacea de todos los pesares que acumulaba. Cuando al fin logró dormirse, faltaba poco para que despuntase el alba. Sin embargo, las tres horas de sueño parecieron bastarle y abrazó con consuelo la luz de la mañana. Al entrar en el comedor, agradeció la compañía. Los señores Baumgartner apuraban el café. La condesa, sin apetito, pidió un té. El señor Mercier pegaba un bocado a la tostada. Thesi lo miraba de reojo. Clara, ojerosa, se acomodaba junto a la señora Dupont, sonriente. La señora Leroy llamó la atención a Henri por llevar el libro a todas partes y le pidió que dejara de leer durante el desayuno. Gustav hacía acopio de salchichas en el plato. Juan y Jacobo aparecieron por detrás.

—Señor Álvarez-Caballero, ¿podría hablar con usted después del almuerzo?

—Por supuesto, señor Bogarín.

Y se sentaron.

—Sí, lo cierto es que el doctor Freud tiene una reputación compleja aquí en Viena. Nadie duda de su talento como neuropatólogo, pero sus formas son algo controvertidas. Comentan que en su consulta practica la hipnosis como tratamiento para sus pacientes y que los retiene durante horas. Y eso no a todos les gusta —comentó el señor Baumgartner.

—Conozco a personas que lo trataron en su estancia en París y dicen que es un tipo revolucionario —señaló la señora Leroy—. Quizá esté en manos como las suyas la mejoría de la sociedad.

—Al respecto de eso, hace poco leí sobre cómo se quieren aplicar las conclusiones a las que llegó el señor don Charles Darwin con sus trabajos *El origen de las especies* y *El origen del hombre* a la sociedad en su conjunto —intervino Juan—. Al parecer, algunos expertos parecen ver una relación directa entre la criminalidad o la enfermedad mental y la biología. Es decir, que el que está enfermo lo está desde el vientre materno. Muchas veces por los propios vicios de los progenitores que, en cierto modo, se heredan en forma de dolencia física o mental. De hecho, un médico italiano llamado Cesare Lombroso defiende que la delincuencia se debe a una inferioridad evolutiva y que esta puede apreciarse en los rasgos físicos. Hay incluso quien defiende que, de ser cierto, podría limpiarse la sociedad de criminales y lunáticos con el sencillo examen del cráneo, las orejas o la mandíbula. Creo que lo llaman eugenesia...

—Eso es fascinante —exclamó la señora Leroy, que se tocó la mandíbula de forma instintiva.

—Para mí tiene todo el sentido. Está claro que la degeneración ha permeado en toda la sociedad y que las teorías del señor Darwin proporcionan cierta luz a los grandes interrogantes de nuestro tiempo. Diferenciar entre pueblos evolucionados y no evolucionados explica la barbarie de las tribus halladas en África o Asia; así como hacerlo entre ciudadanos evolucionados y no evolucionados da un motivo al hecho de que nuestras sociedades estén plagadas de indeseables y desviados. Necesariamente existe una línea genética débil, perversa y corrupta en origen. Y, en mi opinión, la selección natural no cumple con su tarea si ha llegado hasta nuestros días y amenaza con contagiar a la masa enfermiza —reflexionó el señor Mercier.

—No sé por qué no me extraña su análisis de este asunto, señor Mercier. —Se rio la señora Leroy.

—Entonces, ¿usted defiende la poligénesis, señor Mercier? —intervino Jacobo.

—Por supuesto. Es evidente que tenemos orígenes distintos a los judíos, los indios, los asesinos o los enfermos mentales. Proceden de otro eslabón. Atrofiado. El día en que logremos erradicarlos de la sociedad volveremos a prosperar.

La señora doña Renate se levantó de pronto y se retiró. El señor Baumgartner, con gesto preocupado, la siguió con la mirada, pero no trató de detenerla.

—Pues yo opino que las teorías del señor Darwin se están extralimitando, ya están demasiado manidas. Reconozco que me maravillé cuando leí la traducción de la señora doña Clémence-Augustine Royer, pero no todo se puede explicar en términos evolutivos. Por culpa de ello personas como usted piensan que hay naciones de primera y de segunda, seres humanos de primera y de segunda... —replicó Juan.

—¿Y no es eso cierto, señor Álvarez-Caballero? ¿No hay algo en lo más profundo de su ser que es consciente de esa jerarquía de razas?

—No. Ni un ápice.

—Es bueno saberlo.

—¿Por qué?

—Por nada, por nada.

—Bueno, señores, aligeremos la charla, que solo son las ocho y media de la mañana —dijo el señor Baumgartner, en cuyo rostro todavía se apreciaba cierto gesto de inquietud por la partida de su esposa—. Aunque no todos han resuelto los dos primeros acertijos, les presento el tercero. Dice así. —Se aclaró la voz—: Por mis venas corre sangre azabache, conozco cada palabra de cada idioma, soy compañía, soy noticia. Soy la lanza del diplomático.

En el camino hacia la zona sur de la ciudad interior, Clara reflexionó sobre si acaso ella sería una de esas personas enfermas que el señor Mercier quería borrar de la faz de la tierra. Los últimos ataques no presagiaban una gran fortaleza mental. Cada vez estaba más segura de que se trataba de neurastenia o algo similar, que se había contagiado porque era débil. Y era esa flaqueza de espíritu la que Jacobo había rechazado. Aun habiendo pasado casi toda la noche en vela, todavía seguía sin explicarse cómo la señora Dupont había descubierto que continuaba viendo a Yves y por qué había decidido compartirlo con el arquitecto. ¿Lo habría comentado con alguien más? Deseaba hablar con ella, pero sabía que iba a ser una conversación complicada y estaba agotada.

El grupo se internó por la fabulosa Kärnthnerstrasse, la calle comercial en la que habían estado de compras la señora Dupont, la señora Leroy y la señorita Balaguer el día anterior. Lindaba con la Ópera a mano izquierda. En el número 7, donde estaba ubicada la oficina del banco Escompte-Gesselschaft, aprovecharon para cambiar un poco más de efectivo a florines. Después rodearon la Ópera por la parte trasera siguiendo el trazado de la Augustinerstrasse, desde donde apreciaron, a cierta distancia, el edificio de la Albertina, la famosa colección de dibujos, mapas y grabados que el archiduque Alberto de Sajonia-Teschen, yerno de la emperatriz María Teresa, había fundado en 1776. Pasaron entonces por delante del hotel Sacher y continuaron hacia el oeste dejando atrás la elevada Augustinerkirche, de estilo gótico, y la coqueta Lobkowitzplatz, en la que se encontraba la Embajada de Francia, hasta arribar a Michaelerplatz. En ella, se tomaron un momento para admirar una de las fachadas del Hofburg, un entramado palaciego formado por diversos edificios o alas de distintas épocas. En concreto, el que se erigía frente al grupo en esa plaza diáfana, solo salpicada por algunos transportistas y paseantes, tenía un aire barroco y contaba con una soberbia cúpula de bronce. Animados por el señor Baumgartner, se adentraron en el complejo imperial por la puerta de la Schauflergasse, desde donde accedieron a la Franzensplatz. Algo cohibidos por la relevancia del lugar en el que se encontraban, los viajeros atendieron a las indicaciones del anfitrión. Este les contó que la estatua que se hallaba en medio de ese patio o plaza interior del Burg era en honor al emperador Francisco I.

—Bueno, o Francisco II, según como gusten. Ambas opciones son correctas. Y es que fue el último emperador del Sacro Imperio Romano Germánico como Francisco II y el primer emperador hereditario de Austria como Francisco I. El cambio se produjo en 1804 con la desintegración del mítico imperio europeo a causa de la expansión de Napoleón Bonaparte en el continente. Y, como detalle curioso, Francisco I fue el suegro de Napoleón, pues el corso se casó con su hija María Luisa de Austria tras separarse de la señora doña Josefina, y, por lo tanto, abuelo de Napoleón II, que murió en el palacio de Schönbrunn, donde estuvimos hace un par de días. Pero hay más. El emperador Francisco I era sobrino de María Antonieta, reina de Francia, y no es otro que el abuelo de nuestro actual emperador de Austria-Hungría, Francisco José I.

—Madre mía, señor Baumgartner, es usted una enciclopedia —dijo la señora Leroy, entusiasmada.

—Bueno, sé que son datos anecdóticos, pero me confieso un apasionado de la genealogía.

A continuación, les señaló que, en el flanco noroccidental se encontraba el Amalienhof, cuyas dependencias solían estar ocupadas por la emperatriz Sisi. En la esquina suroeste estaba la antigua residencia, donde había vivido la popular emperatriz María Teresa. El paño norte, cuya imponente cúpula habían visto desde Michaelerplatz, era en el que se encontraban los apartamentos del emperador Francisco José I, los archivos de Estado y la oficina del Mayordomo. Y en la parte oriental se hallaba el acceso a la zona más antigua del Burg, el Schweizerhof o patio suizo. Accedieron a él a través de un puente sobre un foso que terminaba en la Schweizerthor, una llamativa y recargada puerta que simulaba un arco triunfal. Después de adquirir los tiques para visitar el tesoro en la oficina ubicada al cruzar hacia la Josefplatz, el señor Baumgartner se hizo con uno de los catálogos que vendían por cincuenta kreuzers y se encargó de señalar y explicar los objetos más interesantes. Entre ellos se encontraban algunas de las reliquias más significativas del que había sido uno de los imperios más longevos del continente, como la corona, el cetro o algunas espadas de Carlomagno.

No obstante, el anfitrión disfrutó, sobre todo, con la visita a la Biblioteca Imperial, con entrada por la misma plazuela de Josefplatz, en la que también se encontraba la Embajada de Italia. Entre las maravillas que pudieron observar se contaban un manuscrito de *Tristán e Isolda*, fragmentos griegos del libro del Génesis, un pequeño Corán con forma octogonal o partes de la *Historia* de Livio. El señor Baumgartner era un bibliófilo empedernido, así que se despachó a gusto. Al salir de la biblioteca, bañados de nuevo por la luz tenue de esa mañana gris, contemplaron la estatua ecuestre del emperador José II, hijo de la emperatriz María Teresa. Después se dirigieron, por un acceso ubicado a la derecha, hacia la plaza exterior del Burg, también conocida como Heldenplatz. En la parte este, una multitud de albañiles trabajaban en lo que sería el Neueburg o Neuehofburg, un nuevo edificio en construcción con el que la residencia imperial se ampliaría, se renovaría y se uniría al espíritu de la Ringstrasse. A juzgar por las dimensiones que se advertían tras el andamiaje y los más de diez años de trabajo dirigidos por el arquitecto Karl von Hasenauer, aquello iba a convertirse en una de las más bellas panorámicas de la ciudad. En la amplia plaza había otras dos estatuas ecuestres rodeadas de zonas ajardinadas. Todos, haciendo caso omiso del repiqueteo de los picos, el chirrido de las poleas y los gritos entre operarios, se fijaron en que era allí donde daba la Burgthor que habían divisado en su paseo por el *ring*.

—El Hofgarten está cerrado por las obras, pero visitaremos el Volksgarten para finalizar con este recorrido por el Burg. Síganme, amigos.

Desde la glorieta en la que nacía ese segundo jardín, creado por el emperador Francisco I, irradiaban siete senderos de tierra clara, como si se hubiera querido engañar a las aves y dibujar un sol en su ocaso. Los dos de la izquierda llevaban hasta el monumento en mármol al poeta don Franz Grillparzer, en el que destacaban las dimensiones realistas de la figura sedente del poeta, ubicada en el nicho central con forma de pórtico. En las dos alas que se extendían hacia los lados y que conferían al conjunto un trazado semicircular, podían verse relieves en honor a sus obras. Muy cerca se encontraba un encantador café, a propósito del cual el señor Baumgartner les contó que en las tardes de verano se organizaban conciertos de la banda militar. Continuaron con el agradable paseo, de crujientes pasos y rastro polvoriento en el calzado, hasta el Templo de Teseo, llamado así por la escultura de mármol que había estado en su interior hasta su traslado al Museo Imperial de Historia del Arte, uno de aquellos impresionantes edificios de la Ringstrasse, justo enfrente del Hofburg. Tras esto regresaron a casa de los señores Baumgartner para disfrutar del almuerzo.

Cuando la condesa Karimova supo que la señora doña Renate no se iba a sumar a ellos, se quedó preocupada. Había gato encerrado en el gesto taciturno y las acciones de aquella dama. Al rematar el almuerzo, llegó el momento que el señor Bogarín había estado temiendo desde el día anterior: hablar con Juan. Tal y como había ocurrido con la señora Dupont, el señor Baumgartner les cedió el gabinete para esa reunión privada.

Don Guillermo cerró la puerta con cautela y solicitó al empresario que tomara asiento en uno de esos silloncitos de estampado floral a los que tanta manía estaba cogiendo. Este, confuso, se acomodó y pidió al señor Bogarín que se explicara. El escritor procedió a narrarle todo el asunto de *Le Petit Journal* y, en concreto, lo que había ocurrido el día anterior. Tal y como le había sugerido la señora Dupont, había enviado un cable a su contacto en París para que le mandara algunas notas sobre la columna de esa semana por telegrama y así no tener que esperar a que llegaran los ejemplares a Viena. El señor Bogarín se había dirigido a la oficina central de telégrafos, en el número 1 de Börsenplatz, a las tres de la tarde del día anterior. El periodista de *Le Matin* había respondido sin tardanza. Así, le había confirmado que no había novedades sobre los rumores atribuidos a la señorita Balaguer, lo que hizo respirar hondo a don Guillermo y también a la señora Dupont al contárselo, en confidencia, antes de asistir a la ópera. Sin embargo, además de narrar todo el asunto de la avería del tren a Salzburgo, la columna presentaba un dato jugoso sobre el señor Álvarez-Caballero. «No solo negocios en Italia. Relación secreta», había enviado. Juan se quedó mudo, pálido.

—De verdad, yo no sé en qué se está convirtiendo la prensa en estos tiempos. Primero la señorita Balaguer, luego usted. No quiero que le dé más importancia de la debida, son solo chismes, no tienen pruebas.

—¿Cómo no le voy a dar importancia? ¡Es el maldito periódico más leído de todo París! —Juan se levantó y, movido por la ira, tomó al señor Bogarín del cuello de la camisa—. ¡Usted me dijo en Sankt Johann que no habían publicado nada más! ¡Me mintió! ¿Cómo ha sido capaz de ocultarnos la columna todo este tiempo? ¿Cómo?

—¡Cálmese, señor Álvarez-Caballero! —lo instó el escritor—. ¡Y suélteme, maldita sea! —Se zafó—. Si lo he hecho, si le mentí, es porque no pensaba que fueran a publicar más que unas líneas sobre las distintas etapas del viaje y no deseaba preocupar a nadie en balde. Pero está claro que están aprovechando nuestra ausencia y clara desventaja para publicar cualquier sandez.

Juan daba vueltas por toda la salita, pasándose la mano por la cara y el cabello. De tanto en tanto, lanzaba una pregunta al literato.

—Quiero leer ese artículo —espetó.

—Todavía es pronto. Pero me figuro que mañana estará en los principales cafés de Viena.

—Pues líbrese de cualquier actividad matutina. Vendrá conmigo.

Y así lo hicieron al día siguiente. Se dirigieron al café Griensteidl. Habían pasado por delante al acceder al Burg por la puerta de Schaufflergasse. Al entrar, varios parroquianos alzaron la vista por encima de barbas y bigotes y de los pliegos de periódico en cuya lectura se hallaban inmersos, como si de algún modo supieran que aquellos dos tipos nerviosos eran forasteros. Juan buscó asiento en una mesa redonda junto a uno de los amplios ventanales. Una cortinilla marrón colgaba de un riel ubicado a media altura, proporcionando así intimidad y una relativa protección de los rayos de sol más molestos. El olor a café y a leche hervida eran protagonistan de excepción, pero se mezclaban con los secundarios del amoniaco, el sudor y las ligeras notas de aceites de coco o laurel que desprendían las prendas recién lavadas. El techo abovedado convertía el espacio en una suerte de sala capitular de los nuevos tiempos, donde la caduca actualidad era evangelio y homilía. Suspendidas, lámparas de gas con pantallas de cristal y cuerpo de forja dorada, útiles en el crepúsculo. En las paredes, embellecidas con papel de estampado floral, ganchos repletos de abrigos y sombreros oscuros que se multiplicaban por efecto de los espejos de marco dorado.

Juan ignoró todo protocolo y se lanzó a las perchas de las que colgaban los periódicos. Uno a uno, fue comprobando las cabeceras. Mientras tanto, el señor Bogarín solicitó al uniformado camarero, quien también parecía extrañado por su presencia, un par de *capuziners*. Dejó el bombín sobre el tablero de mármol de la mesita. La silla, de asiento de enea, no era del todo incómoda, aunque las filigranas del respaldo se clavaban en la espalda. Así que decidió no apoyarse.

—Aquí está —le anunció Juan a don Guillermo y colocó el periódico sobre la mesa.

Pasaron por encima de las noticias sobre las festividades en París por la recepción a los soldados rusos, de una nota que anunciaba el extraño nacimiento de trillizos en una familia pobre, de las novedades en los departamentos y, por una vez, Juan ignoró la crónica financiera. En la falda de la página cuatro, los ansiosos ojos de ese par de españoles se clavaron en la columna que les interesaba. Devoraron cada palabra, pese a que la tensión de la primera lectura no les permitió fijarse en los detalles. Y, hacia el final, tal y como le había indicado al señor Bogarín su contacto en *Le Matin*, figuraban los rumores acerca de la presunta relación secreta de Juan. Lo peor de todo fue que había un aspecto que don Guillermo había olvidado compartir con el empresario. Y era el que rezaba «nuestro informador ha sido testigo». Juan empezó a hiperventilar. Dio varios paseos hasta el perchero de los periódicos, arañando sosiego a esos pasos perdidos. El camarero llegó entonces con dos bandejitas de plata con los cafés. Confuso por la actitud de Juan, se limitó a dejarlas sobre la mesa, cuando don Guillermo apartó el periódico, y a retirarse sin más.

—¿Usted cree que se refiere a la señorita Pichler? Quizá un testigo descontextualizado ha malinterpretado su amistad. A no ser que haya sido algo más que una amistad...

Juan arqueó las cejas. Aquella confusión le proporcionaría tiempo. Pero algo en las palabras del artículo le hacía sospechar que la fuente secreta sabía lo de Maurizio. Se refería a Italia como ese lugar en el que escondía un amor. La señorita Pichler se había unido al viaje en Aix. Aunque era cierto que en Italia se había mostrado cercano y atento con ella también. Pero con Maurizio... ¿Los habrían visto besándose en el callejón junto al *palazzeto*? ¿O subiendo a su casa cada noche? ¿O bajando con el amanecer? La duda era insoportable. No podía creer que ese asunto se le hubiera ido de las manos. El viaje le había parecido inofensivo, pero... ¿y si era el fin? ¿Y si se sabía todo? ¡Qué poco había durado la tranquilidad, la reconciliación con Maurizio! Tenía que escribirle, tenía que comunicarle que no podrían verse ni hablar en mucho tiempo. No podía arriesgarse. No con la empresa recién salida a bolsa. No con un compromiso cerrado con la hija de uno de sus clientes preferentes. No con el informe «Casablanca» a punto de llegar a manos del señor Dupont. Juan se aflojó la corbata.

Notaba que se quedaba sin aire. Sin más, abandonó el café. Don Guillermo movió el bigote, anonadado. Dio un sorbo al café. Cerró el ejemplar de *Le Petit Journal* y se dijo a sí mismo que tenía que informar a todos del estado de la cuestión.

Esa misma tarde, a las cuatro en punto, los viajeros se reunieron en el salón del apartamento del segundo piso. La estancia, decorada en tonos coral y beis, disponía de dos tresillos y dos butacas estilo Luis XV. En los tresillos se acomodaron la condesa Karimova, la señora Leroy, la señora Dupont, y Gustav, Henri Collet y el señor Mercier. La señorita Balaguer y la señorita Pichler ocuparon las butacas. Jacobo cogió una de las cuatro sillas de estilo imperio que rodeaban la mesa ovalada ubicada al fondo del salón, en el lado contrario al acceso al comedor de ese piso, junto a una biblioteca plagada de libros. Don Guillermo optó por quedarse de pie. No había vuelto a ver a Juan. En unos y otros era apreciable la mueca de sorpresa y desconcierto generada por esa inesperada cita.

Por la mañana habían visitado el panorama de la batalla de Gravelotte, ubicado en Praterstrasse. Ese tipo de recreaciones visuales estaba desapareciendo en París, había pasado de moda, así que les gustó disfrutar de uno de los últimos ejemplos vieneses. Después habían ido a la confitería Jordan & Timäus, en Freisingergasse, donde habían disfrutado de su maravilloso chocolate. A continuación, habían paseado por la zona comercial y habían almorzado en el restaurante Lang, en la zona de la universidad, uno de los ejes sobre los que se había edificado la reputación de Viena como capital cultural y multicultural del fin de siglo, *ex aequo* con París, pero que empezaba a languidecer. A todos les había extrañado que el señor Bogarín se excusase hasta ese almuerzo. También la ausencia de Juan. La condesa Karimova continuaba preguntándose por los males de la señora doña Renate, quien seguía manteniéndose al margen de las actividades, pero a quien había vuelto a ver subiéndose a un taxi al despuntar el alba. Clara acumulaba palabras que todavía no había dicho y sentía que se le estaba gangrenando la poca paciencia que le quedaba. No había vuelto a tocar. Jacobo la miraba con disimulo, de tanto en tanto, convencido de que debía disculparse.

Sin embargo, cuando el señor Bogarín comenzó a hablar y les contó los pormenores del asunto de *Le Petit Journal*, a todos se les quedó la mente en blanco de dilemas previos. Don Guillermo, que se disculpó un sinfín de veces por haber optado por mantenerlos al margen, les prometió que le había movido una honesta intención de no preocuparlos en vano.

—No obstante, al aparecer informaciones más concretas de algunos de ustedes, con los que ya he tenido la oportunidad de hablar... —El señor Bogarín y la señora Dupont cruzaron una mirada y ella asintió. Clara, enfrente, se dio cuenta—. Me he convencido o, mejor dicho, me han hecho saber, con razón, que es un asunto del que todos deben estar informados. Siento muchísimo que este viaje se vea empañado por el afán pecuniario de algún periodista de tres al cuarto al que le resultamos entretenidos. Pero, dadas las circunstancias, les pregunto: ¿desean que terminemos aquí y ahora esta aventura y regresemos a París para zanjar el problema y no estar expuestos a los correveidiles?

30
SINO

Sinfonía n.º 5 en do menor, op. 67. *Allegro* con brío
Ludwig van Beethoven

Juan acariciaba el vaso de cerveza, casi vacío, con la yema del pulgar, atrapando la dorada humedad que había resbalado por las paredes hasta la mesa, pegajosa. Con todas las cartas enviadas, había terminado en la Michaeler Bierhaus, en Michaelerplatz, donde los rostros extraños daban tregua a la mortificación. El runrún de las conversaciones ajenas acunaba las pesadillas del hombre despierto, las más terroríficas. Las sombras, alrededor, puro baile de máscaras. Y ese olor a alcohol rancio que emanaban las mesas, las bocas y las chaquetas. Cuando llegó a Windmühlgasse, vio a lo lejos la silueta de la señora doña Renate subiendo a un taxi. Aquello le extrañó, pero continuó avanzando hasta llegar a la residencia de los señores Baumgartner. Había estado muchas horas fuera, por lo que desconocía el devenir de los últimos acontecimientos. Cuando se despertó, sentía náuseas. Vomitó en el bacín. El mundo, con todas sus retorcidas circunstancias, daba vueltas en torno a él.

En el comedor, Jacobo intentaba no quemarse los dedos pelando el huevo pasado por agua que un criado le había colocado delante en una huevera de porcelana. Estaba más torpe de lo normal y no lograba valerse con la cucharilla. El ambiente general no ayudaba mucho. Se respiraba una tensión que, no obstante, todos se estaban esforzando en disimular. El torrente de información de la tarde anterior, sumado a la pregunta con la que el señor Bogarín había terminado la exposición, había dejado un rastro de duda, de nervios y de cierto enfado. Habían acordado realizar una votación esa tarde, tras veinticuatro horas de reflexión, para discernir si continuaban con el viaje o no. A Jacobo no le interesaba, en absoluto, regresar a París. Todavía no. Aunque tampoco deseaba que nadie hurgara en sus asuntos. Tenía mucho que perder si alguien descubría el motivo que lo había llevado a sumarse a la aventura por Europa. Dos golpecitos de la cucharilla de la señora Leroy lo sacaron del ensimismamiento en el que había caído, como si fuera un pozo profundo en el que lo único que se oía era el eco de sus temores. Miró a Clara, con ojeras violáceas y semblante desencajado.

La violinista y la señora Dupont habían discutido la tarde anterior. A la señorita Balaguer no le había pasado inadvertido el mutuo asentimiento de su mecenas y el señor Bogarín con respecto a las informaciones del periódico. Así, había exigido a Geneviève una explicación allí mismo, en el salón, cuando todos se habían marchado pensativos, cabizbajos. La señora Dupont le pidió que lo hablaran en su habitación. Y así lo hicieron. Durante media hora los reproches tiñeron las frases intercambiadas al cobijo de una intimidad ficticia. Geneviève supo bien cómo utilizar el hecho de que Clara continuara viéndose con Yves para neutralizar cualquier recriminación por haberle ocultado el asunto de *Le Petit Journal* durante unas horas. A fin de cuentas, lo suyo era mucho peor. Así se lo hizo saber. Su falta de decoro y juicio eran inadmisibles. Tanto o más que el poco valor que daba al apoyo que le habían ofrecido durante años. Había decidido arriesgarlo todo por una pasión enfermiza.

—¡Eres una desagradecida y una egoísta!

—¡Soy un ser humano, Geneviève! Y nadie soporta el nivel de presión al que llevo sometida desde los diez años sin tropezar. No puedo más. ¿Es que no lo ves? Yves es mi huida, mi remanso de falsa paz, el único universo sin violín que he conocido. Y hay ocasiones en que necesito ser esa mujer. Necesito ser mujer antes que violinista.

—Lo que tú haces no es de ser una mujer, Clara. Es de ser una cualquiera.

La violinista hinchó el pecho de ira y negó con la cabeza. Quiso decirle tantas cosas... Sin embargo, había una parte de ella que sabía que jamás la entendería. Lo único que la consolaba, mientras lloraba en el cuarto un rato después, era esa votación. Con un poco de suerte, más de uno se sumaría a ella y votaría a favor de zanjar el viaje allí mismo. Y podría volver a París. ¿Habría visto Yves el artículo de *Le Petit Journal*? ¿Qué estaría pensando? ¿La echaba de menos? ¿Y Jacobo? ¿Había esperanza en su amistad o la despreciaría por siempre jamás?

En la mañana de ese día de reflexión, tenían tiempo libre. Así que, cuando terminaron de desayunar, la condesa Karimova se dirigió al señor Baumgartner para interesarse por su esposa. Este salió al paso con excusas de tipo médico. Pero la condesa no capituló. Solicitó poder hacerle una visita. Esperaba resultar de ayuda con su amigable conversación. El barón le pidió un momento para confirmar si la señora doña Renate daba su consentimiento. Aunque tratándose de la petición de una condesa era poco plausible una negativa. Cuando el señor le comunicó que podían reunirse en la coqueta y austera sala de estar, la condesa asintió satisfecha. La señora apareció enseguida. Vestía un traje de mañana de linón con cuello alto plisado. Los rizos delanteros habían perdido la frescura de otros días. Titubeante, dejó ver la destartalada dentadura en una encantadora sonrisa. Colocó las manos pálidas sobre la mesita tapizada en cuero. Después de un rato de charla superficial, la condesa Karimova le confesó que la había visto salir temprano de la casa cada mañana. Deseaba confirmar que todo estaba bien. La señora doña Renate asintió con la cabeza, se mordió el labio y dejó caer la mirada hacia el juego de té de plata.

—Mi hijo Karl. —Frenó un sollozo—. Mi hijo Karl vive, desde hace unos años, en el asilo de lunáticos de Lazarethgasse. Lo sé, es terrible.

—Lo siento muchísimo, señora doña Renate. Espero que no sea nada grave...

—Lamentablemente, lo es. Siempre fue un niño con carácter y ciertos cambios de humor. Algunos días estaba feliz y otros solo lloraba, nada parecía consolarlo. Con el paso de los años, los cambios de humor se hicieron más acusados y constantes. Días en los que comía de forma compulsiva, en los que no dormía, en los que desaparecía. Clamaba grandes planes, pedía a su padre que invirtiera dinero en los negocios más disparatados. Y Franz le hacía caso al principio, pensaba que era un genio, hasta que empezó a perder dinero. Luego venían épocas en las que Karl no salía de la cama, en las que no deseaba comer y hablaba de la vida de una forma espantosa, sin un ápice de esperanza.

» Después de varios altercados y sustos nos empezamos a preocupar. Nuestro hijo se iba desdibujando entre la euforia y la rendición. Consultamos a varios médicos, también a curanderos e incluso a una adivina. Pero Karl no mejoró. Y hace cinco años, en una de las fases de total abatimiento, se lanzó al canal del Danubio desde Stefaniebrücke. Sobrevivió, pero lo internaron en el manicomio. Dijeron que se trataba de una enfermedad llamada «locura circular» o «locura de dos formas». Ni siquiera se ponen de acuerdo entre los psiquiatras... Voy a visitarlo cada mañana antes de que la ciudad despierte. No, no puedo soportar la idea de que mis amistades piensen que mi hijo está loco, así que lo oculto y disimulo todo lo que puedo. Franz apenas lo visita, lo siente ajeno, como si le hubiera defraudado, pero yo... no puedo abandonarlo. Es mi hijo.

La condesa Karimova comprendió todo de golpe. La oportuna discreción del amanecer. El dolor en alma y huesos. Y el rechazo a aquellas aseveraciones que habían inundado el comedor dos días atrás sobre la eugenesia. Aunque en esa centuria la psicología se había separado de la filosofía y había empezado a estudiar la mente humana, primero de forma meramente descriptiva y, desde finales de la década de 1870, también con aspiraciones científicas, todavía existían numerosas incógnitas. Así, y aunque en ese *fin de siècle* se había convertido en la nueva ciencia en boga gracias a la fascinación reinante por el subconsciente, muchas de las dolencias mentales se agrupaban bajo amplias etiquetas de locura. Además, el evolucionismo, del mismo modo que ocurría en el resto de las ciencias, había permeado en razonamientos y conclusiones. En las ciudades se habían construido asilos en los que se trataba a los enfermos, pero, sobre todo, en los que se los apartaba de la sociedad. En Francia, desde 1838, existía una ley que especificaba que el cuidado de las personas con dolencias mentales —a las que se llamaba «alienados»— era una rama aparte de la medicina general, algo menos prestigiosa. En el asilo de Viena, erigido en 1850 y ampliado en 1878, había capacidad para setecientos internos. Aquello no era baladí. Europa parecía prepararse para desentrañar los misterios de la mente y de muchas preguntas que, durante siglos, habían permanecido sin respuesta. Pero los prejuicios lo hacían complicado, lo ralentizaban. Y, mientras tanto, personas como la señora doña Renate sentían vergüenza y temían que alguien cuestionase la calidad de su estirpe. Aquello no iba de calidades, tampoco de clases ni de intelectos. El mismísimo señor don Robert Schumann, considerado un genio de la música, había padecido la misma enfermedad que Karl Baumgartner. Pero en 1893 todavía era pronto...

—La entiendo perfectamente, baronesa. Y le prometo que no diré nada a nadie.

La condesa Karimova, extasiada con la caja de galletas que completaba el set de plata, se debatió internamente sobre si hablar a la señora de alguno de los fantasmas que habían asolado a su familia. Si hubiera compartido con ella *ese* tema, seguro que se habría sentido mejor. Pero la condesa no era capaz de desenterrarlo. Habitaba en lo profundo de su ser bajo capas de espanto, rechazo, humillación y dolor. No podía hablar de *eso*. Se había prometido no hacerlo. Así que no lo hizo.

Mientras tanto, el señor Bogarín se encerró en el cuarto y se desahogó en interminables líneas dirigidas a su Albertine. Estaba furioso y frustrado. De tanto en tanto, se apoyaba en el respaldo de la silla y disfrutaba de varias caladas a la pipa. De pronto se quedó mirando la pluma. «La lanza del diplomático», recordó. Por supuesto, la pluma era la respuesta al tercer acertijo del señor Baumgartner. Alguien llamó a la puerta.

—¿Sí?

Clara asomó la cabeza.

—Señor Bogarín, siento molestar. Me preguntaba si podría prestarme la guía de la ciudad. Me gustaría aprovechar la mañana para leer sobre Viena.

Don Guillermo saltó del asiento y, considerado como acostumbraba, alcanzó la guía del interior de la maleta extensible y se la tendió a la señorita. La violinista asintió y musitó un «gracias». Intercambiaron una mirada, como si desearan conmutar las faltas del otro sin palabras, y Clara se marchó. Se dirigió al salón de la segunda planta, donde se había celebrado la reunión de la tarde anterior. En uno de los tresillos, se dedicó a repasar las páginas de la guía y a empaparse de datos. Después de un rato, se topó con algo que no habían visitado todavía. Un torrente irracional la llevó a levantarse. Dudó un segundo, pero después se marchó a coger el abrigo, el sombrero y los guantes y salió a la calle. En París no se le ocurría, por lo general, deambular sola, pero en Viena nadie la conocía, así que podía tomarse esa pequeña licencia.

Se valió del plano adjunto para alcanzar el objetivo. Siguió el cauce del río Wien por Magdalenstrasse y Lothringerstrasse, dejando atrás la principal sala de conciertos de la ciudad o Musikverein. Después de media hora llegó a Beethovenplatz. La quinta desafinada, esa maldita quinta, *in crescendo*. Con las primeras gotas de lluvia impactando contra pavimento y canotier, se aproximó, sigilosa, al monumento que se erigía en medio de la plaza. Una figura de bronce del compositor se alzaba sobre un pedestal de granito. El gesto del músico hacía pensar que lo habían inmortalizado ideando la próxima partitura. Clara lo contempló desde abajo con toda la admiración que le profesaba, como si esperara que el maestro cobrara vida y le diera alguna valiosa lección. La mano se aferró a la lisa superficie de la cubierta de la guía, rechazando el temor a un ataque, ansiando controlar el envite, acallar la quinta, las palpitaciones. Y lo logró en parte. Los dedos blancos, los nudillos rosados. Al notar que se estaba mojando, la protegió con los brazos, que cruzó sobre el pecho.

Desde hacía un tiempo, había reflexionado que, contra todo pronóstico, el éxito y el fracaso tenían algo en común: ambos eran muy solitarios. También que aquellos que la habían encumbrado serían, a buen seguro, los que la enterrarían. Clara vivía atormentada por su pasado y su presente, aterrada por su futuro. Y por más que fijó la vista en los ojos inertes de la estatua, bajo una cortina de lluvia silenciosa, no obtuvo respuesta a los mil interrogantes de su existencia. Pero la quinta desafinada, esa maldita quinta, *diminuendo*, no pudo con ella, no le arrebató ese momento.

Unas manzanas al oeste, Thesi y el señor Mercier se resguardaban de la lluvia en el café Scheidl, en el 49 de la comercial Kärnterstrasse. Tras mucha insistencia de la joven, el pintor había accedido a visitar algunas tiendas con ella, pero el aguacero los había obligado a modificar los planes. Sentados a una de las mesas, pidieron un *mehr weiss* y un *melange*.

—Qué asunto más extraño el de los periódicos —comentó Thesi al contemplar cómo muchos de los concurrentes tenían la nariz hundida en la tinta.

—Bueno, era previsible. Nuestra notoriedad y el cariz decadente de la prensa actual son una excelente combinación para el atajo de cotillas que pueblan París.

Thesi asintió y dio un sorbo al café. Tanto Gustav como ella habían entrado en pánico la noche anterior. No sabían cuánto más podrían confiar en la efectividad del apellido falso y la ausencia de fotografías en la columna semanal de *Le Petit Journal*. Alguien podía atar cabos. Así, Gustav había exigido garantías a su hermana de que el plan avanzaba. Y, por si las moscas, había acordado con Max un plan de fuga.

—Será emocionante entonces regresar a París. Todo el mundo hablará de nosotros —soñó ella.

—Sí, puede ser. Pero, como dijo el señor Bogarín ayer, no hay que darle mayor importancia. Son solo chascarrillos.

—Y, dime, ¿qué pasará cuándo lleguemos a París? —Thesi puso la mano encima de la de Mercier, sobre la mesa.

—Que tendré muchos asuntos que poner al día. Visitaré Goupil nada más llegar, eso seguro.

—¿Y yo? ¿Y nosotros?

—¿Qué?

—¿Qué va a ser de nosotros?

«Dilo, dilo, dilo», repetía Thesi para sí.

—¿Qué quieres que sea?

«Dilo, dilo, dilo», pensó Mercier.

—No lo sé. Tú sabrás. Espero que te hayas aprendido mi cuerpo de memoria para realizar esa serie intimista que te propones.

El pintor agarró la mano de la joven.

—La memoria es frágil.

—Entonces, tendremos que seguir viéndonos. Al menos hasta que regrese a casa. No creo que me quede mucho tiempo en París si nada me ata. Papá querrá verme. Y está todo el asunto de la traducción de la obra del señor Bogarín.

—Vive conmigo.

—¿Como qué?

—Como mi musa.

—¿Y qué gano yo con eso?

—Fama, caprichos y... a mí.

Thesi acarició la pierna del artista con la bota.

—Es poco para mí. Quiero ser algo más que tu musa.

Mercier apartó la pierna.

—¿Acaso te parece poco?

—La gente hablará. Mi padre...

—¿Y eso qué más da?

Cada vez estaban más cerca.

—Las musas vienen y van. Lo sabes, ¿verdad? Tendrás que mantenerme contenta, satisfacerme. O, si no, mi cuerpo acabará en el lienzo de otro.

Mercier tomó el rostro de Thesi por la mandíbula y, con disimulo, empezó a apretar.

—Antes te mataría.

Thesi empezó a sentir dolor a los tres segundos. La forma en la que Gustav acostumbraba a tratarla la había inmunizado ante los primeros instantes de lo que ella consideraba «la ira del amor». Los ojos de la joven se empañaron.

—Te quiero —musitó ella.

Los cristales bañados por la lluvia ocultaban un mirón al otro lado. Dos ojos que, desde la calle, advirtieron la proximidad de aquellos dos adultos, la mano de él sosteniendo la barbilla de ella y lo que le pareció el inicio de una caricia, propiciada por las últimas palabras de la joven.

A eso de las seis de la tarde de ese lluvioso 28 de octubre, ataviados con las mejores galas, como en la última votación, los viajeros repitieron el procedimiento de los votos anónimos por escrito. Debían ser eficientes. Los señores Baumgartner habían organizado una velada musical tras la cena para esa última noche en Viena. Al parecer, habían querido que asistieran a alguno de los muchos conciertos que se celebraban en la ciudad, considerada la capital de la música por la relevancia de compositores que se habían hecho famosos en ella, como Mozart, Beethoven, Haydn o Johann Strauss II, pero la temporada comenzaba justo la semana siguiente. Uno a uno, fueron sentándose a la mesa del fondo del salón y escribiendo «sí» o «no» a continuar con el viaje. Un aura tensa flotaba en la estancia. Miradas cruzadas tratando de averiguar quién guardaba secretos lo bastante graves como para desear detener esa aventura. En esa ocasión, con Juan fuera de combate por los nervios y la pena, fue la señora Leroy la que ayudó al señor Bogarín con el recuento.

—Bien, pues, a tenor de lo votado y por abrumadora mayoría de siete contra cuatro, les anuncio que seguimos con el viaje.

A Clara se le cayó el mundo encima. También a Juan. Y a los hermanos Pichler, quienes habían fantaseado con la posibilidad de llegar a París antes de lo previsto y zanjar la jugada con Mercier en privado, sin riesgos.

—Bajemos a cenar con los señores. Y quédense tranquilos. Les informaré puntualmente de cualquier novedad.

—Muchísimas gracias, señor Bogarín. Me da la sensación de que el periodistilla ese pronto descubrirá que no somos tan interesantes. —Se rio la señora Leroy.

—Y que lo diga —la siguió la señora Dupont.

—Ni tan indecentes —apostilló la condesa.

Todos se dieron la razón. ¿Quién podía dejar entrever preocupación? ¿Quién deseaba ser considerado sospechoso de guardar un as en la manga? Ninguno. Todavía quedaban días de viaje y mucho que hacer para más de uno. Así que lo mejor era continuar con el plan establecido.

La velada musical estuvo a cargo del cantante don Paul Bulss, del pianista don Hugo Reinhold y de la virtuosa del violín doña Rosa Hochmann. No obstante, a ella acudieron otros tantos artistas, así como representantes de esa aristocracia ociosa que llenaba los espacios culturales en Viena. Aquí y allá, damas que se habían entregado a la silueta de moda, la del reloj de arena, detalle que les confería singularidad y distinción. Antes y después del recital, el señor Baumgartner, tras esquivar una pregunta del señor Bogarín acerca de si su hijo Karl se encontraba allí, se encargó de realizar las presentaciones oportunas entre asistentes y las traducciones pertinentes. Así, presentó a Jacobo al arquitecto al que se le acababa de encargar el proyecto de ampliación de Viena, el señor don Otto Wagner. Cometió el error de intentar que el señor Mercier entablara conversación con un pintor de la quinta de Juan y Jacobo, de mirada cálida y barba oscura, llamado don Gustav Klimt.

—Es uno de los artistas más prestigiosos de la ciudad y, por lo que he oído, hay grandes expectativas puestas en él —señaló el señor Baumgartner con simpatía.

El joven pintor comentó al anfitrión algo que este no tardó en traducir.

—Al señor Klimt le gustaría saber si usted conoce al señor don Gustave Moreau. Está muy interesado en su trabajo.

El señor Mercier puso los ojos en blanco y se marchó, dejando a los otros dos con gesto estupefacto. La señora Baumgartner, quien había abandonado el aislamiento a la fuerza, pero logró que nadie notara que continuaba abatida, parloteó con una amiga sobre la habilidad al piano de la hija de otra amistad en común, la señora doña Anna von Bergen, la viuda del pintor don Emil Jakob Schindler, fallecido el año anterior. Al parecer, la niña, de apenas catorce años, componía sus propios *lieder*, que después interpretaba en las veladas celebradas en su casa.

—Debe de ser delicioso verla tocar y cantar. A fin de cuentas, con una madre cantante y un padre pintor, raro sería que la chiquilla no fuera un portento de las artes. Seguro que tiene muchos pretendientes.

—Bueno, no sé si ha oído los rumores. Parece que la señora Von Bergen sí tiene un pretendiente: el antiguo alumno del señor Schindler, el señor Moll. Las malas lenguas dicen que ya se entendían antes de que ella enviudara —cuchicheó.

Clara, que lanzaba vistazos a la señorita Hochmann, de unos dieciocho años, se preguntaba si ella sí lograría tener una relación pacífica por siempre con el que era el mejor amigo de ambas, el violín. Según le susurró el señor Baumgartner mientras la joven se preparaba para tocar, acababa de terminar el conservatorio, donde había estudiado con el violinista de la orquesta de la Ópera de Viena, el señor don Jakob Grün. Procedía del Imperio ruso, pero se había trasladado con su madre a la capital austríaca para cumplir su sueño. El día 4 de noviembre iba a dar un concierto en la sala Bösendorfer. Mientras la señorita Hochmann tocaba una pieza del señor don Pablo Sarasate, Clara sintió una mezcla de alivio y pesar. Por un lado, las nuevas generaciones de mujeres violinistas eran una realidad y eso la enorgullecía, la convencía de que el testigo estaba en las mejores manos. Que existiera la señorita doña Rosa Hochmann en Viena o la señorita doña Sophie Jaffé en París significaba que el violín seguía teniendo a mujeres como dueñas. Pero, por otro, ¿dónde la dejaba eso a ella? ¿Era acaso una reliquia? ¿Terminaría convirtiéndose en un artilugio extraviado, en una *rara avis*, soltera y girando por escenarios hasta el final? Hasta su buena amiga, la virtuosa del violín doña Teresina Tua —algo más joven que ella, pero con la que compartía similar éxito y trayectoria—, se había casado y tenido hijos, había ralentizado su carrera. En el vaivén del arco sobre las cuerdas veía la deliciosa promesa de lo que estaba por venir para esa joven. Era algo poderoso que alejó, durante ese rato, todo atisbo de quintas agudas y desafinadas. Cuando terminó, todos la aplaudieron encantados. El señor Baumgartner las presentó, pero el detalle del idioma, aunque Clara había aprendido algo en su tiempo de formación en Leipzig, impidió que la charla fuera muy larga. No obstante, en los ojos de la joven se apreciaba la admiración por Clara. Ese confortable instante quedó interrumpido por la aparición de un rostro familiar en el mundo de la señorita Balaguer.

—Pero qué sorpresa más agradable —la saludó en francés. La seguía Jacobo—. De no haber sido por este encantador caballero, no me habría percatado de que estabas aquí. Soy tan despistada.

Clara sonrió y la saludó con cortesía. Se trataba de la señorita doña Giselle Fillièvre, compañera de conservatorio y de la primera gira por Europa de 1881.

—Veo que estás de enhorabuena —señaló Clara, en referencia al vientre abultado de la otra.

—Muchísimas gracias. Es el cuarto.

—Me alegro mucho —dijo con amabilidad—. ¿Vives en Viena?

—Sí, desde hace diez años. Conocí a mi esposo, el violonchelista don Eduard Popper, por amistades y maestros en común, y, al casarnos, nos instalamos aquí. No hay ciudad mejor para la música.

Clara asintió. Continuaron poniéndose al día brevemente. Entonces, la señora Popper contempló a la señorita Balaguer y le espetó:

—Has tenido tanta suerte... ¿Cuántas éramos en el conservatorio estudiando violín? Y solo tú has llegado a lo más alto.

Clara sonrió, incómoda.

—Disculpe que me entrometa, señora Popper, pero, a mi modo de ver, lo que ha tenido la señorita Balaguer es tesón y talento. La suerte es para calmar la conciencia de los ilusos que prefieren esperarla sentados —la interrumpió Jacobo Figueroa.

La señora Popper arqueó las cejas, extrañada, sin saber si debía sentirse ofendida de algún modo. Clara sonrió satisfecha.

—Ha sido un placer verte, Clara. Voy para allá, creo que me llama mi esposo. Luego seguimos hablando... —prometió en balde y se fue alejando, como una paloma herida de gravedad por un tiro bien disparado.

—¿He sido muy brusco?

—No, no. —Clara se rio—. Muchas gracias, señor Figueroa.

—No hay de qué. Es lo que opino.

Se miraron a los ojos.

—Disculpe por lo del otro día. Me excedí. No tengo derecho a pedirle explicaciones. —Clara asintió—. La bajaré del pedestal si es lo que desea, pero sepa que mi admiración y simpatía hacia usted permanecen intactas.

Clara volvió a asentir, emocionada. Y sonrió.

31
La paradoja

Seis hojas de álbum, n.º 2 en la menor,
op. 2 (JB 1:51). *Moderato*
Bedrich Smetana

Tal era la hospitalidad de los señores Baumgartner que no dudaron en acompañar al grupo a la estación Franz-Josefs, una de las siete con las que contaba Viena, para despedirlos. Asimismo, se comprometieron a realizar el envío de las compras más voluminosas a las direcciones facilitadas en París, principalmente de la señora Leroy, que ya tenía el sexto baúl casi al límite de capacidad. Aquella semana en la ciudad había sido intensa y alguno que otro se sentía abrumado. Tras apearse de los taxis y gestionar los pagos por los bultos extra, llegó el momento de los adioses y de las promesas, algunas honestas y otras fingidas, de volver a encontrarse. Al despedirse de Clara, el señor Baumgartner le planteó un último acertijo que casi era una paradoja.

—Soy lo que nunca seré.

La violinista frunció el ceño y arqueó las cejas, sorprendida por la concisión.

—Esperaré su respuesta, señorita Balaguer.

—Prometo poner todo mi empeño en desentrañar la adivinanza —respondió ella y tendió la mano para que el caballero besara el guante.

La condesa Karimova intercambió una sentida mirada con la señora doña Renate. Con esas manos temblorosas ocultas entre las más delicadas telas y pieles, deseó buen viaje a la aristócrata rusa y recibió a cambio una débil sonrisa que oscilaba entre la comprensión y la incomodidad. La señora doña Renate pareció contentarse con eso. En el mundo de las apariencias, era el máximo consuelo al que podía aspirar. En la intimidad de los pensamientos, ajena a cualquier tribunal, se preguntó quién necesitaba bailes si la misma vida era una gran mascarada. La condesa abandonó de forma definitiva todos los gestos y confesiones que podrían haber calmado el dolor de esa desgraciada dama. Asintió y buscó a su doncella con la mirada. Era preciso ir avanzando hacia el andén. La parsimonia de esas piernas cansadas no era compatible con las prisas del señor Bogarín. Este, ignorante de todo el asunto de Karl Baumgartner, comentó a su amigo, con el que había saldado deudas antes de salir del apartamento, que le apenaba no haber podido coincidir con su hijo. El señor respondió con una mentira sobre un viaje y después, con la cara lavada de vergüenza y pesar, animó al escritor a no quedarse rezagado.

El ferrocarril rodeó las escarpadas laderas del Kahlenberg a la media hora de arrancar de Viena. A la hora, la vía se aproximó al río, que rodeó a la altura de Langenlebarn y que cruzó en Absdorf-Hippersdorf. Lentamente, fue abandonando el valle del Danubio. Juan no tenía ganas de jugar a las cartas ese día. Jacobo lo miraba de soslayo, convencido de que la información que habían publicado sobre él en el periódico lo había afectado gravemente. Pero si algo había aprendido en Viena, o más bien recordado, era que no era buena idea interpelar a los demás sobre sus faltas o problemas. Era preferible aguardar y, si la confianza era suficiente, escuchar sin juicios cuando el momento fuera propicio. Por su parte, Juan miraba por la ventanilla envuelto en una melancolía ácida y punzante. No había recibido respuesta de Maurizio, tampoco de la señorita Girard. Era pronto todavía para misivas, pero no para cables. Enfrente, el señor Bogarín, con el bigote escondido tras ese cuaderno de notas en el que tachaba con el lápiz retráctil que siempre llevaba encima. Juan había desarrollado cierto resquemor hacia el literato por el modo en que había gestionado el asunto de *Le Petit Journal*. Así que no pudo evitar mirarlo con desprecio.

Justo en el compartimento de al lado, Henri Collet y Gustav continuaban con ese juego del silencio que solo quedó interrumpido cuando el primero le entregó al segundo los kreuzers que creía deberle. Gustav asintió agradecido y sonrió por dentro al confirmar la inocencia o estupidez del chico. Este, satisfecho de haber saldado esa deuda, volvió a la lectura. Casi había terminado el libro de Maupassant. Tanto Gustav como Thesi experimentaron cierto alivio al alejarse de Viena. Aunque no les había salido bien la votación, era un hecho que habían superado el tramo más peligroso de todo el trayecto, pues en Viena habían cometido los delitos más graves. A ratos, Thesi olvidaba las faltas que acumulaba y que era una prófuga. Vivía de promesas que solo existían en su mente. Era como si deseara que con el señor Mercier fuera todo distinto, como si, por una vez, no se redujera todo a una estafa. La perspectiva de conseguir casarse con él por un desesperado y retorcido deseo mutuo se había vuelto poderosa en su pecho. Algunas veces creía que era posible, que lo tenía comiendo de su mano. Otras, se despreciaba a sí misma por imaginarse siquiera a la mitad de altura de un hombre como Ferdinand Mercier. Pero no podía evitar intentarlo. Cualquier arma era válida si la recompensa era estar con él.

Llegaron a Gmünd a las doce del mediodía. El tren hizo una parada larga de bufé que les permitió almorzar en el restaurante de la estación. La condesa, asqueada por la comida ofrecida, encontró cierto sosiego en la conversación con Jacobo, con el que cada vez se llevaba mejor.

—La idea es que Camille asista al Lycée Janson de Sailly en unos años.

—Buena elección por lo que tengo entendido. Claramente el Lycée Charlemagne no es lo que debió de ser hace años si el zoquete del sobrino de la señora Leroy ha salido de ahí —comentó la condesa, bajando la voz conforme se adentraba en la crítica. Jacobo, quien no solía sentirse cómodo con ese tipo de murmuraciones, se limitó a sonreír—. ¿Y quién está cuidando de los niños en su ausencia? ¿Tiene familiares en París?

—No, no. Están bajo la tutela de la señorita Hauregard, una reputada institutriz que se encarga de su educación desde que Augustine, la mayor, tenía cuatro años. Es de mi máxima confianza y de la de..., bueno, ya sabe, de la de mi difunta esposa. Ella la seleccionó.

—No dudo de las capacidades de esa tal señorita Hauregard, señor Figueroa, pero es una lástima que esos niños no cuenten con una figura de autoridad fuera del servicio durante su dilatada ausencia.

—Sí, eso pienso yo —contestó él.

—¿No hay nadie de su familia en París?

—No, mi familia regresó a España cuando se restauró la monarquía con el difunto rey Alfonso XII.

—Hum...

Aunque el arquitecto quiso añadir algo más, justo en ese instante el señor Bogarín avisó de que debían regresar al tren. Así, se limitó a ayudar a la condesa a levantarse y a ofrecerle el brazo con cortesía. La doncella de la condesa, la señorita

Eleonor, a esas alturas del viaje se había convertido en una sombra en la que nadie reparaba. Algo injusto si se tenía en cuenta la diligencia con la que trabajaba y velaba por la comodidad y paz de la aristócrata. Pero uno de los rasgos que la condesa había heredado en su condición de noble del Imperio ruso era el total convencimiento de que era superior al servicio y de que los criados habían nacido para postrarse ante aquellos que, como ella, eran titulares de privilegios de un mundo que ya había desaparecido. La jerarquía por la que no se inmutaba al mirarla por encima del hombro era lo único que le quedaba para recordar que era especial, diferente, única. En la mente de la condesa, la señorita Eleonor era solo una criada bretona más, reemplazable tras un rápido contacto con la oficina de colocación de servicio más a mano.

De nuevo sentados en el tren, continuaron camino hacia el norte.

—Es una lástima que no tengamos tiempo ilimitado. Me comentaron que a dos horas en diligencia de Gmünd se encuentra el bello monasterio cisterciense de Zwettl —dijo el señor Bogarín al señor Mercier, que asintió sin demasiado interés.

Pasaron las paradas de Wittingau, Wesely y Tabor junto al río Luschnitz. Siguieron avanzando, observados por las torres de abadías y las almenas de castillos, engullidos por caseríos más y menos densos.

Después de unos días de tensión, Clara estaba algo más tranquila. La forma en la que Jacobo se había disculpado y le había manifestado su intención de no retirarle su simpatía la había aliviado. Durante ese día de viaje había apreciado que la calidez con la que siempre la había tratado regresaba como brisa fresca en una noche de verano. Sentía rabia de que la señora Dupont hubiera aireado el asunto de Yves así. Pero, con el paso del tiempo, se le hacía más y más complicado dialogar con esa mujer. Deseaba echarle en cara tantas cosas... Sabía que tenía ese derecho. Mas cuando trataba de quejarse, la señora Dupont —y también el señor— retorcían la situación hasta hacerla irreconocible. Le hacían dudar de sus sentimientos y pensamientos. De sus percepciones. Y al final siempre resultaba que Clara tenía la culpa y era la que debía pedir perdón. Sí, debía hacerlo. No había estado bien continuar la relación con Yves, romper el pacto que tenían. Se había arriesgado, había traicionado la confianza de aquellos que estaban dispuestos a darlo todo por ella.

—Geneviève, yo... siento todo el asunto de Yves y que os hayáis tenido que enterar así. Me hago cargo de lo terrible de mi comportamiento —se disculpó, aprovechando que estaban solas en el compartimento.

—Agradezco que hayas entrado en razón. A veces me pregunto si este estado de nervios en el que te encuentras te está haciendo perder la cordura.

—No...

—Bien, pues lo mínimo que esperamos el señor Dupont y yo es que solventes el asunto del señor Duhamel nada más regresemos a París. Corta todo tipo de contacto y relación. No estamos en disposición de asumir riesgos innecesarios. El plan no puede estropearse, ¿lo entiendes?

—Sí, lo... lo intentaré.

—No, Clara. Hazlo. Si no, olvídate de todo lo prometido. —Silencio—. ¿Estás ensayando suficiente? ¿Dominas ya el final? Es tu punto débil. No quiero ridículos evitables. Y menos aún el señor Dupont. Recuerda que va a asistir la señora Leroy y es vital que bordes cada nota para que acceda a colaborar, a ayudarnos con los planes que tenemos para ti. —Clara asintió—. Debo acordarme de fijar cita con la modista nada más volver a París. Es importante que te presentes con un vestido sensacional. Como dice siempre Antoine, te vendes sola gracias a tu presencia. Lo único que hace falta es que no la fastidies con el violín.

La violinista no sabía si podía ofenderse más. Era como si los comentarios de los señores Dupont que la irritaban no tuvieran fondo ni techo. Como si, cual paradoja, incluso los cumplidos que le brindaban le sonaran a crítica. Miró por la ventana, como siempre hacía cuando necesitaba huir de Geneviève. Acarició la funda del violín sobre la falda. Pasaron Bistritz, cruzaron el río Sanawa y dejaron atrás Mnichowitz-Strancitz, Rican y Hostiwar. Bohemia se extendía por los cuatro puntos cardinales. En los últimos tiempos, Clara se había percatado de que vivía más preparada para la tempestad que para la calma. Era algo que no se advertía en la infancia. Nadie la había avisado de lo cansado que iba a ser, del peso de las lágrimas que, a menudo, le iban a impedir levantarse. Tampoco de lo mucho que se acostumbraría a ese estado de frustración, angustia y enfado. En aquel viaje interior en el que estaba enfrascada desde hacía tiempo, había llegado a la triste conclusión de que lo mejor que le había pasado en la vida era también lo peor: el violín, Yves, los señores Dupont. Vivía en tensión. El sufrimiento era su hogar. La sumía en un letargo que confundía con la valentía. En su mente aparecieron imágenes de manos entrelazadas en un paseo por los jardines de Luxemburgo, un lecho compartido con verdad y confianza mutua, una mirada cómplice con risas infantiles de fondo, una caricia sentida y delicada en el brazo que le erizó el vello para que dejase de ensayar por aquella tarde... Y se asustó. Nada le aterraba más que esa calma en la que todo podía torcerse. Le producía un vértigo insoportable. En algún lugar había escuchado o leído que el único momento en que no se tiene miedo al frío es cuando se está sintiendo. Eso le ocurría a ella. De ese modo, ahogándose en el lodazal de la amarga certeza y del dulce quizá, solo tenía que abrazarse a un pensamiento, algo sencillo, y utilizarlo para darse ganas de seguir luchando. En aquel trayecto en tren, fue la conversación silenciosa que había tenido con los ojos inertes del maestro Beethoven, sin ataques, bajo una lluvia que había limpiado su ánimo por unas horas. Cerró los ojos y volvió a ver esa caricia en el brazo que jamás había sentido porque... nunca había ocurrido.

En el último tramo, el tren se internó en un largo túnel. Una vez que salió y los vagones recuperaron la agradable y tenue iluminación de las horas finales del día, reforzada por el brillo de las lámparas de aceite recién encendidas, un empleado pasó anunciando a los distintos compartimentos que estaban a punto de llegar a la estación Franz-Josefs de Praga.

32
BOHEMIA

Sinfonía n.º 1 en re mayor, «Titán»,
primer movimiento. *Lento, pesante*
Gustav Mahler

El día 30 de octubre de 1893 amaneció para el grupo de viajeros en el hotel Blauer Stern de Praga, ubicado en la esquina del Graben con Hybernergasse. Uno de los aspectos que más había sorprendido a algunos a su llegada y en el trayecto en ómnibus hasta el alojamiento era que, si bien todos los topónimos y rótulos estaban en alemán, lo que se oía por la calle era checo. Aquello era una realidad en todas las regiones y provincias de Austria-Hungría que no se correspondían con la zona de habla alemana, es decir, lo que se conocía como Austria. Así, en Galitzia, la región de la que procedían los hermanos Pichler, lo que se hablaba era polaco; en Bohemia, checo y en Hungría, húngaro, entre otras muchísimas lenguas. Aun así, en aquel imperio plurinacional y multicultural, atravesado por numerosas formas de vida más y menos urbanizadas, era habitual saber más de un idioma sin necesidad de haber recibido una educación muy extensa. El bilingüismo o trilingüismo austrohúngaro era una cuestión de practicidad, sobre todo para la población no germana, que conocía el alemán, el idioma oficial de la Administración común y del Ejército Real e Imperial, además de la lengua materna.

La creación de la doble monarquía de Austria-Hungría en 1867 había dado alas a las aspiraciones de los nacionalistas checos, presentes en las clases medias e intelectuales, quienes desearon una triple monarquía que los equiparara al estatus de Hungría. Sin embargo, aquello jamás cristalizó. Así, la ventajosa posición de la región de Galitzia en un sistema electoral vinculado a las cámaras parlamentarias austríacas no hizo más que avivar el resentimiento de los nacionalistas de la provincia de Bohemia, territorio mayoritariamente eslavo, dispuestos, durante las décadas de 1880 y 1890, a pelear la oficialidad del checo y por una mayor autonomía dentro del imperio.

Y es que si algo no había conseguido acallar el Compromiso de 1867 fue el auge de los nacionalismos internos en un imperio en el que convivían alemanes, polacos, checos, croatas, húngaros, eslovenos, rumanos... El aumento de prebendas en unas zonas generaba aspiraciones en otras. Por ejemplo, a algunos no se les escapaba el hecho de que, en Hungría, desde 1891, y dentro de su política nacionalista de magiarización del territorio, se había puesto en marcha una ley de topónimos que había permitido cambiar los nombres de calles y poblaciones del alemán al húngaro. Tampoco que la Dieta de Hungría, sobre la que descansaba el poder legislativo del reino, había resuelto firmar, solo unos meses después del Compromiso con Austria, uno con Serbia, a fin de otorgarle el rango de reino autónomo. Ni las amplias concesiones a Galitzia en materia administrativa y cultural desde Viena.

La fiebre nacionalista no afectó a todos y algunos continuaron tomando como referencia la figura del emperador Francisco José I, símbolo del supranacionalismo de los Habsburgo. Sin embargo, a finales del siglo XIX, en Austria-Hungría había de todo: personas encantadas con la solución dual; pangermanistas convencidos de la superioridad cultural alemana e incluso deseosos de unirse al recién nacido Imperio alemán, verdadero heredero del Sacro Imperio; paneslavistas del sur que ansiaban un estado que aglutinara los territorios de los Balcanes con independencia de Hungría; eslavos del sur que miraban hacia Viena ante la amenaza del Imperio otomano; paneslavistas rusos que sentían mayor simpatía por el Imperio ruso; judíos de la zona occidental del imperio, integrados y con preferencia por la supremacía germana; judíos de la zona oriental del Imperio que vivían de un modo más tradicional y aislado y hablaban yidis; húngaros dispuestos a magiarizar el reino e ir diluyendo, lentamente, el resto de minorías, como germanos o rumanos; nobles de Galitzia que cada vez desconfiaban más de las políticas liberales que emanaban de la capital, etcétera...

De cualquier modo, como era natural cuando se vivían periodos de crisis e incertidumbre, como el ocasionado por la recesión económica que había surgido en 1873 o el avance hacia un cambio de siglo lleno de interrogantes, el nacionalismo salía reforzado, pues las diversas regiones, muchas muy alejadas de la realidad de Viena y Budapest, llegaban a la fácil solución de que todo sería mejor si pudieran tomar las riendas, si no dependieran de esos parlamentos y de esa familia imperial que jamás habían visto ni verían en persona. Así, aunque el Sacro Imperio Romano Germánico, el Imperio austríaco o Austria-Hungría habían demostrado que era posible una alianza entre los pueblos que se extendían, según el caso, desde el Rin hasta los Cárpatos y los Balcanes, el surgimiento de los conceptos de nación y estado-nación en el siglo XIX estaba terminando por desfasar esa fórmula política en la que nada tenía que ver la cultura, el idioma o incluso la religión.

Pero para eso, para el fin definitivo, entre pólvora y trincheras, todavía quedaban unos años...

El hotel Blauer Stern era solo uno de los que se encontraban en la zona. A solo unos pasos, el Saxe, el Stadt Wien o el Schwarzes Ross daban la bienvenida o despedían a viajeros distinguidos. Además, los aledaños estaban repletos de restaurantes y cafés como el Eis, el Geissler, el Dreher, el Central, el Continental o el café Français, y de tiendas especializadas en productos de Bohemia, como el granate o el cristal. También el Museo de Bohemia y el casino alemán como perfecta representación de las dos comunidades mayoritarias de la ciudad.

Así, todos aplaudieron el acierto del señor Bogarín, en colaboración con la agencia Cook, en relación con el alojamiento de Praga. Aunque desde la calle, las líneas del edificio eran sencillas, clásicas en cierto modo, en el interior no se había escatimado en adornos y molduras. El comedor jugaba con arcos torales sostenidos por gruesas columnas cuyas pechinas estaban ricamente decoradas con motivos vegetales, mas de los que no nacía cúpula alguna. Del techo, recto, caían primorosas arañas de cristal. Las paredes repletas de cuadros. Las habitaciones estaban muy bien surtidas: con una decoración más ligera y propia de los nuevos tiempos, contaban con una cama de proporciones decentes, una zona de silloncitos y mesitas, un escritorio con espacio de aseo por cortesía del juego de aguamanil y un ropero. Los muros, de amplios zócalos, no estaban nada recargados, solo algunos grabados y pequeños cuadros sobre una superficie lisa rematada en lo alto por una cenefa.

Asimismo, el Blauer Stern contaba con una zona de café donde los huéspedes podían disfrutar de la iluminación conferida por los amplios ventanales en una de las cerca de diez mesitas a las que observaba, desde arriba, una bella lámpara de forja y, desde el muro contrario a las ventanas, una curiosa chimenea de mármol blanco. Junto a ella, separado por una de las mesas encaradas a la pared, el perchero de los periódicos. Jacobo se quedó mirando esa colección de pliegos colgantes. ¿Y si consultaba si tenían *Le Petit Journal* del 25 de octubre y averiguaba qué era aquello que tanto había afectado a su querido amigo Juan?

—Bien, deberíamos ir al vestíbulo a comprobar si los demás ya están listos. Aunque hoy nos tomaremos con calma el día, no es recomendable malgastarlo —indicó el señor Bogarín tras rematar el segundo café de la mañana.

Jacobo salió de su ensimismamiento y asintió. El señor Mercier se peinó las cejas en el reflejo de uno de los ventanales, cogió el bombín y siguió al escritor. Por la izquierda, el joven Collet, que se había acercado a la chimenea para analizarla de cerca, se unió al grupo. Cuando lo hizo y pasó a liderar la salida hacia el vestíbulo, don Guillermo se extrañó.

—Chico, ¿qué te ha pasado en el pelo? Tienes un trasquilón.

Henri se llevó la mano derecha al cogote de forma instintiva.

—¿Eh? Hum... —balbuceó—. No... no sé.

Gustav, como el talentoso actor que era, ignoró la escena y se apresuró a salir de la zona del café. En el *hall* Juan charlaba con Clara y la señora Dupont. Esta última cambió el gesto al ver aparecer al señor Bogarín y, tras disculparse con los otros dos, se acercó a él y le informó de que la señora Leroy le había pedido que le dijera que el señor Hrabě la había ido a buscar por sorpresa y que iba a pasar el día con él. El literato supo enseguida que su estimada amiga Jeanne empleaba la estrategia de la espontaneidad para librarse de culpas y que, a buen seguro, lo tendrían apalabrado de antemano. Aquello hizo que el escritor moviera el bigote y se ofendiera. Debía hablar con ella en cuanto fuera posible. A falta de su presencia, miró al joven Collet, todavía con la mano en el cogote.

—Bah... —espetó irritado, y echó andar hacia la salida del Blauer Stern.

Los demás lo siguieron. Thesi, quien durante ese lapso había estado murmurando con Gustav, se dispuso a tomar el brazo del señor Mercier, pero se encontró con que ya estaba ocupado por el de la condesa Karimova. Cuando la señora Dupont pasó a su lado, la miró con todo el desprecio que fue capaz de reunir, pues había decidido odiarla desde que había descubierto que había jugado con ella. Esas miradas cargadas de rencor eran la medicina que planeaba administrarle hasta que pensara en una venganza mejor. Por su parte, Jacobo le susurró a Juan si no deseaba subir la apuesta. El otro se limitó a sonreír sin más.

El grupo recorrió el Graben, esa bella y moderna calle comercial, hacia Ferdinandstrasse. Por esa segunda vía, dejaron atrás la iglesia de Maria-Schnee, el monumento al poeta checo Joseph Jungmann, el palacio Schlik y la comisaría de policía, instante en que los hermanos Pichler cruzaron miradas de tensión. Gustav, que ya había recorrido la ciudad por la noche en busca de carteles, hizo un gesto a su hermana para que dejara de observarlo. Pasaron por delante del restaurante Chodera, reconocido por su buena cerveza, el café Jakon, el café Imperial y las confiterías Sourek y Heck, entre otros comercios. Se detuvieron a admirar el hermoso edificio del Banco de Ahorros de Bohemia y, acto seguido, el del Teatro de Bohemia, de inspiración renacentista. Salieron entonces al Franzens-Quai, desde donde pudieron apreciar el Kaiser-Franz-Joseph-Brücke y el Karlsbrücke o puente de Carlos, gravemente dañado durante las inundaciones acaecidas tres años atrás. En la otra orilla, sobre las colinas, se adivinaba el Hradschin, hogar del Burg o Palacio Imperial y de la catedral de San Vito. En un plano inferior, el río Moldava arrastraba los recuerdos de otras vistas como aquella para permitir a los viajeros asombrarse de la belleza bohemia como si fueran niños viendo por primera vez el mar. En lugar de continuar paseando hacia el norte, el señor Bogarín los invitó a dar media vuelta y adentrarse de nuevo en el entramado de calles de la orilla derecha por Inselgasse. Por Brenntegasse desembocaron en la Karlsplatz, la plaza más grande de toda Praga, sita en el distrito de Neustadt.

Don Guillermo, guía en mano, les fue indicando a los demás los principales edificios. Les contó que aquella zona era una de las más recientes de Praga, pues ocupaba el espacio que, antes del derribo de las murallas, había estado extramuros. La recorrieron con tranquilidad, deleitándose con el júbilo proporcionado por los tenues rayos del sol. Entre las instituciones que se daban cita en esa enorme plaza estaban los tribunales penales, un asilo de sordomudos, un hospital infantil, el hospital militar, el hospital general y la facultad de Medicina de la universidad, un hospital de niños expósitos o un asilo de lunáticos.

—Madre santísima, esta plaza está dedicada a la beneficencia —farfulló la condesa—. ¿Dónde quedan los palacios?

—La ciencia ha engullido al arte, estimada condesa —añadió el señor Mercier.

—Terminaremos viviendo cien años, pero en un mundo desolador.

El paseo volvió por Jungmannstrasse hacia el Graben. No verían nada más esa jornada. La tarde era libre. Almorzaron en el hotel una sopa de patata, nata y champiñones y un plato con cerdo cocido y una selección de *crudités*. Después cada uno se retiró a su habitación. El cansancio del viaje era palpable en todos, incluso en los más jóvenes. Pesaban las horas de tren, los cambios de alojamiento, la constante incertidumbre.

Clara ensayó durante un rato y después se tumbó en la cama. Le fascinó lo lejano que parecía París desde allí, lo extraña que le resultaba la vida que había pausado para unirse al viaje. Era como si no existiera. Y sabía por la experiencia de las giras que, al regresar, sentiría lo mismo de esa aventura: que no había ocurrido. De pronto se percató de que, en esas semanas, no había escrito una sola línea a su querida amiga Marie Junot. Aquello la animó a incorporarse y a sacar el tintero y la pluma de viaje del baúl. Sobre el escritorio descansaba un montoncito de papel para cartas. Se lanzó a escribir. Como le había asegurado a Maurizio, no era buena narradora, pero sabía que la señorita Junot agradecería el intento. Una vez que hubo terminado, la metió en uno de los sobres que había junto al papel de carta, alcanzó el redingote y el resto de los complementos y salió del cuarto.

Aunque su intención fue preguntar en la recepción, por suerte se cruzó en el vestíbulo con el señor Bogarín, dispuesto a tomarse su tercer café del día. Este le indicó dónde se encontraba la oficina de correos y telégrafos.

—En Heinrichsgasse. Vaya por el Graben y gire a la izquierda por la segunda calle. La encontrará haciendo esquina a la derecha.

—Muchísimas gracias, señor Bogarín.

—Pero, señorita Balaguer, ¿va a ir usted sola? ¿No desea que la acompañe?

—No, no, muchas gracias, don Guillermo. Será solo un momento y todavía es de día.

—No por mucho rato. No se entretenga, vaya —la azuzó, preocupado.

Clara sintió cómo la urgencia del escritor la embargaba, pero optó por no ponerse nerviosa. Intentó memorizar las indicaciones y no distraerse con el trajín de las tiendas y cafés del Graben. A los pocos minutos llegó a la oficina de correos. Justo en el instante en que se disponía a entrar, se topó con Jacobo y Juan, que salían. El arquitecto le regaló una de esas sonrisas que se habían apagado por unos días. Sostuvo la puerta para que pasara y se ofrecieron a esperarla. La violinista asintió agradecida. Mientras realizaba la gestión, una parte de ella se percató de que tampoco había enviado ninguna carta a Yves durante ese tiempo. Ni siquiera había respondido a la suya. Sin embargo, sabía que no era cauto mantener contacto alguno esos días, con el artículo todavía caliente. Y, además, esa ciudad le recordaba la amargura de su primer adiós, el olor acre de la traición que, no obstante, la había ayudado en el concierto celebrado allí ocho años atrás. Al salir de la oficina, abrumada por la vívida sensación de los recuerdos, cicatrices en la piel, se reunió con los dos caballeros.

—¿Le apetece dar un paseo con nosotros, señorita Balaguer? —le ofreció Jacobo.

Clara dudó un momento, pero después se imaginó de nuevo encerrada en ese cuarto, con el violín amenazando su sosiego, y asintió. Tomaron Herrengasse para regresar al Graben y, desde allí, se internaron en la zona más antigua de la ciudad, el Altstadt, donde las callejas respondían a un trazado irregular muy propio de las villas de origen medieval como aquella. Para Jacobo era la primera vez en Praga, así que estaba entusiasmado con la belleza de la que era la capital de Bohemia, sede del Gobierno y de un príncipe arzobispo, y un creciente foco comercial y financiero. Al taciturno de Juan, no obstante, el brío económico de la urbe que se extendía en el valle del Moldava le estaba pasando desapercibido. Mientras Clara y Jacobo parloteaban animados, él se fue quedando atrás, entretenido con el arsenal de remordimientos. Cruzaron el Grossering, en el que se detuvieron brevemente a contemplar el curioso reloj de la torre del Rathaus o ayuntamiento. También la Teynkirche, la antigua iglesia de los husitas, con sus dos torres de puntiagudos tejados que le conferían aspecto de fortaleza, y el gran palacio Kinsky. Por Karpfengasse continuaron hacia el norte y terminaron desembocando en Salnitergasse.

—Allí fue dónde actué en 1885 —exclamó Clara, emocionada de pronto.

El arquitecto sonrió y propuso a la violinista acercarse más. Frente a ellos se alzaba el imponente y magnífico Rudolfinum, un edificio con aires renacentistas. Clara reconoció algunos de los detalles que había coleccionado en los recuerdos: la balaustrada en lo alto, los enormes ventanales de medio punto, la gran escalinata de acceso. Había sido una de las primeras afortunadas en actuar en la sala de conciertos que albergaba ese inmueble, inaugurado solo unos meses antes de su estelar interpretación.

—¿Aquí es donde la vio la señora Baumgartner?

—Así es. Eso dice. —Sonrió—. Fue una noche complicada, pero emocionante. Yo no andaba muy católica de ánimos. —Se detuvo y lo miró—. No estoy siempre así, abatida. Se lo prometo. Pero aquella vez... Fue tras descubrir que Yves iba a casarse, tras darme cuenta de que me había mentido. Los señores Dupont me organizaron una gira para alejarme de París. Pero en cuestiones del corazón la distancia no es tan poderosa como el tiempo. Sé que ese día, consciente de que era la plaza más importante de todo el viaje, me dejé el alma en el escenario. El señor Dupont quedó fascinado... Desde entonces, parece aguardar a que la vida vuelva a arrollarme para que el dolor brote de cada uno de mis movimientos al tocar el violín. —Se rio—. Sí, eso hace.

—No la merecen. Lo sabe, ¿verdad? —le espetó Jacobo.

Se miraron fijamente. Cada vez les costaba menos interpelarse con las pupilas. Como si el muro de hielo que existía entre ambos se estuviera derritiendo. De pronto Jacobo, temiendo haber vuelto a extralimitarse, echó vistazos a los lados. No había ni rastro de Juan. ¿Cuándo se había ido?

—Deberíamos volver. Ya está anocheciendo —musitó ella, ligeramente ruborizada.

—Sí, tiene razón.

Conscientes de la forma en la que esa amistad iba adquiriendo matices inesperados, caminaron en silencio. Distraídos con los pensamientos, perdieron la noción del tiempo y de la orientación. Terminaron en un patio al que daban varios edificios antiguos. Se separaron y recorrieron el espacio sin hablar, entretenidos con los detalles de las fachadas y de la estatua que se erigía en medio, dedicada a un estudiante en conmemoración de todos los que habían defendido la ciudad del ataque de los suecos en el siglo XVII. De pronto, un monje de negra sotana salió de una de las puertas y los chistó. Ambos, sorprendidos, lo miraron. Comenzó a hablar en checo y, al percatarse de que no lo entendían, cambió al alemán, también sin demasiado éxito. Así que optó por los gestos. Los señaló a los dos, también el interior del inmueble, del que, tras solicitar permiso con cortesía, salió un estudiante con mohín de cansancio. Los dos, sin saber muy bien qué podía depararles aceptar la oferta, asintieron y siguieron al monje. Este, un tipo corpulento, calvo y con anteojos, los guio por una escalera estrecha. Jacobo y Clara intercambiaron una mirada cómplice. Fueron muchas las preguntas que asaltaron su cabeza hasta que abrió la puerta y los invitó a pasar a una sala abovedada, con las paredes engullidas por estanterías separadas por columnas barrocas y los techos pintados al fresco.

—Clementinum —pronunció—. Biblioteca de la Universidad —logró decir en francés.

Clara y Jacobo asintieron entre aliviados y maravillados. Aquel hombre dedicó media hora a mostrarles los ejemplares más antiguos de una colección de miles de volúmenes. Las miniaturas góticas, los tratados de botánica, las neumas y pautas de los libros en los que se habían recogido los cantos gregorianos, los globos terráqueos. El religioso añadía explicaciones ignorando el hecho de que no eran capaces de entenderlas. Los dos asentían por educación y se fijaban en los detalles que el otro les mostraba, visiblemente entusiasmado. Según creyeron entender, esa colección era muy importante para la historia de Bohemia. De tanto en tanto, cruzaban miradas y sonrisas, admirados por ese momento inesperado. Cuando parecía que ya no había más joyas que descubrir, otro monje pidió al que estaba haciendo las veces de guía que lo acompañara un instante. Jacobo y Clara se quedaron a solas. La tenue luz de las contadas lámparas cobró protagonismo. La violinista se acercó a uno de los bellos globos terráqueos con los que contaba la biblioteca.

—Dígame, señor Figueroa, si pudiera elegir, ¿a dónde iría?, ¿qué visitaría?

Jacobo se aproximó. Con cautela, dio una vuelta al orbe.

—Primero iría a París para ver a mis hijos. Y después... —Se quedó pensativo mirando un punto exacto—. Supongo que a España —mintió—. Lo que me ocurre con ambos lugares es que, al regresar, nunca son los mismos. ¿Sabe en las piezas musicales, cuando se repite la melodía del principio en el último movimiento?

A Clara le gustó la referencia.

—Sí, creo que se refiere a los motivos.

—Ustedes, los músicos, a veces tocan el motivo de un modo muy similar al principio y al final de la pieza. Eso nos hace sentir en un lugar que creemos conocer. El de antes. Pero es mentira. Es otro muy diferente. Han pasado muchas cosas. Y uno se percata enseguida porque la melodía cambia, se hace grande. O pequeña. O se torna irreconocible. Me ocurre lo mismo con los lugares de los que me alejo y a los que regreso.

—Creo que acaba de describir uno de los recursos favoritos de algunos de los compositores de este siglo, señor Figueroa. Es la forma sonata y esa repetición con trampa se llama reexposición. Mi fórmula favorita es cuando el motivo inicial se sublima, se hace inmenso, pues la conclusión del viaje se afianza, se hace más poderosa incluso que la introducción. Es como si el motivo en su versión inicial, con un determinado ritmo y tempo o con una estructura específica, fuera el cimiento de la gran catedral que se construye con cada nota. Como si al llegar a la aguja de la torre, a los últimos detalles de la tracería de la portada, todos los sillares encajaran y la melodía pudiera, por fin, alcanzar su forma genuina, la auténtica, la más grandiosa. Pues la obra está terminada, el camino ha sido recorrido —le explicó ella, apasionada.

Se miraban.

—¿Una analogía arquitectónica? —bromeó Jacobo.

Se rieron.

—Bueno, siempre he pensado que las grandes sinfonías son como catedrales. El *opus magnum* al que un músico aspira, al igual que ocurría antes con los arquitectos. Aunque después de conocerlo a usted me ha quedado claro que las nuevas catedrales son los rascacielos, los parlamentos y las estaciones de tren.

Jacobo asintió divertido. Ella le correspondió con una sonrisa.

—¿Y usted a dónde iría si pudiera? —le preguntó él.

—¿Al Lejano Oriente? —Se rio—. No sé, creo que después de este viaje tardaré mucho en volver a abandonar París. Necesito calma —mintió en parte y fijó la vista en otro punto del globo—. Aunque si pudiera ir a un solo lugar, ¿sabe cuál sería?: la casa de mis padres en Barcelona. Me encantaría pasar una tarde entera hablando de música con mi padre. Como acabo de hacer con usted —confesó y sonrió.

En la mirada de Clara había una alegría, pura y genuina, que brotaba de una ilusión que jamás se cumplió. Jacobo asintió. Era una buena respuesta. El monje regresó a la estancia y, del mismo modo que los había invitado a entrar, los convidó a salir, zanjando ese instante mágico entre las páginas de la historia.

Desde la zona de café del Blauer Stern, el señor Bogarín, que jugaba una partida de ajedrez con el señor Mercier, vio pasar a la señora Leroy. Airado, pidió un momento a su amigo y fue a su encuentro.

La empresaria acababa de regresar de pasar una agradable jornada con el señor Hrabě y todavía conservaba las buenas sensaciones en la sonrisa. Al ver aparecer al escritor se alegró, pero cuando se fijó en el gesto, se preocupó. El literato, aun con toda la corrección que lo caracterizaba, le indicó que había sido más que comprensivo con los cambios de plan ocasionados por su inesperada amistad con ese señorito checo. Sin embargo, aprovechó para recordarle que había empleado meses en organizar ese periplo europeo y que agradecería mucho que, antes de la cena, le facilitara una lista de todas las actividades en las que no iba a participar en los próximos días.

La señora Leroy, que era despreocupada y vivaracha, pero también cabal y justa, se percató de lo mucho que estaba incomodando a su querido amigo con su actitud. Docta en las distancias cortas, a las que siempre añadía una pizca de teatralidad, le tomó la mano y se disculpó con seriedad. Se comprometió a renunciar a más encuentros con el señor Hrabě, a lo que el escritor reaccionó con extrañeza y un regusto de culpabilidad. Matizó que no era eso lo que él buscaba. Al final, parecía que las tornas habían cambiado y que la animaba a seguir viendo al señorito del traspié. La señora Leroy terminó accediendo.

—Mañana a primerísima hora sabrá si deben contar conmigo para la jornada. Se lo prometo —le aseguró.

El literato asintió. Cuando volvió a sentarse frente a Mercier, que estaba francamente fastidiado por la interrupción de la partida, trató de analizar la fórmula por la que, al final, Jeanne Leroy se había salido con la suya. Movió el bigote.

—Esa mujer es un absoluto torbellino. No hay quién ponga orden —farfulló.

—¿Qué esperas de una viuda a la que no le queda ni un ápice de respetabilidad?

En ese instante, Clara y Jacobo entraron en el hotel, pero el señor Bogarín, concentrado en el próximo movimiento del caballo, no se percató. Tampoco el señor Mercier, de espaldas.

—No seas así, amigo mío. La señora Leroy es una mujer respetable a pesar de sus excentricidades. Te noto irascible en este viaje, más intransigente de lo normal. Vas a terminar por asustar a todo el mundo.

—Sí, no estoy en mi elemento, eso lo tengo que admitir. Pero el problema es toda esta gente a la que has reunido. Parecen célebres a simple vista, pero no he dejado de escuchar necedades desde que partimos de París. —Movió un peón.

—Bueno, a la vista está que mi selección ha resultado un grupo de lo más diverso. Pero me gusta creer que podemos aprovechar la circunstancia entre todos, ¿no? Es una manera diferente de nutrir la mente.

—Sí, imagino que cada persona que entra en la vida de uno lo hace para enseñar algo. Aunque sea para identificar la basura. A propósito de eso, recuerdas que te avisé con tiempo de que no me uniré a la cena del jueves, ¿verdad?

—Sí, sí. Vas a visitar al señor Krämer, ¿no es así?

—Sí.

—¿Te acompañará finalmente la condesa Karimova?

—Sí, en efecto.

—Bien.

El señor Mercier, para la cena con su amigo, el arqueólogo don Ludwig Krämer, había seleccionado a la condesa como compañía. En primer lugar, había pensado en el señor Bogarín, el único del grupo al que consideraba más o menos a su mismo nivel intelectual, por más que los años estuvieran acusando las diferencias de pensamiento entre ambos. Sin embargo, don Guillermo no se sentía cómodo abandonando así al resto, por lo que el pintor se lo ofreció a la aristócrata rusa, distinguida y destacada en el arte de la conversación.

El señor Mercier movió la dama. El señor Bogarín se la arrebató dos jugadas más tarde. El señor Mercier le hizo jaque mate tres turnos después. Sí, eran dos caballeros muy dispares y, sin embargo, continuaban siendo buenos amigos, compañeros de tertulia y café en París. Al señor Mercier le gustaba la tendencia de don Guillermo a complacerlo, rasgo natural, y a buscar que siempre se sintiera cómodo. Tenían diferencias, por supuesto, y cada vez más, pero el pintor sentía que el escritor las compartía con él desde la admiración mutua que decían profesarse. La relación, no obstante, se mantenía gracias a las grandes dosis de paciencia del escritor, a la confianza que el pintor había decidido depositar en él para variar y a las interesantes charlas que se proporcionaban, así como las oportunidades. Solo había una regla no escrita: el señor Mercier siempre tenía que salir ganando.

Juan se apoyó sobre la baranda de piedra del puente de Palacky y oteó el horizonte. A lo lejos, a la izquierda, despuntaban las torres de la catedral, entre el caserío y la vegetación. El amplio Moldava, engullido por el negror de la noche, hacía de muralla entre las dos orillas en las que se encaraban bellos edificios, como si perteneciesen a universos opuestos.

El empresario no pudo evitar despedirse mentalmente de Maurizio. Sabía que aquella historia se había terminado. Habría recibido ya la carta, también su resolución de dejar de hablar y de verse en un tiempo. Estaba convencido de que habría sido la gota que colmaba el vaso para Maurizio. Maurizio... ¿Acaso había planeado una vida sin él? ¿Acaso era posible imaginarla, vivirla, enterrarla con sus cenizas? Apoyó la cara en las manos, desesperado. Claro que no.

Rememoró el momento en que lo vio por primera vez al chocar a la salida del pabellón de Italia en el Palais des Arts Liberáux, en el que se encontraba la muestra dedicada a la historia del trabajo. Maurizio, entregado a decidir dónde colocar la cámara para la siguiente instantánea, había dado un par de pasos de espaldas. Juan, preocupado en contentar a un grupo de potenciales socios mexicanos, había dejado de mirar al frente para añadir algunos datos de interés sobre esa Exposición Universal de 1889. Cruzaron miradas, se pidieron disculpas. Continuaron con esa jornada llena de obligaciones y, cuando la torre Eiffel ya iluminaba el Campo de Marte, volvieron a toparse en una de las principales salidas que daban a la avenue de Labourdonnais. La cámara de Maurizio ya estaba guardada, los socios de Juan acababan de tomar un taxi. Al reconocerse, sonrieron. Volvieron a acercarse y empezaron a hablar. Decidieron pasear, revisitar la muestra y criticarlo todo: la exposición humana de personas indígenas, la parquedad de la selección española, la fiebre por lo japonés que había inundado Europa, que si ese detalle del pabellón de Bélgica o de Suiza, que si ese otro del de Egipto, México o Estados Unidos. Al final, terminaron en un café que no habían vuelto a visitar y del que no recordaban el nombre. Entretanto, la pregunta sobre si ambos estaban en la misma página, experimentando el poderoso frenesí de la física y la química, los atormentaba en silencio. Sin embargo, solo hizo falta un breve roce de manos al discutir sobre quién iba a pagar la cuenta para ahuyentar toda duda.

Juan no podía creer que ya hubieran pasado casi cuatro años y medio desde aquel diez de junio en el que, protegidos por la penumbra de su apartamento en el boulevard Saint-Michel, se habían besado por primera vez. Nadie había entrado con tanta fuerza en su vida como Maurizio. Lo había trastocado todo sin avisar. Desde esa tarde se había convertido en su ilusión, en el antídoto ante las heridas que había acumulado en las trincheras del destino. Se apartó las manos del rostro y se dejó embriagar por la tímida luz de las estrellas. Esa primera mirada junto al pabellón de Italia... Algo en él supo que no sería la última vez que vería a Maurizio, que era alguien importante, que volvería a cruzárselo. Por ese motivo, no terminó de sorprenderse al verlo una segunda vez horas después. ¿Cómo era posible que alguien así, tan poderoso sin pretenderlo, desapareciera de su vida? Fuera como fuera, tenía que regresar al hotel sin rastro de penas y miserias o terminarían sospechando. Especialmente Jacobo, que lo conocía bien. Juan quiso gritar, pero supo que el cielo estaba demasiado alto, demasiado despistado, para escucharlo.

33
DĚKUJI MNOHOKRÁT

La olimpiada, «Mentre dormi»
Josef Mysliveček

Después de una refrescante visita, por turnos, a los baños de Elisabethstrasse, el grupo acordó reunirse para almorzar antes de reanudar los paseos por Praga. Clara se sintió renovada al vestirse, pese a que la combinación, el corsé, las medias, la blusa y ese traje sastre marrón volvieran a componer, una jornada más, su indumentaria de mañana. Aunque en París no contaba con un guardarropa tan surtido como el de la señora Dupont, sí que había logrado nutrir la colección en los últimos años. Pero ya apenas la recordaba. Se cepilló la larga melena castaña y se la recogió en un moño.

En el camino de vuelta, y antes de sumarse a los demás, Jacobo se interesó por el estado de ánimo de Juan. Este, que parecía algo menos preocupado, le respondió que estaba todo bien.

—Ayer desapareciste sin más.

—Sí, perdón. Necesitaba estar solo. Pero ya estoy mejor.

Al entrar en el Blauer Stern, confirmaron que eran los últimos, con la salvedad de la señora Leroy. El señor Bogarín miró el reloj de bolsillo.

—Se supone que hoy almorzaba con nosotros... En fin, vayan pasando al comedor —indicó, molesto.

Entonces, la señora Leroy apareció por las escaleras, sonriente. Se sumó a los demás sin percatarse de lo irritante que le había resultado al escritor aguardar dos minutos más de lo previsto.

—Acepto lo de subir la apuesta. Diez francos. Y, de momento, voy ganando —le susurró Juan a Jacobo mientras pasaban al comedor.

Jacobo sonrió, cómico y derrotado. También aliviado al comprobar que su amigo no había sido herido de muerte por el envite de los renglones de *Le Petit Journal*. Almorzaron una sopa de ajo y pato asado, acompañado por unos esponjosos panecillos llamados *knedlíky* y que algunos se esforzaron por pronunciar bien ante el camarero. A propósito de eso, la señora Leroy, resuelta como siempre, se interesó por cómo se decía «muchas gracias» en checo.

—*Děkuji mnohokrát* —le respondió el uniformado empleado con una sonrisa amable.

—*Děkuji mnohokrát* —repitió ella.

—*Děkuji mnohokrát* —dijeron algunos, con más y menos tino.

Clara se extasió mirando por el ventanal, enmarcado entre cortinas blancas, cómo pasaban hombres cargando carretas y mujeres en delantal aferradas a cestas. También vecinos en las mejores galas matutinas, quizá camino del banco, de la oficina o de un almuerzo de negocios. El día estaba nublado. Así, cuando las mujeres se incorporaron para retirarse y terminar de prepararse para el paseo, la violinista tardó unos segundos en reaccionar.

La tarde la dedicaron a visitar el Hradschin. Tras cruzar el río, accedieron a la zona más alta por el camino de Spornergasse, el más largo, pero también el más sencillo. La condesa Karimova, esta vez del brazo de Jacobo, advirtió de que se daría media vuelta si se sentía cansada. Las piernas ya no daban más treguas en ese viaje. Thesi, triunfal, junto al señor Mercier, se deshacía en preguntas para que el pintor desplegara todo su poderío intelectual. El señor Bogarín avanzaba junto a la señora Leroy y la señora Dupont. Henri Collet y Gustav volvían a caminar juntos en silencio. Cerrando la procesión, Clara y Juan.

—¿Está disfrutando de la experiencia, señor Álvarez-Caballero?

—Sí, sí. Tengo demasiados asuntos en la cabeza, eso es todo.

—Ya somos dos —respondió ella.

Se sonrieron.

—¿Y usted?

—También.

—Me alegra que el señor Figueroa y usted se hayan causado tan buena impresión. Tenía muchas ganas de conocerla. Su esposa... Bueno, ella la admiraba mucho.

—Sí, lo sé. Me lo ha contado —dijo mirando hacia donde se encontraba Jacobo.

—Y yo también. No todos los días uno tiene la posibilidad de estar cara a cara con una de las violinistas predilectas de la exreina Isabel II.

Clara se rio.

—Bueno, no sé si lo sabe, pero su majestad es una amante de las artes. También ayudó, junto con otros mecenas, a mi querida amiga y compañera Teresina Tua a pagarse la formación en el conservatorio y con el maestro Massart cuando llegó a París. Yo, por suerte, tenía a los señores Dupont.

—Hum, no tenía ni idea. Supongo que, en Madrid, priman más asuntos del tipo del crimen de la calle de Fuencarral que los quehaceres de una monarca expulsada de su reino —opinó con regusto cínico y burlón hacia su patria—. Y, si no es indiscreción, ¿cómo es?

—Pues sorprendentemente cercana y jovial.

—¿Algo de acento francés después de casi treinta años de exilio?

—Nada que yo percibiera.

—Estos Borbones ya no son lo que eran... —bromeó—. Yo tuve la ocasión de coincidir con la actual regente, su majestad la reina María Cristina de Habsburgo, en la Exposición Internacional de Barcelona del 87. Me resultó lánguida y gris. ¿Sabe que nació y creció en esta parte del imperio?

—¿En territorio checo? No tenía idea. —Silencio. Pasos crujientes y bisbiseos al fondo de charlas ajenas. Un relincho—. Y, dígame, señor Álvarez-Caballero, ¿qué es eso del crimen de la calle de Fuencarral? —se interesó Clara.

—Estaba deseando que me lo preguntara —admitió Juan, y comenzó a narrarle los pormenores del asesinato de la señora Luciana Borcino, acaecido cinco años atrás en su casa, en el cuarto izquierda del 109 de la calle de Fuencarral.

La violinista atendió, mientras terminaban de subir y pasaban por delante de dos palacios rococós, al relato que el empresario hizo de cómo aquel crimen había revolucionado las calles madrileñas. Todo el mundo deseaba saber más. La principal investigada había sido Higinia Balaguer, la criada de la mujer asesinada, a la que habían terminado por condenar, en 1889, a garrote vil. Juan le habló de cómo una muchedumbre había querido acceder al juzgado, ser testigo del juicio en primera persona, y de cómo, ante la imposibilidad de hacerlo, se habían acumulado en las inmediaciones del tribunal. También, de cómo muchos habían asistido a la ejecución en el verano de 1890. Clara tragó saliva.

—Si sigue contándome estos episodios, voy a tener que terminar dando la razón al señor Mercier y su decadencia —dijo ella jocosamente.

Juan se rio. Por el ademán del señor Bogarín, que se detuvo junto a una bella columna que presidía el área circundante, supieron que la conversación estaba a punto de expirar. El empresario no quiso desaprovechar la ocasión para añadir:

—Señorita Balaguer, usted me gusta. Ha conseguido arrebatar de los ojos de Jacobo un luto que lleva años empañando su vida. Y solo por eso siempre le estaré agradecido.

A Clara le dio vértigo aquella insinuación. Asintió, sonrió y bajó la mirada, nerviosa de golpe, deseosa de contener el rubor. Estaban en la Hradschinerplatz. El señor Bogarín les contó que los edificios que la cerraban eran el palacio arzobispal al norte, el palacio del príncipe Schwarzenberg y un convento carmelita al sur y el Palacio Imperial o Burg al este. Leyó la guía:

—«El Burg, o palacio imperial, que ocupa el lado este de la plaza, fue fundado por Carlos IV, renovado por Ladislaw II entre 1484 y1502, y de nuevo en los siglos XVI y XVII por Fernando I, Rodolfo II y Matthias, y fue completado por la emperatriz María Teresa en el siglo XVIII».

—El emperador Matthias y la emperatriz María Teresa también fueron los que dieron forma al Schönbrunn de Viena, ¿verdad, señor Bogarín? —se interesó Jacobo.

—Sí, en esta zona de Europa, se repiten los nombres tras los grandes monumentos.

—Qué falta de originalidad —bromeó la señora Leroy, más por participar en la charla que por un interés genuino en el asunto.

—En eso consiste ser un imperio —replicó el señor Mercier y puso los ojos en blanco.

El grupo avanzó hacia una verja de hierro que separaba la plaza de un patio al que accedieron tras girar a la derecha y pasar por una puerta. Llegaron a otro patio al cruzar por un arco y allí pudieron disfrutar de una vista de cerca de la catedral, en la que el trazo gótico era protagonista. En medio, una estatua ecuestre de san Jorge. Entraron al templo por un pasaje bajo una galería que se extendía a la izquierda. Eran las dos y diez de la tarde, así que el custodio acababa de abrirlo. El interior, decorado con frescos descoloridos, estaba en proceso de restauración, pues los bombardeos durante el asedio de Prusia en 1757 habían dejado la iglesia muy dañada. Sin detenerse en demasía, pues no estaba en todo su esplendor, se dirigieron a la zona trasera de la catedral, donde se erigía otro templo, la iglesia de San Jorge, en la que se intuían las intenciones románicas de origen que habían sobrevivido al grave incendio que la había destruido en parte.

El señor Bogarín los invitó a seguirlo. Caminó hacia un edificio que se encontraba a la izquierda. Llamó a una de las puertas agazapadas tras un curioso pórtico circular y los atendió una dama elegante, a la que debieron pagar veinte kreuzers por persona. Tras esto, los condujo por unas escaleras hasta un balcón desde el que pudieron disfrutar de una bella vista del castillo, con todos esos tejados cobrizos ocultando las lindezas de las construcciones que lo conformaban.

La señora Dupont, pertrechada con ese abrigo de cibelina azul y ese sombrero de ala media decorado con flores, notó cómo los pies, aquejados de juanetes, comenzaban a rechazar los zapatos de piel negra y tacón que siempre llevaba. Esa misma mañana había recibido carta de Antoine. En ella le contaba que había visitado al señor Duhamel en su casa y habían tenido una larga conversación, marinada con un discutible armañac, en la que ambos habían resuelto ignorar los rumores extendidos y encendidos por *Le Petit Journal* para no dar pábulo a las elucubraciones. En caso preciso, la estrategia era negarlo todo, e incluso señalar que apenas se conocían. En caso extremo, lo único que podía admitirse era que la señorita Balaguer se había enamorado de forma platónica del pianista durante la inocente juventud. Además, el señor Duhamel se había comprometido a cortar todo lazo con Clara para siempre a cambio de una suculenta suma de dinero. El señor Dupont había pagado a un tipo de *Le Figaro* para que escribiera un artículo cuestionando las informaciones con las que se nutría *Le Petit Journal*. También a otro de *Le Petit Journal* para que lo avisara si volvían a mencionar a Clara en la misteriosa columna de «Los diez de Bogarín» y para que vigilara el redactor a cargo de esta. Tal y como habían indicado a don Guillermo, a Antoine también le habían confirmado que el periodista trabajaba con una fuente externa y anónima que le surtía de datos vía telegrama. Pero era muy discreto y cauto, así que se conocía poco más. Geneviève se quedó más tranquila al saber que su adorado Antoine tenía las riendas de la situación en París, aunque lamentó haberle ocasionado molestias. Ese encargo era cosa suya. Miró a la señora Leroy. Debía ser eficaz en los próximos pasos.

Continuaron recorriendo el Hradschin. Vieron el palacio del príncipe Lobkowitz, la Schwarze Turm, los cuarteles, el monasterio capuchino, la iglesia de peregrinación de Santa Loreto, cuyo tesoro encontraron cerrado, y alcanzaron el punto más alto, la Strahowerplatz, en la que se erigía la abadía premonstratense de Strahow, también fuera del horario de visita. Desde allí iniciaron el descenso con calma tras gestionar un transporte que llevara a la condesa al hotel.

—No se lo he preguntado nunca, señor Bogarín. ¿Dónde vivió usted en Madrid? ¿de qué zona era su familia? —se interesó Jacobo.

—Mi abuelo, que trabajó como profesor la mayor parte de su vida, tenía fijada la residencia en la calle de San Cayetano, al lado de la Ribera de Curtidores. Un tipo cultísimo. Cuando mi familia regresó a España, nos fuimos a vivir con él. Mis padres residieron en esa casa hasta que murieron. Y ahora allí vive la familia de uno de mis hermanos. ¿Y usted?

—Al noroeste, junto al cuartel del Conde Duque.

—Hum...

—¿Va mucho a Madrid?

—Solo cuando los asuntos de trabajo lo han hecho necesario. Es decir, dos veces desde que me fui en el año 48 —comentó el escritor.

—¿No lo extraña? A veces me pregunto si nos pasará como a nuestros progenitores. Si, al final de nuestras vidas, desearemos regresar a España.

—A juzgar por el poco éxito que tuvieron reteniéndonos a nosotros dos allí, diría que usted y yo ya hemos entregado nuestro corazón a París de forma definitiva.

—Sí..., quizá. Y ¿qué tal lleva el ensayo en el que me dijo que estaba trabajando? ¿Ya lo ha terminado? —curioseó Jacobo.

—Mmm, digamos que he experimentado un periodo de absoluta sequía de ideas. Pero creo empezar a ver la luz, señor Figueroa. Así que algo me dice que, muy pronto, tendré terminado el proyecto que tengo en mente.

—¿Es algo nuevo?

—Sí. Y no me tire más de la lengua. Ya sabe que prefiero sorprender con las páginas ya publicadas.

Jacobo sonrió y asintió.

Ese segundo día en Praga terminó sin sobresaltos. Hubo momento de risas durante la cena, en la que pudieron catar el famoso guiso llamado *gulash*, típico de la zona oriental del imperio. Sin embargo, a todos les repiqueteaba una idea tras las orejas: el día siguiente era miércoles. Es decir, salía un nuevo número de *Le Petit Journal* con la fastidiosa columna que a todos aterraba. El señor Bogarín, que quiso obviar la evidencia durante toda la jornada, terminó poniendo el tema encima de la mesa, temeroso de volver a cometer el mismo error. Acordó con todos que se reunirían a las diez de la mañana en la zona de café del hotel. Él visitaría la oficina de telégrafos a las nueve para atender los cables que su contacto en *Le Matin* le iba a mandar con los puntos más relevantes del artículo.

Cuando todos se retiraron, Gustav se deslizó entre las tinieblas del Blauer Stern y regresó a la calle, el hogar que jamás le había fallado. Aunque estaba disfrutando de comodidades con las que jamás se había atrevido a fantasear, y eso que no eran pocas las veces en las que se había dibujado en la cúspide de todos los éxitos, estar rodeado de ese atajo de burgueses aburridos le generaba un malestar que solo se curaba con una pizca de soledad, con el regreso, entre las sombras de la noche, a lo que siempre había conocido. Al cobijo de los impulsos, de la vida de camaleón y parásito y de los instantes en que podía responder, a placer, ante esa quemazón del pecho que le indicaba cuando atacar a otro, física y verbalmente. Así, se lanzó a deambular por los alrededores del hotel hasta que las luces de un local lo atrajeron como el canto de sirena al marinero perdido. Se tomó una primera *pilsner* en la cervecería Zwei Amseln de Herrengasse, en la que conoció a un tipo al que logró engatusar para que lo convidara. Con el paso de las horas, el mundo empezó a hacerse borroso. De tanto en tanto, hablaba de Thesi. La insultaba ante extraños, la culpaba de todas sus desgracias. ¿Por qué disfrutaba tanto torturándola? Era un vicio con el que había nacido. Era adicto a someterla, a empujarla, recogerla y volver a tirarla. ¿No era así como se amaba? ¿No era eso la vida? ¿Un sendero de cuyo letargo solo podía salirse gracias a ese tipo de pulsiones? Terminó en otra cervecería, en el suburbio de Karolinenthal. Y luego en otro local más pequeño y oscuro. Amaneció apestando a alcohol, con los nudillos en carne viva y tumbado en un catre revuelto junto a dos prostitutas.

—*Děkuji mnohokrát* —murmuró y sonrió, antes de abalanzarse hacia una de las dos señoritas que lo acompañaban.

En el Blauer Stern, al despertarse, el señor Bogarín repitió la rutina de siempre: estiramientos, retrete, lavado, bigote, repeinarse, vestirse con el conjunto de estameña azul, atarse los zapatos con lazada perfecta y desayunar. Ni el señor Mercier ni la señorita Pichler, puntual en los desayunos desde que amanecía abrazada al pintor, ni la condesa aparentaron preocupación mientras bebían café y disfrutaban del huevo y los *knedlíky*. Sin embargo, Thesi no pudo evitar seguir la silueta del escritor con la mirada cuando se disculpó, se limpió el bigote con la servilleta y se incorporó para dirigirse a la posta. Los ojos grises de la joven desearon buenas noticias. Una hora después descubrió que las malas noticias eran la némesis necesaria de las buenas, pues no podían existir unas sin las otras.

Sentados en varias mesas en la zona de café, en la que solo se encontraban un caballero ruso y otro inglés leyendo el periódico ausentes, procedieron a escuchar las nuevas traídas por el literato. Clara creía que el corazón se le iba a salir del pecho. ¿Y si decían algo más sobre ella? ¿Y si había ocurrido algo con Yves? Juan ni siquiera había sido capaz de tomar asiento, caminaba para asesinar la angustia que abrazaba los segundos de espera. El escritor movió el bigote, tenso, y leyó el telegrama:

—Residencia de los señores Baumgartner en Viena. Asistencia a la ópera de Meyerbeer, pero no todos: el señor Mercier y los hermanos Pislern. —Se dirigió a Thesi y apuntó—: Por fortuna o no, su apellido siempre aparece mal escrito. —Volvió al cable—. El señor Mercier y los hermanos Pislern se niegan por judío. Señora Leroy... —Se le quebró la voz—. Señora Leroy amante señor Hraf. También... también está mal escrito, al parecer. Eh... Señora Leroy amante señor Hraf. Cuestionable reputación. Amante suicidado en los Estados Unidos. —El color desapareció del rostro de la empresaria—. Señorita Pislern y señor Mercier, amantes.

34
Efecto dominó

Sinfonía n.º 9 en mi menor, op. 95 (B 178),
cuarto movimiento, «Del Nuevo Mundo»
Allegro con fuoco
Antonín Dvorak

Las informaciones que aparecieron el día 1 de noviembre de 1893 en *Le Petit Journal* fueron las protagonistas de ese tercer día en Praga. Thesi y el señor Mercier tuvieron que aguantar un escrutinio de tres minutos por parte del grupo. El señor Bogarín no entendía nada. La señora Dupont exhaló un sonido que oscilaba entre la sorpresa y la confirmación. A la condesa Karimova casi se le salieron los ojos de las órbitas y, tras unos segundos de esperanza, se convenció de que su admirado señor Mercier había sucumbido a las tentaciones de la carne. Gustav sonrió orgulloso. Henri Collet parecía no entender lo que estaba pasando, como si las horas en silencio con el señorito Pichler le hubieran restado control sobre su lengua materna. Clara arqueó las cejas, todavía más confundida por el perfil de la señorita Pichler. Jacobo y Juan se miraron extrañados, divertidos. La señora Leroy seguía sin reaccionar. El señor Bogarín contempló a Gustav, que parecía no tener ni idea de lo que estaba pasando. «Pobre miserable», lamentó.

—Yo... Usted... ¿Quieren añadir algo? —balbuceó el literato.

—Mi relación con la señorita Pichler no es de la incumbencia de nadie.

—Pero, señor Mercier, tendrá usted que hablar con el señorito Pichler. ¿Qué pensará el padre? Madre mía, es el fin de mi obra traducida... —farfulló el señor Bogarín.

—Y lo haré —confirmó el pintor—. Por supuesto. Lo tenía pensado. Pero no será delante de nadie. Mis asuntos son privados. —Se levantó de la silla—. ¡Maldito periodicucho y maldita sociedad putrefacta! —exclamó mientras daba un puntapié a una silla y abandonaba la sala.

Thesi no pudo más que sonreír. Tener el protagonismo en la columna de esa semana era un riesgo, pero era asumible si presionaba al señor Mercier a dar el siguiente paso. El escritor, que de veras creía que Gustav no entendía una palabra de francés, recomendó a la joven llevarse a su hermano a un lugar tranquilo para poder ponerlo al día.

—No quisiera entrometerme, pero creo que sería conveniente que escribiera a su padre —le indicó al tiempo que Thesi se levantaba y asentía en dirección a la salida.

Con los hermanos Pichler fuera de escena, las miradas se clavaron entonces en la cariacontecida señora Leroy. Juan, considerado, opinó que era mejor deshacer la reunión y dejar intimidad a la empresaria. Clara, Jacobo, don Guillermo y la condesa asintieron y abandonaron la estancia. Antes de salir, Jacobo echó un último vistazo al perchero de los periódicos, tentación no admitida. La señora Leroy hizo una señal a su sobrino para que fuera con los demás. La señora Dupont, despierta, se levantó de la silla y, en lugar de marcharse, se situó al lado de la otra.

—Nosotros podemos ayudarla, señora Leroy. El señor Dupont tiene contactos en la prensa y no es la primera vez que borramos el rastro de algo.

La empresaria la miró esperanzada.

—¿Lo dice en serio?

—Sí, por supuesto. Será un placer. Los periódicos son un nido de cotorras indocumentadas. Es agotador tener que lidiar con ellos. Comprenderá que, al gestionar las carreras de músicos jóvenes, muchas veces nos topamos con datos que no benefician en nada a su reputación o con críticas injustas o demasiado benévolas e insulsas. Es nuestro pan de cada día. Déjenos ayudarla. Iré ahora mismo a enviar un telegrama al señor Dupont. Él se encargará.

La señora Leroy asintió, todavía sin habla.

—Solo por curiosidad..., ¿es cierto lo de su amante? ¿Se suicidó por usted?

La otra la miró preocupada, horrorizada.

—No lo sé.

Geneviève asintió, triunfadora.

Después de una breve charla con Gustav, que la instó a aprovechar aquella oportunidad, Thesi se dirigió a la habitación del señor Mercier. Como si la estuviera esperando, abrió al primer toque y la tomó del brazo para que entrara sin demora. Cerró la puerta, airado, y la arrinconó contra la pared, la mano en la garganta.

—¿Has sido tú? ¡Dímelo! ¿Has dicho algo?

La joven, ahogándose, solo pudo negar con la cabeza. En el momento en que aflojó la presión, gritó:

—¡Yo no he dicho nada!

Tenía la piel del rostro roja, inflamada. Los ojos llorosos. Llena de ira, se lanzó a darle un puñetazo al pintor, que logró frenar la mano de la joven. La cogió y la llevó hasta la cama, donde la inmovilizó.

—¿Y quién ha sido?

—No lo sé —respondió ella con desprecio.

—No me hables así —dijo clavándole las uñas en la mano.

Ella le escupió en la cara, lo que provocó que Mercier perdiera el control y Thesi lograra zafarse un segundo para, acto seguido, volver a quedar bloqueada.

—Vas a tener que casarte conmigo —anunció ella—. O mi hermano y mi padre te matarán.

—Podría matarlos yo.

—No es verdad.

—Dime que me deseas. Dime que no puedes vivir sin mí. Dime que te matarías si no eres mía.

Silencio. En ese duelo de miradas había orgullo, menosprecio, depravación, necesidad y una enorme y profunda inseguridad, cuerda floja en la que ambos se movían cada día.

—Te deseo. No puedo vivir sin ti. Me mataré si no soy tuya —dijo en un susurro tan verdadero como escalofriante—. ¡Te juro que me mataré si no soy tuya! —gritó, poseída por una fuerza desconocida y por el ansia de alcanzar ese objetivo que, esa mañana, parecía más cerca que nunca.

A Ferdinand Mercier no pudo excitarle más la locura que apreció en los ojos de Thesi, la autenticidad de esa exigida súplica, así que se lanzó a besar el cuello de la joven. Entre susurros de placer, le aseguró que sería su esposa y que escribiría una extensa misiva a ese atento y acaudalado padre que, en realidad, no existía.

En otra de las habitaciones, sentada en una de las butacas tapizadas en terciopelo, la condesa Karimova trataba de hacer un último esfuerzo por comprender la sociedad en la que vivía. ¿Acaso se había perdido la decencia y el decoro? No es que ella hubiera tenido una vida inmaculada. Y quizá aquello era lo que más la atormentaba desde que el señor Bogarín había compartido con ellos el asunto del periódico. Por más que fingiera la dignidad que creía merecer, Aliona Sergéevichna Karimova era rehén de los espectros que rondaban a su patronímico y su apellido. Aunque había nacido en el seno de una familia de la nobleza hereditaria, titulada y propietaria rusa, pues su padre era el príncipe Serguéi Andréievich Bezújov y su madre, Ana Petrovna Gagárina, era hija de un barón, la participación de su padre en la revuelta de los decembristas y su posterior ejecución había marcado un antes y un después en la vida de la condesa. Acogidas por el hermano de su madre, heredero de la baronía, se habían esforzado de forma incansable por demostrar, en cada ocasión y a toda costa, que ellas sí eran leales al zar. Al contraer matrimonio con el conde Alekséi Kirílovich Karimov, también noble hereditario, titulado y propietario, cuya familia se había enriquecido a finales del siglo XVIII, la condesa Karimova supo que el Dios cristiano en el que creía le había brindado una segunda oportunidad que no podía estropear en ninguna circunstancia. Mas la vida es larga y si la traición de su padre al zar, a su madre y a ella había ocasionado una profunda herida en su alma, *ese* otro tema no había hecho más que enterrarla en cal viva. Indispuesta por la posibilidad de que *Le Petit Journal* se hiciera eco de sus desgracias, ordenó a su doncella que la ayudara a acostarse.

Después de ensayar un poco con el violín, aprovechando que ese día casi nadie tenía intención de salir del hotel, Clara optó por bajar al vestíbulo en busca de conversación. Cualquier motivo era bueno para acortar los ensayos. Cuanto más breves eran y más distraída estaba con otros asuntos, mejor era su ánimo. En los últimos, había recordado que la señora Dupont se había comprometido, durante la tensa charla en Florencia, a valorar la posibilidad de variar algo del repertorio habitual tras el concierto en la sala Érard. Como había descartado cualquier cambio para esa fecha, la otra opción se presentaba ante ella como una perspectiva ilusionante. Quizá el concierto en Érard no era el momento de dar un golpe en la mesa, quizá solo tenía que esperar un poquito más y todo se alinearía. En el *hall* vio al señor Bogarín con el cuaderno y el lápiz retráctil y se acercó. Al parecer, había visitado la oficina de información para el turista, en el número 30 del Graben, donde lo había atendido una tal señora E. Hruby.

—Me ha recomendado encarecidamente dar un paseo por el Josefstadt, el antiguo barrio judío, y visitar el cementerio.

—¿Va a ir?

—Sí, eso pensaba. No quiero que ese periódico me arrebate más momentos de enriquecimiento visual y cultural.

—¿Puedo ir con usted? —El señor Bogarín movió el bigote y frunció el ceño—. Aquí nadie nos conoce. Y podría ser usted mi padre. No hay nada de malo en eso.

—No soy tan mayor, señorita Balaguer.

—Ya sabe a lo que me refiero.

El literato terminó consintiendo. Clara subió a la habitación a por el canotier, el abrigo y el resto de los complementos y se reunió con el señor Bogarín en la entrada del Blauer Stern. Pasada la torre-puerta de acceso al distrito conocido como Alstadt —por el que Jacobo y Clara se habían perdido dos días atrás—, a la que se llamaba Pulverturm, vieron el Königshof o antiguo palacio de los reyes bohemios, reconvertido en cuartel. Dejaron atrás, a la derecha, la oficina de aduanas y a la izquierda, los juzgados civiles. Continuaron por Elisabethstrasse, en la que se ubicaban los baños que habían visitado el día anterior, hasta Langegasse, por la que se internaron en el Alstadt, el casco antiguo, pasado el Grossering, donde estaba el Rathaus.

El caserío de no más de cuatro alturas se alineaba a los lados: ventanas de marco blanco, tejados oscuros a dos aguas y coquetas buhardillas sobresalientes. Por Geistgasse marcharon hacia el norte. En pocos pasos se toparon con una de las sinagogas que se encontraban en ese vecindario, Josefstadt, antes Judenstadt. De estilo neomorisco, cumplía con las tendencias arquitectónicas de ese siglo XIX obsesionado con recuperar estilos pasados, por lo que ambos intuyeron que se trataba de una edificación relativamente reciente. Habían permanecido callados durante todo el camino. Clara sabía que en el señor Bogarín obraba una mezcla de timidez, exigencia de máxima corrección y cierta incomodidad por tener que compartir un paseo que creyó solitario. Continuaron deambulando por la antigua judería. El escritor consultó varias veces las notas y el plano de la guía. Al final, en Rabinergasse, admiraron la que se decía que era la sinagoga más antigua de Praga, cuya austera factura se remontaba al siglo XII. La violinista, con el ánimo de romper el hielo, comentó que le gustaba más la sombría dignidad de esa que el impostado exotismo de la otra.

—¿Sí? —se extrañó el señor Bogarín—. Vaya, yo he pensado justo lo contrario, señorita Balaguer. Esta mole carece de todo sentido estético.

—¿Usted cree? —Clara giró la cara hacia un lado, como si ansiara captar el punto de vista del literato con ese leve movimiento.

—Bueno, a fin de cuentas, sobre gustos no hay nada escrito. Si no, que nos lo digan a nosotros, los artistas, y a las críticas que recibimos por nuestro trabajo —comentó el señor Bogarín—. Venga, vayamos. El acceso está por allí.

—No me hable de los críticos...

Avanzaron hasta el número 7 de la calle, donde se encontraba el custodio, un hombre enclenque de aspecto enfermizo pero que, por suerte, sabía un poco de francés.

—Son muchas horas de soledad. Me gusta mucho leer. He leído las historias del señor Ducray-Duminil. Es sencillo para mí.

El señor Bogarín asintió sonriente, deseando ser cordial, pero desconcertado por la espontaneidad con la que ese tipo compartía información. El custodio, cuyas zurcidas ropas desprendían un molesto olor a humedad, les indicó que los acompañaría al interior de esa sobria sinagoga, conocida como Altneuschule. Lo siguieron en silencio. Había empezado a chispear afuera. En el interior del templo observaron la enorme bandera que colgaba desde la bóveda y que, según les contó el guarda, había sido un obsequio del emperador Fernando III a los vecinos judíos de Praga por el apoyo durante el asedio sueco a la ciudad en 1648.

—¿Conocen la leyenda? —se interesó.

—¿Leyenda? Hum, no —contestó el escritor.

—Aquí fue donde se creó. El gólem. Podría estar arriba, en el ático —dijo susurrando y señalando el techo.

La señorita Balaguer y el señor Bogarín miraron hacia arriba. Tragaron saliva.

—¿Qué... Qué es eso del gólem?

—Oh, ¿no lo saben? No deberían visitar lugares sin estar prevenidos. No es cauto —disfrutó el otro—. Cuentan que, hace cuatrocientos años, el rabino Judah Loew ben Bezalel, al que muchos conocen como el «Maharal de Praga», tomó arcilla del río Moldava —señaló a la puerta— y le dio forma humana. —Movió las manos como si moldeara barro—. Conocedor de los misterios contenidos en el arte de la Cábala, logró insuflar vida a la criatura, al gólem. Pero, como castigo a la soberbia que había hecho creer al rabino que podía emular a Dios, la criatura se hizo cada vez más grande, más violenta. Se dice que en esta sinagoga, los viernes, se repiten dos veces los Salmos 92 y 93 porque un día, en mitad del servicio, el rabino Loew tuvo que irse a detener al gólem, que se encontraba deambulando sin control por la judería. Los presentes debieron repetir las oraciones hasta que regresó y recitó de nuevo los salmos para dar inicio así al *sabbat*... Cuentan que la situación se hizo tan insostenible que el rabino tuvo que matar a su propia criatura. De la frente, en la que lucía la palabra *emet* o verdad, parte del proceso cabalístico que le había otorgado aliento, borró la letra *aleph* y dejó así la palabra *met* o muerte. El rabino Loew encerró los restos de esa masa de lodo, ya inerte, en el ático de esta sinagoga. Y les prohibió a todos entrar. Nadie ha subido desde entonces. Pero algunos días lluviosos como el de hoy, se oyen ruidos...

Clara sintió cómo su temperatura corporal bajaba en picado. Los ojos redondos del custodio los contemplaron amenazantes. Y ese olor a humedad. El señor Bogarín se atragantó con su propia saliva.

—Muy interesante, señor...

—Mordecai Stránský a su servicio.

—Muy interesante, señor Stránský. Le agradezco muchísimo el tiempo y la dedicación con esa leyenda que nos ha contado.

Un crujido hizo saltar a la violinista y al literato. El custodio sonrió.

—Los acompañaré a la salida.

Lo siguieron, deseando abandonar el templo. En la calle abrieron los paraguas y se despidieron del desconcertante caballero, que continuaba sonriendo con malicia. El señor Bogarín sacó el cuaderno e indicó la dirección por la que debían avanzar. Ese cuento del gólem convirtió el laberíntico entramado de callejuelas de la judería en un pasaje del terror para los dos viajeros. Sobre todo, porque el cuestionable conocimiento del alemán por parte del literato había tenido como consecuencia que las notas tomadas en la oficina de información turística fueran algo confusas y contradictorias. Clara no dudó en coger del brazo al señor Bogarín que, para sus adentros, no tenía claro si sería capaz de reaccionar si algo o alguien los asaltaba. Se cruzaron con algún que otro vecino inmerso en una rutina que poco sabía de cábalas y esoterismos.

Por fin, tras consultar el plano de la guía bajo el paraguas, llegaron a destino. Después de pagar los diez kreuzers que les pidieron en la entrada, pudieron acceder al antiguo cementerio judío, en desuso desde hacía más de cien años. Ante ellos, miles de piedras cubiertas de musgo permanecían inmutables ante la caricia de la lluvia. Aquí y allá, la vegetación las abrazaba, casi tragándolas, casi borrando las pretéritas inscripciones en hebreo, frágil recuerdo de los que, una vez, estuvieron vivos. Sobre las lápidas, amontonadas, piedras que, como impertérritas flores, eran símbolo de respeto y memoria.

—Visitar lugares así me recuerda que la vida es una partida de ajedrez con la muerte que sabes que no puedes ganar —reflexionó el señor Bogarín al detenerse ante una de las tumbas.

—¿Es usted creyente, señor Bogarín? —se interesó Clara.

—Solo cuando tengo miedo. Pero para poder crear tengo que sacar a Dios de mi cabeza. Si no, seríamos multitud.

Continuaron paseando bajo los paraguas.

—Ha dicho usted antes que no le gusta la crítica —dijo el señor Bogarín.

—No, no me gusta.

—Eso es porque le da demasiada importancia.

—¿Y cómo no hacerlo, señor Bogarín? Después de la mayoría de mis conciertos, hay algún crítico infravalorándome en las páginas de algún matutino.

—Ya..., la entiendo. Pero es parte del negocio, del trato. Nosotros hacemos, ellos cuestionan.

—Me parece injusto. Muchos de los críticos musicales de París ni siquiera son músicos. Son literatos. Y, no se lo tome a mal, pero no tengo claro que un escritor pueda tener el criterio suficiente para analizar cómo interpreto *El trino del diablo* de Tartini. De hecho, ojalá alguien lo hiciera. Pero debo conformarme con que hablen de cómo he mejorado o del modo en que el público ha reaccionado: ¿mejor que la última vez?, ¿peor?, ¿soy soporífera o demasiado entusiasta?, ¿son bellos y favorecedores los movimientos? Nada de análisis técnicos, solo formalidades superficiales.

—No sabe cómo la comprendo, señorita Balaguer, pero no se mortifique. La crítica no suele ser justa, ni por defecto ni por exceso. Para nadie. Recuerdo la peor crítica que he recibido, la que más me ha dolido, sobre mi segunda novela, *La ventana*. No la leí en ningún periódico, el crítico en cuestión me la trasladó directamente durante una velada en mi casa. Le había encantado mi primera obra, *Calles mojadas*. Su análisis había sido entusiasta, así que no pude prever que, tras leer la segunda, me dijera: «Señor Bogarín, siento decirle que en su novela, en las primeras doscientas páginas, no pasa nada». «¿No pasa nada?», me dije a mí mismo. No supe qué responder. Lo peor que pueden decirte es que doscientas páginas de palabras arrancadas a las horas de trabajo e insomnio, a los callos y ampollas de dos años de una vida, son «nada». Nada. Y ya está. La nada. La más inexpugnable, insulsa e irrelevante nada.

—¿Jamás le trasladó su ofensa?

—No. Porque, días después, otro crítico me dijo que mi novela era una obra maestra de principio a fin. Entonces me di cuenta de que no era ni la nada ni el todo. Que, como sospechaba desde el principio, mis novelas se ubican entre las mayores filias y las peores fobias de los lectores. Incluyendo el más temido de los males para un autor: el aburrimiento. Pero es que intentar gustar a todo el mundo es igualmente inútil y agotador.

—¿Y qué opina de que siempre lo comparen todo con su obra más conocida?

—Creo que existe una vaguedad de criterio que promueve que, a cada artista, se lo mida por la obra más exitosa, la más conocida, de la que pasa a ser de creador a esclavo. Es un poco como la historia que nos ha contado el caballero en la sinagoga. Parece el precio que el artista paga por atreverse a crear. Su obra, como el gólem, de pronto se desboca. Lo persigue, lo embruja y condena. Y a la sociedad le gusta porque es una forma de retener el torrente creativo, de amordazar el genio, uno de los mayores misterios de la humanidad. Y, entre tanto, el artista continúa creando con la espada de Damocles de la crítica, pues el mayor anhelo es ser comprendido, apreciado, y el más aterrador miedo es que nadie, allá al otro lado, logre entenderlo. Y gracias a ello, o a pesar de ello, no se rinde. Por más que nos pese, es necesario que así sea, señorita Balaguer. Es el sistema creado. Nosotros hacemos, ellos cuestionan. Nosotros hacemos mejor, ellos cuestionan más.

El arrullo de la lluvia dio mayor empaque a la reflexión del escritor. Clara asintió.

Esa misma noche, después de cenar, el señor Bogarín y el señor Mercier se quedaron solos con el último trago. El literato no pudo desaprovechar la oportunidad para interpelar a su amigo sobre la noticia de su relación con la señorita Pichler. El pintor quiso quitar hierro al asunto, pero don Guillermo le recordó el origen distinguido de los hermanos y los numerosos problemas que podía acarrearle a la señorita que ese rumor se expandiera. El señor Mercier le confesó al señor Bogarín que siempre había tenido en mente corresponder a la altura del apellido Pichler y pedir la mano de la joven al regresar del viaje.

—No deberíais dejaros ver juntos antes del compromiso, Ferdinand. La gente habla. Te traerá problemas. Y a ella más.

—Esa jovencita es mucho más testaruda e insistente de lo que crees, amigo mío. Ha caído rendida a mis pies y no puedo quitármela de encima. Entono el *mea culpa* en lo relativo a la falta de cautela a la hora de darle acceso a mi alcoba. Pero ella así lo pidió. Las mujeres de hoy en día ya no son como las de antes, Guillermo. Son muy peligrosas, lo confunden a uno.

—Pero tú eres un caballero. ¿Cómo has permitido...? Es muy joven, está sufriendo. Seguro que no es consciente de la imprudencia. No tiene el consejo materno, la mirada paterna. Y el señorito Pichler parte en desventaja por el idioma. El hermano ha estado aquí todo el tiempo, Ferdinand. ¿Te percatas de la insensatez que has cometido?

—Soy perfectamente consciente de que me ha podido la tentación y por eso te he dicho que planeo casarme con ella. Pero será al regresar a París.

—¿Y si está embarazada?

—Tendrá que ocultarlo hasta estar asentados en París y tener el control sobre mis asuntos.

—¿Hay sitio para ella en tus asuntos? Jamás lo ha habido para ninguna mujer. Salvo las que van y vienen a tu estudio..., pero nunca pensé que quisieras encontrar esposa. Y menos así, de forma poco o nada respetable.

—Cierto es, nunca he querido. Y también es verdad que las circunstancias excepcionales de este viaje nos han confundido tanto a ella como a mí. Pero quizá con la señorita Pichler sea distinto. Quizá la compasión cristiana sea el camino indicado para mí.

—Es una compasión mezclada con la lujuria, amigo.

—¿Y qué mejor combinación puede haber para un matrimonio feliz? —Dio un trago al *becherovka* que le había servido un camarero cinco minutos antes.

El escritor sonrió pero, en el fondo, no podía entender nada. Al señor Mercier, por su parte, le irritó el interrogatorio del señor Bogarín, al que llamó «pseudoabate de desquiciante moral y cerebro de vieja chismosa» al llegar a su cuarto y encontrarse con Thesi. En la zona de café, ya a oscuras, la silueta de Jacobo sorteó las mesas y sillas. Titubeó una vez. Pero, tras una breve pausa, cedió a la curiosidad, se dirigió al perchero de los periódicos y buscó, atento, el ejemplar de *Le Petit Journal* del día 25 de octubre. Cuando lo encontró, lo colocó encima de una de las mesas y, ayudado por la tenue iluminación de las farolas del Graben que se filtraba por los ventanales, leyó la columna de «Los diez de Bogarín».

35
Compromisos

Poema desde el idilio, op. 39, «En el crepúsculo»
Zdeněk Fibich

Una de las enseñanzas que el padre de Jacobo se había esforzado en grabar a fuego en las mentes de sus cinco hijos varones era que un caballero, por decencia e higiene, siempre debía ir bien afeitado. Era fundamental, por lo tanto, contar con un barbero de confianza en la ciudad de residencia y con los utensilios necesarios para rasurarse uno mismo en caso de viaje o urgencia. El juego que siempre acompañaba a Jacobo se lo había regalado precisamente él justo antes de marcharse de Madrid para emprender ese viaje a Italia que había terminado en París. No había vuelto a verlo, pues había muerto dos meses después de que el arquitecto se instalara en la Ciudad de la Luz. Uno antes de conocer a Natalie.

La mano de Jacobo sostenía con cautela el mango de carey de la navaja de acero, que había afilado previamente valiéndose de un trozo de cuero doblado sobre sí mismo varias veces, tal y como había aprendido al brote de las pudendas primeras barbas. Se había lavado la piel con agua fría y se había aplicado el jabón de afeitado, comercializado en incómodas barras empapeladas. Con movimientos de abajo arriba retiraba el producto y el vello. La muñeca experta esquivaba los rincones más vulnerables gracias a giros ágiles con ayuda del pequeño espejo de marco de madera que había sobre el escritorio de la habitación.

> Parece ser que el exitoso empresario español don Juan Álvarez-Caballero tenía un interés personal en visitar Italia. Nuestro informante ha sido testigo de una escena que confirma que tiene una relación secreta allí. La familia Girard no estará contenta.

Aquellas palabras rondaban su cabeza desde la noche anterior. Se arrepentía de haber sucumbido al fisgoneo. Había intentado evitarlo durante todo el día. Se había ido solo a ver la Wysehrad o ciudadela, castillo original de los reyes de Bohemia que se ubicaba al sur de Praga. Se había distraído con las vistas desde el bastión, imaginando la construcción original llena de torres, ya desaparecida. Pero todo el asunto de *Le Petit Journal* y los cambios de humor de Juan lo tenían desconcertado. Se había acabado por convencer de que solo deseaba estar al tanto para ser de ayuda, pero ahora que había leído la columna, se había percatado de que solo lo había movido la curiosidad.

Se lavó la cara con más agua fría y se aplicó una loción con aroma a sándalo. ¿Qué relación escondía su buen amigo en Italia? No es que viajara allí con sospechosa frecuencia. Sí que visitaba ciertas plazas comerciales, como Génova, pero era por trabajo. ¿Tendría allí una querida? Pero, un momento... En Génova habían estado la mayor parte del tiempo juntos. Incluso en los instantes en los que parecía que él y la señorita Pichler ansiaban ratos compartidos. ¿Sería a ella a quién se referían? Pero la señorita Pichler se había unido en Aix y no era italiana... Y, además, aquello de que era amante del señor Mercier era cierto.

Cuando Jacobo salió del hotel junto a los demás, continuaba con esas elucubraciones en mente. Solo la sonrisa y un comentario de la señorita Balaguer sobre la presencia de dos matrimonios ingleses en el alojamiento consiguieron sacarlo momentáneamente de esa estéril indagación. Esa mañana, la última en Praga, el grupo se dirigió a la enorme Wenzelsplatz, presidida en el flanco sur por el recientemente inaugurado Museo Bohemio Nacional. Al parecer, según le había contado el día anterior la señora E. Hruby de la oficina de turismo al señor Bogarín, todavía estaban trabajando en la decoración interior, a cargo de los artistas más superlativos de la región. Una vez más, las pretensiones de imitar la magnificencia clásica eran incontestables si uno analizaba el pórtico central con frontón triangular que, en un estilo muy similar al que habían visto en Viena, se fundía con elementos como la escalinata principal, la hilera de semicolumnas en el segundo piso o la balaustrada en lo alto. En los más de seiscientos metros de largo y los más de cincuenta de ancho de la plaza, se daban cita el tranvía, cuyos raíles la recorrían de norte a sur; los ómnibuses, cargados de pasajeros y tirados por tozudos caballos; calesas, berlinas, carretas y peatones más y menos elegantes. A ambos lados, filas de farolas de hierro, durmientes hasta nueva orden, y aceras donde el tránsito de viandantes estaba todavía más concentrado. Los límites los marcaban los bellos edificios de tejados puntiagudos y cúpulas con linterna que se entrometían en el ir y venir de los vecinos con los coquetos toldos de sus bajos, antesala de confiterías como Lhotka o Stutzing, tiendas de vino como Gürtler o restaurantes como Carmasini.

Regresaron hacia el norte de la ciudad por el Stadtpark, pasado el Nuevo Teatro Alemán, a donde daba la estación de tren a la que habían llegado, y, por Hybernergasse, la calle de la esquina del hotel, fueron hacia ese centro histórico que habían descubierto Jacobo y Clara a solas. Disfrutaron con calma de todos los recovecos y edificios del Grossering y calles aledañas hasta la torre Altstadt, junto al puente de Carlos. Si alguien se mostró pletórica durante el recorrido, especialmente atenta a las indicaciones del señor Bogarín, fue la señora Dupont. Por fin había podido enviar un cable optimista a Antoine. La señora Leroy, a buen seguro, sufría una crisis de reputación en París con ese chisme del amante que, misteriosamente, había llegado a *Le Petit Journal*. Así que estaba necesitada de ayuda. Y para los Dupont solo había un modo de pagar los favores: con otros favores. La circunstancia no podía ser más propicia para exponerle el plan que habían maquinado. Sin embargo, primero debía tranquilizar a la empresaria y borrar de su rostro ese gesto de preocupación que se había adosado a él sin paliativos. A Clara no le pasó desapercibido el buen ánimo de su mecenas, así que se convenció para aprovecharlo mientras pasaban por delante del palacio rococó del conde Clam-Gallas.

—Geneviève, he estado pensando en lo que hablamos sobre revisar el repertorio después del concierto en Érard.

—¿Eh? —dijo la señora Dupont, desubicada de pronto.

—Me lo propusiste en Florencia.

—Oh, sí, sí. Ya veremos.

—Quiero cambiarlo. Es importante para mí. Me ayudaría mucho con la preparación del concierto.

—¿Estás ensayando? ¿Cómo lo llevas? Debes poner énfasis en la parte final. Es tu talón de Aquiles.

—Bien, bien, está todo bien —mintió—. Geneviève, no cambies de tema.

—Clara, tengo muchos asuntos en la cabeza, no seas impertinente. Te estoy diciendo que lo veremos con el señor Dupont. Pero ahora sabes cuál es la prioridad, así que no me atosigues —le dijo, bajando la voz y cambiando la mueca de satisfacción por una de enfado durante unos segundos.

Al regresar al hotel para el almuerzo, la condesa manifestó su absoluto cansancio. Pidió al señor Mercier un momento y le comunicó que temía no poder acompañarlo a la cena con su buen amigo el señor Krämer. Se encontraba agotada y débil y no deseaba emprender viaje, al día siguiente, sin estar algo recuperada. Aunque estaban teniendo suerte en la mayoría de los trenes y eran mucho más confortables de lo que la condesa recordaba, viajar continuaba siendo extenuante: le daba miedo levantarse con el tren en marcha y pasear por el pasillo, le resultaba antinatural, como si se estuviera incorporando en una diligencia, y las subidas y bajadas del convoy eran estresantes. El pintor lo comprendió, pero, una vez se despidió de la condesa, reconoció que se trataba de un absoluto contratiempo. Le había confirmado a su amigo que iría acompañado por alguien a quien le iba a gustar conocer. Si no era la condesa y no era el señor Bogarín, ¿quién? No podía permitir que aquel arqueólogo al que no veía desde hacía diez años pensara que era un impostor, un desgraciado que se las había dado de interesante sin ningún tipo de pudor. Entonces, en esa mente, puro dédalo sin salida, surgió una idea. Sin más, se lanzó a la calle y desapareció durante dos horas.

A primera hora de la tarde, Jacobo, angustiado por las preguntas sin respuesta, fue a la habitación de Juan. Este, que había empezado a leer por encima la primera hoja del libro de Maupassant, liberado desde que Henri Collet lo había terminado dos días atrás, se levantó del silloncito tapizado y abrió.

—Pensaba dar un paseo por el barrio judío antes de reunirnos con el resto para ir a ver a la banda militar en el Baumgarten. El señor Bogarín dice que merece la pena. ¿Quieres acompañarme?

El empresario no tardó ni un segundo en aceptar. Ese tal Maupassant y en general los libros no eran para él. Así, los dos españoles se perdieron por las callejas de la antigua judería entre iglesias y sinagogas. Cuando ya se disponían a regresar, el arquitecto se atrevió a confesar su pecado. Juan tardó menos en ofenderse que en aceptar el paseo.

—No necesito que nadie más sea cómplice de las sandeces publicadas en ese periódico. Pensaba que eras más íntegro, Jacobo. Menuda decepción.

—No te pongas así, Juan. He sido testigo de tus repentinos cambios de humor durante todo el viaje. Quizá los demás no lo aprecien, pero yo te conozco desde hace tiempo y sé cuando algo va mal. El que debería ofenderse soy yo porque nuestra amistad parece, de pronto, superficial e insuficiente. Y nada recíproca. Pues tú sí sabes mi secreto...

—No es... No es eso, Jacobo.

—¿Entonces? ¿Qué más me da a mí que tengas una amante? ¡La mitad de París tiene una! Sé que soy moralista en exceso, pero pensé que me considerabas algo comprensivo...

Silencio. Se habían parado en Niklasplatz.

—¿Acaso estás dudando de tu compromiso con la señorita Girard? ¿Te planteas cancelarlo?

—No, eso no puedo hacerlo.

—¿Entonces?

—Es demasiado complicado, Jacobo. No lo entenderías —concluyó Juan y se alejó.

Ferdinand Mercier entró en el Blauer Stern decidido. Sin ganas de que nadie lo entretuviera o hiciera dudar, se dirigió a la habitación de Thesi, que se preparaba para ese paseo por el Baumgarten. Abrió extrañada. El pintor no solía visitarla. Solía ser al revés. Sin dejar que dijera una palabra, sacó un anillo del bolsillo de la chaqueta y se lo colocó en la mano izquierda. Thesi quiso gritar de alegría. Lo había conseguido. Se lanzó a los brazos del pintor, que se zafó agobiado.

—Me acompañarás a cenar con mi buena amistad el señor Krämer. Prepárate para que pueda ver lo hermosa que eres y para que su esposa no pueda hacerte sombra. Vendré a buscarte en una hora. Yo avisaré al señor Bogarín del cambio de planes.

La señorita Pichler asintió, ruborizada, exaltada. Una vez que el pintor se marchó de la habitación, se lanzó sobre la cama y abrazó una de las almohadas. Estaba pletórica. Enseguida se dio cuenta de que no podía entretenerse. Debía cumplir con el cometido. Aunque, cuando se miró al espejo de mano, empezó a ver centellear todos los complejos que tenía. Un torrente de rabia le nació del estómago y tiró el espejo al suelo de un manotazo.

Ataviados con las galas de tarde, el señor Bogarín, la señora Leroy, la señora Dupont, Henri Collet, Gustav, Clara, Jacobo y Juan tomaron el tranvía en el Graben que los llevó hasta el Baumgarten, un jardín ubicado fuera de la ciudad, al norte. Recorrieron así la línea completa, con paradas en Smichow, Karolinenthal, Weinberge, Zizkow y Kleinseite, por lo que tuvieron que pagar quince kreuzers. Aunque el último trabajo en Viena le había reportado algunas monedas a Gustav, sintió tener que dejar ir el montante para poder subirse al vehículo. Solo lo calmó la buena nueva que su hermana le había contado antes de salir del hotel. Parecía que Thesi se había salido con la suya. Aunque el señorito Pichler no se iba a quedar tranquilo hasta que no pasaran, *de facto*, por la vicaría. Cuando llegaron al parque, el escritor los animó a seguirlo hasta un coqueto café junto al que la banda de música militar amenizaba la tarde. Hojas canela recubrían el suelo del jardín.

—Así que me han hecho caso y han ido al barrio judío el señor Álvarez-Caballero y usted. ¿Qué les ha parecido? ¿Han tenido ocasión de conocer al custodio de la Altneuschule? Un tipo desconcertante... —se interesó don Guillermo.

—Hum, no, no había nadie. La hemos encontrado cerrada. ¿Se suponía que había un tipo? —se extrañó Jacobo.

Clara y el señor Bogarín se miraron sorprendidos.

—Ayer lo había.

—Pues nosotros no hemos visto a nadie.

El regusto misterioso de la escena que habían vivido el día anterior los alcanzó de nuevo durante unos segundos. Jacobo, ignorante, miró a Juan, que marcaba distancia con él y estaba entregado a la charla con las dos señoras.

—¿Ha tenido noticia de su familia, señor Figueroa? —preguntó Clara, cortés.

Jacobo regresó a la charla abandonando la amargura que rodeaba la amistad con Juan en esos instantes.

—Oh, sí, la señorita Hauregard, la institutriz, me ha enviado carta con todos los progresos de los niños. Al parecer, Rosalie está viviendo una fase de cierta rebeldía y se niega a cambiarse de ropa y a lavarse. Pero sigue haciendo reír a todos con sus ocurrencias y teatrillos. Augustine hace de madre desde que Natalie murió. Temo que se convenza de que debe cuidarnos a todos y que se olvide de descubrirse a sí misma, ¿sabe? Tiene catorce años, pero... es solo una niña en muchos aspectos. No deseo que crezca más rápido. Camille tiene problemas con la fluidez en la lectura y con la pronunciación de algunas palabras. Pero es un niño testarudo. Estamos trabajando en ello...

—Es curioso cómo los niños asumen roles en las familias. Cada hermano es un mundo, representa un papel. El problema es que, si son muy distintos esos papeles, se terminan convirtiendo en desconocidos.

—¿Le pasaba eso a usted con los suyos?

—Sí. Nosotros somos cuatro. Yo soy la penúltima. Por encima, mi hermano Pepe y mi hermana Juana. Por debajo, mi hermano Roberto.

—A su hermano Pepe es al que le robaba el violín.

—Exacto. —Se rio ella—. Pepe era el que debía haber seguido los pasos de mi padre. Pero, quizá por esa presión, aborrecía la música. Siempre fue el contestatario de los cuatro. Hasta dónde sé trabaja como prestamista hipotecario. Mi hermana Juana, por contraste, siempre ha sido la hija sumisa y atenta. No cuestionó jamás una sola opinión de mis padres, no se planteó una sola decisión. Se casó enseguida con un médico que le gustó a mi padre y tiene cinco hijos. Yo fui la sorpresa y, después, la hija ausente, la desaparecida, la desconocida. Recuerdo el día en que me di cuenta de que podía ser todo aquello que había querido mi padre de mí... Sentí una explosión en el corazón. Pero no tardé en darme cuenta de que el precio fue perderlo, perderlos a todos. Porque, de golpe, no sabían cómo tratarme, me había convertido en una extraña. Y, bueno, por último está Roberto que, tras mi partida, hizo carrera en la música, pero sin dejar Barcelona. Es profesor, como mi padre. Y parece que tiene una magnífica reputación.

—Los pequeños siempre aprenden de los demás. Su posición es más sencilla.

—¿Usted es el menor?

—No, no. Soy el séptimo de diez. Y también puedo ver en nosotros lo que usted señala de los papeles... Sin duda, comparto con usted el de desaparecido y extraño.

—No es fácil emigrar.

—No, no lo es.

Se sonrieron. Entonces, ya en el café, con la percusión de los bombos y los platillos amenizando los refrigerios, vieron pasar por delante de ellos, a paso ligero, al monje que les había mostrado la biblioteca de la universidad.

—Esta ciudad jamás dejará de asombrarme —aseguró Clara mientras se sentaba en una de las sillas.

La casa de los señores Krämer estaba en Wenzelsgasse, en el Neustadt. En cuanto el señor Mercier y Thesi entraron, el señor Krämer analizó a la joven de arriba abajo. Después, dio una palmadita en la espalda a su viejo amigo. El señor Krämer era arqueólogo y trabajaba en la Facultad de Artes de la Universidad de Praga. Por cada rincón, fósiles y cerámicas arrancadas al barro. Los tres hijos del matrimonio aguardaron a la llegada de los invitados para dar las buenas noches y retirarse a dormir acompañados por una criada con cofia y delantal. La señora Krämer, deseando ser cordial, halagó a Thesi con un comentario encantador sobre el vestido que llevaba, el de satén azul claro. Aunque la legítima propietaria era algo más ancha de cadera que ella, Thesi se las había ingeniado para que le quedara como un guante. El hecho de que la joven fuera oriunda de Galitzia y hablase alemán supuso un incentivo para el matrimonio, que no dudó en soltar chascarrillos aquí y allá para agasajarla y contentar a su invitado principal, el señor Mercier. Ella, deseosa de demostrarle al pintor que iba a ser una esposa sensacional, correspondió con todo el ingenio y saber estar que pudo reunir. Así, se mantuvo despierta y locuaz ante cada una de las anécdotas que el arqueólogo compartió con ellos de su participación en las campañas de excavación de la mítica ciudad de Troya, descubierta en 1873 por el millonario arqueólogo don Heinrich Schliemann, originario de Prusia y que, algo después, también basándose en los textos homéricos, había encontrado Micenas, ciudad perteneciente a una antigua civilización griega de finales de la Edad del Bronce. Al parecer, el señor Krämer tenía muy buena relación con el señor don Wilhelm Dörpfeld, director de la excavación desde la muerte del señor Schliemann tres años atrás, y con el que también había colaborado en algunos proyectos en la región griega del Imperio otomano. Concretamente, en Olimpia y Micenas. Aquellos caballeros, locos por arrancar de las fauces del olvido una pizca de luz sobre el pasado, eran parte responsable de que Europa se hubiera sumido, desde el descubrimiento de Pompeya en 1748, en una suerte de alienación nostálgica.

—Yo siempre digo que, aunque haya asuntos que me den igual, sé que son importantes. Lo que usted hace es muy importante, señor Krämer —aseguró Thesi.

El matrimonio se rio con la inocente incultura de la señorita. El señor Mercier dio un trago largo a la copa de vino. Al despedirse, el señor Krämer volvió a estudiar a Thesi con detenimiento. Era como si deseara descifrarla con la mirada. La joven no desaprovechó la ocasión para regalarle una cautivadora sonrisa con el ánimo de mostrarse como esa fruta prohibida que solo su amigo podía catar. Para Thesi ese día había sido uno de los mejores de su vida. Sin embargo, cuando regresaron a la intimidad de la habitación en el Blauer Stern, el pintor la miró con seriedad y la acusó de haberlo avergonzado.

—¡Ha sido una de las peores noches que recuerdo! Apenas me has dejado hablar. ¿Cómo te has atrevido? Y todo para no decir más que estupideces. ¿Qué habrán pensado?

La joven arqueó las cejas y se acercó al pintor por la espalda, deseando abrazarlo a modo de disculpa, pero él se apartó.

—Solo he intentado ser agradable y eclipsar a la señora Krämer, como me dijiste que hiciera...

—Pues ¡me has terminado eclipsando a mí! Y encima has sido trivial, ruidosa y ramplona. Y ese vestido..., odio ese vestido. Estás ridícula con él. No lo soporto.

En la mente de Thesi, esa crítica encajó a la perfección con sus más profundas inseguridades. Así que decidió quitárselo. Volvió a intentar aproximarse al pintor. Este, que comprobó de reojo la vulnerable desnudez de la joven en ropas interiores, dejó entonces que lo abrazara por detrás.

—Perdóname —le suplicó.

Nada podía estropearse ahora que tenía el anillo en el dedo. El señor Mercier se desembarazó del gesto de cariño y se giró para mirarla a la cara.

—Nunca más vuelvas a avergonzarme, ¿está claro?

Thesi asintió.

36
II Reich

La valkiria, «La cabalgata de las valkirias»
Richard Wagner

El señor Überholz se había subido al tren en Cham, dos paradas después de Furth, donde, tras pasar por la aduana, con la correspondiente revisión de equipaje y la petición de pasaportes a los pasajeros franceses, el grupo había pernoctado en el hotel Post. El día anterior habían agotado los últimos momentos en Austria-Hungría haciendo parada en Pilsen, donde habían podido degustar la famosa cerveza y visitar las bodegas de piedra de la antigua cervecería. Esa mañana, ya en tierras del Imperio alemán, habían tomado el ferrocarril de Baviera del Este. Cuando el señor Überholz se sentó en el asiento libre que otro pasajero acababa de dejar al lado del señor Bogarín, saludó amable al escritor. Este, una vez más convencido de que podía trasladar la cortesía de la que tanto se enorgullecía a otro idioma, no dudó en corresponder con un par de frases en ese alemán plagado de remiendos y deslices. Al principio, a juzgar por la positiva reacción del señor Überholz, un tipo flaco, de poca estatura, cabello grueso gris y saltonas mejillas rosadas, don Guillermo se sintió satisfecho. Sin embargo, pronto descubrió que al señor Überholz le encantaba charlar, divagar. Así, se pasó el resto del viaje intentando seguir el monólogo del otro, que hablaba rápido y con un acento complicado de descifrar.

De haber sido capaz de entenderlo, el señor Bogarín habría descubierto que el señor Überholz era un apasionado de los trenes. El primer comentario que le había hecho era que, en 1835, en Baviera, había empezado a funcionar la primera línea de ferrocarril de Alemania. Pero ¿qué era Alemania entonces? ¿Qué era mientras hablaban? El Imperio alemán, tal y como se entendían políticamente las tierras por las que discurría el ferrocarril ese día de noviembre de 1893, había nacido al abrigo de la victoria de Prusia contra Francia en 1871. Se lo conocía como II Reich, pues el I Reich no había sido otro que el Sacro Imperio Romano Germánico, desintegrado en tiempos de Napoleón. Justo antes de su disolución, el Sacro Imperio, con origen en el siglo IX y que se veía como continuador del Imperio carolingio que, a su vez, se había presentado como heredero del Imperio romano de Occidente, había aglutinado hasta 294 estados y casi un millar de pequeños principados. Entre ellos, el arzobispado de Salzburgo, el ducado de Baviera o las posesiones de la casa Habsburgo, que había surtido de emperadores al I Reich desde el siglo XV. Sin embargo, tal y como les había contado el señor Baumgartner en la visita al Burg de Viena, ante el avance de Napoleón y la creación de la Confederación del Rin, el emperador Francisco II debió renunciar a tal dignidad y pasar a ser, como Francisco I, emperador hereditario de Austria, una realidad territorial reducida que comprendía las tierras del sureste de lo que había sido el Sacro Imperio.

No obstante, la configuración napoleónica de Europa no sobrevivió más allá del Congreso de Viena, momento en que el ministro austríaco Klemens von Metternich promovió la creación de un nuevo ente que aglutinara las tierras centrales del continente europeo, la Confederación Germánica, cuya Dieta o Reichtag se fijó en Fráncfort. La idea era que los estados miembros, entre los que se incluían Austria, Baviera, Württemberg o Prusia, gozaran de cierta protección interna y externa. En la redefinición de fronteras, Prusia salió ganando y pasó a medirse con el tradicional gigante centroeuropeo, Austria. Así, Prusia, decidida a convertirse en una auténtica potencia económica, fue aprobando medidas que tuvieron como objetivo crear un mercado sólido entre los distintos estados, proyecto que cristalizó en 1834 con la Unión Aduanera Alemana, de la que Austria quedó excluida. De esta manera, aunque en lo político, Centroeuropa se movía al son de las consideraciones del entonces canciller austríaco, Metternich, y su Confederación Germánica de corte conservador, en lo económico, la apuesta liberal prusiana ganó la partida. Esta tendencia quedó corregida y aumentada tras el periodo revolucionario europeo de 1848 y 1849, originado en París. Y es que, aunque las dispares demandas en materia política —liberales, reaccionarias o nacionalistas— no llegaron a puerto, esa fecha supuso el punto final de las relaciones feudales, la consolidación de la economía liberal y los primeros brotes del liberalismo aplicado a la política, con el germen de los partidos políticos..

En las décadas de 1830, 1840 y 1850, el desarrollo económico de la región fue exponencial: se potenció la alfabetización y la formación de mano de obra especializada, se expandió la red de transportes —punto que el señor Überholz explicó con detalle al señor Bogarín— y se industrializaron la economía y la sociedad. A principios de la década de 1860, con Prusia a la cabeza de este *boom* económico, el señor don Otto von Bismarck llegó a la cancillería prusiana en medio de una crisis política interna entre la corona, ostentada por el rey Guillermo I, y el Reichtag. Así, dispuesto a sortear el bloqueo, se centró en asegurar la posición de Prusia en el mapa europeo a través de tres guerras, que ganó. La primera contra el reino de Dinamarca por la enrevesada situación de los ducados de Schleswig y Holstein en 1864. La segunda en 1866, contra Austria, a raíz de la resolución de tener que administrar conjuntamente esos dos ducados y del abandono por parte de Prusia de la Confederación Germánica por tensiones internas. Esto resultó en la disolución de esa confederación y la creación de una nueva, la Confederación Alemana del Norte, en la que no se contó con Austria ni con los estados del sur de la región cultural alemana, y que, por lo tanto, supuso la liquidación definitiva de Austria como árbitro político centroeuropeo. La última fue la guerra contra Francia, breve debido a la superioridad prusiana en preparación y tecnología armamentística, que terminó en 1871. Ese año, mientras la amarga derrota llevaba a Francia a dar la bienvenida a esa Tercera República que tanto detestaba el señor Mercier, Prusia lograba con la victoria que los estados del sur de la región alemana consideraran interesante, desde el punto de vista político y militar, unirse a ella. De este modo, el 18 de enero de 1871, se proclamó el Imperio alemán en Versalles. A la cabeza, el rey de Prusia, Guillermo I, como emperador, al que sucedió su nieto, Guillermo II, en 1888. Como segunda fuerza, el ejército. Como tercera, el canciller. Otto von Bismack pudo disfrutar de ese cargo unos años, en los que su agresiva política de alianzas en Europa fue protagonista, pero la llegada del joven nuevo emperador y la falta de entendimiento con él, de otra generación, propiciaron su caída en 1890.

El imperio alemán, a pesar de los estragos de esa crisis de 1873 que había afectado a toda Europa, se había convertido, desde su nacimiento, casi veintitrés años atrás, en una potencia industrial, especialmente en lo relativo a los sectores químico y eléctrico. Su población rondaba los sesenta y siete millones, superando en veinte a la de Francia. Y se había embarcado en la carrera colonial. De su emperador trascendía una falta de personalidad y una alta capacidad para verse influenciado por la cohorte de consejeros que lo rodeaba. De su panorama político, como ocurría en otros países, la creciente tendencia a los extremos. En el plano cultural, el Imperio alemán era un potosí, cuna de algunos de los grandes nombres de la filosofía y el arte de esa centuria.

De haber sido capaz de entenderlo, el señor Bogarín habría descubierto que el señor Überholz era un apasionado de la historia. Pero de haberlo entendido, quizá no habría comprendido nada. Porque ¿quién entendía el ritmo vertiginoso de aquel siglo?

En el compartimento de las mujeres, la señora Leroy admiraba el modo en que, a lo largo del trayecto, el abrupto y sinuoso relieve montañoso de Bohemia, de lejanos picos nevados y coníferas abrigando las laderas, se había convertido en un país de valles y praderas exuberantes. Sobre la falda, abandonado, el libro de Maupassant que la señora Dupont le había dado esa mañana. Geneviève, que llevaba un par de días especialmente agradable, había aceptado de buena gana la recomendación del señor Bogarín de echar un vistazo a la novela, después de que Juan se la devolviera sin haber pasado de la primera página. La señora Dupont no era una ávida lectora. De hecho, las únicas obras que poseía eran un par de libros devocionales que decoraban la mesilla de noche y acallaban sus remordimientos. A Antoine no le gustaba que leyera novelas. De hecho, una vez habían sorprendido a una de sus criadas con uno de esos panfletos románticos tan poco recomendables. Geneviève se lo había confiscado y a solas, escondida en la despensa, lo había ojeado. Las pupilas se habían aferrado a esas palabras impronunciables que calmaron una sed desconocida. Temerosa de que las páginas pudieran pudrir su alma, cerró la novela y la escondió en lo alto de una de las alacenas. Así, aunque reconocía la buena obra del señor Bogarín de compartir el libro con quien quisiera, la señora Dupont, sin siquiera abrirlo, enseguida se dio cuenta de que no era para ella, de que quizá esa lectura era más adecuada para alguien como la señora Leroy. Pero Jeanne Leroy andaba pensativa y cabizbaja desde lo del periódico. Y no tenía gana alguna de leer. Así que tampoco la ojeó.

Clara miraba de reojo a la señora Dupont. Algo en la forma de responder a su sugerencia de discutir el asunto del cambio de repertorio le daba mala espina. Pero, como siempre con Geneviève y Antoine, las pruebas fehacientes de que algo iba mal se le escapaban entre esos dedos lastimados. Recolocó sobre las piernas la funda del violín. Acarició una pequeña muesca en el barniz, tal vez de algún golpe al andar de aquí para allá. Ese estuche le había costado caro. Era de madera de palisandro de gran calidad, lo que le proporcionaba ese delicado tono rojizo. El asa y los cierres bañados en oro. El interior de terciopelo azul. Pero nada que ver con la inversión que había supuesto ese segundo violín. Deseaba, algún día, adquirir un Stradivarius. Sí, ese era su objetivo. De pronto la imagen de un hogar cálido, de una sonrisa y una caricia desinteresada, volvió a invadir su mente. Quiso borrarla. Y a cambio esta le ofreció una nueva dosis de esa quinta aguda y desafinada. Resopló. Volvió a mirar a la señora Dupont. Debía confiar, ser paciente. No había alternativa.

Thesi había dejado de soportar el gesto taciturno que, de vez en cuando, volvía a aparecer en el rostro de la violinista. Por más que se hubiera disculpado en el barco a Viena, continuaba sin comprender los motivos de su pena. Era una música aclamada, una celebridad. Tenía dinero. Ropa bonita. Personas que velaban por su bien. ¿Qué más podía querer? Ella, por el contrario, no podía dar pasos adelante sin clavarse espinas. La mañana en la que habían partido de Praga, Gustav la había visitado cuando ella terminaba de preparar el equipaje. Al principio se había mostrado satisfecho por el gran paso que el señor Mercier había dado. Había analizado con detalle el anillo en la mano de su hermana y se preguntó cuánto podrían sacar si lo vendían. Acalló las ansias de su malogrado espíritu y se recordó que el plan era dar el golpe definitivo, no caer en un hurto de principiante.

—Aunque este anillo es buena señal, no es suficiente. —Le soltó la mano—. Tiene que estar todo atado. Debe haber una fecha.

—Dame un respiro. Acabamos de prometernos y estamos en medio de un viaje. En París todo se concretará.

—Demasiado tiempo. Podría echarse atrás. Los anillos se dan, pero los dedos se pueden cortar. No hay nada definitivo hasta que no sea oficial.

—Está loco por mí. Noto esa obsesión. Lo hará todo. Hará todo lo que yo quiera.

Gustav se había acercado a ella como solía hacer desde niño. Se colocó a solo unos centímetros, cara a cara. Era solo un poco más alto que ella.

—Cuidado, porque en tus ojos veo que no solo él lo está. —Sonrió—. ¿De veras te gusta ese viejo? Jamás dejarás de sorprenderme, hermanita.

—Déjame en paz —le había espetado Thesi.

—Nunca olvides que solo eres una bella mentirosa y que ese tipo está loco por una mujer que no existe y jamás existirá.

Pasó el dedo pulgar por los labios de Thesi, como si ansiara borrar las palabras y los besos que había regalado al pintor.

Thesi se tocó los labios con la mano enguantada. ¿Cuántos golpes, bofetadas, patadas, intentos de asfixia y lanzas verbales le quedaban por soportar antes de ser feliz? En algún punto, aquellos que decían amarla se darían cuenta de que la herían. Si no, ¿cómo sobrevivían las demás? Miró a las otras damas del compartimento. Acto seguido, fijó la vista en la señora Dupont, que releía el ejemplar de *L'Art et la Mode* que sacaba una vez por trayecto. Y sonrió para sí. Thesi había aprendido con los años que una de las relaciones más honestas que existían era la de una mujer y su sed de venganza.

Al pasar por Amberg, el señor Überholz comentó brevemente al señor Bogarín que allí era donde se fabricaban las armas del Ejército bávaro. Jacobo, que iba justo enfrente, no pudo más que reírse con la escena. Sin saber alemán, algo le decía que el escritor estaba probando de su propia medicina. Le hubiera encantado comentarlo con Juan, pero este se había sentado solo en otro compartimento. Al lado tenía a Henri Collet que, desde que no tenía libro entre las manos, había empezado a morderse las uñas. Gustav iba enfrente con un desconocido. También Mercier, en otro vagón. En ese trayecto estaban más desperdigados, el tren iba repleto. Esto podría haber servido de excusa a Juan, pero era evidente que había evitado sentarse junto a su amigo, temeroso de interrogatorios. Jacobo, comprensivo, lo entendió. Tampoco él tenía la cabeza para más tensiones, ocupada con sus propios problemas y enigmas. Apoyó la cabeza en el terciopelo del asiento, aspiró el aroma a carbón y al cuero de las maletas y cerró los ojos. El tren recorrió en el pintoresco valle del río Pegnitz. En las ventanas, en lontananza, el pequeño castillo de Henfeld. Después Lauf, Laufamholz, Mögeldorf y, por último, Núremberg.

—¿Recuerda lo que le dije de la primera línea de ferrocarril? Pues fue desde aquí, desde Núremberg hasta Fürth. En este caso, los bávaros ganamos a los prusianos —le indicó entusiasmado el compañero de asiento al señor Bogarín a medida que desaceleraba el tren, rodeado de fábricas y distantes campos de lúpulo.

El escritor no pudo alegrarse más de perder de vista al señor Überholz, por más que sus educadas formas pudieran engañar al testigo despistado. Le estrechó la mano en el andén y le aseguró que debía esperar al resto del grupo. Asintió varias veces mientras veía cómo se alejaba. ¿Estaba sufriendo la primera migraña de su vida? Dejó en el suelo la maleta extensible de cuero marrón y sacó el cuaderno para confirmar los próximos pasos. De tanto en tanto, alzaba la mano para que lo vieran y fueran agrupándose en torno a él.

—¿Qué es ese olor? —mascullló la señora Leroy.

—¿Quién puede saberlo con tanta humanidad concentrada en este apeadero? —respondió la señora Dupont.

Después de gestionar todo el procedimiento de los equipajes, tomaron dos taxis para cuatro personas y uno para tres. El trayecto fue corto y cómodo. Pagaron tres marcos en total. Habían cambiado dinero en la oficina de Furth. Cuando llegaron al hotel Rother Hahn, todos admiraron la bellísima estética gótica del edificio. A Henri Collet le pareció sacado de un cuento, con esos tejados negros puntiagudos, ese mirador central y ese esquinado pórtico de acceso, con tracería labrada en la piedra. Era un hotel pequeño, de pocas plantas y contadas habitaciones. Una cancelación de última hora había dejado espacio para los hermanos Pichler. En la planta baja, tras cruzar el vestíbulo, y en lado contrario a la gran escalera que llevaba a las habitaciones, se encontraba un amplio café restaurante. Aunque el edificio acababa de terminarse, detalle que la agencia Cook se preocupó de advertir al señor Bogarín, aquello era solo el aperitivo de la ciudad medieval, la mágica Núremberg. Según le había asegurado su buena amiga doña Emilia Pardo Bazán, que había visitado la ciudad en el 89 aprovechando el viaje a París para ver en primera persona la Exposición Universal, Núremberg era como Ávila, pero bien cuidada. Así, el señor Bogarín no había dudado en incluirla en la ruta de vuelta a casa. Tenía que ver la Ávila alemana, la joya medieval bávara del II Reich.

La señora Dupont entró en la habitación, ubicada en la segunda planta, e indicó al empleado del hotel dónde podía dejar sus baúles. Ese aroma fétido se le había enquistado en la nariz. Una doncella entró entonces para asistir a la dama en la colocación del equipaje. Aunque los baúles funcionaban como roperos portátiles y la ropa estaba colgada en perchas en ellos, había algunas prendas que era mejor sacar para airear. La empleada abrió un primer baúl con cuidado y entonces el olor invadió la alcoba. Se tapó la nariz, asqueada. La señora Dupont no comprendía qué ocurría. Trató de averiguarlo con gestos, pero la doncella solo señaló el baúl y se apartó. Cuando Geneviève se dio cuenta de que lo pestilente eran sus vestidos, dio un grito que oyó hasta el mayordomo de la puerta de entrada del hotel. Según la conclusión a la que llegó dos horas más tarde sentada en uno de los sofacitos de la habitación después de haberse tomado dos infusiones, abanicada por Clara y observada por un preocupado señor Bogarín, algún peón de la estación o del tren había orinado dentro de sus baúles como acto de protesta o violencia de «una de esas causas estúpidas de ahora». Pero la realidad era muy distinta. En el hotel de Furth, Thesi había aprovechado la hora del desayuno para colarse en el cuarto de la señora Dupont, con el equipaje preparado, para vaciar el contenido del bacín dentro de los baúles.

Clara aguantó un poco más abanicando y tranquilizando a la señora Dupont, pero después fue a prepararse para la cena tras ceder a Geneviève el vestido dorado. En el hotel se iban a encargar de lavar lo posible y el lunes planeaba visitar alguna tienda para reemplazar las prendas irrecuperables. Pero esa noche necesitaba un atuendo. Y la violinista se lo suministró. Así, cuando la señorita Balaguer terminó de prepararse, bajó al vestíbulo, en el que esperaban, sentados en varios silloncitos, el señor Mercier, Jacobo, la señora Leroy, Henri Collet y el señor Bogarín.

—Pues a mí sí que me gustaría ir a Bayreuth —indicó la señora Leroy.

—En otra ocasión —subrayó el escritor.

—Lo siento mucho, pero donde esté el señor Berlioz que se quite el señor Wagner. ¿No se dan cuenta? Encumbrar de ese modo a un compositor extranjero es patético y desleal —espetó el señor Mercier.

—Discrepo de usted. El señor Wagner ha cambiado el modo de hacer música, incluso de percibirla. Su estela ha cruzado fronteras e impregnado todas las artes —intervino Clara.

El pintor le lanzó una mirada asesina.

—Ese es el problema. Se le ha dado pábulo y lo ha intoxicado todo.

—Muchos jamás lo considerarían así, señor Mercier. La mitad de la crítica francesa está a favor de las contribuciones del señor Wagner —apuntó el señor Bogarín.

—Eso es porque existen personas con un gran concepto de sus opiniones. Y lo arrasan todo cuando abren sus sucias bocas —respondió el pintor y miró tanto a Jacobo como a Clara.

—Y que lo diga —intervino Jacobo, pretendiendo que el artista se diera por aludido.

—Lo que es un hecho, señor Mercier, es que por más que en Francia se ha intentado contrarrestar la poderosa influencia del señor Wagner y el Festival de Bayreuth con las iniciativas del Ars Gallica o la Sociedad Nacional de la Música, hay muchos franceses que sueñan con visitar Bayreuth y apenas hay alemanes que tengan interés por la obra del señor Camille Saint-Säens —continuó Clara.

—Dar el beneficio del criterio a la sociedad infecta en la que vivimos es lo más cercano a emplear un argumento *ad estupidum* en una discusión, señorita Balaguer. Espero que no sea así como deja que el mundo tome forma en su mente. Sería una pena descubrir que una mujer de su talento es tremendamente ingenua.

—No se preocupe por mí, señor Mercier. Por lo menos, en mi mundo y mis conversaciones, existen argumentos.

Jacobo se rio por lo bajo, también la señora Leroy, Henri Collet y el señor Bogarín. El pintor arqueó las cejas, los contempló a todos y se levantó para reunirse con su prometida, que acababa de aparecer por la escalera.

37
El favor

Tocata y fuga en re menor
Johann Sebastian Bach

Aunque las condiciones en las que se encontraba la señora Dupont no eran las mejores debido al percance con el equipaje, había recibido respuesta de Antoine con respecto al asunto de la señora Leroy. Así, pudo dirigirse a la empresaria y tranquilizarla a primera hora. El señor Dupont se iba a encargar de todo. Jeanne pudo, por lo tanto, saborear en paz uno de los *lebkuchen*, un tipo de pan de jengibre, que sirvió el hotel en el desayuno. Uno a uno fueron abandonando la mesa del café restaurante para terminar de prepararse para la jornada de turismo que tenían por delante. Solo iban a estar dos días en Núremberg y debían aprovecharlos. La señora Leroy se quedó la última, junto a su sobrino, al que se le habían pegado las sábanas. La empresaria aprovechó la coyuntura para interesarse por el ánimo del joven.

—Recuerda que debes aplicarte cuando volvamos a París. El acuerdo con tus padres fue que te pondrías a estudiar sin queja a nuestro regreso de esta aventura. Así que no quiero distracciones ni excusas...

—Sí, sí. Prometido... —dijo angustiado.

—¿Has escrito a tus padres últimamente? Les gustará saber de ti. Yo les he enviado alguna postal, pero seguro que agradecen que compres una y les dediques unas frases sobre el viaje personalmente —le aconsejó Jeanne.

—Sí... —contestó desganado.

—Henri, no me respondas así. ¿Acaso no deseas que tus padres sepan que te acuerdas de ellos en la distancia? Debes ser un buen hijo. No se merecen menos.

—Ay, que sí, tía Jeanne. Lo haré, lo haré. De todos modos, no sé por qué se esfuerza tanto en defenderlos. Ellos ni siquiera la soportan.

La señora Leroy abrió los ojos.

—¿Disculpa?

—Sí, siempre la están criticando. Dicen que jamás podrán perdonarle que desapareciera y se desentendiera del negocio familiar y de la familia en general. Pero también dicen que la forma de que pagues por ello es ocupándola de mi educación. Que es lo justo. —La empresaria dio un último sorbo al café, de terrible sabor a achicoria—. Bueno, voy a terminar de arreglarme —dijo el chico, que dejó un pan de jengibre mordisqueado y casi entero en el plato.

Jeanne se quedó mirando una de las resplandecientes cucharillas de plata. Aunque era consciente de que ella y su hermana no tenían una relación estrecha ni sentían la complicidad de otras hermanas, las palabras de Henri la habían dejado pasmada. Jamás hubiera imaginado que el nivel de respeto fuera tan exiguo como para andar aireando la ausencia de simpatía con el muchacho.

Antes de reunirse con los demás, el señor Bogarín remató esa carta para su Albertine en la que le hablaba del parlachín señor Überholz. Cuando lo hizo, los labios desertaron del baile con la pipa, tomó el canotier y salió del cuarto.

El coqueto hotel Rother Hahn estaba ubicado en Pfannenschmiedgasse, en el barrio de St. Lorenz, una de las dos zonas en las que el río Pegnitz dividía la ciudad. La otra era el barrio de St. Sebald. Ambos vecindarios habían sido bautizados con el nombre de su iglesia más relevante, los bellos templos góticos de Lorenzkirche y Sebalduskirche. Aunque había partes dañadas, uno de los aspectos más pintorescos de la villa era la muralla medieval que rodeaba estos dos barrios, provista de torres de diversas formas y de un foso seco. En general, a todos les resultó encantadora la forma en que las fortificaciones se asomaban al final de algunas calles sirviendo de fondo al caserío. Incluso al señor Mercier, dispuesto a detestar cada aspecto de ese tramo del viaje por tratarse del enemigo Imperio alemán. Lo primero que visitaron fue la iglesia de San Lorenzo, donde se toparon, por fortuna, con el ensayo de un concierto de órgano al que el custodio los invitó a sumarse como silente público. Clara siempre había pensado que el particular sonido del órgano era el complemento perfecto de una catedral gótica. Las notas parecían trepar por los haces de columnas e imbricarse, cual crucería, en las bóvedas, en los rosetones, los gabletes y el triforio, como si fuera parte indiscutible de la obra de arte, la conversación con Dios siempre pendiente.

Al salir, se detuvieron en la fachada, en la que dos elevadas torres flanqueaban un arco apuntado abocinado, un enorme rosetón y un pináculo adornado con armoniosa tracería.

—¿Sabe que esa estructura de torres o *castellum* viene de tiempos del Imperio carolingio? Parece ser que respondía a la intención de transmitir una imagen de fortaleza, de castillo, en contra de las fuerzas malignas del mundo. Cruzando el umbral de templo, uno estaba a salvo —comentó Jacobo al señor Bogarín, junto al que se había detenido.

—Vaya, qué interesante. Siempre me había preguntado el porqué de este esquema tan recurrente.

—Pues ahora ya lo sabe. —Sonrió.

En la esquina con Karolinenstrasse, apreciaron el valor de la casa Nassau, un inmueble del siglo XV que destacaba sobre el resto de las construcciones por ser ligeramente más alta y por la hermosa galería que discurría bajo ese tejado a cuatro aguas, rematada por cuatro preciosas linternas poliédricas. La fachada, además, contaba con un mirador acristalado que compartía geometría con las linternas. A la señora Leroy le pareció que se asemejaba a un farol. Algunos le dieron la razón. El grupo ignoró las berlinas aparcadas junto a la casa y a los dos chiquillos que se entretenían lanzando piedrecitas a una carreta vacía bajo la que dormía un sabueso negro. También al caballero que entraba en el café de al lado. Y a los primeros feligreses en dirección al servicio. Continuaron paseando, dieron toda la vuelta a la iglesia y, por Lorenzerstrasse llegaron al Staatstheater. Por Theatergasse, desembocaron en Königstrasse, una de las calles comerciales por excelencia, sumida en el invierno dominical. No obstante, el señor Bogarín los animó a todos a fijarse en las esculturas que decoraban algunas de las casas.

—Les recuerdo que Núremberg es ciudad de artesanos. Cuna del señor don Adam Krafft y del señor don Alberto Durero. Cada esquina aquí es arte.

La ruta siguió entonces junto a la muralla hasta Spittlertor, momento en que volvieron a internarse en las callejas por la amplia Ludwigstrasse para disfrutar de la Jacobskirche o iglesia de San Jacobo. En ella, con permiso del custodio, pudieron ver el retablo, prueba fehaciente del esplendor pictórico de la urbe en el siglo XV. El templo se había restaurado hacía setenta años, pero, según leyó el señor Bogarín, los orígenes se remontaban al siglo XIII y la reconstrucción más importante se había producido en el XVII. A Clara le fascinaron las vidrieras. Las notas del órgano continuaban rondando, mampostería en su mente. Enfrente identificaron una zona de cuarteles. En ese punto, la condesa, un poco mejor de sus dolores, solicitó un receso. El señor Bogarín propuso regresar al hotel para el almuerzo. Tras disfrutar de un plato de trucha con ensalada de patata y un poco de cerveza, tuvieron un par de horas libres antes de continuar con la exploración de la ciudad.

La señora Dupont aprovechó la coyuntura para solicitar a la señora Leroy que se reunieran en privado. Debía compartir con ella una idea que «acababa de tener» y que, a buen seguro, «complacería a ambas». Aunque la señora Leroy no gozaba del buen humor y la paciencia que le solían ser propios, aceptó. A un lado dejó el runrún del tema del periódico, convencida de que el señor Dupont controlaría el asunto hasta que ella regresara a París; el comentario de Henri de esa mañana y la amarga sensación que le había quedado al rehusar despedirse de su buen amigo el señor Hrabě para no complicar más la situación. Entró en la habitación de la señora Dupont sin expectativas. Cuando salió, tenía tantas preguntas que solo pudo retirarse a descansar.

Por la tarde, el grupo volvió a la calle para dirigirse al Museo Nacional Germánico, ubicado a pocos pasos del hotel, en el número 7 de Karthäusergasse. La colección, dispuesta en un total de setenta y siete salas y dedicada a la divulgación de la historia germana, era una de las mejores de todo el imperio. El señor Mercier fue a regañadientes y solo lo convenció el detalle de que, al ser domingo, era gratuito. Los viajeros habían reaccionado con cierta sorpresa al anuncio del compromiso entre la señorita Pichler y el pintor. La que más lo había comentado, por supuesto a sus espaldas, era la señora Dupont, que había manifestado, en el día de viaje desde

Praga a Furth, lo descarado que le parecía todo aquello. Incluso había tenido el atrevimiento de tantear a Juan por si había visto avecinarse aquel revés, imaginando un triángulo de pasión y celos. El otro, que no podía ser más indiferente a la noticia, le dijo que deseaba la mejor de las venturas al futuro matrimonio. A la señora Leroy le resultó cómico y se preguntó si aquello suavizaría el endiablado carácter del artista. A su sobrino le dio igual. A Clara todo aquello le daba mala espina. Jacobo, que era bastante observador, se lo había imaginado tras lo del periódico. El señor Bogarín se convenció de que la formalización de la relación era la mejor de las noticias para la joven y para él, pues el señor Pichler no obraría en favor de la traducción de su obra con un escándalo de por medio. Máxime después de haber tenido la posibilidad de leer la columna íntegra de *Le Petit Journal*, dos días atrás, antes de tomar el tren de Praga a Furth, y comprobar que la pesadilla continuaba siendo real. La condesa Karimova le preguntó varias veces al señor Mercier si estaba seguro y, ante las respuestas afirmativas, se decidió a esforzarse por conocer mejor a la joven. Pero continuaba sin fiarse de ella. ¿Qué era lo que tenía que no le gustaba? No sabía... En cualquier caso, y dadas las circunstancias, todos se acostumbraron pronto a ver siempre al señor Mercier con los dos brazos ocupados: en uno Thesi, la prometida; en otro la condesa, que hacía las veces de vigía.

Después de visitar el museo, dieron un último paseo por St. Lorenz, imaginando el trajín con el que amanecería al día siguiente, con todos los comercios abiertos. Tras esto, se marcharon a refrescarse y cambiarse para la cena.

Esta transcurrió con normalidad, aunque era evidente que, tras casi siete semanas de viaje, las hostilidades y las simpatías estaban asentadas en el grupo. También los temas tabúes y los inofensivos. Una vez que se deshizo la última de las charlas entre los caballeros, siempre aderezadas con el licor local y el humo de la pipa del señor Bogarín, cada cual se retiró a su alcoba.

Aunque Jacobo estaba dispuesto a dormir, supo enseguida que necesitaba dilatar un poco más ese día. Tomó el abrigo y el sombrero y salió del hotel. No tuvo que andar mucho hasta toparse con uno de esos locales de cierre tardío, la cervecería Mohrenkeller, al lado de la iglesia de San Lorenzo. Entró y algunos parroquianos lo observaron. Menos uno, que había entregado la pureza de su mirada color miel a la cerveza que le habían servido en una jarra decorada con letras. Jacobo se acercó a él. Juan alzó la vista, extrañado.

—Supongo que por algo somos amigos —comentó el arquitecto.

El otro asintió y le ofreció asiento. Un camarero apareció por detrás para tomar la comanda a Jacobo, que señaló la cerveza de Juan e hizo un gesto para indicar que deseaba una para él.

—Estas cervezas no se encuentran en España... ni en París —dijo Jacobo para romper el hielo—. Me gustan. Aunque sigo siendo más de vino.

—Bueno, en Madrid, cerca de donde vivías con tu familia, un tipo de origen francés ha montado una fábrica de hielo y cerveza. «Hijos de Casimiro algo», se llama. Y también hay una en Barcelona, según me han contado. De un alsaciano que huyó de la guerra contra Prusia.

—¿Cerveza en España? —Jacobo se rio—. Voy a tener que volver solo por ver eso con mis propios ojos.

—Sí, bueno, yo he probado la de Madrid. No es lo mismo, pero no está mal. También me quedo con el vino.

—Sí, pero esta está muy buena.

—Sí, tienes razón.

Un caballero con boina se acercó entonces a ellos.

—Disculpen, no he podido evitar escucharlos. ¿Son ustedes españoles? —se interesó en la lengua de Cervantes.

—Sí, sí, lo somos —contestó Jacobo.

—Oh, qué fortuna la mía. Soy el señor Zundl. Mi madre era española. Lo que beben es cerveza Tucher's. Se produce a poca distancia de aquí. Baviera es buena tierra para la cerveza. Y Núremberg es conocida por su lúpulo.

Ambos asintieron agradecidos por la explicación e invitaron de buena gana al desconocido a que ocupase el asiento restante y reposara la jarra de cerveza sobre esa mesa de madera ahora compartida. Encontrar al señor Zundl fue todo un acierto. Aunque su español no era perfecto, se hacía entender bastante bien, así que pudieron descubrir aspectos de la ciudad que de otro modo habrían permanecido ocultos. Así, les contó que otro de los negocios más conocidos de la zona era la fábrica de lápices Faber. A fin de cuentas, pese a que Núremberg había sido un relevante centro artístico en la Edad Moderna, gracias a su estatus dentro del Sacro Imperio, en esa centuria se había consolidado como zona industrial y comercial tras dos siglos de cierta decadencia. No obstante, por esas fechas todavía eran reconocidas sus artesanías. Después de dos cervezas por cabeza, incluso se atrevieron a hablar de política. El señor Zundl les comentó que el señor don Leo von Caprivi, que había sucedido al señor don Otto von Bismarck como canciller del II Reich, se hallaba inmerso en una profunda crisis.

—La cosa es que, en estos dos años, ha aprobado medidas para contentar a los socialistas, que cada vez son más. Pero a los socialistas no les basta. Y ahora se le han echado encima los conservadores. Ha rebajado los aranceles y, aunque ha contentado a los empresarios, los propietarios de explotaciones agrícolas están disgustados. El panorama no pinta nada bien para Caprivi.

Los dos españoles concluyeron que, de algún modo, toda Europa parecía adolecer de las mismas inestabilidades. Pasaron un rato más charlando con el señor Zundl. De gastronomía, les recomendó probar el chucrut pese al olor intenso; de Núremberg, los animó a no perderse la visita al castillo y a deleitarse con las bellas fachadas de las casas, muchas con más de cuatrocientos años de historia. Prometieron reencontrarse en próximas encrucijadas. Quizá en París, ciudad de la que también conversaron largo rato. «Si viene, lo llevaremos al Petit Véfour —aseguraron, embriagados por la camaradería de la tierra y el dulce hechizo del alcohol—. Y a los Halles Centrales», añadieron.

El señor Zundl se marchó feliz, dando tumbos, diciendo adiós con la boina en la mano. Al quedarse los dos solos, Juan dejó caer la cabeza sobre las manos y se rio. Jacobo también se rio. Después, Juan se puso serio. Sin quitar la mirada de la colección de jarras que habían acumulado en la mesa, llena de charcos pringosos, masculló:

—Es Maurizio.

Entonces miró a Jacobo a los ojos, valiente.

38
La partitura

Tres romances, op. 11. I. *Andante*
Clara Schumann

Cuando Clara entró en aquella añeja librería no podía imaginar lo que hallarían sus ojos. ¿Era acaso una broma retorcida del destino?

El segundo día en Núremberg se inició con la visita al Burg o castillo, ubicado sobre un promontorio al norte del barrio de St. Sebald, el más antiguo. Para llegar allí habían cruzado el Museumsbrücke, desde el que era visible el Fleischbrücke, un puente creado a imagen y semejanza del Rialto veneciano.

Clara se detuvo un instante bajo la sombrilla a contemplar las serenas aguas fluviales y el modo en que lamían los bajos de las casas ribereñas, que parecían extraídas de tiempos pretéritos con esos muros de piedra clara y esas contraventanas de madera. Por su lado pasó una calesa de cuatro caballos, azuzados por un conductor impaciente, fusta en mano.

Atravesaron el barrio sin detenerse en demasía, tendrían tiempo después. Para poder entrar al castillo, habían tenido que llamar a una puerta situada a la derecha del acceso, donde les atendió el señor Kellner, un maestro vidriero que hacía las veces de administrador. El señor Bogarín gestionó el pago simbólico tras recolectar pfennigs y el tipo los dejó pasar.

Los orígenes del castillo, sobria mole de piedra de torres circulares, se remontaban al siglo XII. Lo había ampliado el célebre Federico Barbarroja cien años después. Las líneas constructivas evidenciaban una reforma siguiendo el estilo gótico y otra más reciente, de apenas cuarenta años atrás. Tras subir por la rampa empedrada, el grupo recorrió el patio, en el que crecía un tilo junto a un murete, lugar en el que solía impartirse justicia. Tímidos, pues aquel castillo era algo imponente, visitaron la Cámara de Audiencias con sus bellas pinturas. También las capillas románicas de Heidenturm. Subieron a Vestnerturm para disfrutar de las vistas de la ciudad, postal de cobrizos tejados alargados plagados de tragaluces y vetustas torres de sombrerillos cónicos. Miraron al fondo de un profundo pozo, contemplaron las marcas de pezuñas en uno de los muros y se horrorizaron con la colección de instrumentos de tortura, entre los que destacaba una dama de hierro.

Después se dedicaron a recorrer con calma todos los rincones de St. Sebald. Admiraron las Sieben Zeilen o siete filas de casas de los tejedores. Pasaron por delante de la Escuela de Arte y del Gymnasium e ignoraron, ciertamente, la estatua de Melanchthon, teólogo próximo a Martín Lutero, crucial en la Reforma protestante. Visitaron la iglesia de St. Egidien, que, según apuntó el señor Bogarín, había nacido como basílica románica, pese a haberse tenido que reconstruir tras un incendio en el siglo XVIII. En el interior pudieron ver una *Piedad* del pintor flamenco don Anton van Dyck y una *Coronación de la Virgen* de Adam Krafft.

Impregnados del aroma a incienso, Juan y Jacobo caminaron uno al lado del otro. El arquitecto continuaba asimilando la información que su amigo le había tirado a la cara la noche anterior. También el hecho de que este no recordara nada. ¿Cómo actuar? Jacobo se encontraba a sí mismo, una y otra vez, midiendo gestos y palabras, un auténtico absurdo entre dos amigos como ellos.

A continuación, bajaron hacia Theresienplatz y aledaños, en dirección a la iglesia de San Sebaldo, donde se acumulaban las casas pintorescas: la de Adam Krafft, la casa de Peller, de fachada renacentista y patio porticado de ensueño; la casa del pintor Anton Koberger, etcétera. Las callejas eran de cuento, transportaban cuatrocientos años atrás hasta que pasaba un caballero en bicicleta o se oía, a lo lejos, el timbre del tranvía.

Entraron en la iglesia por el acceso norte, tras pedir permiso y pagar la voluntad al sacristán, que les entregó un catálogo. Aunque el templo estaba en proceso de restauración, pudieron ver la estatua del santo, obra maestra del artista del bronce don Peter Vischer. También algunos trabajos atribuidos a Krafft y Durero o con inspiración de ambos. Al lado hallaron el trazo renacentista del Rathaus y el gótico de la capilla de St. Moritz, acompañados por la risa contagiosa de una mujer que escuchaba el relato de otra, junto a la biblioteca.

Tras un refrigerio, recorrieron la plaza de Alberto Durero, con la estatua dedicada al artista, y pasaron por delante de la casa natal y también de la conocida como casa Palm, hogar de un librero que se había rebelado contra la ocupación napoleónica y había sido fusilado.

Por último, se deleitaron con la fachada de la católica Frauenkirche, templo que competía en importancia con los de San Lorenzo y San Sebaldo, pero que encontraron cerrado por el fin del horario de visitas. Según leyó el señor Bogarín en la guía, se había construido en el antiguo lugar de una sinagoga, destruida durante las persecuciones a los judíos. No obstante, Núremberg contaba, en esos tiempos, con otra, una nueva de estilo neomorisco, como era habitual, en Spitalplatz. Aquello era señal de que los judíos también estaban integrados en la vida pública alemana. Sin embargo, como ocurría en el resto de Europa, el antisemitismo había comenzado a extenderse por todas partes, en especial, a raíz de la crisis económica.

Pasearon junto al mercado, también cerrado, y se maravillaron con la Schöne Brunnen, una impactante fuente con forma de pirámide de figuras en estilo gótico cercada por una verja de hierro. Junto a ella, en el número 19 de Hauptmarkt, la que fue la casa del humanista don Willibald Pirckheimer; en el 15, la del cosmógrafo Martin Behaim, ambos pertenecientes a la edad de oro de Núremberg, los siglos XV y XVI, momento en que se había convertido, junto a Augsburgo, en enclave comercial de la ruta entre las tierras centroeuropeas, Venecia y Asia.

Una vez terminaron con el itinerario turístico, el grupo se dispersó. La señora Dupont marchó a recomponer su guardarropa. La condesa Karimova se fue al hotel a descansar. Y los demás se entretuvieron entrando en las coquetas tiendecitas de artesanías y antigüedades que había en torno al río, una de las zonas más bellas de la ciudad. Entre tallas de marfil y de madera, objetos hechos con acero, antigüedades e imitaciones de obras de arte antiguas, Clara, Jacobo, Juan, la señora Leroy y Henri Collet entraron en una librería en Königstrasse. Por separado, repasaron los títulos de las estanterías, entre los que se hallaban obras de Novalis, del señor don Ludwig Tieck, de los hermanos Grimm o el señor don Theodor Fontane. Olía a papel y a barniz. Filas de estantes de madera con libros como dientes y sonrisa, hasta el techo. El encargado, con la mano sobre la baranda de la escalerilla que reposaba sobre la estantería, parloteaba con un matrimonio sobre una primera edición de Brentano.

La señorita Balaguer, de forma instintiva, buscó la sección dedicada a la música y allí pudo encontrar una extensa colección de partituras editadas por algunas de las casas más punteras de Alemania, como Breitkopf o Peters. Había espacio tanto para grandes clásicos, como Beethoven o Haydn, como para repertorios menores separados por instrumentos, vendidos a bajo precio para aficionados. Los dedos de Clara bailaron entre libretos hasta llegar a la parte del violín. En ella fue sacando con cuidado cada publicación. Se fijó en que algunas eran de Richault. Oh, también había de Dupont. Aquello no le sorprendía, pues los principales mercados a los que exportaban las firmas francesas eran Bélgica y Alemania. Sacó una. Luego otra. Luego otra. Las devolvió a su sitio. Sintió entonces curiosidad por la sección de piano. Breitkopf, Simrock, Richault, Dupont. Sacó una. Luego otra. Sus ojos no daban crédito.

—No es posible —murmuró.

Bajo el título *Sonata para piano, n.º 4*, de Gérard Robichaud, reconoció partes de la sonata para violín que había interpretado y entregado a los señores Dupont hacía años para que la publicaran. No habían vuelto a hacer mención. Y en Florencia, Geneviève le había asegurado que carecía de la calidad suficiente. Entonces, ¿por qué la habían adaptado para piano y editado con otro nombre? Clara empezó a notar cómo las palpitaciones hacían tambalear su juicio. La quinta desafinada cada vez más vibrante e insoportable. El sudor en la frente. En trance, logró pagar la partitura. Al salir a la calle, Jacobo le preguntó si se encontraba bien. Ella asintió. Pero era mentira. Soportó, impasible, el resto del paseo hasta que regresaron al hotel. Alrededor, solo sombras de viandantes, charlas ajenas con eco, el repiqueteo de los cascos de los caballos. Una vez que cruzó el curioso pórtico esquinado del Rother Hahn, no tardó en dirigirse a la habitación de la señora Dupont, encantada con un par de nuevos vestidos que acababa de adquirir. Clara solicitó a la doncella que la ayudaba a reorganizar los baúles que las dejara a solas un momento. Geneviève se extrañó.

—¿Qué es esto? —dijo mostrándole la partitura, las mejillas inflamadas.

La señora Dupont la cogió y la observó.

—Una composición de Robichaud.

—No es verdad. Es mi sonata. Yo la compuse. ¿Por qué lo hicisteis? ¿Por qué se la habéis regalado a ese esnob sin talento que apenas sabría unir dos semicorcheas?

Geneviève recordó entonces el episodio. Había sido idea de Antoine. El señorito Robichaud no era muy prolífico componiendo y deseaban poder rentabilizar su carrera por esa vía. Así que un día Antoine encontró la sonata de Clara guardada en el cajón del escritorio, olvidada e ignorada, y había animado al pianista a aplicar algunos arreglos en la partitura y publicarla. ¿Cuál habría sido la alternativa? ¿No sacar provecho de esas notas? Nadie habría ganado en ese escenario.

—¿No querías que tu música viera la luz? Pues ahí lo tienes. Tómalo con un favor. De no ser por el nombre de Robichaud, no la habríamos podido editar y nadie la conocería.

—Pero es mi música. Mía. No suya. Debería estar mi nombre.

—Clara, tu nombre no puede estar. Era esto o nada. Deberías mostrar un poco de agradecimiento de vez en cuando. Como ves, el señor Dupont y yo siempre intentamos cumplir tus deseos.

—Pero esto no..., yo no... —balbuceó.

—Si esto era todo, te voy a pedir que me dejes a solas. Para tu información, el asunto con la señora Leroy ya está en marcha. Tuve ayer una reunión con ella y parece predispuesta a colaborar en el plan. Mi parte casi ha concluido. La tuya se decidirá en la sala Érard. Así que te invito a que dediques el rato que queda hasta la cena a ensayar.

Le devolvió la partitura. Clara estaba a punto de estallar. Pero solo pudo dirigirse a la puerta y, como último recurso, dar un portazo. En el pasillo, la condesa Karimova le lanzó una mirada que oscilaba entre la desaprobación y la compasión. Clara bajó la vista y se marchó a la habitación. Con ojos llorosos, abrió el estuche del violín y se preparó para tocar. Comenzó con el concierto de Paganini, pero, de pronto, se encontró tocando esa sonata robada. La quinta desafinada nunca había resonado tan aguda y con tanta intensidad en su cabeza. Tanto que ocultaba el verdadero sonido del violín. Nada de lo que hiciera frenaba el insoportable ruido que tronaba en sus oídos. Cada vez sentía más sudor en el rostro, en la espalda. La furia que vivía amordazada en la boca del estómago quedó liberada de golpe. Pasó con fuerza descontrolada el arco por las cuerdas, cada vez más rápido, cada vez con más presión. Entonces, lanzó el arco al suelo, tomó el violín del mástil, lo alzó por encima de la cabeza y se dispuso a estrellarlo, a convertirlo en astillas. Pero justo cuando iba a tocar la alfombra con toda la rabia contenida, no pudo hacerlo. En su lugar, exhaló un grito arrancado a la más profunda desesperación, angustia, frustración. Se tumbó en el suelo, abrazada al violín, tormento alado. Y lloró. Lloró incansable, tapándose la boca para ocultar el llanto más allá de ese metro cuadrado de suelo que era solo suyo. Todo aquello le causaba dolor físico. ¿Cada vez era mejor violinista? No lo creía. Solo estaba más destruida como ser humano...

Cuando salió del cuarto, ataviada con el vestido granate, la amargura era más que palpable en su rostro hinchado, agotado. Sin embargo, Clara no pudo disfrutar de mucho más tiempo a solas. Volvió a encontrarse con la condesa Karimova en el corredor, quien le ofreció bajar juntas a cenar. La violinista le tendió el brazo con amabilidad para bajar las escaleras, a lo que la aristócrata accedió. Comentaron por encima lo más destacado del día en Núremberg, también hablaron del clima en esa zona de Alemania. Antes de entrar al comedor, la condesa se detuvo y tomó la mano de Clara.

—Mi madre siempre me decía que jamás debía dar un portazo. Porque entonces, aquel con quien se discute solo recordará el portazo, no lo que se dijo antes.

A Clara le sorprendió el comentario. Creyó entender a lo que se refería.

—A veces los portazos son la única forma de que a una la escuchen, señora condesa.

—Los portazos no se escuchan. Solo se oyen.

Clara asintió. Y pasaron al café restaurante. La violinista, con nulo apetito, apenas saboreó el cerdo o la compota de manzana que se sirvieron. Comió sin sentir el paladar, solo tragando sin pensar. Le hubiera dado igual que fuera corcho. Las lágrimas parecían preparadas para brotar de nuevo y dejar patente que, si su ánimo había experimentado mejoras puntuales en el viaje, estas ya habían expirado. El sudor persistía. Y ese temor a tener un ataque con testigos. Miraba a la señora Dupont, sonriente, vestida con nuevas galas, quizá pagadas gracias a sus desvelos y sufrimiento, parloteando con el señor Bogarín, el señor Mercier y la señora Leroy, y le daban arcadas. En cuanto pudo se excusó para marcharse a la habitación. Salió del comedor y, dispuesta a aumentar la velocidad, se dirigió a las escaleras, ubicadas justo enfrente de la entrada al restaurante, y empezó a subirlas. Sin embargo, una voz a su espalda la detuvo. Se giró y vio a Jacobo en el segundo peldaño, con ese esmoquin que siempre llevaba en las cenas. Clara se detuvo en el descansillo antes de girar a la derecha y permitió que el arquitecto la alcanzara.

—¿Está bien? ¿Se encuentra bien?

Clara negó con la cabeza, a punto de llorar.

—¿Ha tenido otro ataque? —La violinista asintió—. ¿Ha pasado algo?

—Los señores Dupont le han entregado una de mis composiciones al pianista al que representan y la han publicado con su nombre.

—¿La partitura que ha comprado esta tarde?

Clara volvió a asentir.

—No puedo más. Es un laberinto y no sé cómo salir. No hay forma sin destruirme, sin borrar todo lo que he construido.

—Tiene que haber una manera, señorita Balaguer. Si yo puedo ayudarla...

—Muchas gracias, señor Figueroa, pero no la hay.

Se miraron un momento. Jacobo se moría de ganas de abrazarla, de consolarla. Clara hubiera dado lo que fuera por tener su hombro en aquella noche perversa.

La violinista se dispuso a reanudar el paso, pero él se atrevió a tomar su mano con delicadeza.

—Señorita..., aunque su mundo se suma en la noche más oscura, piense que, en otra parte del globo, está amaneciendo y que la luz terminará llegando.

Clara dibujó una débil, pero sincera, sonrisa y asintió una última vez antes de desaparecer por la escalera.

39
Quién

Concierto para violín en mi menor, op. 64 (MWV O 14). I.
Allegro molto appassionato
Felix Mendelssohn

Los dos días siguientes Clara apenas habló. Era como si algo se estuviera fraguando en su interior. Un grito, una réplica, una capitulación. Las pestañas se humedecían y apelmazaban en la más angustiosa de las soledades. La tez pálida. La mente enumerando motivos, planificando huidas. Y, entretanto, el grupo continuó con la etapa final del viaje, en la que Thesi, tras sugerírselo al señor Mercier, abandonó el reservado de damas y empezó a viajar junto a su prometido.

En la mañana del día 7 de noviembre tomaron un tren desde Núremberg a Wurzburgo, donde pasaron la noche. El día 8 se subieron al ferrocarril que los llevó en cinco horas a Heidelberg, joya rubescente a orillas del río Neckar. Cuando salieron de la estación, una brisa fría besó las mejillas de los viajeros. El señor Bogarín orquestó, una vez más, la recogida y el traslado de equipajes y la contratación de los taxis y mensajeros hasta el hotel. El alojamiento escogido era el Prinz Carl, ubicado en la Kornmarkt, en el lado este de la ciudad, muy cerca del castillo, que vigilaba en lo alto. Jacobo se adaptó pronto del paso del aura medieval de la amurallada Núremberg al regusto áulico de Heidelberg, que parecía sacada de la ensoñación de un poeta romántico.

El Prinz Carl compartía las líneas clásicas y sencillas de los hoteles en los que se habían hospedado en Salzburgo, Linz o Praga. El arquitecto lo analizó desde el taxi mientras esperaba a que los demás se fueran apeando. Las contraventanas blancas enmarcaban los vanos que se distribuían, en perfecta alineación, por las cuatro plantas. Los tejados a cuatro aguas. Los muros claros, sin apenas decoración. La puerta principal en forma de arco apuntado, semioculto por una berlina aparcada a la que un mozo subía dos baúles. Solo algunas habitaciones tenían balcón, con barandas de forja y plantas colgantes. ¿Sería uno de los afortunados? Al entrar en el cuarto correspondiente a la llave que el señor Bogarín le entregó en la recepción, confirmó que no. Sin embargo, al apartar las cortinas, descubrió que desde la ventana podía contemplar las ruinas rojizas del castillo, que contrastaban con el verde intenso que bañaba la colina. Era como un rubí en un mar de esmeraldas. La neblina rodeaba los muros, esqueletos de un tiempo perdido.

Una vez que se hubo instalado, arte en el que cada vez se sentía más experto, se fue a la oficina de correo y telégrafos. No había podido enviar la postal de Núremberg a sus hijos. La había adquirido en el paseo por las tiendecitas en el que Clara había descubierto la partitura, pero no había tenido ocasión de mandarla. La contempló un momento. La violinista le había ayudado a escogerla. No había vuelto a sonreír desde entonces. Y, de algún modo, él tampoco. Solo le hizo falta decir «post» en la recepción para obtener las indicaciones oportunas. Por Hauptstrasse, una de las principales calles de la ciudad, se encaminó hacia la estación, frente a la que le habían dicho que encontraría la oficina de comunicaciones. A mitad de recorrido por la mencionada vía, identificó una pequeña tienda de fotografías a punto de cerrar. Se asomó con cautela y, tras obtener permiso para pasar en forma de sonrisa, se lanzó a ojear la colección de instantáneas del castillo y el puente que había expuestas. Indeciso como acostumbraba, terminó comprando dos. Quizá ayudarlo con aquella constante duda animaría a la señorita Balaguer. Cuando salió a la calle, Jacobo negó con la cabeza. ¿Cómo la iba a ayudar aquello? Resopló y siguió andando.

Henri Collet había ido preguntando, uno a uno, por algún libro que pudieran prestarle, pero, o los había leído ya, o no le interesaban. Al final se encontró en el tren aprendiendo a jugar al solitario con Juan. Esa tarde, en el Prinz Carl, terminó devorando una de las guías del señor Bogarín, la del sur de Alemania, a la que había renunciado al principio en un acto de soberbia creyendo que podría escoger lectura. Gustav lo observaba desde otro de los sillones del vestíbulo del hotel, jugueteando con esa caja de cerillas que siempre llevaba encima. Después vio cómo el señor Mercier y Thesi salían del brazo. Sabía que se dirigían a la posta. Gustav le había proporcionado a su hermana la señas que debían figurar en la misiva del pintor a su padre para que no hubiera ningún problema. Ver cómo el plan avanzaba le generaba una satisfacción indescriptible. París estaba ahí, al alcance de la mano. Se le cayó la cajetilla. El señor Bogarín la recogió del suelo y se la tendió, sonriente. Acto seguido, se sentó junto a él y, deseando ser amable, trató de hacerse entender y preguntar al joven si estaba disfrutando con la experiencia. Le habló también de todo el asunto del pago y trató de transmitirle calma.

—Ya se lo dije a su hermana: la agencia me ha confirmado que no hay problema en que realicen la gestión al llegar a París. Además, ahora, con la nueva situación de la señorita, estoy convencido de que no habrá inconveniente alguno —opinó, inocente.

Gustav asintió y sonrió. Ese irritante escritor tenía toda la razón.

Cuando Jacobo volvió a entrar en el hotel, se cruzó con Juan, dispuesto a hacer una visita al telégrafo por un asunto laboral. Había visto al señor Mercier y a Thesi por la calle en la misma dirección. Así que parecía que esa tarde todos necesitaban comunicarse. Quizá porque, de alguna forma, sabían que el viaje estaba próximo a su fin. Había que prepararse. Al despedir a Juan con una sonrisa cómplice, Jacobo no pudo evitar recordar la escena en la cervecería de Núremberg, tampoco todas y cada una de las ocasiones en las que había actuado como si nada, como si no le hubiera hecho partícipe de su mayor secreto. El arquitecto ansiaba transmitir normalidad hasta decidir qué hacer. Pero la normalidad nunca había sido tan escurridiza como en aquellos días. Justo cuando iba a dirigirse a la escalera para volver a la habitación hasta la cena, se topó con la señora Leroy, que acababa de bajar. Ella, de gesto algo más sombrío en los últimos días, le preguntó si la acompañaba a tomar el aire fuera. Jacobo, caballeroso, asintió y le tendió el brazo.

Por las callecitas aledañas a Kornmarkt, la plaza del hotel, y desde la que partían los tranvías y el tren que subía al castillo, salieron hacia el Neckar, al norte. Desde la Neckarstrasse pudieron deleitarse con la vista del Puente Viejo, erigido cien años atrás. La señora Leroy, a la que también pesaban ya los días de viaje, admiró el reflejo de los nueve arcos sobre el agua, tiñéndola del característico tono encarnado de las construcciones de Heidelberg. Las colinas, a lo lejos, cada vez más engullidas por la niebla.

—Dígame, señor Figueroa, ¿usted no quiere nada de mí? —musitó sin dejar de mirar el río.

Jacobo arqueó las cejas. Se le erizó el vello de la nuca.

—¿Yo?

—Disculpe, es que, últimamente, estoy adquiriendo complejo de banco o de institución benéfica.

—Yo no deseo más que su sincera amistad, señora Leroy —le aseguró Jacobo.

—Sí, lo sé. Disculpe, disculpe. He descubierto que mi hermana me toma por un cheque con patas. Y encima, sospecho que la señora Dupont y la señorita Balaguer se han sumado a este viaje por motivos profesionales interesados. Y eso no me gusta. No me gusta nada.

—Bueno, señora Leroy, a fin de cuentas, todos nos hemos unido al viaje del señor Bogarín por alguna razón más o menos egoísta.

—Sí, pero acercarse a mí de ese modo y fingir que no es lo que más me ofende. Si han venido para ofrecerme un acuerdo, para aguardar un traspié y plantearme un intercambio de favores, por lo menos, podrían admitirlo. Pero así no. Me hace cuestionar todas y cada una de las interacciones que he tenido con ellas. Ni siquiera sé si asistir al concierto de la sala Érard. Apuesto a que es una pieza más dentro de la estrategia que trajeron pensada...

Jacobo dudó si hablar o callar. Pero, al final, su sentido de la justicia ganó la batalla.

—Señora Leroy, no cometa el error de tratar a la señora Dupont y a la señorita Balaguer como a una unidad. Me consta que la señorita Balaguer está sufriendo, que los señores Dupont no la tratan del todo bien.

—¿A qué se refiere?

Jacobo le contó a la empresaria lo poco que sabía del asunto de la partitura. Aquello sumió a Jeanne en un estado todavía más confuso. El arquitecto, por su parte, supo que la razón que lo había llevado hasta allí no podía esperar más. La reacción de la señora Leroy lo puso en alerta. Y así continuó durante la cena. Y al irse a dormir. Las sábanas eran losa, la oscuridad, una cárcel. Soñó despierto que la bruma que había oteado por la ventana descendía hasta la Kornmarkt, entraba por la ventana, se adosaba a su piel, lo asfixiaba. Apenas pudo pegar ojo. Tampoco Clara, aferrada a todas esas lágrimas que todavía no habían brotado. También a esa almohada desconocida.

A la mañana siguiente, cuando el señor Bogarín fue a contactar por cable con su amigo de *Le Matin* para conocer los puntos destacados de la columna de *Le Petit Journal* del día anterior, tal y como habían acordado debido a la disponibilidad del otro, se encontró con que se había producido un problema técnico. En la oficina lo invitaron a regresar en un par de horas. Ante tal coyuntura, regresó al Prinz Carl y comunicó a los expectantes viajeros que debían aguardar un poco más para las noticias. Entretanto, propuso subir al castillo. Y así lo hicieron. La condesa Karimova, la señora Dupont y la señora Leroy ascendieron en el ferrocarril de cable que salía justo al lado del alojamiento. Los demás optaron por recorrer el Burgweg.

El ambiente que se respiraba estaba enrarecido. Y eso que había amanecido sin esa neblina tan encantadora como melancólica. La señora Dupont esperaba, optimista, la respuesta afirmativa de la señora Leroy, reflexiva tras la charla con Jacobo de la tarde anterior. El arquitecto avanzaba ensimismado, agotado y preocupado por el paso que debía dar antes de que se pusiera el sol. De tanto en tanto, comprobaba que el estado de Clara continuaba siendo el mismo, alicaída, derrotada. La condesa no se sentía preparada para volver a París. El señor Bogarín intentaba ocultar la preocupación que le generaba, cada semana, el asunto del periódico; también el pesar porque esa aventura se estuviera terminando. Gustav no quitaba la vista a Thesi, presionada para arrancar una fecha, un juramento en piedra que diera paz a su hermano. La joven se deshacía en halagos al pintor y disfrutaba de los ratos en los que, sin la juiciosa presencia de la condesa, tenía su brazo en exclusiva. El señor Mercier oscilaba entre la satisfacción ante la sumisión y la irritación por cualquier aspecto, tirano en un reino de dos en el que la otra mitad era ciega esclava. Juan, por su parte, había empezado a experimentar un hondo vacío en el estómago y el pecho ante la ausencia de respuesta de Maurizio y de la señorita Girard. ¿Los habría perdido a los dos de un plumazo? Lo único que lo animaba era la misiva que había recibido del señor Dupont, accediendo a reunirse en París a su vuelta. El informe Casablanca había sido todo un éxito. Henri Collet seguía con la nariz metida en la guía y mordiéndose las uñas.

Los que decidieron subir a pie no tardaron más de quince minutos en llegar al castillo. Los vestigios que quedaban de la incesante voluntad constructiva en lo alto del Jettenbühl, que se remontaba al Medievo —con destrucciones, ampliaciones y reconstrucciones— eran posteriores al alcance de un rayo en 1764. Desde entonces las enredaderas habían crecido libres y se habían apoderado de las reliquias de arenisca roja, epítome estético del Romanticismo. No en vano, Heidelberg estaba considerada la cuna de esa corriente cultural que había caracterizado la parte central de ese siglo XIX a punto de fenecer.

Se reagruparon en el empedrado patio interior de la fortaleza, donde adquirieron los tiques para realizar la visita. Árboles de fútil sombra y rebelde maleza crecían aquí y allá, acompañados de algunas farolas. En fila de dos, entraron a lo que quedaba de los distintos edificios, erigidos por distintos príncipes-electores, figura de autoridad del Palatinado de Heidelberg dentro del Sacro Imperio. Entre ellos, el Otto-Heinrichs-Bau, el Friedrichsbau o el Ruprechtsbau. También admiraron la Gesprengteturm o torre volada, partida en dos y con una de las mitades caída en el foso. Pasearon por los jardines y se deleitaron con las vistas de la gran terraza sobre el río Neckar. Tímidos rayos de sol se transparentaban más allá de las nubes blanquecinas que poblaban el cielo.

—En la otra orilla se encuentra el paseo de los filósofos. Al parecer, desde allí hay unas vistas muy bellas del castillo y de la ciudad —comentó el señor Bogarín.

Unos y otros asintieron interesados.

—Qué bella vista. Digna de un lienzo —opinó Jacobo.

—Discrepo, señor Figueroa. Manida y evidente.

El arquitecto alzó la vista y se encontró al señor Mercier apoyado en la baranda.

—Señor Mercier, es usted profundamente agotador —afirmó y se marchó, dejando al artista solo en aquel debate.

De regreso, accedieron al Stückgarten por la Elisabet-thor y visitaron la torre oeste del castillo, la Dicketurm, donde vieron una placa que conmemoraba la visita del escritor romántico Johann Wolfgang von Goethe en 1815. También la Colección Municipal de Artes y Antigüedades, por la que debieron pagar aparte. Mientras los ojos de Clara repasaban los contornos de las obras de arte expuestas, se preguntó, en silencio, cuán identificado podía sentirse uno con una pieza labrada en piedra, con los trazos de un pincel sobre la tela, con una figura de mármol o arcilla... moldeada, torneada al antojo de otro. Rápida, se enjugó una lágrima indiscreta.

Pese a que, en otras circunstancias, todos hubieran deseado quedarse un rato más en ese insondable reducto del pasado, optaron por no posponer más su vuelta al hotel. El señor Bogarín, deseoso de calmar al grupo lo antes posible, se dirigió sin espera a la oficina de correos y telégrafos. Regresó una hora y media más tarde con cara de pocos amigos. Reunió al grupo en una de las mesas del comedor, donde el personal del hotel les fue sirviendo el almuerzo, un pastel de carne y unos dorados pero tiernos *bretzels*. Después de dar un largo trago a la *helles* que le habían servido, habló:

—Aparte de los datos del hotel y otras cuestiones de nuestra estancia en Praga, dice: «Mala relación entre la señora Dupont y la señorita Balaguer. Discusiones. El señor Mercier y la señorita Pislern»... Recuerde lo que le dije de que su apellido no aparece bien escrito —aclaró mirando a Thesi— ...«comprometidos oficialmente». —Carraspeó antes de seguir—. «El señor Bogarín trabajando en un ensayo sobre el viaje. Próxima obra». —Todos lo observaron extrañados—. No me miren así. Es una idea que he tenido en los últimos días y que no he compartido con nadie. Salvo... —Se detuvo y miró a Jacobo.

Continuaron almorzando. Geneviève le murmuró a Clara si ya estaba contenta con lo que se andaba diciendo de ellas. «Esto no va a gustar nada a Antoine. Ya puedes escribirle unas líneas para tranquilizarlo», apuntó. El gesto de exasperación de Clara no pasó desapercibido a la señora Leroy, aliviada por no ser protagonista de las líneas de «Los diez de Bogarín». El señor Mercier sintió cierto vértigo al saber que en París muchos ya sabían de su compromiso, pero se dijo que aquello era una ventaja que le hacía parecer un donjuán, un seductor capaz de enamorar a una joven rica en unas pocas semanas. Thesi cruzó una mirada con Gustav, que sonrió con disimulo. Al terminar de comer, acordaron un rato de descanso antes de dar un paseo por la ciudad.

El señor Bogarín, nervioso y ofendido, detuvo a Jacobo en su camino de salida del comedor.

—Señor Figueroa, ¿ha sido usted?

Jacobo se giró y lo miró extrañado.

—¿Cómo?

—Hablé con usted el otro día sobre mi ensayo.

—Sí, pero no me contó que pensaba escribir sobre este viaje. Y déjeme decirle que no lo retrata muy bien esa intención. Se supone que era un entorno de confianza, una experiencia desinteresada por su parte.

—¿Es desinteresada por la suya? —lo interpeló—. Porque se puso muy insistente para que lo incluyera en la lista... Y no se me escapa el detalle de que *Le Petit Journal* no ha publicado nada sobre usted.

El arquitecto balbuceó un argumento que no concretó. Respiró hondo, tomó las riendas de su ser y respondió:

—No, no lo es. Pero no tengo nada que ver con el asunto del periódico. No he hablado con nadie de usted ni de nada. Y si no han dicho nada sobre mí es porque acostumbro a ser bastante reservado con los asuntos de máxima importancia.

—Y si no ha sido usted, entonces, ¿quién? ¡No se lo he dicho a nadie! No ha podido escucharme ningún espía, plumilla o lo que sea.

—En eso no puedo ayudarlo, señor Bogarín. Pero tiene que haber una explicación. Y le aconsejo que, cuando la haya, la comparta con los demás y se cerciore de que todo el mundo está conforme con que escriba sobre nosotros para su lucro personal. Ahora, si me disculpa, tengo algo importante que hacer.

Si la conversación con la señora Leroy del día anterior lo había convencido de que era hora de hablar, el asunto del periódico y las justificadas sospechas de don Guillermo solo habían acelerado los acontecimientos. Así, Jacobo se alejó del escritor, que pasó las dos horas siguientes sentado en el cuarto, pipa en boca, tratando de descifrar el enigma, y subió las escaleras al galope. Después de pasar un momento por su cuarto, se encaminó al pasillo en el que estaban las habitaciones de las mujeres en la segunda planta. Recordaba uno de los números, pero estaba bastante seguro de que no era el que buscaba. Sin más, llamó. Nada. Probó otra vez. Nada. Llamó a la puerta de al lado y abrió la señora Leroy.

—Señor Figueroa, ¿qué ocurre?

—Disculpe, señora Leroy. Busco a la condesa Karimova. ¿Usted sabría decirme cuál es su habitación?

—Oh, oh..., sí. Es esa de allí enfrente.

—Muchísimas gracias. No la molesto más.

—Usted puede molestarme cuando quiera. —Sonrió y le guiñó un ojo antes de cerrar.

Solo en el corredor, Jacobo notó que las palpitaciones le retumbaban por la cabeza y el pecho. Respiró y llamó. Enseguida abrió Eleanor, quien anunció su presencia a la aristócrata. Esta permitió que pasara. Jacobo se disculpó varias veces por interrumpir su descanso, pero la condesa tenía debilidad por el arquitecto, así que no le importó. En aquellos días, además, agradecía la compañía, bálsamo contra la alargada sombra del luto que aguardaba su regreso a París para engullirla. Lo invitó a sentarse en una de las sillas que rodeaban la mesa camilla de la zona central del cuarto. Jacobo no pudo evitar reparar en que, tras las cortinas, era apreciable la silueta oscura de la baranda del balcón. La condesa sí era una de las afortunadas. ¿Acaso había duda? Después de aceptar un té y de comentar que en tierras alemanas sí sabían cómo preparar esa bebida, Jacobo se aclaró la voz y se adentró en el tortuoso sendero de la verdad.

—Señora condesa, yo... Yo quería comenzar pidiéndole disculpas de antemano por lo que le voy a confesar. —La aristócrata se quedó perpleja—. Yo... Yo no he venido a este viaje por puro interés cultural o profesional. De hecho, paralizar mis compromisos laborales ha sido toda una proeza. Pero lo he hecho por lo que más quiero en este mundo: mis hijos. Verá..., no he sido del todo honesto con usted. No estaba en la lista inicial de viajeros, solo conocía al señor Bogarín de unas cuantas veces. Pero mi buen amigo el señor Álvarez-Caballero me habló de esta aventura, me contó quiénes eran las personas que iban a formar parte del grupo. Entre ellas, estaba usted. Aliona Sergéevichna Karimova. Su nombre no me era, en absoluto, desconocido.

Jacobo rebuscó en el bolsillo de la chaqueta, lo que tensó a la condesa, que no daba crédito a lo que escuchaba. Entonces sacó una misiva y se la tendió. En ella figuraba como destinataria. La aristócrata la cogió. Como remite, Natalia Timofeeva Volkovna. La condesa Karimova empezó a negar enérgicamente con la cabeza. El corazón en un puño. Se sintió desvanecer.

—Mi difunta esposa, Natalia, o como prefería que la llamaran, Natalie, era su nieta.

—No, no puede ser —repetía la condesa.

—Era la hija de Xenia Alekséia Karimova.

—No... —musitó la mujer y se tapó la boca.

En la mente de la condesa aparecieron de golpe todos los recuerdos que tenía de su quinta hija, Xenia. La sensible y parlanchina Xiusha. Y con ellos el profundo dolor que había dejado en la familia. Si le hubieran preguntado al ver los mofletes amoratados de su hija a las horas de nacer, jamás habría adivinado que, veinte años después, conocería al señor don Timoféi Nikitich Volkov, un poeta asiduo a las veladas literarias que los condes Karimov organizaban en su palacio de San Petersburgo, y que se enamoraría perdidamente de él. La última conversación que había tenido con su pequeña Xiusha había sido delante del conde, en su imponente despacho plagado de cuadros de marcos bañados en oro y vitrinas con obras de arte, sin apenas opción a intervenir. La muchacha estaba desesperada por obtener el beneplácito paterno para casarse con el señor Volkov. Al no obtenerlo, salió corriendo desconsolada. Y jamás volvieron a verla. Era como si se la hubiera tragado la tierra. La buscaron en la casa del señor Volkov y, al comprobar que estaba desierta, concluyeron que habían huido juntos. A los días se percataron de que faltaban algunas joyas en el palacio de los condes Karimov. De cara a la sociedad, la dieron por muerta, expulsada para siempre. La condesa Karimova no entendió nunca cómo su hija había escogido, con tanta facilidad, a aquel poeta frente a la familia. La noticia de que Xenia había sido madre con el señor Volkov mitigó en parte la incertidumbre sobre su destino.

—Según me contó Natalie, su madre estaba embarazada de ella cuando salió de Rusia. Al parecer, ante la compleja situación, el señor Volkov la convenció de huir juntos a la tierra de Baudelaire y Victor Hugo, a quienes admiraba. Allí tenía ciertos contactos y soñaba con la gloria literaria. Natalie nació por el camino. Xenia nunca recordó dónde exactamente. Al llegar a París, Volkov cambió. Se obsesionó con la fama, se dio a la bebida y terminó por abandonarlas por otra mujer en 1862. Natalie siempre decía que creció entre penurias y miserias, pero escuchando los cuentos que su madre le contaba sobre una vida de palacios en Rusia, sobre su abuela Lena y su abuelo Liosha y todos sus tíos. Cuando aprendió a escribir, empezó a redactar cartas dirigidas a esa familia que jamás había conocido y que no sabía si existía. Pero nunca las envió. Tampoco sabía a dónde. Conocía sus nombres, pero no sus señas. Esa es una de las misivas —dijo señalando la carta que le había entregado a la condesa—. Cuando murió, las guardé y me prometí a mí mismo que, algún día, conseguiría entregárselas a algún miembro vivo de la familia Karimov. Creí que sería a algún tío, pero... la vida está llena de sorpresas. Y he conseguido conocerla a usted.

Jacobo pudo advertir en el gesto de la aristócrata cómo un sinfín de carámbanos afilados se le clavaban en el costado. Quiso buscar un modo de alegrarla.

—Aunque siento comunicarle que tanto Natalie como Xenia ya no están con nosotros, me gustaría mucho que pudiera conocer a sus tres bisnietos. Ellos... Yo... Me han ofrecido un proyecto en Chicago. Y me gustaría que, en mi ausencia, pudieran contar con alguien de la familia en París. Cuando, a raíz de saber que formaba parte del viaje, descubrí que residía en la misma ciudad que yo, todo encajó. Dudaba si aceptar ese proyecto, quizá el más importante de mi carrera hasta el momento. No sé cuánto tiempo estaré fuera... Como usted misma me dijo, mis hijos deben estar con alguien de la familia, no con el servicio, por muy de confianza que sea. Yo... no quiero pedirle nada, solo que los conozca y que sea la abuela con la que soñó Natalie. Solo eso.

—Suena a que me está pidiendo que los reinserte en mi familia, señor Figueroa.

—Son su familia.

—Mi familia es distinguida, respetable. No los vástagos de un poeta alcohólico y una miserable, o de una miserable y un arquitecto de mediano renombre. Somos una casa noble, señor Figueroa, no un hospicio. Tendrá que buscar un modo de organizarse la vida para que sus hijos no acaben como su madre y su abuela. Pero no cuente conmigo. Por lo que a mí respecta, Xenia tomó una decisión hace treinta y cuatro años y no tengo motivos para revocarla. Ahora, si no le importa, déjeme a solas. Y le sugiero que no vuelva a molestarme ni a acercarse a mí en lo que resta de viaje. Estoy cansada...

Jacobo se levantó. Le pidió perdón una vez más. Y añadió:

—La familia no es eso, señora condesa. La familia es otra cosa...

Y salió del cuarto escoltado por la doncella.

40
PHILOSOPHENWEG

Sonata para violín y piano en si menor. Allegro
Amanda Röntgen-Maier

Rodeados de los edificios de la universidad de Heidelberg, la más importante del sur de Alemania y una de las más antiguas del desaparecido Sacro Imperio, tras Praga y Viena, escucharon las explicaciones del señor Bogarín, que, entre monumentos y renglones de la guía, lograba mantenerse a flote en medio del desasosiego ocasionado por *Le Petit Journal*. Se había fundado en el siglo XIV y, en los siglos XVI y XVII, había sido epicentro del humanismo y de la enseñanza reformada en tierras alemanas. Por sus aulas habían pasado célebres profesores, como el señor don Georg Wilhelm Friedrich Hegel, que había planteado el sistema de filosofía idealista en medio del florecimiento intelectual alemán que sobrevino al Congreso de Viena. El señor Hegel se desmarcó así de los postulados de su principal antecesor, el señor don Immanuel Kant, y creó un marco que influyó a una gran estela de jóvenes, entre los que se encontraba el señor don Karl Marx.

—Lo que decía el señor Hegel es que la historia progresa por fases antagónicas —enunció el señor Mercier.

—No exactamente. El señor Hegel decía que la historia se contesta a sí misma en fases, evolucionando hacia una conclusión, como ocurre en cualquier razonamiento humano: primero una tesis, luego una antítesis y, finalmente, una síntesis. Ahora vivimos la síntesis de la Revolución francesa, que fue la tesis, y de la Restauración del Congreso de Viena, que fue la antítesis —rebatió el señor Bogarín.

—Eso es casi como decir que la historia se afirma y se niega a sí misma. Es un disparate. Los alemanes solo saben decir disparates, como ese tal Nietzsche. Por cada cosa sensata que dice, suelta noventa paparruchadas —farfulló el señor Mercier.

—¿Han leído al señor Marx? —se interesó Juan.

Todos negaron, poco o nada interesados por ese nombre que revoloteaba en los círculos de lo que se conocía como socialismo científico, frente al socialismo utópico del señor don Robert Owen, el señor don Charles Fourier y el señor don Henri de Saint-Simon, que había tenido espacio a principios de siglo. Esas corrientes de pensamiento, pese al avance de los partidos socialistas en los últimos años, habían sido pura teoría, carne de tratado, de libro, de academia a lo sumo. Huelga decir que el señor Marx había escrito sus principales obras en Londres, muy alejado de la realidad obrera alemana. Mas, como le había ocurrido al señor Hegel, él y su colega, el señor don Friedrich Engels, habían tratado de buscar una solución a los problemas de la sociedad de su tiempo, una sociedad que se había levantado contra el sistema en la Revolución francesa, pero que estaba huérfana de certezas, de conclusiones, en profunda búsqueda de un sistema más justo que no cayera en los vicios del pasado y tampoco en los nuevos, originados por la imparable industrialización. En cien años habían nacido el Estado liberal y el mercado libre, y el pulso entre ellos había comenzado.

Como alumnos, por aquella universidad también habían pasado el filósofo don Ludwig Feuerbach, de quien el señor Marx había tomado el concepto de alienación, y el sociólogo don Max Weber, profesor en la Universidad de Berlín. Lo cierto era que las calles empedradas de aquella villa adquirían un júbilo especial con el ir y venir de los estudiantes, aferrados a los bombines y a esas carteras llenas de libros. En aquellas fechas, no obstante, ya no se desarrollaban sistemas filosóficos como el de Hegel. Aquella forma de ordenar el conocimiento, de sintetizarlo, había quedado casi obsoleta. El único paradigma filosófico al que uno podía asirse en el *fin de siècle* era el que apuntaba que no había un solo paradigma filosófico. Todo se había entremezclado hasta hacerse confuso y emocionante. Asimismo, todas las disciplinas, incluidas aquellas que trataban de descifrar los enigmas de la sociedad y del ser humano, comenzaban a aspirar a convertirse en ciencia. Y, como contradicción, la todopoderosa ciencia se mostraba incapaz de dar respuesta a todas las preguntas. Aquello había generado esa fascinación por el subconsciente y el esoterismo en algunas personas, también afirmaciones como la del señor Nietzsche, que aseguraba que el mundo solo podía conocerse a través del arte y no de la ciencia. Aunque el señor Nietzsche llevaba tres años bastante enfermo, inmerso en un bucle todavía más pesimista que el que le había dejado el poso de influencia del señor don Arthur Schopenhauer.

La señora Leroy se preguntó si, algún día, ellas, las mujeres, tendrían acceso a esas vetustas e ilustres aulas. A la empresaria, sensibilizada con lo que se llamaba «la cuestión de la mujer» —aunque demasiado acomodada y perezosa para implicarse más allá de la conveniente teoría—, se le estaba empezando a atragantar el hecho de que la historia de la mujer, más allá de la faceta de madre o maestra, fuera una historia de excepciones. Ella misma sufría en sus propias carnes, cada día, lo que significaba haber heredado un imperio teatral y haberse convertido en una dama poderosa. La sociedad no lo entendía. Ni siquiera ella al principio. ¡Ni su hermana lo había comprendido jamás! Toda su existencia era una acumulación de señales que clamaban que se echara a un lado, que fuera discreta, que callara, que no molestara con sus gustos, opiniones, supuestas impertinencias, colección de amantes. Pero la señora Leroy había aprendido a vivir en territorio hostil y lo había convertido en su hogar. A ella le gustaba pensar que incluso lo estaba redecorando a su gusto. Pero la crítica y ácida mirada de personas como la señora Dupont, la condesa Karimova o el señor Mercier solo veían en ella a la representación de la mujer indecente, de uno de los primeros especímenes de la nueva mujer de finales del siglo XIX que no comulgaba con la imagen de esposa y madre atenta, piadosa y obediente que tanto se había propugnado en esa centuria, con el cometido de cargar sobre los hombros con la moral cristiana de la sociedad ahora que los hombres se habían alejado de las misas para acudir a los cafés. Mas, a su modo de ver, había una línea demasiado fina entre dignidad y aburrimiento. Y para ella no había nada más tedioso que saberse la vida de memoria. Así que era mejor bailar al son de las circunstancias y escribir, sin brújula, en una colección de páginas en blanco.

—Solo te estoy pidiendo que sonrías. No me abochornes. Me estoy cansando de tu actitud —mascculló la señora Dupont a Clara, de evidentes ojeras y muda desesperación.

A Jeanne Leroy no le pasó desapercibida la escena, lo que permitió que profundizara en el análisis de la conversación que había tenido en Núremberg con la señora Dupont. En los detalles y las implicaciones.

El señor Bogarín los animó a seguirlo a la biblioteca, en cuya sala de préstamos pagaron por la entrada. En ella pudieron disfrutar de una selección de manuscritos y documentos, entre los que destacaban los códices iluminados.

Después se lanzaron a recorrer las callejas con paradas en la iglesia jesuita y la Heiligeistkirche, de estilo gótico, y el Rathaus. Finalmente, se acercaron al Puente Nuevo, desde donde pudieron apreciar la vista de Heidelberg con el Puente Viejo y sus arcadas y el castillo en lo alto de la colina. Juan aprovechó para hinchar los pulmones y disfrutar, un poco más, del hecho de que *Le Petit Journal* se hubiera olvidado de él una semana más. Jacobo, por su parte, apenas lograba reunir oxígeno. La conversación con la condesa Karimova lo había dejado abatido y exhausto. No le había dirigido la palabra, ni siquiera una mirada, desde entonces: ni en la cena ni en el desayuno. Había sido un ingenuo al pensar que aquellas semanas de viaje por Europa servirían para estrechar lazos, para allanar el terreno y solventar el cisma de la familia Karimov. Pero se había equivocado. Más de treinta años de resentimiento no pueden curarse con pláticas amables y experiencias compartidas, con demostración de confianza y respeto. Se sentía absurdo. Los kilómetros que lo separaban de sus hijos se le antojaban paradójicos. Y el proyecto en Chicago, una problemática estupidez.

De regreso al Prinz Carl, el señor Bogarín se mostró amable con el señor Mercier y Thesi y se interesó por los planes más inmediatos que tenían en París. Esto terminó por poner nervioso al pintor, que solo sabía que tendría que acondicionar su casa-taller de la rue Fortuny para instalar a su prometida. Al pasar por delante del café Wachter, ya en la Kornmarkt, ignoraron, como era lógico, a los parroquianos devorando las dosis de actualidad suministradas por los periódicos. De no haberlo hecho y de haber sabido leer alemán, habrían descubierto que esa semana no estaba siendo fácil en España. Por aquellos días, la prensa internacional se hacía eco de la explosión del buque Cabo Machichaco en el puerto de Santander, un barco cargado de dinamita y de ácido sulfúrico que había provocado la muerte a más de quinientas personas y había arrasado más de veinte manzanas de la ciudad. También del episodio que se había vivido el martes en el Liceo de Barcelona: unos anarquistas habían puesto una bomba que se había llevado por delante a veinte personas durante la representación de *Guillermo Tell*. Aquel grupo de viajeros tardó un poco más en descubrir las noticias que plagaban Europa y, con ello, vivieron un rato más en un mundo que ya había cambiado y que, por lo tanto, ya no existía. Tampoco supieron, hasta su regreso, que el maestro Piotr Ilich Chaikovski también había fallecido esa semana. En su lugar, disfrutaron de un rato libre antes del almuerzo, en el que, por fin, la señora Leroy solicitó a Clara, en confidencia, que se reunieran en su habitación.

Cuando Clara entró, no sabía que esperar. Le extrañaba que la señora Leroy hubiera decidido reunirse con ella y no con Geneviève. ¿Estaría al tanto? ¿Sería otra de sus estratagemas? De cualquier modo, intentó ocultar su sorpresa, también su desazón. Se acomodó en una de las sillas de la mesa redonda que, como en la habitación de la condesa, ocupaba el centro de la alcoba. Clara analizó el gesto de la empresaria. El cabello borgoña en ese moño de caracoles. La talla corpulenta recubierta por las mejores telas de ese vestido marrón y dorado que le cubría hasta casi la barbilla. Los anillos en las manos. Un broche con una amatista incrustada bajo la garganta, sujeta en el raso. Los ojos azules de nimias pestañas.

—Señorita Balaguer, soy lo bastante vieja como para haber perdido la poca tontería que tenía al nacer. Sé por qué han venido. Y sepa que, después de una profunda reflexión, no me importa. Porque usted vale la pena. Pero no puede decirse lo mismo de su compañía. Espero que sea consciente y ponga remedio antes de que sea demasiado tarde.

Clara no podía creer lo que escuchaba.

—Yo, no... La señora Dupont no... —quiso defenderla, como si estuviera justo detrás, escondida, escuchando.

—La señora Dupont habló conmigo el otro día para proponerme que patrocine su gira por los Estados Unidos. Entiendo que le interesan mis contactos. También a usted. Podría conseguirle contratos con las principales salas de música en menos de un mes. —Clara no sabía qué decir—. Lo que no tengo tan claro, después de analizar con calma las escurridizas palabras que la señora Dupont compartió conmigo, es que usted sepa cuál es el fin último de la oferta que me puso sobre la mesa. Usted no deja de ser un ensayo, una prueba... Me dijo que el acuerdo es que, si lo suyo sale bien, se negociarían mejores condiciones para el señor Gérard Robichaud. Desean que él y sus partituras crucen el Atlántico.

El mundo que, desde hacía tiempo, era un delicado y volátil castillo de naipes, se le cayó encima. Todo era una farsa. Geneviève y Antoine la estaban utilizando antes de liquidarla. No había apuesta de futuro. No importaban sus sueños, su trabajo, su sudor. Solo el dinero, continuar produciendo artistas que llenasen sus bolsillos y a los que pudieran manipular con cierta facilidad. La señora Leroy observó cómo las mejillas de Clara se llenaban de lágrimas. Avergonzada, ella quiso taparse la cara, ocultar la derrota, pero Jeanne tomó su mano.

—Está bien, señorita Balaguer. Aquí puede desahogarse.

Clara rompió a llorar de forma desconsolada. Le faltaba el aire. Era la información que necesitaba para darse cuenta de que las sospechas acumuladas eran ciertas. No se estaba inventando nada. No estaba loca. De pronto sintió cierto descanso. No había lucha ni duda. Ya estaba. Los señores Dupont le habían fallado, le habían mentido, la habían estafado y le habían faltado al respeto. Todo cuanto su instinto le había susurrado era cierto. Por fin tenía pruebas. Apretó con fuerza la mano de la empresaria.

Tras despedirse de la señora Leroy, se retiró a su cuarto y decidió no bajar a almorzar. Aquello provocó que, una hora más tarde, la señora Dupont tocara a su puerta con el brío que caracterizaba a sus enfados. La violinista abrió.

—No puedo más contigo. ¡Eres incorregible! Y cada día más. Vas a estropearlo todo. Creo que la señora Leroy está dudando y es por tu culpa. ¿Te das cuenta de lo que eso significa? —le espetó mientras entraba. Clara cerró la puerta.

—Sí, significa que no vais a poder expandir vuestro imperio a los Estados Unidos. Pero la verdad es que a mí me importa un mismísimo rábano.

—¿Disculpa?

—He hablado con la señora Leroy, me ha contado vuestro plan. Así que soy un ensayo..., una prueba para dar el golpe maestro con Robichaud. Magnífico —dijo con cinismo—. No contéis conmigo.

—¿Quién te crees que eres?

—¡Una gran violinista! De las mejores de Francia, ¡de Europa! Se supone que la única que no debe pensarlo, y menos aún decirlo, soy yo. Eso me ha dicho siempre el señor Dupont. «No seas soberbia, no te creas mejor, cualquiera puede hacer lo que tú haces, has tenido mucha suerte». ¡Maldita sea, soy buena! Me lo he ganado. Me he ganado el respeto del público y pensaba que también el vuestro. Pero a cambio descubro que soy un número más, una pieza insignificante en vuestro negocio. Habéis utilizado mis confidencias e ilusiones como mercancía para manipularme. ¿Cómo habéis podido?

—Clara, entérate, para mi marido todo es un negocio. Lo soy yo, lo eres tú, lo es Robichaud y también los que vengan. No finjas que no lo sabes, que no lo sabías desde el principio porque quedarás de absoluta ingenua. La música es negocio.

—No para mí.

—¡Ja! Eso es porque, gracias a nosotros, no has tenido que lidiar con ello nunca. Pero claro que lo es. ¿Acaso eres consciente de lo mucho que nos cuesta encontrarte salas, contratarte recitales y giras? Eres una mujer de más de treinta años. A nadie le interesa verte. Solo a aquellos que sueñan con la niña que fuiste.

Clara sintió, por primera vez, que no tenía por qué seguir soportando aquellos ataques. Abrió la puerta e invitó a la señora Dupont a abandonar la habitación.

—Te arrepentirás de esta actitud. ¡Se lo voy a contar todo a Ant...! —Y cerró. Pero sin portazo.

Una serenidad desconocida impregnó los pasos de Clara en las siguientes horas. El último, pero no menos importante, fue entregar una nota a Jacobo en la cena. El arquitecto, que continuaba alterado por la fallida conversación con la condesa, descontó los minutos hasta llegar a la intimidad de su cuarto.

Una noche más, Jacobo no logró dormir. Tampoco Clara. A las seis menos diez ya estaban en la entrada al Prinz Carl. La violinista había dejado el equipaje en la recepción. Pidió al mozo que fuera extremadamente cuidadoso con el violín.

—He comprado un billete de tren para regresar a París cuanto antes. Me marcho a las ocho. ¿Me concede un último paseo? —le propuso ella.

—Por supuesto, señorita —aceptó Jacobo, afligido de pronto.

Clara había tenido la enorme fortuna de descubrir a tiempo que los billetes de tren se vendían en el propio Prinz Carl, por lo que había podido comprar uno antes de la cena. Estaba nerviosa, expectante, pero sabía que era lo correcto.

Jacobo y ella salieron del hotel, no sin recibir una mirada curiosa del recepcionista.

—¿Tiene alguna idea de dónde quiere ir? —se interesó Jacobo.

—Sí. —Sonrió Clara—. A la otra orilla. No quiero irme sin ver esas fabulosas vistas de las que habló el señor Bogarín en el castillo.

Jacobo asintió. Un poco por intuición, caminaron por la vera del Neckar hasta el Puente Nuevo, donde el arquitecto recordaba haber visto una señal que apuntaba al Philosophenweg, el paseo de los filósofos que había comentado el escritor. Todavía era noche cerrada, mas aquello no impedía que los más madrugadores ya se hubieran lanzado a las calles. Podía olerse el aroma a *bretzel* recién hecho, también el de los animales que, junto a los vecinos de curtidas manos, tiraban de las carretas de chirriantes ruedas. La luna, juiciosa, en lo alto.

Al cruzar el puente, Clara se lanzó a contarle a Jacobo lo que había pasado en los últimos días.

—Detestaría pensar que me estoy precipitando, pero la charla con la señora Leroy es justo lo que necesitaba para darme cuenta de que no debo seguir sometida a las directrices de los señores Dupont. Ya no. No lo merecen. Todo lo que me han dado, se lo han cobrado con creces.

—Estoy de acuerdo con usted, señorita Balaguer. Me alegra profundamente que haya descubierto a tiempo las intenciones de los señores Dupont. Imagino que no estará siendo fácil asimilarlo... ¿Qué hará entonces con el concierto de la sala Érard? —Jacobo se detuvo un momento, había dos caminos. Señaló uno de ellos—. ¿Por aquí?

—Sí, creo que es por ahí —respondió Clara y se encaminaron ambos por aquel sendero—. Pues no sé qué va a pasar con el concierto. Lo que sí sé es que debo regresar a París y poner todo en orden, tomar decisiones. No sé, de pronto tengo las mismas ganas que la primera vez.

Jacobo sonrió. Ella también. Continuaron ascendiendo con calma. La humedad de la vegetación circundante calaba los huesos, más allá de los sobretodos, los guantes, los sombreros y la terrible angustia del adiós.

—No me malinterprete, siempre estaré agradecida por todo lo que han hecho por mí...

—Señorita Balaguer, quien hace un favor y pide todo a cambio, no la está ayudando, la está utilizando.

—Sí, es cierto. Sí... —reflexionó.

—¿Cree entonces que esto va a permitir que vuelva a reconciliarse con la música? ¿Seguirá componiendo?

—Verá, por fin creo que después de un sueño puede existir otro y otro y otro... Tocar el violín en salas de música y veladas ha sido mi sueño durante años. Pero ahora tengo que decidir si lo sigue siendo y de qué modo. Es mi prioridad.

Jacobo asintió.

—¿Usted tiene algún sueño confesable?

El arquitecto sonrió triste.

—Creo que sueño con lugares y con momentos en esos lugares que no existen. Por eso me hice arquitecto. Para crearlos. —Silencio—. Señorita Balaguer, no he sido del todo honesto con usted sobre los motivos que me empujaron a unirme a este viaje.

Jacobo le contó entonces a Clara todo el asunto de su mujer y la conexión con la condesa Karimova. También los pormenores de la fracasada conversación en la que se lo había confesado. Para su sorpresa, la violinista fue comprensiva. Quizá porque ella misma se había sumado a la aventura con el ánimo de conseguir algo de alguien, aunque hubiera sido de manera forzada. A Clara no se le escapaba el amor que el arquitecto sentía por sus hijos.

—Perdí el contacto con mi familia cuando decidí casarme con Natalie. Ella era una trabajadora de la Manufactura de Tabacos, hija de una costurera. Por más que apelé al origen distinguido de su familia, mi hermano mayor no lo aceptó y me instó a olvidarme de todo vínculo si daba el paso. Lo asumí. Pero hasta que murió mi esposa no me di cuenta de lo solos que estaban mis hijos, de lo desprotegidos que quedarían si me pasaba algo. Solo me planteo aceptar la oferta de Chicago si sé que tienen a alguien, si pueden apoyarse en un protector durante mi ausencia por si, Dios no lo quiera, me pasa algo en el viaje.

—Puede que la condesa recapacite...; según tengo entendido, ha perdido a muchos seres queridos en los últimos tiempos. Quizá el dolor la lleve hasta usted y sus hijos.

—No lo creo, señorita Balaguer. Está muy disgustada con todo el asunto. Creo que he revivido al peor de sus fantasmas.

Al percibir las primeras luces del amanecer, se detuvieron y admiraron las preciosas vistas de la bella Heidelberg. Aquella era la señal de que Clara debía despedirse. Tenía que tomar un tren. Los ojos centellearon sin preaviso. Sin mirar a Jacobo, porque no se sentía capaz, musitó:

—Lo voy a extrañar.

Jacobo la contempló.

—Yo a usted también.

La violinista alzó la mirada. Los rayos tímidos del sol comenzaron a filtrarse por la cumbre de la colina enmarcando la silueta de la fortaleza en un halo dorado.

—Yo... Yo ahora no puedo prometerle nada, pero... ¿querrá tomar un café en París?

Jacobo sonrió y asintió.

—Nada me gustaría más, señorita Balaguer.

Se miraron un instante y, a salvo de testigos, se fundieron en un abrazo. Ella aspiró el aroma a sándalo del cuello del arquitecto. Él no pudo más que estrecharla y luchar contra la frustración. Clara apretó fuerte los brazos contra la espalda de Jacobo, como si deseara que la protegiera de todas las decisiones que debía tomar, como si fuera el único pilar que conocía su cordura. Jacobo la sostuvo, ansiando darle fuerza contra las tempestades y a cambio recibir un poco de tesón para sortear sus propios temporales. Se separaron despacio, sin dejar de mirarse. Jacobo colocó los labios en la frente de Clara, le tomó el rostro con dulzura y le pidió:

—Construya sus catedrales, señorita Balaguer. Hágalo. Yo esperaré a que usted me escriba cuando esté preparada para ese café en París. Pregunte por mis señas al señor Bogarín. Él se las dará.

Clara asintió enérgica. La quinta aguda y desafinada de este maldito violín de su mente nunca había sonado tan lejana. El rostro humedecido. Volvió a abrazarlo y, tratando de contener la pena, le dio un beso en la mejilla, tan cerca de los labios que a Jacobo casi se le salió el corazón del pecho. Y se marchó corriendo. Tenía un tren que tomar.

Jacobo se quedó unos minutos contemplando esa postal sobre el Neckar. Todo era terriblemente complicado y, sin embargo, se sintió feliz.

Clara continuó corriendo, descendiendo sin mirar atrás. Con cada paso, notaba cómo el pasado se deshacía en el presente en nombre de un futuro desconocido. La luz solar devolvió los tonos verdes y rojizos que las tinieblas habían arrebatado a la ciudad en ese combate entre la presuntuosa mano del hombre y la siempre inexpugnable naturaleza.

41
Fronteras

Vals de *Los patinadores*, op. 183
Émile Waldteufel

El desayuno del día 10 de noviembre no fue sencillo. Al madrugador señor Bogarín lo habían llamado desde la recepción del hotel para entregarle una carta que la señorita Balaguer había dejado a modo de despedida. El escritor esperó a que todos estuvieran presentes para desdoblar el papel y descubrir la nueva. Mientras leía en voz alta, tiró sin querer la taza de café, que se derramó por el blanco mantel de esa mesa del restaurante del Prinz Carl. El agobio inicial por la torpeza se convirtió pronto en resoplidos de enfado y, al final, se excusó al clamor de: «Primero el señor Conte y ahora la señorita Balaguer... ¡No puedo más con las sorpresas!». Juan miró a Jacobo y le susurró que subía la apuesta a doce francos. El arquitecto sonrió comedido mientras se preguntaba si tardaría mucho en volver a ver a la violinista. ¿Qué estaría pensando mientras viajaba en ese tren de regreso al mundo real? Por lo demás, trató de mantenerse estoico con objeto de que nadie sospechara que Clara se había despedido de él de forma especial.

La señora Dupont dibujó un gesto desencajado en el rostro. ¿Cómo que Clara se había ido? Se levantó histérica y exigió que le pasaran la misiva para poder leerla con sus propios ojos. El corazón le empezó a latir con un vigor desconocido. No podía ser... ¿Qué pensaría Antoine? ¿La despreciaría? ¿Qué era ella sin él? Después clavó una mirada llena de ira en la señora Leroy. La empresaria no había dejado pasar más tiempo y había informado a la señora Dupont, mientras bajaban las escaleras hacia el desayuno, de que no iba a aceptar el acuerdo que le había propuesto: no estaba interesada. Geneviéve contempló a la empresaria, a la traición personificada en el cuerpo de una mujer vulgar y repulsiva. Sí, eso era Jeanne Leroy ahora que no necesitaba nada de ella. La culpa de la situación era de aquellas dos víboras que se habían aliado para hacer caer el reluciente imperio de los Dupont. ¿Quiénes se habían creído? Durante los dos días siguientes en Heidelberg, en la intimidad de la habitación y en los oscuros rincones de la mente, Geneviève lloró y chilló desconsolada. Atrapada en la amarga realidad, optó por reservarse el desenlace del viaje para cuando se reuniera con su esposo en París.

El grupo, algo mohíno ante la noticia de la partida de la señorita Balaguer, dedicó el tiempo restante en Heidelberg a conocer esa otra orilla a la que habían cruzado Clara y Jacobo en su despedida, y para subir al Molkencur, más allá del castillo, donde había un pintoresco restaurante que ofrecía vistas desde arriba de la fortaleza.

El domingo, día 12 de noviembre, tomaron el tren a Estrasburgo, un trayecto de apenas cuatro horas. El señor Bogarín, que no lograba recomponerse tras el último cambio de planes, veía cómo el sobre que le había entregado la agencia Cook antes del viaje estaba ya casi vacío. Apenas quedaban billetes de tren y cupones por usar. Los de Clara quedarían inutilizados, *souvenir* de esas decisiones de última hora que el escritor tanto rechazaba. Al revisar los de los hermanos Pichler, añadidos posteriormente, deseó que el asunto del pago se resolviera antes que después. Había puesto su nombre y reputación de por medio y no quería mácula en ellos.

Al llegar a Estrasburgo, un ómnibus del hotel los estaba esperando en el exterior de la estación. El escritor pensó que algo que no iba a echar de menos era gestionar los abultados equipajes de la condesa y de la señora Leroy, que había adquirido un séptimo baúl en Núremberg. Llegaron al hotel Ville de Paris, ubicado en Broglieplatz, a mediodía. De primerísima clase, el alojamiento contaba con un café y un restaurante, el Rathskeller. El señor Mercier, quien había puesto los ojos en blanco y negado con la cabeza ante la marcha de la violinista, se pasó los dos días y medio que dedicaron a Estrasburgo a lamentar el terrible destino de la ciudad. Y es que Estrasburgo había pertenecido a Francia durante doscientos años antes de que el resultado de la guerra francoprusiana permitiera al recién creado Imperio alemán recuperar los siempre disputados territorios fronterizos de Alsacia y Lorena, de la que Estrasburgo en aquellas fechas era orgullosa capital.

Aunque no quedaban restos de la batalla, el pintor no dudó en recordar, mientras paseaban por las laberínticas calles de la ciudad, que los alemanes la habían sometido a sitio y a un virulento bombardeo en 1870. «Algún día todo esto volverá a ser francés», le dijo a la señorita Pichler, poco o nada interesada en dónde colocaban la frontera Francia y Alemania. Lo cierto era que, pese a que la ciudad presentaba una mezcolanza cultural, la impresión inicial de las calles era, sin lugar a duda, alemana. Las casas medievales a los lados de esas callejuelas de trazado caprichoso presentaban tallas de madera en las fachadas. Asimismo, y aunque disfrutaron del vino blanco alsaciano en las cenas, la presencia de cervecerías, pues la producción de cerveza en la región se remontaba al siglo xv, la conectaba con lo visto en otras plazas del Imperio alemán con las que había compartido destino en ese Sacro Imperio ya desaparecido. No en vano, el mismísimo Johannes Gutenberg, inventor de la imprenta, había residido allí durante algún tiempo, detalle que el señor Bogarín se preocupó en subrayar cuando visitaron la Gutenbergsplatz, en la que había una estatua dedicada al impresor. Aunque de tradición comercial por su ubicación estratégica entre Francia, Alemania y Suiza, Estrasburgo era un importante centro manufacturero en esas fechas.

En la mañana del segundo día visitaron la catedral y subieron a su elevada torre, una de las edificaciones más altas de Europa. Una vez más, la condesa Karimova y la señora Leroy decidieron ahorrarse los trescientos escalones y se quedaron abajo con el custodio, que les recomendó probar el famoso *foie gras*, el chucrut y el *baeckeoffe*, un guiso de carne que justo habían degustado en la cena del día anterior. Desde lo alto, aquellos atrevidos que optaron por subir pudieron deleitarse con la vista de la llanura del Rin. Como el día, aunque frío, estaba despejado, pudieron otear al este el perfil difuminado de la Selva Negra. Al reunirse en la puerta del templo, Jacobo cruzó sin querer una mirada con la condesa, que enseguida la retiró, dolida y molesta, y buscó conversación en el siempre pedante y agotador señor Mercier. Gustav, que aprovechaba las noches para reencontrarse con la cerveza y el pecado, no dejaba pasar la oportunidad de torturar a su hermana con cualquier comentario malintencionado que la presionase a avanzar. La joven, que había llegado al grado máximo de incomprensión con el asunto de la marcha de Clara y que pasaba los ratos a solas escribiendo, una y otra vez, la carta de respuesta al señor Mercier de su supuesto padre, esforzándose por que la caligrafía fuera bella y distinta a la suya, no sabía qué más hacer. La última tarde en Estrasburgo, después de un paseo por Münsterplatz y Münstergasse, en el que la señora Leroy había comprado un cargamento del mencionado *foie gras*, Thesi intentó apretar las tuercas al pintor fingiendo que la falta de fecha le hacía desconfiar. Aquello evolucionó a un cruce de reproches sobre los sacrificios del uno y de la otra que estalló en el vestíbulo del hotel y se resolvió, como siempre, en el cuarto de Mercier. Pero continuaron sin fecha.

El día 15 de noviembre se despidieron de aquella ciudad medieval que parecía sacada de los cuentos de los hermanos Grimm, bañada por el río Ill y los canales del Rin-Marne y del Rin-Ródano, y tomaron un tren a Nancy. Cruzaron la siempre problemática frontera en Avricourt, última estación alemana, donde el señor Bogarín sacó el vetusto reloj de bolsillo y lo cuadró con la hora de París, veintidós minutos más tarde que la de Berlín. Nada más llegar a Nancy e instalarse en el hotel Metz, el literato se fue a uno de los cafés que había en la place Stanislas y se hizo con un ejemplar de *Le Petit Journal* de ese miércoles. Después de semanas podía leerlo el mismo día sin necesidad de cables. Por más que el escritor rezó las oxidadas oraciones que almacenaba en la memoria, volvió a toparse con esa fastidiosa columna. Harto, estuvo a punto de arrugar el ejemplar, de convertirlo en una bola de papel, en precipitado desecho. Supo, sin embargo, que debía informar de las novedades. Y así lo hizo en la cena, la última del viaje.

A la mesa se sentaron las sombras de aquellas personas que habían salido de París hacía casi dos meses. Jacobo lanzaba vistazos a la condesa y se mortificaba por no haber sido capaz de cumplir con su cometido. Se sentía un padre horrible, un esposo nefasto. De tanto en tanto, recordaba a Clara, lo único positivo de la experiencia. ¿Estaría bien? Juan, huérfano de noticias, volvió a respirar hondo por no aparecer en el artículo del periódico. La señora Dupont, visiblemente desmejorada por la falta de sueño y templanza, sentía pavor al imaginarse regresando a su apartamento en el boulevard Haussmann con las manos vacías. Apenas probó bocado. Debía tejer una narrativa lo bastante contundente para que la responsabilidad de lo ocurrido volara muy lejos de ella. La señora Leroy sabía que tenía muchos asuntos que abordar a su regreso a París, por lo que se esforzó en ignorar las miradas de odio de Geneviève, la pena al saber que su hermana la detestaba y en disfrutar de esa última cena, en la que les sirvieron una deliciosa quiche y un *rum baba* como postre. A Henri Collet, que ya se había leído dos guías, le encantó ese dulce y pidió repetir, lo que desagradó a la condesa Karimova, sumida en el suplicio de la memoria desde que había hablado con Jacobo. ¿Cómo podía ser todo aquello que le había contado? No, no era posible. No podía ser. Había recuperado a Xiusha durante unos minutos para volver a perderla. No era capaz ni de pensarlo. No, no podía ser. ¿Por qué había aparecido ese hombre? ¿Era acaso lucifer en busca de su alma atormentada? ¿Era una prueba, un último tanteo para llevarla a los infiernos ese día, no muy lejano, en que no volviera a despertar?

El señor Mercier, a quien no parecían afectar ni las constantes discusiones con su prometida, aprovechó el silencio para despacharse a gusto con la selección de cuadros que había expuesta en el ayuntamiento de Nancy y que había visitado esa tarde. Gustav lo miraba entusiasmado con su ingenuidad e ignorancia. Esa misma noche, Thesi le haría entrega de la carta de su padre en la que habían estado trabajando. Más valía que saliera todo bien. La joven no podía evitar mover la pierna de forma nerviosa durante la cena. Sentía que su mera existencia pendía de un hilo tan fino que incluso ella misma podía romperlo con un simple traspié.

Por último, el señor Bogarín, de gesto compungido, se hacía cruces con todo. En su mente retumbaba la conclusión a la que había llegado *Le Petit Journal* esa semana tras hacerse eco de la inesperada y preocupante partida de la señorita Balaguer: «Podemos confirmar que el viaje del señor Bogarín es un absoluto despropósito». Era el peor de los presagios. Todos se habían sorprendido ante la ácida franqueza del redactor..., lo que no había mejorado el ánimo. «¿Será el señor Figueroa, con esa apariencia inofensiva, el responsable?», no dejaba de preguntarse el escritor, que lo analizaba en silencio. El señor Bogarín había reducido sus interacciones con él por si acaso.

Don Guillermo se sumió en un pesar que lo acompañó esa noche, el desayuno del día siguiente y durante el último viaje en tren que los llevó de Nancy a París.

Juan no desaprovechó la ocasión, ya en la Gare de l'Est, para dar un codazo a Jacobo y confirmar que le debía doce francos.

42
Regresar

Sinfonía fantástica, op. 14, «Marche au supplice».
Allegro non troppo
Hector Berlioz

Sentado en el despacho de su palacete en la rue de Chazelles, el señor Bogarín chupaba la pipa con decisión. La mirada fija en las teclas de la máquina de escribir. Movió el bigote. A un lado, *Le Petit Journal* del día 15, que había comprado nada más llegar a París. Por más que lo releía, la rabia no se mitigaba. Aunque hacía tres días de la vuelta a casa, el señor Bogarín no había llegado a término con la insoportable idea de que el viaje hubiera acabado. Tampoco con el hecho de que no hubiera sido la experiencia formativa y edificante que había soñado. Esas semanas recorriendo Europa habían causado la ruptura profesional y personal de la señorita Balaguer con los señores Dupont, el precipitado compromiso del señor Mercier con la señorita Pichler, el empeoramiento del ánimo de la condesa Karimova y el enrarecimiento de su relación con Juan, Jacobo y la señora Leroy. No era eso lo que ansiaba con el viaje, no. Era algo muy distinto. Contempló entonces el otro lado de la máquina, donde descansaba el cuaderno en el que había ido anotándolo todo. Devolvió la mirada a la máquina de escribir. El papel rezaba: «La verdadera historia de los diez de Bogarín».

Por más que se había intentado convencer de lo contrario, la esterilidad creativa continuaba vigente. Se levantó de la silla, nervioso. Comenzó a pasear por la oficina. Las ventanas daban a ese patio trasero en el que se acumulaban macetas de plantas de brote verde y otras, de esqueje marrón. La lluvia rebotaba contra las baldosas. Alguien tocó a la puerta. La cofia de la doncella se asomó prudente.

—Don Guillermo, ya está el almuerzo.

El señor Bogarín asintió.

—Ya mismo voy.

Volvió a sentarse a ese escritorio estilo imperio de madera de arce y abrió uno de los cajones. De él extrajo la colección de misivas que había escrito a su Albertine durante el viaje y que nunca había llegado a enviar. Sí, al señor Bogarín le resultaba desagradable desprenderse del pasado. No importaban las lunas que hacía desde que había perdido a su mujer a causa de una neumonía. Él continuaba escribiéndole, hablando con ella en sueños. También le había ocurrido al morir su primogénito, René, a los seis años. A don Guillermo no se le daban bien los lutos. La única hija que le quedaba, la tierna Yvette, recién casada con un abogado, se preocupaba por su padre. Ya había pasado un año y continuaba sumido en la misma pena. Temía que, si no lo superaba, lo terminaría perdiendo a él también. Por eso acostumbraba a visitarlo de vez en cuando, para asegurarse de que todo marchaba bien. Aunque, al principio, a Yvette le había parecido mala idea, admitía que ese viaje lo había mantenido animado y entretenido, distraído del bloqueo creativo ocasionado por la inesperada viudedad. El señor Bogarín tomó una de las misivas y, como si el mero nombre de Albertine escrito en el papel lograra invocarla, susurró:

—Darte por sentado fue el mayor de mis errores.

Al otro lado de la rue Prony, en la rue Fortuny, la pareja formada por el señor Mercier y la señorita Pichler trataba de adaptarse a la nueva situación. El primer paso había sido comunicar al reducido pero eficiente servicio la buena nueva. La señorita Pichler pasaba ahora a estar a cargo de la dirección de las tareas domésticas y todos debían obedecerla. El único problema era que a Thesi ni le interesaban ni conocía las dinámicas de un hogar, así que optó por responder a todo que sí, aunque supusiera la repetición de tareas o la dedicación excesiva a asuntos irrelevantes, como la limpieza de las patas de las sillas o el recuento de la cubertería. Aunque el detalle de dar alojamiento a Gustav no agradaba del todo al pintor, supo que no tenía alternativa. Sobre todo, tras recibir, la última noche del viaje, esa misiva del señor Pichler exigiéndole que se responsabilizara de la situación como el caballero destacado que decía ser. A condición de no indagar más allá en los pormenores del inicio de la relación con su hija, aspecto que no beneficiaba a ninguna de las partes, le pidió que hospedara a Gustav como si se tratara de él mismo. También que se encargara de solventar el asunto del pago a la agencia Cook. El señor Pichler planeaba viajar a París en primavera, momento en que saldaría las deudas con el señor Mercier y se llevaría a Gustav de vuelta a casa. Por suerte, el pintor se lo creyó. Los hermanos Pichler tenían planeado «arruinar» y «matar» a su padre en cuanto el señor Mercier estuviera lo suficientemente atado al destino de Thesi y Gustav.

A la semana de volver todo parecía más o menos en orden. Gustav se pasaba los días en la calle sin dar explicación.

En los instantes de intimidad con su hermana no escatimaba en comentarios que le recordasen que lo más importante era fijar una fecha para la boda.

—Tienes que asegurarte de figurar en su testamento. Nunca se sabe qué puede pasar y nos hemos gastado todo el dinero en este golpe —le dijo al oído.

Thesi sentía la presión y se la transmitía a Mercier a base de reproches sobre su falta de determinación. Había descubierto, en un paseo por Batignolles en el que se habían encontrado con otro pintor, que el talón de Aquiles de Ferdinand eran los celos. Lo volvían loco en el mejor y el peor de los sentidos. Y a Thesi le encantaba. Cuando deseaba torturarlo, atraerlo en medio de aquellos aburridos días de preguntas del servicio y posados frente al lienzo del artista, lo amenazaba con convertirse en la musa de otro, como había hecho por primera vez en Viena. La relación se hacía más intensa y poderosa cuando se enfrentaban. Así, Thesi cuestionaba, de vez en cuando, la reputación de Mercier como pintor, lo que desataba la ira del otro, que tiraba el pincel al suelo y se dirigía a ella dispuesto a estrangularla. Pero Thesi no dejaba de sonreír, lo animaba a expresarse con violencia. Otras veces, ella misma amenazaba con hacerse daño o suministrarse una dosis letal de algún medicamento o de láudano. Aquello solía desembocar en una lucha cuerpo a cuerpo que terminaba entre las sábanas. Thesi solo detestaba una cosa en su vida: la indiferencia. Si el amor era eso, si dolía así, podía soportarlo. Pero no una existencia insulsa y soporífera.

Justo mientras Thesi se ponía un paño húmedo sobre el corte en el labio, marca de la última pelea, vio por el ventanal del salón que el señor Bogarín tocaba el timbre. La criada abrió enseguida, a sabiendas de que era buen amigo del señor Mercier. Don Guillermo pasó al salón y saludó a la joven. Thesi conservaba la frágil belleza de la primera vez que la había visto. Le había recordado tanto a su Yvette que no había dudado ni un minuto en ayudarla. Creía que su hija era más fuerte que la señorita Pichler, pues a menudo era ella quien lo consolaba, pero se hacía cargo de lo complicado que había sido para ella despedirse de su madre, luto en el que también decía verse sumida Thesi. Los caracoles rubios, casi blanquecinos, enmarcaban ese rostro pálido en el que no pasaba desapercibida la herida del labio. Tampoco los moratones en el cuello.

—¿Está usted bien, señorita? —se preocupó el literato.

—Sí, don Guillermo. Estupendamente. Señorita Epiniac, avise al señor Mercier de que ha llegado el señor Bogarín. —Thesi miró al escritor—. Su padre ya está gestionando el asunto de la traducción. Espero poder decirle algo pronto.

Bogarín asintió, midiendo su entusiasmo.

La criada, que se había quedado en la puerta, asintió y se dirigió al taller, ubicado en la última planta. Ferdinand, algo contrariado por la interrupción, bajó las escaleras al tiempo que se secaba las manos con un trapo, las mangas remangadas, el chaleco abierto. Los brazos, arañados. El señor Bogarín se sintió incómodo de pronto, así que decidió abreviar y marcharse cuanto antes.

—He venido a decirles que ya están en paz con la agencia Cook. La deuda está saldada y todo debidamente pagado. Quería agradecerles que no lo hayan alargado más de lo necesario, se había convertido en una situación un tanto violenta para mí.

—Un placer —respondió el señor Mercier.

—Por otro lado, siento informarles de que *Le Petit Journal* se ha centrado esta semana en ustedes dos y en una discusión que, al parecer, tuvieron en el vestíbulo del hotel en Estrasburgo. Solo quería que lo supieran.

—¿Cuánto más se va a alargar esa maldita columna? —preguntó Mercier al tiempo que cogía el ejemplar del día

22 de noviembre que había llevado el señor Bogarín para entregárselo.

—No lo sé, buen amigo, no lo sé. Pero espero averiguarlo.

Sin más, y pese a que el pintor le ofreció quedarse a almorzar, el escritor se fue. Al llegar a la rue Prony se detuvo. Era jueves. Confirmó la hora en el reloj de bolsillo y, tras titubear un instante, salió al boulevard de Courcelles para tomar un taxi. «Al café de Madrid, por favor. En el número 8 del boulevard de Montmartre», le indicó. Cuando entró en el establecimiento, no sabía muy bien qué esperar. Pero enseguida localizó a Juan, sentado en la mesa de siempre, junto a uno de los grandes espejos que decoraban la pared. El escritor se acercó sigiloso. Y, antes de sentarse, pidió permiso. Juan alzó la vista, despegando los ojos del periódico que tenía enfrente, y asintió.

—No sabía si vendría —confesó el señor Bogarín.

—Es jueves.

—Sí, lo sé. Pero después de todo lo que ha pasado durante el viaje...

—No le guardo rencor. Especialmente desde que usted también salió en la columna. Por lo que veo, esta semana les ha tocado a los tortolitos —dijo y bajó el periódico a la mesa descubriendo que estaba leyendo el artículo publicado el día anterior.

—Es un tema que me está quitando el sueño, señor Álvarez-Caballero.

En ese instante el camarero se acercó para preguntar si deseaban tomar lo de siempre. También comentó que hacía semanas que no los veía, a lo que ambos respondieron que habían estado ocupados. De nuevo a solas, el literato fijó la vista en *Le Petit Journal* con seriedad.

—¿Se ha enterado de lo de Barcelona y lo de Santander?

—Sí, terrible... —musitó el escritor, alzando la mirada.

—Y ya están hablando de la Exposición Universal de 1900... y quedan todavía seis años.

—Creo que, en los últimos tiempos, vivimos en una Exposición Universal constante, señor Álvarez-Caballero. —El empleado les sirvió los dos cafés—. ¿Vio lo de la señora Leroy?

Juan se rio.

—¿Alguien no? —contestó.

El señor Bogarín se rio también. Acto seguido, se puso serio.

—Tiene que ser alguien del grupo. Alguien del grupo es la fuente secreta de *Le Petit Journal*. No hay otra opción. Nos habríamos dado cuenta en algún momento de que alguien nos seguía u observaba.

—Pero ¿quién?

—En mi opinión, el más sospechoso es el señor Figueroa. Ni una línea en su contra. Y él dice que no, pero cada día estoy más seguro de que le hablé del tema de mi ensayo. No sé, es todo muy confuso, tantos días, tantas conversaciones distintas...

—Jacobo no es, se lo aseguro —afirmó Juan, recordando el episodio en el que su amigo no había podido resistirse a leer lo que el periódico había publicado sobre él y esa supuesta relación secreta.

—¿Puede poner la mano en el fuego?

—No, no puedo. Soy empresario. Si pusiera la mano en el fuego por alguien, me quemaría todo el rato. Pero sé que no es él.

—Entonces, ¿quién? ¿Quién ha podido saber lo del ensayo? ¡Es un rompecabezas imposible!

Se quedaron un rato en silencio intentando resolver el enigma, pero no llegaron a ninguna conclusión. Después se lanzaron a comentar la noticia que había consternado a la ciudad en la semana del 13 de noviembre, cuando un anarquista apuñaló al embajador serbio en el restaurante Marguery. La actividad policial se había intensificado desde entonces. El señor Bogarín, que tenía muy buena relación con el prefecto del Sena, el señor don Louis Lépine, le confirmó a Juan que eran tiempos complicados y que se estaban haciendo redadas en los círculos anarquistas más conocidos de la ciudad y expulsando del país a los extranjeros sospechosos.

Cuando terminaron de almorzar, cada uno se fue por su lado, satisfechos al comprobar que la amistad seguía intacta, pese a las tensiones del viaje. El señor Bogarín esperó a que pasara un taxi con conductor de sombrero blanco, que eran los que mejor funcionaban, para regresar a Batignolles. Juan prefirió pasear hacia la oficina, en la rue Scribe, a solo quince minutos del café.

Lo cierto era que su llegada a París había sido menos accidentada de lo esperado. Aunque seguía sin noticias de Maurizio, detalle que le producía un escozor inmenso, la misma noche del día 16, tras pasar por su apartamento a asearse, había visitado la casa de los señores Girard para confirmar que todo estaba en orden. El señor Girard lo había invitado a fumar un cigarro en el despacho y, durante ese rato, le había recordado que la discreción era una virtud a la que un caballero no debía renunciar. Juan le dio la razón, agradecido porque su cliente y futuro suegro lo imaginase como un semental incapaz de regalar su fidelidad a una mujer. Sin embargo, si hubo algo que de veras lo sorprendió fue la conversación que tuvo con la señorita Girard ese sábado, en el landó de camino al teatro Odeón a ver la obra *Le fils naturel*. La señorita Lorette lo había recibido con la frialdad y apatía a que lo tenía acostumbrado, por lo que Juan supuso que no había leído las líneas de *Le Petit Journal* y que su carta le había dado igual. Mas su futura esposa sí tenía algo que decir al respecto y aprovechó la intimidad del carruaje para compartirlo.

—Sepa que no tengo inconveniente en que haga lo que quiera con su vida sentimental. Pero sea cauto y discreto siempre. Y nunca se meta en mis asuntos. Si usted hace la vista gorda conmigo, yo la haré con usted.

Juan solo pudo asentir ante aquel acuerdo. Aunque, sin Maurizio, su vida sentimental estaba muerta.

Cuando el señor Bogarín llegó a su casa, se encontró con que su hija Yvette había ido a visitarlo. Disfrutaron de un té en el pequeño salón, la estancia favorita de Albertine. Después de un momento de cháchara, Yvette quiso saber cómo se encontraba su padre. Don Guillermo le aseguró que estaba bien. La hija lo puso en duda. El servicio le había confirmado que el señor estaba madrugando de forma excesiva y que se pasaba las horas encerrado en la oficina, frente a la máquina de escribir, hasta bien entrada la noche. Él le explicó que estaba inmerso en el proceso de creación del ensayo que iba a ser la culminación de su carrera y que precisaba de horas de esfuerzo y concentración.

—Padre, ni siquiera ha deshecho el equipaje —le recordó su hija.

—Las criadas de esta casa son un atajo de cotillas —bramó mientras encendía la pipa.

—Padre, ¿qué desea hallar en ese viaje que no haya encontrado ya? ¿Qué más le va a proporcionar esa maleta ahí plantada en el recibidor?

—Vida —respondió el señor Bogarín a punto de emocionarse.

Yvette cogió las manos de su padre, que se dejó la pipa en la boca y miró a su hija a los ojos.

—Esa maleta no es vida, padre. Yo lo soy. Y mi marido. Y sus amistades. Y esas ilusiones que sigue teniendo el derecho a tener. Vuelva con nosotros antes de que sea demasiado tarde —le suplicó.

La joven, afectada, dio un beso a su padre en la mejilla y se marchó. Don Guillermo se pasó un buen rato ahí sentado. Tanto que no supo calcular cuánto. Quizá sí se estaba aferrando en exceso a todo aquello que se evaporaba ante sus ojos. Pero era tan difícil continuar caminando... No tenía fuerzas. Se sentía solo, muy solo. Rompió a llorar en aquella sala llena de cuadros de vistas de Normandía, de donde procedía la familia de Albertine. En un punto de esa oscura noche sin reloj, las palabras de Yvette lo abofetearon: «Antes de que sea demasiado tarde». La certeza de lo escurridizo que era el tiempo, algo que había experimentado en el viaje, lo asustó. No deseaba perder a Yvette. Era la única familia que le quedaba, lo que más quería en el mundo, lo único que perduraba, de veras, de Albertine.

Se levantó del silloncito y se dirigió al recibidor. Con cierta desgana, cogió la maleta de cuero extensible marrón y la subió a su dormitorio. La abrió con hastío sobre la cama y fue sacando los bártulos que todavía había guardados en ella: una camisa de lino, una camiseta interior de lana, unos calzones, el frac para las cenas, el pijama a rayas, unos calcetines, una corbata de satén y el sombrero tirolés, algo deformado. También extrajo el papel de carta sobrante y el tintero y la pluma de viaje. Por último, la novela *Bel Ami*, de Guy de Maupassant. De ella, cayó un papel. Lo recogió del suelo. Eran las primeras notas que había tomado de la idea del ensayo sobre el viaje. Había sido en el trayecto de Salzburgo a Linz. El señor Mercier le había pedido el cuaderno para ojear los datos del viaje. Mientras lo hacía, don Guillermo, dispuesto a dormir un rato, había tenido la idea y le había solicitado una sola página, en la que había escrito, apoyándose sobre la novela. Había olvidado por completo que la había guardado al final del libro, sorprendido por el anuncio de su parada. De pronto, todo encajó.

El número 11 de la rue de Cléry era un edificio que no pasaba desapercibido. Punta de lanza de la manzana, se acababa de terminar de construir en un estilo ecléctico entre el gusto neoclásico y el neobarroco. El señor Bogarín llamó al portal e indicó al portero que deseaba subir al segundo piso. Justo cuando le daba paso, Henri Collet apareció con una bicicleta por las escaleras. El escritor frunció el ceño.

—Buenos días, señor Bogarín. Mi tía no está en casa.

—No es con ella con quien quiero hablar. Sube.

—Pero... —balbuceó el joven.

—¡Sube! Ahora.

El señor Bogarín cogió al chico de la oreja y lo instó a acompañarlo escaleras arriba. El joven se quejó, más por la ofensa de infantilizarlo que por el dolor.

La casa de Jeanne Leroy todavía olía a los productos químicos empleados en la edificación y decoración. La luz del recibidor y del salón principal, proporcionada por enormes ventanales, era espectacular. Los adornos, un tanto kitsch. En cualquier rincón se podían apreciar las obras de arte que, sin orden, criterio ni concierto, había ido adquiriendo y acumulando. Para la señora Leroy, un cuadro de Cézanne, una imitación de una escultura azteca, una discutible reproducción del *David* de Miguel Ángel, una muñeca de porcelana vestida con traje folclórico ruso y de mirada siniestra que había encontrado en La Ménagère y una lámpara modernista maridaban a la perfección en la misma esquina que una silla Luis XV y una estantería de tiempos de Napoleón III.

Aunque don Guillermo sintió cierta lástima de que el muchacho tuviera que convivir con ese repertorio desordenado de objetos de lujo, se concentró en el motivo que lo había llevado hasta allí. Pidió al joven que tomara asiento en la mentada silla, parte del mobiliario del salón. La criada, que conocía a don Guillermo, se retiró a la cocina, pero no se resistió a poner la oreja en la conversación. El literato, con la novela de Maupassant en la mano, interrogó al chico.

—Has sido tú todo el tiempo. Has sido capaz de traicionar la confianza de tu tía, la mía, la de todos. ¿Por qué? ¿Por qué lo has hecho? —Henri Collet estaba lívido—. Encontraste mis notas en la novela. La leíste hasta el final, la tuviste en tu poder durante días. Y de todos los que la tuvieron entre las manos después de que yo colocara la página del cuaderno ahí: el señor Álvarez-Caballero, la señora Leroy y la señora Dupont, eres el único al que no han salpicado los chismes del periódico, el único que sí leyó el libro y pudo llegar al final, donde estaban mis notas ... Solo has podido ser tú.

El muchacho dejó caer la mirada hacia la derecha.

—¿Por qué? —repitió don Guillermo.

Unos segundos de silencio...

—Porque mi sueño es convertirme en escritor. Conocí al señor Sivry, de *Le Petit Journal*, en una tertulia a la que habían invitado a mi tía a la que ella no pudo asistir. Acordé con él que le pasaría información sobre el viaje a cambio de que valorase publicar mi novela por entregas... Al principio, el trato era dar datos suficientes para ir añadiendo, de vez en cuando, en la sección de «Échos de partout». Pero envié por cable tanto material que el señor Sivry consiguió que le dieran espacio para una columna semanal..., y quiso convertirla en bisemanal. La verdad es que el señor Sivry se volvió un poco loco... y me agobié. Era imposible suministrar tanta información de una forma tan seguida sin que nadie sospechara... Así que se quedó en semanal... Se enfadó, pero ¿qué quería que hiciera? Ha sido una tortura no quitarles el ojo de encima, escuchar sus conversaciones... Menos mal que encontré sus notas cuando llegué al final de la novela, en Praga, me sirvió para dar de comer a este tipo. Y, encima, ahora ese estúpido me está evitando y no me quiere decir cuándo saldrá la primera entrega de mi novela.

El señor Bogarín puso los brazos en jarra y resopló. Empezó a negar con la cabeza. El joven Collet no sabía qué esperar.

—Así no..., así no.

—Tienen suerte de que el señor Sivry no se creyera la mitad de las cosas que vi y oí... —Y sonrió con pillería.

—¡Era un viaje único, Henri! Esas personas habían confiado en mí. Y tú lo has estropeado todo. ¡Maldita sea! Así no llegarás jamás a ser un buen escritor. Solo serás un advenedizo. ¿Acaso la novela no te ha dicho nada? ¿No sabes leer? —clamó, agitando el libro con la mano—. Eres solo un crío con ínfulas. Y para remediar eso nadie puede ayudarte.

Cuando don Guillermo dio la vuelta para marcharse, se encontró con la señora Leroy, extrañada por su presencia.

—¿Qué está pasando aquí?

—Él es el chivato de *Le Petit Journal* —le espetó el señor Bogarín—. Ya nos veremos, Jeanne.

Don Guillermo salió airado de aquel apartamento que parecía la galería de arte de un tuerto. La señora Leroy, pertrechada con sus pieles, miró fijamente a su sobrino, sentado, derrotado.

—Pero Henri... —se lamentó, asolada por una gran decepción.

El señor Bogarín solo pudo agradecer, por una vez, la evidente falta de ingenio y perspicacia del joven Collet. Estaba convencido de que ese detalle los había protegido de filtraciones mayores.

La solución a la que llegó la señora Leroy fue mandarlo de vuelta con sus padres una temporada con el fin de que reflexionara sobre el daño causado. No solo a desconocidos, si no también a ella. Jeanne se había cansado de que le faltaran al respeto.

Henri Collet se fue de París el día 27 de noviembre. El señor Sivry tuvo que dar por concluida la columna «Los diez de Bogarín» esa misma semana, aunque no dudó en incluir cualquier rumor sobre los integrantes del grupo en la sección «Échos de partout». A todos contentó comprobar que el periódico había dejado de dedicarles un artículo semanal. Cuando Juan se enteró, en su siguiente encuentro con el señor Bogarín en el café de Madrid, se relajó en parte. Solo Dios sabía si Henri Collet utilizaría, algún día, la información que tenía sobre él, si trataría de convencer a alguien de que había visto con sus propios ojos ese roce de manos entre Juan y Maurizio en el *palazetto* de Florencia. Pero lo cierto es que su falta de credibilidad, de pruebas y de talento, por lo pronto, eran un buen seguro de vida.

En las semanas que siguieron, además, la noticia, el 9 de diciembre, de la bomba en la Cámara de los Diputados copó todas las miradas. Podría haberse publicado cualquier escándalo y a nadie le habría importado. El autor había sido el señor Auguste Vaillant, un obrero en paro. El atentado ocasionó que las cámaras francesas legislaran en contra del anarquismo, pasando a considerarlo un delito en sí mismo. También se puso al socialismo en el punto de mira en un mes plagado de cambios políticos en el país. Una dura represión comenzó en Francia y se propagó por Italia y España. Gustav Pichler se las ingenió para sortear las pesquisas policiales orquestadas por el ministro del Interior, el señor don David Raynal, dispuesto a encarcelar no solo a los anarquistas, sino también a todo aquel que hubiera tenido algún vínculo con ellos. Y es que, aunque Gustav carecía de ideología, el patrón de su barco era el dinero y en los últimos tiempos había comprobado que el robo de cargas de dinamita y pólvora estaba bien valorado en el mercado sumergido de toda Europa. Lo había hecho en Francia, antes del viaje, y en Italia y Viena, durante. Así, se pasaba los días pululando por Montmartre y Belleville a la caza de encargos, a la sombra de las conspiraciones que sumían París en un terror sin precedentes.

Jacobo trataba de mantener a sus hijos al margen de esas noticias grises. Aunque leía el periódico cada mañana en el desayuno, se guardaba los miedos para sí. El mismísimo señor Bogarín lo había visitado tras descubrir el asunto de Henri Collet, para pedirle perdón personalmente por las infundadas sospechas hacia su persona. Jacobo aceptó las disculpas de buena gana.

El palacete de la familia Figueroa en la rue de Cortambert, en Passy, era un hogar alegre. Los niños adoraban a su padre. Cada noche, antes de dormir, le pedían una historia sobre ese viaje que lo había alejado de París durante varias semanas. Jacobo les narraba cuentos, aderezados con fantasía, ante la mirada acusadora de su hija Augustine, demasiado mayor para la magia.

—Seguro que eso no fue así. Dudo que en el Mediterráneo haya ballenas.

—Que te digo que sí, Augustine. Las vi desde la cubierta del barco, al amanecer, justo antes de llegar a Livorno.

—¿Antes o después de los delfines?

—Un poco después.

—¡Papá! —se enervó.

—Ay, Augustine, cállate. Tú no estabas allí. Si papá dice que vio delfines y ballenas, es que lo vio.

Jacobo intercambió una mirada cómica con su hija mayor.

—Gracias, Camille. Eso es. Mañana seguiremos con la historia del matrimonio de magos que nos dio cobijo en medio del Tirol —anunció Jacobo.

—Estoy deseando escucharla —afirmó Augustine.

—A la cama, todos —indicó Jacobo.

Los niños, que estaban sentados sobre la alfombra de la salita de estar, se levantaron a dar un beso en la mejilla a su padre y, acompañados por la señorita Hauregard, se marcharon al dormitorio a prepararse para dormir.

Jacobo se quedó a solas. Y se rio para sí, negando con la cabeza. El regreso a casa había sido agridulce. Sobre el escritorio, la misiva con la propuesta de sumarse a la construcción de un edificio de nueve plantas en Chicago. En el alma, la honda pena por no haber logrado convencer a la condesa y por haber perdido su amistad. En el corazón, la titilante llama de una espera que algunos días se le hacía insoportable. Y cuando la danzante lengua de fuego estaba a punto de apagarse, debilitada por la acumulación de dudas, recibió una misiva. Era día 14 de diciembre. En el despacho, una sala de paredes color crema y estanterías de madera de roble entre marcos en los que se exponían planos y fotografías de edificios, atendió al correo ignorando que al cuarto sobre le daría un vuelco el corazón. Emocionado al descubrir el remite, leyó:

> Tengo el placer de invitarle a mi próximo concierto en la sala Érard el día 10 de febrero de 1894.
>
> Atentamente,
>
> DOÑA CLARA BALAGUER

43
El concierto

Cuando Clara abrió la puerta de su casa en la rue d'Anjou, se sintió liberada y confundida a partes iguales. Habían cambiado tantas cosas desde que salió de allí el día 25 de septiembre rumbo a la Gare de Lyon que al mirarse en el espejo del recibidor le costaba reconocerse. En primer lugar, por lo pronunciadas que estaban las ojeras. En segundo, por la sonrisa que se anunciaba en ese rostro cansado de medias verdades y frustraciones.

La criada interna se sorprendió al verla aparecer varios días antes de lo esperado pero, prudente, no preguntó. Los primeros días en París estuvieron llenos de reencuentros y de instantes en los que, a solas, Clara luchó por reconciliarse con lo que había ocurrido con los señores Dupont. No era el desenlace que había imaginado, pero se sentía con fuerzas para probar un camino distinto. Sin embargo, los ataques no cesaron por completo. De vez en cuando, la quinta aguda y desafinada volvía a visitarla al reflexionar sobre el futuro, sobre las decisiones que debía tomar. Pero las noches en vela y los sudores fríos no impidieron que diera los pasos oportunos para recuperar el control de su vida. Además de visitar a su querida Marie Junot, quien le anunció su compromiso con el señorito Fréville, que tocaba el contrabajo en la orquesta Lamoureux, Clara hizo lo propio con el señor don Yves Duhamel.

Como era habitual, solo hizo falta una esquela enviada a su residencia con la firma de Denis Santerre para reunirse en la habitación 30 del Hôtel du Helder, a pocos pasos de la Ópera. Clara siempre llegaba primero y lo esperaba en el cuarto. Cada vez que Yves aparecía por la puerta, se le cortaba la respiración. Lo enrevesado de la relación lo colocaba en otra órbita, lo hacía inalcanzable. Y en esa ocasión, al observar el porte esbelto, el cabello negro repeinado y la prominente nariz del pianista, no fue impasible, pero sí notó que algo había cambiado, que las sensaciones se habían mitigado. El señor Duhamel, no obstante, hizo todo lo posible para obviarlo y hacer que la violinista volviera a sus brazos. Sin más, se lanzó a saludarla con un cálido beso en los labios del que ella enseguida se retiró.

—¿Qué te ocurre? ¿No me has echado de menos?

Clara lo miró a los ojos.

—No es eso, es solo que...

La manera en la que él parecía ser capaz de descifrarla la desarmaba. Yves lo aprovechó y empezó a besarle el cuello. Justo cuando Clara estaba a punto de naufragar por enésima vez, el pianista, cegado por la pasión de lo prohibido, le confesó:

—¿Cómo quieren que deje de verte? Eso es imposible... Aunque les he sacado un buen puñado de dinero.

Clara se apartó.

—¿Quiénes? ¿A qué te refieres?

—¿No lo sabes? Pensé que lo sabías y habías decidido ir contra todos, una vez más, por mí, por nosotros. Eres tan valiente y testaruda... —dijo, y la cogió de la cintura para atraerla hacia él.

Clara se zafó.

—¿Qué tengo que saber? Yves, háblame claro.

—El señor Dupont vino a verme por el asunto del periódico. Quedamos en que debía negarlo todo y, en caso extremo, asegurar que lo nuestro solo había sido una fantasía tuya de juventud. Me pagó por no volverte a ver.

—¿Y aceptaste?

—Claro que acepté. Me va bien como pianista, pero tengo tres bocas que alimentar, Clara. Y aunque mi mujer sabe que no es la única, no tengo intención de que nuestra situación sea la comidilla de París.

—Sí, supongo que somos «una situación»... —murmuró ella para sí.

La señora Dupont también había exigido a Clara que cortara toda relación con Yves y ella había accedido al principio. Estaba en esa habitación porque ya no les debía nada. Estaba ahí porque quería.

—Clara, te quiero, te deseo. No dejemos que los acuerdos entre caballeros y el ruido nos confundan... —Yves volvió a besarle el cuello, buscando la manecilla que atrajera a Clara de nuevo a sus brazos, por lo menos ese día.

Ella que, por un segundo, llegó a titubear, vio de pronto claro que, más allá de las exigencias de los señores Dupont, Yves no era más que otra pieza colocada a presión en su vida. No encajaba, mas ella la había dejado ahí esperando que todo cambiara y los engranajes se acoplaran. Pero por más que el embrujo del señor Duhamel la había controlado durante años, ya no podía más. Solo la quería como amante, como escape a una rutina familiar que jamás se había planteado con ella. Merecía más que eso. Estaba ahí porque quería..., pero entonces, ¿por qué deseaba salir corriendo? Se apartó de nuevo y se dirigió a la puerta.

—Adiós, Yves.

—¿Te vas? ¿Me vas a dejar así? ¿Lo has hecho para vengarte?

—Cuida de tu familia. Es tu oportunidad.

—No puedes abandonarme, Clara. ¡Clara! ¡Clara vuelve aquí!

Sí, se había reunido con Yves porque había querido. Y por la misma razón deseaba sacarlo de su vida.

Por lo demás, si a algo dedicó tiempo Clara fue a componer. La creación del concierto para violín con el que siempre había soñado fue la catarsis que necesitaba. En la conversación que había mantenido con la señora Leroy en Heidelberg, la empresaria le había ofrecido ayuda y protección si decidía desvincularse de los señores Dupont. La había animado a trabajar en esas composiciones a medias. «Es importante que se reconcilie con la música antes de tomar una determinación sobre qué quiere hacer», le había asegurado la empresaria. Clara había aceptado el ofrecimiento, así que había sacado las partituras sobrevivientes de la cartera de cuero marrón y se había lanzado a completarlas. Además, aconsejada por la señora Leroy, había escrito una larga misiva a sus antiguos mecenas para formalizar el cese de la relación profesional. No obstante, la reacción del matrimonio fue negarse en rotundo y complicar el delicado momento. Le exigieron a Clara que cumpliera con el compromiso en Érard bajo los términos negociados, abusivos e injustos tras valorarlo con el abogado de la señora Leroy. Después de un mes de discusiones, llegaron a un pacto: Clara tocaría, pero sería la última de sus obligaciones con los señores Dupont.

La señora Leroy, por su parte, y tal y como había previsto, tuvo una vuelta a París de lo más ajetreada. Al asunto de Clara y los señores Dupont se le sumó la gestión de las informaciones que había publicado *Le Petit Journal* sobre su colección de amantes y el enamorado que se había suicidado. Como era de esperar, el señor Dupont dejó de encargarse de ello en cuanto Geneviève regresó del viaje y le contó esa versión cuidadosamente manufacturada de todo lo que había ocurrido: la traición de la señora Leroy y la huida de Clara. Así, Antoine animó a los periodistas a los que había silenciado semanas atrás a que ahondaran en los escándalos de la empresaria teatral.

Al principio, Jeanne se enfadó. Sin embargo, una tarde, después de un par de vasitos de coñac entre las bambalinas de Le Manhattan, su adorado teatro parisino, se percató de que si algo vendía a través de sus teatros era espectáculo. Así que no dudó en solicitar a su ayudante personal que le concertara una entrevista con *Le Petit Journal* que resultó en un pequeño artículo con un titular que resonó por toda la ciudad fue: «No tengo la culpa de que los hombres se mueran por mí». El eco de esta afirmación funcionó del siguiente modo: primero, los más recatados se taparon las bocas con asombro y la juzgaron entre bisbiseos; después, algunas voces comentaron que la señora Leroy no solo tenía razón, sino que gozaba de una gran personalidad, encarnaba a la nueva mujer; al tiempo que otras la condenaban a la guillotina por parejos motivos; finalmente, la asistencia a Le Manhattan se disparó, pues tanto seguidores como detractores ansiaban ver en persona a la mujer que había pronunciado esas palabras que revoloteaban por casas, cafés y plazas en París. Ante la curiosidad generada, la señora Leroy convirtió en tradición aparecer en el escenario justo antes del inicio del espectáculo para saludar al público. En la publicidad de las columnas Morris y los periódicos, contratada al señor Lautrec, se incluyó la famosa frase como reclamo para que todos supieran quién estaba detrás del exitoso Le Manhattan.

Clara se pasó todo diciembre y todo enero ensayando. No tenía tiempo para nada más. En algún momento libre se reunía con su amiga Marie Junot, con la que paseaba por las Tullerías. También sacó un rato para escribir a Maurizio y contarle todas las novedades. Y, por supuesto, tras resolver el último acertijo, mandó una carta al señor Baumgartner con lo que ella pensaba que era la solución.

En silencio, extrañaba a Jacobo. Sabía que todavía no era momento para ese café. No antes del concierto. Debía estar concentrada, nada ni nadie podía distraerla de lo importante: la actuación en la sala Érard y la decisión sobre qué haría después, libre de las garras de los señores Dupont.

—Esta invitación no va a ser necesaria —aseguró la señora Leroy mientras rompía en varios trozos la tarjeta en la que se leía el nombre de su sobrino.

—¿Sigue disgustada con él? —se interesó Clara.

Estaban en el despacho de la señora Leroy de Le Manhattan, en el que, aunque de forma más austera, resplandecía ese gusto decorativo ecléctico y hortera de la empresaria. Allí, junto a una mesa rococó, había ido a parar el gran león rugiente de porcelana que había adquirido en aquella tienda vienesa llamada Wahliss. Las paredes estaban recubiertas de un papel de pared de flores moradas. Aquí y allá recuerdos de los teatros de Estados Unidos, como un retal de un telón, lo que parecía parte de una columna de madera de orden jónico, carteles y recortes de prensa enmarcados. El aroma que predominaba en todo el teatro, y también en esa oficina, era a serrín, humedad, barniz y los litros de perfume de la propietaria, que dejaba rastro allá por dónde pasaba.

—No, no estoy disgustada, pero Henri tiene que afrontar las consecuencias de sus actos. Durante mucho tiempo he creído que podía ayudar, enmendar los errores del pasado a través de él. Pero me equivocaba. Henri debe hablar con sus padres y yo permanecer al margen. Y también es importante que entienda que detesto la mentira.

—Tiene toda la razón... ¿Le preocupa que tenga más información sobre todos nosotros..., sobre usted?

—En absoluto. Me he ocupado de dejarle claro que, si dice algo, me encargaré de que publiquen algunos datos sobre un diario y una colección de ilustraciones que se dejó, sin querer, en mi apartamento. La verdad es que ese chico es más bobo de lo que pensaba... —La violinista sonrió—. ¿No va a beber? —añadió señalando el vaso de coñac que tenía Clara entre las manos.

—No debería..., solo quedan dos días para el concierto.

—Vamos, un traguito no hace daño a nadie.

Clara dudó y después dio un sorbo.

—¿Está pudiendo ensayar?

—Sí..., sí. No está siendo fácil.

—Lo sé —respondió la señora Leroy, empática—. No sea dura con usted.

—Lo intentaré.

La señora Leroy se sentó en la silla de ese escritorio rococó que parecía arrancado de un palacio para decorar un rincón de su reino particular de tramoyistas, bailarinas y aplausos.

—¿Ha leído la última crítica al señor Robichaud en *Le Ménestrel*? Parece que la ruptura con su prometida no le ha sentado muy bien.

—Quiero sentir lástima, pero no puedo.

—Mi difunto Étienne me dijo algo una vez que me repito de tanto en tanto: hay algo muy noble en alegrarse por los éxitos de las personas que lo merecen. Pero también en no hacerlo por las personas que no. No se fuerce a sentir simpatía por el señor Robichaud...

—La cuestión es que no le deseo ningún mal a Robichaud. Los señores Dupont, con esas comparaciones y ese trato desigual, me llevaron a sentir rechazo hacia él. Pero su camino no es el mío. Con la salvedad del tema de la partitura...

—Lo solucionaremos a su debido tiempo, señorita Balaguer. Mi abogado ya está investigando. Menos mal que tenemos la partitura que compró en Núremberg como prueba.

Clara asintió.

El sábado 10 de febrero, a las siete y media de la tarde, el público comenzó a llegar a la sala Érard. Se accedía a ella desde un patio en el que se daban cita los diversos inmuebles en los que había tomado forma el negocio de la familia Érard, originaria de Estrasburgo y especializada, desde finales del siglo XVIII, en la fabricación de instrumentos de cuerda como clavecines, harpas y, sobre todo, pianos. A ese patio, a su vez, se entraba por el número 13 de la rue du Mail, aunque también tenía acceso por la fachada que daba a la rue Paul Lelong.

La Érard, junto a la sala Pleyel, era uno de los rincones que París reservaba para la música clásica. Era curioso los pocos espacios destinados a ella en una capital cultural como aquella. Los que existían, con la salvedad de la sala del Conservatorio Nacional y la del Trocadero, habían surgido en la primera mitad del siglo XIX como iniciativa de los fabricantes de instrumentos para promocionar sus creaciones, pero en ese París del *fin de siècle*, y pese a las distintas reformas y ampliaciones durante la centuria, las salas de música se estaban quedando pequeñas. La sala Érard no tenía grandes dimensiones, tenía capacidad para poco más de quinientas personas, pero sí una gran reputación. A principios de 1894 su parqué albergaba conciertos casi todos los días de la semana.

En esa noche fría, las pieles de los redingotes y de las capas de las damas no sobraban. Lentamente, los sombreros de copa y los tocados de flores y plumas fueron alineándose en las localidades. Y la sala se llenó por completo. Cuando Clara se asomó por la rendija de la puerta que daba a la plataforma donde saldría actuar y vio a todas aquellas personas, la quinta aguda y desafinada de ese indomable violín imaginario la ensordeció por un momento. La sala era alargada, pero ese día le pareció un tubo angustioso en el que los dos bloques de filas de doce asientos se extendían hasta el infinito. En los laterales, gracias a una de las últimas reformas, se habían instalado dos niveles de galerías. Así, la audiencia se fundía con las pinturas al fresco de los muros o se perdía en lo alto, más allá del ojo del artista. Clara siempre había pensado que los palcos eran, paradójicamente, el lugar idóneo para ocultar la elegancia manufacturada. Columnas y espejos completaban la decoración junto a una soberbia araña de cristal.

A Clara le parecieron insuficientes los centímetros que separaban la plataforma semicircular, adornada con columnas de estuco de orden corintio, de la primera fila. En ella pudo ver cómo los señores Dupont se acomodaban junto a la señora Leroy, a la que saludaron con impostada amabilidad. En el palco derecho vio al señor Bogarín acompañado por su hija Yvette y su yerno. En el izquierdo, a la condesa Karimova junto al señor Mercier y la señorita Pichler. La aristócrata miraba por los anteojos como si fuera la única espectadora de un recital invisible. Los ojos castaños de Clara danzaron por aquí y por allá ansiando toparse con Jacobo, pero antes de ser capaz de encontrarlo entre el público, una mano le tocó el hombro. Se giró. Era la señora Leroy. Había entrado para comprobar si estaba bien.

—Está sudando, señorita. ¿Se encuentra bien?

—Sí, sí, es solo que ese violín... —acertó a decir.

—Venga, siéntese un momento —dijo la señora Leroy y buscó acomodo para la violinista en un banco de piano olvidado en el pasillo.

—No sé si voy a ser capaz de tocar.

Clara se puso las manos en el rostro y luchó contra aquella ola gigante que estaba a punto de engullirla. El sudor, el violín, la dificultad para respirar, la sensación de vértigo... A los minutos, después de concentrarse en cómo los pulmones se hinchaban y deshinchaban, el desagradable sonido de esa quinta que la atormentaba se fue haciendo más y más pequeño. Al abrir los ojos se encontró apretando con fuerza la mano de la señora Leroy, que había mandado a la señorita Marie Junot a por un paño húmedo. Cuando la pianista llegó y se lo colocaron en la frente, Clara volvió a sentirse con dominio sobre su cuerpo.

—Al cuerno, señorita Balaguer. No tiene por qué hacerlo. Nos pelearemos con los señores Dupont si hace falta —concluyó la señora Leroy—. Así no puede tocar.

—Lo ha hecho en peores circunstancias —acertó a decir la señorita Junot.

Clara las miró a las dos.

—Tengo que hacerlo. Quiero hacerlo.

Ambas asintieron.

—En ese caso, use su dolor, señorita Balaguer. Le dará fuerza.

Entonces, fue Clara la que asintió. Con ayuda de la señorita Junot, terminó de refrescarse y de prepararse en un saloncito en el que habían instalado un tocador. Llevaba un precioso vestido de gasa en marfil y negro con rosas rematando el bajo. Las mangas cortas, vaporosas, para dejar visibles los brazos. El cabello recogido en un moño. Rizos rebeldes enmarcando la cara. Después de poner a punto los instrumentos, tuvieron un momento para la calma.

—Mira a alguien que te haga sentir en paz cuando estés fuera y no pienses en nada más. Y recuerda que yo estaré mentalmente contigo todo el rato. No estás sola. —afirmó la señorita Junot.

Las dos amigas sonrieron y se fundieron en un abrazo. La ovación del público tras la presentación les dio la señal para salir. Y pese a que el zumbido del miedo la acompañó en sus pasos rechinantes por la plataforma, no se dejó amedrentar. Como siempre hacía, se colocó en posición, sostuvo el violín sobre la clavícula, abrazó el arco con los dedos de la mano derecha, respiró hondo y afinó. A su espalda, una orquesta adaptada a las dimensiones de la sala.

Clara se notaba las palpitaciones en el pecho, el sudor en la nuca. Cuando iba a frotar el arco por las cuerdas por vez primera en esa velada, sus ojos, de pronto, repararon en Jacobo, sentado junto a Juan y su hija Augustine en la tercera fila. Intercambiaron una mirada y una sonrisa. Clara bajó un momento el violín y, como si estuviera tomando impulso, lo volvió a colocar sobre la clavícula y comenzó a tocar el tercer movimiento del segundo concierto para violín del maestro Niccolò Paganini. En su mente aparecieron todos los ensayos acumulados, las llagas en el alma, la carrera tras toparse con el violín del compositor en Génova, las miradas de incomprensión. Pero, antes del primer minuto, la melodía dejó de ser la de Paganini para convertirse en otra muy distinta, la del primer concierto para violín de Clara Balaguer.

Clara bailó entre las corcheas, las blancas y las negras en un pentagrama mental que había extraído de lo más profundo de su atormentado espíritu. Cada nota era una palabra en esa historia que quiso compartir con la selecta audiencia. La lucha, la ilusión, la pérdida, el miedo; todo se daba cita entre el sol, el re, el la y el mi. El cuerpo, moviéndose al son del dictado del violín, como era característico en ella, pero con más ímpetu, como si toda su existencia dependiera de ese monólogo que, como ligero canto del violín, inundaba la sala Érard. Al terminar la exposición del tema, la orquesta se unió al violín en un diálogo que hablaba de los debates mentales contra los que había tenido que batallar la compositora. La sensación de angustia ocasionada por la música en el desarrollo tenía una clara influencia del maestro Beethoven. La reexposición, tras la que incluyó la *cadenza,* con la que dejó claro el espectacular virtuosismo del que era capaz, y la coda llevaron a lo más alto ese motivo, atractivo y agobiante. Nunca los gritos de auxilio de Clara se oyeron tan alto como en aquel concierto, apoyada por la orquesta. En el segundo movimiento, *andante,* la calma regresó. Mas de pronto, un acorde recordaba que la lucha estaba lejos de terminar. En el tercer movimiento, el tema del principio regresó, pero había cambiado, sonaba distinto, la angustia luchaba por liberarse. En mitad de este, de repente, un silencio grave, tenso. Tres compases en honor a la niña del orfanato de Florencia que le había recordado lo mucho que amaba la música, a pesar de haberse convertido en su rehén. A partir de ahí, el leitmotiv que se repetía fue remendando sus alas, adquiriendo un matiz más alegre hasta tornarse diferente, abrazado por los vientos, las cuerdas, la percusión. Clara tocó con las tripas, tocó para esa niña de seis años que había acariciado las cuerdas de un violín por primera vez, en esa casa de Barcelona que era sombra y artificio en su mente.

Cuando terminó, se hizo el silencio. Y un instante después, una gran y enérgica ovación. Clara volvió a buscar a Jacobo, al que sonrió. Él le devolvió la sonrisa, emocionado por lo que acababa de presenciar. Augustine miró a su padre y comprendió que había una parte del viaje que había obviado compartir con ellos en esas noches de cuentos de fantasía. Sonrió y aplaudió alegre. No había duda: deseaba ser pianista profesional. Clara saludó al público, halagada por la sensacional muestra de apoyo. Fuera de escena, volvió a abrazar a la señorita Marie Junot, apoyo entre bambalinas. Saludó al resto de los músicos, que aplaudieron su talento y profesionalidad. Todo el mundo estaba eufórico, salvo los señores Dupont, consternados. La señora Leroy celebró la actuación abriendo una botella de champán. Antes de perderla entre copas, Clara le pidió un último favor por esa noche: que fuera a buscar a Jacobo. La señora Leroy levantó una ceja, puso una sonrisa pícara y asintió, entregando la botella al arpista de la orquesta.

Cuando Jacobo entró en el saloncito que habían cedido a Clara para que pudiera prepararse, no sabía qué iba a encontrarse. Volver a verla, después de esos meses, después de esa actuación... No supo qué decir. Ella notó la calidez que siempre le había provocado Jacobo, pero también sintió un nudo en la boca del estómago. Por la puerta abierta se colaba el ruido del trajín de los músicos recogiendo los instrumentos y de las sinceras exclamaciones de victoria de la señora Leroy.

—Ha sido impresionante, señorita Balaguer.

—Muchísimas gracias, señor Figueroa. No le he hecho llamar para que me adule, se lo prometo.

—Lo sé, lo sé. Usted odia los pedestales. Me quedó claro en Viena.

Clara sonrió.

—Encontré la carta de Natalie. He dejado de contar las veces que la he releído... Le confirmo que me hubiera encantado conocerla. En sus líneas se aprecia la gran mujer que fue.

Jacobo notó cómo la emoción conquistaba su mirada.

—Gracias, señorita Balaguer —musitó—. ¿Ha estado bien este tiempo? —se interesó, recuperando la fuerza en la voz.

—Sí..., ¿usted?

—Sí...

—Yo...

—¿Sí?

—Yo... He cortado toda relación con el señor Duhamel. Lo hice al regresar. El resto del tiempo he ensayado y lidiado con mis fantasmas. No se ha perdido nada...

Jacobo sonrió. No podía ser más feliz.

—La he echado de menos —le confesó.

Clara asintió, ojos vidriosos.

—Y yo a usted. Y a sus conversaciones, su comprensión, sus datos sobre edificios... —enunció ruborizándose.

Jacobo sonrió encantador. Quiso acercarse, pero no sabía bien cómo comportarse.

—Yo..., verá, señor Figueroa, le he pedido a la señora Leroy que lo traiga porque quería decirle que me encantaría tomar ese café del que hablamos en Heidelberg. Si usted quiere, por supuesto..., y si tiene disponibilidad y no tiene inconvenien...

—Lo estoy deseando, señorita Balaguer —dijo, zanjando la angustia de la violinista.

Se miraron fijamente. Sonrieron.

—¿Le parece bien el lunes por la tarde?

—Me parece perfecto.

—Yo... Le enviaré una esquela con el lugar exacto.

—¿Tiene mis señas?

—Sí. El señor Bogarín me las dio hace tiempo.

Jacobo asintió.

—Esperaré entonces, señorita Balaguer. Enhorabuena, de todo corazón.

—Gracias. Hasta el lunes por la tarde.

—Hasta el lunes por la tarde.

Se sonrieron cómplices y Jacobo se marchó. Clara tuvo que respirar hondo cuando abandonó el saloncito. Se sentía orgullosa de haber sido capaz de expresarse, de no haber sucumbido al pánico ni a los tropiezos que tan mal resultado le habían dado con Yves. Con Jacobo deseaba que todo fuera distinto. No quería dar pasos en falso. Tenía tres hijos. Aquello eran palabras mayores. Y justo eso era lo que más le había asustado desde el principio. A Clara no se le daba bien cuidar de los demás. Pero quizá era momento de intentarlo, de mejorar si es que era nefasta. Sabía que, si accedía a relacionarse con Jacobo, no valdrían titubeos. Era un gran hombre y no deseaba herirlo.

La señora Leroy la avisó de que saliera para saludar a algunos admiradores que la esperaban en la salida de la rue du Mail, así que Clara se deshizo de todas esas elucubraciones por un rato, esbozó una amplia sonrisa y abandonó el saloncito.

Cuando el señor Mercier entró en casa, le dijo a Thesi que deseaba estar un rato a solas en el taller. La pareja había fijado la fecha de la boda para finales de febrero. Aunque jamás lo iba a admitir, esa tarde en la sala Érard había estimulado la creatividad del pintor y deseaba corregir algunos detalles del último lienzo. Una vez arriba, se entregó momentáneamente al láudano y se centró en capturar una luz que no existía, alumbrado por varias velas. De madrugada, agotado, se sentó en el sillón en el que solían posar las modelos, sobre el que reposaba un batín de seda, y recordó que tenía pendiente leer el correo. Revisó por encima los sobres, ignoró los que no le interesaban y al fin reparó en uno en el que se leía el nombre de su buen amigo el señor don Ludwig Krämer. Lo abrió. Cuando descubrió el contenido, no podía creerlo.

44
TERMINUS

Los cuentos de Hoffmann, «Barcarola»
Jacques Offenbach

Ferdinand Mercier salió del taller tras haber estampado una silla contra el lienzo que estaba a punto de terminar, en el que era apreciable la delicada desnudez de Thesi. Lo acabó de destruir rajándolo con el abrecartas. Cegado por la ira, bajó las escaleras y se dirigió a ese dormitorio que compartían ante las miradas juiciosas del servicio. Poco le importó que la joven estuviera dormida. La destapó con furia y la tomó del brazo, sacándola de la cama. Thesi no comprendió qué ocurría. Los ojos de Mercier estaban rojos; el gesto, desencajado. La tiró al suelo sin que ella fuera capaz de reaccionar. Solo entonces, sobre la alfombra, le preguntó qué ocurría.

—¡Furcia mentirosa! ¿Creías que no me iba a enterar nunca?

—¿Qué...? ¿De qué?

El señor Krämer no se había precipitado cuando, en la cena en Praga, le había resultado familiar el rostro de Thesi. Solo semanas después recordó que había decorado algunas columnas y paredes bajo el encabezamiento de SE BUSCA. Dos años atrás, el timo de una bella joven y su hermano a uno de los diputados del Parlamento de Viena había sido bastante sonado y había llegado hasta Praga. Como hubiera dicho el señor Mercier, cosas de ser un imperio. Al parecer, la señorita Theresia Wilk había seducido al político y se había convertido en su amante. Este la había colmado de regalos caros y le había prestado dinero. Se había inventado que su hermano estaba gravemente enfermo y necesitado de tomar las aguas y visitar a un médico especialista en dolencias del riñón en Baden. El diputado, obnubilado, se había ofrecido a costearlo y había entregado a la joven la suma de doscientos florines. Tras esto, la señorita Wilk había desaparecido. Sin embargo, el caballero, herido en el orgullo, optó por informar a las autoridades, algo nuevo, pues las víctimas de los hermanos solían callar para no mancillar su buen nombre y arriesgar su reputación. La operación de búsqueda había obligado a los hermanos a abandonar Viena y, después, Austria-Hungría.

El señor Krämer había realizado las pesquisas necesarias antes de alertar a su buen amigo de que había caído en una trampa. En la carta le relataba todo lo que había descubierto. Las más de veinte estafas por las que se conocía a los hermanos. Aunque empleaban apellidos distintos, se habían trazado conexiones por el *modus operandi*. La señorita siempre era el anzuelo para pescar a caballeros con los bolsillos llenos, a los que desvalijaban con mentiras antes de esfumarse. Al señor Mercier no se le escapaba el hecho de que ya había dado dinero a los hermanos, había pagado el viaje a la espera de que el señor Pichler llegara a París en un mes. Al leer las líneas supo que no había ningún señor Pichler. El sabor amargo de la traición envenenó cada uno de sus movimientos, la forma en la que miraba a Thesi, el objeto de sus más retorcidas obsesiones. No podía creer que hubiera caído en el cepo. Con lo precavido que siempre era al no fiarse de nadie. Pero con ella había perdido el juicio.

La cogió del pelo y la tiró en la cama. Thesi se defendió con patadas y puñetazos.

—¡Contigo es diferente! ¡No es una estafa! ¡Te lo juro! ¡Me moriría antes de perderte! —clamaba ella.

—¡No me mientas! ¡No me mientas más! —dijo, y la abofeteó.

Esa última pelea fue la más agresiva de todas. Recorrieron toda la casa, rompieron lámparas, se tiraron adornos de porcelana a la cabeza, descolgaron cortinas, se derramaron óleo encima. Terminaron exhaustos, tumbados sobre la alfombra manchada del taller del pintor. En un instante de calma, el artista se colocó encima de la joven y le dio un último beso en los labios, mojado por las lágrimas de Thesi, quien perdió la poca cordura que le quedaba cuando el señor Mercier la invitó a recoger todas sus pertenencias y a su hermano y a marcharse enseguida. Así, ella mordió el labio a Mercier a modo de despedida y salió corriendo antes de que el otro fuera capaz de devolverle el último envite.

Gracias a los paseos de Gustav en los últimos meses, los hermanos Pichler encontraron pronto alojamiento en una buhardilla de Montmartre, en la rue Lepic, que acababa de dejar libre un albañil de Limoges al que habían despedido de la obra en la que acababa de empezar a trabajar por una trifulca con el capataz. Instalados con las pocas posesiones que acumulaban, y mientras Thesi se curaba de las heridas superficiales de su último duelo con el señor Mercier, Gustav miraba por el ventanuco el muro blanco del edificio de al lado, coronado por una nube de humo proveniente de una chimenea oculta. Jugueteaba con la caja de cerillas.

—Esto cambia ligeramente los planes. Hay que acelerarlo todo.

—¿El qué, Gustav? ¿No te has enterado? Lo ha descubierto, ya no hay esperanza.

—Sí la hay. Solo tengo que ser rápido. Había planeado acabar con él una vez estuvierais casados y figurases en el testamento. Pero, dadas las circunstancias, lo haré ya, antes de que la gente sepa que se ha roto vuestro compromiso. Podrás reclamar su patrimonio. En caso de que existan problemas, será mucho más fácil desvalijar la casa si no tiene dueño.

Thesi dejó el trapo ensangrentado en el bacín lleno de agua y se giró para mirar a su hermano a la cara.

—Jamás hablamos de asesinato. Eso no estaba en el plan.

—Que no lo habláramos no quiere decir que no estuviera sobre la mesa. Vamos, ¿acaso pensabas que iba a soportar una vida de sanguijuela pudiendo ser el hombre de la billetera?

—Gustav, no hagas nada. Yo... yo quiero a Ferdinand. No quiero que le pase nada malo.

Gustav se acercó a su hermana y le puso el dedo en el labio magullado, apretando la herida.

—Chiss, hermanita. Ya has hecho suficiente. Ahora déjame a mí.

El joven sacó del bolsillo las llaves del cuarto, salió y encerró a Thesi dentro. Los vecinos de aquella casa humilde tuvieron que soportar los golpes y gritos de la muchacha durante varias horas ese domingo de febrero. El estado de ánimo de Thesi oscilaba entre la desesperación y la furia. Solo cuando logró calmarse, se pudo concentrar en forzar la cerradura con ayuda de la horquilla que sostenía su cabello.

Cuando salió a la rue Lepic, se sintió perdida. Sin embargo, fue preguntando a varios parroquianos hasta que identificó el camino por el que habían llegado desde la rue Fortuny. Por más que aporreó la puerta de entrada y suplicó al servicio que la dejara entrar para dar un mensaje importante al señor, el pintor había dicho que no se permitiese acceder a la señorita en ninguna circunstancia.

Frustrada, corrió hasta la casa del señor Bogarín. Llamó a la puerta. Cuando la criada la vio, magullada, mal vestida, llorando, no pudo más que ir a avisar al escritor, que seguía pasando los días frente a la fría máquina de escribir en su despacho. El señor Bogarín permitió que Thesi pasara al pequeño salón, el de los cuadros de Normandía, y que se acomodara en uno de los sillloncitos. La criada le sirvió agua. En cuanto volvió en sí, la señorita Pichler le narró al escritor lo que había sucedido. Le contó quiénes eran su hermano y ella en realidad. También el plan de Gustav. El escritor se olvidó de un plumazo de esa prometida traducción de su obra y de la fe que había depositado en esos dos jóvenes que tanto le habían recordado a sus hijos si René hubiera llegado a la edad adulta.

—Tiene que avisar a Ferdinand, señor Bogarín, se lo suplico. Gustav no tendrá piedad. No conoce lo que es eso. Y a mí no quiere verme...

—Está bien, está bien. Iré a visitar a Mercier ahora mismo. Pero usted, ¿qué va a hacer?

—Volveré a la buhardilla en la que estamos en la rue Lepic. Fingiré que no he podido escapar. Así Gustav no sabrá que he avisado a Ferdinand. Lo único que le pido es que no alerte a la policía.

La señorita se terminó el vaso de agua y se levantó, dispuesta a retirarse.

—Señorita..., ¿por qué esta vida?

Thesi lo miró.

—Porque es la única que conozco.

El escritor asintió.

—Tenga mucho cuidado.

Don Guillermo, que no daba crédito a lo que acababa de escuchar, cumplió su palabra y visitó a su amigo, que se había atrincherado en el taller junto a una botella de vino. Logró sacarlo de allí y llevarlo a su casa. Pidió al servicio que abandonara la residencia durante unos días, dejando luces encendidas para despistar. Cuando, por la noche, Gustav volvió a la buhardilla y encontró a su hermana haciéndose la dormida, le susurró al oído que al día siguiente por la noche todo se terminaría y podrían volar por fin. Thesi trató de ocultar las lágrimas entre las sábanas ásperas del catre, regreso a su mundo después de meses entre sedas y algodones que no eran suyos.

La mañana del lunes Clara no podía dejar de releer la carta de Natalie. En ella hablaba de Jacobo, de todas las virtudes que tenía y de lo mucho que estaba sufriendo con la enfermedad. Natalie había aprovechado las líneas dirigidas a una admirada desconocida para confesar que pensaba que el arquitecto se había escondido en su trabajo para no afrontar la dolorosa realidad. A juzgar por esos renglones, Natalie era todo lo que había dicho Jacobo y mucho más. Resuelta, divertida, alegre, ocurrente, comprensiva, noble. Clara sintió envidia de la colección de anécdotas y caricias compartidas entre Jacobo y su mujer. Al principio, se creyó culpable..., después, dejó que esa emoción le hablara de lo que deseaba en su vida a partir de ese instante. La violinista guardó la misiva a buen recaudo, en el primer cajón de la mesita de noche, y salió al salón. La doncella pasaba el polvo, animada. Clara también lo estaba.

El domingo había sido día de asentar emociones en soledad. Todavía era pronto para leer alguna crítica, pero estaba deseosa de descubrir qué escribía *Le Ménestrel* sobre ella en la edición del domingo 18 de febrero. Según las informaciones de la señora Leroy, aunque había algún que otro asistente al que no le había convencido el cambio de repertorio, en general, había gustado bastante. Clara sabía que el concierto no había sido perfecto, que debía mejorar. Pero aquella noche no había sido una batalla por la excelencia, sino una cuestión de probarse a sí misma, de reconciliarse con su pasión. Y lo había hecho. Sabía que la quinta aguda y desafinada nunca la abandonaría del todo, pero se sentía preparada para explorar la música de forma libre, de escuchar hacia dónde la llevaba tras años de presión, giras contratadas sin pedirle opinión, prohibiciones, exigencias y cuestionamiento de lo que ella deseaba hacer, de cuál era su sueño.

La carta de Natalie y su corazón la animaban a dar una oportunidad a Jacobo. También a plantearse la idea de seguir componiendo y tal vez convertirse en profesora de violín tras descubrir o confirmar que no deseaba ninguna gira en Estados Unidos, pese a que la señora Leroy había mantenido la oferta de organizarle una. No quería abandonar los escenarios, pero, de algún modo, sentía curiosidad por una vida con algo más que ellos. La música tenía que ser más. La niña del orfanato de Florencia y aquella joven violinista de Viena, la señorita doña Rosa Hochmann, la habían acompañado en los ratos de reflexión, le habían otorgado claridad. Quizá podía ayudar a las siguientes, evitar que tropezaran con los mismos obstáculos que ella ahora que, por fin, se había roto el lazo con los señores Dupont y esa asfixiante necesidad de controlar su futuro.

Mientras se peinaba frente al tocador, imaginaba que no estarían siendo tiempos dulces para el matrimonio. No habían logrado cerrar el acuerdo con la señora Leroy para exportar la carrera y las partituras de Robichaud a los Estados Unidos, plan en el que habían gastado el dinero correspondiente al viaje de Clara y Geneviève. Además, habían perdido a la violinista, lo que había generado preguntas y dudas en los círculos musicales, alertados ya desde las informaciones de la columna de *Le Petit Journal* sobre el viaje en las que se había puesto el foco en la problemática relación entre Clara y Geneviève. Ante tal coyuntura, los señores Dupont, evidentemente, habían criticado a Clara hasta la saciedad y la habían convertido en culpable. Incluso estaban intentando cuestionar si había cumplido su palabra al haber cambiado el repertorio, pese a que en las condiciones no figuraba ninguna exigencia de tocar el concierto de Paganini, quizá porque habían dado por sentado que así sería. La acusaron de voluble, de traidora, de ambiciosa y de avariciosa. Al resto de protegidos, especialmente a los más jóvenes, les contaron cuentos de terror para evitar que siguieran la estela de la violinista. «Va a fracasar», «Está acabada y no quiere admitirlo y nos echa la culpa a nosotros», «Un verdadero músico no toma esas decisiones», «Es una desagradecida», «Nosotros premiamos la lealtad, pero castigamos la decepción. No hay nada que nos duela más que la decepción». Clara lo sabía. Los conocía demasiado bien. Pero no le importaba. En su mente, al pensar en los señores Dupont, solo resonaba la frase con la que había terminado la misiva de despedida: «Espero que esto sirva para que la próxima vez que os topéis con una mujer joven con una ilusión no penséis, ni por un momento, que es seguro que vayáis a poder con ella».

Jacobo estuvo nervioso toda la tarde, impaciente. Sobre el escritorio del despacho descansaba la esquela que había recibido el día anterior. En ella la señorita Balaguer le proponía disfrutar de una velada musical en el café Terminus. Con el fin de que el encuentro fuera apropiado, también asistirían la señorita Marie Junot y su prometido. Clara confiaba en que, después, Jacobo la acompañase a casa y pudieran disfrutar de un paseo a solas, como durante el viaje. El arquitecto no pudo más que aceptar. Así, se vistió con el esmoquin, el abrigo negro y el sombrero de copa. Augustine le dio el visto bueno y le recolocó la corbata. Jacobo salió a la rue Cortambert y se dirigió a la rue de la Tour para parar un taxi. La gestión se complicó un poco, por lo que pronto se percató de que llegaría más tarde de la hora acordada, algo que detestaba. Y más en esa situación. El conductor resultó ser algo torpe y se equivocó varias veces más allá de los Campos Elíseos. A las ocho y veinte, Clara, la señorita Junot y el señorito Fréville decidieron ir entrando y acomodarse en una mesita junto a la orquestina. Fuera hacía frío.

Desesperado, pues había acordado llegar a las ocho y media y ya eran las nueve menos diez, Jacobo pidió al cochero que le dejara apearse en el boulevard Malesherbes para llegar a pie a la cita. Después de saldar la deuda y de afearle al taxista el pésimo servicio, lo que lo retrasó un poco más, tomó la rue de la Pepiniére a paso ligero.

Clara y la señorita Marie Junot cruzaron una mirada cómplice cuando la orquestina empezó a tocar una melodía de Daniel Aubert que a ambas les gustaba. Un camarero dejó sobre la mesa las bebidas. La violinista lanzó un vistazo hacia la puerta, por la que salió un caballero seguido de un empleado. ¿Qué le habría pasado a Jacobo?

El arquitecto aceleró más el paso. ¿Qué estaría pensando Clara de él? Debería haber salido antes, tomar el tranvía, haberse despedido más rápido de sus hijos. Le pediría mil disculpas nada más verla. Justo cuando estaba llegando al café, vio cómo un tipo con traje negro salía corriendo en dirección a la rue de Havre, perpendicular a la rue Saint-Lazare. Después, un estruendo procedente del interior del café Terminus, ubicado en el bajo del hotel homónimo. A Jacobo se le congelaron las extremidades. El corazón le dejó de palpitar por un segundo. La mente se le quedó en blanco mientras contemplaba cómo un camarero señalaba al huido, otro se unía a la persecución, a la que pronto se sumó un caballero que se encontraba paseando por allí. Al primer disparo en la lejanía, reaccionó y empezó a correr hacia el café, por cuya puerta se escapaban un humo espeso y los gritos.

—¡Estoy herido!

—¡Déjenme pasar!

—¡Ayuda, por favor!

—¡Detenedlo!

45
Coda

Sonata para violín y piano, n.º 9, op. 47, «Kreuzer».
Adagio sostenuto-presto
Ludwig van Beethoven

A las nueve y cuarto de la noche de ese lunes 12 de febrero de 1894, los policías don Jules Toutet y don Émile Gigot detuvieron al culpable. A la persecución se habían sumado un camarero, un aprendiz de barbero, otro policía, un empleado de ferrocarril y dos controladores de tranvía. El criminal disparó contra ellos, pero solo hirió al aprendiz de barbero. Una vez inmovilizado por los agentes, continuó intentando zafarse, profiriendo gritos contra todos, respondiendo con cinismo y burla ante las interpelaciones de la policía. El prefecto del Sena don Louis Lépine, buen amigo del señor Bogarín, se personó en el café Terminus a los veinte minutos para comprobar lo que había ocurrido. Después, se dirigió a la comisaría de la rue de Moscou, junto al juez, donde interrogaron a ese joven de apenas veintiún años, de ropas desgastadas de intelectual, que había dado el nombre de Léon Breton. Para cuando el señor Lépine regresó al lugar de los hechos, dos horas después del atentado, solo halló una colección de mesas de mármol, sillas metálicas y espejos destrozados. En medio del salón del café, la araña de cristal hecha añicos en el suelo. Un gran agujero en el parqué. Boquetes en el techo. Retales con sangre, sombreros y abrigos olvidados, servilletas pisadas, programas de la velada rasgados y ensangrentados. Todavía permanecía el olor acre de la dinamita. Algunos empleados continuaban allí, en estado de *shock*, pese a que el café había sido desalojado y vallado.

Dos días más tarde, el 14 de febrero, se descubrió la identidad real del criminal. Era el señor Émile Henry, un viejo conocido de las autoridades al que llevaban al menos un año investigando por su vinculación con el terrorismo anarquista. En su cuarto de Belleville hallaron solo algunos restos de los materiales que había empleado para elaborar la bomba que había hecho estallar en el café Terminus, pues otros compañeros lo habían limpiado preventivamente. Había sido una simple tartera metálica de obrero con un cartucho de dinamita dentro, uno de esos con los que Gustav Pichler trapicheaba desde hacía un tiempo, además de otros mortíferos componentes como la pólvora o el ácido pícrico. Aunque procedente de la clase media y con grandes aptitudes intelectuales que casi lo habían llevado a entrar en una de las escuelas técnicas de París, el señor Henry contaba con profundos vínculos familiares en el anarquismo. Su hermano mayor, conocido orador, cumplía pena de prisión por esas fechas. Su padre, exiliado por su participación en la Comuna de París, había sido acusado de pertenecer a los círculos anarquistas de Barcelona. A lo largo del tiempo, Émile se había ido radicalizando y se había convencido de esa retórica acerca del poder de la propaganda por el hecho. La ejecución del señor Auguste Vaillant, el hombre que había lanzado la bomba en la Cámara de los Diputados en diciembre, pero que no había matado a nadie, lo empujó a buscar esa justicia que anhelaban sus ideales corruptos a través de la sangre de otros inocentes. Así, cuando el 12 de marzo recibió la noticia de que finalmente había matado a dos personas, no pudo mostrarse más satisfecho.

El segundo fallecido era el señor don Ernest Borde, un dibujante de cuarenta y dos años que había perecido a causa de las heridas un mes después. La primera, pese a haber tratado el asunto con la mayor delicadeza, había sido la violinista doña Clara Balaguer, que había perecido en el acto. Con dos víctimas, el señor Henry no iba a poder escaparse de la pena de muerte. Pero eso, en el fondo, a los allegados de los fallecidos no les iba a devolver nada. La señorita Marie Junot y su prometido habían sufrido heridas superficiales. Clara se había llevado la peor parte. El señor Henry había lanzado la bomba hacia la orquestina, desde la puerta, y esta había estallado entre la mesa en la que estaban acomodados y otra. El señor Bogarín, gracias a su amistad con el señor don Louis Lépine, tuvo datos de la investigación casi a tiempo real. Los compartió con la señorita Junot, con la señora Leroy y con Jacobo. El arquitecto pasó el primer mes sin ser capaz de creer lo que había sucedido. Primero chilló de rabia, después lloró de angustia y, finalmente, se sumió en una pena de la que solo lo sacaban sus hijos. Una y otra vez se preguntaba si habría podido evitarlo, si era culpable de alguna manera. Las noches más siniestras se imaginaba cruzando el umbral del café, encontrándose con Clara, charlando animadamente al calor de los violines de la orquestina, acompañándola a casa, besándola sin testigos... Dios santo, cuánto dolor, otra vez..., no podía ser. ¿Por qué ambas? ¿Por qué él?

La señora Leroy no se sintió orgullosa del consumo de alcohol a través del que luchó por lidiar con el duelo. Ella deseaba permitir que Clara continuara con su carrera a su modo. Ahora que se había liberado..., ¿por qué? El señor Bogarín se obsesionó con el caso y hasta asistió al juicio, que comenzó el día 27 de abril en el Palacio de Justicia. Así, el escritor siguió de cerca la noticia de un nuevo atentado en La Madeleine el 15 de marzo, los avisos de bomba repartidos por distintos hoteles de la ciudad o la bomba activada en la avenida Kléber. El señor Mercier, que se había retirado a Saint-Malo durante unos meses, por precaución, y que pasaba los días en compañía del vino y el láudano, soñando despierto con Thesi, se horrorizó con la noticia, que lo convenció, todavía más, del estado decadente de la sociedad.

En Viena, el señor Baumgartner pasó la noche en la que le llegó la noticia con la carta de Clara en las manos, encerrado en la biblioteca. «Soy lo que nunca seré» era el acertijo. «Un dibujo», era la respuesta. «Aunque, últimamente, también creo que podría referirse a una decisión no tomada. ¿Qué me dice? Espero su respuesta». Respiró hondo y miró por la ventana cómo la señora se subía, un día más, a ese taxi en Windmühlgasse.

Juan, que ya sabía que se casaría ese octubre, no supo cómo reaccionar, tampoco cómo ayudar a su buen amigo Jacobo, tocado y hundido. Una tarde gris, ansiando comprender cómo había ocurrido aquello, se lanzó a escribir unas líneas. Cuando llevaba una cara entera caligrafiada, se percató de que estaba hablando con Maurizio. Envió la misiva al día siguiente, sin esperanzas de que le respondiera. Maurizio Conte abrió el sobre en su apartamento de la segunda planta de aquel edificio de la via Marsilio Ficino sin ganas de recibir una nueva dosis de disculpas por parte de Juan. Lo había dejado claro en la última comunicación: no podían verse ni hablar en un tiempo. Había sido el colmo después de lo que había ocurrido en Bolonia y Rávena, de su partida, de su breve reconciliación. Sin embargo, cuando descubrió lo que contenían las líneas de Juan empezó a sentir náuseas en la boca del estómago y solo pudo vomitar. No era aquello lo que él defendía. No era... La señorita Balaguer lo sabría, ¿verdad?

Aunque, pese al trato que el señor Bogarín había hecho con Thesi, el señor Mercier había denunciado su caso a las autoridades y había exigido que se apresara al malnacido del señorito Gustav Wilk o Pichler o como se llamara por estafa y por querer matarlo, la falta de pruebas y la cronología de los acontecimientos había generado que el asunto quedara bajo un montón de papeles en los que se priorizaba el desmantelamiento de las redes anarquistas. Así, solo cuando se descubrió el vínculo del señorito Pichler con varios robos y entregas de dinamita en París, la seguridad individual y el bolsillo del señor Mercier cobraron relevancia. El comisario Lépine se lo comunicó al señor Bogarín, quien había asistido al señor Mercier en sus trámites, en una de las obsesivas visitas del escritor a la prefectura, sita en La Cité.

—Tenemos pensado hacerle una visita sorpresa a su cuartucho en el número 2 de la rue Lepic mañana por la mañana. Hay material suficiente para cogerlo. Con un poco de suerte, estará también la hermana y mataremos dos pájaros de un tiro. Necesitaremos que el señor Mercier vuelva a París para el reconocimiento y para un interrogatorio en calidad de testigo. Y también la carta de la que me habló de ese amigo arqueólogo suyo y la del supuesto señor Pichler.

Don Guillermo atendió a su amigo Lépine y asintió. Esa tarde barruntó sobre la fragilidad del destino. También sobre la confianza y la fe. Sobre el valor de los pactos, la altura de un caballero de palabra. Eran temas sobre los que, meses atrás, se habría atrevido a teorizar. Pero si de algo había aprendido en los últimos tiempos era sobre su completa ignorancia. Los designios de la naturaleza, el azar o el dios elegido eran inescrutables, un hondo vacío de todo y de nada. Navegaba en las aguas del río Aqueronte, Caronte lo miraba, ora lejos, ora cerca, desde su barca. Y para mantenerse en la superficie, para no sucumbir sin monedas, solo se tenía a sí mismo y a las conclusiones baratas a las que llegaba cada día. Una de ellas era que había algo en todo aquello de la detención de los hermanos Pichler que no le parecía justo. La señorita Thesi, por muy delincuente que fuera, había trazado un límite, había deseado salvar la vida del señor Mercier. Y, de hecho, lo había conseguido. Gracias a ella lo había avisado y puesto a salvo. Era cierto, por otro lado, que era la culpable de que estuvieran en aquella tesitura. Pero si decidía creerla, Thesi no sabía nada del plan de asesinato. Además, le había pedido que no dijera nada a la policía. Típico de un delincuente, sí. Pero... ¿y si podía salvarla del inframundo?

Esa misma tarde, Thesi regresaba a la buhardilla después de una jornada poco provechosa en los grandes almacenes Le Printemps, donde había averiguado que era bastante fácil robar de los bolsillos de los clientes distraídos. El vestido amarillo que tantos días había llevado durante el viaje ahora se veía andrajoso, desprovisto de los cuidados que toda señorita burguesa aseguraba para su ropero. Sobre él, un chal de lana gris. En el rostro, nuevas muescas de la ira de Gustav, convencido de que su hermana tenía algo que ver con que el señor Mercier se hubiera marchado de París, aspecto que había descubierto en la noche del 12 de febrero al colarse en su casa vacía de la rue Fortuny.

Justo cuando se dirigía al portal, agotada y hambrienta, se topó con el inconfundible bigote y el bombín del señor Bogarín. Este la llevó a un callejón sin salida que había subiendo por la rue Girardon. El escritor, que no frecuentaba esa barriada, se sintió incómodo por un momento pero, después, lamentando el estado de la joven, habló:

—La policía visitará el cuarto mañana por la mañana, señorita Thesi. Tienen pruebas para arrestar a Gustav por vinculación con círculos anarquistas. Y también de las estafas... y quizá de un intento de asesinato. Váyase, está a tiempo.

El señor Bogarín le dio a la joven un saquito con varios francos.

—Con esto tendrá para salir de París. El resto será cosa suya. Pero hay otras vidas, señorita. Se lo prometo.

Thesi miró a los lados, como si aguardase a que alguien saliera por detrás de un saco de escombros o de una carreta olvidada y le dijera que era una broma.

—Es su única oportunidad. Saben de usted, lo saben todo. Váyase —repitió el escritor y se marchó con urgencia antes de que el arrepentimiento lo arrollase.

La señorita metió la mano, de uñas ennegrecidas, en el saco y palpó la cantidad de sous que había en él. El señor Bogarín tenía razón. Era ahora o nunca. Aunque otra opción era avisar a su hermano. Él la había sacado del orfanato..., sí, lo había hecho. Y la había utilizado, pegado, despreciado, torturado. Thesi miró el cielo nuboso de esa tarde de mayo en París. Guardó el saco a buen recaudo, se colocó el chal en la cabeza para ocultarse, salió a la rue Girardon y se marchó en dirección a la Gare du Nord.

A la mañana siguiente, tal y como el señor Lépine le había comunicado al señor Bogarín, dos policías subieron las escaleras de la casa en la que vivían los hermanos Pichler desde hacía tres meses y abrieron de una patada la puerta de la buhardilla. En el catre, apestando a alcohol, encontraron a Gustav, al que detuvieron antes de que fuera capaz de reaccionar. Esa misma tarde lo trasladaron en un furgón tirado por caballos al Palacio de Justicia, en la Île de la Cité, observado de cerca por las dos torres campanario de la bella Notre-Dame, sobresalientes entre el caserío. En el registro se anotó el nombre de Gustav Pichler y el motivo principal de la detención: el robo de dinamita y su venta a los anarquistas. También entregó la única posesión que albergaban sus bolsillos descosidos, la caja de cerillas que había robado a un huésped despistado en el hotel Colomba d'Oro de Verona. Al llegar a la celda, lo cachearon y tuvo que descalzarse. Solo una vez dentro, sentado y esposado, reparó en la oportuna desaparición de Thesi la tarde anterior. La malnacida lo había traicionado... después de tantos años, tantos golpes. Gustav, con la mirada perdida, exhaló un grito desgarrador que acompañó de puñetazos a esas paredes llenas de muescas de presos anteriores, de los que ya nadie se acordaba. Cuando se sintió exhausto, y después de que el vigilante y otros presos le pidieran silencio en varias ocasiones, se sentó. De pronto, comenzó a reírse a carcajadas, más y más fuerte.

Thesi llevaba cerca de veinticuatro horas deambulando por la Gare du Nord. Había comprado billete en tercera clase para el primer tren con destino a Bruselas, donde no tenía antecedentes delictivos, conocía el idioma y podría buscar trabajo. ¿Sería capaz de cuidar de sí misma? No lo sabía... Uno de los guardias, que acababa de echar a un vendedor ambulante de la estación, no le quitaba el ojo de encima y no sabía si era porque la encontraba atractiva o peligrosa. Quizá ambas. Las luces de la librería Hachette llevaban horas apagadas, pero el trajín ininterrumpido del bufé la tranquilizaba. Abrazada al chal de lana, moteado de carbonilla, lidió contra ese frío metido en los huesos y el hambre de semanas. También con el vacío que le había dejado perder al señor Mercier. Desde ese terrible día en que la había echado de su casa había pensado en terminar con su vida en innumerables ocasiones. Pero al final siempre ganaba la idea de continuar respirando por si el pintor cambiaba de opinión. ¿Dónde habría ido? ¿Pensaría en ella? A ella le gustaba pensar que sí, que continuaba pintándola a base de los recuerdos que le quedaban de su cuerpo. Y era cierto. Thesi había logrado que el señor Mercier, recluido en Saint-Malo, se volviera loco por ella..., pero la joven no estaba presente para verlo.

En aquel frío apeadero, Thesi estaba aterrada: detestaba la idea de estar sola. También un poco insensibilizada gracias a varios tragos que había dado a las copas abandonadas de varios borrachos que habían pasado un rato en el bufé viendo llegar y partir trenes. En medio de esa irritante espera, se acercó a uno de los bancos en los que la gente respetable aguardaba al ferrocarril oportuno y recogió un ejemplar que algún viajero había dejado abandonado. Era de *Le Ménestrel.* Lo abrió con cuidado, tiritando, y descubrió en sus páginas un artículo dedicado a Clara en el que se narraba el triste desenlace que, de algún modo, había elevado a categoría de mito ese último concierto en la sala Érard, aplaudido por una crítica que valoraba más a los muertos que a los vivos. Thesi dejó que la mirada se perdiera más allá de donde los trenes eran engullidos por el borroso paisaje y recordó lo que la violinista le había dicho en el barco por el Danubio sobre tomar las riendas de su vida para hacer el mundo un poco menos terrorífico. ¿Sería capaz? La retorcida voz interior con la que convivía desde que tenía uso de razón le dijo que no. ¿Sería verdad?

Jacobo no fue capaz de leer nada relacionado con Clara en meses. Se refugió en el trabajo y en un silencio amargo que hablaba de un dolor profundo, espinoso. A mediados de mayo, con la segura condena del señor Henry a la guillotina, comenzó a buscar reconciliarse con el aciago presente. Respiró hondo y se sentó a leer ese artículo-homenaje de *Le Ménestrel.* Lamentó que las líneas dedicadas a Clara continuaran empleando más espacio a las reacciones del público y a detalles superficiales y olvidaran la dimensión técnica. Augustine, que se había aprendido el texto de memoria, miró a su padre cuando lo terminó de leer por fin y le aseguró:

—Yo conseguiré que conmigo sea distinto, papá.

Jacobo la miró orgulloso.

—¿Puedo enseñarte mis avances con el piano?

El arquitecto asintió paciente, sonriente.

Unos días después, recibió una nota que lo sorprendió. La señorita Marie Junot lo citaba en el piso de Clara, en la rue d'Anjou, que acababa de venderse. Lo habían vaciado su prometido y ella, habían enviado algunas pertenencias, como los dos violines, a la casa de su familia en Barcelona, pero había algo que creía que quizá le podría interesar. Jacobo pensó en rechazar el ofrecimiento al principio. Pero se dio cuenta de que no se perdonaría renunciar a lo poco que quedaba de la violinista.

Cuando la señorita Junot le abrió la puerta y Jacobo entró por vez primera a la que había sido la residencia de Clara, no pudo ocultar la tristeza y la rabia que lo envolvieron. La pianista también parecía afectada por estar allí y aquello le relajó. Saludó al señorito Fréville, que se mantuvo al margen.

—Sé que hacía poco que se conocían, pero Clara, antes... Clara me habló mucho de usted, ella..., ella estaba deseando que se reencontraran, estaba ilusionada. Por eso he pensado que la persona más indicada para guardar a buen recaudo esto es usted. El título no deja dudas... —le contó y le entregó la cartera de cuero marrón.

Jacobo la cogió con cuidado, como si el recuerdo de Clara dependiera del roce de sus dedos con la piel. El corazón le ardía. Extrañado, sacó los papeles del interior. Eran las partituras del concierto. Lo había titulado *Cómo construir una catedral*, quizá a modo de broma, quizá como resumen de una tesis profunda que había concretado a base de sudor y llanto. Jacobo intentó no emocionarse. Se sentía hecho jirones. No sabía si hubiera preferido no saber que lo que sentía por Clara era recíproco... Así dolía más, era insoportable. Los quizá lo asfixiaban. Tuvo que aflojarse la corbata, pedir piedad a esa deidad malévola que la había tomado con él. Preguntó si habían encontrado una carta remitida por la señora doña Natalie Figueroa, pero la señorita Junot negó con la cabeza, apenada.

Tras la visita a la casa de Clara, el arquitecto dejó que pasaran varios días en los que revisó, con mimo, cada uno de los detalles de la composición, como si fuera la última conversación con ella, como si fuera una despedida escrita en música, ahora sumida en un silencio eterno para el que no existía notación. Esas hojas valían mucho en el mercado de la edición musical, en las bibliotecas de los melómanos que se dedicaban a acumular las obras maestras de seres humanos más avezados en las artes que ellos. Pero Jacobo supo perfectamente qué debía hacer con ellas. Clara se lo había contado en la terraza del hotel de Salzburgo, acariciados por la luz azafranada de un atardecer que, en su corazón, jamás se acabaría. Así que guardó a buen recaudo la primera hoja de las partituras, cogió una cerilla y prendió las demás, permitiendo que desaparecieran ante sus ojos y conquistaran así esa eternidad con la que la violinista había fantaseado con las mejillas sonrojadas de emoción.

La condesa Karimova se había mantenido al tanto de las noticias gracias al señor Bogarín. Con el señor Mercier fuera de París tras el escándalo de los hermanos Pichler —que, por supuesto, había aparecido, entre otros diarios, en las páginas de *Le Petit Journal* como colofón a las aventuras de los diez de Bogarín, aunque ya sin necesidad de la colaboración del joven Henri Collet, que cumplía la condena moral por sus faltas en Lille, alejado de sus sueños—, el escritor era su principal contacto. A la condesa, la identidad real de los hermanos la había consternado y había arraigado sus acertados prejuicios, algo a lo que ella llamaba «intuición». Por otro lado, la muerte de Clara le había afectado sobremanera y se había sumado a los lutos acumulados. Aquello había propiciado que reflexionara. También la imagen de la joven Augustine, a la que había conocido en el concierto de la sala Érard, mientras Jacobo visitaba a Clara. Juan se la había presentado. El empresario, a sabiendas de toda la historia, no dudó en remarcar lo mucho que la muchacha se parecía a su madre.

La condesa quiso olvidar el encuentro, borrar de su mente la tentación. Sin embargo, con el paso de los meses, se percató de que no deseaba aguardar a la parca sola y enfadada. Esta podía llegar en cualquier momento. El caso de la señorita Balaguer era flagrante. Así, el día 17 de mayo decidió arreglarse y a pedir a su cochero que la llevara a la dirección que el señor Bogarín le había proporcionado cuando le preguntó por las señas del arquitecto. Cuando llegó, Jacobo no estaba en casa, pero sí la institutriz y los niños, a los que enseguida empezó a hacer preguntas y a corregir los modales. Al volver de supervisar uno de los edificios de viviendas que había diseñado en la zona de Batignolles para un escultor y encontrar a la condesa conversando con sus hijos en el salón, Jacobo sintió el primer atisbo de gozo en meses.

—Los admitiré de nuevo en la familia. Deseo dejar cicatrizado el pasado antes de irme. No quiero más dolor ni más miseria si puedo evitarlo —le anunció, ya a solas, en el despacho de Jacobo.

—No sabe lo muchísimo que se lo agradezco. Yo... Natalie estaría feliz. No sabe las veces que soñó con este momento.

La condesa asintió, visiblemente triste.

—¿Podría enseñarme fotografías? Me gustaría verla.

—Por supuesto. Iré a buscarlas. Deme solo un momento.

La condesa volvió a asentir.

—Señor Figueroa, hablaremos de lo de su viaje a Estados Unidos.

Jacobo sonrió y asintió. Y se marchó a por las instantáneas a su dormitorio. Al fin algo iba bien, al fin un respiro.

Pasaron toda la tarde entre fotografías y anécdotas perdidas. Solo al final hablaron de lo que había ocurrido con Clara. La condesa Karimova miró por la ventana con gesto de preocupación.

—Desde que supe lo que había pasado, no dejo de preguntarme cuántos más gigantes dormidos hay en esta Europa nuestra que hemos recorrido, olido, comido. Cuánto más les quedan a los años venideros por desvelar... —dijo, mirando hacia un futuro que no le pertenecía, pero que sí le importaba y desde ese día más.

Esa misma noche, la señora Leroy, que había conseguido que se retirara la partitura plagiada de Robichaud del mercado, acudió a cenar a casa del señor Bogarín. El escritor había invitado también a su hija Yvette y su marido, al señor Lépine —quien había exigido al literato que abandonara esa nueva afición por los crímenes y que dejara de visitarlo en la comisaría si no quería perder su amistad— y a dos jóvenes pintores españoles a los que acababa de conocer, llamados Santiago Rusiñol y Ramon Casas, y que se estaban labrando un futuro en el loco y apasionante París.

Al despedirse, la empresaria le recordó que eran amigos y que estaba ahí para lo que necesitara. El escritor asintió. Lo sabía.

Cuando todos se marcharon y las luces se apagaron, fue a su despacho y se sentó frente a la máquina de escribir. A un lado, montones de papeles sobre el caso de Émile Henry, a punto de ser ejecutado, y del que ya no podía extraer más consuelo. A otro, el cuaderno del viaje, también estéril de bálsamos. Encendió la pipa. Movió el bigote. Miró la fotografía de Albertine en un marco plateado sobre el escritorio. Colocó un papel en blanco en la máquina y escribió: «La soledad. Un ensayo».

Juan y Jacobo habían acordado verse esa tarde en el café de la Regence, en las inmediaciones del Palacio Real. Rodeados de jugadores de ajedrez, disfrutaron de una cerveza, su nueva bebida preferida solo para poder decir que no era igual que en Austria, Bohemia o Alemania. Era principios de junio, pero el día había amanecido nublado y con neblina. Llovía a ratos. A punto de embarcarse hacia los Estados Unidos, Jacobo volvía a tener algo de color en el rostro, de lo que Juan se alegró profundamente. Después de que Jacobo le contara toda la historia de Clara, el empresario había decidido no hacer negocios con los señores Dupont, pese a lo mucho que había insistido el señor Dupont en que se reunieran en París. De algún modo, fue su manera de lidiar con la pérdida, de buscar justicia donde no la había habido, de dar un abrazo a su amigo. También había un elemento de practicidad, puesto que no era adecuado tener socios mentirosos e inmorales. Incluso el mundo de los negocios tenía sus límites. A Jacobo le gustó descubrir aquello.

—¿Quién sabe? Quizá al otro lado del Atlántico encuentres una mujer que te devuelva la ilusión —le planteó Juan, divertido, buscando animarlo.

—He enterrado dos amores. No creo que mi corazón dé para más, amigo mío —respondió él con la mirada más triste que el empresario había visto jamás—. Pero tú, tú debes ser feliz. Y si encuentras a alguien que te haga feliz, debes serlo. Yo, yo... te deseo todo lo mejor. Aunque creas que no te respeto, lo hago. Pese a que me pueda costar aceptar ciertas cosas. Pero debes ser feliz.

Juan no entendía nada, pero sonrió y asintió. Lo cierto era que creía que, quizá, la felicidad volvía a estar de su parte. Había recibido respuesta de Maurizio. Se iban a reunir en Ginebra en quince días.

Al despedirse, prometieron verse antes de que Jacobo se marchara, a finales de la semana siguiente. Había terminado por aceptar el proyecto de Chicago después de que la condesa Karimova ofreciera apoyo y protección a sus hijos durante su ausencia. Mantendrían a la señorita Hauregard como institutriz, pero la aristócrata velaría por ellos desde el punto de vista social, los integraría en la familia, cuidaría de los primeros contactos de Augustine en sociedad y les hablaría de ese mundo de palacios rusos del que procedía su madre.

Jacobo optó por regresar a casa caminando. Le encantaba andar. Recorrió la rue Rivoli hasta la place de la Concorde, donde tuvo que abrir el paraguas. Se deleitó con las fuentes de agua brotando hacia el cielo, fundiéndose con las gotas de lluvia; admiró el obelisco egipcio, que, de algún modo, parecía distraer la atención sobre el hecho de que, en esos metros cuadrados, ahora bellos, amplios, antesala del Sena, se hubiera instalado la guillotina durante la Revolución. Al otro lado del puente, la cúpula de la Cámara de los Diputados. Y entre las nubes de gasa, ella, siempre ella. Continuó por el Cours-la-Reine hasta la place de l'Alma, donde se cruzó con berlinas privadas de elegante cochero, ómnibuses de ruidosos pasajeros y taxis de trote acelerado. Pensó en que quizá estaba vivo gracias a la torpeza de aquel conductor que lo había llevado al café Terminus. Sintió un escalofrío. A su izquierda, ella, recuerdo triste de los días amargos que no parecían tener fin... La ignoró. Tomó la avenue du Trocadero hasta la place d'Iena, perdiéndose en las risas ajenas de parejas cogidas del brazo, en el repiqueteo de la lluvia, en el zumbido de los barcos de vapor del río. Se desvió hasta los jardines del palacio del Trocadero. Y entonces, reuniendo todo el valor que pudo, miró de frente a esa torre Eiffel que había dado inicio a sus infiernos. Ella, siempre ella. La bruma cubría la parte más alta. Al menos, era un día bueno. Se quedó admirándola un rato. La armonía de sus formas. La orgánica e imponente esbeltez. El contraste del hierro con el cielo blanquecino, a punto de empezar a apagarse. Pensó que en la belleza y en lo sublime, en todo ello, habitaba también la destrucción y el horror. Por lo menos, de su ser, compungido, atormentado, herido. Cerró los ojos y dejó caer una lágrima.

Sonó un violín en París la última vez que la vio... Jacobo juró por siempre que sonó. Que sonó fuerte, invencible, triste, ardiente, valiente, libre. Sonó, juró por siempre, por lo más sagrado, que había sonado. Y no volvería a sonar igual. Pues su música, como esta historia, se perdió en el olvido del tiempo. Pero, justo al perderse, se hizo infinita.

Nota de autora

El lago de los cisnes, op. 20. Escena primera
Piotr Ilich Chaikovski

La novela que acabas de leer es, sin lugar a duda, la más personal que he escrito hasta el momento. La más corta sí, pero no por ello la más fácil (ni por asomo). Ha sido un reto creativo en el que he decidido hacer catarsis de los aprendizajes de los últimos años de mi vida a partir de un planteamiento aparentemente inocuo, un viaje recreativo por Europa. Porque si algo es la vida es un viaje. Un viaje lleno de pruebas y errores, caídas y superaciones, confusión, frustración, alivio e ilusión. A menudo, es un viaje en círculos en el que nos vemos repitiendo fallos una y otra vez. Pero eso es otra historia...

Estas páginas no habrían sido posibles sin el hallazgo de material de documentación excepcional como son las guías Baedecker, editadas en el periodo en el que está ambientada la novela, gracias a las que he podido recrear la forma de viajar de esos pioneros afortunados que se lanzaron a recorrer Europa ya a finales del siglo XIX. Así, te invito a que sigas explorando y perdiéndote por los hoteles que aparecen, pues solo los alojamientos privados de Florencia y Viena son ficticios —además de, por supuesto, las residencias parisinas de los personajes—. Algunos, tristemente, no sobrevivieron a las contiendas de la centuria posterior. Asimismo, gracias a Luis Legido y Ana Cabanes del Museo del Ferrocarril de Madrid por acercarme a la realidad de los viajes en tren de finales del siglo XIX. Por si no me conoces, soy una auténtica apasionada de la historia, y aunque tenía mucho que plasmar a nivel emocional en este relato, uno de mis objetivos ha sido, como siempre, recrear la realidad de la época, de ese *fin de siècle* tan convulso en el que se pueden encontrar ya las claves que ocasionaron las dos guerras mundiales. Como epítome, ese desenlace fatal del café Terminus que, por si no lo sabías, está considerado el primer atentado terrorista moderno. En realidad, solo hubo una víctima mortal, el señor don Ernest Borde, pero hirió a veinte personas. Era esencial incluirlo en el París de ese tiempo, un París bello, capital cultural de Europa, pero que vivía asolado por los continuos atentados en esa década de 1890, sobre todo entre 1892 y 1894. Descubrirlo me llamó poderosamente la atención. Y, aunque me dio respeto tratar el tema al principio, creo que es una forma de conocer nuestro pasado y así comprender algo mejor el presente. A fin de cuentas, los miedos de aquellos que vivieron antes que nosotros no son tan distintos a los nuestros.

Émile Henry fue guillotinado el día 21 de mayo de 1894 en la place de la Roquette de París. Jamás se arrepintió del acto cometido y, de hecho, transmitió que el bajo número de víctimas le había resultado decepcionante. Su caso es peculiar, pues, como se cuenta en la novela, no era obrero, era burgués. Sin embargo, y también condicionado por la influencia familiar, ello no impidió que se sintiera seducido por las proclamas anarquistas y por la tesis de la propaganda por el hecho, ratificada en el Congreso Internacional Anarquista de Londres de 1881. No quiere decir, en absoluto, que todos los anarquistas apoyaran esta fórmula violenta, ni mucho menos, pero a finales del siglo XIX y principios del siglo XX sí se convirtió en una de las estrategias predilectas de la facción más agresiva del anarquismo. De hecho, a Henry se lo podría considerar una suerte de lobo solitario, pues no actuó en coordinación con nadie y su ataque fue rechazado por algunos círculos anarquistas. De esta época son sonados los atentados dirigidos a políticos o dirigentes, perpetrados no solo por anarquistas, como el asesinato del general Prim en Madrid, en 1870, considerado el inicio de la «edad dorada» de los magnicidios, al que siguieron los del presidente de Ecuador Gabriel Moreno en 1875, el primer ministro japonés en 1878, el presidente francés Sadi Carnot en 1894, el sah de Persia en 1896, el presidente español Antonio Cánovas del Castillo en 1897, la emperatriz Sisi en 1898, el rey de Italia Umberto I en 1900, el presidente de los Estados Unidos William McKinley en 1901, el presidente español José Canalejas en 1912 y el del archiduque Francisco Fernando de Austria en ese 28 junio de 1914, *casus belli* de la Primera Guerra Mundial.

El asesinato del presidente francés Sadi Carnot el día 24 de junio de 1894 en Lyon a manos de un aprendiz de panadero y anarquista llamado Sante Geronimo Caserio, fue el punto final de la locura de la dinamita en París que se recoge en la novela y que también asoló otras ciudades europeas como Barcelona —la bomba del Liceo mató a veintidós personas—. Una sucesión de ataques que no solo miraba a las élites gobernantes, sino a personas anónimas, inocentes. Un tipo de atentado al que hoy, tristemente, estamos más que acostumbrados. La aprobación de duras leyes en contra del anarquismo con el objetivo de hacerlo desaparecer tuvo efecto casi inmediato. Así, para la Exposición Universal de 1900, París era una ciudad relativamente segura a la que habían regresado los turistas que, durante 1894, se habían alejado de la Ciudad de la Luz por miedo. Este contexto de violencia es reflejo del clima de tensión política y social máximo que asolaba el mundo en la antesala de los dos conflictos mundiales que han perfilado la sociedad actual.

Otro de los regalos que me he llevado trabajando en esta novela ha sido conocer mejor el universo cultural del momento, plasmado a través de los personajes. En concreto, el mundo de la música clásica y también el papel de las mujeres en ella. Aquí quiero dar las gracias al pianista Diego Ena Sevilla y a la violinista Alicia Tortuero López por contribuir a que el reflejo de la música en las páginas sea lo más verosímil posible. Como habrás podido comprobar, cada capítulo tiene asociado una pieza musical que lo acompaña, lo completa o lo introduce (eso ya es decisión tuya). La selección no es al azar. He querido que fueran composiciones no posteriores a 1893, con el fin de recrear el universo musical que podrían haber conocido los personajes. También que estuvieran vinculadas a las diversas fases del viaje, para que el recorrido fuera multisensorial. Todas tienen un porqué. Pero, como dice mi compañera de batallas en estas páginas, Clara Balaguer, la música es libre. Y, como libre e infinita, te invito a que la consumas de la forma que más te inspire.

No quisiera despedirme sin agradecer el apoyo y la ayuda de todas las personas que siguen creyendo en mí, en este sueño. Sin ellas, puedo afirmar que esta novela habría sido imposible.

Por mirar de frente a nuestros miedos y seguir caminando. Por soñar y tomar las riendas de nuestra vida de acuerdo con nuestros principios, a pesar de cómo termine el baile.

Gracias por llegar hasta aquí.

Con cariño,

María